Lea Diamandis

Fünfund zwischen Zwanzig uns Yards

Dunkelstern Verlag

Dunkelstern Verlag GbR
Lindenhof 1
76698 Ubstadt-Weiher
http://www.dunkelstern-verlag.de
E-Mail: info@dunkelstern-verlag.de

Lektorat: Lektorat Mitternachtsfunke
Korrektorat: Kimberly Wehr
Cover: Bleeding Colours Coverdesign
Grafiken: Adobe Stock
Satz: Bleeding Colours Coverdesign

ISBN: 978-3-98947-061-3

Ungekürzte Taschenbuchausgabe

Für mein dreizehnjähriges Ich.

Dieses Buch ist keine Entschuldigung für alles, was passiert ist. Aber ich weiß, dass du stolz auf mich wärst. Weil ich das in Worte fasse, wofür dir der Mut gefehlt hat. Weil ich noch hier bin und die Fäden jedes Mal zerschneide, wenn ich drohe, mich in alten Mustern zu verlieren.

Content Notes

Dieses Buch thematisiert Anorexie sowie die mit dieser psychischen Krankheit einhergehenden Gedanken, Verhaltensweisen und Folgen aus der Sicht einer Betroffenen sowie aus der Sicht einer Angehörigen. Bitte entscheide vor dem Lesen selbst, ob du emotional mit diesem Thema umgehen möchtest.

Eine Auflistung weiterer sensibler Themen, die behandelt werden, ist am Ende dieses Buches zu finden.

Kapitel 1

Taylor Swift – Clara Bow

00:00 -03:46

Maxine
Juli

3:3

Wie hypnotisiert betrachte ich den Punktestand, als könne ich die Ziffern mit Willenskraft zwingen, sich zugunsten meines Teams zu verändern.

1:12 – die Zeit der Entscheidung über den Sieg.

Ein Unentschieden würde einer Niederlage gleichkommen. Ich muss das schaffen.

Ein Echo, das zu einem Hämmern hinter meinen Schläfen anschwillt, übertönt die Gedanken: *Das schaffst du nicht.*

Der Mut, welchen ich mir zugesprochen habe, kommt einem Spiegel gleich, dessen Glas Sprünge zieren. Zu fein, um sie mit bloßem Auge auszumachen, doch ihr Knirschen tönt mir in den Ohren.

0:43

Ich richte jede Faser meines Körpers auf den Hockeyball aus. Eine Gegnerin spielt ihn mit einem Stecher in Richtung einer ihrer Teamkameradinnen. Mica hält ihn mit der flachen Seite ihres Schlägers an, dribbelt ihn über die Mittellinie und nickt mir zu.

Jeannes Blick ist Feuer in meinem Nacken. Wahrscheinlich hat sie sich mit Mica abgesprochen und möchte mir beim Versagen zusehen, um mich anschließend zu kritisieren.

0:27

Mit stolperndem Herzen beschleunige ich. Aus dem Augenwinkel nehme ich eine meiner Gegnerinnen wahr. Ich ziehe an ihr vorbei und trete in den Schusskreis.

0:16

Mica passt mir den Ball zu, ich nehme ihn auf. Meine Beine sind wie aus Gummi; ich täusche einen Schlag an. Die Torwartin wendet sich nach links, ich befördere den Ball über meinen Fuß hinweg nach rechts. Er rollt ins Netz, und ein Pfiff verkündet das Ende des Spiels.

Jubel brandet auf. 4:3. Nach mehrmaligem Blinzeln verschwindet die Vier nicht von der Punktetafel. Erleichterung strömt in jede Pore meines Körpers, Licht bricht in den Rissen, die mein fragiler Mut davongetragen hat. Goldschimmernder Leim, der mich zusammenhält. Ein Gewicht fällt von meiner Brust, und ich atme aus.

Jemand berührt mich an der Schulter.

Ich zucke zusammen, all meine Muskeln spannen sich an, und ich wende mich Mica zu. Mein Puls beruhigt sich.

»Du hast es geschafft.« Ihre Wangen sind gerötet, ein Lächeln teilt ihre Lippen. »Dank dir haben wir in letzter Sekunde gewonnen.«

Meine Mundwinkel zucken, ein Teil von mir sperrt sich vor dem Lob. »Wir haben es gemeinsam geschafft.«

Sie sieht mich so eindringlich an, dass ich einen Schritt zurückweiche. »Dein Tor ist das entscheidende gewesen, du hast den Winter Cup für uns gewonnen.«

Ich beiße mir auf die Innenseite der Wange. »Wir standen oben in der Tabelle, durch die Gesamtsiege hätten wir …«

»Maxine!«

Eine Wolke schiebt sich vor die Sonne in meinem Inneren. Über den Jubel und die Schritte hinweg habe ich sie nicht kommen hören.

Jeannes Miene ist die einer Marmorstatue, die platinblonden Locken umrahmen sie wie aus einem Guss. Der Mund ist zu einem Faden vernäht, sturmgraue Klingen zielen auf meine Brust.

Am liebsten möchte ich die Arme um die Körpermitte schlingen. Das Licht festhalten, dessen Leuchten von Jeannes Präsenz gedimmt wird, und mein Selbstbewusstsein zusammenhalten, das Risse ziert, deren Splittern in mir nachhallt. Bis Stücke herausbrechen, ist es eine Frage der Zeit. Mir bleibt, den Hockeyschläger zu umklammern, als könne er mich vor ihr schützen.

Jeanne stützt sich auf ihren Gehstock, mit der anderen Hand bedeutet sie Mica, zu verschwinden. Diese bedenkt mich mit einem mitleidigen Lächeln, welches die Klingen meiner Haut näherbringt. Schleppenden Schrittes zieht sie sich zum Rest des Teams zurück. Ein Flüstern dringt an meine Ohren. Das Summen eines Wespenschwarms, die Blicke meiner Teamkameradinnen stechen mir in die Haut. Sie bleiben so nahe bei uns, dass sie vor Jeannes Sturm geschützt sind, ohne zu verpassen, wie er mich niederreißt.

»Du musst an deiner Konzentration arbeiten.« Jeannes Stimme zielt einem Vorschlaghammer gleich auf mein zerbrechendes Selbstbewusstsein. »Deine Beinarbeit ist unsauber gewesen, und deine Arme haben gezittert, als du den Ball aufgenommen hast. Du hast deine Reflexe nicht unter Kontrolle und kannst von Glück reden, dass es für den Siegestreffer gereicht hat.«

Mein Selbstbewusstsein zerspringt, die Kanten der Scherben bohren sich in meine Brust. Jedes Schlucken gleicht Glassplittern in meiner Kehle. »Ich werde in Zukunft aufmerksamer sein und doppelt so hart trainieren.«

Den Mund verzieht sie zu einem Lächeln, das ihren sturmverhangenen Augen fernbleibt. »Das will ich hoffen. Obwohl ich weiß, woran ich bei dir in Sachen Versprechen bin.« Sie streckt eine Hand nach mir aus, meine Glieder verkrampfen sich. Das Echo vergangenen Schmerzes pocht in meiner Wange, ich spanne mich an. Es ist meine Schulter, die sie drückt, gerade so fest, dass sich der Trikotstoff wölbt, und meine Haut sich mit ihm. »Lass mich nicht bereuen, dass ich dir einen Platz an der renommiertesten Sportakademie Australiens besorgt habe.«

Jedes Wort ist eine Note in der Symphonie der Enttäuschung. Die verborgene Bedeutung dahinter ein Ton im Vibrato, der stetig angeschlagen wird.

Du bist nicht gut genug!

Ich forme die Antwort, welche sie hören möchte, mit rauer Stimme: »Ich werde dich nicht wieder enttäuschen und mir an der New South Wales Academy of Athletes meinen Platz erkämpfen.«

So wie du damals. Die Silben verfangen sich in meinen Stimmbändern wie ich mich in Jeannes Spinnennetz. Sie würden sie daran erinnern, was sie verloren hat. Wenngleich sie sich zurückgekämpft hat; ihre Karriere ist am Ozeangrund zurückgeblieben. Darauf lauernd, mich mit eisernen Ketten zu umschlingen und mich in die Tiefe zu ziehen. Schwimmen oder ertrinken – manchmal bin ich mir unsicher, ob ich es vorziehe, an Salzwasser zu ersticken oder Jeannes Erwartungen zu schultern.

»Ich versuche, das zu glauben.« Sie hebt das Kinn, wenngleich sie mich längst überragt, durch das Glasdach einfallende Sonnenstrahlen verwandeln ihr Haar in gleißendes Platin. »An der Academy soll niemand denken, dass meine Tochter Sonderrechte hat.« Ihre Finger verkrampfen sich um meine Schulter, ein Stechen durchfährt mich. »Geh duschen und zieh dich um. Sonst beginnt die Siegesfeier ohne dich.«

Sie macht auf dem Absatz kehrt, das Zusammentreffen des Gehstocks mit dem Hockeyfeld echot meinen Herzschlag.

Meine Sicht verschwimmt, Salz brennt in meinen Augen, vermischt sich auf meinen Lippen.

Keine Schwäche zeigen!

Jeannes Stimme spricht die Worte; ich wische die Tränen mit dem Handrücken fort und platziere die Maske einer Siegerin auf meinem Gesicht. Die Freude über den gewonnenen Oceania Winter Cup liegt zerschlagen zu meinen Schuhspitzen. Stünden die Zahlen in anderer Reihenfolge auf der Punktetafel, wäre das Ergebnis dasselbe: ob 4:3 oder 3:4, ich bin nicht gut genug; meine Füße passen nicht in Jeannes Fußstapfen.

Scherben meines Selbstbewusstseins lasse ich auf der Flucht an meinen Teamkameradinnen vorbei zurück. Sie machen mir Platz oder nehmen mich nicht wahr, zu eingenommen davon, dass ihre Familien sie auf der Tribüne in Empfang nehmen. Mit gesenktem Kopf laufe ich in die leere Umkleide. Eine Duschkabine habe ich für mich allein. Ich wage keinen Blick in den Spiegel und drehe das Wasser so heiß auf, dass sich die Tropfen nadelspitz in meine Haut bohren. Ihre milchig bleiche Farbe weicht Scharlachrot, und Schmerz übertönt den Sturm der Emotionen in meinem Inneren. Meine Tränen verdunsten, Salzkristalle bleiben als Spuren der Schwäche auf meinen Wangen zurück.

***

Ich schlüpfe aus meinen abgetragenen Converse, die einmal weiß gewesen sind, ziehe die Tür des Bungalows hinter mir zu und sperre den Regen aus. Wasserperlen haben sich in meinem Haar verfangen und tröpfeln auf das Parkett.

»Das machst du sofort sauber.«

Ich nicke, und Jeanne schiebt sich an mir vorbei ins Wohnzimmer.

Der Wetterumschwung hat unserer Siegesfeier ein Ende bereitet und mich davor bewahrt, weitere Minuten, die zu Stunden werden, am Rand der Picknickdecke zu sitzen. Die Stimmen der anderen sind ein Donnern hinter meinen Schläfen gewesen, übertönt von meinem grummelnden Magen. Dem Ernährungsplan als Leistungssportlerinnen und Jeannes Einwänden, dass sie auf sich zu achten haben, zum Trotz, hat mein Team Pizza aus der teuersten Pizzeria Sydneys gegessen.

Mir hat Jeanne einen Salat bestellt, mit Tofu für die Proteine. Auf meiner Zunge liegt dennoch Fettgeschmack, und jedes Mal, wenn sich die verschmierten Finger der anderen in meine Richtung bewegt haben, bin ich zusammengezuckt.

Mein Magen knurrt, und sobald er aufgibt, senkt sich vertrauter Nebel über meinen Verstand, der meine Gedanken träge macht und eine Barriere zwischen meinen Emotionen und mir bildet.

Mit dem erstbesten Handtuch aus dem Gästebad wische ich das Wasser auf, hänge es über die Heizung und durchquere auf leisen Sohlen den Flur. Meine Teamkameradinnen sind eine Mauer zwischen Jeanne und mir. In diesem Haus leben sie, ich und die Enttäuschung, welche sie für mich empfindet. Wird sie mich auf mein unzufriedenstellendes Spiel ansprechen? Jetzt, wo keine Personen da ist, aus deren Fehlern sie ein Podest für ihre Tochter bauen muss?

Jeanne hat die Wohnzimmertür zugezogen, die perfekte Gelegenheit, unbemerkt in mein Zimmer zu flüchten.

Von den cremefarbenen Wänden im Flur beobachten mich ihre Abbilder. Sturmgraue Augen fixieren mich wie eine Katze ihre Beute. Zeitungsartikel, die Jeanne Martin als zukünftige Olympiasiegerin im

Feldhockey anpreisen oder über den Beginn ihrer Karriere als Trainerin sowie ihre Erfolge in diesem Beruf berichten. Jeden Schnipsel hat sie aufbewahrt und die Wände mit ihrer Vergangenheit tapeziert.

Die blinden Flecken dazwischen sind Tintenschlieren, welche das weiße Papier mit Dunkelheit füllen. Egal, wie sehr Jeanne versucht, sie auszuradieren, verschwinden werden die Schatten über ihrem Leben nicht. Eine *Google*-Suche genügt, um ihnen Gestalt zu verleihen und Berichte über den Unfall ans Tageslicht zu befördern. Bei den Olympischen Spielen sind bei Feldhockey-Sensation Jeanne Martin mehrere Bänder in beiden Knien durch einen Sturz gerissen, beim Aufprall hat sie sich die Hüfte gebrochen.

Der Unfall hat sie in die Tiefe eines düsteren Ozeans gezogen, wenn ich den Medien glaube. Mir gegenüber hat sie nie ein Wort darüber verloren. Beim Durchbrechen der Oberfläche soll sie nicht mehr dieselbe gewesen sein. Verbissen hat sie an ihrem Traum von einer Feldhockeykarriere festgehalten.

Ihr Versuch, diesen zu erreichen, begegnet meinem Blick im Spiegel, wann immer es mir nicht gelingt, rechtzeitig fortzusehen. Ihre Krone mag rostig sein, doch ich bin nicht in der Lage, den Kopf lange genug erhoben zu halten, damit sie nicht herunterfällt. Jeanne bleibt die Königin des Feldhockeys, die meinen Spielplan schreibt, ohne mir die Chance zu geben, eigene Strategien zu wählen. Unsere Schicksale sind aneinandergekettet, auf jeder meiner Urkunden steht sowohl mein als auch ihr Name, und auf dem Weg in mein Zimmer verfolgt mich ihr Gesicht.

Ich bin ohne eine Tür aufgewachsen. Die Erhebung im Boden zwischen dem Flur und meinem Zimmer zu übertreten, gleicht einem Aufatmen. Die Wände sind in einem zarten Flieder gestrichen, die Kissen und die Applikationen an den Möbeln sind pastellfarben, von Frühlingsgrün bis Puderrosa. Dieser Ort gibt mir die Illusion, aus hellen zarten Farben zu bestehen. Fragil wie die Membran einer Seifenblase – dahinter kommen die Grautöne zum Vorschein, in denen Jeanne mein Leben zeichnet.

Automatisch ziehen die Fotos über meinem Bett meine Aufmerksamkeit an. Andere Achtzehnjährige haben Polaroids von ihren

Freund*innen an den Wänden. Das Erste, was ich beim Aufwachen sehe, ist ein Portrait von Jeanne auf dem Hockeyfeld, am Morgen vor dem Unfall. Daneben hängt eins von mir, in derselben Angriffspose. Original und Fälschung. Alles, was ich nicht bin. Egal, wie ich mich hinstelle, aus welchem toten Winkel ich die Fotos nebeneinander betrachte, kein Lichteinfall verwandelt mich in Jeanne.

Die Blicke der Fotos im Rücken, sinke ich auf die mit fliederfarbenen Kissen gepolsterte Fensterbank und lehne die Wange an die regennasse Scheibe, hinter der sich mein Zimmer verzerrt, verschwommen und regengrau spiegelt. Darüber erhebt sich mein Gesicht, zusammengesetzt aus den winzigen Tropfen. Sturmgraue Augen, feine Gesichtszüge, milchweiße Haut, bepudert von Sommersprossen. Erdbeerblonde glatte Strähnen, zerzaust von der Witterung am Strand.

Der Regen verwischt das Zerrbild, meine Persönlichkeit tropft mir vom Gesicht. Sonnenschimmer bricht in den Rinnsalen, verwandelt mich in Jeanne – wir beide sehen sie in mir. Die Kopie, welche ihrer Geschichte ein anderes Ende schreiben soll. In den Zeitungsartikeln wird ihr Name stehen, meiner ist vergänglich wie die Tropfen, welche nach dem Wolkenbruch verdunsten.

Kapitel 2

TAYLOR SWIFT – ALL YOU HAD TO DO WAS STAY (TAYLOR'S VERSION)

00:00 -03:46

Charlie

Das Meer erzählt Geschichten. Auf einer Frequenz für diejenigen, die genau hinhören.

Meine Zehen versinken in feinkörnigem Sand. Muschelschalen stechen mir in die Fußsohlen. Möwen ziehen am wolkenlosen Abendhimmel ihre Kreise. Ihr Kreischen berichtet von fernen Orten voller Abenteuer. Salzwasser spritzt meine Waden hinauf. Der Wind zupft einzelne Locken aus meinem hohen Pferdeschwanz. Salzige Luft strömt in meine Lunge. Sonnenlicht verwandelt den Sand in Goldstaub und die Ostsee in einen Teppich aus Saphiren. Strahlen tänzeln über meine Haut, ein warmer sicherer Kokon umgibt mich.

»Charlie?«

Die Stimme dringt durch die Wände des Kokons. Ribbelt seine Fäden auf, die vom Wind davongetragen werden. Unsanft pralle ich in der Wirklichkeit auf. Der Grund, wieso ich die Umarmung der Ostsee brauche, betrachtet mich aus braun-grünen Augen.

»Was?«

In Oles Mundwinkeln zuckt es. »Bist du mit deinen Gedanken schon auf der anderen Seite der Erde?«

Seine Frage nimmt dem Sommerabend die Wärme. Eine Gänsehaut kriecht meinen Rücken hinab. Klingt das Rauschen der Wellen des Pazifiks anders? Ist der Sand feiner oder grobkörniger? Verbirgt sich Kies darin oder Muscheln? Was, wenn ich nicht in der Lage bin, die Geschichten eines anderen Ozeans zu verstehen?

Ole drückt meine Hand. »Hörst du mir zu?«

Ein Stich schlechten Gewissens durchfährt mich.

Die Lippen hat er zusammengepresst. Seine Augen haben mich immer an den Wald erinnert. Wolken sind über den sommergrünen Reflexen aufgezogen.

Ich schlucke. »Bald tausche ich die Ostsee gegen den Pazifik und die Kleinstadt gegen eine Metropole.«

Ein gequälter Ausdruck zerrt an seinen Zügen. »Du hast dich für das Sportstipendium an der New South Wales Academy of Athletes entschieden.« Mit der freien Hand fährt er sich durch die dunkelblonden Locken. »Du wirst den ganzen Tag Feldhockey spielen und eine neue Stadt erkunden.«

Ein flaues Gefühl drückt auf meinen Magen. »Warum klingt das wie ein Vorwurf?«

Er ergreift meine andere Hand und stellt sich vor mich. »Ich freue mich für dich ...«

Die Bitterkeit in seinem Ton macht mir begreiflich, dass ihm dasselbe durch den Kopf gehen muss. Unsere Zeit zerrinnt wie der Sand zwischen meinen Zehen. Alles in mir sträubt sich gegen die nadelspitzen Silben in meiner Kehle. Ich habe dieses Match schon einmal gespielt. Vor zwei Jahren. Verloren haben wir beide. Mit dem Unterschied, dass ich diesmal das verheerende Tor schieße.

»Ich möchte, dass du glücklich bist. Das bist du mit einer Freundin auf der anderen Erdhalbkugel nicht. Eine Fernbeziehung würde uns zurückhalten ...«

Er lässt meine Hände los, als hätte er sich verbrannt. Schließt die Augen. Schmerz verschlingt seine Iriden, als er sie öffnet. »Ich weiß. Ich habe auch darüber nachgedacht.« Die Anspannung seiner Muskeln spiegelt sich in seiner Stimme. »Die Ausbildung dauert drei Jahre ... Was ist, wenn du dich entscheidest, in Australien zu bleiben? Ich möchte nicht ...«

»Du musst mir das nicht erklären.« Das Schwert in einer verlorenen Schlacht zu ziehen, bringt uns nicht weiter. »Wir haben diese Entscheidung beide getroffen.« Hinter einem Tränenschleier verschwimmt der Sand zu rostig-goldenen Wirbeln. »Ich möchte, dass du gehst. Ich möchte den Urlaub mit meiner Familie nicht verloren in Gedankenspiralen verbringen. Ich brauche Zeit zum Heilen, bevor ich fliege, und du kannst früher neu anfangen.«

Meine Ohren fangen einen schweren Atemzug auf. Gefolgt von Schritten, die sich entfernen und verklingen. Stille bleibt zurück. Kraftlos sinke ich in den Sand, ein Zittern bemächtigt sich meiner. Ich presse die Knie an den Körper. Mir ist, als ziehe mich der Schmerz auf den Meeresgrund. Atem bleibt meiner Lunge fern, bis ein Schluchzen über meine Lippen dringt. Meine Umgebung verschwimmt, was dem Meer seine Vertrautheit nimmt. Etwas Raues, Unbeugsames haftet ihm an. Am Horizont haucht der Tag in Azur, Gold und Puderrosa sein Leben aus. In mir herrscht Nacht.

Auf der Suche nach einem Lichtschimmer ziehe ich mein iPhone aus der Tasche meiner khakifarbenen Shorts. Meiner Komplizin, die ich eingeweiht habe und am meisten sehen möchte, schicke ich meinen Standort. Zwei blaue Haken erscheinen neben der Nachricht.

Wir sind in zwanzig Minuten da.

Ich atme auf. Für meine Abiturfeierlichkeiten ist sie auf Fehmarn, bei unserer Familie. Jeden Ozean würde sie für mich überqueren, sofort kommen, wenn ich sie brauche. Zwanzig Minuten sind dennoch erträglicher als die zweieinhalb Stunden nach Hamburg.

Bevor meine große Schwester mir Licht spendet, brauche ich einen Funken. Ich öffne *Spotify*. *Taylor Swift Songs zum Weinen,* heißt unsere gemeinsame Playlist. Der Druck auf Play leitet eine Akustikversion von *All You Had To Do Was Stay (Taylor's Version)* in meine Adern. Ich stelle den Song auf Repeat. Für jeden Augenblick im Leben gibt es einen Taylor-Swift-Song. Das hat Lucie mir beigebracht. Ich bin diejenige, die nicht hat bleiben wollen ... Nein, wir haben uns gemeinsam in den Graben gefahren. Oder die Straße hat immer dort geendet, wo der Ozean zwischen uns anfängt. Nun füllt er sich mit meinen Tränen. An diesem Ufer lauert eine Realität, in der ich geblieben bin. Hinüber auf die andere Seite, wo der Grund auf mich wartet, aus dem ich gegangen bin, schaffe ich es nicht.

Meereswind trägt ein Bellen zu mir. Ich drücke auf Pause.

Cleos Pfoten wirbeln Sand auf. So schnell ihre alten Knochen die Border-Collie-Hündin tragen, läuft sie an meine Seite. Prüfend betrachtet sie mich aus ihren glasigen Augen. Wohl begreifend, was ich brauche, rollt sie sich neben mir zusammen.

Ich vergrabe die Finger in dem ergrauten weiß-braunen Fell. Kraft schöpfend aus der Nähe meiner Hündin.

»Ich hatte das Gefühl, dass du Cleo brauchst«, wispert eine sanfte Stimme.

Ich schaue auf, in bernsteinfarbene Augen, in denen sich das Abendlicht spiegelt. Sein Schimmer verwandelt die Locken meiner großen Schwester in flüssiges Gold. Sie ist das Licht in meiner dunkelsten Stunde. Obschon es eine Zeit gegeben hat, in der wir zwei Sportarten mit unterschiedlichen Regeln auf demselben Spielfeld gespielt haben. Lucie hätte erwidert, dass wir ein Lied in zwei Tonarten sind.

Früher sind wir ein Team mit drei Spieler*innen gewesen. Oliver ist seit neun Jahren nicht mehr hier. Manchmal klingt der Meereswind wie sein Lachen, die Sterne an Nachthimmel formen sich zu seinen Grübchen. Auf der Abiturzeugnisvergabe habe ich nach den bernsteinfarbenen Augen Ausschau gehalten, die er mit seiner Zwillingsschwester geteilt hat. Lucie ist nach seinem Tod zweieinhalb Jahre lang nicht zu Hause gewesen. In einer Rehaklinik und in der Psychiatrie. Nachdem sie versucht hat, sich das Leben zu nehmen, habe ich mich davor gefürchtet, ihr mein Herz zu öffnen. Unsere Eltern haben die Erwartungen an drei Kinder auf meinen Schultern abgeladen. Lucie und Oliver bin ich nicht gerecht geworden.

Regelkonform. Musikalisch. Einser-Schülerin. Worte ohne Bedeutung, wenn es um mich geht.

Neun Jahre nach dem Unfall haben unsere Eltern das lange begriffen. Über mein Abitur mit 2,9 haben sie sich genauso gefreut wie über Lucies mit 1,2.

Meine große Schwester hat mir geholfen, im Ozean der Trauer schwimmen zu lernen. Wir haben neue Regeln gefunden oder eine andere Melodie, je nachdem, wer gefragt wird.

»Ich weiß. Du hast *wir* geschrieben.«

Die Andeutung eines Lächelns zupft an Lucies Mundwinkeln. Sie stützt sich auf dem Gehstock ab. Mühsam sinkt sie neben mir in den Sand. Die Beine von sich weggestreckt, umspielt von dem fliederfarbenen Stoff ihres Kleides. »Möchtest du mir sagen, wie er es aufgenommen hat?«

»Er hat dieselben Gedanken gehabt. Dass es leichter ist, ohneeinander diesen Lebensabschnitt zu beginnen. Ich sollte erleichtert sein ... aber i-ich ...« Ich zerfalle in mein Schluchzen.

Sofort sind Arme da, die mich an sich ziehen. Und ein Hundekörper, der sich an mich kuschelt. Ich vergrabe das Gesicht an Lucies Schulter. Sie streicht mir über das Haar. Verhindert, dass ich mit den Tränen davongespült werde.

»Lass den Schmerz zu. Für eine Weile wird es wehtun und sich furchtbar anfühlen. In ein paar Wochen siehst du, dass es richtig so ist«, murmelt sie in meine Locken. »Ihr könnt eure Wege gehen, ohne ein Seil, das euch zurückhält.«

»Das klingt vernünftig«, bringe ich mit brüchiger Stimme heraus und hebe den Kopf. »Dadurch tut es nicht weniger weh. Obwohl *ich* diesmal Schluss gemacht habe.« Ich schnaube. »Es fühlt sich an wie bei Dania. Damals habe ich nicht verstanden, wieso sie sich von mir trennt, weil sie wegzieht und keine Fernbeziehung möchte.«

Cleo sieht mich mit schiefgelegtem Kopf an. Behutsam streichle ich sie zwischen den Ohren.

»Wieso habe ich aus meinen Trennungen nichts gelernt? Zum Beispiel, mich nie wieder zu verlieben.«

Zweimal habe ich mein Glück in die Hände einer anderen Person gelegt. Wohlwissend, dass Menschen dazu neigen, Dinge fallenzulassen. Bei jedem Sturz ist es zerbrochen.

Lucie streicht mir die Tränen aus den Augenwinkeln. »Das kannst du nicht beeinflussen. Deinen Weg gehst du aus eigener Kraft. Wenn es so sein soll, findest du eine Person, die ihm an deiner Seite folgt und alle Steine mit dir gemeinsam wegräumt.«

»Du hast leicht reden.« Meine Aufmerksamkeit huscht zu dem

filigranen roségoldenen Ring an ihrem linken Ringfinger. »Du heiratest deine erste Freundin.«

Ein Schmunzeln umspielt ihren Mund. »Punkt für dich.«

»Und eure Beziehung ist ein kitschiger Taylor-Swift-Song.«

»Manchmal stimmt das, aber Chiara und ich sind nicht perfekt und das gehört zu einer Beziehung dazu. Ich liebe sie, wenn es regnet und wenn die Sonne scheint.« Mit den Fingerspitzen berührt sie ihren Ring. »Am Ende des Tages überstehen wir jeden Sturm – das zählt.«

»Kitschig seid ihr trotzdem. Du hast ihr den Heiratsantrag auf einem Taylor-Swift-Konzert gemacht.«

Sie wirft ihrem Armband einen Seitenblick zu. ›*Anti-Hero*‹ steht zwischen mitternachtsblauen Perlen. Fünfeinhalb Jahre haben sie ohne einen Kratzer überdauert. »Taylor wird es nie erfahren, aber sie hat geholfen, uns zusammenzubringen.«

»Ihr habt zwei Kinder.«

Sie zieht die Nase kraus. »Sie sind Katzen.«

»Weiß Chiara das? Ich habe die Liste gesehen, die sie Simon dafür geschrieben hat, dass er während unserem Italien-Urlaub auf sie aufpasst.«

Sie lacht leise. »Es ist mehr die Tatsache, dass Francesca nächste Woche sechzehn wird.«

»Ich sehe darin nur Vorteile. Chiara kann nichts mehr dagegen sagen, wenn Mattéo und ich ihr Horrorfilme zeigen.«

»Vorausgesetzt, sie sind ab sechzehn.«

Ich schürze die Lippen. »Was denkst du von uns?«

Die Liste in unserer *WhatsApp*-Gruppe sollten Lucie und Chiara besser nicht sehen … oder erfahren, dass wir eine Gruppe ohne sie haben.

Zwei Wochen, nachdem Lucie und Chiara offiziell zusammengekommen sind, habe ich Chiaras Geschwister kennengelernt. Sie und Lucie haben sich gewünscht, dass wir einander mögen. Das habe ich gespürt, ohne dass sie es gesagt haben. Ein Knoten in meinem Magen, der sich zugezogen hat, nachdem das Erste, was Francesca zu mir gesagt hat, ›Hättest du kein gebrochenes Sprunggelenk, könnten wir zusammen Fußball spielen‹ gewesen ist. Danach hat sie mich gefragt, ob ich *Percy Jackson* mag, und sie und Mattéo haben mir die Bücher und die Serie gezeigt.

Der Knoten in meiner Brust hat sich gelöst und sie sind meine Familie geworden. Chiara ist meine zweite große Schwester. Mattéo mein gleichaltriger Bruder. Francesca meine jüngere Schwester, die manchmal mich fragt, wenn sie einen Rat von einer Erwachsenen braucht.

Ein Schmunzeln spielt um Lucies Mund. »Was euch angeht, habe ich eine gute Menschenkenntnis. Ich sage es nicht Chiara. Wenn sie euch erwischt, bin ich unparteiisch, und bitte weckt mich nie wieder um fünf Uhr nachts, weil euch ein Film zu gruselig ist, wie nach *Terrifier 3*. Das erledigt Taylor jeden Tag; ich möchte im Urlaub ausschlafen.« Sie betrachtet die Wellen. »Francesca erwachsen werden zu sehen, fällt ihr schwer. Taylor und Betty haben weder eine Klasse übersprungen noch machen sie in zwei Jahren Abitur oder tun manchmal so, als würden sie Chiara nicht brauchen, obwohl das nicht der Fall ist. Dadurch mangelt es ihnen nicht an Aufmerksamkeit.«

Lucie hat die British-Kurzhaar-Kitten aus dem Tierschutz geholt und sie Chiara dieses Jahr zum Geburtstag geschenkt. Die Namen hat sie ausgesucht, Chiara hätte sie genauso genannt. Die beiden teilen sich nicht nur einen Kleiderschrank, sie sind in jeder Hinsicht Melodie und Gegenmelodie.

»Eure wichtigste Verbindung habe ich vergessen. Ihr teilt dieselbe Leidenschaft und habt das Glück, jeden Abend zusammen auf der Bühne zu stehen.« Sehnsucht färbt meine Stimme, verschafft ihr einen rauen Klang.

»Zusammenzuarbeiten ist Fluch und Segen zugleich. Dennoch würde ich es mir nicht anders wünschen.« Sie stupst mich mit der Schulter an. »An der Academy wirst du zahlreiche Menschen kennenlernen, die deine Leidenschaft teilen.«

Ich wende mich von ihr ab. Ein Sternenband schmückt den Himmel. Überreste der Abendröte versinken in den Wellen. In den Schaumkronen spiegelt sich die Zukunft, welche Lucie andeutet. Wünsche ich mir eine Person, die neben mir auf dem Hockeyfeld steht? Würde mich das im Spiel aus dem Gleichgewicht bringen oder mir Halt geben?

Die Welle bricht, der Gedanke versickert am Grund der Ostsee und macht Platz für eine Erkenntnis. Es gibt eine dritte Person, in deren

Hände ich mein Glück gelegt habe. Auch sie hat es fallenlassen. Jedes Mal hat sie die Scherben zusammengeklebt und aus den Fragmenten ein Mosaik geschaffen. Ich selbst.

»Ich möchte mich auf mich konzentrieren.« Es auszusprechen, gleicht einem Aufatmen, wie nach einem Sieg im Penalty-Schießen. »Herausfinden, ob ich für das Feldhockey am meisten brenne oder ob es eine Zukunft für mich gibt, die nicht mit einem Trikot der Nationalmannschaft endet.«

Lucie schluckt. »Ein Leben ohne Feldhockey wäre für dich wie ein Leben ohne Musik für mich.« Kummer ermattet ihre Stimme. Nach Olivers Tod hat sie der Bühne den Rücken gekehrt. Bis sie sich aus dem Brunnenschacht aus Schuld und Trauer gekämpft hat. Oben hat ihr Traum von der Bühne gewartet.

»Wahrscheinlich.« Ich betrachte die schäumenden Wellen. Vertraut klingt ihr Rauschen in mir nach. »Am wenigsten kann ich mir ein Leben ohne das Meer vorstellen.«

»Das Meer fehlt mir in Hamburg immer am meisten.«

Ich wirble herum. »Hey!«

Cleo verleiht ihrer Empörung mit einem Bellen Ausdruck.

Lucie schmunzelt. Abwesend krault sie Cleos Hals. »Da könnt ihr nicht mithalten.« Ein Funkeln, heller als die Sterne, stiehlt sich in ihre Augen. »Du lächelst, Charlie.«

Ich taste nach meinen Lippen. Das Gespenst eines Lächelns hat sich dort niedergelassen. Ein dunkler Fleck prangt auf meinem Herzen. Seine Schläge schmerzen mal mehr, mal weniger. Das Gespräch mit Lucie und Cleos Nähe haben die Finsternis mit ersten Sonnenstrahlen durchbrochen.

Kapitel 3

Taylor Swift – The Prophecy

00:00 -03:46

Maxine
September

Hinter dem Fenster des Taxis verblassen die Umrisse des Bungalows. Sydney zieht wie ein Film, bei dem jemand auf die Taste zum Vorspulen gedrückt hat, an mir vorbei. Ein Meer aus Monochromie, überzogen von Farbflecken der Morgenröte.

Ich linse zu Jeanne, die auf ihrem iPhone herumtippt.

Der Reißverschluss des fliederfarbenen Rucksacks entgleitet mir, so sehr bin ich darauf bedacht, sie nicht auf mich aufmerksam zu machen. Beim vierten Versuch ziehe ich mein iPhone hervor.

Ich setze die geräuschreduzierenden Kopfhörer auf, welche mein Vater mir eineinhalb Monate zu spät zum Highschool-Abschluss geschenkt hat. Denkt er nächsten Monat an meinen Geburtstag? Wieso sollte er, wenn er eine neue, bessere Familie hat? Mit zwei Söhnen, die ihn weder an seine Ex-Frau erinnern, noch eine Enttäuschung auf zwei Beinen sind. Jeanne sagt, er hätte *sie* abserviert, nicht *uns*. Dabei fühle ich mich weggeworfen, wie eins meiner Kleidungsstücke, die Jeanne ohne mein Wissen in die Altkleidersammlung gegeben hat.

Ein Biss auf die Innenseite meiner Wange vertreibt meinen Vater aus meinem Gedächtnis. Der Druck auf Play offenbart mir eine Symphonie aus zerrinnender Hoffnung und Melancholie – *The Prophecy* von Taylor Swift. Der Daily Mix auf *Spotify* hat gespürt, was ich brauche. Die Academy bedeutet einen Neuanfang. Ich wünsche mir ein Team, keine jungen Frauen, welche dasselbe Trikot tragen, und meins ist eine Nuance zu dunkel, um in ihr Bild zu passen.

Seufzend lehne ich die Wange gegen die Fensterscheibe. Wieso sollte es diesmal anders sein?

Wolkenkratzer lösen die Bungalows ab. Der Verkehr bewegt sich schleppend, die Straßen münden in einem Highway. Dahinter schimmert das türkisblaue Pazifikband, durchdrungen von goldschimmernden Mustern.

Ich atme freier, die Stadt sperrt mich nicht länger in einen Käfig aus Lärm und Beton. Zwanzig Minuten müssen wir vom Highway aus noch fahren, die New South Wales Academy of Athletes liegt direkt am Pazifik. Vielleicht erlaubt mir Jeanne, täglich am Strand joggen zu gehen. Sie hätte eine Tochter, die Kondition und Ausdauer trainiert, ich hätte die Illusion von Freiheit.

The Prophecy begleitet mich fast eine Stunde lang auf Repeat, ein Mantra, dass sich entgegen aller Chancen etwas ändern könnte.

Wir folgen einer Landstraße, biegen in einen Kiesweg ein.

Kribbelnde Aufregung lässt mein Herz im Rhythmus der Erschütterung schlagen. Gleich sehe ich zum ersten Mal den Ort, an dem ich auf unbestimmte Zeit leben werde. Eine Chance zum Luftholen oder ein neues, größeres Gefängnis.

Der Druck der Kopfhörer verschwindet. Geräusche prasseln auf mich nieder. Das Brummen des Motors, knisternder Kies, Meeresrauschen, Möwenkreischen, Jeannes Atem. Ich widerstehe dem Impuls, mir die Ohren zuzuhalten.

»Zeit, diesen Krach auszumachen.«

Jeannes Gesicht ist eine Haaresbreite von meinem entfernt. Mit spitzen Fingern hält sie die Kopfhörer fest, als seien sie ein lästiges Insekt.

Ich verstaue meine Sachen.

»Auf dem Campus versteckst du dich nicht hinter deiner Musik.«

Obschon das mein Plan gewesen ist, nicke ich. In der High School war sie eine Barriere zwischen der Realität und mir. Meine Mitschüler*innen haben sie mehr als einmal niedergerissen. Geschichten von heruntergefallenen, kaputtgegangenen Kopfhörern zu glauben, ist für Jeanne leichter gewesen, als herauszufinden, dass mir in der Schule mit zweierlei Klinge wehgetan worden ist: Taten und Worte. Meine Schuld wäre es in ihrer Vorstellung geblieben. Bis sie mir neue Kopfhörer gekauft hat, habe ich das Tuscheln auf den Gängen ertragen müssen. Worte, die mehr wehgetan haben als blaue Flecken und aufgeschlagene Knie von Stürzen die Treppe herunter – meine Schuld. Ich habe nicht in ihr Puzzle gepasst, egal, wie oft ich meine Kanten abgeschliffen habe.

»Beim Treffen mit Ms Perez machst du einen guten Eindruck.« Sie gräbt die Gelnägel in meinen Oberarm, ich beiße mir auf die Zunge, rege keinen Muskel. »Kein Stammeln, kein Vermeiden von Blickkontakt. Sprich, wenn du gefragt wirst, und wähle deine Antworten mit Bedacht. Verstehen wir uns?«

In ihren Augen spiegelt sich mein bleiches Gesicht. »Ja.«

Das Taxi stoppt. Jeanne sieht mich durchdringend an, ich fröstle. Dann lässt sie mich los.

Ich reibe mir den Arm, blutrote Halbmonde prangen auf der milchweißen Haut, ehe ich den Rucksack schultere und Jeanne aus dem Taxi folge.

Ein golden lackiertes Tor mit ornamentverzierten Streben steht offen. Dahinter säumen Palmen einen Weg, welcher zu dem Hauptgebäude aus weißem Sandstein mit einigen verglasten Wänden führt. Eine Flagge weht im Wind, darauf prangt das Wappen der Academy: die goldene Silhouette eines Wüstenfuchses vor zwei gekreuzten Hockeyschlägern auf cremeweißem Hintergrund. Ornamente in der Fassade reflektieren das Morgenlicht. Das U-förmige Hauptgebäude erstreckt sich nahezu bis zu einem privaten Strandstück. Dahinter erheben sich Bungalows, Sporthallen und Sportplätze. Neugierde, jeden Winkel zu erkunden, wallt in mir auf, vermischt mit dem Bewusstsein, dass es schwierig für Jeanne wird, jeden meiner Schritte zu überwachen, sobald ich mich zurechtfinde.

Sie weist den Taxifahrer an, sich um unser Gepäck zu kümmern. Wir folgen der Allee zum Hauptgebäude, aus dessen Schatten sich eine Frau in Jeannes Alter löst, die einen Kopf kleiner ist als sie. Mit der rötlich-braunen Haut, dem schwarzbraunen Haar mit mahagonifarbenen Reflexen und den goldbraunen Augen in einem herzförmigen Gesicht wirkt sie neben Jeanne wie ein ruhiger, lichtüberzogener Tageshimmel neben einem Hurrikan.

Mit der Miene einer Eisskulptur bietet Jeanne ihr die Hand an. »Ms Perez, es freut mich, Sie wiederzusehen.«

Das Lächeln der Angesprochenen verrutscht nicht. »Sie dürfen Cristina sagen. Es ist mir eine Ehre, Sie hier als Trainerin zu begrüßen.«

»An diesem Ort habe ich mir einen Namen gemacht.« Sonnenfunken blitzen durch den Sturm in ihren Augen. »Es ist meine Pflicht, mein Wissen weiterzugeben. Ich bin gespannt auf die Nachwuchstalente. Vielleicht ist eine zukünftige Olympiasiegerin dabei.«

Ich spanne mich an, vergrabe die Nägel im Stoff meines himmelblauen Hemdkleides.

Grübchen zeichnen sich um Ms Perez' Mund ab. »Müsste ich wählen, würde ich sagen, dass ihr Name Ellie Johansson ist, die Kapitänin der Black Eagles.«

Jeanne rümpft die Nase. »Wieso spielt sie dann nicht bei den Golden Foxes?«

»Die Geschichte muss Ellie Ihnen erzählen«, erwidert Ms Perez mit einer Endgültigkeit, welche Jeannes Miene die Farbe entzieht. »Letizia Rosales, die Kapitänin der Golden Foxes, ist nach Ellie unsere zweitbeste Stürmerin.«

Die Golden Foxes sind die elitäre Mannschaft der Academy, welche Dutzende Siege in der NSW Premier League verzeichnet und zahlreiche Spielerinnen für globale Wettkämpfe und das olympische Team hervorgebracht hat.

»Mal sehen, ob die Zweitbeste meinen Ansprüchen genügt.« Etwas blitzt in Jeannes Augen auf – Schnee, welcher alle Pflanzen unter sich begräbt. »Abgestiegen sind sie nicht und sie spielen nach wie vor in der NSW Premier League. Das wäre nach dem Sieg beim Winter Cup ein wichtiger Schritt auf Maxines Weg.«

Der verbale Fausthieb bringt die Welt aus dem Gleichgewicht und mich einem Abgrund näher, von dem ich mir wünsche, dass er mich verschlingt.

Ms Perez' pastellrot geschminkte Lippen öffnen sich zu einem O. »Wie unhöflich von mir.« Sie reicht mir die Hand. »Es freut mich, dich kennenzulernen, Maxine. Deine Mutter hat mir viel von dir erzählt.«

Ich presse den Kiefer zusammen. Das kann ich mir vorstellen …

»Ihr habt den Oceania Winter Cup gewonnen.«

Jeannes Blick brennt auf meiner Haut – die heißesten Feuer lodern blau wie der Ring um ihre sturmgrauen Iriden.

»Dank dem Training und den wachsamen Augen meiner Mutter.« Ich recke das Kinn, verwandle mich in eine Kopie von Jeanne. »Ich bin froh, dass sie mir als Trainerin erhalten bleibt, und nehme jede Herausforderung an.«

Schwer wiegt Jeannes Hand auf meiner Schulter, meine aufrechte Haltung bröckelt; hinter der Fassade der Kopie kommt das gebrochene Mädchen zum Vorschein. »Ich kann von Glück reden, dass sie dieselbe Leidenschaft teilt wie ich.«

Mein Magen verkrampft sich. Wie oft hat sie mir gesagt, dass sie von ebendieser nichts spürt? Wie oft ist mir der Schrei, dass ich keine Möglichkeit habe, eine Leidenschaft zu entwickeln, im Hals steckengeblieben? Meine Zukunft ist in Stein gemeißelt, seit auf meiner Geburtsurkunde Maxine Jeanne Martin eingetragen worden ist.

»Für Maxine ist sicher Platz bei den Golden Foxes.«

»Auf welcher Position spielst du?«, erkundigt sich Ms Perez.

Jeannes Kieferpartie spannt sich an. »Sie ist Stürmerin.«

»Erst im nächsten Semester wird ein Platz als Stürmerin frei«, erwidert sie. »Maxine wird ihn sich erspielen müssen. Dasselbe hat für Teresa gegolten, die am Ende ihres ersten Ausbildungsjahres Teil des Elitekaders geworden ist. Ich würde ihr nie eine Sonderbehandlung geben, weil sie meine Tochter ist.«

»Das würde mir auch nie in den Sinn kommen.« Ein samtiger Schleier, durchwoben mit Dornen, liegt auf jedem Wort. »Ich bin zuversichtlich, dass Maxine es schafft. Im Oktober wird sie neunzehn. Demnach wäre sie die jüngste Frau im Elitekader, die es nach mir gegeben hat.«

Ms Perez räuspert sich. »Wir sollten mit der Führung beginnen, bevor die ersten Studierenden eintreffen.« Auf ein Nicken von Jeanne hin dreht sie sich um, ihre hohen Absätze hallen über den Marmorfußboden des Flures.

Jeanne packt mein Handgelenk. »Du wirst dir den Platz in dieser

Mannschaft erkämpfen.« Alle feinen Härchen in meinem Nacken stellen sich auf. »Um jeden Preis.« Ohne eine Antwort abzuwarten, stößt sie mich von sich und schließt zu Ms Perez auf.

Zu Stein erstarrt sehe ich ihnen nach. Hektisch pocht mein Herz gegen den Käfig meiner Rippen.

Der Marmorboden wirkt auf den ersten Blick weiß. Auf den zweiten hat er ein Muster aus cremeweißen und perlmuttfarbenen Steinen, angeordnet wie auf einem Spielbrett.

»Maxine, kommst du?«

Ich reiße die Aufmerksamkeit von dem Spielbrett los, auf dem ich mich von heute an bewege. Als folgsamer Spielstein schließe ich zu Jeanne auf.

Sie mahlt mit dem Kiefer. »Was fällt dir ein?«

»I-ich«, ich ringe um Atem, »musste m-meine«, ich trete von einem Fuß auf den anderen, »Schuhe binden.«

Abfällig bedenkt sie die abgetretenen Converse. »Beim nächsten Mal ziehst du angemessene Schuhe an.« Sie zieht mich mit sich, ich stolpere hinter ihr her.

Seit achtzehn Jahren befiehlt sie über jeden meiner Schritte. Ich bin der Spielstein. Sie schreibt in blutroter Tinte die Regeln, welche mir verborgen bleiben. Mit einer Niederlage muss ich allein leben.

***

Die Führung lenkt Jeanne von mir ab. Ohne die geräuschreduzierenden Kopfhörer überschwemmen mich Eindrücke.

Das Hauptgebäude bildet ein vierstöckiges U, auf den oberen Etagen sind die Zimmer der Studierenden sowie Aufenthaltsräume. Im Ost- und Westflügel des Erdgeschosses befinden sich Seminar- und Veranstaltungsräume. Angrenzend an den Speisesaal, im Zentrum des Hauptgebäudes, ist ein Wintergarten, zu dem alle Wege führen wie Blut zu einem Herzen. Flüchtig erhasche ich einen Blick auf die Palmen, regenbogenbunten Blüten sowie den Teich, in welchem sich golden geschuppte Fische tummeln.

Unsere Räumlichkeiten befinden sich in einem Bungalow mit

goldenem Dach. Sein Herzstück ist ein in Creme und Azur gehaltener Wohnbereich mit offener Kücheninsel. Flügeln gleich gehen davon zwei Zimmer ab, welche je über ein eigenes Bad verfügen. Eingerichtet in denselben Farben wie das Wohnzimmer, bis jetzt ohne Seele. Dennoch fühlt sich das Boxspringbett mit einer Vielzahl von Kissen in Blaunuancen wie mein persönlicher Ozean an. Zum ersten Mal in meinem Leben verfügt mein Zimmer über eine Tür, obschon Jeanne deren Schlüssel in die Innenseite ihrer Jacke geschoben hat. Wenigstens existiert die Illusion von Privatsphäre.

Draußen verschafft uns Ms Perez einen Überblick über die Sportanlagen. Neben Feldhockey wird eine Ausbildung im Schwimmen, Surfen, Leichtathletik und Tennis angeboten.

In der Nähe des privaten Strandes befinden sich Cafés, Läden, ein Wellnesscenter und ein Fitnessstudio. Über den Strand verteilt sind ein Steg, an dem Tret- und Ruderboote ausgeliehen werden können, sowie ein Schuppen mit Surfbrettern.

Meine Füße schmerzen, dennoch kommt mir der Campus von der Dachterrasse aus, welche zu Ms Perez' persönlichen Räumlichkeiten gehört, klein vor.

Sie breitet die Arme aus. »Das ist mein größter Vorteil als Direktorin.«

Künstliche Palmen säumen die verglaste Brüstung, eine gemusterte Hollywoodschaukel schwingt in der Brise. Cremeweiß gepolsterte Stühle sowie ein Campingtisch bilden die Mitte der Dachterrasse. Der Duft von Blätterteig und Kaffee weht mir entgegen, mein Magen rumort. Ich wende den Blick ab und verglühe in zwei warmen Augenpaaren in herzförmigen Gesichtern mit rötlich-brauner Haut und Haar wie Ebenholz.

Ms Perez lässt sich am Tisch nieder und bedenkt die Fremden mit einem Blick wie Sonnenlicht. »Meine Kinder nutzen dieses Privileg gerne. Das sind Léon und Teresa.«

Léon schiebt sich eine Gabel Rührei in den Mund. »Du hast gesagt, dass wir mit euch frühstücken dürfen.«

Jeanne schnaubt.

Teresa linst aus dem Augenwinkel zu ihr. »Außerdem wolltest du uns Jeanne Martin vorstellen.«

»Du wirst sie in nächster Zeit oft genug sehen. Sie unterstützt Mathilde als Trainerin.«

»Das eine schließt das andere nicht aus.«

Worte sachte wie die Nuancen der Morgenröte. Mienen, weichgezeichnet von dem Sonnenschimmern um uns herum.

Jeannes Anwesenheit neben mir bin ich mir allzu bewusst, dennoch fließen unsere Farben nicht ineinander. Ms Perez und ihre Kinder sprechen dieselbe Sprache und kreieren daraus eine Farbe, welche allein sie sehen. Meine Farben sieht Jeanne nicht, und nachdem sie diese achtzehn Jahre lang mit ihren übermalt hat, bin ich nicht mehr in der Lage, sie voneinander zu unterscheiden.

»Wo bist du mit deinen Gedanken?« Jeanne zieht mich in Richtung des Tisches und auf den gepolsterten Stuhl neben ihrem.

»Die neuen Eindrücke sind überwältigend für sie.« Ms Perez zwinkert mir zu. »Genauso ging es mir an meinem ersten Tag.«

Teresa stützt die Ellbogen auf der Tischplatte ab. »Mir auch. Obwohl Mamá die Academy leitet und wir oft hier gewesen sind. Vor einem Jahr haben Léon und ich unser Studium begonnen. Ich spiele Feldhockey, er ist Schwimmer.«

Mühsam schlucke ich. Buchstaben stoßen in meinem Kopf aneinander. Kanten, die nicht zusammenpassen, ohne Inhalt.

Sie wendet sich ab, lässt mich mit einem Zwicken im Magen zurück. Was ist falsch mit mir? Warum bin ich nicht in der Lage, mit Menschen in meinem Alter zu sprechen?

Sie sieht Jeanne an, als sei diese ihre Sonne und sie eine vertrocknende Pflanze. »Es freut mich, Sie kennenzulernen. Mein Name ist Teresa Perez. Ich bin die Torwartin der Golden Foxes.«

Jeanne schenkt sich Kaffee ein. »Wie lange spielst du auf dieser Position?« Sie schöpft Rührei auf eine Serviette und drückt das Fett aus. Die goldgelben Stückchen verteilt sie auf einem Croissant. Mit zusammengekniffenen Augen sieht sie zwischen mir und meinem leeren Teller hin und her.

Mein Hemdkleid engt mich ein, als würden sich die Nähte zusammenziehen. Den Atem anzuhalten oder den Bauch einzuziehen, führt zu nichts, der Stoff verformt sich mit mir. Eine Faust schließt sich um mein Herz und drückt zu.

Fingernägel graben sich in mein Bein. Ein Keuchen unterdrückend strecke ich eine Hand nach dem Brotkorb aus. Jeanne lässt mich los, der Druck in meiner Brust bleibt.

Gebäck, eines fettiger als das andere. Bitterer Geschmack legt sich auf meine Zunge. Mit spitzen Fingern nehme ich mir ein Croissant. 400. Mit Aufstrich weniger als Schokocroissants, Berliner und Apfeltaschen. Blätterteig zerbröselt unter meinen Fingern, Fettrückstände versickern in meiner Haut. Mir dreht sich der Magen um. Meine Hände zu waschen, ist keine Option. Dumpf fällt das Gebäckstück auf den Teller, verkrampft schneide ich es auf und bedecke mit einer Messerspitze Erdbeermarmelade beide Seiten. Die Hände wische ich an einer Serviette ab, schenke mir Kaffee ein und umklammere die Tasse.

Am Rande meines Bewusstseins plätschert Teresas Stimme. »Als ich fünfzehn war, habe ich beim Winter Cup der u16 in letzter Minute …«

Niemand beachtet mich. Mein Magen knurrt, schreit mich an, bloß keinen Bissen zu nehmen. Zittrig breche ich ein Stück Croissant ab, ein zweites, und schiebe sie nach und nach in die Serviette neben dem Teller. Das Gefühl von Kontrolle erdet mich, das Rumoren schwillt zu einem Crescendo an. Ich warte auf vertraute Leere, in der es verhallt, und auf die Nebel folgt, der einen Wall zwischen Jeannes Erwartungen, diesem Gespräch und mir bildet.

Léon isst den letzten Bissen Rührei, sieht an sich herab und stoppt Teresas Redefluss mit einer Hand auf ihrem Oberarm. »Ich muss mich umziehen. Hol mich in zehn Minuten ab.« Ohne Abschiedsworte verschwindet er.

Ms Perez legt den Kopf schief. »Lass mich raten, es geht um Viona.«

Teresa schmunzelt. »Der Flieger von Ellie und ihr landet in einer Stunde. Wir holen sie ab.«

Ihre Augenbrauen ziehen sich zusammen. »Sind Léon und Viona endlich zusammen?«

»Gib ihnen dieses Semester. Sonst überlegen wir uns einen Plan.« Sie erhebt sich, automatisch folge ich dem Verlauf der durchtrainierten

Beine in ihren Jeansshorts mit meinem Blick. Wie ihr bordeauxrotes Top schmiegen sie sich an ihren Körper, und das Sonnenlicht verwandelt ihr Haar in Herbstlaub.

Ich widerstehe dem Drang, meine erdbeerblonden Strähnen anzufassen; so viele Körperstellen wie möglich sollen von den Fettrückständen an meinen Fingern verschont bleiben. Hat Jeanne recht? Sollte ich mir die Haare blond färben?

»Letizia kommt um drei Uhr am Nachmittag an, sie wird uns bei den Vorbereitungen für die Willkommensfeier helfen. Ellie hat dasselbe versprochen.« Teresa verschwindet, und mit ihr die Möglichkeit, ein Gespräch mit einer Person in meinem Alter anzufangen.

Mein Seufzen ersticke ich mit einem Schluck Kaffee.

»Ich bin gespannt, ob sie auf dem Hockeyfeld hält, was sie verspricht.« Ein Sturm zieht über Jeannes Miene auf, sie fixiert mich. In der Bewegung halte ich inne, das halbe Croissant umklammernd, Erdbeermarmelade verklebt meine Finger. »Und ob meine Tochter sich hier ihren Platz erkämpft.«

»Du musst dir keine Sorgen machen.« Es dauert einen Herzschlag, bis ich begreife, dass Ms Perez mich meint. »Wir sind eine Familie, ihr werdet euch schnell einfinden.«

Dasselbe Versprechen habe ich an meinem ersten Tag an der High School gehört. Am selben Nachmittag habe ich den ersten blauen Fleck gehabt. Mein Schicksal ist in Stein gemeißelt – ich bin das negativ geladene Teilchen, das abgestoßen wird.

Jeanne sieht von mir zu dem Gebäckstück. Essen, das in ihrem Ernährungsplan für mich nicht vorgesehen ist. Ms Perez das zu sagen und es abzulehnen, wäre unhöflich.

Hölzern führe ich das Croissant zum Mund, meine Schneidezähne schaben über den Blätterteig. Zuckrige Erdbeermarmelade hinterlässt schalen Geschmack in meinem Mund, Blätterteig zerbröselt zwischen meinen Fingern, an denen Fettrückstände zurückbleiben. Tropfen, welche die Leere in mir füllen und den Nebel über meinem Verstand zu neutralisieren drohen. Still flehe ich, dass Jeanne für heute eine Trainingseinheit geplant oder Termine hat, die mir ein Home

Workout ermöglichen, das meine Kalorienbilanz unter null bringt.

»Bis ich mich in dieser Familie eingefunden habe, halte ich mich an J-«, ich stocke, »meine Mum.«

Das Gespenst eines Lächelns erhellt Jeannes Züge, in jedem anderen Augenblick hätte es eine Kerze des Stolzes in mir entzündet.

Die Klauen, welche sich seit meiner Ankunft um mein Herz geschlossen haben, reißen den Docht aus dem Wachs. Spiele ich nach ihrem Spielplan, bleibt alles beim Alten. Ich bin nicht in der Lage, ihn neu zu schreiben, die Tinte in meinem Tintenschreiber ist vertrocknet. Das ist kein Neuanfang, das Spiel findet bloß auf einem anderen Hockeyfeld statt. Die anderen werden mich in der Luft zerreißen, sobald sie erkennen, welchen Platz Jeanne in ihrer Aufstellung für mich vorgesehen hat.

Kapitel 4

Taylor Swift – A Place In This World

00:00 -03:46

Charlie

Nach einem dreißigstündigen Flug stehe ich vor dem Abbild meines Traumes. Vor vierzehn Jahren hat ein kleines Mädchen diese Tür in ihren Träumen zum ersten Mal durchschritten.

A Place In This World fließt aus den AirPods durch meine Adern. Ein Cover von Lucie. *Charlie's Version* heißt das Album, welches sie mir zum fünfzehnten Geburtstag aufgenommen hat. Mit einer Tracklist aus Lieblingsliedern von uns sowie mutmachenden Songs, die ich nach dem Wechsel in eine neue Klasse gebraucht habe. Über fünfeinhalb Jahre alte Aufnahmen, die Lucie nicht mehr hören kann. Genauso würde es mir mit Videos von vergangenen Matches gehen. Für mich fühlt sich das Album an, als hielte sie über die Weltmeere hinweg meine Hand. Am meisten liebe ich ihr Cover von *Who's Afraid of Little Old Me?*, ohne das sie nie ihre tiefere, düstere Stimmfarbe entdeckt hätte.

Heute ist *A Place In This World* mein Soundtrack. Allein auf dem Weg ins Ungewisse. Wie damals, als ich freiwillig zurück in die achte Klasse gegangen bin. Mit zwanzig ist es nicht leichter, über die Schwelle zu treten, hinter der meine Träume sich als wahr oder als Nachtmahre entpuppen.

Lucie flüstert mir Mut ein. Mit weichen Knien durchschreite ich die Eingangstür, in ein lichtdurchflutetes Foyer mit verglaster Decke. Hitze legt sich über meine Haut. Der australische Spätwinter steht dem deutschen Spätsommer in nichts nach. Studierende stehen in Gruppen zusammen oder sind mit ihren Smartphones beschäftigt. Einige tragen azurblaue Kleidung mit dem Wappen der Academy.

Sehnsucht nach Sophie drückt auf meine Brust. Jeden Sturm haben wir seit unserem Kennenlernen an meinem ersten Tag im Kindergarten überstanden. Unser erstes Probetraining. Unsere Einschulung. Den Wechsel auf die Inselschule. Mein Sitzenbleiben hat mich allein auf das offene Meer hinausgetrieben. In den Pausen ist Sophie mein sicherer Hafen geblieben. Seit zwei Semestern studiert sie Deutsch und Sport auf Lehramt. Ich muss allein schwimmen. Hoffen, dass an diesem Hafen ein Anlegeplatz für mich frei ist.

An der hinteren Wand führen links und rechts Treppen mit vergoldeter Brüstung in das nächste Stockwerk. Darunter erstreckt sich ein weißer Marmortresen. Männer und Frauen in blauer Uniform beugen sich dahinter über Computerbildschirme.

Ich reihe mich in die Schlange ein. Sekunden werden zu Stunden, bis ich an der Reihe bin.

Ein Mann mittleren Alters mit grau-meliertem dunkelbraunem Haar und einer runden Brille schaut von dem Computerbildschirm auf. Spencer Dunham, wie ein Namensschild verrät. »Willkommen an der New South Wales Academy of Athletes …«

»Charlie.« Mein Innerstes zieht sich zusammen. »Ich meine«, stammle ich in gebrochenem Englisch. »Ich werde Charlie genannt.« In der Schule haben die Lehrkräfte den Namen auf der Klassenliste durchgestrichen. »Carla Marie Chevalier.«

Carla Marie Chevalier ist die Skizze der perfekten Tochter. Lange habe ich gedacht, dass ich mich in die Umrisse zwängen muss. Charlie bin ich. Die unerschrockene Version, die für ihre Träume kämpft. Ein Kunstwerk. Unscharf. Mit abblätternder Farbe. Unperfekt und echt.

Mr Dunham tippt etwas in den Computer. Erhebt sich, kramt in einer Schublade. Zurück am Tresen reicht er mir eine goldene Mappe mit dem Wappen der Academy. »Darin befinden sich alle Informationen zu deinem Studium, die Hausordnung, ein Lageplan und deine Schlüsselkarte. Dein Zimmer ist im ersten Stock, im linken Flügel, Nummer 113. Die Willkommensfeier beginnt um sieben Uhr.« Er rückt seine Brille zurecht. »Hast du Fragen?«

»Nein. Vielen Dank für die Einweisung.«

Ich klemme mir die Mappe unter den Arm. Umständlich navigiere ich mich mit dem Koffer durch die Menge, die Treppe hinauf. Den Flur mit goldenen Sandsteinwänden zieren Fotografien berühmter Sportlerinnen und Sportler. Neben der weißen Tür mit der 113 halte ich inne. Jeanne Martin schaut auf einen Punkt in weiter Ferne, einen Hockeyschläger lässig in der Hand. Das sonnengelbe Tanktop mit olivgrünen Shorts hebt sich von der mondlichtweißen Haut ab – die Uniform der australischen olympischen Mannschaft. Das Foto muss kurz vor ihrem Unfall entstanden sein. Ehrfurcht wallt in mir auf; ich trete in große Fußstapfen.

In dem Bewusstsein öffne ich die Tür mit der Schlüsselkarte. Das Herzstück des Zimmers bildet ein Boxspringbett mit himmelblauer Bettwäsche und einer Vielzahl von Kissen in Schattierungen der Farben des Ozeans. Daneben steht ein cremeweißer Schrank mit einer Kommode und einem Regal. Der Schreibtisch unter dem Fenster hat dieselbe Farbe. An der gegenüberliegenden Wand steht ein Zweisitzer-Sofa aus azurblauem Stoff mit einem viereckigen Glastisch. Eine Tür an der hinteren linken Wand führt ins Badezimmer.

Jeweils eine Handvoll Fotos schicke ich in unsere Familiengruppe, an Sophie und in die Gruppe mit Mattéo und Francesca. Papa antwortet mit einem nach oben gereckten Daumen, einem Foto von Cleo am Strand und der Nachricht, dass sie bei ihrer Morgenrunde die Ostsee von mir grüßen. Wärme rieselt durch meine Adern. Ich verspreche ihm Fotos vom Pazifik, dessen saphirblaues Band mich hinter dem Fenster lockt.

Bis zur Willkommensfeier sind es eineinhalb Stunden.

Schluckend betrachte ich meine zerknitterten schwarzen Jeansshorts. Lange habe ich mich für das hässliche Entlein der Familie gehalten. Neben Lucie, dem Schwan im Gefieder in den Farben von Perfektion, Kontrolle und Unschuld. Ich habe mich in Kleider gezwängt, die mir nicht passen. In der Hoffnung, dass unsere Eltern sie sehen, wenn sie mich anschauen. Genauso wie meine Mitschüler*innen. Bis mir egal geworden ist, was andere von mir denken. Dank Lucie, deren Gefieder sich verfärbt hat. Sie hat mir gezeigt, dass diese andersfarbigen Federn sie echter machen.

Vergangene Angst legt mich in Ketten. Wer möchte ich sein, wenn ich an der Schwelle zwischen Pazifik und Strand stehe, wo aus Fremden hoffentlich Freund*innen werden? Jede Faser meines Seins ist von dem Wunsch beherrscht, dass die anderen mich mögen. Ich möchte nicht in Ufernähe schwimmen, sondern der Strömung in tiefe Gewässer folgen. Anders als Lucie, die sich das Ufer zu eigen macht. In einem Etuikleid würde sie auf die Feier gehen. Den Kopf erhoben. Niemand würde verurteilen, dass sie der Strömung fernbleibt.

Mein Herzschlag beruhigt sich. Lucie ist alles, was ich nicht mehr sein möchte, *und* meine Modeberaterin für Notfälle.

In Deutschland ist es halb acht. Mit einer Nachricht bitte ich Chiara, Lucie in einer Viertelstunde zu wecken. Bis ich geduscht habe, hat sie ihren schwarzen Kaffee getrunken. So ist sie aufnahmefähig und ich bin nicht diejenige, die sie aus dem Schlaf gerissen hat.

***

Eine Dreiviertelstunde später habe ich die Dusche mit zehn verschiedenen Einstellungen bezwungen. Aus dem Spiegel sieht mich nicht länger eine Schlafwandlerin an. Mein iPhone lehne ich gegen das Glas. Es vergehen wenige Herzschläge, bis Lucie den Anruf annimmt. Violette Ringe zieren ihre Augen. Bissspuren ihre Unterlippe.

»Bist du die ganze Nacht wach gewesen?«

Sie nippt an ihrem Kaffee. »Ich habe mich hingelegt, nachdem du geschrieben hast, dass du gelandet bist. Ich schlafe gleich weiter.«

Ich beiße mir auf die Innenseite der Wange. »Sicher?«

Ihre Züge erweichen. »Ich würde in den nächsten Flieger steigen, wenn du mich brauchst.«

Worte wie ihre vertraute Umarmung. »Danke.«

»Außerdem habe ich Übung darin, lange wach zu bleiben. Immerhin habe ich fast alle *Eras-Tour*-Livestreams geschaut, nachdem Chiara mich zum Swiftie gemacht hat.« Sie spielt mit ihrem mitternachtsblauen Armband – *Midnight Rain.* »Sonst hätte ich Chiaras Anrufe verpasst, als Taylor ein neues Kleid für *Enchanted* getragen hat. Oder den schwarz-goldenen *reputation*-Bodysuit.«

»Obwohl *reputation* meine liebste Era ist, verstehe ich nicht …«

Sie stützt die Ellbogen auf dem Tisch ab, ihre Nasenflügel zucken. »Nach 131 Shows war das ein historisches Ereignis und ich habe eine Konstante in meinem Leben verloren.« Sie hebt eine Augenbraue. »Schauen Sophie und du nicht alle Livestreams von der Mannschaft, die Jeanne Martin trainiert?«

»Sonst hätten wir ihren Sieg beim Oceania Winter Cup verpasst.«

»Und wir Taylors Outfits und die Surprise-Songs.« Sie zwirbelt eine Locke um den Zeigefinger. »Du hast mich nicht angerufen, um mir das zu sagen. Was ist los?«

Das Jetzt prasselt in eiskalten Tropfen auf mich nieder. »In fünfundvierzig Minuten beginnt die Willkommensfeier. Ich möchte nicht underdressed sein und einen guten Eindruck machen. Damit die anderen mich mögen …«

»Charlie«, unterbricht sie meinen Redefluss. »Die Willkommensfeier ist kein Musical. Du betrittst keine Bühne, um eine Rolle zu spielen. Die anderen wollen dich kennenlernen.« Ihre Stimme schlägt einen dunklen Ton an. »Keine Maske, die früher oder später durchscheinend wird.«

Der Aufprall von Pfoten auf Parkett unterbricht sie. Türkisfarbene Katzenaugen verdecken meine Sicht auf Lucie. Taylors Schnurrhaare zucken, sie stupst das Display mit der Nasenspitze an. Als versuche sie zu verstehen, wieso sie mich nicht mit allen fünf Sinnen wahrnimmt.

Lucie hebt die British-Kurzhaar-Katze hoch und setzt sie sich auf den Schoß. »Taylor sieht das genauso. Es geht nicht darum, woher ihr kommt oder wie ihr ausseht. Eure Liebe zum Sport verbindet euch.« Ihre Augen schmälern sich. »Wenn du dort eine Rolle spielst, ist das für mich ein Grund, in den nächsten Flieger zu steigen.«

»Du hast recht.« Ich zupfe an dem Stoff meines grauen Sport-BHs. »Und *was* ziehe ich an?«

»Wir waren gerade nicht umsonst bei *reputation*.« Sie streichelt Taylors goldschimmerndes Fell. Diese streckt eine Pfote nach mir aus, meine Regungen verfolgend. »Taylors Namensschwester wird dir Glück bringen. Dazu könntest du die Shorts aus Lederimitat anziehen, die wir vor zwei Wochen in Hamburg gekauft haben.«

»Warte.« In Windeseile verlasse ich das Bad, kühle Luft schlägt mir aus dem Schlafzimmer entgegen. Die Shorts sowie ein T-Shirt mit einer Schlange, auf dem ›*reputation*‹ steht, liegen oben im Koffer. Mit der Kleidung ausgestattet, kehre ich ins Bad zurück und ziehe sie an.

Lucie nickt anerkennend. »Fast perfekt. Mach einen Knoten in das T-Shirt, dann ist es cropped und der Übergang von den zwei Schwarztönen beißt sich nicht.«

Sie hat mir vor sechs Jahren gezeigt, wie ich ein T-Shirt mit einem Haargummi in ein Crop-Top verwandle. Mit zusammengezogenen Brauen betrachte ich mein Spiegelbild. Die Kleidung betont meinen Körper, ohne mich einzuengen. Knapp über meinen Schultern enden die ausgestellten Ärmel. Mein erstes Tattoo, eine filigrane Welle am linken Oberarm, hebt sich von meiner gebräunten Haut ab. Lucie hat dasselbe Motiv tätowiert, ihr Geschenk an uns zu meinem achtzehnten Geburtstag. Eine Verbindung, welche jeden Ozean überbrückt. Der Streifen nackte Haut zwischen dem zusammengeknoteten Saum des Tops und den Shorts offenbart mein zweites Tattoo – den Kopf einer brüllenden Löwin, die in Ketten gelegt ist, welche ein Zitat aus *Who's Afraid of Little Old Me?* bilden.

Die Frau im Spiegel bin ich. So möchte ich an der Academy gesehen und gemocht werden.

In Lucies Augen glüht Stolz. »Perfekt.«

Ich zwinkere ihr zu. »Dank der besten Modeberaterin.«

»Immer wieder gerne, und da in Deutschland Abend ist, wenn du aufstehst, stehe ich dir jeden Tag zur Verfügung.«

Ich lache. »An den meisten Tagen trage ich Sportkleidung. Aber ich komme darauf zurück.«

Ein ernster Zug spielt um ihren Mund. »Sei du selbst. Wir wissen, was passiert, wenn du eine Maske trägst. Entweder sie verwächst so sehr mit dir, dass du dich nicht wiedererkennst, oder du schneidest dich an den Scherben, wenn sie zerbricht.«

Taylor miaut zustimmend.

Ich beiße mir auf die Unterlippe. »Versprochen.«

»Jetzt starte in dein Abenteuer. Und nimm eine Jacke mit.«

Ich schnaube. »Ja, Mama.«

Sie lacht, ich stimme mit ein.

»Erzähl mir alles von der Feier und mach Fotos.«

»Versprochen, und du leg dich schlafen.«

»Vorausgesetzt, *jemand«,* sie drückt Taylor einen Kuss auf den Kopf, »nimmt sich ausnahmsweise ein Beispiel an ihrer Schwester und weckt mich nicht.«

Wir verabschieden uns voneinander. Ihre Präsenz bleibt. Ein goldglühendes Licht, das mir den Weg weist. Als wäre sie nicht auf der anderen Seite der Welt.

Dennoch möchte ich etwas Materielles von meiner Familie bei mir tragen. Im Koffer krame ich nach der Samt-Schatulle mit meinen Schmuckstücken. Lege mir das Goldband um den Hals, an dem der Anhänger mit meinem Sternzeichen – Stier – funkelt. An meinem Handgelenk schimmert mein Freundschaftsarmband. *Who's Afraid of Little Old Me?* Ein Versprechen, dass ich an der Academy alle Ketten sprengen werde, die mich aufhalten.

Einen rauchschwarzen Hoodie mit Reißverschluss binde ich mir um. Fahre mir durch die schokoladenbraunen Locken. Der deutsche Sommer hat einzelne Strähnen in Gold verwandelt.

Ein Klopfen zerfasert meine Gedanken. Ich streiche meine Kleidung glatt. Setze mich mit übereinandergeschlagenen Beinen auf das Bett. »Herein …«

Eine junge Frau taucht im Türrahmen auf. Von ihrer goldbraunen Haut hebt sich ein sonnengelbes Hemdkleid ab. Zwei hellbraune geflochtene Zöpfe umrahmen ihr kantiges Gesicht. Wachsame tannengrüne Augen suchen meinen Blick. »Dürfen wir reinkommen?« Ein Akzent schleift jede Silbe weicher.

Ich hebe eine Augenbraue. »Wer ist wir? Und du bist bereits in meinem Zimmer.«

Sie spiegelt meinen Gesichtsausdruck. »Heißt das ja?«

Ich klopfe auf die Matratze.

Sie gibt mein Sichtfeld auf eine zweite junge Frau frei. Das ebenholzschwarze Haar fällt ihr glatt und offen über die Brust. Ihre Augen erinnern an einen heißen Sommertag. Ein rosafarbenes Crop-Top mit verwaschenen Jeansshorts bildet einen Kontrast zu ihrer rötlich-braunen Haut.

Ich atme auf. Es gibt wohl keinen Dresscode.

»Verzeih uns den Überfall. Mamá hat uns deine Zimmernummer gegeben.«

»Teresa ist die Tochter der Direktorin«, fügt die andere Studentin auf meinen verdutzten Gesichtsausdruck hin hinzu.

»Ich verzeihe euch«, erwidere ich. »Das wisst ihr wahrscheinlich, aber ich bin Charlie.«

Sie setzt sich neben mich. »Ich bin Letizia.«

Ihr Name bringt etwas in mir zum Klingen. »Letizia Rosales?« Ich straffe die Schultern. Mein Herz klopft so laut wie zu Beginn eines jeden Feldhockeyspiels. »Die Kapitänin der Golden Foxes?«

Beim Grinsen entblößt sie eine Lücke zwischen den Schneidezähnen. »Seit dem letzten Semester.«

Ich komme nicht umhin, sie mit offenem Mund anzustarren.

Teresa setzt sich neben sie. Ihre Nasenflügel zittern unter einem Schnauben. »Das lässt sie gerne alle wissen.« Lachend weicht sie einem halbherzigen Schlag von Letizia aus.

In mir hallt der Ton dunkel nach. Ich strecke die Hand nach links aus. Luft. Keine Sophie, deren Finger zwischen meine gleiten.

»Das ist der Grund, wieso wir hier sind«, fügt Letizia an.

Teresas Lippen kräuseln sich. »Coach Nielsen hat uns alle Akten der Erstsemester gezeigt, und *Google* weiß alles.«

Letizia dreht einen ihrer Goldringe mit bunten Steinen hin und her. »Im kommenden Semester wird ein Platz als Stürmerin bei den Golden Foxes frei.«

Mein Herz gewinnt an Tempo. Im ersten Semester habe ich mir die Chance gering vorgestellt. Ist sie einen Fingerbreit entfernt?

Die beiden halten inne.

Ich balle die Hände zu Fäusten. Wage nicht, nach dem Licht zu greifen. Was, wenn es bei der Berührung erlischt oder mich verbrennt? »Stimmt etwas nicht?«

»Deine Akte ist vielversprechend.« Teresas Stimme schlägt einen beschwichtigenden Ton an. Meine Gedanken wühlt er auf wie eine Sturmböe das Meer. »Wir haben uns auf *YouTube* Videos deiner letzten Spiele angesehen, die das bestätigen.«

Letizia seufzt. »Wenn du im Training hältst, was der erste Eindruck verspricht, hätte ich dich gerne bei den Golden Foxes. Schenken kann ich dir den Platz nicht. Du musst um ihn spielen.«

»Da musste auch die Tochter der Direktorin durch.«

Ich atme auf. Mein Leben lang habe ich gekämpft. Früher oder später sind alle, die sich mir in den Weg gestellt haben, zur Seite gewichen. »Ich liebe Herausforderungen.«

Letizias Miene hellt sich auf. »Wir haben gehofft, dass du das sagst.«

»Am liebsten würde ich Viona holen und mit euch zwei gegen zwei spielen.« Teresa rümpft die Nase. »Nicht nur, um mich von Charlies Können zu überzeugen. Léon, mein Zwillingsbruder, ist in den Semesterferien kein würdiger Ersatz für mein Team gewesen.«

»Das mag daran liegen, dass er Schwimmer ist.«

Sie verdreht die Augen. »Er könnte sich wenigstens anstrengen. Ich halte jeden seiner Schüsse.«

Ich wage einen Schritt nahe an den Abgrund. Dahinter wartet mein Platz im Elitekader. Ich zupfe an meinem T-Shirt. Hätte eins mit tiefem Rückenausschnitt wählen sollen. Auf den Schulterblättern habe ich Flügel tätowiert. Letizia und Teresa sollen sehen, dass ich bereit für den Sprung bin. »Was hält uns von einem Spiel ab?«

Überraschung zeichnet Teresas Züge. »Die Schlüssel für die Halle könnte ich mir bei Mamá ausleihen. Außerhalb der Trainingszeiten ist uns das Betreten der Sportanlagen nicht gestattet. Für mich würde sie ein Auge zudrücken. Aber nicht zugunsten der Willkommensfeier.«

Letizia rappelt sich auf. »Wir sollten gehen.« Ihr Gewicht verlagert sie von einem Fuß auf den anderen.

»Was ist los?«, erkundige ich mich.

»Wir haben hohen Besuch. Das ist der Grund, wieso Mamá unsere

Abwesenheit nicht dulden würde.« Teresa rückt auf die Bettkante. »Ich habe mit ihr gefrühstückt.«

Letizia verschränkt die Arme vor der Brust. »Deine Mutter hat mit ihr gefrühstückt. Léon und du habt euch auf die Dachterrasse geschlichen.«

Der triumphierende Ausdruck auf ihrem Gesicht verrutscht nicht. »Gefrühstückt *und* geredet haben wir trotzdem.«

Meine Gedanken stoßen gegen Klippen. »Wen meinst du?«

»Unsere neue Feldhockeytrainerin.« Ein Zittern schwingt in Letizias Stimme mit. »Jeanne Martin.«

Atem verfängt sich in meiner Lunge. »Jeanne Martin, die ein tragischer Unfall um ihren Sieg bei Olympia gebracht hat? Die Frau, deren Foto auf dem Flur vor meiner Zimmertür hängt?« Ich klinge wie das Luftschlösser bauende Mädchen. Durch Jeanne Martin bin ich auf die New South Wales Academy of Athletes aufmerksam geworden. Sie hat ihre Ausbildung hier absolviert. Als Kind habe ich davon geträumt, ihre Geschichte zu meiner zu machen. Mit einem neuen Ende. Ohne den verhängnisvollen Unfall. Kribbelnde Aufregung breitet sich bis in meine Fingerspitzen aus.

Letizia nickt. Unter dem sonnengelben Kleid zeichnen sich ihre Muskeln ab. »Ich bin bereit, sie von meinem Können zu überzeugen. Mein Ziel ist Olympia.«

Teresa zieht mich auf die Füße. Mit einem Mal sind meine Knie weich. »Lasst uns gehen. Vielleicht ergibt sich die Möglichkeit für ein Gespräch mit ihr. Wenn nicht, müssen wir bis zum Training morgen warten.«

Bei dem Gedanken daran, unter ihrem professionellen Blick ein Hockeyfeld zu betreten, gedeiht ein zittriges Gefühl in mir. Andererseits habe ich einen Platz bei den Golden Foxes so gut wie in der Tasche, wenn eine Feldhockey-Legende an mich glaubt. Vielleicht sind die Luftschlösser nicht dazu verdammt, sich im Wind aufzulösen. Vielleicht habe ich sie nicht umsonst so lange festgehalten.

Kapitel 5

Taylor Swift feat. Phoebe Bridgers – Nothing New (Taylor's Version) (From The Vault)

00:00 -03:46

Maxine

Spiegelglas drückt gegen meinen Hinterkopf, schabt über meine Wirbel. Die Handballen habe ich vor die Augen gepresst, als könne ich das künstliche Badezimmerlicht davon abhalten, mich anzustrahlen. Zu meinen angezogenen Knien liegt ein Koffer, daneben ist sein Inhalt verstreut. Durcheinander wie meine Gedanken, Fragmente, welche in jeglicher Anordnung dieselbe Frage bilden: Welcher Spielzug hat mich von der Hoffnung auf einen Neuanfang zum Weinen im Bad geführt?

Im Bungalow angekommen, habe ich mir so lange die Zähne geputzt, bis metallener Geschmack jenen von Fett und Zucker übertönt hat. Ein Home-Workout hat meine Kalorienbilanz auf null gesetzt, ohne den vertrauten Nebel über meinem Verstand zurückzubringen.

Die Umrisse der Welt sind so scharf, dass ich mich an ihnen schneide. Eine Welt, in der ich mich weder in einer Schuluniform noch in einem Trikot verstecke, das mir die Illusion gibt, Teil von etwas zu sein.

Heute Abend betrete ich das Spielfeld in Kleidung, die ich aussuchen darf. Zahlreiche Outfits habe ich anprobiert, allesamt pastellfarbene Kleider mit Blumenmustern; der Garten in mir ist in Jeannes Sonnenlicht und ihrer Überwässerung eingegangen, auf dem Stoff überdauert er. Jedes von ihnen ist ein Gefängnis und hebt die Unförmigkeit meines Körpers hervor. Ein Wispern in den Ritzen der Wände flüstert mir zu, dass ich keine weichen, leuchtenden Farben verdiene.

In Unterwäsche bin ich zu Boden gesunken. Die Beine weggestreckt, die Nägel in meiner Haut vergraben, als könne ich die Fettzellen zerdrücken und meinen Körper in Form bringen, sodass er in die Kleider passt.

Mit jedem Nachluftschnappen spüre ich, dass die Zeit zwischen meinen Fingern zerrinnt und auf die Willkommensfeier zusteuert. Bis dahin muss ich entscheiden, wer ich an der Academy sein möchte … und wie ich die Menschenmenge mit allen Eindrücken bezwinge. Nicht zum ersten Mal wünsche ich mir eine Person, die Jeannes Spielplan ausradiert und eine andere Karte für meinen Weg zeichnet. Eine große Schwester, die mir ihre Hand reicht.

»Was dauert so lange?« Wie durch Watte dringt Jeannes Ruf zu mir.

»I-ich bin gleich fertig …«

»Wir müssen in zwanzig Minuten los.«

Am Spiegelglas abgestützt richte ich mich auf, allein, ohne eine helfende Hand. Schwarze Flecken trüben meine Sicht, ich blinzle sie fort. Die Kleidungsstücke räume ich in den Koffer, die Unordnung in meinem Kopf bleibt.

Das letzte Kleid ist schneeweiß mit hellgrünen Blumen und fliederfarbenen Applikationen. Zeit, um etwas Passenderes zu finden, habe ich nicht.

Bei jeder Bewegung quillt Haut über den Bund meines Slips, ich packe ein Stück an meinem Bauch und ziehe, bis es schmerzt. Ein zweites Mal. Beim dritten spüre ich weniger. Beim vierten nichts.

Das Augenmerk auf die Badezimmertür gerichtet, ziehe ich das Kleid über. Locker umfließt der Stoff die Mitte meiner Oberschenkel, an den Hüften berührt er die Haut kaum.

So langsam wie möglich zähle ich bis zehn und drehe mich zum Spiegel um. Das Kleid sitzt weit … Ich kneife die Augen zusammen … Nein, es ist zu eng. Neben dem weißen Leinenstoff ist meine Haut durchscheinend, bläuliche Adern schimmern im kühlen Licht, Schatten liegen unter meinen rotgeweinten Augen.

Eine Maske aus Make-up überdeckt die Risse in meiner Fassade. In dem Kleid sehe ich aus wie die Frau, die ich sein könnte, ein Rahmen, zu fragil, um ihn mit einem Bild zu füllen. Das Make-up verwandelt mich in das Negativ einer Fotografie von Jeanne. Mich durchfährt ein Schauer. Egal, welches der beiden Bilder von mir die anderen auf der Feier sehen – für das Mädchen dahinter und den Neuanfang nimmt es kein gutes Ende.

***

Der Abendwind trägt Musik zu uns, zwischen deren Töne sich Stimmengewirr mischt. Ohne geräuschreduzierende Kopfhörer fühlt es sich an, als würde ich mich einer Baustelle nähern, die Geräuschkulisse gleicht einem Presslufthammer in meinem Kopf und die Lichter der Feier brennen sich in meine Netzhaut.

Jeanne packt meine Schulter. Hinter ihr bemalt das Licht der untergehenden Sonne die Fassade des Hauptgebäudes mit goldenen Mustern, deren Schimmern ihr fernbleibt. »Reiß dich zusammen.« Den blutrot geschminkten Mund zu einem Strich vernäht, schaut sie an mir herunter. »Schlimm genug, dass du dieses Kleid trägst.«

Ich rege keinen Muskel. Die Stille vor dem Sturm ist so allumfassend, dass sie die Feier übertönt.

»Morgen werde ich *die*«, sie deutet auf die Converse, »entsorgen.«

»Beim nächsten Mal suchst du meine Kleidung aus.« Meine Stimme klingt hohl. Welchen Unterschied macht es? Eine Verkleidung bleibt eine Verkleidung.

»Kluge Entscheidung.« Sie beugt sich zu mir, der Pfefferminzduft ihrer Zahnpasta beißt mir in die Nase. »Vergiss nicht, dass ich nicht zum Vergnügen hierhergekommen bin. Du bist eine erwachsene Frau und sollst für dich selbst sorgen, wenn ich es nicht kann.«

Spitze Buchstaben wollen sich den Weg aus meiner Kehle bahnen. Ich bin nicht selbstständig. Sie hat mich zu ihrem Schatten geformt, welcher verblasst, sobald er sich ins Sonnenlicht vorwagt. Dazu verdammt, in ihrer Finsternis zu wandeln.

Ich schlucke sie herunter und gebe die richtige Antwort: »D-das werde ich … I-ich nehme mir ein Beispiel an dir.«

»Gut.« Sie bohrt einen Fingernagel in meine Brust. »Du wirst höflich sein, deinen Gegenübern in die Augen schauen und mit Bedacht auf ihre Fragen antworten.«

Je überzeugender ich meine Rolle spiele, desto schneller lässt sie mich zurück in den Bungalow verschwinden, wenn ich Erschöpfung vortäusche. Dass ich morgen beim Training nicht ausgeruht bin, können wir uns nicht leisten. Solange sie nicht mitkommt, steht einem Workout nichts im Weg. »Versprochen.«

»Eins noch.« Der Druck verstärkt sich. Als wolle sie mir die Haut von den Knochen schälen, hindurchgreifen und mein Herz zerquetschen. Dabei blutet es längst in ihrer Hand aus. Ich weiß, was kommt. »Freundschaften mit deinen Teamkameradinnen sind in Ordnung. Alles, was darüber hinausgeht, dulde ich nicht. Du kennst die Konsequenzen.«

»So etwas wird nicht wieder vorkommen.« Messerstiche in einer meiner ältesten Narben. »Neben meiner Karriere hat die Liebe keinen Platz.«

Liebe – vor drei Jahren hat sie sich wie Fliegen angefühlt. Bis Jeanne uns die Flügel gebrochen hat. Nie mehr möchte ich in bodenlose Tiefe stürzen, aus der ich es allein nicht herausschaffe, oder der Grund sein, aus dem eine Person, die mir alles bedeutet, sich alle Knochen bricht.

Sie zieht den Fingernagel aus meiner Brust, setzt ihren Gang den Pfad zum Strand hinab fort, und ich folge ihr in die weißen Festzelte.

Regenbogenbunte Lichterketten formen ein Netz an der Decke wie glühende Adern. Eine Welle des Schwindels schwappt in mir hoch und bricht dröhnend in meinem Kopf. Um mich herum sind zu viele Menschen, deren positive Ladung mich abstößt. Aus Lautsprechern im rechten Zelt tönt Lana del Reys *High By The Beach*; immerhin keine Partymusik mit wechselnden pulsierenden Beats.

Im Hauptzelt befindet sich eine Vielzahl weißer Stehtische, auf denen Vasen mit Kunstblumen sowie Schälchen stehen. An der hinteren Wand ist eine Bühne aufgebaut, über der ein Banner prangt, das uns in verschiedenen Sprachen willkommen heißt.

Aus dem linken Zelt schlägt mir der Geruch von etwas Gegrilltem entgegen; ich rümpfe die Nase.

An Jeannes Seite tauche ich in die Menschenmenge ein. Sie sorgt als rettendes Seil dafür, dass ich nicht verlorengehe. Vor einem Stehtisch macht sie Halt. Ms Perez' Lächeln erwidere ich zögerlich. Neben ihr stehen eine Frau in Jeannes Alter mit weißblondem Haar, kantigen

Gesichtszügen und hellblauen Augen, und ein schätzungsweise jüngerer Mann, dessen dunkelgrüne Augen von einer runden Brille so sehr vergrößert werden, dass ich wegsehe.

»Es freut mich, dass ihr hier seid.« Mit schiefgelegtem Kopf betrachtet Ms Perez mich. »Vor allem du, Maxine. Ich habe dich seit eurer Ankunft heute Morgen nicht gesehen.«

Ich trete von einem Fuß auf den anderen. »I-ich …« Jeanne stößt ihre Schulter gegen meine, »muss mich eingewöhnen.«

»Das ist verständlich.«

»Solange du morgen auf dem Hockeyfeld dein Bestes gibst«, murmelt Jeanne.

»Ich kann es kaum erwarten, dich spielen zu sehen«, wendet sich die blonde Frau an mich. »Mathilde Nielsen, seit zehn Jahren Feldhockeytrainerin an der Academy.«

»Maxine Jeanne Martin.« Vor mir steht eine weitere Person, die bald erfährt, was für eine Enttäuschung sich unter meiner Fassade aus Make-up und einem Sommerkleid verbirgt. »Es freut mich, Sie kennenzulernen.«

Jeanne legt mir einen Arm um die Schultern. Ein Schraubstock, unter dem sich meine Haut zusammenzieht. »Sie werden sich mehr freuen, wenn meine Tochter Sie von ihrem Talent überzeugt hat.« Sie senkt die Stimme. »Immerhin muss jemand im nächsten Semester einen Platz als Stürmerin füllen.«

Coach Nielsen blinzelt, eine Falte gräbt sich in ihre Stirn.

Röte sickert in meine Wangen. Ich widerstehe dem Drang, das Gesicht hinter meinen Haaren zu verstecken, und folge Jeannes Spielplan. »Ich werde mir den Platz erkämpfen.«

Sie zieht mich an sich, ich halte den Atem an. »Wie Sie sehen, kommt Maxine nach mir.«

Coach Nielsens Miene entspannt sich. »Den Kampfgeist lobe ich mir.« Sie trinkt einen Schluck rosafarbene Bowle, in der eine Erdbeere schwimmt. »Für dieses Semester finden wir einen anderen Platz für dich. Bei den Black Eagles, unserer zweitwichtigsten Mannschaft, fehlen zwei Stürmerinnen.«

Jeanne knirscht mit den Zähnen, ihre Fingernägel graben sich in meine Taille, schaben über meine Rippen und ritzen Worte in mein Sein - *das Zweitbeste ist nicht gut genug.*

Schweiß verklebt meine Handflächen. »Das würde mich freuen.«

Das Gespräch schlägt einen neuen Weg ein. Den Namen des Mannes, welcher bei uns steht, schnappe ich nicht auf. Endlich bin ich so unbedeutend, wie ich mich fühle.

Nach einer Weile bedeutet Ms Perez Jeanne, ihr zu folgen.

»Bleib hier und mach keinen Unsinn«, zischt sie mir ins Ohr, bedenkt mich mit einem Blick, der mich festfriert, und geht zur Bühne.

Kaum dreht sie mir den Rücken zu, tropft die Maske aus meinem Gesicht. Meine Wangen brennen vom Lächeln-Antäuschen.

Um sie herum teilt sich die Menge, Gemurmel schwappt über das Dröhnen der Musik hinweg.

»Das ist Jeanne Martin.«

»Ich habe gehört, dass sie als Trainerin hier anfängt.«

»Hat ihre Mannschaft nicht den Winter Cup gewonnen?«

»Ich bitte um eure Aufmerksamkeit.« Ms Perez hat die Bühne betreten, das Wispern flacht ab. »Ich begrüße euch im Wintersemester an der New South Wales Academy of Athletes. Mit Regeln und Förmlichkeiten möchte ich euch nicht langweilen, diese sind im Modulhandbuch nachzulesen.«

Lachen brandet auf.

»Alle Erstsemester finden sich morgen um zehn Uhr in der Eingangshalle ein, zur Begrüßungsveranstaltung. Bevor das Buffet eröffnet ist, möchte ich euch jemanden vorstellen.«

Wie in Zeitlupe erklimmt Jeanne die Bühne, als wolle sie sichergehen, dass ihr Auftritt dramatisch ist. Die Lichterketten krönen sie mit einem glühenden Diadem, und das Raunen der Menge federt ihre Schritte. Die Königin tritt vor ihr Volk.

Ich ziehe die Schultern ein. Ihr Schatten bleibt im Abglanz vom Licht verborgen.

»Es freut mich, Jeanne Martin als Feldhockeytrainerin an der New South Wales Academy of Athletes zu begrüßen!«

Applaus donnert über mich hinweg, ich zucke zusammen.

Ms Perez überlässt Jeanne das Rednerpult. »Danke für diese überschwängliche Begrüßung.« Ihre honigsüße Stimme vergiftet meine Atemwege. »Es ist mir eine Ehre, hier zu stehen. Ich freue mich darauf, mich morgen von dem Können der Feldhockeymannschaften zu überzeugen, und Coach Nielsen als Co-Trainerin zu unterstützen. Ich bin mir sicher, dass ich von euch genauso viel lernen werde wie ihr von mir.« Im Scheinwerferlicht ist das Lächeln auf ihren blutroten Lippen eine verzerrte Linie. »Danke für eure Aufmerksamkeit.«

Donnern setzt ein. Ich bohre die Fingernägel in die Handballen. Hinter meinen zusammengekniffenen Augen tanzen bunte Schlieren. Zu viel, zu laut, zu erdrückend.

Etwas tippt meine Schulter an, ich schrecke auf. Von den Schlieren bleiben hellblaue Punkte, die sich zu Coach Nielsens Augen formen.

Siedende Scham schwappt bis zu meinen Wangen hoch.

»Ist alles in Ordnung?«

Hektisch schaue ich mich um, keine Jeanne. »Sicher ...«

»Eine berühmte Mutter zu haben, ist nicht einfach.« In ihrer Stimme liegt kein Vorwurf. Dennoch verwandelt sich mein Magen in zusammengeknülltes Papier. »Setz dich nicht unter Druck. Du wirst deinen Platz an der Academy finden. Das haben die Kinder von Cristina auch geschafft. Niemand misst sie daran, wer ihre Mutter ist.«

Ich ringe mir ein Lächeln ab. So dünn, dass ein Windhauch genügt, um es davonzuwehen. Für ein Leben außerhalb von Jeannes Schatten bin ich nicht bestimmt. Einer Motte gleich zerfalle ich im Angesicht des Lichts zu Staub. Die Erwartungen an Jeanne Martins Tochter zerdrücken die papierdünnen Flügel gleichermaßen. »Ich versuche es. Danke, Coach Nielsen.«

»Für dich Mathilde.«

Aus der Menge tritt eine junge Frau neben uns. In eisblauen Augen bricht das Regenbogenlicht und zeichnet bunte Strähnen in das zu einem hohen Pferdeschwanz zusammengebundene weißblonde Haar. Mit der hellen Haut, von der sich das weiße Spitzenkleid kaum abhebt, ist sie eine Gestalt des Mondes. »Muss dieser Aufruhr sein?«

Ein Blick über die Schulter verrät mir, dass Jeanne von einer Menschentraube umgeben ist und sich der Aufmerksamkeit entgegenreckt – eine Rose im Sonnenlicht, welche ihre Dornen verbirgt.

Mathilde schmunzelt. »Ich hatte erholsame Ferien, Ellie, danke der Nachfrage.«

»Entschuldigung.« Seufzend stützt sie die Ellbogen auf den Stehtisch. »Eine weltberühmte Feldhockeyspielerin als Trainerin ... hier ...« Sie zieht die Unterlippe zwischen die Zähne. »Das löst die Klassengesellschaft nicht auf.«

Mathilde legt ihr eine Hand auf den Unterarm. »Die existiert nur in euren Köpfen, und Jeanne wird mich als Co-Trainerin bei allen drei Mannschaften unterstützen.«

Ellies weißblonde Augenbrauen ziehen sich zusammen. »Wenn sie eine Favoritin unter den Mannschaften hat ...«

»Stell dir vor, es sind die Black Eagles.«

»Es sind nie die Black Eagles.« Ihre Stimme ist so kühl und düster wie ihre Miene. »Am Ende wollen alle einen Platz bei den Golden Foxes.«

»Du nicht.« Mathilde drückt ihre Schulter. »Der Platz als Stürmerin wäre im letzten Semester deiner gewesen. Du hast abgelehnt.«

Ihre Rückenmuskeln spannen sich an. »Ich bin gerne die Kapitänin der Black Eagles und habe falschen Ruhm nicht nötig.« Der Lichterkettenschimmer zeichnet ihr ein Diadem auf das Haupt, welches sie erhoben trägt, als vergewissere sie sich, dass es nicht herunterfällt.

Nie ist mir eine Person begegnet, die Ruhm im Sport ausschlägt. Ich komme nicht umhin, Ellie anzustarren, als würde sie sich in Luft auflösen, sobald ich blinzle.

Mit unbewegter Miene betrachtet sie die Menge, der Frost über ihren Zügen breitet sich aus. Ich folge ihrem Blick. Jeanne spricht mit einer jungen Frau in einem sonnengelben Kleid.

Ellie verdreht die Augen. »Letizia hat diese Art von Sonnenlicht mehr nötig als ich, sie kann es haben.« Sie wendet sich mir so plötzlich zu, dass ich zusammenzucke, und streicht sich eine Strähne aus dem Gesicht. »Entschuldigung. Ich schätze, du hast nicht den besten ersten Eindruck von mir.«

»W-was?« In meinem Kopf herrscht Leere. Ellie ist nicht diejenige, deren erster Auftritt katastrophal ist. »I-ich kenne mich n-nicht gut genug mit den Feldhockeymannschaften aus … U-um ehrlich zu sein, habe ich nicht viel von eurer Unterhaltung verstanden …«

»Das wird sich bald ändern.« Mathildes Stimme ist das Seil, an das ich mich klammere. »Maxine ist eine Anwärterin für den Platz als Stürmerin bei den Black Eagles, wenn sie dich beim Probetraining überzeugt.«

Das Seil schürft meine Finger blutig. Unter mir lauert ein Abgrund. Versage ich, wird nicht der Moment schmerzhaft sein, in dem meine Knochen brechen, sondern in Jeannes Gegenwart mit zerschmetterten Knochen laufen zu lernen.

Ellies Lächeln schmilzt den Frost über ihren Zügen. »Das würde mich freuen.«

»Ellie!«

Der Moment für ein Gespräch mit ihr zerrinnt. Bitterer Geschmack breitet sich in meinem Mund aus.

Eine junge Frau quetscht sich durch die Umstehenden, einen Ellbogen ausgestreckt, mit der anderen Hand zieht sie Léon hinter sich her. Ihr kinnlanges, pastellrosafarbenes Haar strahlt heller als die Lichter. Mitsamt dem Kleid im selben Farbton hebt es sich von der ockerfarbenen Haut ab, und die hellbraunen Augen funkeln hinter runden Brillengläsern, welche den Lichterkettenschein brechen.

»Hattest du schöne Semesterferien, Viona?«, begrüßt Mathilde sie.

»Die schönsten. Zuerst haben Ellie und ich meine Großeltern besucht, danach waren wir bei ihrer Familie. Wir müssen dir alle Fotos zeigen …«

»Hast du nicht alle auf *Instagram* hochgeladen?«

Sie plustert die Wangen auf. »Nur die Schönsten. Es gibt 635 weitere …« Ihr Redefluss stoppt.

Federleicht gleitet eine Hand auf meine Schulter, dennoch habe ich das Gefühl, von einem zentnerschweren Gewicht zu Boden gedrückt zu werden. Jeannes Aufmerksamkeit gilt Ellie. »Wie ich sehe, hat meine Tochter die Kapitänin der Black Eagles kennengelernt.«

Ellie bedenkt mich mit einem Blick, der Glas schneiden könnte. Jegliche Lichtfunken, welche ihr Lächeln in mir ausgelöst hat, verglühen. Zurück bleibt das vertraute Gefühl der Einsamkeit, wenngleich ich von Menschen umgeben bin.

Jeanne betrachtet sie wie ein Kleidungsstück, bei dem sie unsicher ist, ob sie es kaufen möchte. »Elisabeth Johansson, richtig?«

Sie presst die Kieferknochen aufeinander. »Ellie.«

»Ich kann es kaum erwarten, dich morgen auf dem Hockeyfeld zu sehen. Dasselbe gilt für dich«, wendet sie sich an Viona.

»Ich freue mich.« Die Gegenmelodie ihrer Stimme sind Zweifel.

Léon flüstert ihr etwas ins Ohr, woraufhin sich ihre Körperhaltung entspannt.

Neben Mathilde taucht die Frau in dem sonnengelben Kleid auf, welche vorhin mit Jeanne gesprochen hat – Letizia. Im Schlepptau hat sie Teresa und eine junge Frau, deren schwarze Kleidung aus dem Stoff der Nacht gewoben scheint. Umso intensiver strahlen ihre Augen – tiefblau wie ein wolkenloser Himmel. Durchzogen von dunkleren Nuancen von Unwetterblau bis Lapislazuli. Schokoladenbraune Locken fallen ihr bis zur Brust, und ihre Aufmerksamkeit gilt Jeanne.

Ich schlinge die Arme um die Körpermitte; bis auf Ellie ist keine von ihnen immun gegen Jeannes Sog. Alle Köpfe sind in ihre Richtung gereckt, alle Körper auf sie ausgerichtet, als wollten sie in die sturmgrauen Fluten springen. Als hofften sie, dort schwimmen zu lernen.

Ertrinken werden sie alle, sobald Jeanne im Training ihr wahres Gesicht zeigt, und ich bin diejenige, die sie dafür verantwortlich machen werden.

»Mathilde, wir möchten dir Charlie vorstellen«, dringt Letizias Stimme durch den Nebel meiner Gedanken.

Ellie sieht sie aus schmalen Augen an, die Spannung zwischen ihnen ist mit den Händen zu greifen.

»Das ist also die Stürmerin aus Deutschland.« Um Mathildes Mundwinkel zuckt es. »Spiel morgen im Probetraining so wie in den *YouTube*-Videos, die wir gesehen haben, und du hast nichts zu befürchten.«

Charlie pfriemelt an ihrem Perlenarmband. »Das werde ich.«

Ellie verdreht die Augen. »Gut, dass auf niemandem Druck lastet. Lasst die Neuen ankommen.«

Letizias Blick verkeilt sich mit ihrem. »Es gibt Menschen an der Academy, die oben mitspielen wollen.«

Viona schürzt die Lippen. »Hört auf, am ersten Abend einen schlechten Eindruck zu machen. Wir sind hier, weil wir das Feldhockey«, sie wirft einen Seitenblick zu Léon, »oder einen anderen Sport lieben. Das sollte uns verbinden. Bevor der Ernst des Trainings losgeht, möchte ich diesen Abend genießen.« Mit einer ausladenden Handbewegung deutet sie auf das Buffetzelt. »Kommt ihr?«

Bis auf Ellie verabschieden sich alle von uns. Diese tritt von einem Fuß auf den anderen, ihre Aufmerksamkeit streift Jeanne, ehe sie an mir hängen bleibt. »Wir sehen uns morgen beim Training. Und Viona hat recht. Mach dir keinen Druck.« Ohne eine Erwiderung abzuwarten, verschwindet sie.

Jeannes Finger krallen sich in meine Schulter. »Die junge Frau mit den furchtbaren Tattoos ist Stürmerin«, flüstert sie mir ins Ohr.

Es ist der Nachhall ihrer Worte, welcher mich dem Abgrund näherbringt.

Sei besser als sie.

Wenn nicht, wird Jeanne mit einem Lächeln auf den blutroten Lippen dabei zusehen, wie ich in die Tiefe stürze.

Kapitel 6

Taylor Swift – ...Ready For It?

00:00 -03:46

Charlie

»Charlie?« Stirnrunzelnd betrachtet mich Sophie aus dem iPhone-Display. Im Hintergrund tröpfelt das Intro von *DARK*. »Wie viel Uhr ist es in Sydney?«

»Viertel nach fünf.« Bis zur Nasenspitze ziehe ich die Bettdecke hoch. »Ich kann nicht schlafen.«

Bis Mitternacht bin ich auf der Willkommensfeier gewesen. Ellies und Vionas Zimmer sind gegenüber von meinem, sie haben mich hergebracht. Stürmisch ist das Meer meiner Gedanken. Musik, Podcasts, Serien, Videospiele. Nichts hat den Wellen Ruhe gebracht.

»Offensichtlich.« Sophie lehnt sich auf der beigefarbenen Couch zurück. Das Hintergrundrauschen verstummt. »Möchtest du reden oder soll ich dich ablenken?«

Sehnsucht, von ihr in den Arm genommen zu werden, schwappt in mir hoch. »Beides.« Meine Stimme ist so zerbrechlich, dass wir beide schlucken. Ich erzähle ihr die Geschichten hinter den Fotos, welche ich ihr geschickt habe.

»Schön, dass du schnell Anschluss gefunden hast.«

Meine Mundwinkel heben sich. Dasselbe habe ich nach ihrem ersten Tag an der Uni zu ihr gesagt.

Sie streicht sich eine dunkelblonde Strähne aus dem Gesicht. »Was los ist, verstehe ich nicht.«

Für einen Herzschlag schließe ich die Augen. In meine Netzhaut brennt sich das Abbild der Frau mit Sturmaugen ein. Auf Fotos und in Fernsehübertragungen hat Jeanne Martin Anmut ausgestrahlt. Aus der Nähe verströmt sie Winterkälte. »Die neue Co-Trainerin ist Jeanne Martin.«

Sophies Gesichtszüge entgleisen. »*Die* Jeanne Martin?«

Ich schnaube. »Wie viele berühmte Stürmerinnen mit dem Namen kennen wir?«

»Das ist wundervoll!« Anspannung knistert in ihrer Stimme. Meinen wenig überzeugten Gesichtsausdruck bemerkend, verdreht sie die Augen. »Am liebsten würde ich dich schütteln.« Mit einem in abgeblättertem Türkis lackierten Fingernagel tippt sie auf den Bildschirm. »Du wirst von der Königin im Feldhockey lernen. Begreifst du, was für eine Chance das ist?« Sie plustert die Wangen auf. »Vielleicht sollte ich mir das mit dem Lehramtsstudium überlegen …«

»Sophie!«, schneide ich ihre Segel durch, bevor sie der Wind packt.

Mit großen Augen sieht sie mich an.

»Einen Schneesturm von draußen zu beobachten ist etwas anderes, als mittendrin zu stehen.« Meine Stimme bröckelt. »Der Unfall soll sie verändert haben.«

»Wundert dich das? Sie hat verloren, was ihr im Leben am meisten bedeutet hat. Deshalb möchte sie Nachwuchstalente fördern.« Ein Schmunzeln zupft an ihrem Mund. »Wer hat sich gegen Tausende Bewerberinnen durchgesetzt?«

»I-ich …«

»Du wirst sie von dir überzeugen und mir alle Details von jeder Trainingseinheit erzählen.« Ihren kleinen Finger streckt sie dem Bildschirm entgegen, mein Herz zieht sich zusammen. In Erinnerung an Tausende Kleiner-Finger-Schwüre. Allen voran in unserem zweiten Kindergartenjahr. Damals habe ich sie um das Versprechen gebeten, dass wir für immer beste Freundinnen bleiben. »Nachher beweist du dich Jeanne Martin, jetzt lenke ich dich ab.«

Ich lege meinen kleinen Finger auf ihren. Das Display ist warm. Als würde ich Sophies Haut spüren. »Deal.« Der Felsbrocken auf meinem Herzen ist nicht fort. Einen Stein hat Sophie herausgebrochen.

***

»Du bist früh wach.«

Cappuccino schwappt über meine Finger. Ich stoße ein Zischen aus.

»Tut mir leid.« Ellie deutet auf den freien Stuhl mir gegenüber. »Darf ich mich setzen?«

»Sicher.«

Ihr Tablett ist beladen mit einer Tasse grünem Tee, einem Glas Orangensaft sowie einer Schüssel Haferflocken, einem Apfel und einer Banane. Das Obst schneidet sie klein, bedeckt die Haferflocken damit. Über ihr Handwerk hinweg sieht sie mich kalkulierend an.

Zäh sickert die Erkenntnis in meinen Verstand. »Du hast Deutsch mit mir gesprochen.«

Um ihre Mundwinkel zuckt es. »Da ich aus Kopenhagen komme, sind wir Nachbarinnen. Deutsch ist meine zweite Fremdsprache.« Sie schüttet Orangensaft in die Schüssel. »Meine Familie und ich haben schon auf Fehmarn Urlaub gemacht, und wir sind in Hamburg und in Berlin gewesen. Dort habe ich mein Deutsch trainiert. Neben Dänisch, Englisch und Deutsch spreche ich Spanisch, Schwedisch, Französisch, und Viona hat mir Vietnamesisch beigebracht.«

»Jetzt bereue ich umso mehr, dass ich Latein gewählt habe. Eine tote Sprache.« Ich rümpfe die Nase. »Ich klinge wie meine französische Großmutter.«

Ellie lacht. »Du hättest klopfen und mit mir zum Frühstück gehen können.«

»Ich wusste nicht, dass halb acht deine Uhrzeit ist.« Müdigkeit klebt mir wie die Cappuccino-Reste an den Fingerspitzen. »Meine ist es nicht. Ich konnte nicht schlafen.«

Eine kalte Dusche hat mich nicht auf wundersame Weise aus dem Zustand des Schlafwandelns aufgeweckt.

Dank dem Lageplan habe ich den Speisesaal auf Anhieb gefunden. Eine Halle im Erdgeschoss mit vergoldeten Erkern sowie einer verglasten Decke. Einzeltische und Tafeln aus Birkenholz erstrecken sich auf dem marmornen Boden mit weiß-goldenem Schachbrettmuster bis zu einer verglasten Fensterfront, hinter der sich Palmen abzeichnen. An der linken Wand befindet sich die Essensausgabe. Einen Vorteil hat mein frühes Erscheinen gehabt: Weder um einen Sitzplatz noch um das Essen habe ich kämpfen müssen.

»Aufregung ist vor dem Probetraining normal.«

Ich schnaube. »Vielen Dank für die Erinnerung.«

»Ich habe mir Videos von deiner Mannschaft aus Deutschland angesehen. Du musst dir keine Sorgen machen.« Sie wirft einen Blick auf die goldene Uhr über der Tür zum Wintergarten. »Vorher stehen das Treffen aller Erstsemester und die Führung über den Campus an.« Sie schiebt die Ärmel ihres hellgrauen Hoodies, auf dem ein Pfeil und eine Spielkarte abgebildet sind, nach oben.

Kein Wunder. Ich fühle mich in meinem weinroten Tanktop unter der verglasten Decke wie in einem Gewächshaus.

Sie isst einen Löffel Haferflocken. »Ich habe mich als Guide einteilen lassen. Du musst die Tour nicht allein durchstehen und ich bringe dich zum Probetraining. Heute trainieren alle drei Mannschaften und die Neuen zusammen.«

Ich schneide eine Grimasse. »Das beunruhigt mich gar nicht.«

»Ich meinte, dass mehr Menschen mehr aufmunternde Worte bedeuten.« Sie seufzt. »Darin, sie zu finden, ist Viona besser als ich.« Ein missbilligender Ausdruck zeichnet ihre Züge. »Mindestens genauso gut wie darin, fast das Frühstück zu verpassen. Sie wäre im Team, wenn Verschlafen eine olympische Disziplin wäre.«

»Du bist Frühaufsteherin?«

»Seit der Schulzeit gehe ich jeden Morgen joggen. Ich würde dich einladen, mitzukommen, bevorzuge es aber, in meinem Tempo zu laufen.«

Ich esse einen Bissen Schwarzbrot mit Avocado. »Wenn die Nervosität mich nicht wachhält, ist mir mein Schlaf heilig.«

Sie fixiert einen Punkt in der Ferne, ehe sie sich über den Tisch hinweg zu mir beugt. »Normalerweise ist der Strand in den Morgenstunden leer. Heute war da dieses Mädchen. Sicher eine der Erstsemester, die von ihrer Nervosität wachgehalten wurde. Ihr Gesicht habe ich nicht gesehen, nur einen erdbeerblonden Pferdeschwanz.« Eine Falte gräbt sich in ihre Stirn. »Jeannes Tochter hat erdbeerblonde Haare.«

Ihre Erwähnung erstickt den Funken Hoffnung, mich beim Probetraining zu beweisen. Maxine hat von der Königin gelernt. In Livestreams habe ich gesehen, dass sie auf dem Hockeyfeld eine Naturgewalt ist. Ihrer Mutter steht sie in nichts nach. Gestern habe ich sie kaum wahrgenommen und die unscheinbare junge Frau erst im Nachhinein als Jeannes Tochter erkannt.

Ich drehe die Tasse zwischen den Händen. Heißes Porzellan hinterlässt rotglühende Abdrücke auf meiner Haut.

Maxine ist Stürmerin. Wird sie meiner Hoffnung die Wurzeln ausreißen, bevor das Ziel Ableger streut?

»Welchen Grund hätte sie, nervös zu sein?« Meine Stimme klingt hohl.

»Die Fußstapfen ihrer Mutter sind groß. Unser Stolpern bemerkt niemand. Stolpert sie, sind alle Augen auf sie gerichtet.«

Ihre Worte graben sich wie feine Splitter in meine ältesten Narben. Nach Olivers Tod hat mir das Korsett der Erwartungen meiner Familie die Atemluft genommen. Ich bin erstickt; damit die perfekte Scheinwelt nicht weiter zu Bruch geht. Bis ich sie zertrümmert habe. Das Glas hat meine Haut aufgeschnitten. Aus den Rissen ist das Leuchten in meinem Inneren nach außen gesickert. Meine Familie hat mich gesehen. Keine Wunschvorstellung. Nicht Lucie oder Oliver. Nicht die Lügen, welche das Leben einfacher gemacht haben. Mich in ihre Erwartungen schnüren zu lassen, hat mir mein Glück genommen.

Ein Stich schlechten Gewissens durchfährt mich. »Das verstehe ich. Meine Großmutter ist Marie Chevalier. Falls du mit Musicals so viel anfangen kannst wie ich: Sie ist ehemalige Musicaldarstellerin. Ich liebe Musik, bin aber unmusikalisch. Trotzdem bin ich für alle lange Marie Chevaliers Enkelin gewesen. Oder«, ich dränge Olivers Namen in den hintersten Winkel meines Herzens, »Lucie Chevaliers Schwester. Sie hat perfekte Noten gehabt und ist ebenfalls Musicaldarstellerin. Es hat lange gedauert, bis ich verstanden habe, dass meine Familie mich so liebt, wie ich bin.«

»Meine sechs Jahre ältere Schwester ist verheiratet, hat zwei Kinder und übernimmt eines Tages das Hotelbusiness meiner Eltern.« Ellies

Nasenflügel zucken unter einem Schnauben. »Dass meine Zukunft dem Feldhockey gehört, verstehen sie. Der Satz ›Ich bin aromantisch und asexuell‹ ist für sie ohne Bedeutung; sie erwarten einen zweiten Schwiegersohn oder eine Schwiegertochter.«

Der Pfeil und die Spielkarte auf ihrem Hoodie glimmen in einem neuen Licht. Pfeil und Ass. Aro-ace.

Tief ausatmend stützt sie das Kinn auf den Händen ab. »Bevor wir in Erwartungen ertrinken, müssen wir schwimmen.«

»Glaubst du, Maxine kennt dieses Gefühl?«

»Auf mich hat sie unsicher gewirkt, und ich habe zuerst nicht begriffen, wer sie ist. Als Jeanne aufgetaucht ist, dachte ich, Maxine würde uns für sie aushorchen, aber ich glaube, sie wollte nicht an ihrer Mutter gemessen werden und uns als sie selbst begegnen.« Auf dem Weg zum Mund verkrampft sich ihre Hand um den Löffel. »Ob Jeanne sie mehr fordert als uns oder ob sie Maxine bevorzugt, wird sich zeigen. Ich fände beides falsch. Mir ist egal, woher die Spielerinnen kommen und wer sie sind. Ihr Spielstil und ihr Teamgeist zählen. Auf dem Hockeyfeld ist nicht das Blut, sondern der Sprung ins Wasser entscheidend.«

Sonnenfunken spenden den Samen der Hoffnung in meiner Brust Wärme. Ich muss an mein Ziel denken. Nicht an die Konkurrenz. Den Sprung als Erste wagen, sodass selbst Jeanne Martin von mir beeindruckt ist.

***

Sonnenspeere zerbrechen das Azurblau des Horizonts. Goldscherben regnen auf die Fassade der Halle herab, in der sich mein Schicksal entscheidet. Mit den Erkern und dem Kuppeldach scheint sie einem anderen Jahrhundert entsprungen.

»Weil ich dich bei der Führung unter meine Fittiche genommen habe, denken alle, du wärst nicht im ersten Semester.«

»Das macht nichts.« Ich schiebe mir das letzte Stück von meinem Chocolate Peanutbutter *Quest Bar* in den Mund. Zerknülle das Papier und werfe es in den Mülleimer vor der Sporthalle. »Natürlich wird die

Tatsache, dass ich dich kenne, nicht darüber entscheiden, ob ich Teil der Black Eagles werde.«

»Wie ich sehe, hast du von der Meisterin gelernt …« Die Antwort verliert sich im Wind. Ellies Züge gefrieren.

Letizia lehnt im Türrahmen. Die Miene beherrscht von demselben Frost. Zwischen Ellie und ihr herrscht kühle Anspannung. Als ziehe jeden Augenblick ein Schneesturm auf.

»Ellie ist mein Guide bei der Campus-Tour gewesen«, platzt es aus mir heraus. Ich verlagere mein Gewicht auf einen Fuß. »Wollt ihr mir die Umkleiden zeigen?«

»Deshalb bin ich hier.« Die Kanten von Letizias Sprachmelodie sind spitz. »Mir nach.«

Aufatmend schließt sich Ellie ihr an. Ich folge ihnen hohe Gängen entlang. Ausgeleuchtet mit goldenen Leuchtröhren. Mich überkommt das Gefühl, zu einem Geheimbund-Treffen zu gehen. Oder Lucies bester Freund Simon hat mir zu früh meinen ersten Horrorfilm gezeigt. Der Gedanke daran federt die hektischen Schläge meines Herzens. Dass er alte Klassiker sammelt, ist nicht meine Schuld.

Wir betreten eine weiträumige Umkleide.

Viona stürzt an Ellies Seite.

Teresa bindet, abgestützt auf eine der weißen Bänke, ihre Schuhe.

Meine Sporttasche lasse ich neben sie fallen.

Mit funkelnden Augen sieht sie zu mir hinauf. »Aufgeregt?«

»Mindestens genauso motiviert.«

Sie legt mir eine Hand auf die Schulter. »Das ist die richtige Einstellung.«

Nach und nach füllt sich die Umkleide. Von sturmgrauen Augen fehlt jede Spur. Unbehagen zwickt mir in den Magen. Mit klammen Fingern tausche ich Tanktop und Shorts gegen Sportkleidung – kein Trikot, das mich als Teil einer der Mannschaften auszeichnet. Zweimal binde ich meine Schnürsenkel falsch. Was, wenn Maxine seit Stunden mit ihrer Mutter trainiert? Bei der Campus-Tour habe ich sie nicht gesehen.

»Ist alles in Ordnung?«

Der Schnürsenkel rutscht mir aus der Hand. Über mich gebeugt steht eine zierliche Spielerin mit mandelförmigen hellbraunen Augen. Das blauschwarze Haar fällt ihr in zwei Zöpfen auf die Schultern.

»Das ist die Aufregung vor dem ersten Training.«

Skepsis meißelt sich in ihre feinen Züge ein. »Du bist neu hier?«

»Du musst bei derselben Campus-Tour gewesen sein wie ich. Ellie und ich haben uns auf der Willkommensfeier kennengelernt. Deshalb habe ich mich an sie gehalten.«

»Clever.« Sie wirft einen Blick über die Schulter. In einer Ecke reden Ellie und Viona aufeinander ein. Bis auf uns vier ist die Umkleidekabine leer. »Wollen wir?«

Zur Antwort binde ich meinen Schuh zu und erhebe mich. »Bringen wir es hinter uns.«

Wir folgen einem cremeweiß gestrichenen Gang. An seinem Ende wartet eine ornamentverzierte Flügeltür. Ein Schauder rinnt über meinen Rücken. Mir ist, als seien wir zum Ball einer Königin geladen, welche prüft, ob wir für den Hofstaat geeignet sind.

»So schlimm wird es nicht …«

»Abgesehen davon, dass Jeanne Martin jede unserer Bewegungen analysiert.«

Ich muss laut gedacht haben. Meine Mundwinkel zucken. »Also sind wir nach dem heutigen Training wohl halb tot.«

Ein Grinsen stiehlt sich auf ihr Gesicht. »Wenn wir Glück haben, halb lebendig.«

»Ich bin Charlie.«

»Ayumi.« Sie senkt die Stimme. »Wenn du möchtest, bin ich heute deine Rückendeckung.«

»Das kommt darauf an. Auf welcher Position spielst du?«

»Ich bin Frontstopperin.«

Die Kerze des Mutes flackert heller. »Perfekt für mich als Stürmerin.«

Wir betreten die Halle. Ihre Wände sind mit goldenen Verzierungen geschmückt. Sonnenlicht strömt durch die hohen Fenster und bricht sich in den polierten Böden.

Coach Nielsen winkt uns zu sich. Um sie herum formen die anderen neuen Spielerinnen einen Halbkreis. Wir gesellen uns zu ihnen.

Einige haben das Kinn gereckt. Andere beobachten einander. Die Luft ist schwer von einem Gefühl der Erwartung.

An den Rändern der Halle sitzen die Mannschafen der Academy. Letizia läuft gestikulierend vor den Golden Foxes auf und ab. Von Vionas Hereinstürmen lässt sie sich nicht beirren. Ellie folgt ihr langsamen Schrittes und setzt sich zwischen die Black Eagles – vierzehn Spielerinnen. Ein volles Team für das Spiel auf dem Feld, mit zwei Auswechselspielerinnen. Von den Red Lions kenne ich niemanden.

»Willkommen im ersten Semester«, ergreift Coach Nielsen das Wort. »Ich erwarte, dass ihr im Training hundert Prozent gebt, ohne eure Liebe für das Feldhockey einzubüßen. Dasselbe gilt für den zweimal wöchentlichen Theorieunterricht. Darüber hinaus erwarte ich von euch Fairness auf dem Hockeyfeld und im Umgang miteinander. Eure individuellen Fortschritte messe ich regelmäßig. Unpünktliches Erscheinen beim Training dulde ich in Ausnahmefällen. Wenn ihr verletzt seid oder euch krank fühlt, sucht das medizinische Zentrum auf.« Sie breitet die Arme aus. »Die meisten Neulinge spielen bei den Red Lions. Im nächsten Semester wird ein Platz als Stürmerin bei den Golden Foxes frei. In diesem brauchen die Black Eagles Verstärkung im Angriff und in der Verteidigung.«

Ayumi und ich tauschen einen Blick. In ihren Augen spiegelt sich meine Entschlossenheit.

»Die Entscheidung, wer ins Team aufgenommen wird, trifft vorrangig die Kapitänin Ellie Johansson …«

Das Knarren einer Seitentür unterbricht sie. Jeanne betritt die Halle. Sonnenlicht verwandelt ihr Haar in flüssiges kühles Platin. Jeder Schritt ist im Gleichklang mit der Melodie ihres Gehstocks.

In ihrem Schatten läuft Maxine, zaghaft einen Fuß vor den anderen setzend. Die Vollendung einer Königin im Kontrast zur halb verwischten Spur ihrer Entstehung.

Neben Coach Nielsen bleibt Jeanne stehen. »Entschuldige die Verspätung, meine Tochter und ich mussten etwas klären.«

Maxine zuckt zusammen. Mit zwei Beinlängen Abstand findet sie sich neben mir ein. Als sei ich ein Molekül, das sie abstößt.

»Willkommen«, ergreift Jeanne das Wort. »Gestern habe ich die Ehre gehabt, mich euch vorzustellen. Heute möchte ich alle Mannschaften und Neulinge spielen sehen.« Sturmgraue Dolche bohren sich links neben mich.

Maxine starrt ihre Schuhspitzen an. Die Hände zu Fäusten geballt. Als koste es sie Kraft, diese Rede zu hören.

»Ich habe es in das australische olympische Frauenteam geschafft, indem ich Feldhockey ein- und ausgeatmet habe. Dasselbe erwarte ich von euch. Heute beginnen wir mit dem Aufwärmprogramm, das ich zu meiner Zeit als Spielerin absolviert habe.«

***

Seufzend sinke ich auf die Tribüne. Gönne meinen zitternden Beinen einen Augenblick der Ruhe. Meine Muskeln brennen. Das Feuer stählt sie.

Ayumi wischt sich den Schweiß von der Stirn. »Jetzt wissen wir, wie Jeanne es an die Spitze geschafft hat.«

Die Einheit hat meine Sinne und meinen Körper geschliffen. Ihre Werkzeuge sind Cardio zum Warmwerden, Drills mit Richtungswechseln, Sprint-Intervallen sowie Sprungkraftübungen, ein kurzes Krafttraining und Dehnübungen gewesen. Danach haben wir in Zweiergruppen ein Technik-Training absolviert.

Ich stupse Ayumi in die Seite. »Wer hat die Drills am längsten durchgehalten?«

»Letizia, Ellie, wir beide«, sie deutet nach links; Maxine dehnt sich neben der Tribüne, »und diejenige, die mit Jeannes Aufwärmtraining aufgewachsen ist.«

Das Aufblitzen in ihren Augen, nachdem ich den Sprint am schnellsten absolviert habe, ist in meine Seele eingebrannt. Mich ihr erneut zu beweisen, kann ich kaum erwarten.

Ayumi zieht die Augenbrauen zusammen. »Fragt sich, wieso sie uns nicht für das erste Spiel ausgewählt hat.«

»Die Erholung ist unsere Belohnung.«

Ellie gesellt sich zu Maxine. Die Schatten um sie herum verblassen bei ihrem gewisperten Gespräch.

»Was haben sie zu besprechen?«

Ayumi zuckt die Schultern.

Ich streiche mir eine lose Strähne aus der Stirn. Meine Aufmerksamkeit fällt auf Jeanne. Mit durchgedrücktem Rücken, als säße sie auf ihrem Thron, beäugt sie das Spiel von Neulingen und den Red Lions und macht sich Notizen in einem schwarzen Buch mit samtenem Einband.

In federnden Schritten kommt Ellie auf uns zu. »Seid ihr bereit für eine Herausforderung?«

Ich richte mich nach vorn.

Neben mir spannt sich Ayumi an.

»Dachte ich mir.« Sie macht eine dramatische Pause. »Ihr habt es euch verdient, heute für die Black Eagles zu spielen.«

Adrenalin rauscht in Wellen durch meine Adern. Kribbelnde Gischt hinterlassend, die mir bis in die Fingerspitzen strömt. »Wirklich?«

Sie schmunzelt. »Soll ich es dir auf Deutsch erklären?«

»Nein.«

»Wenn ihr eure Sache gut macht, ist euch ein Platz im Team sicher. Und Maxine.« Ein Anflug des Frosts, welchen ich zwischen Letizia und ihr gespürt habe, verhärtet ihre Züge. »Wir sind nicht die Golden Foxes, aber wenn wir die NSF Secondary League gewinnen, haben wir Chancen auf den Aufstieg und die Teilnahme am Oceania Summer Cup.«

Ich blinzle. »Der Cup, den die Golden Foxes fast jedes Jahr gewinnen?«

»Es wäre das erste Mal in der Geschichte der Academy, dass zwei unserer Mannschaften dort antreten. Ich habe im letzten Semester all meine Energie in die Black Eagles gesteckt und versuche, jemandem zu beweisen, dass wir an einer elitären Sportakademie keine Klassengesellschaft brauchen.« Sie richtet ihren Pferdeschwanz. »Das ist Wunschdenken. Freut euch nicht zu früh.«

»Umso mehr würden wir uns freuen, Teil der Black Eagles zu sein.«

Ayumi nickt. Über ihrer Miene ist die Sonne aufgegangen. Anzeichen der Erschöpfung sind fortgebrannt.

»Wir spielen gegen die Golden Foxes.« Ellie beißt sich auf die Lippe.

»Ich möchte nicht mit einer Niederlage gegen Letizia ins Semester starten.«

***

1:2

Schweiß verklebt meine Hände. Mein Herzschlag echot den Takt meiner Schritte.

Fünf Minuten, um zwei Tore zu schießen.

Ayumi blockt Letizias Torschuss. Auf mein Nicken hin spielt sie mir den Ball zu. Ich nehme ihn mit der flachen Seite des Schlägers auf. Mein Puls hämmert hinter meinen Schläfen. Ich laufe einen Halbkreis.

Viona taucht vor mir auf.

Sturmgraues Schimmern in meinem Augenwinkel. Maxine fängt meinen Blick auf. Verhelfe ich ihr zum Tor, ist das vielleicht genug für einen Platz bei den Black Eagles.

Bevor Viona ihn mir abnimmt, positioniere ich mich seitlich zum Ball. Schlage ihn mit einem Stecher zu Maxine.

Im Laufen täuscht sie zweimal an. Teresa, die im Tor steht, spannt sich an. Maxine befördert den Ball in die untere linke Ecke. Teresa verfolgt seine Bewegung mit offenem Mund. Aus der Ferne fangen meine Ohren ein Schnauben auf – Letizia.

Maxine dreht sich zu mir um. Die sturmgrauen Wolkenberge offenbaren Sonnenrisse.

Der Ball kehrt ins Spiel zurück. Viona nimmt ihn auf. Passt zu Letizia. Ellie täuscht ein Blocken an, sie weicht ihr aus. Ayumi erhascht den Ball.

Sofort ist Maxine an ihrer Seite. Ihre Bewegungen sind geschmeidiger. Als hätte der Treffer einen Schalter umgelegt.

Wir passen den Ball hin und her, auf der Suche nach einer Lücke in der gegnerischen Verteidigung.

Eine Frontstopperin der Golden Foxes blockt mich. Mit brennenden Muskeln kämpfe ich mich an ihr vorbei.

Schatten verdüstern Maxines Miene. Sie zieht die Unterlippe zwischen die Zähne. Schaut über die Schulter, zu ihrer Mutter.

Kälte verhärtet sich in meinem Magen. Worauf wartet sie?

Sie dribbelt den Ball um zwei Gegnerinnen herum. Ein Zögern liegt in ihren Bewegungen. Ihre Hand um den Schläger zittert. Der Blick zu Jeanne hat etwas Flehendes. Ein Ruck geht durch ihren Körper. Sie passt mir den Ball mit der flachen Seite des Schlägers zu. Ayumi hält mir den Rücken frei. Teresas Augen funkeln herausfordernd. Dahinter glüht Stolz.

Zehn Sekunden. Keine Zeit, um anzutäuschen.

Mit einem Push befördere ich den Ball nach vorne. Teresas Schläger schnellt in seine Richtung. An ihm vorbei rollt er ins Netz. In derselben Sekunde ertönt der Abpfiff.

Ein Kribbeln setzt meinen Körper unter Strom. Um mich herum branden Jubelrufe auf. Durchbrochen von dem Aufprall eines Schlägers auf dem Boden.

Ein Arm gleitet um meine Taille. In Ayumis Augen spiegelt sich mein Strahlen. »Wir haben gewonnen!«

Teresa legt eine Hand auf meine Schulter. »Die Niederlage nehme ich auf mich. Ihr habt großartig gespielt.« Sie wirft einen Blick nach hinten.

Abseits von uns starrt Letizia mit mahlendem Kiefer den Hockeyschläger zu ihren Schuhspitzen an.

»Letizia braucht mich.« Sie eilt zu ihr.

Ellie löst sich aus der jubelnden Menge. Ihre Augen schimmern wie frisch gefallener Schnee. »Es fällt mir schwer, Letizia das nicht unter die Nase zu reiben. Für die nächsten zwei Jahre unserer Ausbildung«, raunt sie uns zu, ehe sie die Stimme hebt: »Ihr habt euch einen Platz bei den Black Eagles verdient, wenn ihr ihn wollt.«

Ayumi wippt auf den Fußballen. »Das fragst du noch?«

Ich tue es ihr nach. »Auf jeden Fall!«

Sie legt einen Arm um Ayumi. »Dachte ich mir.«

Nach und nach gratulieren uns alle zum Sieg. Goldschimmerndes Licht verwandelt die Halle in das Abbild eines Traumes. Durch einen Riss habe ich ihn in die Realität geholt. Die kleine Charlie in ihrem Luftschloss wäre stolz auf mich. Ein Grundstein ist gelegt, um es nach ihren Vorstellungen zu erbauen.

Meine Aufmerksamkeit fällt auf die Schatten am Rand des Spielfelds. Maxine steht in ihrer Mitte. Abseits vom Licht. Als hätte sie Angst, dass die Mauer verblasst, welche sie mit verschränkten Armen um sich herum hochzieht, wenn die Strahlen sie berühren. Ihr Blick huscht zwischen ihren Schuhen und ihrer Mutter, die in ein Gespräch mit Coach Nielsen vertieft ist, hin und her.

»Wegen ihr hätten wir fast unentschieden gespielt.« Letizia ist neben mir aufgetaucht.

Ich schlucke. »Stimmt. Vor dem entscheidenden Pass hat sie gezögert.«

»Sie spielt hölzern. Ohne Herz.« Ein bitterer Zug zuckt um ihren Mund. »Ellie kann sie haben. Eine Spielerin, die nur wegen ihrer Mutter hier ist, und den Sieg für sich allein haben möchte, brauche ich nicht.«

Ellie dreht sich mit vor der Brust verschränkten Armen zu uns um. »Sie wollte sich nicht *uns* beweisen. Ich gebe ihr diese Chance.«

Sie verdreht die Augen. »Dann ist sie von jetzt an dein Problem.«

»Vorerst.« Ihre Nasenflügel zucken. »Im nächsten Semester brauchen die Golden Foxes eine neue Stürmerin.«

»Um einen Platz in meinem Team zu bekommen, muss eine Stürmerin mehr sein als Jeanne Martins Tochter.« Letizia wirft mir einen Seitenblick zu. Mein Herz stolpert.

Viona bahnt sich mit ausgestreckten Ellbogen den Weg durch die Menge. »Nach einem Spiel kannst du sie nicht einfach in eine Schublade stecken.« Sie schürzt die Lippen. »Du weißt nicht, wie sie in Zukunft spielen wird, und es bringt nichts, darüber nachzudenken. Wir leben im Jetzt. Und wir feiern den Sieg …«

Letizias Schnauben unterbricht sie.

»… oder trösten uns über die Niederlage hinweg, indem wir gemeinsam zu Mittag essen.«

»Zuerst muss ich euch zu diesem grandiosen Spiel gratulieren.« Coach Nielsens Stimme erstickt alle Gespräche im Keim. Gemeinsam mit Jeanne steht sie vor den unteren Sitzreihen der Tribüne.

In einem Halbkreis finden wir vor ihnen ein.

Maxine zieht sich mit eingezogenen Schultern an seinen hinteren

Rand zurück. Bricht aus ihm heraus wie eine Ecke, die versagt hat, sich hineinzupressen.

Schluckend wende ich mich von ihr ab.

Mit blutroten Gelnägeln tippt Jeanne auf ihr Notizbuch. »Mathilde und ich werden euren Spielstil analysieren. So können wir an euren individuellen Stärken feilen.« Mit zusammengekniffenen Augen fixiert sie Ellie. »Bevor ihr in die Mittagspause entlassen seid, hat Elisabeth eine Ankündigung.«

Sie knirscht mit den Zähnen.

Neben ihr murmelt Viona: »Nicht.«

Ihre Schultern beben. Erhobenen Hauptes stolziert sie an Jeannes Seite. »Die Black Eagles haben drei neue Teammitglieder: Ayumi in der Verteidigung, Charlie und Maxine im Sturm.«

Ayumi hakt sich bei mir unter. Wir schweben über den Boden an ihre Seite. Maxine bleibt abseits stehen. Das Gesicht hinter erdbeerblonden Strähnen versteckt, die sich aus ihrem Zopf gelöst haben.

Wellen des Applauses rauschen durch die Halle. Tragen die Zweifel fort. Ich atme den Sieg ein. Jegliche Furcht aus.

Coach Nielsen erklärt das Training für beendet. Sogleich stecken Jeanne und sie die Köpfe zusammen.

Viona legt einen Arm um Ellie. »Lasst uns in den Speisesaal gehen, bevor sie nur noch Kohlrouladen haben.«

Ich rümpfe die Nase. »Was sind Kohlrouladen?«

Sie verzieht das Gesicht. »Das willst du nicht wissen.«

»Wartet.« Ellie nähert sich Maxine bedächtig. So sind Lucie und ich auf Taylor und Betty zugegangen, als wir auf der Rettungsstation abgeholt haben.

Maxine schreckt auf. Spannt sich an, als wolle sie zurückweichen. Die Erinnerung an Betty, die sich unter dem erstbesten Schrank versteckt hat, flammt in mir auf. Sogar ihre Augen haben im einfallenden Sonnenlicht denselben silbergrauen Farbton wie jene der British-Kurzhaar-Katze.

»Möchtest du mit uns in den Speisesaal gehen?«

Sie blinzelt, ein Teil der Schatten um sie herum verblasst. »I-ich …« Aus dem Augenwinkel linst sie zur ihrer Mutter. Ihre Miene verdüstert sich. »… warte auf Jeanne … I-ich meine … a-auf Mum. Ich habe ihr versprochen, d-dass wir zusammen essen … Tut mir leid.«

Ellies warmer Gesichtsausdruck verrutscht nicht. »Ein anderes Mal.« Sie reicht Maxine einen Proteinriegel aus ihrem Stoffbeutel. »Nimm wenigstens den.«

Wir strömen den Umkleiden entgegen. An der Türschwelle schaue ich über die Schulter.

Maxine starrt uns mit glasigem Blick hinterher. Als suche sie nach etwas, das mit bloßem Auge nicht auszumachen ist. Wie die Sterne in Sydney aufgrund der Lichtverschmutzung.

Letizia hakt sich bei mir unter, neben ihr stolpere ich in den Flur. »Sie ist es nicht wert, und sie wollte dein Spiel sabotieren. Nimm dich vor ihr in Acht.«

Das Bild von Maxine verfolgt mich. Sie ist eine Wolke, die mich unter ihrem Schatten begräbt. Regenschlieren verwischen die goldenen Siegesgefühle. Bitterkeit, die ihr oder mir gilt, vielleicht uns beiden.

Kapitel 7

Taylor Swift – Mean (Taylor's Version)

00:00 -03:46

Maxine

Stühle schrappen über den Boden, Sneakers trommeln auf den glatten Marmor. So rasch es meine Hände zulassen, verstaue ich das Buch für Ernährungslehre in meinem Rucksack. Die Notizen-App auf meinem iPad ist geöffnet, das Dokument leer. Jeanne wird nicht kontrollieren, ob ich mitschreibe. Wir haben keine theoretischen Prüfungen.

Aus den Tiefen meines Herzens überschwemmt mich die Gewissheit, versagt zu haben. Lauter als die Symphonie aus Geräuschen um mich herum.

Charlies Augen sind in mein Gedächtnis eingebrannt. Verwirrung und Erleichterung haben den Farbton verändert. Düster wie vor einem Unwetter. Funkelnd wie Sonnenschimmer, welcher die Wellen an einem wolkenlosen Morgen streift. Winterblau. Den Namen würde ich ihnen geben. Die Farbe meines Untergangs.

Seit dem Spiel traue ich mich nicht mehr, sie anzusehen.

Den Rucksack hieve ich mir über die Schulter, die geräuschreduzierenden Kopfhörer baumeln um meinen Hals. Gleich wird die Musik mir eine Tür öffnen, fort aus der Realität, deren Rauschen verzerrt an meine Ohren dringt. Auf das Display meines iPhones fokussiert, bahne ich mir den Weg vorbei an Mitstudierenden. Die Schultern gebeugt. Unsichtbar.

»Da ist sie.« Letizias Stimme.

»Sie war den ganzen Nachmittag in unseren Kursen.« Im Gegensatz zu ihr klingt Charlie gleichgültig.

Kälte breitet sich auf meinem Rücken aus, der Marmorboden dreht sich. *Zeig ihnen nicht, dass du sie hörst. Geh weiter.* Mit schwitzigen Fingern umklammere ich das iPhone. *Drück auf Play, dann bist du für einen Libellenflügelschlag in einer anderen Welt. Bevor Jeanne dir die Flügel ausreißt.*

»Hast du ihr die Meinung gesagt?«

»Nein. Unser Sieg zählt.«

»Was, wenn sie so weitermacht?«

»Das ist Ellies Problem.«

»*Sie* ist das Problem.«

»Sie hat sich im Training gut geschlagen.«

Letizia schnaubt. »Weil sie Jeanne Martins Tochter ist. Sie kennt deren Trainingsprogramm und ist hier, weil ihre Mutter Kontakte und das nötige Kleingeld hat.«

Ein gedehntes Seufzen erklingt, das ich Teresa zuordne. »Können wir bitte gehen und über etwas anderes sprechen?«

»Gleich.« Letizia hebt die Stimme. »Maxine!«

Mein Name aus ihrem Mund gleicht dem Kratzen von Nägeln auf einer Tafel. Schaudernd zucke ich zusammen. Verdammt. Wir sind beide Stürmerinnen. Bin ich schneller als sie? Sie ist größer, mit längeren Beinen. Falls ich es zum Bungalow schaffe, bevor sie mich einholt, wartet Schlimmeres auf mich, sobald sie mich in die Fänge bekommt. Jeder Moment, in dem ich mich wehre, schärft ihre Klinge.

»Ich rede mit dir!«

Erinnerungen flammen in mir auf. Treppenstufen, die meine Haut aufreißen. Aufgeschlagene Knie. Risse in meiner Schuluniform und den Kabeln meiner Kopfhörer. Splitter, die aus meinem iPhone-Display herausbrechen. Gelächter, das auf mich einprasselt. Jeannes Anschuldigungen – blaue Flecken seien unansehnlich und ich solle auf meine Sachen aufpassen, statt sie ständig kaputtzumachen.

Lieber sehe ich einem Monster in die Augen, um zu verhindern, dass das zweite Blut wittert.

Ich spanne alle Muskeln an und begegne Letizias Blick. Wie düstere Moosranken schlingt er sich um meine Glieder, presst die Luft aus meinen Atemwegen. »W-was ist los?«

»Spiel beim nächsten Mal genauso schlecht und ich kann mich bei dir für den Sieg bedanken.« Sie stemmt die Hände in die Hüfte. »Keine Ahnung, wieso Ellie dich in ihr Team gelassen hat. In meinem ist kein Platz für dich.«

Ich will nicht in dein Team.

Am Ende habe ich meinen Fehler begradigt.

Du bist wütend über die Niederlage.

Du willst Charlie in deinem Team, und ich werde mich ihr nicht in den Weg stellen.

Anschuldigungen, die flüchtig in mir angeschlagen werden. Feuer mit Feuer zu bekämpfen, würde bedeuten, dass ich mich verbrenne.

Tränen verschleiern meine Sicht. Der Kloß in meiner Kehle brennt beim Schlucken wie Säure. »D-die bessere Spielerin wird d-den Platz im Team bekommen. Ich b-bin froh, dass Ellie mir diese Chance gibt … Ich werde sie nicht mehr enttäuschen.« Entweder möchte ich Letizias Blick ausweichen oder meine Aufmerksamkeit fällt automatisch auf Charlie, deren winterblaue Augen wolkenverhangen sind. Dahinter flackern Lichtreflexe der Enttäuschung, welche das Pochen hinter meinen Augen verstärken. »Es tut mir leid, dass ich vor dem Pass gezögert habe. Es wird nicht wieder vorkommen.«

»Dann ist alles geklärt. Teresa hat recht, lasst uns gehen.« Sie packt Letizia am Arm und zerrt sie mit sich. Die anderen schließen sich ihnen an.

Wie betäubt starre ich ihnen hinterher. Meine Beine zittern, ich stütze mich an der Wand ab. *Jeanne Martins Tochter ist am ersten Tag an der Academy zusammengebrochen.* Das ist kein Flüstern, welches ich auf dem Weg durch die Gänge hören möchte.

Gestern habe ich gedacht, ich könnte meine Geschichte neu schreiben. Der Tintenschreiber ist ausgetrocknet, ich bin der letzte Tropfen, der unbemerkt im Papier versickert. Mein Schicksal habe ich beim Training besiegelt, indem ich Jeanne meine Fäden in die Hände gedrückt habe. Das Echo von Letizias und Charlies Worten hallt in mir nach, verwoben mit der Gegenmelodie aus Jeannes Anschuldigungen aus achtzehn Jahren. Splitter, die meine Haut durchdringen und mit meinen Knochen verwachsen. Bei dem Versuch, sie herauszuziehen, würde ich verbluten. Sie haben unrecht – weder Ruhm noch Jeannes Platz einnehmen möchte ich. Sondern Freundinnen haben, welche die aufgeschlagenen Knie und die Risse in meiner Seele erträglicher machen.

Ich setze die geräuschreduzierenden Kopfhörer auf. Webe die Illusion, an einem anderen Ort zu sein. *Mean (Taylor's Version)* – der Soundtrack meiner Schulzeit ist auf der Playlist der Academy.

Taylor lügt.

Nie wird dieser Kreislauf enden. Schon am ersten Trainingstag hat mich ein Schlag niedergerissen. Standhaft bin ich nicht, solange ich auf diesem Spielfeld zu viel Platz einnehme.

Taylors Stimme ist ein Pflaster, welches die blutende Wunde verbirgt. Ein Was-wäre-wenn ...

... ich weniger ich wäre?

... weniger von mir da wäre, das kritisiert werden kann?

... ich nicht spüren würde, wie die Wunden aufreißen?

... keine Wunden da wären, in die Letizia stechen kann?

... ich mich auflöse?

***

Seit eineinhalb Stunden versuche ich, mich auf das Buch zu konzentrieren, welches ich an Jeanne vorbeigeschmuggelt habe. Eine Einführung in die Psychologie. Bücher wie dieses bringen mich auf ein anderes Spielfeld, auf dem ich entscheide, was ich möchte. Die Noten für ein Studium hätte ich gehabt, der Spielplan meines Lebens ist vorgezeichnet, das Ziel ist Olympia.

Das erste Kapitel habe ich fünfmal gelesen, die Worte entgleiten mir, als seien sie in einer fremden Sprache verfasst. Schwarze Druckbuchstaben verwandeln sich in nasse Tinte, meine Fingerspitzen pochen wie nach einem elektrischen Schlag. Egal, in welcher Position ich sitze, ein Ziehen durchfährt meine Sehnen.

Das Buch lege ich neben die geräuschreduzierenden Kopfhörer auf die azurblaue Bettdecke. Taylors Lügen habe ich nicht vergessen und muss vorbereitet sein, wenn Jeanne den Bungalow betritt.

Gesehen habe ich sie seit dem Training nicht, ein gemeinsames Mittagessen hat sie ausfallen lassen. Falls sie fragt, habe ich vorgesorgt. In der Spüle stehen ein Shaker, in dem Reste von Proteinpulver kleben, und eine Schale mit Joghurtresten, Abrieb von einem Apfel und Haferflocken. Jeanne wird nichts bemerken.

Mein Magen knurrt, seit ich die Requisiten aufgestellt habe, in unregelmäßigen Abständen. Aus meinem Rucksack ragt eine Plastikverpackung hervor: der *Blueberry Muffin Quest Bar*, welchen Ellie mir in die Hand gedrückt hat. Als hätte sie gewusst, was meine Lieblingssorte ist. Mit bebenden Fingern reiße ich die Verpackung auf, darauf bedacht, dass der Proteinriegel nicht meine Haut berührt. Einen Bissen nehme ich, mir kommt die Galle hoch, mein Körper dehnt sich unter meinem puderrosa Kleid aus.

Bilder zucken über meine Netzhaut. Ellies lange muskulöse Beine. Charlies Bauchmuskeln, die als schmaler Streifen zwischen ihrem Crop-Top und ihren Shorts hervorblitzen. Jedes Bild schnürt mein Kleid enger. Nein, ich nehme zu viel Platz ein. Das haben die anderen mir heute vor Augen geführt. Je mehr von mir sich angreifbar macht, desto tiefer stechen ihre Worte.

Das Stück Proteinriegel verfault in meinem Mund, Blaubeeren, die zu Tollkirschen werden. Ich spucke die klebrige Masse zurück in das Papier, in meinem Mund bleibt ein ätzender Geschmack zurück. Die Verpackung zerknülle ich und schiebe sie in die Lücke neben meinem Bett, was mein Magen mit einem Knurren quittiert. Eine Stichflamme der Wut glüht in mir auf, ich vergrabe die Fingernägel in meinem Bein. Ziehe an der Haut, bis sie brennend nachgibt. Was muss ich tun, bis ich nichts zu fassen bekomme? Kein Gramm Fett. Keine Haut. Nichts, was zu viel ist.

Das Knarzen der Eingangstür zerreißt meine Gedanken. In einem Dreiklang treffen Jeannes Füße und der Gehstock auf das Parkett.

Ich schiebe das Buch und die Kopfhörer in meinen Rucksack. Die Knie ziehe ich an den Körper, mein Bauch presst sich an meine Beine. Mit zusammengebissenen Zähnen gebe ich die Haltung auf.

Knallend öffnet sich die Tür. Abgründe verschlingen Jeannes Augen. »Sie spielt besser als du.«

Ich ziehe den Kopf ein. »I-ich weiß.«

Sie ragt über mir auf. Ein Schatten, der mein Licht absorbiert. »Wieso hast du ihr das entscheidende Tor überlassen?«

Sie hat freie Bahn gehabt.

Feldhockey ist ein Teamsport.

Dank ihr haben wir gewonnen.

Nadelspitz bohren sich die Silben beim Schlucken in meine Kehle und durchtrennen meine Stimmbänder. Egal, was ich sage; Jeanne wird die Bedeutung jedes Satzes durch Null dividieren.

Sie packt mich bei der Schulter, bohrt die Fingernägel in meine papierdünne Haut. Als wiege ich nichts, zerrt sie mich nach oben. »Wieso?«

»Ich habe mich nicht getraut, in die Offensive zu gehen. Charlie das Tor zu überlassen, war der einfachere Weg.«

Eine Lüge … oder? Wenn ich konzentrierter gespielt und mir den Weg freigekämpft hätte … Schuldgefühle drücken mich unter Wasser, bis ich gezwungen bin, es einzuatmen und sich das Salz grobkörnig in meinen Atemwegen festsetzt. Wie die Gewissheit, dass ich so nie etwas erreiche. Nicht mein Zögern ist der Fehler gewesen, sondern der Pass zu Charlie. Meine Entschuldigung ist ein Dolch, eingewickelt in Samt gewesen. Steche ich nicht zu, sorgt Jeanne dafür, dass ich stolpere und mit der Klinge meine Brust durchbohre.

Sie beugt sich zu mir, der Duft ihres Orchideenparfums dringt in meine Atemwege. »Wird das in Zukunft wieder vorkommen?«

»Nein. Ich werde beweisen, dass ich den Platz bei den«, ich stocke, »Golden Foxes verdiene.« Dass Letizia mich niemals in ihr Team lässt, wird Jeanne früh genug erfahren.

Fingernagel für Fingernagel zieht sie aus meiner Haut. Halbmondförmige Male überdauern: die Brandmarkung, dass ich nie ein Licht in ihrer geliebten Nacht sein werde. Eher verschlingt die Finsternis uns. Die flache Hand legt sie auf meine Wange, ich zwinge mich, nicht zurückzuweichen. Zuneigung, die von einer Messerspitze in meine trockene Kehle tropft, bleibt Zuneigung. Egal, wie scharf die Klinge ist, ich nehme, was Jeanne mir anbietet.

»Enttäusch mich kein zweites Mal. Carla mag deine Teamkameradin sein. Vor allem ist sie, solange Elisabeth den Platz bei den Golden Foxes ablehnt, deine stärkste Gegnerin. Sorge dafür, dass keiner ihrer Bälle mehr in die Nähe des Tores kommt.« Jedes Wort reißt an meiner Seele, zerrt die Fäden auseinander, verknüpft sie neu, und ich verheddere mich in ihnen. »Verstehen wir uns?«

»J-ja.«

»Den Rest des Abends wirst du Carlas Spiel analysieren. Ich überlasse dir meine Notizen, das Training wurde aufgezeichnet, und auf *YouTube* gibt es Videos von ihrer Mannschaft aus Deutschland.« Sie rauscht aus dem Zimmer.

Schwindel packt mich, ich sinke auf die Matratze. Schwarze Schlieren trüben meinen Blick, verzerrt von einem Schleier aus salzigen Diamanten, den ich fortwische.

Jeanne kehrt zurück, das schwarze Notizbuch umklammernd, und setzt sich neben mich. Vor zwei Tagen hat sie es gekauft, nach einem Trainingstag ist es zur Hälfte mit Lettern in ihrer präzisen Schrift gefüllt.

Als Kind habe ich Monate damit verbracht, sie zu imitieren, und jede Hausaufgabe neu geschrieben, die nicht ihren Vorstellungen von Sorgfalt entsprochen hat.

»Auf diesen sechs Seiten findest du die Notizen über Carlas Spielverhalten.« Das Notizbuch schiebt sie auf meinen Schoß, erhebt sich und zieht mein iPad aus meinem fliederfarbenen Rucksack. »Die Sperre deines WLAN-Zugangs hebe ich bis zweiundzwanzig Uhr auf. Die *YouTube*-Videos, die du dir ansehen sollst, öffne ich per AirDrop. Etwas anderes hat in deinem Verlauf nichts verloren.« Ihre Nasenflügel beben. »Wenn ich noch einmal sehe, dass du dich für einen *Disney Plus* Probemonat angemeldet hast …« Mit spitzen Fingern fährt sie sich durchs Haar. Als sie es herausgefunden hat, sind ebendiese in meine Wange gedrungen. »Mir wäre es lieber, wenn du keine Musik hörst. Dann würdest du keine Konzertfilme sehen wollen.«

»Ich mache diesen Fehler kein zweites Mal.«

Ich bin kein Swiftie. Dagegen gehe ich vor, indem ich mich nicht mit Taylor beschäftige und seit Jahren dieselben Songs höre. Obgleich manche sich anfühlen, als würden sie mir gehören. Wäre ich ein Swiftie, würde ich auf ein Konzert wollen. Oder Freundschaftsarmbänder tauschen. Vor allem hätte Jeanne etwas, das sie mir wegnehmen kann, wenn ich mich an Taylors Musik festhalte. Den *Eras-Tour*-Film habe ich dennoch schauen wollen. Bei *tolerate it* hat Jeanne die Illusion eines Konzerts zerstört. Seitdem höre ich den Song nicht mehr, und das Band zwischen Jeanne und mir hat einen Namen.

»Deine Notizen überprüfe ich morgen.« Sie widmet sich dem iPad, ich verfolge ihre Bewegungen, und sie reißt den Kopf hoch. »Lies, Maxine. Es geht um deine Zukunft.«

Die Schrift verfärbt sich winterblau, je tiefer ich in den Worten versinke. Wie Rauch hängt ein Gedanke über mir.

Es geht um deine Zukunft.

Geht es nicht um ihren verbrannten Traum?

Maxine Jeanne Martin.

Der Name einer zweiten Chance. Der Versuch, aus den Trümmern etwas Neues zu bauen. Statuen zerfallen, wenn sie warten müssen, und wenn sie zu oft abgeschliffen werden. Scheitere ich, ist der Name eine bedeutungslose Aneinanderreihung von Silben. Jeannes Traum verweht, und ihr Fluch ist zu fest mit mir verwachsen, als dass ich ohne ihre Fäden um meine Glieder eine Chance hätte.

Freundinnen oder Jeanne … Herausfinden, was ich möchte, oder ihren Traum leben … Die Antwort ist immer dieselbe; andernfalls endet alles in Blut.

Kapitel 8

Taylor Swift – Look What You Made Me Do

00:00 -03:46

Charlie

Maxines Züge sind die einer Steinstatue. Eingenommen von Kontrolle. In der Angriffsposition erstarrt.

Ellie hat uns in keiner Wettkampfübung in einem Team spielen lassen. Als würde Ignoranz das Unwetter zwischen uns auflösen.

Ayumi passt mir den Ball zu.

Wie ein Sturm bricht Maxine über mich herein, ich weiche ihr aus. Sie visiert meine linke Seite an. Die Kante meines Schlägers verfehlt den Ball. Ich beiße mir auf die Unterlippe, wirble mit pochendem Herzen herum.

Maxines Muskeln zeichnen sich unter ihrem Trikot ab. Die Dreizehn auf ihrem Rücken wird bei jedem Training zur Zahl meiner Niederlage. Mit einem Drag-Flick befördert sie den Ball in die untere linke Ecke des Tores.

Ein Pfiff zerschneidet die Anspannung.

Ich laufe eine Handvoll Schritte. Als könne ich die Niederlage abschütteln.

»Ihr habt großartig gespielt. Damit meine ich die gesamte erste Trainingswoche«, ruft Coach Nielsen. »Das Wochenende habt ihr euch verdient. Vorher erwarte ich, dass ihr zum Cool-down hierbleibt oder eine der Möglichkeiten auf dem Campus nutzt.«

Ihre Worte verkommen zu dem Störgeräusch eines alten Fernsehers. Neben ihr sitzt Jeanne. Ihr sturmgrauer Blick schneidet durch mich hindurch wie unbarmherziger Wind. Ohne hinzusehen, macht sie Notizen in ihrem Buch. Eine Gänsehaut überzieht meinen Körper.

Ayumi legt mir eine Hand auf den Oberarm. »Mach nicht so ein Gesicht. In einer Wettkampfübung zu verlieren, zählt nicht.«

»Das ist es nicht.« Ich senke die Stimme. Um das Hockeyfeld sind Kameras aufgestellt. Ich wette, dass sich Jeanne jede Videoaufnahme in Zeitlupe anschaut. Auf der Suche nach dem kleinsten Stolpern. »Es hat sich angefühlt, als würde Maxine nur gegen mich spielen.«

»Sie ist nervös. Das macht sie verbissen, und sie weiß, dass du mindestens genauso gut spielst wie sie.« Sonnenlicht quillt aus ihren Worten. Durchdringt die düsteren Wolkenberge über meinem Gemüt.

Ich ringe mir ein Lächeln ab. »Danke.«

Jeanne nähert sich uns. Mir ist, als lege sich ein Schatten über die Welt. Auf der Suche nach Licht lehne ich meine Schulter gegen Ayumis.

»Ihr habt hart trainiert und zufriedenstellend gespielt.« Jeannes Mundwinkel verkrampfen sich. »Nächste Woche werdet ihr umso härter trainieren und mich mehr zufriedenstellen.« Ihre Aufmerksamkeit windet sich wie Stacheldraht um meine Eingeweide. »Du musst an deiner Beinarbeit feilen. Beim Spielen favorisierst du dein Linkes.«

Die anderen hat die Klinge gestreift, in mein Fleisch bohrt sie sich. Jeanne legt mich in Ketten, wie die Erwartungen meiner Familie nach Olivers Tod. Heute weiß ich, dass sie diese nicht bereitwillig geschmiedet haben. Sie haben mich nicht verletzen wollen … Was, wenn das Jeannes Absicht ist?

Knirschend schaben meine Zähne übereinander. Vor fünfeinhalb Jahren habe ich mir das rechte Sprunggelenk gebrochen. Mich im Training danach lange auf mein linkes Bein verlassen. Von dem Bruch ist eine bleiche Narbe geblieben. Nichts, was mich einschränkt. Die Ketten sind aus Lügen geschmiedet. Ein Teil von mir hofft darauf, dass sie einen Witz gemacht hat. Damit wir alle darüber lachen können, bevor das Klopfen der Tränen hinter meinen Augen lauter wird.

»Hast du das verstanden?«

Am liebsten möchte ich schreien, dass sie lügt. Vor mir steht nicht irgendjemand, sondern die Königin des Feldhockeys. Ich bin ein kleines Mädchen, das sich einen Schlüssel für ihr Königreich gewünscht hat. Um meinen Verstand windet sich die Erkenntnis, dass er nicht passt.

»Ich werde zusätzliche Übungen zur Verbesserung meiner Beinarbeit machen. Auch am Wochenende.«

In der Sonne schimmert ihr Lippenstift wie getrocknetes Blut. »Gut.« Sie verschwindet in Richtung der Tribüne.

Ich schlucke krampfhaft. Von ihr trainiert zu werden, hat sich wie ein wahr gewordener Traum angefühlt. Jedes Training färbt ihn dunkler. Aus meinem Vorbild wird die Hauptdarstellerin meiner Albträume. Der Drang, sie zufriedenzustellen, vermischt sich mit einem Lodern in meiner Brust, das mich nachts wachhält.

Ayumi starrt ihr mit bleicher Miene hinterher.

»Maxine ist nicht die Einzige, die gegen mich spielt.« Meine Kieferknochen sind zusammengepresst. Die Worte ein Knirschen.

Ellie legt uns je einen Arm um die Schultern. »Deine Beinarbeit ist nicht schlecht. In ihrem Buch stehen über uns alle Dinge, die sie nicht zufriedenstellen. Am Montag ist jemand anderes dran. Viona hat mir erzählt, dass sie Letizia gestern so scharf kritisiert hat, dass sie vom Platz gestürmt ist. Und sie hat sie mit Maxine verglichen, die nicht dort war.« Sie hält mich fester, als spüre sie, dass ich in Begriff bin, zu zerfallen wie das Fundament meines Luftschlosses. »Ich weiß, was dich aufmuntern wird: Für einen Cool-down gibt es keinen besseren Ort als das Wellnesscenter.«

***

Säulen verwandeln das Wellnesscenter in einen kleinen Palast. Sandstein, durchzogen von goldenen Ornamenten, die Wellen, Seesterne, Fische und Seepferdchen bilden. Geschliffene Stufen führen zu einer Flügeltür mit goldener Klinke.

Das Rauschen des Pazifiks schlägt eine Note in mir an. Türkisblaue Wellen, überzogen von Schaumkronen. Mit dem Horizont verschmelzen sie zu einer Palette aus Grün- und Blautönen. Strahlen der Abendsonne spannen ein Netz über den wolkenlosen Himmel. Im Osten schmilzt der Tag im Feuer der Abendröte, das in die Wellen tropft.

Kein Foto mit meiner iPhone-Kamera wird dem Anblick gerecht.

Der Pazifik strahlt eine Ruhe aus, welche auf mich übergreift. Nach dem Training ist das Meer meiner Gedanken wie die Ostsee gewesen. Anthrazitfarben. Stürmisch. Rau. Die Nähe zum Pazifik glättet die Wogen.

Die Fotos schicke ich in die Familiengruppe.

Eine Nachricht von Lucie taucht darunter auf.

Es sieht aus, als wäre in Sydney Sommer.
Hast du Zeit und Lust zu telefonieren?

In Deutschland ist es viertel nach acht. Wieso bist du wach?

Termine bei meiner Ärztin um sieben Uhr an einem Freitag gehören verboten. Vor allem, wenn Taylor durchschläft.

Dahinter sind zwei Emojis, welche die Augen verdrehen. Genau so hat sie heute Morgen sicher geschaut, als Chiara sie zum Aufstehen gezwungen hat.

Ich rufe dich in einer Dreiviertelstunde an.
Ich komme gerade vom Training.

Ich freue mich!

»Charlie, wo bleibst du?«

Im Laufen verstaue ich das iPhone in meinem Rucksack. Neben Handtüchern, Kopfhörern und *The Hidden Oracle* von Rick Riordan, das Francesca mir ausgeliehen hat.

Ellie wartet vor dem Eingang. »Ayumi ist vorgegangen. Und Viona, Teresa, Léon, ein paar Leute aus dem Schwimmteam«, sie mahlt mit dem Kiefer, »und Letizia hatten dieselbe Idee.« Sie hält mir die Tür auf. »Nach dir.«

Ich schlüpfe durch den Spalt, in schummeriges Zwielicht. LED-Lampen überziehen die Wände und die Decke aus königsblauem Samt mit goldenen Perlen. Hinter einem Sitzbereich um runde marmorne Tische erwartet uns ein Welcome-Desk aus Marmor in Blau- und Goldtönen.

Wir tragen uns in eine Liste ein. Ein Angestellter reicht uns königsblaue Armbänder, die ich aus Hallenbädern kenne. »Damit könnt ihr eure Spinde öffnen und euch Essen und Getränke bestellen. Abgerechnet wird später.«

Ellie zieht mich durch einen von künstlichen Sternen erhellten Gang in Richtung der Umkleiden.

Ich senke die Stimme: »Wir können uns *was* bestellen?«

Sie grinst. »Unter anderem eine Pizza. Das werde ich nach ein paar Minuten im Whirlpool und einer Massage tun.«

In der Umkleide erwarten uns Ayumi, Viona, Teresa und Letizia. Fragen, wie das Training gewesen ist, spielen Ellie und Ayumi einander zu. Dieser Ball ist nicht für meinen Schläger bestimmt. Ich würde ihn ins Abseits befördern.

Unter der schwarzen Sportleggins sowie dem Hoodie mit dem Logo der Academy trage ich einen dunkelblauen Bikini.

Fertig umgezogen verstauen wir unsere Taschen in den Spinden.

Anschließend durchqueren wir einen Gang, der einem Stück Nacht, eingefasst in cremeweißen Wänden, gleicht. Von seinem Ende gehen vier Türen ab.

Teresa breitet die Arme aus. »Whirlpool, Dampfsauna, Eisbaden oder Massage?«

»Whirlpool«, antwortet Letizia. »Dort kann ich am besten abschalten und vergessen, was eine gewisse Trainerin zu mir gesagt hat. Es ging darum, was ihre Tochter«, das Wort spuckt sie aus, »besser kann als ich.«

Teresa öffnet den Mund. Letizia wirft ihr einen scharfen Blick zu. Sie schluckt trocken und zieht sie durch die Tür.

Der Raum dahinter gleicht einer Meeresgrotte. LED-Juwelen in den Farben von Feuer flackern an der Decke über fünf Pools, eingefasst in Naturstein.

Ayumi nähert sich dem Wasser wie in Trance. »Wow ...«

»Das ist wunderschön«, sage ich.

Vionas Blick huscht hin und her. »Sieht aus, als wären Léon und die anderen noch beim Eisbaden.«

Teresa verdreht die Augen. »Warum auch immer mein Bruder das freiwillig nach jedem Training über sich ergehen lässt.«

Wir entscheiden uns für den größten Pool an der hinteren Wand. Farbschimmer verwischt die Konturen meines Spiegelbildes. Stufen aus Naturstein führen mich ins Wasser. Das Gefühl der Schwere schwimmt auf den seichten Wellen davon. Ich lege den Kopf in den Nacken, schließe die Augen. Falle in die schützende Umarmung des Wassers.

»Ich wusste nicht, dass du so viele Tattoos hast.«

Blinzelnd öffne ich die Augen, wende Viona meinen Oberkörper zu. »Meine Definition von *viele* ist eine andere. Einmal angefangen, möchte ich noch mehr, und alle haben eine Bedeutung.«

Sie legt den Kopf schief. »Magst du sie mir verraten?«

Ich folge dem Schwung der Welle auf der Innenseite meines linken Oberarms. Bilde mir ein, Lucies makellose Finger in meinen von Schwielen gezierten zu spüren. Früher ist meine Hand kleiner als ihre gewesen. Als sie gleich groß gewesen sind, haben sie nicht ineinandergepasst. Jetzt ist meine größer. Und sie sind Teile eines Ganzen. »Das Tattoo hat meine große Schwester mir zum achtzehnten Geburtstag geschenkt. Sie hat dasselbe.« Ich drehe ihr den Rücken zu, die Flügel auf meinen Schulterblättern offenbarend. »Sie stehen für Freiheit und Selbstvertrauen. Ich bin tief gefallen, kurz vor dem Boden haben meine kräftigen Flügel mich nach oben getragen.« Auf den Rand des Pools abgestützt, strecke ich mein rechtes Bein nach oben, sodass sie das Fußkettchen sieht, welches in meine Haut eingraviert ist. »Das sind die Sternzeichen meiner Familie, die ich mir sechs Wochen vor dem Abflug habe stechen lassen. Sie ist bei mir, auch wenn wir nicht auf derselben Erdhalbkugel sind …« Ich beiße mir auf die Innenseite der Wange. Dass das Sternzeichen Skorpion nicht allein für Lucie steht, soll niemand erfahren. Zu lange bin ich das Mädchen mit dem toten Bruder gewesen. Hier möchte ich Charlie sein. Die unerschrockene Feldhockeyspielerin. Rasch fokussiere ich mich auf das Tattoo an meinem linken Rippenbogen. »Das ist ein Zitat aus *Sunrise* von Our Last Night. Eine Erinnerung, dass jeder finsteren Nacht ein

Sonnenaufgang folgt.« Auf den Rand des Pools abgestützt, zeige ich ihr die in Ketten gelegte brüllende Löwin auf meiner Hüfte. »Das …«

»… ist ein Zitat aus *Who's Afraid of Little Old Me?*«

Vionas Euphorie lässt mich auflachen. »Stimmt.«

»Auf der Willkommensfeier hast du ein *reputation*-T-Shirt getragen.« Ihr Strahlen ist gleißender als die LEDs, sie stellt sich auf die Zehenspitzen. »Wieso erfahre ich jetzt erst, dass du ein Swiftie bist?«

»Du hast nicht gefragt.« Mit den Fingerspitzen berühre ich das Tattoo. »*Who's Afraid of Little Old Me?* hat mir durch eine schwierige Zeit geholfen«, ich halte ihr meinen linken Unterarm hin, auf dem eine Schlange prangt, »genauso wie *Look What You Made Me Do*. Meine Schwester und ihre Verlobte haben mich zum Swiftie gemacht, und sie haben weniger auffällige, filigrane Taylor-Swift-Tattoos.«

Ihre Augen funkeln mit den LEDs um die Wette. »Hast du Fotos? Als Inspiration für mich?«

»Es gibt welche auf *Instagram*, ich zeige sie dir nachher.« Ich lege den Kopf schief. »Du möchtest ein Tattoo?«

»Schon … Mir hat *1989* durch eine schwere Zeit geholfen …« Das warme Braun ihrer Augen ermattet, wie von Rost zerfressen. »Meine Eltern sind 2014 gestorben, kurz bevor das Album erschienen ist. Es hat mich aufgefangen.«

Kälte kriecht meine Wirbelsäule hinab. Mein Mund ist trocken.

Ich bin lange das Mädchen mit dem toten Bruder gewesen …

Ein Satz, der sich wie ein Ball im Tornetz in meinen Stimmbändern verfängt. Sachte drücke ich ihren Oberarm. Nicht bereit, meine Vergangenheit auf dieses Spielfeld zu lassen. »Danke, dass du mir das anvertraust.«

Sie lehnt sich an mich. »Ich habe die Trauerphase hinter mir, und meine Großeltern haben die bestmögliche Arbeit geleistet, um mich großzuziehen. Für sie hätte ich auch gerne ein Tattoo. *1989* ist zuerst dran. Die Jahreszahl und *New Romantics*. Für mich ist der Song ein Symbol der Freiheit, und er fasst das Album zusammen.« Sie fährt sich durch die rosafarbenen Strähnen. »Bis jetzt habe ich mich nicht getraut, einen Termin zu vereinbaren. Was, wenn es wehtut?«

»Lass es dir nicht direkt am Knochen stechen.« Das Tattoo auf meinem Rippenbogen ist schmerzhaft gewesen, Lucie stimmt mir zu. Chiara hat das Stechen des Tattoos auf ihrer Wirbelsäule mit Lucies Hand in ihrer überstanden und meinen Respekt dafür. »An den Gliedmaßen sind die Schmerzen geringer, vor allem dort, wo keine Nerven oder Adern direkt unter der Haut verlaufen. Und kleine Tattoos dauern nicht lange. Was ist eine halbe Stunde, in der du leidest, wenn der Preis etwas ist, woran du dich dein Leben lang festhalten kannst?«

Sie legt den Kopf in den Nacken, in ihren Augen spiegeln sich die LEDs. »Ich überlege es mir.«

Schritte nähern sich uns. Viona wirbelt herum, in ihrer Miene geht die Sonne auf. Gefolgt von drei jungen Männern steuert Léon auf den Pool zu. Neben Viona gleitet er ins Wasser.

Sie schlingt die Arme um den Oberkörper. »Du strahlst die Kälte vom Eisbaden aus.«

Er nähert sich ihr. »Ein bisschen Eiswasser schadet nicht.«

Sie weicht zurück. »Wehe …«

Das feine Band zwischen ihnen wird zu Dornen in meinem Herzen. In drei Schwimmzügen ziehe ich mich an die gegenüberliegende Seite des Pools zurück. Neben Ayumi und Ellie.

Das Training, die neuen Eindrücke – ein Wall zwischen den Gedanken an Ole und mir. Jetzt zerbricht er. Lucie hat recht gehabt; die Trennung ist der richtige Weg gewesen. Nicht die Beziehung mit ihm wünsche ich mir zurück, sondern das, was Léon und Viona haben. Mit einer Person, die mir bisher nicht begegnet ist.

Ellie betrachtet mich mit zusammengezogenen Brauen. Ayumi schaut zu Léon und Viona. Begreifen zeichnet ihre Züge.

»Ich möchte ihnen Raum geben.« Schmerz ermattet meine Stimme.

Sie berührt meine Schulter. »Möchtest du uns erzählen, was wirklich los ist?«

Weder sie noch Ellie sieht mich an, als wollten sie die Maske von meinem Gesicht reißen. Sondern, als würden sie sich wünschen, dass ich mein Vertrauen in ihre Hände lege.

Naturstein sticht in meinen Rücken. Schabt an meinen Flügeln. Ich lasse nicht zu, dass die Erinnerung sie mir stutzt. »Ich habe kurz vor dem Abflug mit meinem Ex-Freund Schluss gemacht. Ich wollte keine Fernbeziehung, habe keine Gefühle mehr für ihn und wünsche ihm, dass er eine Person findet, deren Zukunft mit seiner zusammenpasst. *Ich* habe Schluss gemacht …«

Ayumi legt einen Arm um mich. »Das heißt nicht, dass es dich nicht verletzt hat. Eine Trennung hinterlässt Wunden bei beiden.«

Ellie rückt zu mir, unsere Schultern berühren sich. In ihrem und Ayumis Licht verdorren die Dornen. »Sie brauchen Zeit zum Heilen. Wenn es dein Wunsch ist, findest du irgendwann eine Person, die deine Pläne für die Zukunft teilt.«

»Dasselbe hat meine Schwester gesagt.« Bei dem Gedanken daran, mein Herz in die Hände einer Person zu legen, kehrt die Kälte zurück. Mein Magen verknotet sich. Was, wenn ich wieder nicht aufgefangen werde? In aller Deutlichkeit spüre ich die Tintenlinien der Flügel, als wollten aus ihr hervorbrechen. Mich muss niemand auffangen. Ich kann fliegen. »Irgendwann wünsche ich mir das, was Viona und Léon haben. Gerade gibt es Wichtigeres. Euch. Das Feldhockey.« Ohne Zwang huscht ein Lächeln auf meine Lippen. »Eure Liebe werdet ihr mir jetzt beweisen, indem ihr mir eine Pizza mit Spinat und extra Käse bestellt.« Beim Anblick ihrer verdutzten Gesichter löst sich der Knoten in meinem Magen. »Ich habe meiner Schwester versprochen, sie anzurufen.«

Ayumi salutiert. »Zu Befehl.«

Ellie verdreht mit zuckenden Mundwinkeln die Augen. »Ich bin deine Teamkapitänin. Ich erteile die Befehle.«

Die Tonfolgen unseres Lachens übertönen den Schmerz.

Ich klettere aus dem Pool. Ellie folgt mir und verschwindet auf halbem Weg zu ihrer Massage.

Ich hole mein iPhone sowie meine AirPods und entscheide mich für einen Pool abseits der anderen. Regenbogenlicht bricht im Wasser. Sein Rauschen übertönt das Wispern der anderen.

Ich wähle Lucies Nummer. Zehn Sekunden später taucht ihr Gesicht auf meinem Display auf. Das Lächeln auf ihren Lippen verweht. Mit erhobenen Brauen nimmt sie meine Umgebung in Augenschein. »Das sieht nicht nach Training aus.«

»Wir sind zum Cool-down im Wellnesscenter.«

Schmunzelnd schüttelt sie den Kopf. »Gibt es etwas, das die Academy nicht hat?«

Ich fahre mir durch die feuchten Locken. »Einen Musikraum.«

»Dann würde es mir dort doch nicht gefallen.« Ein ernster Zug spielt um ihren Mund. »Ich würde dich trotzdem gerne besuchen. Aber mit Auftritten, Proben, Therapie, Hochzeitsvorbereitungen und Katzen ist das leichter gesagt als getan.« Wie auf ein Stichwort schieben sich ein goldener und ein silberweißer Katzenkörper in mein Sichtfeld.

»Euch meine ich.« Lucie zieht Taylor und Betty auf ihren Schoß. »Chiara hat euch Essen gegeben, bevor sie zu Diamond gefahren ist. Versucht nicht, mich vom Gegenteil zu überzeugen.«

Mein Herz wird warm. Chiara und die Katzen passen auf der anderen Seite der Welt auf Lucie auf.

»Die Ausbildung dauert drei Jahre. Wenn nicht in diesem Semester, dann im nächsten.«

»Erinnere mich nicht daran, wie lange du weg bist.« Abwesend streichelt sie die Katzen. Betty schmiegt sich an sie und schließt die Augen. Taylor beobachtet mich mit zuckenden Schnurrhaaren. »Erzähl mir alles von deiner ersten Woche, was ich bis jetzt nicht weiß.«

In den buntesten Farben komme ich ihrer Aufforderung nach. Maxine und Jeanne erwähne ich nicht. Führt mich der Pfad meiner Gedanken in ihre Richtung, wird das Wasser kälter. Die LEDs bleicher. Sie sind die Efeuranken, welche mein Luftschloss umschlingen und drohen, die Wände einzureißen.

Licht bricht in Lucies bernsteinfarbenen Augen. »Deine Sorgen waren umsonst. Du hast dich schnell eingelebt.«

Mein Blick gleitet zu den anderen, die in kleinen Gruppen im Pool miteinander flüstern. Sie sind von mir entfernt, ohne dass ich mich im Abseits befinde. »Das Feldhockey verbindet uns.«

»Ich bin stolz auf dich. Nicht alle werden in ihrem ersten Semester Teil der Black Eagles.«

Die LEDs verfärben sich sturmgrau. Eis überzieht meine Wirbelsäule.

»Was ist los?«

Ich umklammere meine bunte Maske. Die Graunuancen dahinter drängen an die Oberfläche. »Wieso sollte etwas los sein?«

»Ich kenne dich seit zwanzig Jahren, bin die bessere Schauspielerin von uns und sehe, wenn dich etwas belastet.«

Ihr Ton ist eine Decke um meine Schultern. Wenn ich mein Herz einer Person in die Hände legen kann, dann ihr. »Es ist Jeanne Martin. Gelernt haben wir viel von ihr. Zufrieden ist sie nie, und ich habe das Gefühl, dass sie es auf mich abgesehen hat. Ihre Tochter, Maxine, hat Ellie ebenfalls als Stürmerin für die Black Egales ausgewählt. Beim Probetraining hat sie gezögert, bevor sie mir den entscheidenden Torschuss überlassen hat. In jeder Trainingseinheit spielt sie gegen mich. Ob wir das *sollen*, ist ihr egal.« Der Sturm in meiner Sprachmelodie erinnert mich schmerzhaft an Jeanne. »Nächstes Semester könnte eine von uns Stürmerin der Golden Foxes werden. Wie Jeanne damals. Natürlich wünscht sie sich das für ihre Tochter. Das ist kein Grund, mich in Ketten zu legen.«

Lucie zieht mit den Fingerspitzen Kreise in Bettys Fell. »Als Trainerin sollte sie objektiv sein. Im Sport und im Musical ist Blut nicht dicker als Wasser. Grand-mère Marie hat mich nie bevorzugt. Durch Fleiß und Disziplin habe ich mir meinen Platz im Rampenlicht verdient.« Ein Schatten huscht über ihr Gesicht. »Auf Maxine muss Druck lasten, aber sie sollte wissen, was Fairness im Sport bedeutet. Wenn sich nichts ändert, sprich mit Coach Nielsen.« Ihre Augen verengen sich. »Wenn das so weitergeht, überlege ich mir das mit dem Besuch und rede mal mit ihnen.«

Taylor miaut, als wolle sie ›Ich auch‹ sagen.

Ein Gewicht fällt von mir ab. »Danke.«

»Nimm es als Ansporn, dass Jeanne dich als Konkurrentin für Maxine sieht. Sie hat ebenso viel Angst vor dir wie du vor ihr.« Um ihre Mundwinkel zuckt es. »Wozu hast du ein Schlangen-Tattoo? Hör *Look What You Made Me Do,* wenn du zweifelst. Du hast die Ketten der Erwartungen anderer schon einmal gesprengt und bist stärker daraus hervorgegangen.«

»Du hast recht.«

Jeanne sollte Angst vor *mir* haben. Vor dem Tintenfleck in ihrer Aufstellung für Maxines Sieg. Auf dem Hockeyfeld werde ich auf der Position spielen, die sie für mich auf ihrem Spielplan vorgesehen hat. Am besten, wenn besser nicht ausreicht.

Aus dem Augenwinkel sehe ich Viona auf mich zukommen, einen Pappkarton in der Hand. »Da ist meine Pizza.«

Eine Falte gräbt sich in Lucies Stirn. »Ihr könnt euch Pizza ins Wellnesscenter bestellen?«

»Genauso habe ich geguckt, als Ellie es mir gesagt hat.« Ich winke Viona zu mir. »Ich muss dir jemanden vorstellen. Sie ist ein Swiftie und braucht einen Rat.«

Viona setzt sich neben mich, ich reiche ihr einen AirPod, sie mir die Pizza. Auf den Wellen des Gesprächs über Tattoos und Lucies und Chiaras von *Speak Now* inspirierte Hochzeit lasse ich mich treiben. Für den Moment sind die Gedanken an Jeanne und Maxine, mit allen verbundenen Ängsten, am Grund des Whirlpools versunken.

Kapitel 9

Taylor Swift – The Outside

00:00 -03:46

Maxine

Speere aus Licht in Puderrosa und Flieder durchstoßen den Vorhang der Nacht, welcher sich über dem Horizont langsam lichtet. Ich bin nicht bereit für einen neuen Morgen, der die Risse in meiner Fassade freilegt.

Sand verfängt sich in meiner Kehle. Zerbrochene Muscheln bohren sich in die Sohlen meiner Laufschuhe. Wind zupft Strähnen aus meinem Zopf und trägt salzige Tropfen der nahen Gischt zu mir heran, die sich in ihnen verfangen.

Es ist Samstagmorgen, zu meiner Linken entlässt das samtschwarze Tuch die Academy aus seinem Griff. Keinen Fuß werde ich heute in die Marmorhallen setzen. Blicke und Anschuldigungen kleben wie der nasse Sand an mir. Meine Teamkameradinnen durchschauen das gemeißelte Konstrukt der Lügen.

Du bist nur an der Academy, weil Jeanne Martin deine Mutter ist.

Sie haben recht. Ohne Jeannes Fäden, die jeden meiner Schritte lenken, wäre ich eine leere Hülle, ohne einen Platz in der Aufstellung und ein Ziel.

Das morgendliche Joggen ist das Einzige, worüber ich die Kontrolle habe. Im Zwielicht sind Jeannes Ketten weniger straff; sie schneiden in meine Haut, ohne dass Blut fließt. Diese trügerische Freiheit atme ich ein und heiße das Gefühl der Schwerelosigkeit willkommen, welches meine Emotionen in weichen Nebel verwandelt.

In der Ferne zeichnet sich eine Silhouette ab, weißblondes Haar, konturiert von dem rosafarbenen Schimmern der Morgendämmerung.

Hart pralle ich auf den Boden der Tatsachen und der Nebel zieht davon. Jedes Zusammentreffen meiner Füße mit dem Gemisch aus Sand und Schlick jagt Flammen meine Leisten hinauf. Ein Schleier aus Salzwasser wirft sich über mein Sichtfeld.

Laufe ich weiter, kreuzt sich mein Weg mit Ellies. Die Runde zu beenden, ist sicherer. Zumal ich die Konsequenzen zu spüren bekomme, wenn ich heute beim Training keine zweihundert Prozent gebe – mindestens. Außerhalb der Trainingszeiten ist es verboten, die Sporthallen und -plätze zu betreten. Dass Jeanne sich daran hält, ist genauso wahrscheinlich wie eine Freundschaft mit einer meiner Teamkameradinnen.

Ich sprinte den Weg zum Bungalow; schwer atmend komme ich vor der cremeweißen Tür zum Stehen. Die Laufschuhe ziehe ich aus und krame den Schlüssel aus meiner Hosentasche. Leise öffnet sich die Eingangstür und sperrt die Morgendämmerung aus.

Das Licht im Badezimmer lasse ich ausgeschaltet. Mein Spiegelbild ist das Letzte, was ich sehen möchte. Die Kleidung, welche sich über meinen Bauch und meine Oberschenkel spannt, verrät alles, was ich nicht wissen möchte.

Das Wasser drehe ich so heiß auf, dass es unangenehm ist, ohne Verbrennungen zu hinterlassen. Bin ich gezwungen, meine Haut zu berühren, kommt mir die Galle hoch. Zu viel, zu nachgiebig, sobald ich an ihr ziehe, zu eng für mich.

Ich drehe das Wasser ab, ziehe ein Knäuel erdbeerblonde Strähnen aus dem Abfluss, öffne die Duschkabine, und kalte Luft sticht auf mich ein. Mit der freien Hand wickle ich mich in einem Handtuch ein, das Haarbüschel stopfe ich unten in den Mülleimer. Etwas sagt mir, dass der Anblick Jeanne nicht freuen würde. Beim Föhnen bleibt das Zwicken in meinem Magen; ich wage nicht, meine Haare mit Druck zu kämmen. Mehr Strähnen möchte ich nicht ausreißen. Anschließend putze ich mir die Zähne und betrete mein Zimmer.

Aus dem Ganzkörperspiegel beobachtet mich mein Ebenbild, auf einen Fehltritt lauernd, in dem ich mich zu der Maxine aus goldgerahmtem Glas umdrehe. Heiß und kalt läuft es mir den Rücken herunter.

Den erstbesten Slip streife ich über, der Stoff rutscht bis zu meinen

Hüftknochen, der passende BH berührt meine Brüste nicht. Dennoch halte ich den Atem an, als könne ich mich in meiner Haut kleiner machen. Wahllos ziehe ich ein cremeweißes Leinenkleid von der Kleiderstange; der locker fallende Stoff schnürt mir den Atem ab. Meine Arme quillen aus den T-Shirt-Ärmeln, ich streife mir einen fliederfarbenen Cardigan über, als sei er eine Rüstung, die mich vor mir selbst beschützt.

Meine Beine verstecke ich unter der Bettdecke und überfliege die Notizen über Charlies Spielverhalten. Scham brandet in mir auf. Ich bin ein Eindringling in ihre Privatsphäre.

»Maxine!« Jeannes Stimme schnellt mit der Wucht einer Kanonenkugel durch meinen Kopf. »Es gibt Frühstück, und danach haben wir etwas vor.«

Wackelig auf den Beinen stemme ich mich hoch. Im Wohnbereich zwickt mir der Duft von Rührei in die Nase. Reflexartig hebe ich die Hand, will sie auf meinen Mund pressen, stattdessen kralle ich sie in den Stoff meines Kleides.

Die gläserne Tischplatte reflektiert das Morgenlicht. Gegenüber von Jeanne sinke ich auf einen Lehnstuhl, rolle die Schultern zurück und wage, sie anzusehen.

Ihre Lippen sind blutrot geschminkt, der Seidenstoff ihres Kleides finsterer als die Nacht. »Möchtest du mir keinen guten Morgen wünschen?«

»Guten Morgen«, bringe ich heraus.

Sie verzieht den Mund. »Möchtest du einen Kaffee?«

Auf mein Nicken hin reicht sie mir die gläserne Kanne, und ich schütte meine Tasse bis oben hin voll.

Aus einer Pfanne schöpft sie Eiweißrührei auf zwei Teller, das Fett drückt sie mit einer Serviette aus.

Ich tarne mein Naserümpfen, indem ich einen Schluck Kaffee nehme.

Je eine Packung Magerquark gibt sie in eine Schüssel, rührt Proteinpulver unter und verteilt Beeren sowie je eine Handvoll Nüsse darauf. Die Schüsseln platziert sie neben dem Eiweißrührei auf den Tellern, einen reicht sie mir.

»Du musst ausreichend Proteine zu dir nehmen. Ballaststoffe und gesunde Fette sind genauso essenziell für den Muskelaufbau.« Sie rührt geschmacksneutrales Proteinpulver in ihren Kaffee. »Sonst wirst du es nie ins olympische Team schaffen.«

Mein Innerstes zieht sich zusammen. Mit der Rückseite des Löffels schiebe ich die Nüsse an die Seite. Eine Beere zerplatzt in meinem Mund, die Süße zergeht mir auf der Zunge, und mein Magen rumort. Mein Bauch drückt gegen das Kleid, eine Mischung aus Scham und Wut frisst sich durch meine Adern.

»Das bringst du mir seit achtzehn Jahren bei.«

Jeanne ist auf meine Augen fixiert, ich tausche den Löffel gegen Messer und Gabel, schneide das Eiweißrührei klein und schiebe es Stückchen für Stückchen in meine Serviette. »Wir haben nicht umsonst Ernährungslehre als Theoriekurs.«

»Es sollte für alle Studierenden einen individuellen Ernährungsplan geben.« Mit der Gabel zerdrückt sie die Beeren, vermutlich stellt sie sich dabei die Person vor, welche versäumt hat, dieses Konzept zu etablieren. »So könntet ihr eure hundertprozentige Leistung um hundert Prozent steigern.« Sie schiebt sich einen Löffel Quark in den Mund. »Ich würde wetten, dass es nach wie vor möglich ist, sich eine Pizza ins Wellnesscenter liefern zu lassen.«

Ihre Tirade umschlingt meine Glieder mit Stacheldraht. In aller Deutlichkeit spüre ich meine Oberschenkel, die von der Sitzfläche zusammengequetscht werden. Übelkeit steigt in mir auf, ich verlagere mein Gewicht, sodass sie diese nicht mehr berühren. Cardigan und Kleid spannen sich über meine Haut.

»Du hast recht.« Das Rührei ist in der Serviette verschwunden, ich schiebe sie unter den Teller. »Wenn es dich stört, sprich mit Ms Perez.«

Sie sieht mich an, als sei ich eine Fremde, ehe ihre Züge zu der in Stein gemeißelten Manier zurückkehren. »Das habe ich vor.«

Mein Seufzen betäube ich mit einem Schluck Kaffee. Jeannes Aufmerksamkeit haftet an mir, mühsam nehme ich einen Löffel Quark. Darauf bedacht, dass das Metall die Nüsse nicht berührt. Schaler Geschmack breitet sich auf meiner Zunge aus, zu schlucken wage ich nicht. Mein Magen knurrt, als wolle er die Nahrung abstoßen.

Sie wendet sich ihrem Kaffee zu.

Ohne sie aus den Augen zu lassen, spucke ich den Quark aus und spüle mit Kaffee nach.

»Heute steht etwas anderes auf dem Plan. Du brauchst Kleidung, die angemessen für eine zukünftige Olympiasiegerin ist. Allem voran neue Schuhe.«

Du hast zugenommen, deine Kleidung ist zu eng.

Tinte zwischen den Zeilen, die unter meiner Haut quillt. Ich verlagere mein Gewicht, keine Position lindert das Engegefühl. Hoffentlich steht Jeanne auf, ehe ich aufgegessen habe. Die Kontrolle über mein Essen ist das einzige Ass in meinen Händen, und der Sieg bedeutet Taubheit für meine Emotionen und eine verschwommene Welt.

Sie zieht eine Braue hoch. »Hast du nichts dazu zu sagen?«

»D-doch … Das ist großzügig von dir«, antworte ich. *Materielle Dinge ersetzen nicht die Liebe einer Mutter,* meine ich.

Das ist das Einzige, was meine Eltern gemeinsam haben: sie möchten mich kaufen und denken, das sei genug.

Jeanne fesselt mich mit goldenem Stacheldraht, der mich an sie bindet, und verabreicht mir süßes Gift in kleinen Dosen. Außer ihr und dem Feldhockey besitze ich nichts, und lieber trinke ich ihr Gift, als zu verdursten.

***

Die Westfield Mall ist überfüllt, unter dem gläsernen Dach staut sich Hitze. Leere Gesichter hetzen an mir vorbei. Arme streifen mich, fremder Schweiß vermischt sich mit meinem.

Ich ziehe die Schultern ein. Jeder Square-Yard Platz, welchen ich einnehme, ist zu viel.

Trampeln, Kinderschreie, Unterhaltungen und verzerrte Musik verschmelzen zu einem Hämmern hinter meinen Schläfen. Leuchtreklamen und im Sekundentakt wechselnde Farbnuancen stechen in meine Augen. Parfum, Fett, Zucker und Waschmittel sind die Gerüche, welche ich ausmache.

Am liebsten möchte ich mir die Hände auf die Ohren pressen, mir Mund und Nase zuhalten und die Augen schließen. Einen Riss in die Welt schneiden, durch den ich ihr entfliehe.

Schwindel zerrt an mir; stürze ich, gehe ich verloren.

Jeannes Haar ist eine platinschimmernde Leuchtreklame, ich stolpere hinter ihr her. Sie schiebt sich durch die Menge, das Aufprallen ihres Gehstocks auf dem verspiegelten Boden jagt alle zur Seite. Wie eine Königin, vor der ihr Volk bereitwillig das Feld räumt.

Neue Schuhe hat sie für mich ausgesucht: ein Paar Loafer aus weißem und eines aus schwarzem Kunstleder. In hohen Schuhen könne ich nicht laufen, hat sie gesagt. Ein Aufatmen habe ich heruntergeschluckt.

Wir betreten eine Boutique. Kälte legt sich über meine Haut, alle feinen Härchen stellen sich auf, die Klimaanlage muss aufgedreht sein. Die Geräuschkulisse verstummt, der Geruch überschwemmt mich: Parfum vermischt mit Waschmittel.

Die Menschen drängeln, ohne zu inspizieren, was sie von den Kleiderstangen reißen.

Jeanne sucht Kleider, Blusen und Röcke aus, ohne mir die Gelegenheit zu geben, die Eindrücke auf der Leinwand meiner Gedanken zu trocknen. Verkleidungen für eine Puppe, die sie nach Belieben anzieht und steuert. Mir überlässt sie es, den Stapel zu tragen, und führt mich zu den Umkleiden.

Ich trete von einem Fuß auf den anderen, meine Knie erweichen.

Mit der freien Hand stößt sie gegen meinen Rücken, alle Luft entweicht meiner Lunge, ein Griff nach dem Vorhang hindert mich am Sturz.

»Beeil dich und fall gefälligst nicht hin. Du musst Montag auf dem Hockeyfeld stehen.«

Metallener Geschmack breitet sich in meinem Mund aus, ich zwänge ihn meine Kehle hinunter. Seitwärts betrete ich die Umkleidekabine. Dem Spiegel drehe ich den Rücken zu. Vorhang und Wände nähern sich mir, ein Schauer rinnt meine Wirbelsäule hinab.

Mein Schutzpanzer aus Kleidung verschwindet, in der klimatisierten Luft zittere ich bis auf die Knochen. Ungehindert quillt mein Bauch über den Slip, und wie beim Anziehen spüre ich den BH nicht an meinen Brüsten. Ich schiebe eine Hand zwischen Haut und Stoff, beinahe passt sie hinein. Vor zwei Monaten hat der BH gepasst, er muss sich in der Wäsche ausgedehnt haben.

Ich greife nach einer weißen Bluse. Der Stoff fällt locker, jeden Fetzen Haut spüre ich darunter. Ich halte den Atem an. Dazu kombiniere ich einen dunkelblauen Faltenrock; kaum lasse ich ihn los, rutscht er hinunter. Ich ziehe eine Haarnadel aus meinen Strähnen, schlage den Stoff zweimal um und fixiere ihn.

Ich zähle bis zehn, drehe mich mit geschlossenen Augen um und blinzle gegen künstliches Licht. Bis auf die erdbeerblonden Haare und die Schatten unter meinen Augen sehe ich wie Jeanne aus. Trage ich oft genug Kleidung, die ihrer gleicht, zerfalle ich in meine Fragmente und werde als die Tochter, welche sie sich wünscht, zusammengesetzt.

Seitlich zum Spiegel stehend, ziehe ich die Bluse aus, möchte sie gegen das nächste Oberteil tauschen. Die Haarnadel löst sich, der Rock fällt zu Boden.

Mein Spiegelbild zieht mich an wie das Licht eine Motte, wohlwissend, dass sie in seinem Angesicht in Flammen aufgeht.

Die Frau im Spiegel verschwimmt. Verwaschene Konturen, die ineinanderfließen, ein Zerrbild, das sich wie ein Riss auf dem Glas ausbreitet.

Wem mache ich etwas vor? Selbst in Verkleidung werde ich nie genug sein.

Zorn flammt in mir auf, beim ersten Versuch, ein Stück Haut an meinem Bauch zu packen, greife ich Luft, obschon ich die Stelle berühre, an der ich ihn in aller Deutlichkeit spüre. Ein Zittern durchfährt mich, meine Zähne schlagen aufeinander. Mit bebenden Fingern packe ich zu, bekomme ihn zu fassen, kralle die Fingernägel hinein und ziehe, bis Dornen stechenden Schmerzes sprießen, und meine Sicht auf die verzerrte Spiegelsilhouette verschwimmt.

»Was dauert so lange?«

Scharf wie die Konturen der Welt, welche sich neu zusammenfügen, schneidet Jeannes Stimme durch meinen Kopf.

Ich wende mich vom Spiegel ab. »Nichts, die Kleidungsstücke passen.

Aber ich brauche einen neuen BH.«

Sie seufzt. »Wenn es sein muss. Wir müssen uns beeilen, ich habe etwas zu erledigen.«

»Gib mir fünf Minuten.«

»Zwei.«

Mit dem Handrücken wische ich mir über die Augen, die Konturen formen sich zu meiner Gestalt. Dämmrige Resignation füllt den Abgrund in meiner Brust – Jeanne mag versuchen, mich zu ihrem Ebenbild zu formen. Sobald die Farben, in denen sie mich kleidet, verblassen, bin da nur ich, die Skizze, welche nie an das Original heranreichen wird.

***

Auf einer Bank in der Nähe des Food Courts hat Jeanne mich zurückgelassen, mit einem Smoothie aus Wassermelone, Roter Beete und Karotten, welcher geronnenem Blut gleicht. Keinen Schluck werde ich trinken, ich würde Fett und Zucker schmecken, der Geruch von beidem tränkt die Luft.

»Na sieh mal einer an.«

Alles in mir zieht sich zusammen. Vor mir steht der Grund, aus dem ich den Bungalow nicht habe verlassen wollen. Letizia, mit einem Becher Frozen Yogurt in der Hand.

Abfällig betrachtet sie meine Einkaufstüten. »Hast du dir neue teure Anziehsachen vom Vermögen deiner Mutter gekauft?« Sie winkt jemanden zu sich.

Teresa und Charlie, die sie einer Leibgarde gleich flankieren. Teresa verdreht die Augen. Charlies Miene ist von einer Kälte gezeichnet, welche mir bis zwischen die Knochen dringt, alle Härchen auf meinen Armen stellen sich auf.

Letizia stützt sich mit einem Arm auf Charlies Schulter ab. »Sie hat erzählt, dass du im Training immer noch gegen sie spielst.«

Charlies Lippen teilen sich, bereit, Worte zu formen, nur um im nächsten Moment zu einem stillen Siegel zu verschmelzen.

»W-wir waren in v-verschiedenen Teams.«

Letizia beißt die Zähne aufeinander. »Das ändert nichts daran, dass Jeanne dich auf ein Podest stellt, das aus ihrer Kritik an uns besteht.«

Teresa packt sie am Arm. »Lass gut sein. Deine Eltern ...«

Ein Schatten aus Zweifeln tanzt über ihre Miene, bevor sie mit festem Kiefer den Moment durchbricht. »Nicht vor Maxine!« Sie macht einen Schritt auf mich zu. »Deine Mutter und du könntet meine Karriere ruinieren. Ich muss in zwei Jahren bei den Olympischen Spielen für Spanien auf dem Hockeyfeld stehen.«

Was Charlie angeht, hat sie recht. Ich bin Jeannes Dame auf dem Schachbrett, dazu verdammt, alle zu schlagen, die sich mir in den Weg stellen. Egal, welche Farbe ihr Trikot hat. Letizia gehört nicht dazu. Ein Funke Wut setzt mein Blut in Brand. »Auf deine Karriere habe ich keinen Einfluss.«

Sie kneift die Augen zusammen. »Aber Jeanne.«

»Dann solltest du nicht vom Platz stürmen, wenn sie dein Spiel kritisiert ...«

Binnen einem Blinzeln ragt sie über mir auf. Der Funke erlischt, Asche verstopft meine Atemwege. Teerschwarze Flocken, die mich lähmen und mir einreden, dass es schneller vorbei ist, wenn ich stillhalte. Etwas in mir reißt auf wie eine Wunde ... *Damals habe ich nicht stillhalten wollen ...* Waldgrüne Augen, in denen ich ertrinke, da stürze ich aus der Realität, und sie sind sturmgrau.

Fliesen bohren sich in mein Fleisch. Wasser perlt auf meine nackte Haut, nicht genug, um mich zu ertränken. Tränen schießen mir in die Augen, ich möchte den Kopf drehen, da packt eine Hand meine Kehle. Mein Nacken knackt, hinter einem sturmgrauen Schleier ist die Welt stumpf.

»Was glaubst du, was du da tust?«

Der Druck um meine Kehle verwandelt meine Antwort in ein Röcheln.

»Hat es dir die Sprache verschlagen?«

»Sie tun ihr weh!«

Das einzige Licht, das ich kenne ... Mein Herz zieht sich vor Schmerz zusammen, Jeanne wird erloschene Kohlen übriglassen. In den letzten

Wochen habe ich gedacht, dass ich nahe am Abgrund balancieren kann, ohne zu fallen. Jeder gestohlene Moment hat mich der Kante nähergebracht, nun fallen wir; sie wird sich das Genick brechen.

Jeanne wirbelt herum und stößt mich zu Boden wie eine Puppe, die sie nicht mehr will. Die Haut an meinem Rücken und meinen Knien reißt wie Papier, dickflüssiges Rot vermischt sich mit dem Wasser.

Alles, worin ich gut bin, ist, Wasser in Blut zu verwandeln.

Etwas Dickflüssiges Kaltes tränkt … mein Kleid?

Ich sehe der Realität in die waldgrünen Augen. Meine Glieder sind Stein, ich registriere, dass ich den Smoothie nicht mehr festhalte, und etwas versickert in meinem Kleid.

»Vielleicht bringt das Jeanne zum Umdenken.«

Mehr nehmen meine stumpfen Sinne nicht auf. Da ist nur das dickflüssige Rot auf weißem Stoff und an meinen Fingerspitzen.

Unser Blut vermischt sich im Wasser, und es liegt so viel grausame Schönheit in diesem Abschied, dass ich den Blick nicht abwenden kann.

Wie ferngesteuert packe ich die Einkaufstüten und stürme los. Tränen strömen über mein Gesicht, meine Beine zittern, ich balanciere auf der Kante zwischen dem Jetzt und dem Damals. Eine Türklinke unter meiner Hand, der Geruch von Seife und Desinfektionsmittel. Stille umgibt mich, meine Beine geben nach, Fliesen stechen mir in den Rücken … *Wasserrauschen, eine schützende Blase, die zu einem Gefängnis wird* … Nach Luft ringend presse ich mir die Hände auf die Augen, sodass ich bunte Schlieren sehe. Dahinter alles verschlingende Dunkelheit.

»Maxine …«

Mein Schrei, dass die Stimme weggehen soll, verkommt zu einem Keuchen. In meiner Luftröhre überdauert die Asche.

»Versuch zu atmen. Acht Sekunden ein, acht Sekunden aus.«

Die Stimme ist das Einzige, was mich davon abhält, in die Erinnerungen zu stürzen. Zittrig ziehe ich die Luft ein, der Atemzug zerplatzt zu einem Röcheln.

»Langsam. Mit mir zusammen.«

Wie lauer Ozeanwind dringt der Atemzug an meine Ohren, eine Melodie, die in mir nachhallt. Ich lausche auf ihren Takt, imitiere ihn, bis sich mein Atem der Melodie anpasst.

Mit der Luft in meiner Lunge kehrt die Umgebung zurück. Ich kauere an die Wand gepresst auf dem Boden neben einer Reihe von Waschbecken.

Vor mir hockt Charlie, ihre Züge ein Spiel aus Besorgnis und Unsicherheit, durchzogen von einem Funken verglühender Wut. »Du hattest eine Panikattacke. Das kenne ich von meiner Schwester ... Ich wollte nachsehen, ob ich etwas für dich tun kann ... Alles andere wäre nicht richtig gewesen.«

»Du hast mir geholfen ... D-danke ...« Ich schlinge die Arme um die Knie. Bietet mir Charlie eine helfende Hand an oder wird sie mir die Finger brechen?

»Ich habe keine Hintergedanken. Wie Jeanne uns behandelt und wie du spielst, ist unfair. Dass Letizia Feuer mit Feuer bekämpft, genauso.« Sie hält mir ihre Hand hin. »Kannst du aufstehen?«

Zögerlich ergreife ich sie, ihre Finger sind breiter als meine, ihre Handflächen von Schwielen gezeichnet, und ein Gefühl der Sicherheit durchströmt mich. Sie hilft mir auf die Füße, stützt mich für einen Herzschlag und lässt mich langsam los. Ihre Hände verharren einen Moment in der Luft, als würden sie den Abdruck meiner Berührung suchen, dann sinken sie leer an ihre Seiten. Ein Hauch von Wärme, den ihre Nähe hinterlassen hat, verblasst, als hätte ihn der Wind fortgetragen.

Sie weicht meinem Blick aus, betrachtet ihre Vans, die nicht weniger abgenutzt sind als meine mit Smoothie-Spritzern befleckten Converse. »Soll ich dir helfen, das Kleid sauberzumachen?«

»Wie?« Ich zupfe den Stoff zurecht, geronnenem Blut gleich verfangen sich die Smoothie-Reste unter meinen Fingernägeln. »Es ist ruiniert. Jeanne wird mich umbringen. Nicht, dass das das erste Mal wäre, dass so etwas passiert ist. Es war eine Frage der Zeit, bis sich das Spiel von der Highschool wiederholt.«

Scharf zieht sie die Luft ein.

Ich tue es ihr nach, das nächste Manöver auf dem Spielplan ist Mitleid. Oder Abscheu. Immerhin bin ich diejenige, die sich so behandeln lässt und es nicht anders verdient.

Charlie scheint die Aufstellung nicht zu kennen; sie schluckt, ihre Aufmerksamkeit zuckt zu den Einkaufstüten. »Zieh deine neuen Sachen an. Das Kleid gibst du mir, wenn du dich umgezogen hast.«

Ich warte auf einen Missklang in ihrer Sprachmelodie. Eine verborgene Taktik, die mich zu Fall bringt. Dass sie keine Hintergedanken hat, hat sie gesagt. Das Warum klebt mir am Gaumen. Warum hilft sie mir, statt mich ins Messer laufen zu lassen? Hinter Samt hat sich mein Leben lang stets ein Dolch verborgen. Wieso sollte Charlie nett zu mir sein, nachdem wir eine Woche lang Schachfiguren in derselben Farbe gewesen sind, und doch in der Lage, einander zu schlagen?

Andererseits schneidet Jeannes Klinge im Zweifelsfall tiefer.

»Das ist lieb von dir. Danke.«

Sie streicht sich die Locken aus dem Gesicht, und die Wärme in dem kühlen Blau ihrer Iriden, wie die Spiegelung der Sonne in einem klaren See, trifft mich unvorbereitet. »Nicht dafür.«

Ich nicke ihr zu, ziehe mich in die erstbeste Toilettenkabine zurück und wechsle die Kleidung.

Meinen Cardigan, mein Kleid und meine Schuhe verstaut Charlie in ihrem Rucksack.

Zwischen uns spannt sich ein Netz der Stille.

In der Vorstellung des Mädchens, das sich nach einer Verbündeten sehnt, nehme ich nicht den wenig befahrenen Pfad, von dem aus ich Charlie und die anderen beobachte, sondern folge ihr auf die vielbefahrene Straße. Aus Verbündeten im Verborgenen würden Freundinnen werden. Dafür müsste ich aufgeben, ich zu sein, und anders als das befleckte Kleid kann ich meine Haut nicht abstreifen. Charlies helfende Hand ist nichts weiter als eine Sternschnuppe. Ein verglühender Moment.

»Wir sollten nicht zusammen durch die Tür gehen, falls Jeanne uns sieht«, hauche ich. »Oder Letizia. Immerhin möchtest du mit ihr befreundet bleiben.«

Wolken schieben sich vor die Sonne, ihre Iriden färben sich dunkler.

»Ich dachte, wir wären Teamkameradinnen, keine Konkurrentinnen.«

»Das würde ich gerne denken.« Die Aufmerksamkeit auf meine Loafer gerichtet, wende ich mich ab und schlüpfe durch den Türspalt.

Ich verlasse das Spielfeld, hinter mir bleibt ein Wir zurück, das es nie gegeben hat. Ein gestohlener Augenblick, ein Unentschieden vor meiner unausweichlichen Niederlage.

An der Wand entlang navigiere ich mich zum Ausgang des Food Courts.

Jeanne schreitet auf mich zu, eine Papiertüte mit dem Logo einer Apotheke in der Hand. Ihre Augen weiten sich, ehe ein Lächeln an ihren Mundwinkeln zupft. »Schön, dass du dich entschieden hast, deine neuen Kleidungsstücke anzuziehen.«

Nichts hat sich mit der Ankunft an der Academy verändert. Jeanne liest die Zeilen, die sie lesen möchte, und füllt das Weiß dazwischen mit dem, was sie sehen möchte. Vielleicht hätte es keinen Unterschied gemacht, die Kleidung nicht zu wechseln, und ihr wären die Flecken genauso wenig aufgefallen wie achtzehn Jahre alte Narben auf meiner Seele.

Kapitel 10

Taylor Swift feat. Lana del Rey – Snow On The Beach

00:00 -03:46

Charlie
Oktober

Rotgoldene Flammen spiegeln sich in den Wellen. Funken stieben wie Glühwürmchen zum Firmament. Wasserfarben in Blau- und Rottönen fließen auf der Leinwand über uns ineinander.

Der Frühling hat die Bühne der Südhalbkugel betreten. Zwischen den Fingern drehe ich meine Sternzeichen-Kette, presse sie in die Lücke zwischen meinen Schlüsselbeinen. Ein Abdruck, der mich an meinen Geburtstag im Mai erinnert. Frühling auf der Nordhalbkugel. Sein australisches Gegenstück ist eine Anomalie in meiner Realität.

Chiara und Lucie haben das Farbschema ihres gemeinsamen *Instagram*-Accounts zur Ästhetik von *Red (Taylor's Version)* geändert. Sophie hat sich gestern einen Wintermantel gekauft. Ich trage meine schwarzen Shorts aus Lederimitat mit einem Crop-Top.

Ein Monat an der Academy ist wie Sand durch meine Finger gerieselt. Aus den Körnern habe ich Schlösser errichtet, in denen ich mich zuhause fühle.

Jeanne versucht, meine Sandburgen mit Wasser zu übergießen. Das Gemälde von meinem Vorbild ist ein zerknülltes Stück Papier in der Schublade unerfüllter Träume. Ihre Kritik sät Unkraut, das sich in meinem Fundament einnistet, und es überdauert, geziert von feinen Rissen.

Übermorgen findet unser erstes Match in der NSF Secondary League statt. Hat Jeanne einen Spielplan, den sie allein mit ihrer Tochter teilt?

Ayumi stupst mich mit der Schulter an. »Worüber denkst du nach?«

»Darüber, ob Maxine und ich übermorgen als Team funktionieren.«

Sie legt mir einen Arm um die Schultern. »Sie möchte genauso in die NSW Premier League aufsteigen wie wir alle. Dafür wird sie alles tun, und sie zögert im Training nicht mehr, bevor sie zu dir passt. Hab Vertrauen.«

»Dafür kenne ich sie zu wenig.«

»Es ist etwas zwischen euch passiert.«

Mein Herz zieht sich zusammen. »Was meinst du?«

»Am Wochenende in der Westfield Mall.« Schatten gleiten durch ihren Blick, sie presst die Lippen zusammen. »Was Letizia getan hat, war nicht richtig, ob Maxine sie provoziert hat oder nicht. Ellie, Viona und ich hätten mit euch kommen sollen.«

Das Bild von dem Smoothie, dickflüssig wie die Schuld, nichts getan zu haben, unter meinen Fingernägeln, ist in mein Gedächtnis eingebrannt. Übermalt von jenem von Maxine, zusammengekauert neben dem Waschbecken. Die Iriden farblos, wie der Schleier, der sie umgeben hat.

»Ich bin Maxine gefolgt.« Es klingt wie ein Geständnis, etwas Verbotenes, das nicht auf dem Spielplan steht. Nicht einmal Lucie oder Sophie habe ich diese Seite zu lesen gegeben. »Sie hatte eine Panikattacke … Ich dachte …«

Meine Stimme verliert sich im Abendwind.

… dass Maxine und ich die Waschräume zusammen verlassen.

Ich ziehe die Knie an den Oberkörper. Mache mich kleiner als die Wucht der Gedanken. Letizias Zorn hätte mir gegolten. Der Platz bei den Golden Foxes wäre zu Sand zwischen meinen Fingern zerronnen.

Immerhin möchtest du mit ihr befreundet bleiben.

Keine Anklage hat in Maxines Worten gelegen. Dennoch lassen sie sich nicht abwaschen. Anders als die Flecken auf ihrer Kleidung, welche sie nie abgeholt hat. Möchte ich mit Letizia befreundet sein oder Teil der Golden Foxes werden? Und lässt sich eine Gleichung ohne beide Variablen lösen?

Ich weiß nicht, was ich dachte. Jedenfalls nicht, dass sich eine Freundschaft mit den beliebten Mädchen wie Ersticken anfühlen kann.

»Du hast das Richtige getan«, flüstert Ayumi mir ins Ohr.

»Und vielleicht sollten wir Maxine eine Chance geben. Sie besser kennenlernen.«

Ich zucke die Schultern. Meine Aufmerksamkeit schweift über den Strand. Dort, wo die Wellen den Sand berühren, stehen Holzkisten in einem Kreis. Dazwischen flackert ein Lagerfeuer. Außerhalb ist ein Buffet aufgebaut. Softdrinks, Pizza und Süßigkeiten. Ellies Art, Jeannes Kommentaren über unsere Ernährung zu trotzen. Aus Boxen tröpfelt *Snow On The Beach* von Taylor Swift und Lana del Rey.

Mondschimmer verwandelt die Sandkörner in schillernde Diamanten. Einige sehen wie silberblaue Schneeflocken aus. Gedankenverloren folge ich der glitzernden Spur bis zu einem Paar Füße in weißen Loafern. Maxines Augen schimmern silbern, ihr Haar ist ein Band aus Abendrot. Die Lichter besticken ihr weißes Kleid mit Leopardenmuster mit schimmernden Perlen.

Meinen Blick bemerkend, schnappt sie nach Luft.

Mein Starren wird mir bewusst, ich betrachte meine schwarz lackierten Nägel. Der Feuerschein erwärmt meine Wangen.

»Entschuldigt die Verspätung.« Ellie steht so nahe neben Maxine, dass sie ihren Oberarm packen könnte. »Ich habe unser letztes Teammitglied abgeholt.«

Maxine schluckt, die Aufmerksamkeit auf den Horizont gerichtet. Als hoffe sie, dass sich ihr Sterne offenbaren, welche Sydney aufgrund der Lichtverschmutzung fernbleiben. Silberlichter, die ihr verraten, wie sie in diese fremde Galaxie abgedriftet ist. Zu Team-Abenden kommt sie nie, außerhalb des Trainings verbringt sie keine Zeit mit uns. Der Bungalow, in dem sie mit Jeanne wohnt, ist ihr Palast, abgeschottet von der Außenwelt.

Oder ist er ein Käfig? Wie eng beieinander sind die Gitterstäbe, hinter denen Jeanne sie einsperrt? Platz, um ihre Flügel auszubreiten, hat sie nicht. Zumindest lässt mich die Art, wie sie ihre Mutter ansieht, darauf schließen.

Mit einem Schluck Club Mate zwinge ich die Überlegungen fort. Maxine und ich kennen einander nicht, sie gehört nicht in meine Galaxie. Was kümmert es mich?

Ayumi lächelt Maxine zu und rückt näher zu mir. »Setz dich zu uns.«

Sie hockt sich auf die Kante der Holzkiste, sodass ihre Oberschenkel diese nicht berühren. Mit spitzen Fingern streicht sie das Dekolleté ihres Kleides glatt. An Brust und Schultern steht der Stoff ab. »Danke.«

»Nicht dafür. Wir sind Teamkameradinnen.« Ayumi deutet auf das Buffet. »Möchtest du etwas?«

Sie betrachtet ihre im Schoß verschränkten Hände. »Gegessen habe ich mit Jeanne, sonst hätte ich nicht herkommen dürfen. Habt ihr Vanille Cola Zero?«

Ayumi nickt und erhebt sich.

Stille liegt wie ein Burggraben zwischen uns.

Ich zähle die Stellen, an denen mein Nagellack abgeblättert ist. Ziehe in Erwägung, Lucie zu schreiben, dass sie nicht die Einzige ist, die freiwillig ein Getränk zu sich nimmt, das weder nach Vanille noch nach Cola schmeckt.

Zwischendurch streift mich Maxines Blick. Linse ich aus dem Augenwinkel zu ihr, spielt sie mit ihrem silbernen Armband.

Ayumi kehrt zurück, die Anspannung versickert im Sand. Sie reicht Maxine eine Glasflasche.

Ihre Finger zittern, mit zusammengekniffenen Augen studiert sie das Etikett, ehe sie einen kleinen Schluck trinkt.

»Alle herhören!« Der Wind trägt Ellies Stimme über uns hinweg. Das Lagerfeuer strahlt sie einem Scheinwerfer gleich an. »Übermorgen müssen wir auf dem Hockeyfeld eine Einheit bilden, um mit einem Sieg in die Saison zu starten. Heute möchte ich unseren Teamgeist stärken. Wir spielen ein Trivia-Quiz in Zweierteams. Ich stelle die Fragen, also geht es genau auf.« Sie hebt ihren Beutel. »Im Match müssen wir alle zusammen spielen, in jeder Konstellation, deshalb überlassen wir die Teams dem Zufall. Wenn ihr dasselbe Foto zieht, spielt ihr zusammen.« Als erstes streckt sie Ayumi den Beutel entgegen.

Sie zieht ein Bild heraus und runzelt die Stirn. Der Flammenschein konturiert Taylor Swift in ihrem pinken *Lover*-Bodysuit der *Eras Tour*. »Gehören die Viona?«

Ellie schmunzelt. »Ja, ich wusste auf die Schnelle nicht, was ich nehmen soll, um die Teams einzuteilen. Viona sammelt diese Sticker. Auf allen ist Taylor.«

Den erstbesten Sticker ziehe ich aus dem Beutel. Ein Gefühl der Vertrautheit nistet sich in meinem Inneren ein. Der legendäre rot-schwarze *reputation*-Bodysuit, natürlich.

Die anderen finden sich in Zweiergruppen ein. Die Vertrautheit verglüht. Das Foto wölbt sich an den Ecken. Mein Puls knistert im Takt der Flammen.

Ayumi gesellt sich zu Rachel.

Maxine zieht einen Sticker aus dem Beutel. Rotgoldenes Schimmern setzt die Schlangen auf dem Bodysuit in Flammen. In dem Blick, welchen sie mir zuwirft, liegt eine Entschuldigung, die schwer auf meiner Brust wiegt.

Ich streiche mir eine Locke aus dem Gesicht. »Übermorgen müssen wir gemeinsam die gegnerische Verteidigung durchbrechen. Das Quiz ist eine Übung.«

Zögerlich rückt sie zu mir, eine Beinlänge trennt uns voneinander. »Du hast recht.« Sie ist mir nahe genug, dass ich die bläulich schimmernden Adern unter ihrer Mondlichthaut ausmache. Die Sommersprossen darauf verbinden sie zu Sternbildern. Sie wirkt durchscheinend, wie frisch gefallener Schnee, der auf Asphalt schmilzt. Schön, auf eine vergängliche Art. »Im Feldhockey bin ich besser als im Fragen beantworten.« Sie zieht die Schultern ein. »Sei nicht enttäuscht von mir.«

Ellie bittet uns, die Kisten auseinanderzuschieben. Der Reihe nach reicht sie allen Whiteboards und Textmarker. »Es gibt fünfundzwanzig Fragen. Bei einem Gleichstand entscheiden Stichfragen. Seid ihr bereit?«

Bis auf Maxine recken alle die Daumen in die Höhe.

»Wir beginnen mit etwas Leichtem.« Ein Schmunzeln zuckt um ihren Mund. »Und Grüße von Viona. Wie heißt Taylor Swifts drittes Album und wann ist es erschienen?«

Ich schlucke ein Lachen herunter.

»Du weißt es.« Der Nebel über Maxines Iriden ist aufgeklart.

»Es ist das liebste Album der Verlobten meiner Schwester.« Ich deute auf den Stift. »Jede Schrift ist schöner als meine.« Ich beuge mich zu ihr. Sie zuckt zusammen. Das Zwicken in meinem Magen ignorierend, flüstere ich: »*Speak Now,* 25.10.2010.«

In Buchstaben, die aussehen wie gedruckt, schreibt sie die Antwort auf das Whiteboard.

Die Hälfte der Teams beantwortet die erste Frage ebenfalls richtig.

»Wie heißt der Protagonist aus *Saw VI*?«

»William Easton«, raune ich Maxine zu, und wir erweitern unser Konto um einen weiteren Punkt.

»Wer hat 1990 die Fußball-WM gewonnen?«

»Deutschland«, wispere ich über kollektives Stöhnen hinweg.

»Fragen zu Feldhockey wären zu einfach für euch«, wirft Ellie ein.

Wie eine Mondblume, die sich bei Nacht öffnet, richtet sich Maxine mit jeder richtigen Antwort gerader auf. Zweimal sind wir ratlos und sie knickt ein.

Bei Frage sieben liegen wir mit zwei anderen Teams, darunter Ayumi und Rachel, an der Spitze.

»Wie und wann endete das Leben des französischen Königspaares Ludwig XVI. und Marie Antoinette?«

Ayumi und Rachel stecken die Köpfe zusammen.

In meinem herrscht Leere. Geschichte ist nicht mein bestes Fach gewesen. Mathe mit mehr Text und Zahlen ohne Rechnungen. Meine französischen Wurzeln habe ich lange auszureißen versucht. Jetzt umschlingen sie meine Kehle.

Ich betrachte meine angezogenen Knie. »Ich bin zu einem Viertel Französin, aber in Geschichte habe ich nicht aufgepasst.« Schluckend hebe ich den Kopf.

Maxines Finger um den Stift zucken. Ihr Kiefer mahlt. Hektisch sieht sie sich um. Wie im Training, wenn sie nicht weiß, ob sie für Jeanne oder für das Team spielt …

»Du weißt es.«

Sie schreckt zusammen. »Ich bin mir nicht sicher.«

»Eine falsche Antwort ist besser als keine Antwort.«

Ihre Hand verkrampft sich. »Jeanne sagt …«

»Jeanne ist nicht hier.« Ich halte ihr das Whiteboard hin.

Verwischte Textmarkerlinien formen die Antwort: *21. Januar 1793, Guillotine*. Maxines Finger zittern so sehr, dass ich ihr das Whiteboard abnehme und es hochhalte.

»Damit sind zwei Teams im Kampf um den Sieg – Ayumi und Rachel und Charlie und Maxine.«

Tonlos öffnen sich Maxines Lippen. Wie ein Reh im Scheinwerferlicht starrt sie Ellie an. Auf den Aufprall lauernd. Obschon das Auto einen Schlenker um sie herum gefahren ist.

»Du hast es geschafft.«

Sie blinzelt. Ihre dichten Wimpern hinterlassen Libellenflügelschatten auf ihren Wangen. Hauchzart wie Nebel über Schilf berührt ein Lächeln ihre schmalen Lippen. »Du hast mehr Fragen richtig beantwortet.«

»Schau mich an.«

Sternbestäubtes Silbergrau nimmt mich gefangen. Bissspuren zieren ihre Unterlippe.

»Von Bedeutung ist, dass wir gemeinsam gewinnen. Wie im Feldhockey.« Ich biete ihr die Hand dar. »Schlag ein.«

Schneeflockenleicht streifen ihre Finger meine. Feingliedrig, ohne Schwielen. Das Phantom der Berührung haftet mir wie Tauwasser an.

Maxines Haltung bröckelt kein weiteres Mal. Weiß sie die Antwort, linst sie zu mir. Als müsse sie um Erlaubnis fragen. Wir sind Waagschalen, die einander ausgleichen. Popkulturelle Fragen beantworte ich. Dass ein Klavier achtundachtzig Tasten hat, weiß ich dank Lucie. Maxine kennt die vier Basen der DNA und weiß, dass ein Mensch dreiundzwanzig Bandscheiben hat.

Bei der letzten Frage herrscht Gleichstand zwischen uns und Ayumi und Rachel.

»Wie heißt der Regisseur der Buchverfilmung von *Carol* von Patricia Highsmith?«

Die ratlosen Gesichter unserer Gegnerinnen träufeln Genugtuung in meine Adern.

Maxines Iriden sind silberschimmernde Universen – dunkel und voller Galaxien.

»So schaust du immer, wenn du die Antwort kennst.«

Sie zieht die Stupsnase kraus.

Ich widerstehe dem Impuls, sie mit der Schulter anzustupsen. Freundinnen sind wir nicht. Und alles an ihr ist fragil wie der Staub auf Schmetterlingsflügeln. Ich möchte sie nicht einengen oder zerbrechen. »Schreib sie auf.«

Die Unterlippe zwischen die Zähne gezogen, setzt sie den Textmarker an. »Du legst den Sieg in meine Hände?«

»Wenn du auf dem Hockeyfeld übermorgen im Zweifelsfall bereit bist, umgekehrt dasselbe zu tun.«

Ihre Mundwinkel zucken. »Einverstanden.«

Todd Haynes, schreibt sie und hält das Whiteboard hoch.

Auf jenem von Ayumi und Rachel prangt ein Fragezeichen.

Mir entschlüpft ein Lachen. Ayumi funkelt mich aus schmalen Augen an. Verwandelt den Ton in ein Crescendo.

Ellie stemmt eine Hand in die Hüfte. »Bist du so siegessicher?«

»Mach es nicht so spannend.«

»Charlie und Maxine haben gewonnen.«

Maxine strahlt von innen heraus. In schimmernden Wellen konturiert sie das Sternenlicht. Verschwommen an den Rändern. Nicht von dieser Welt, wie der silberglitzernde Sand zu unseren Füßen.

Ich widerstehe dem Drang, eine Hand nach ihr auszustrecken. »Du hast dir den Sieg verdient, sonst hätte ich ihn nicht in deine Hände gelegt.«

»Wir haben gemeinsam …« Sie plustert die Wangen auf. »Moment. Du wusstest es?«

Ich schmunzle. »Meine Schwester hat den Film mit vierzehn für ihr Coming Out benutzt. Ich bin sechs gewesen …«

Rosa Schimmer färbt ihre Wangen. »Aber …«

»Unsere Mutter hat während der Sexszene auf Pause gedrückt, und Lucies Outing hat die Wogen geglättet.« Mit den Fingern folge ich den Perlen meines Armbands – *Who's Afraid of Little Old Me*? »Als ich vierzehn war, wollte ich es ihr gleichtun. Obwohl ich damals nur wusste, dass ich nicht hetero bin. Auf das Wort pansexuell bin ich später gestoßen.

Sagen wir, unsere Eltern wollten *Carol* nicht mehr sehen.«

Maxine fixiert einen Punkt in der Ferne. »Es bleibt eine schöne Idee für ein Coming Out.« Eine Gegenmelodie schwingt in ihrem Ton mit. Etwas sagt mir, dass sie flieht, wenn ich hinhöre.

Ayumi löst sich aus den Schatten hinter uns. »Glückwunsch zum Sieg.«

Maxines Mundwinkel zucken zögerlich nach oben.

»Nimm das Kompliment an.« Grinsend wende ich mich Ayumi zu. »Du trägst deine Niederlage mit Würde?«

»Ich habe den Siegerinnen etwas mitgebracht.« Sie zieht einen Pappteller hinter ihrem Rücken hervor. Beladen mit Pizza und Süßigkeiten.

Ich greife nach einem Pizzastück. Kalter Spinat mit zerlaufenem Käse sollte Bestandteil meines Ernährungsplans sein, falls Jeannes Vorhaben sich je durchsetzt.

Ellie setzt sich neben Maxine. »Wenn ihr übermorgen so als Team funktioniert wie heute, gewinnen wir.«

»Wir bemühen uns.« Maxines intensiver Blick ist wie ein silbriger Horizont, der mich in eine endlose Galaxie zieht.

Das Quiz hat die Moleküle zwischen uns verschoben. Ich hoffe, Jeanne neutralisiert die entstandenen Elemente nicht.

Die Musik plätschert am Rand unserer Gespräche über nichts Bestimmtes. Maxine hört zu. Um zehn bringt Ellie sie zum Bungalow.

Mit ihrer Abwesenheit fällt mir auf, dass ich einen Teller Pizza und Süßigkeiten gegessen habe. An ihren feingliedrigen Fingern war kein Krümel gewesen, keine verschmierte Schokolade. Die leere Flasche Vanille Cola Zero ist der Beweis, dass sie hier gewesen ist. Kein Lichtgespinst wie Schnee am Strand.

Kapitel 11

TAYLOR SWIFT – TOLERATE IT

00:00 -03:46

Maxine

Bleiche eingefallene Wangen. Mondlichthaut, von der sich das Trikot abhebt. Ich sprinte vorwärts, mit zusammengebissenen Zähnen kämpfe ich mich an den anderen vorbei. Ihre Manöver sind fließend, mein Drag-Flick, mit dem ich den Ball ins Tor befördere, abgehackt.

Ich drücke auf Pause und sinke nach hinten auf die Matratze, das iPad in den Händen. Mein Ebenbild betrachtet mich, als erwarte es eine Reaktion.

Eine junge Frau, die auf dem Hockeyfeld niemals lächelt. Das Trikot lässt alles an ihr breit und unförmig wirken. Ihr Anblick bohrt rasierklingendünne Scherben in meine Eingeweide. Schleichend verblute ich an mir selbst, ohne es zu bemerken. Manchmal möchte ich schreien, dass ich nicht die Frau auf dem Bildschirm bin. Dass die Splitter in meinem Inneren regenbogenfarben sind – anders als bei Jeanne, obwohl sie mir beigebracht hat, dass in zerbrochenen Dingen keine Schönheit liegt. Dass Risse übrigbleiben, wenn sie zusammengeklebt werden; Spuren der Imperfektion.

»Bist du die Aufnahmen durchgegangen?«

Das iPad rutscht mir aus der Hand, Jeanne steht neben dem Bett.

Zur Antwort reiche ich ihr mein Notizbuch.

Sie überfliegt die Zeilen. »Arbeite heute im Training daran. Morgen ist ein großer Tag.« Ihre Züge erweichen wie bei einer Wachsfigur in der Sonne, deren Mund sich verzerrt. »Wenn du deine Sache gut machst, essen wir nach dem Match ein Stück Kuchen.«

Morgen ist der sechzehnte Oktober, ein Tag, welcher mir seit achtzehn

Jahren meine Wertlosigkeit bewusstmacht. Ein Match am sechzehnten Oktober ist eine Niederlage. Außer Jeannes Versprechen ändert die Aufstellung. Bekommt das Wort *Geburtstag* morgen eine neue Bedeutung?

»Wirklich?«

Die kleine Maxine hätte sich Blaubeerkuchen zum Geburtstag gewünscht, aber in meinem Mund würde er zu Asche zerfallen. In meinem Augenwinkel schimmert die Frau auf dem Bildschirm. Eingefroren im Sprint, sodass ich nicht erkenne, ob sich ihre Oberschenkel streifen. Sind ihre Muskeln angespannt oder spannt das Trikot an den Ärmeln? Kuchen ist das Letzte, was sie verdient. Die Kerzen der kleinen Maxine hat sie mit der Wahl von Kontrolle und Leere ausgepustet.

In Jeannes Iriden spiegelt sich mein Gesicht – von der vorgeschobenen Unterlippe bis zu den feuchten Augen. »Verdiene es dir. Wie den Team-Abend.«

Das Team hat mich aufgenommen, als sei ich mehr als eine Fußnote. Niemand außer mir hat mich kleingeredet. Charlie hat etwas in mir berührt, ohne mich anzufassen. Wäre ich nicht ich, würde ich gerne ihre Freundin sein.

»Du wirst auf dem Feld am meisten glänzen.« Ein Lächeln erhellt Jeannes Gesicht auf die Weise, welche einer grausamen Königin vorbehalten ist, die ihren finalen Schlachtzug plant. »Abgesehen von Elisabeth. Um sie kümmern wir uns, sollte sie dir den Platz bei den Golden Foxes streitig machen.«

»Und Charlie? Ich habe ihr Spiel nicht mehr analysiert.«

Der Sturm in ihren Augen klart auf. »Sie ist nicht mehr dein Problem.«

Ich schlucke. »Du wolltest …«

Ihre Nägel graben sich in mein Fleisch, ich keuche. »Jetzt will ich es nicht mehr.« Sie lässt mich los und wirft einen Blick auf ihre Apple Watch, ich reibe mir den Arm. »Hast du etwas zu Mittag gegessen?«

Ich deute auf eine Packung Magerquark auf meinem Nachttisch, deren Deckel eingeklappt ist. Proteinpulver in der Geschmacksrichtung Vanille bepudert den Rand. Daneben stehen eine leere Plastikverpackung Erdbeeren sowie mein fliederfarbener Shaker.

Ihre Stirn legt sich in Falten. »Womit hast du den Quark gegessen?«

»Mit Vanilleproteinpulver, Erdbeeren, Haferflocken und einer Handvoll Nüsse.«

»Von mir aus.« Sie greift in Richtung des Nachttischs.

Ich halte den Atem an, setze mich auf meine Hände.

Nicht die Quarkverpackung, sondern den Shaker hebt sie hoch. Aus der Verpackung zieht sie den Löffel, ehe sie einen Schritt zurücktritt. »Ich mache mir Mittagessen.« Sie wirft einen *Quest Bar* neben mich auf die Matratze – White Chocolate Raspberry, meine zweitliebste Sorte. »Du tust etwas für deine Proteinzufuhr. Danach gehen wir zum Training.« Sie rauscht aus dem Zimmer, ohne die Tür zu schließen.

Stoßweise entströmt mir der Atem, meine Hände brennen, als ich sie unter meinen Oberschenkeln hervorziehe. Ich schüttle sie aus, linse durch den Türspalt. Vorsichtig nehme ich den *Quest Bar*, mein Magen rumort. Mit der Faust knülle ich ihn mitsamt dem Papier zusammen. Das Rumoren wird lauter, der Druck auf meiner Brust schwerer. Ich beiße die Zähne aufeinander und schiebe den Proteinriegel samt Verpackung in die Lücke zwischen Wand und Bett. Streiche ihn von der Leinwand meiner Gedanken, in der Hoffnung, dass das Magengrummeln stoppt. Nicht auszudenken, wenn Jeanne die Ansammlung an Proteinriegeln dort finden würde, oder gesehen hätte, dass die Quarkverpackung unter dem eingeklappten Deckel voll ist. Die Erdbeeren sind Steine in meinem Magen. Ihr Verschwinden wäre Jeanne aufgefallen, ich muss vorsichtig sein. Vielleicht verzichte ich morgen auf sie, und vielleicht ist sie heute Abend mit Coach Nielsen beschäftigt …

Die innere Leere wird es erleichtern, nicht von der Flutwelle an Emotionen erschlagen zu werden, die am sechzehnten Oktober auf mich wartet.

***

Dreiunddreißig mondlichtbeschienene Streben über mir an der Decke. Sechs Jahre, bis mein Vater sich eine bessere Familie gesucht hat. Acht, das Alter, in dem Jeanne nach der Schule die ersten blauen Flecken gefunden hat. Vierundzwanzig, die Anzahl der Narben, welche sich wie Dornenranken über meinen Bauch und meine Hüfte ziehen. Fünfhundert Kalorien habe ich gestern gegessen, die Verbrannten nicht abgezogen, nicht wenig genug für Nebel über meinen Sinnen. Zwanzig Proteinriegelverpackungen sind zwischen Bett und Wand eingequetscht. Null, die Anzahl der Nachrichten auf dem iPhone-Display. Neunzehn Jahre, in denen ich meine Umrisse nach Jeannes Schablone gezeichnet habe. 6939,75 Tage, in denen ich ihr Portrait mit Ölfarbe und meins mit Wachsmalkreide gemalt habe. Zwei Namen, von denen einer auf jedem Pokal steht.

Mondlicht streift meine Wangen mit zarten Fingern, als wolle es das getrocknete Salz abwischen.

Andere bleiben an ihrem Geburtstag wach und zählen die Stunden – allein, wohlwissend, dass um Mitternacht die ersten Anrufe und Nachrichten auf sie warten, oder mit den Menschen, die ihnen etwas bedeuten.

Mich hat der Schlaf nicht vor dem Augenblick der Enttäuschung geschützt. Bis Mitternacht hat mein Magen geknurrt. Jetzt ist das einzige Geräusch der unregelmäßige Takt meines Herzens.

Schritte mischen sich dazu, mein Puls schnellt in die Höhe.

Mit angehaltenem Atem lausche ich dem Dreiklang, welcher sich entfernt. Die Tür knarrt und gewährt der Klagemelodie des Windes Einlass, ehe sie zuschnappt.

Was hat Jeanne draußen zu erledigen? *3:33,* zeigt das Display meines iPhones. Die Stunde der Verlorenen und derjenigen, welche nicht gefunden werden wollen. Im Schutz der Nacht sind manche Menschen zu allem bereit.

Obschon ich die Monochromie dahinter sehe, zeichne ich Jeannes Portrait in den besten Farben. Ohne sie wären nur Umrisse von mir übrig – dafür hat sie gesorgt.

Sie würde nichts Verbotenes tun … Sie wird nicht …

Meine Zweifel schlagen höhere Wellen als die Versuche der Rechtfertigung, welche an den Strand zurückgespült werden.

Tief ausatmend schlage ich die Decke zurück, lausche auf Schritte, finde Stille. Darauf bedacht, keinen Laut von mir zu geben, stemme ich mich hoch.

An schemenhaften Möbeln vorbei, navigiere ich mich in Jeannes Zimmer. Auf der Bettdecke liegt ein Zettel, angestrahlt von einfallendem Mondlicht. Stimmen wie kühler Nachtwind flüstern mir ein, umzukehren und zu akzeptieren, dass Jeannes Aufstellung die richtige ist. Dass ich mich zu ihrem Spielstein machen muss, um zu gewinnen, ohne mitzudenken. Ich stemme mich gegen ihre Fesseln und nehme den Zettel. Der Beipackzettel eines Medikaments. Gewichtsverlust. Kopfschmerzen. Schwindel. Schlaflosigkeit. Mit spitzen Fingern falte und entfalte ich das Papier, bis ich einen Namen lese, der sich wie das Nervengift, zu dem er gehört, durch meinen Körper ätzt. Ephedrin.

Der Fluss meiner Gedanken stößt gegen einen winterblauen Stein.

Sie ist nicht mehr dein Problem.

Mit Ephedrin im Blut ist sie niemandes *Problem* mehr.

Ein Schluchzen zwängt sich aus meiner Kehle, siedender Schmerz durchfährt meine Hand, metallener Geschmack legt sich auf meine Zunge. Ich lasse die Hand sinken, mit der ich das Geräusch erstickt habe.

Den Zettel lege ich zusammengefaltet auf die Bettdecke, hole mein iPhone und verwerfe den Gedanken an Schuhe. Ich verlasse den Bungalow, der Duft von Salz strömt in meine Lunge. Um mich herum herrscht tollkirschenschwarze Finsternis, und Wolken schweben als fluoreszierende Decke über dem Hauptgebäude. Zwischen dem Schwarz schimmert platinblondes Haar.

Ich lehne mich an die Tür, das Glas sticht mir in den Rücken. Ist es die Gewissheit, was sie vorhat, wert, wenn sie mich erwischt? Auf die Gefahr hin, dass sie meine Bleistiftlinien ausradiert?

Der Pazifik hinter mir hat die Farbe von Charlies Augen – unendliches Blau, das mich gestern zu Schwimmzügen animiert hat. Ich bin es ihr schuldig, dass ich nicht tatenlos herumliege. Dass ich mutig bin und Jeannes Gewicht abschüttle, das mich niederdrückt.

Ein warmes Gefühl rieselt durch meine Adern, mein Schluchzen verklingt in der Dunkelheit. Das hier, die Person, welche das Richtige tun möchte, bin ich. Keine Rolle, die ich spiele. Nicht Jeannes Puppe oder das Bild, welches sie von mir zeichnet. Ich habe mich nicht verloren.

Auf Zehenspitzen folge ich dem Pfad in Richtung des Hauptgebäudes. Der Nachtwind tut mir den Gefallen und verweht meine Fußspuren.

Die Tür steht einen Spalt offen, ich schlüpfe in die mondlichtdurchflutete Eingangshalle und folge Linien aus Silberlicht, welche das weißgoldene Schachbrettmuster auf dem Marmorboden verbinden, mit dem Mond als einzigem Zeugen. Kribbelnde Aufregung pumpt durch meine Adern, ein Adrenalinschub, welchen ich auf dem Hockeyfeld das letzte Mal als Kind verspürt habe.

Ich tauche in den Gang hinter den Treppen ein. Finstere Finger verzerren die Gesichtszüge der Fotografien von Athletinnen und Athleten an den Wänden. Kühl streifen ihre Blicke mich, eine Gänsehaut kriecht über meinen Rücken.

Am Ende des Ganges lauert ein Lichtkegel – mit scharfer Klaue würde er meinen Mantel aus Mondlicht und Finsternis aufribbeln, bis die Fäden in Jeannes Richtung schweben. Ich halte inne, entsperre mein iPhone, öffne die Kamera-App und drücke auf Record.

Wortfetzen dringen an meine Ohren.

»Tausend Dollar.«

»Nehmen Sie zweitausend, wenn es sein muss.«

»Ich kann nicht versprechen, dass Carla ihr Frühstück isst.«

»Sie trinkt jeden Morgen einen Cappuccino und isst Brot mit Avocado und Rührei. Wieso sollte sich das vor dem ersten Match ändern?«

»Die Aufregung ...«

»Dann mischen Sie das Ephedrin in ihr Wasser. Irgendetwas muss sie trinken.«

Das muss reichen. Mit hämmerndem Puls schleiche ich den Gang entlang, in die Eingangshalle und nach draußen. Tausend Nadeln gleich sticht der Nachtwind in meine Haut und ist nicht so kalt wie mein Inneres.

Neunzehn Jahre – so lange klammere ich mich an Jeanne und habe jedes Mal, wenn ich mich an ihren Kanten geschnitten habe, meiner papierdünnen Haut die Schuld gegeben. Jetzt liegt mein Vertrauen in Scherben.

Brennend zieht sich meine Lunge zusammen, meine Umgebung verschwimmt zu Nichtfarben. Ebenso monochrom wie das aufgewühlte Meer meiner Gefühle, das sich in meinen Bewegungen spiegelt. Unkoordiniert renne ich den Strand hinab, fange mich nach jedem Straucheln rechtzeitig und ignoriere die schwarzen Flecken vor meinem Blick. Salz brennt auf meinen Wangen, meine Kehle ist so eng, dass sich jedes Luftholen wie Ersticken anfühlt.

Gischt spritzt meine Beine hinauf. Ich presse die Hände auf die Knie und zwinge Luft in meine Atemwege. Tiefblau liegt der Pazifik vor mir und verschmilzt mit dem Horizont. Ruhe überkommt mich, als würden die Tropfen auf meiner Haut meine Verbindung zu mir selbst wiederherstellen. Wasser ist mein Element, oder zumindest wünsche ich mir das. Es fließt, ist ständig in Bewegung, mal fremdgesteuert, mal aus eigener Kraft, und verbirgt seinen inneren Kern vor den bloßen Augen aller. Aber irgendwo entspringt es aus einer Quelle, einem Zuhause, und meine ist der Ozean.

Tropfen sickern reinigend in meinen Verstand, Fragmente von Gedanken, die sich zusammenfügen.

Jeanne hat die Karten ausgeteilt, doch ich werde Charlie in mein Blatt sehen lassen. Ihr die Wahrheit sagen und dafür sorgen, dass sie frühstückt. Opfern muss ich meine morgendliche Jogging-Runde.

Kapitel 12

Taylor Swift – Bad Blood (Taylor's Version)

00:00 -03:46

Charlie

Ein Klopfen zerbricht meinen Traum. Morgenlicht konturiert die Möbel. Zu dem Hämmern hinter meinen Schläfen mischt sich ein zweites Klopfen. Der Wecker auf meinem Nachttisch zeigt 7:30. Das Spiel ist in fünfeinhalb Stunden.

»Charlie!«

Mein schlaftrunkener Verstand braucht einen Moment, bis er die Stimme Maxine zuordnet. Kälte nistet sich in meinem Magen ein. Wieso weckt sie mich?

Mit bleiernen Gliedern richte ich mich auf. Fahre mir durch die Locken. Tapse in einem weinroten Sport-BH und schwarzen Boxershorts zur Tür.

Der Anblick dahinter vereist meine Venen. Maxine sieht aus, als sei sie um ihr Leben gerannt. Rötliche Flecken auf den eingefallenen Wangen. Die silbernen Reflexe in ihren Augen sind stumpf. Sie trägt ein enganliegendes Top sowie eine schwarze Sporthose, was sie zierlicher als ohnehin aussehen lässt. Über ihrer Schulter hängt ein Stoffbeutel, ein Träger ist heruntergerutscht.

»Was machst du hier?«

»Entschuldige, dass ich dich geweckt habe.« Sie tritt von einem Fuß auf den anderen. »Es geht um das Match.«

»Komm rein.«

Sie schlüpft durch den Türspalt.

Ich setze mich auf das Bett. Klopfe neben mich.

Die Geste scheint sie nicht wahrzunehmen. Wie eine Löwin im Käfig läuft sie auf und ab. Unter der engen Sportkleidung sind ihre Muskeln angespannt. Ein Ausdruck reinster Qual zerrt an ihren Zügen. »Ich muss es dir sagen … Du darfst niemandem davon erzählen …« An ihren Körperseiten zucken ihre Finger wie Schmetterlingsflügel. »Sie bringt mich um, wenn sie es herausfindet …«

Mein Körper reagiert vor meinem Verstand, ihre zarten Finger versinken in meiner Hand. Sie erstarrt, einen Fuß erhoben, als sei sie zur Flucht bereit.

»Ich würde gerne erfahren, wieso du mich um diese Uhrzeit geweckt hast.« Mein Ton ist sanft, innerlich schreie ich. »Ich verspreche, dass ich niemandem erzähle, was du mir sagen wirst.«

Den Blick lässt sie nicht von mir – ein Sturm, der mich in seine Mitte zieht. »Jeanne hat die Küche bestochen. In deinem Frühstück wird Ephedrin sein.«

Der Sturm drückt auf mich nieder, eine Welle der Wut hält mich über Wasser. Lodernd und schäumend bricht sie in meinen Adern, mit einem Ruck entziehe ich ihr meine Hand. »Bitte was?«

Maxine schlingt die Arme um die Körpermitte. »Ich habe in der Nacht gehört, wie sie den Bungalow verlassen hat, und den Beipackzettel in ihrem Schlafzimmer gefunden. Dann bin ich ihr nachgelaufen und habe ihre Unterhaltung mit einem Angestellten vom Küchenpersonal aufgenommen.« In einer ruckartigen Bewegung zieht sie ihr iPhone aus dem Stoffbeutel. »Die Aufnahme muss ich löschen, bevor ich den Flugmodus ausschalte. Jeanne kontrolliert mein Handy.«

Das Video zeigt Düsternis. Schwärzer färben sie die Wortfragmente. Heißes Pech auf meiner Haut. Ich lege das iPhone auf die Matratze. Ziehe die Knie an den Körper. Das letzte Mal habe ich mich wie in einem Brunnenschacht gefangen gefühlt, als sich meine Familie von mir entfernt hat. Ich habe geschrien, bis meine Kehle in Flammen gestanden hat. Versucht, an den glatten Wänden nach oben zu gelangen. Mir die Hände blutig gerissen. Gehört haben sie mich, als es beinahe zu spät gewesen ist. So weit sollte es nicht mehr kommen. Dafür haben meine Gespräche mit der Schulpsychologin gesorgt. Die Leiter nach oben ist zu rostig, um mein Gewicht zu tragen. Das Licht schwindet.

»Sag etwas.« Maxines Stimme bröckelt. Hinter einem Schleier aus Tränen ist ihr Gesicht verschwommen. »Du darfst wütend auf mich sein … Aber ich habe einen Plan … Und ich muss um acht Uhr im Bungalow sein.«

Ihr flehender Tonfall drückt mich hinab. »Ich bin nicht wütend auf dich. Du bist ehrlich zu mir gewesen. Wie kann sie so grausam sein?«

»Du spielst besser als ich. Sie möchte, dass ich im nächsten Semester den Platz bei den Golden Foxes bekomme, und dass ich das heutige Matsch dominiere.«

»Was möchtest du?«

Sie reckt das Kinn. Die Sturmwolken über ihren Augen zerspringen in silbernen Funken. »Heute mit dir zusammen gewinnen, wie beim Team-Abend, und fair um den Platz spielen.« Sie reicht mir den Stoffbeutel. »Du darfst im Speisesaal nichts riskieren. Tu dort so, als würdest du essen. Darin ist dein Frühstück. Wenn du denkst …«

»Ich weiß, dass du mich nicht vergiften möchtest«, unterbreche ich sie. Den Beutel ziehe ich ihr aus der Hand. Ein fliederfarbener Shaker. Eine Dose in derselben Farbe mit Magerquark, Haferflocken, Erdbeeren und Nüssen. In einem Thermobecher vermute ich Kaffee. Der Anblick von zwei fliederfarbenen Löffeln zeichnet mir ein Schmunzeln ins Gesicht. »Trotzdem hast du zwei Löffel eingepackt.«

»Für den Fall.« Hektisch wirft sie meinem Wecker einen Blick zu. »Wir müssen das schnell machen. Sonst vermisst Jeanne das Geschirr …«

Ich schmunzle. »Nach der Frau, die mich vergiften möchte.«

Mit ausgestreckten Beinen sinkt sie neben mich. Probiert eine Löffelspitze Joghurt sowie je einen Schluck Kaffee und Proteinshake.

Schweigend esse ich, ohne die Aufmerksamkeit von ihr zu lassen. Maxine bewahrt mich vor dem Ephedrin … Wer reicht ihr eine Hand, wenn Jeanne herausfindet, dass sie die Aufstellung auf ihrem Spielplan verändert hat?

Als ich aufgegessen habe, packt sie alles zusammen. Ihr Blick verschlingt mich. Ein Nachthimmel, durchzogen von Silberperlen. »Ich sollte los. Bevor sie Verdacht schöpft.« Zu den Silbertönen mischt sich regenverwaschenes Grau.

»Maxine …«

Ihr Körper scheint unter Strom zu stehen. »J-ja?«

»Du hast mich gerettet. Eigene Pläne zu schmieden steht dir.«

Zart wie erste Schneeglöckchen nach langem Winter zucken ihre Mundwinkel. »Bis nachher. Sei vorsichtig, wenn du zum Frühstück gehst.« So rasch, wie sie gekommen ist, verschwindet sie.

Mit mehr Fragen als Antworten lege ich mich auf die Matratze. Hinter meinen geschlossenen Lidern wechseln sich silberne und graue Punkte ab. Die Augen einer Frau, deren Fragmente sich verändern, wenn ich versuche, sie zu einem Puzzle zusammenzusetzen. Die Furcht vor Jeanne umgibt Maxine als düsterer Schleier, den kein Kompliment durchdringt.

Ich öffne die Kamera-App auf meinem iPhone. Aus der Frontkamera sieht mich mein bleiches Gesicht an. Als Teenagerin habe ich vor dem Spiegel Ähnlichkeiten zu Lucie gesucht. Vergebens. Äußerlich bin ich Mamas Ebenbild. Bis mir die kleinen Unterschiede wie das Muttermal an meiner linken Wange und meine feiner geschwungenen Lippen aufgefallen sind. Innerlich bin ich Papa ähnlicher. Wir fahren zu *Rock am Ring* oder *Wacken*. Mama und Lucie ziehen einen Theaterbesuch vor. Ihre und meine Farben haben sich erst nach einem Regenschauer vermischt, an dem ich beinahe ertrunken bin.

Das Freizeichen macht mir begreiflich, dass ich Mamas Nummer gewählt habe.

»Charlie, wieso bist du wach?«

Ihr alarmierter Tonfall wirft Scheite in das Feuer meiner Sehnsucht.

Ich habe Angst, zu versagen.

Ich fürchte mich davor, nicht *zu versagen und in Jeannes Visier zu bleiben.*

Ohne Jeanne hätte ich keine der Sandburgen gebaut. Jetzt ist sie nicht das Fundament, sondern die Welle, die sie niederzureißen droht.

Maxine ist an meiner Stelle ins Meer gelaufen.

Ich weiß nicht, was Jeanne ihr nach dem Drogentest antut.

»Ich fürchte mich vor dem Match.«

»Du würdest heute nicht auf diesem Hockeyfeld stehen, wenn du deine Fähigkeiten nicht bewiesen hättest.«

Salz verklebt meine Wimpern. »Was, wenn ich nicht bereit bin?«

Sie schluckt. »Das erfährst du, indem du es versuchst. Wir schauen im Livestream zu und sind stolz auf dich. Solange du es nicht sein kannst und darüber hinaus.«

»Auch, wenn ...« Meine Stimme bricht. »Ich einen Fehler mache ... Wenn wir wegen mir verlieren ...«

Wenn ich schuld bin, dass Maxine ertrinkt, nachdem sie mir zum Schwimmen verholfen hat.

»Ja. Lucie und du habt mehrmals die Balance verloren und sie immer wiedergefunden. Du weißt, was ich von Tattoos halte.« Liebevolle Strenge färbt ihren Ton. »Die Flügel tragen deine innere Stärke nach außen. Du wirst um dreizehn Uhr auf dem Hockeyfeld stehen und tun, was du liebst. Der Sieg sollte zweitrangig sein.«

Das Luftschloss bröckelt seit meiner Ankunft in Sydney. Mamas Nähe über einen Ozean hinweg ist der Stützpfeiler. Bis ich es aus eigener Kraft festhalte. Ohne das Gefühl zu haben, nach Luft zu greifen.

Hat Maxine eine Person, die sie an ihre kräftigen Flügel erinnert? Oder fällt sie bei jedem Blick in Jeannes Augen tiefer in einen Abgrund, den sie ausgehoben hat?

Ich fahre mir mit der flachen Hand über das Gesicht. Als könne ich die Gedanken an die Frau mit den Augen zwischen Sturm und Sternenschimmer beiseite wischen.

»Danke.«

»Nicht dafür, Liebling.« Ich muss sie nicht sehen, um zu spüren, dass sie lächelt. »Möchtest du dich ausruhen oder brauchst du Ablenkung?«

»Schlafen lohnt sich nicht mehr. Erzähl mir, was dich gerade bewegt. Und du könntest Cleo an den Hörer holen.«

Nach einem leisen Lachen kommt sie der Aufforderung nach. Ihre Worte hüllen meine Angst und meinen Schmerz in Watte.

Ich brauche keine größere Person, die alles, was ich nicht erreiche, in meine Hände legt. Für diesen Moment der Ruhe vor dem Sturm lasse ich zu, dass Mama meine Gefühle an den richtigen Platz setzt.

***

4:5

Sechzig Sekunden Spielzeit.

Ziffern, die mich nicht beeinflussen sollten. Dennoch zähle ich sie im Takt meiner Schritte herunter.

Wir haben uns nicht zurückgekämpft, um jetzt aufzugeben.

Die erste Halbzeit haben unsere Gegnerinnen dominiert. Es hat 1:4 gestanden. Dank Ellie. In der zweiten haben wir aufgeholt. Ein Tor von Ellie. Eins von Maxine. Ich habe vor zehn Minuten das vierte Tor geschossen. Wir müssen für einen Gleichstand und ein Penalty-Schießen sorgen.

Mit diesem Gedanken im Hinterkopf stürme ich auf die Frau in dem weinroten Trikot zu. Stelle mich ihr in den Weg. Gerade so nahe, dass ich sie nicht berühre. Ein versehentlicher Foul wäre fatal.

Maxine dribbelt an ihr vorbei. Die Gegnerin wirbelt herum. Dumpf schabt ihr Schläger über Maxines. Diese stolpert einen Schritt nach hinten.

Ein Pfiff zerschneidet die schwüle Luft. Zwingt die Zeit zum Stillstand. Der Schiedsrichter hebt den Arm – Strafecke.

Erleichterung spült durch meine Adern. Nichts ist verloren.

»Schieß du«, raune ich Maxine zu.

Sie erbleicht. »A-aber …«

»Sie hat *dich* gefoult.« Jeannes Aufmerksamkeit brennt mir Röntgenstrahlen gleich im Nacken. Ihnen zum Trotz beuge ich mich zu ihr. Stockend stößt ihr Atem gegen meinen. »Du wirst uns den Pfad zum Penalty-Schießen ebnen.«

Das ist das Mindeste, was ich tun kann, wenn du für mich ins Messer läufst …

Über die Schulter linst sie zu Jeanne. Erschaudert im selben Atemzug wie ich. Dies ist ihr Moment, um vor Jeanne zu glänzen. Bevor die Wahrheit an unseren Strand gespült wird.

Sie zieht die Unterlippe zwischen die Zähne. »In Ordnung.«

Fünf Gegnerinnen stellen sich an der Torlinie auf. Der Rest sieht von der Mittellinie aus zu.

Ellie tritt mit Ball und Schläger bewaffnet zur Grundlinie.

Ein Pfiff kündigt unsere letzte Chance oder unsere Niederlage an.

Ellie führt den Schuss aus.

Mit einer fließenden Bewegung nimmt Maxine den Ball an. Pfeilschnell befördert sie ihn in die obere linke Ecke des Tores. Die Torwartin streckt sich, ihre Fingerspitzen streifen ihn. Erfolglos, Maxines Schuss ist der Hurrikan, unter dem das Netz erzittert.

Die Stille bricht in einer Welle aus Jubelrufen – in letzter Sekunde haben wir den Ausgleich geschossen.

Der Schiedsrichter ruft uns zu sich.

Ein Glied in der Kette fehlt. Maxine fixiert den Ball. Der Fels in der Brandung, welchen der Wellenschlag nicht berührt.

Dreimal ruft Ellie ihren Namen, ehe sie sich von dem Anblick losreißt und zu uns läuft. Eine Beinlänge von mir entfernt verharrt sie. Abseits, obwohl sie uns zurück ins Spiel gebracht hat.

»Fünf Stürmerinnen pro Team sollen sich zum Penalty-Schießen bereitmachen«, weist uns der Schiedsrichter an.

Wir lösen uns in weinrote und rabenschwarze Trikots auf. Arme gleiten um meine Schultern. Dieselbe adrenalinschwere Luft atmend, stecken wir die Köpfe zusammen. »Ich lege vor, Maxine als Letzte und Charlie als Vorletzte.« Ellies Stimme ist schwer vor Anspannung. »Wir schaffen das.« Nach einem Schlachtruf lösen wir uns voneinander.

Jede Schützin hat acht Sekunden, um den Ball vom Anstoßpunkt an der 23-Meter-Linie ins Tor zu befördern. Die Torwartin darf sich frei im Schusskreis bewegen.

Ayumis Arm um meine Körpermitte hält mich aufrecht. Meine Knie sind weich, die Aufregung windet sich Efeuranken gleich um mein Fundament.

Nicht aufgeben. Deine Familie schaut zu. Gewinne für sie. Und für Maxine, ohne die du nach diesem Spiel für immer dem Platz verwiesen würdest.

Ellie tritt vor; sie wirkt erstarrt wie ein zugefrorener See. Mein Innerstes ist die raue Ostsee. In kühler Präzision legt sie den Ball zurecht. Nach einem Blick zur Torwartin pfeift der Schiedsrichter. Ellie sprintet los. Ihr Gegenüber steht ruhig im Tor. Reagiert blitzschnell auf Ellies Stecher. Wirft sich zur Seite und fängt den Ball ab.

Ellies Maske bricht nicht – ganz die Kapitänin, gefangen in ihrer Rolle. Erhobenen Hauptes reiht sie sich neben uns ein.

Meine Zuversicht kommt einem zerknüllten Papier gleich. Unsere beste Spielerin hat den Grundstein nicht gelegt ... Wenn wir anderen nicht treffen ... Wenn meine Familie mir beim Versagen zusieht ...

Samira tauscht den Platz mit der gegnerischen Torwartin.

Wie durch einen Sepia-Filter verfolge ich die Schritte der Schützin im weinroten Trikot. Sie läuft an. Unter einem Richtungswechsel bricht Samiras Abwehr. Ein Schlenzball über den ausgestreckten Fuß – Tor.

Mamas aufmunternde Worte sind wie das Gras zu meinen Füßen verdorrt. Zweifel bleiben übrig. Unkraut, das nicht vergeht.

Starr verfolge ich das Penalty-Schießen. Schüsse ins Leere. Tor um Tor, das geblockt wird. Bis ich an der Reihe bin, bröckelt weder die gegnerische noch unsere Mauer.

0:1

Ein Zittern bemächtigt sich meiner. Wie in Trance starre ich die 23-Meter-Linie an. Die Last des Ausgleichs drückt mich dem Boden nahe.

»Charlie ...« Maxine ist einen Schritt nähergekommen. Reines Silber funkelt mir entgegen. »Du schaffst das.«

Ihre leise Stärke überträgt sich mitsamt einer Gewissheit auf mich.

Der Schlüssel für den Sieg gehört Maxine – leg ihn in ihre Hände. Erhobenen Hauptes. Wie Lucie auf der Bühne.

Ich lächle ihr zu. Ihr Mundwinkelzucken ist das Letzte, was ich sehe, ehe ich mich dem Tor zuwende.

Den Regieanweisungen der beiden folgend, trete ich zur 23-Meter-Linie. Bringe den Ball mit schwitzigen Fingern in Position. Meine Sehnen spannen sich an. Tiefbraune Augen tun sich wie Abgründe vor mir auf. Das Flügel-Tattoo hebt sich von meinen Schulterblättern ab. Ich werde den Sprung wagen und fliegen, statt zu fallen. Der Pfiff geht mir durch Mark und Bein. Wind braust unter meine Haut, ich stürme vorwärts. Jede Faser meines Seins ist auf den Ball ausgerichtet. Die Torwartin nähert sich mir. Links antäuschen. Rechts antäuschen. Über den linken ausgestreckten Fuß hinweg befördere ich den Ball nach vorne.

Der Schläger der Torwartin streift ihn. Wie Wasser zwischen ihren Fingern entgleitet er ihr. Das Netz zittert – Tor.

Sonnenlicht streichelt mein Gesicht. Dringt in mein Herz, das aufblüht wie die Hoffnung auf den Sieg.

Gefedert vom Wind reihe ich mich neben den anderen ein. Ellies anmerkendes Nicken sät Stolz in mir.

Samira wehrt den letzten gegnerischen Schuss ab.

1:1 – der Sieg lastet auf Maxines zitternden Schultern.

Gleichzeitig wenden wir uns einander zu. Oder sie hat sich nie von mir abgewandt. Rost frisst an dem Silber in ihren Augen, sie nagt an ihrer Unterlippe.

»Dank dir habe ich getroffen. Du musst für uns gewinnen.«

Nickend untermalen die anderen meine Worte.

Maxines Mundwinkelzucken gilt allein mir.

Bedächtig nähert sie sich dem Tor. Wagt keinen Blick in Jeannes Richtung. Der Pfiff jagt einen Ruck durch ihren Körper. Ihr Zittern ist abgeebbt – sie scheint den Sturm nicht zu fürchten, sie ist der Sturm. Kraftvoll und strahlend, und ich bin nicht in der Lage, fortzusehen. Die Torwartin kommt ihr entgegen. Maxine macht einen Richtungswechsel nach links. Sie lässt sich nicht täuschen.

Mein Herz setzt einen Schlag aus.

Im letzten Moment dreht der Wind, sie zieht den Ball nach rechts. Versenkt ihn mit einem flachen Schlag im Netz.

Stolz glimmt in mir auf, ein Gewicht auf meiner Brust zerfällt zu Staub.

Arme umschlingen mich. Eine atemraubende Gruppenumarmung des Teams, Applaus, Jubel und Wortfetzen verweben sich zu der schönsten Melodie seit langem.

»Wir haben gewonnen!«

»Das war ein Sieg in letzter Sekunde!«

»Ich bin stolz auf euch!«

Die Gruppenumarmung zerstreut sich.

Ellie legt einen Arm um meine Taille. »Besonders auf dich. Du hast nachgelegt, damit Maxine …«

Ein Manöver auf dem Spielplan, das meine Aufmerksamkeit zu ihr lenkt.

Sie steht neben der Abseits-Linie, die Schultern zusammengezogen. Ihre Mutter ist ihr Schwerpunkt. Sie ist der erlöschende Stern, getrieben von der Sehnsucht danach, um Jeanne zu kreisen.

Diese bahnt sich mit Coach Nielsen den Weg zu uns.

»Ihr habt großartig gespielt.« Coach Nielsens Lob prallt an mir ab.

»Ruht euch nicht auf dem Sieg bei einem Penalty-Schießen aus. Ein Match entscheidet nicht über den Aufstieg.« Jeannes Stimme trieft vor Verachtung. Pechschwarze Gelnägel schnellen in Maxines Richtung. In den ersten Trainingswochen hätte ich die Geste als mütterlichen Stolz gelesen. Der Stoff von Maxines Trikot wölbt sich. Sie fährt zusammen. Jeanne packt zu. Maxines Gesichtsmuskeln spannen sich an.

Zorn sprudelt in mir auf. Die Hände balle ich zu Fäusten.

Jeanne fixiert mich, als presse sie die Mündung eines Revolvers an meine Schläfe.

Die Kälte des Metalls frisst sich in meine Eingeweide.

Mich wird die Kugel streifen. Maxine ist diejenige, deren Fleisch sie durchbohren wird.

Jegliche Euphorie über den Sieg verwelkt. Dornen dringen in mein Herz. Der Wunsch, Maxine vor Jeanne abzuschirmen, streut Ableger.

***

Den Rucksack über die Schulter geschlungen, presse ich mich an die Wand der Gemeinschaftsduschen. Maxine ist nach dem Drogentest nicht hierhergekommen. Ich habe mir mit dem Duschen Zeit gelassen. Gesagt, dass ich meine Periode habe – was stimmt – und nicht mit an den Strand möchte. Die anderen sind verschwunden. Der Gedanke, meinen Sieg und Maxines Niederlage zu feiern, schnürt mir den Atem ab.

Knallend öffnet sich die Tür zur angrenzenden Umkleide.

»Ich weiß, was du getan hast!« Jeannes Stimme gleicht näherkommendem Donner, bevor die Welt unter einem Gewitter erzittert.

»W-was meinst d-du? W-wir haben gewonnen.«

Ein schmatzendes Geräusch. Sein Echo ist ein Knacken. Gefolgt von einem Aufschrei, der an den Saiten meiner Seele reißt.

»Halt den Mund!«

Mir kommt die Galle hoch. Die Türklinke sticht mir in die Hand. Alles daran, Maxine nicht zur Hilfe zu kommen, fühlt sich so falsch an wie Jeannes Versuch, mich aus dem Spiel zu nehmen. Ich drücke die Klinke nicht herunter. Auf diesem Schachbrett ist Jeanne die Königin. Sie wird mich schlagen, bevor ich mir einen Zug überlege. Hätte ich das Video von Maxines iPhone abfilmen sollen? Die zweite Frage sticht tiefer: Hätte sie mich gelassen? Das Porträt der Feldhockeyspielerin, zu der ich aufgesehen habe, ist eine Fälschung gewesen. Übrig ist der Rahmen – leer wie meine Liste mit Möglichkeiten, wie ich Maxine helfen könnte.

»Ich weiß nicht, wie du herausgefunden hast, dass Carla den Drogentest nicht bestehen sollte.« Kalte Worte. Ohne Reue, ohne Schuld. »Oder wann du es ihr gesagt hast.«

»W-was?«

»Stell dich nicht unaufmerksamer, als du bist. Bei deinen Teamkameradinnen zieht die Unschuldsmasche. Bei mir nicht. Neunzehn Jahre lang habe ich alles für dich getan, und das ist der Dank?« Ein Schnauben unterbricht sie. »Da das nicht schlimm genug ist, hast du im Spiel so viele Fehler gemacht, dass ich aufgehört habe, sie zu zählen.«

»W-wir haben …«

»Gewonnen«, schneidet sie ihr das Wort ab. »Ich weiß. Ich war dabei. Du hast den Ausgleich geschossen und das Penalty-Schießen für euch entschieden. Möchtest du Applaus von mir?«

Ein Aufprall. Als hätte Jeanne die Fäden ihrer Puppe durchgerissen.

Maxine stößt ein Schluchzen aus, das etwas in mir zerbricht.

»Geh mir für den Rest des Tages aus den Augen. Du weißt, was passiert, wenn ich Beweise finde. Ich hoffe, wenn wir uns wiedersehen, zeigst du einen Funken Reue.«

Schritte entfernen sich. Gefolgt vom Zuschlagen der Tür.

Sein Echo ist Stille. Lauter als Maxines Schluchzen. Endgültiger. Als hätte Jeanne ihr den finalen Schlag verpasst.

Ich stoße die Tür auf.

Maxine kauert in einer Ecke auf dem Boden. Tränen rinnen ihre Wangen hinab. Die linke ist blauviolett verfärbt. Zweimal hat sie mir bewiesen, dass sie mehr ist als Jeannes Puppe. In diesem Augenblick sieht sie aus wie ein zerbrochenes weggeworfenes Spielzeug.

Ohnmächtiger Zorn packt mich. Vermischt mit Scham, dass ich sie nicht von Jeanne weggeholt habe.

Ich hocke mich vor sie. »Maxine ...«

Schwerfällig hebt sie den Kopf. Ihre Lippen beben.

»Es tut mir leid, dass ich nicht dazwischengegangen bin.«

»Ich hätte mir nie verziehen, wenn du deine Wange für mich hinhältst. Das hätte sie wütender gemacht.« Nebelwolken verschlingen ihre Iriden. Als würden Splitter eines gebrochenen Herzens darin schimmern. »Fühl dich nicht schlecht wegen mir. Dir von Jeannes Plan zu erzählen, war das Richtige.« Mit den Fingerspitzen berührt sie ihre blauviolett verfärbte Wange. »Das ist die Strafe. Jeanne beruhigt sich jedes Mal.«

Jedes Mal.

Achtelnoten, deren Ton im Vibrato in mir nachhallt. Das ist nicht das erste Mal, dass Jeanne sie geschlagen hat.

»Das ist keine Entschuldigung. Sie hat kein Recht, dich so zu behandeln.«

Unter meinem harschen Tonfall fährt sie zusammen. Drückt sich in den Schutz der Wand. »Doch.« Schniefend zieht sie die Nase hoch. »Ich bin eine Versagerin.« Eine Mischung aus Schluchzen und Lachen dringt über ihre aufgesprungenen Lippen. »Gestern hat sie mich in dem Glauben gelassen, dass wir meinen Geburtstag heute zusammen verbringen und zum ersten Mal Kuchen essen. Jeanne isst keinen Kuchen. Gratuliert hat weder sie noch mein Vater mir. In ein paar Monaten wird ihm einfallen, dass er ein drittes Kind hat. Sein teures Geschenk schickt er dann an unsere alte Adresse, weil er vergessen hat, dass ich auf dem Campus lebe. Jeanne schenkt mir nie etwas ... Wieso bin ich so?« Sie schlägt ihren Hinterkopf gegen die Wand. Einmal. Zweimal.

Beim dritten Mal umfasse ich ihre Oberarme. Ziehe sie nach vorne.

Bis unsere Gesichter eine Haaresbreite voneinander entfernt sind. Abgehackt streift ihr Atem meine Haut.

»Das ist keine Lösung.«

»Körperlicher Schmerz verdrängt den seelischen.« Die Worte gleiten wie Steine über stilles Wasser, sinken tief, lautlos, unbarmherzig. »Er füllt die Leere.«

Meine Brust zieht sich zusammen. Dasselbe hat Lucie mehr als einmal gesagt. Und ich habe es gedacht, als die Konturen der Welt von Zigarettenqualm verzerrt worden sind. »Ich weiß.«

Sie blinzelt. Schmelzwasser löst sich aus ihrem Wimpernkranz.

»Irgendwann kehrt der Schmerz zurück und überrollt dich wie eine Flutwelle.«

»Wenn das so ist, bin ich mehr als einmal ertrunken.«

Weiche Haut unter meinen Fingerspitzen. Synchron schnappen wir nach Luft. Meine Finger umfassen ihre Wange, dort, wo das Blauviolett die Sommersprossen überdeckt. Eine Wunde in ihrem Inneren hat sie mir gezeigt, jetzt berühre ich ihre äußere.

»Ist das in Ordnung?«, hauche ich.

Auf ihr Nicken hin fange ich die Tränen auf. Als könne ich einen See davon abhalten, im Regen über die Ufer zu treten.

Unser Atem füllt die Stille. Die Graunuancen ihrer Augen ziehen mich in ihren Bann. »Dann wärst du nicht hier. Du bist jedes Mal an die Oberfläche geschwommen.«

Das Zusammenspiel von Licht und Schatten glimmt in ihren Augen auf: Silber. »Vor dir hat mich erst eine Person so angesehen …«

Ich lege den Kopf schief. »Wie denn?«

Ihre Wimpern hinterlassen schwarzglitzernde Schatten auf ihren Wangen. »Als würdest du nicht Jeanne sehen oder wärst nicht enttäuscht von mir, weil du es nicht tust.«

»Ich sehe dich und bin nicht enttäuscht von dir.« Eine Eingebung flackert in mir auf. »Wie möchtest du deinen Geburtstag verbringen?«

Ihr Atem stockt. »W-wie meinst d-du das?«

»Der heutige Tag ist düster. Ohne Dunkelheit sehen wir keine Sterne, und ich würde sie dir gerne zeigen.«

Sie betrachtet mich forschend. Auf der Suche nach einem Messer hinter meinem Rücken. »Meinst du das ernst?«

»Ja.«

Unglaube schlägt sich in ihren Zügen nieder. »Das ist lieb von dir … Aber das kann ich nicht verlangen … Und Jeanne …«

»Jeanne«, ihr Name hinterlässt schalen Geschmack in meinem Mund, »möchte dich nicht sehen und du sie ebenso wenig.«

Mit einem kummervollen Zug um den Mund nickt sie.

»Du verlangst nichts von mir. Ich habe es dir angeboten.«

Stille legt sich über uns. So laut, dass ich mit einem Nein rechne.

»In Ordnung.«

»Was wolltest du schon immer an deinem Geburtstag machen?«

Zweimal formt sich ihr Mund zu Worten, die Luft bleibt leer. Ein Schlucken verrät das Gewicht des Unausgesprochenen.

»Es gibt etwas«, stelle ich mit Nachdruck in der Stimme fest. »So hast du geschaut, wenn du beim Trivia Quiz eine Antwort wusstest.«

Sie streicht sich eine tränennasse Haarsträhne aus dem Gesicht. »Früher habe ich die anderen Kinder um ihre Geburtstage im Luna Park beneidet. Ich bin nie dort gewesen.«

»Du lebst in Sydney …«

»Geboren und aufgewachsen.«

» … und bist nie im Luna Park gewesen?«

Sie zuckt die Schultern. »Jeanne hält nichts von Dingen, die nur existieren, weil sie Spaß machen.«

Ich halte ihr die Hand hin.

Ihre Augenbrauen ziehen sich zusammen.

»Du gehst duschen. Ich hole deine Kleidung aus meinem Zimmer. Du ziehst dich um. Dann rufen wir ein Taxi und fahren in den Luna Park.«

Tränennebel verhüllt ihre Augen. Dahinter schimmern silberne Lichtpunkte. Ihre Finger gleiten zwischen meine. Behutsam ziehe ich sie auf die Füße. Der Druck des Revolvers an meiner Schläfe ist verschwunden. Es ist an mir, Maxine Garn in die Hände zu legen, damit sie ihre Schusswunde näht.

Kapitel 13

Taylor Swift – You're On Your Own, Kid

00:00 -03:46

Maxine

Unter einer Schicht Make-up verschwindet der blauviolette Riss in meiner Fassade, die Narbe auf meiner Seele bleibt. Wassertropfen sind in meinen Wimpern getrocknet – Tränen, vermischt mit Duschwasser.

»Bist du bereit?« Im Türrahmen steht Charlie, ein Bündel Kleidung in den Händen, ihren Rucksack über die Schulter geschlungen.

Allen Grund hat sie, um mich zu verabscheuen. Stattdessen hat sie mir ein kostbares Geschenk gemacht: einen Geburtstag.

Das Handtuch um meine Schultern rutscht, ich schlinge die Arme um den Oberkörper. »Sobald ich umgezogen bin.«

Sie reicht mir die Kleidung, ich streiche über den Stoff der Converse. »Du hättest sie nicht reinigen lassen müssen.«

»Ich hätte sie eher zurückgeben sollen«, entgegnet sie. »Das Taxi ist in zehn Minuten da.«

In den Duschräumen tausche ich das Handtuch gegen die Kleidung. Wie gestern Nacht, im Schutz der Dunkelheit, fühle ich mich wie die Person, die ich außerhalb von Jeannes Käfig sein könnte.

Charlie empfängt mich mit einem Blick wie ein kalter Nachmittag, an dem der wolkenlose Himmel die Illusion von Wärme erschafft. »Das Kleid steht dir.«

Meine Wangen glühen, ich streiche mir das Haar aus dem Gesicht. »Zehn Minuten, hast du gesagt …«

In einvernehmlichem Schweigen überqueren wir den Campus. Vor den Toren wartet das Taxi, Charlie nennt dem Fahrer unser Ziel, hält mir die Tür zur Rückbank auf, und wir lassen uns dort nieder.

Das Brummen des Motors jagt einen Schauer durch Charlies Körper. Verkrampft hält sie sich an der Kante des Kunstledersitzes fest.

Scham zwickt mir in den Magen. »Du fährst nicht gern Auto.«

Nebelschlieren treiben auf dem Winterhimmel ihrer Augen, sie wendet mir den Oberkörper zu. »Ich hasse Autofahren. Aber es gibt etwas, das mir hilft.« Sie holt ihr iPhone sowie AirPods aus dem Rucksack. »Musik bringt mich in eine andere Welt und sperrt die Geräusche aus. Sobald ich die Augen schließe, bin ich nicht mehr auf dem Highway.«

»So geht es mir auch, wenn ich Musik höre«, murmle ich, die Schatten zwischen den vorbeiziehenden Autos haben die Farbnuancen von Jeannes und Letizias Augen.

»Was hörst du gerne?«

»Wieso fragst du?«

Sie hält mir einen AirPod hin. »Du darfst mithören, wenn du möchtest.«

»Gerne. Einen Musikgeschmack habe ich nicht.« Ihrem T-Shirt mit dem Logo der Band Our Last Night werfe ich einen kurzen Blick zu. »Deinen kennen alle an der Academy.«

»Nicht ganz. Ich mag Metal in allen Subgenres, Rock und Alternative. Krach, wie meine französische Großmutter sagt.« Ohne fortzusehen, scrollt sie durch *Spotify*. »Auf meinen Playlists sind auch Songs aus Musicals und welche von Taylor Swift. Unvermeidlich, wenn die große Schwester Musicaldarstellerin und ein Swiftie ist.« Jede Silbe ist erfüllt von Liebe. »Von jedem Taylor-Swift-Song gibt es mindestens ein Cover von ihr.«

»*Mindestens* eins?«

»Nach einer Weile gefallen sie ihr nicht mehr.«

Ich ziehe die Nase kraus. »Sie hört sich ihre eigenen Cover an? Ich fühle mich unwohl, wenn ich mein Spiel analysiere.«

»Geht mir genauso. Und gerne hört sie ihre älteren Cover nicht an.« Ihre Schultern sacken herab, und etwas Unsichtbares scheint von ihr zu rutschen, wie ein schwerer Mantel. »Einen Grund, Songs neu aufzunehmen, hat sie nicht. Das Album, das sie mir zum fünfzehnten Geburtstag geschenkt hat, hilft mir bis heute am meisten, um mich meinen Ängsten zu stellen.« Ihr Blick ruht auf mir, intensiv wie eine Berührung und voller Wärme. »Es ist Zeit, dass *Charlie's Version* noch einer Person hilft, mutig zu sein.«

Ich streiche mein Haar zurück und schiebe den AirPod in mein Ohr. Charlie drückt auf Play, das Gesicht mir zugewandt. Im Takt der Klaviertöne atmet sie, schließt die Augen und lehnt sich zurück.

Die Stimme ihrer Schwester fließt wie Sonnenlicht in mein Herz – kraftvoll, strahlend und verletzlich.

You're On Your Own, Kid, steht auf dem Display. Der Song erzählt von einer Vergangenheit, die nach mir klingt, und davon, dass Brücken niederbrennen müssen, damit ich Seiten umblättern kann. Von Dingen, die ich verliere, und Schritten nach vorne. Davon, dass ich auf mich allein gestellt etwas bewirken kann, wenn ich mutig bin. Je weiter sich das Taxi von Jeanne und der Academy entfernt, desto mehr wird der Song zu meinem Herzschlag.

Taylor Swift – Jump Then Fall (Taylor's Version)

Vor mir ragt das Tor zu einer anderen Welt auf. Hinter der Grimasse, welche den Eingang des Luna Park bildet und mich aus leeren Augen ansieht, dreht sich ein Riesenrad. Das Kreischen der Fahrgäste auf dem himmelblauen Freefall-Tower mit Sitzen in den Farben von Feuer übertönt das Tröpfeln der Musik.

»Das Mondgesicht sieht gruseliger aus als auf Fotos«, murmelt Charlie.

Ich schlucke. »Stimmt.«

Zart streifen ihre Finger meine, eine Spur von Wärme auf meiner Haut hinterlassend. Ich ergreife sie. »Sehen wir es als Mutprobe.«

Ich hebe eine Augenbraue.

»Wer mutig genug ist, das Mondgesicht zu durchqueren, darf die Fahrgeschäfte genießen.«

Ein Lachen löst sich aus meiner Kehle. »Lass uns zusammen mutig sein.«

Sie führt mich zum Eingang und zückt ihr Portemonnaie.

Resignation verklumpt meine Venen. Ich besitze kein Geld.

»Das ist dein Geburtstagsgeschenk.«

Perplex starre ich Charlie an, die einen Fünfzigdollarschein unter die Durchreiche schiebt, zwei Tickets entgegennimmt und mir eins reicht.

Behutsam ziehe ich die Kontur der Karte aus feinem Papier mit den Fingerspitzen nach. Egal, wie der Tag endet, ich werde sie aufbewahren. Findet Jeanne sie, nimmt mir das nicht die Erinnerung.

Das Zwicken in meinem Magen bleibt. Ich betrachte meine Schuhspitzen. »Du hättest mein Ticket nicht bezahlen müssen.«

Mit sachtem Händedruck bringt sie mich zum Verstummen. »Sieh dich um.«

Ich bin in einem Traum gefangen. Kinderlachen übertönt die Musik, eine unbeschwerte Harmonie aus schiefen Tönen. Abbilder einer pastellfarbenen Unbeschwertheit. Kinder rennen umher, spielen Fangen oder veranstalten Wettrennen zu den Fahrgeschäften. Am liebsten möchte ich mich ihnen anschließen und mich in das Mädchen verwandeln, das ich hätte sein können, wenn Jeanne meine Ecken nicht abgeschliffen und mir mein Leuchten entzogen hätte. Schluckend schüttle ich den Gedanken ab. Jetzt bin ich hier. Für die kleine Maxine, der dieser Traum verwehrt geblieben ist.

Auch die Erwachsenen strahlen von innen heraus. Als würden die bunten Farben der Fahrgeschäfte in ihre Gefühle sickern. Der Duft der nahen salzigen Brandung vermischt sich mit Zuckerwatte, gebrannten Mandeln und Schokolade.

Charlie drückt meine Hand. »Hast du es dir so vorgestellt?«

»Es ist besser als in meiner Vorstellung.«

Ein Lächeln spielt um ihre Lippen.

»Warst du schon einmal in einem Vergnügungspark?«

Sie nickt, den Blick auf die Gondeln im Vintage-Stil des Riesenrads gerichtet, die sich in Azurblau, Grasgrün und Sommerorange in gleichmäßigem Rhythmus drehen. Als müsse sie sich an etwas festhalten, um nicht außer Takt zu geraten.

Das dünne Eis zwischen uns wage ich nicht zu betreten. »Gibt es Attraktionen, die du besonders magst?«

Ihr Blick klärt sich. »Schon. Aber da du ein Vergnügungspark-Neuling bist, sollten wir mit etwas Angenehmen beginnen.« Um ihre Mundwinkel zuckt es. »Meine Schwester hat ihre Verlobte bei ihrem zweiten Date auf dem Hamburger DOM auf alles geschleppt, das hoch und schnell ist.«

»Wenn sie verlobt sind, ist das Date wohl nicht schlecht gelaufen.«

»Offiziell haben sie es nicht als Date bezeichnet, und Chiara liebt Achterbahnen und Flat Rides seitdem fast so sehr wie Lucie.«

»Hast du Angst, dass ich dich nach der ersten Achterbahnfahrt nicht mehr mag?« Ich beiße mir auf die Innenseite der Wange.

Charlie zieht mit dem Daumen Kreise auf meinem Handrücken. »Es gibt nur einen Weg, um das herauszufinden.« Ihre Aufmerksamkeit schweift über die Fahrgeschäfte. »Leider hast du die Auswahl zwischen einer Achterbahn, die rückwärtsfährt, und einer mit Inversionen. Die Chancen stehen gut, dass ich deinen Geburtstag ruiniere.«

»Die Messlatte ist tief, aber das ist mein bester Geburtstag.«

Goldreflexe tanzen durch das Meer in ihren Augen. Voller Wärme sieht sie mich an. Zum ersten Mal seit langem ist die Welt um mich herum nicht zu laut.

»Beim Rückwärtsfahren wird mir schlecht. Ich nehme die Inversionen.«

Wir stürzen uns in die Menge. Eindrücke prasseln wie spitze Nadeln auf mich nieder, die Töne des Kinderlachens hallen verzerrt in mir nach, und die Gerüche vermischen sich zu einem klebrig-süßen Geschmack auf meiner Zunge. Bunte Lichter flackern, die Umgebung verschwimmt.

Charlies Hand sorgt dafür, dass ich nicht verloren gehe. Zielsicher führt sie mich zum *Big Dipper*. Die Wagen sind kornblumenblauen Autos nachempfunden, welche sich von den Schienen in den Farben der Morgenröte abheben.

Sie lässt mich los, ich setze mich in den Einzelwagen vor ihrem, in der Mitte der Achterbahn. Ein Gewicht drückt auf meinen Magen, mit schwitzigen Fingern presse ich den Sicherheitsbügel herunter, meine Haut berührt er nicht.

Finger streifen meine Schulter. »Du schaffst das. Bevor du fällst, halte ich dich fest.«

Der Wagen beschleunigt, alle Luft wird meiner Lunge entrissen. Ich umklammere den Sicherheitsbügel wie die Kontrolle, welche mir im Fahrtwind entgleitet. Die Welt verblasst, wir fahren in den Looping und sie steht Kopf. Ich breite die Arme aus und lasse die Kontrolle los; ich bin ein Stern, schwerelos in den Weiten des Universums absorbiere ich die Magie des Luna Park, welche ein warmes Glühen in mir hinterlässt. Charlies Lachen kitzelt meinen Nacken – sie ist mein Doppelstern, wir kreisen umeinander und genießen diesen Moment der Schwerelosigkeit.

Schwindel ergreift beim Aussteigen von mir Besitz, der Boden schwankt, Charlie stützt mich. »Magst du mich noch?« Sie klingt so außer Atem, wie ich mich fühle.

Ein Anflug von Mut ergreift von mir Besitz, mit zusammengezogenen Brauen wende ich mich ihr zu. »Bis jetzt schon. Falls du dein Glück weiter herausfordern möchtest, probieren wir die anderen Fahrgeschäfte aus.«

Lachend zieht sie mich zurück in die Menge. Die Reize um mich herum sind abgestumpft, wie durch eine Glasscheibe von mir abgeschirmt. Mit dem Adrenalin in meinen Adern und Charlies Fingern zwischen meinen können sie mir nichts anhaben.

***

»Bist du dir sicher, dass das eine gute Idee ist?« Vor mir ragt der *Hair Raiser* auf. Auf den Achterbahnen und den Flat Rides habe ich den Aufwind unter meinen Flügeln gespürt; wenn ich dem Horizont näherkomme, schaffe ich womöglich den Absprung und fliege. Dennoch hallt mein Herzschlag lauter als die Schreie der Fahrgäste in mir nach.

Charlie sieht voller Ehrfurcht den Flat Ride an. »Du musst nicht fahren, wenn du nicht möchtest.«

»Wie fühlt sich die Fahrt auf einem Freefall-Tower an?«

»Als würdest du deine Sorgen oben zurücklassen, wenn du hinabstürzt. Bevor er bremst, ist es wie Fliegen.«

Ich drücke ihre Hand ... Wann ist es selbstverständlich geworden, diese zu halten?

Das Match haben wir gemeinsam gewonnen, den Freefall-Tower werden wir auch bezwingen. Ich atme die Vorsilbe ›Ehr-‹ ein und füge sie an das Wort ›Furcht‹ an.

»Davon überzeuge ich mich selbst.«

Sie strahlt. »Das wollte ich hören.«

Zwei Fahrten später sind wir an der Reihe. Ihre Hand lasse ich los, um den Sicherheitsbügel herunterzuziehen. Danach gleiten unsere Finger ineinander – ob fliegen oder fallen, wir werden es gemeinsam tun.

Mit einem Ruck bewegt sich der *Hair Raiser* nach oben, die Silhouette von Sydney schrumpft, der Pazifik ist ein türkisblaues Band, auf dem sich Spielzeugschiffe bewegen. Hochhausfassaden schimmern wie silberne Kristalle, die Fahrgeschäfte des Luna Parks verwandeln sich in Miniaturen – eine Oase der Kindheit, eingefasst in die farblose Welt des Erwachsenseins. Beides lasse ich hinter mir, steige höher, bis ich alles überrage und Ruhe meine Adern durchströmt. Sie verdrängt die Nichtfarben des Erwachsenseins, welche die bunte Leinwand der unbeschwerten Kindheit übermalt haben. Es gibt nur Charlies Finger zwischen meinen und die Unendlichkeit um uns herum, als würden uns alle Türen offenstehen.

Die Fahrt stoppt, mit dem Freefall-Tower hält die Welt den Atem an.

Wind streift meinen Rücken, meine Flügel regen sich. Charlie drückt meine Hand. Sie ist nicht mein Auffangnetz, sondern verspricht mir stumm, dass ich nicht fallen werde – aus eigener Kraft und nicht, weil jemand meine Flügel verformt. Der Sitz kippt nach vorne, goldenes Licht verwandelt die Fahrgeschäfte unter mir in Abbilder eines Traumes, Lichtbögen tänzeln über den Pazifik. Ein Ruck geht durch den Freefall-Tower, mein Herz setzt einen Schlag aus. Dann fliege ich, der Wind peitscht mir das Haar ins Gesicht, Charlies Hand quetscht alles Blut aus meinen Fingern. Meine Flügel sind ausgebreitet, ich bremse ab, bevor der freie Fall mich am Boden zerschmettert. Adrenalin pumpt durch meine Adern, neben mir holt Charlie hektisch Luft. Ich bin geflogen. Meine Flügel mögen aus der Übung sein, aber ich bin heil auf dem Boden angekommen.

Charlies Wangen sind gerötet, ihre Locken zerzaust, Licht bricht in ihren Augen, darin spiegelt sich mein strahlendes Gesicht. Ebenso gerötet, mit aufgesprungenen Lippen und dem blauvioletten Fleck, welcher hinter der Make-up-Fassade hindurchschimmert. Die unwetterblaue Verfärbung erinnert mich an den Sturm, welcher auf dem Campus wartet. Wenn er über mir hereinbricht, werde ich mich daran festhalten, dass ich einmal geflogen bin.

***

Je mehr Goldschimmer das Azurblau durchzieht, desto mehr Risse zieren die Schneekugel, welche Charlie um uns herum geschaffen hat. Meine Gefühle wirbeln in alle Richtungen, als hätte jemand das Glas geschüttelt. Das Adrenalin und die Illusion, eine Freundin gefunden zu haben, strömen kribbelnd bis in meine Fingerspitzen. Zwischen uns hat es keine unangenehme Stille gegeben. Nach der Fahrt mit dem *Hair Raiser* hat sich Charlie Chili Cheese Fries gekauft und mir eine Vanille Cola Zero ausgegeben. Sie hat mir von vergangenen Freizeitparkbesuchen erzählt, mir versichert, dass ich eine Achterbahn namens *Der Schwur des KÄRNAN* im Hansa Park ausprobieren muss, und wir sind mehrmals auf jedem Fahrgeschäft gewesen. Ich habe Glück und Adrenalin in Tropfen gesammelt, bis das Glas übergelaufen ist, und sie für den Augenblick konserviert, in dem die Käfigtür hinter mir zuschnappt.

Charlie hat mich angeleitet, auf einer Bank zu warten, ich rutsche auf dem Holz hin und her.

Mit einer Pappschachtel in der Hand bahnt sie sich den Weg auf mich zu und setzt sich neben mich.

»Verrätst du mir jetzt, wie wir die letzte halbe Stunde verbringen?«

Danach bringt uns ein Taxi zurück in die Realität – meine Gefühle sind süß wie die Zuckerwatte an den Ständen, langsam karamellisiert der Zucker, bitteren Geschmack hinterlassend.

»Einen Geburtstagswunsch habe ich dir bisher nicht erfüllt.« Sie reicht mir die Schachtel. »Ein Versprechen, das Jeanne nie gehalten hat.«

Der verbrannte Karamellgeschmack bleibt, mit spitzen Fingern öffne ich die Schachtel. 700 Kalorien. Blaubeeren in goldgelbem Kuchenteig, deren Anblick mein Kleid enger schnürt.

»Sind beide für mich?«, presse ich über den Fettgeschmack auf meiner Zunge hervor.

»Wenn du darauf bestehst …«

Ich reiße den Kopf hoch.

»Die Muffins sind ein Geschenk. Aber ich esse gerne einen.«

»Wie großzügig von dir.«

Ihr Lachen klingt verzerrt in mir nach. »Darf ich?«

Auf mein Nicken hin greift sie nach einem Blaubeermuffin. Ein Spiel, das ich mitspielen muss.

Mit bebenden Fingern spiegle ich ihre Bewegung, beiße ein papierdünnes Stück Teig ab. Süßer Blaubeergeschmack zergeht mir auf der Zunge, mein Bauch drückt gegen den Leinenstoff, die Süße wird zu Fäulnis. 350 – eine Zahl, die mir wie der Fettfilm an meinen Fingerspitzen anhaftet. Dickflüssig sickert sie unter meine Haut, meine Nägel schaben über mein Knie, ich balle die Hand zur Faust. Ich kann meine Haut nicht in Fetzen reißen, die 350, welche ich nicht wert bin, muss ich später ausradieren.

Charlie betrachtet meine Bewegungen mit sturmwolkenartig zusammengezogenen Brauen.

Schaudernd drücke ich den Rücken gegen die Bank. Sie hat in mir gelesen … Die einzige Seite, welche ich mit Buchstaben gefüllt habe, nicht Jeanne, darf ich ihr nicht zeigen. Nicht riskieren, dass die Tinte zerfließt oder das Papier herausgerissen wird. Essen ist das Einzige, worüber ich die Kontrolle habe. Außerhalb der Schneekugel wartet die Möglichkeit, um 350 Kalorien loszuwerden. Oder mehr. Bis auf das Match habe ich mich heute nicht bewegt; ich spüre meinen Körper überdeutlich. Den

Preis, dass sie sich zu einem Stein in meinem Magen verklumpen, zahle ich für den heutigen Tag.

»Danke für den schönsten Geburtstag aller Zeiten.«

»Soll ich dir ein Geheimnis verraten?« Sie beugt sich näher zu mir, ihr Atem tänzelt über meine Haut, ich schnappe nach Luft. »Das ist bisher mein schönster Tag an der Academy.«

»Obwohl du die Siegesfeier verpasst hast?«

»Solange wir auf derselben Seite spielen, ist das nicht unser letzter Sieg gewesen.«

»Hoffentlich sieht Jeanne das genauso.« Ich zupfe mein Kleid zurecht, bin mir dem halb gegessenen Blaubeermuffin allzu bewusst. Jeder Krümel verwandelt den Leinenstoff mehr in eine Rüstung, die auf mich niederdrückt – eng wie meine Haut. »Vom ersten Training an hat sie mich dein Spiel analysieren lassen. Du bist besser als ich. Und sie möchte, dass ich Stürmerin der Golden Foxes werde.«

Ihre freie Hand streift meine, ich ergreife sie. »Was möchtest du?« So sanft, dass sich mein Herz zusammenzieht, fragt sie das.

»Dass das keine Rolle spielt, steht auf meiner Geburtsurkunde. Ich heiße Maxine Jeanne Martin.«

Sie mahlt mit dem Kiefer. »Das ist …«

»Grausam.« Bitterkeit trieft aus den Silben. »Den Namen Maxine hat mein Vater ausgesucht. Jeanne ist selbsterklärend.«

Stille senkt sich über uns, voller Worte, die in meinem Herzen eingebrannt sind, seit ich zum ersten Mal meinen Namen geschrieben habe. Sie müsste auf einer olympischen Goldmedaille eine Kleinigkeit ändern lassen …

»Beim Trivia-Quiz und als du mir die Wahrheit gesagt hast, hast du nicht nach ihren Regeln gespielt. Der Name hatte keine Macht über dich, du bist aus dem Kokon ausgebrochen und hast die Flügel ausgebreitet.« Sie stockt. »Ein wenig verstehe ich, wie du dich fühlst.« Ihre Nasenflügel zittern. »Carla Marie – ich bin nach meiner Urgroßmutter und meiner Großmutter benannt. Marie Chevalier. Sie ist Musicaldarstellerin gewesen; ich kann nicht im Takt klatschen.«

»Dafür fühlst du die Musik, die du hörst«, wispere ich. »Sie trägt dich in eine Welt, in der du Charlie bist.«

Um ihre Mundwinkel zuckt es, wie das Aufflackern einer Kerze in der Finsternis. »Charlie ist die unerschrockene Version von mir.« Den letzten Rest Blaubeermuffin schiebt sie sich in den Mund, kaut langsam und berührt das Perlenarmband um ihr Handgelenk. *Who's Afraid of Little Old Me?* … Ob sie mir eins knüpfen würde, wenn ich frage? »Es gab eine Zeit, in der ich sie verloren habe.« Sie entsperrt ihr iPhone und hält mir das Display hin.

Auf ihrem Hintergrundbild steht sie, wo Meer und Strand ineinanderfließen. Seifenblasenfarbene Streifen schimmern am Horizont. Einen Arm hat sie um eine junge Frau geschlungen, deren schulterlange Locken angestrahlt von der untergehenden Sonne flüssigem Gold gleichen. Ihre Hand, die nicht auf Charlies Schulter liegt, umfasst einen Gehstock. Sie unterscheiden sich voneinander wie Sonnenaufgang und Sonnenuntergang. Bis auf die farblich abgestimmten Outfits – Charlie trägt ein weißes T-Shirt mit einem blaugemusterten Rock, die Frau neben ihr ein meerblaues Top und einen Rock aus weißer Spitze.

»Ist das deine Schwester?«

»Ja. Das ist Lucie. Meine Schwester und diejenige, die mich zu farblich passenden Outfits überredet hat, damit das Foto in ihren Instagram-Feed passt.« Liebe zeichnet die Silben weich, wie das Abenddämmerungslicht die Umrisse der beiden. »Sie bedeutet mir alles, umgekehrt ist das genauso.« Sie wirft einen Seitenblick auf die Welle aus Tintenlinien, welche auf ihrer gebräunten Haut bricht. »Das Tattoo haben wir uns zu meinem achtzehnten Geburtstag stechen lassen. Es fühlt sich nicht so an, als wäre sie auf der anderen Erdhalbkugel, und wenn es mir nicht gutginge, würde sie alle Weltmeere überqueren. Aber es hat eine Zeit geben, in der sie unüberwindbar waren.« Goldschimmernde Perlen fädeln sich an der Schnur ihrer dichten Wimpern auf. »Lucie hat versucht … Ich meine … Sie hat ein Trauma … und Depressionen … Damit konnte ich nicht umgehen. Vorher ist sie meine perfekte Schwester gewesen. Ich dachte, dass es in Ordnung ist, wenn ich neben ihr einfach ich bin. Unperfekt. Damit meine ich nicht nur ihre Schönheit …«

»Du bist auch schön«, höre ich mich sie unterbrechen.

Sie blinzelt, rosafarbener Schimmer überzieht ihre Wangen.

»Es gibt nichts, was ich vergleichen könnte. Ihr seid beide auf eure Art schön.«

Anders als Jeanne und ich. Wenn sie meine Ränder verbiegt, bis mir die Knochen brechen, wachse ich zu ihrem Abbild zusammen. Das Negativ neben der Farbfotografie.

Sie zwirbelt eine schokoladenbraune Locke um den Zeigefinger. »Lange habe ich nach Ähnlichkeiten gesucht, und es war nicht nur ihre Schönheit. Ich dachte, dass ich wie sie Einsen schreiben, Musik im Blut haben und jede Regel befolgen muss, damit unsere Eltern an mich glauben. Sie haben nur meine Fünfen in Latein und Mathe gesehen und das Feldhockey nicht ernst genommen.« Sie wischt sich mit dem Handrücken über die Augen. »Heute ist das anders. Lucie und ich stehen einander näher als vorher. Sie ist in Therapie und hat ihre dunklen Momente, aber sie hat ihr Glück gefunden. Wir leben beide unseren Traum.« In ihrem Ton liegt eine Schärfe, durchzogen von dem leisen Echo eines schmerzhaften Tributs. »Ich möchte bei Olympia für Deutschland spielen, seit ich einen Feldhockeyschläger halten kann. Was, wenn mein Traum nicht wahr wird? Wenn meine Eltern damals recht gehabt haben?«

Die Worte hängen zwischen uns, ein Geheimnis, das ich einatme. Heute Morgen ist Charlie ein Song mit einer Strophe gewesen, jetzt höre ich eine zweite.

»Wieso erzählst du mir das?«

Die Schatten um sie herum zerfasern in goldenem Licht, das über den Boden fließt, bis auf wenige gräuliche Fetzen. »Ich spüre, dass du mein Vertrauen nicht zerbrichst.«

Würde sie dasselbe sagen, wenn sie wüsste, dass Vertrauen und Geheimnisse zu Seifenblasen werden, die über meinen Händen schweben? Sobald ich nach ihnen greife, zerplatzen sie zu ölschimmernder Flüssigkeit, die von meinen Fingerspitzen tropft.

Du wirst es zerstören.

Sie zerstören.

Jeannes Stimme spricht die Worte, ich fokussiere mich auf Charlies

Gesicht, dränge sie fort.

»Danke für dein Vertrauen und den schönen Geburtstag.« Ich drücke ihre Hand, spüre den Fettfilm und die Teigreste kaum, die Wärme ihrer Haut überwiegt. »Dank dir ist mein Traum Erfüllung gegangen. Und deiner wird auch wahr werden.«

***

Als das Taxi die Tore der Academy durchfahren hat, haben sich meine Gefühle dunkelrot verfärbt. In Charlies Zimmer habe ich mich umgezogen, der Abschied durchzieht das Dunkelrot mit Finsternis.

Ein harter Zug spielt um ihren Mund. »Du weißt, wo mein Zimmer ist ...«

»Sie hat sich beruhigt.« *Bis zum nächsten Sturm.* »Danke für den schönen Tag.«

Ihre Miene hellt sich auf. »Es wird nicht bei einem bleiben.«

Ein pastellrosa Riss durchzieht die Düsternis in mir. »Nicht?«

»Außer du möchtest das ...« Das Bröckeln ihrer Stimme versetzt mir einen Stich.

»Ich nicht, aber Jeanne, und bevor ich ein zweites Mal mutig bin, sollten sich die Wogen zwischen uns glätten.«

Sie verlagert ihr Gewicht auf einen Fuß. »Gehst du in zwei Wochen auf die Halloweenparty?«

Jeanne hält Halloween für Zeitverschwendung, ich habe es nie feiern dürfen. »Mich hat niemand eingeladen.«

»Jetzt schon. Das Motto ist: ›Verkleide dich als deine größte Angst‹.«

»Ich komme gerne. Wenn Jeanne mich lässt ...« Eine Brise Aufwind streift meine Flügel, versichert mir, dass sie nicht im Luna Park geblieben sind. »Danke. Für alles.«

»Das klingt wie ein Abschied.« Sie drückt meine Hand. »Lass es einen Anfang sein, und wenn etwas passiert, komm zu mir.«

»Versprochen. Beides. Schlaf nachher gut.«

»Du auch.«

Auf dem Weg zum Bungalow überdauert ihr Licht in meinem Herzen.

Frühlingsluft spielt mit meinem Haar, ich atme den Beginn von etwas Neuem ein.

Der Bungalow wirft einen Schatten vor die untergehende Sonne. Jeder Schritt in seine Richtung ist schwerer, als wate ich durch Treibsand. Die Türklinke sticht in meine Handfläche, ich schlüpfe durch den Spalt in den abgedunkelten Wohnbereich, an dessen Wände das Flimmern der Abendsonne blutrote Muster zeichnet.

Jeanne sitzt auf dem Sofa, über ihr iPad gebeugt. Stille umgibt sie in samtschweren Schichten. Ich erhasche einen Blick auf den Bildschirm, der einen Zeitungsartikel zeigt, darüber verschwimmt ein Foto der Jeanne, die ich nie kennengelernt habe. Im Abendlicht offenbart sich die Frau hinter der Maske, welche die Scherben ihrer Träume in den Händen hält. Sie lassen sie von innen heraus verbluten, wenn sie keine Mauer erbaut, die sie nicht durchdringen.

Ein Ruck geht durch ihren Körper, der Sturm in ihren Augen zieht mich in seine Mitte, und die Maske gefriert ihre Miene. »Da bist du. Hast du etwas gegessen?«

Ich nicke. »Entschuldige, dass ich …«

»Mach es beim nächsten Spiel besser.«

Mit diesen leeren Worten übertönt sie die schreiende Stille zwischen uns. Lieber hält sie mir einen Revolver an die Stirn, als am Blut ihrer Vergangenheit zu ersticken.

Ein Funke Gold des heutigen Tages überdauert in mir – Charlie hat mir zum Geburtstag etwas Wertvolleres geschenkt als ein Ticket für den Luna Park: Hoffnung.

Kapitel 14

Taylor Swift – Delicate

00:00 -03:46

Charlie

Ist das ein würdiges Halloweenkostüm?«

Ich trete nach hinten, sodass Simon mich von Kopf bis Fuß sieht. Secondhand-Motorradkleidung. Eine gepolsterte Bomberjacke mit einer Hose aus Kunstleder, einem mitternachtsschwarzen Top sowie hohen Sneakers mit Polsterungen und Profilsohle. Handschuhe und Helm liegen neben dem Waschbecken. An der Schläfe habe ich eine Platzwunde aus Kunstblut. Dickflüssige Tropfen rinnen bis zu meinen blauviolett geschminkten Lippen.

Streng genommen ist meine größte Angst ein Autounfall. Die Bomberjacke betont meine Schultern. Ich sehe aus wie die Heldin aus einem Actionfilm. Grund genug, dieses Detail zu verändern.

»Es ist perfekt.« Simon schiebt sich eine Gabel mit Pancakes in den Mund. »Das Make-up hätte Lucie nicht besser hinbekommen.«

Stolz glimmt in mir auf. »Der Experte hat gesprochen.«

In Hamburg ist es zehn vor neun am Morgen. Normalerweise würde Lucies bester Freund an einem Feiertag um diese Uhrzeit schlafen. Heute ist sein Geburtstag. Er zelebriert Halloween, wie andere Weihnachten feiern. An der Wand hinter ihm prangen Spinnweben. Von der Decke baumeln Geister. Schummriges Licht spendet eine Lichterkette mit Kürbissen. Sobald unser Anruf beendet ist, wird er alles für seine Party vorbereiten. Nach fünf Jahren ist es das erste Mal, dass ich nicht dort bin.

Er schmunzelt. »Du hast nicht nur schriftliches Dividieren von mir gelernt, sondern auch die Bedeutung von Halloween.«

Meine Mundwinkel zucken. »Schickst du mir Fotos von deiner Party?«

»Wenn du mir im Gegenzug welche schickst. Ich möchte einen Eindruck davon bekommen, wie sich Halloween am Strand anfühlt.« Er rückt seine Brille zurecht. »Meine Party bleibt natürlich die außergewöhnlichere.«

»Daran habe ich keinen Zweifel.«

»Wobei ich mir euer Motto vielleicht ausleihe.« Verschwörerisch senkt er die Stimme. »Du verstehst schon. Um die größten Ängste der Gäste zu erfahren.«

Ich seufze. »Ihr werdet mir heute Abend fehlen.«

Ein ernster Zug spielt um seinen Mund. »Du uns auch.«

»Deshalb müsst ihr so viele Fotos wie möglich machen.« Ich werfe einen Blick auf die Uhr. »Ich sollte los. Dann kannst du dich ausruhen, bevor die anderen kommen.«

»Und dann sehe ich früher ein Bild von eurer Location.«

Ich grinse. »Punkt für dich. Bis bald, und hab einen schönen Geburtstag.«

»Danke, und dir wünsche ich ein schönes Halloween.«

Wir legen auf.

Ein letztes Mal fixiere ich meine Locken mit Haarspray. Mein Lippenstift glimmt, einem Warnsignal auf hoher See gleich. Blauviolett wie eine Verfärbung auf Mondlichthaut …

Nach zwei Wochen ist sie verblasst. Ihr Schatten ist geblieben.

Mitsamt dem Wunsch, mich jemandem anzuvertrauen. Es ist nicht meine Aufgabe, Maxines Geschichte zu erzählen. Oder die mir verborgenen Seiten zu füllen. Ich würde ihr Buch gerne lesen. Dafür sorgen, dass der Mittelteil in dem strahlenden Gold geschrieben wird, das sie im Luna Park umgeben hat.

Ob sie heute kommt? Mein Spiegelbild runzelt die Stirn. Wieso ist mir das wichtig? Um Maxines Willen?

Im Luna Park hat sie ihre Flügel ausgebreitet. Jeannes Käfig ist zu schmal für ihre Spannweite. Zu unserem Team-Abend am Wochenende hatte sie nicht gedurft. Obschon Ellie eine halbe Stunde auf Jeanne eingeredet hat. Gestohlene Blicke, gewisperte Worte und der zweite Sieg in der NSF Secondary League knüpfen ein Band zwischen uns, an dem ich mich festhalte. Hoffentlich öffnet Jeanne ihr heute Abend die Käfigtür.

Vielleicht nicht einzig um Maxines Willen. Auch in mir hat der Nachmittag im Luna Park etwas verändert.

***

Plüschwolken liefern sich einen Kampf mit Sonnenpfeilen. Rosa- und apricotfarbene Schlieren überziehen die türkisblauen Wellen wie das Frosting auf einer kitschigen Torte.

Vor dieser Kulisse erheben sich drei Zelte. Zwischen ihnen sind Lichterketten aufgespannt. Ihr Schein taucht den schneeweißen Stoff in ein Farbenspiel aus Orange, Karmesinrot und Giftgrün.

Die Magie von Halloween ergreift von mir Besitz. Als Kinder haben Sophie und ich uns an den geschmückten Häusern nicht sattsehen können. Zumindest, wenn wir nicht gequengelt haben, dass wir auf Simons Geburtstagsfeier wollen. Im Wechsel sind mein Vater und ihrer mit uns um die Häuser gezogen. Mein Griff nach Sophies Hand streift Luft. Kühl kriecht sie unter meine Motorradjacke. Schlägt eine Note der Einsamkeit in mir an.

Vor dem Eingang des mittleren Zeltes neutralisiert Magie das Vermissen.

Kürbisse mit Grimassen säumen den Eingang. Nebel fließt über den Boden. An die Decke ist ein Netz aus Lichterketten gespannt. Dazwischen fliegen Geister, Hexen und Fledermäuse. An den Wänden tummeln sich Spinnweben. Tisch- und Stuhlbeine haben sich mithilfe von Pappmaschee in Knochen verwandelt. Aus dem linken Zelt strömt mir der Duft von Kürbis, Zucker und Schokolade entgegen. Aus den Lautsprechern dröhnt *Hello Zepp + Ouverture* aus *Saw*. Wärme steigt in mir auf. Der Abend von Sophies und meinem *Saw*-Marathon und die schlaflose Nacht danach sind Polaroidmomente unserer Freundschaft.

Jemand tippt meine Schulter an.

Der Lichterkettenschein tröpfelt Blutrot in Vionas Haar. Ein schwarzes Kleid reicht ihr bis zur Mitte der Oberschenkel. Es ist ihr Gesicht, das mir einen Schauer den Rücken hinabjagt. Auf hautfarbenen Patches, die sie auf Stirn und Wangen verteilt hat, prangen symmetrisch angeordnete Löcher.

Léon, bei dem sie sich untergehakt hat, verzieht den Mund. »Genauso habe ich geguckt, als ich sie abgeholt habe.«

»Wenigstens seid ihr in der Lage, mich anzusehen.« Sie schneidet eine Grimasse. »Die Trypophobie ist meine größte Angst.«

Er zieht sie an sich. »Ellie hat dein Make-up perfekt hinbekommen.«

Im Whirlpool bin ich vor ihnen geflüchtet. Die Nähe zwischen ihnen ist Gift auf meiner Haut gewesen. Jetzt ist es im Sand versickert. Pazifikwellen haben den Trennungsschmerz davongetragen. Nicht länger ertrinke ich an ihrem Anblick.

Léon reckt einen Daumen in die Höhe. »Coole Jacke, Charlie.«

»Danke. Ich bin fast traurig, dass ich nie Motorrad fahren werde.«

Er trägt ein kariertes Hemd mit einer Brille in der Brusttasche sowie eine schwarzen Hose.

Teresa taucht aus dem Nebel auf. Ein schwarzes Spitzenkleid fällt ihr bis zu den Knöcheln. Auf ihrem Rücken sind Spinnenbeine befestigt. Ihr silbrig schillerndes Make-up deutet zusätzliche Augen an. Sie schlingt ihm einen Arm um die Schultern. »Er ist unser ehemaliger Chemielehrer.«

Viona und ich tauschen einen Blick. Synchron prusten wir los.

Er kneift die Augen zusammen. »Wenn ihr bei ihm Unterricht gehabt hättet, wüsstet ihr, wieso er zwei Jahre nach dem Abschluss meine größte Angst ist.«

Teresa fährt sich durchs Haar. »Mich mochte er.«

Er tippt sich ans Kinn. »Ich könnte mich über deine Spinnenphobie lustig machen. Dazu habe ich Gelegenheit, wenn du vor meinem Zimmer stehst und mich anflehst, eine zu töten.«

»*Die* wollen *mich* töten.«

Ihr ernster Tonfall treibt Vionas und mein Lachen zu einem Crescendo an. Léon und Teresa stimmen mit ein. Die verzerrte Symphonie übertönt die Musik.

»Lasst uns zum Buffet gehen, bevor alles weg ist«, sagt Teresa.

Nachdem ich die Dekoration für Simon fotografiert habe, folge ich den anderen. Auf Tafeln sind Speisen aufgereiht. Blut – alkoholfreie Erdbeerbowle – und Gift – alkoholfreie Zitronenbowle – sowie Softgetränke in gläsernen, mit Totenköpfen beklebten Phiolen. Herzhafte Speisen von gefüllten Särgen aus Blätterteig über Tomaten- und Kürbissuppe mit Hexenfinger-Brotstangen, einen Kürbis, aus dessen Mund Guacamole quillt, umringt von Nachos und – das Beste – vegane Dino-Nuggets und Gespenster-Pommes. Die obligatorischen Hände lugen aus drei Schüsseln Wackelpudding hervor, umringt von Spinnen-Riesencookies, Fledermauskeksen, einem Friedhof aus Schokoladenkuchen und anderen Süßspeisen.

Jedes Gericht fotografiere ich. Anschließend belade ich meinen Teller. Diesen sowie ein Glas Zitronenbowle balanciere ich durch das Hauptzelt.

Viona navigiert uns durch die Menge. »Da ist Ellie!«

Ich recke den Hals. Ellies weißblonden Schopf suche ich vergeblich.

Auf einer gepolsterten Sitzbank lässt Viona sich nieder. Die Person neben ihr dreht sich zu uns um.

Mir stockt der Atem. Ich sehe Billy the Puppet aus den *Saw*-Filmen ins Antlitz. Inklusive einer nachtschwarzen Perücke.

»Wow.«

Mit den blutroten Spiralen auf ihren weiß geschminkten Wangen wirkt ihr Lächeln verzerrt. »Ich habe die Filme mit elf gesehen.« Sie legt den Kopf schief. »Als jüngere Schwester kennst du das sicher.«

Ich schmunzle. »Ja, aber ich war schon vierzehn, und Lucie hat die DVD-Box meiner besten Freundin und mir gegeben. Sie ist nicht dabeigeblieben und hat uns unserem Schicksal überlassen.«

»Bis heute schaue ich weg, wenn Billy auftaucht.«

»Verständlich«, erwidert eine vertraute Stimme neben mir. Weiße Schminke verwandelt Ayumis Haut in Porzellan. Ihr Haar ist unter einer blonden Perücke mit Zöpfen verborgen; der Mund mit Lippenstift in ein Herz verwandelt worden.

Ellie hebt ihr Glas. »Wenigstens bin ich nicht die Einzige, die sich vor

Puppen fürchtet.«

Ayumi stößt mit ihr an. »Fürs Protokoll: Mein Bruder ist dreizehn und hat die Filme vor zwei Jahren mit mir geschaut.«

»Wie gefällt euch die Party?«, erkundigt sich Teresa.

»Fast so gut wie die alljährliche Feier des besten Freundes meiner Schwester.« Ich esse eine Gespenster-Pommes. Manche Dinge ändern sich nicht mit der Erdhalbkugel. Meine Liebe für alles, was aus Kartoffeln besteht, eingeschlossen. »Er hat an Halloween Geburtstag.«

Léon tunkt einen Nacho in Guacamole. »Für ihn hast du die Fotos gemacht?«

»Er möchte sichergehen, dass seine Halloweenpartys die spektakulärsten sind.«

Er schmunzelt. »Als Sohn der Direktorin sollte ich mich beleidigt fühlen.«

Nach und nach füllt sich der Tisch mit Feldhockeyspielerinnen und Léons Schwimmteam. Eine Person vermisse ich mehr, als ich es mir eingestehen möchte. Zu oft huscht meine Aufmerksamkeit zum Zelteingang. Jede Silhouette, die sich vor der Dunkelheit abzeichnet, lässt mein Herz schneller schlagen … und verstummen. Hat Jeanne eine Eisenstange vor die Käfigtür geschoben?

Letizia taucht im Zelteingang auf; sie trägt ihr Trikot mit dem goldenen Fuchs auf der linken Brust sowie die Kapitäninnen-Binde am Oberarm. Um ihren Hals reflektiert eine silberne Medaille das Licht. Darauf prangt eine Zwei.

Teresa und ich rutschen zur Seite. Auf der Kante der Bank setzt sie sich hin.

Teresa wendet ihr den Oberkörper zu. »Was hat so lange gedauert?«

Sie hebt die Medaille. »Ich hätte sie nicht erst um sieben mit Farbe ansprühen sollen. Die Zwei war bei den ersten Versuchen nicht zu erkennen.«

Sie stupst sie mit der Schulter an. »Deine echte Medaille diese Saison wird golden sein.«

Ellie tarnt ihr Schnauben als Husten.

»Wenn du etwas vom Buffet möchtest …«

»Wer hat *sie* eingeladen?«, unterbricht Letizia ihre beste Freundin. Ihre Augen schießen Giftpfeile in Richtung des Zelteingangs.

Mein Herz setzt einen Schlag aus. »Ich.« Das Stechen auf meiner Haut ignorierend, wende ich mich um.

Maxine fährt sich durch das offene Haar. Ein in Blautönen karierter Tennisrock umspielt die Mitte ihrer Oberschenkel. Darin steckt eine cremeweiße hochgeschlossene Bluse. Sie schlingt die Arme um die Körpermitte.

»Sie sollte ohne ein Kostüm nicht hier reindürfen«, murmelt Letizia. »Außer ihre größte Angst ist sie selbst.«

Mein Herz sinkt. Maxine trägt ein Kostüm. Die Maske, welche Jeanne ihr geschmiedet hat. Anders als wir, wird sie es nach der Halloweennacht nicht abstreifen.

»Das ist eine öffentliche Feier«, entgegnet Léon. »Niemand braucht eine Einladung, und Mamá trägt nie ein Kostüm, wenn sie um fünf Uhr morgens die Musik ausschaltet.«

Ich schenke ihm ein Lächeln, ehe ich Maxine zuwinke.

Mit eingezogenen Schultern quetscht sie sich durch die Menge. Ayumi rutscht zur Seite, sie setzt sich neben sie.

»Schön, dass du gekommen bist.«

Sie erwidert mein Lächeln. »Die Belohnung dafür, dass ich im Training zufriedenstellend gespielt habe.«

Letizia schnaubt. »Was wir nicht von uns behaupten können, wenn wir Jeanne glauben. Gut, dass ihre Tochter keine Sonderrechte hat.«

Maxine starrt sie an wie ein Kaninchen eine Füchsin.

Ellie ist die Jägerin, deren eisblauer Pfeil auf Letizia zu schnellt. Über Ayumi hinweg beugt sie sich zu Maxine. »Hör nicht auf sie. Wir freuen uns, dass du hier bist.«

Ihre langen, dunkel getuschten Wimpern zucken. Schmetterlingsflügel, die sich den Weg aus dem Kokon freigekämpft haben. »Ich mich auch ...« Sie schlägt die Beine übereinander. »Dass ihr mich hier haben wollt, meine ich.«

»Wir lassen uns etwas einfallen, damit du mehr rauskommst«, meint Ayumi.

Sternenglanz glimmt in ihren Augen. »Das ist lieb von euch.«

Ellie isst einen Löffel Waldmeister-Wackelpudding. »Wir sind ein Team; wir halten zusammen.«

Ich trinke den letzten Schluck Bowle. »Ich hole mir noch ein Glas. Möchtest du mitkommen, Maxine?«

Zur Antwort erhebt sie sich.

Automatisch gleiten ihre Finger auf dem Weg zum Buffet zwischen meine. Etwas in mir fügt sich an der richtigen Stelle ein.

Ich gieße mir ein Glas Bowle ein.

Mit zusammengezogenen Brauen hebt sie eine Phiole hoch. »Ist da wirklich Vanille Cola Zero drin?«

»Wenn du mir nicht glaubst, probiere ich für dich.«

»Musst du nicht.« Ihr Blick flackert wie das Flattern von Schmetterlingsflügeln, unfähig, sich auf eine Richtung festzulegen.

Ein kalter Knoten bildet sich in meiner Brust. »Was ist los?«

»Genauso wenig musst du Zeit mit mir verbringen … Letizia gefällt das nicht … Wenn du dazugehören möchtest …«

Salzkörner, deren Kanten über eine verheilte Narbe schaben. Die Kruste reißt, ein Brennen breitet sich in meinem Inneren aus. Habe ich Letizia an meiner Seite, ist der Platz bei den Golden Foxes zum Greifen nahe. Weder habe ich ihr eine Seite aus meiner Vergangenheit gezeigt noch möchte ich die Party mit ihr verbringen.

»Mit einer Person, die andere kleiner macht, um auf einem Podest zu stehen, möchte ich nicht befreundet sein. Den Fehler möchte ich nicht noch einmal machen.« *Das hast du beinahe.* Der Gedanke klingt wie Lucies Stimme, und die Maske spannt auf meiner Haut, während sie mir vom Gesicht tropft. Beinahe hätte ich mich darin verloren, eine Rolle zu spielen. »Lieber habe ich eine Freundin, die für mich einsteht. Zum Beispiel, wenn ich kurz davor bin, den Ball meiner Karriere ins Abseits zu befördern, weil jemand mit Ephedrin einen neuen Spielplan zeichnet.« Ich strecke eine Hand nach ihr aus. Millimeterweit von ihrer Wange entfernt verharrt sie, als trenne eine Glaswand uns voneinander. »Oder eine, die sich mit mir auf alle Fahrgeschäfte im Luna Park traut. Ellie, Ayumi, Léon und Viona werden mir zustimmen, sobald sie dich besser kennengelernt haben.«

Den Blick hat sie klar auf mich gerichtet. Eine silber schimmernde Galaxie, durchzogen vom Glanz der Lichterketten. »Ich hatte nie eine Freundin … nicht wirklich.«

Federleicht streiche ich ihr eine Strähne aus dem Gesicht. »Dann wird es höchste Zeit.«

Ihre Finger um die Phiole zucken, ihr scheint das Gewicht ebendieser bewusst zu werden. »Wolltest du nicht etwas essen?«

»Du hast recht.« Ihre Wärme verbleibt an meinen Fingerspitzen. Wie ein Funke, den sie dort entzündet hat. Ich fokussiere mich auf das Buffet, nicht auf das Flattern in meinem Brustkorb. In weiser Voraussicht auf dessen Plünderung, fülle ich einen Teller mit Blutkuchen, Fledermauskeksen und einem Spinnen-Riesencookie.

Maxines erdbeerblonde Strähnen verbergen ihre Miene. Weiß hervortretende Knöchel umklammern die Phiole.

Die Bomberjacke gewinnt an Gewicht. »Maxine …«

Sie hebt den Kopf. Ist mir so nahe, dass ihr nach Pfefferminzzahnpasta duftender Atem mein Gesicht streift.

»Möchtest du nichts essen?«

Abgehackt hebt sich ihre Brust. Aus dem Augenwinkel linst sie zum Buffet. Betrachtet meinen Teller. Ehe mich regenverhangenes Grau in seinen Bann zieht. »Ich habe mit Jeanne zu Abend gegessen.«

Ihr Tonfall reißt eine Wunde in mir auf. Regengrau verwandelt sich in ausgebranntes Bernsteingold. So hat Lucie gesprochen. Nach ihrer Entlassung aus der Psychiatrie. Wenn es um ihr Regiestudium gegangen ist. Um ihre Gefühle. Darum, wann sie sich das letzte Mal umgezogen oder die Haare gewaschen hat.

»Außerdem verfolge ich einen Ernährungsplan.« Sie schiebt die Unterlippe vor. »Jeannes Wunsch, nicht meiner.«

»Wir sind alle Leistungssportlerinnen.«

Ihre Züge verhärten sich, als wären sie aus kaltem Marmor gemeißelt. »Ich habe keinen Hunger.«

Bei dem Versuch, ihn zu durchdringen, würde ich mir die Finger brechen. Das Thema zu begraben, fühlt sich sicherer an. »Wenn du deine

Meinung änderst, gebe ich dir etwas ab.«

»Das ist lieb von dir.« Sie klingt ehrlich. Ihre Miene bleibt unbewegt.

Wir kehren zu den anderen zurück. Ayumi und Ellie verwickeln Maxine in ein Gespräch über *Saw*. Sie hat noch nie einen Horrorfilm gesehen, und sie versprechen, das zu ändern.

Meine Freundinnen sind neben mir und weit entfernt. Wie der Mond, von welchem uns die Zeltdecke trennt.

Lichterkettenschein färbt die Umgebung blutrot. Wie meine Gedanken. Mit der Geschwindigkeit des *Hair Raiser* stürzen sie auf mich nieder. Trinkt Maxine etwas anderes als Vanille Cola Zero? Nimmt sie sich einen Proteinriegel, wenn Ellie uns welche anbietet? Das Einzige, was ich sie habe essen sehen, sind ein Löffel von meinem Frühstück vor dem ersten Match und der Blaubeermuffin im Luna Park gewesen. Aus Regengrau wird Technicolor. Jede Blaubeere hat sie einzeln gegessen. Krümelweise davon abgebissen. Als würde sie sich quälen.

Der nächste Bissen Kuchen hinterlässt Staub in meinem Mund.

Im schummrigen Licht flimmern Maxines Umrisse. Als würde sie sich auflösen. Was ihr Wunsch ist, wie mir schmerzlich klar wird. Sie möchte nicht gesehen werden. Ich habe ihre Farben bemerkt, die Jeanne vehement übermalt.

Meinen Blick bemerkend, wendet sie sich mir zu. Ihre Mundwinkel heben sich. Der düstere Schleier um sie herum bleibt.

Am liebsten möchte ich sie berühren. In der Hoffnung, Sonnenlicht zu erschaffen, das ihn vertreibt. Stattdessen balle ich die Hand um mein Glas zur Faust.

»Wollen wir tanzen?«, fragt Teresa in die Runde.

Aufatmend ergreife ich die Ablenkung. »Gerne.«

Ayumis Augenbrauen ziehen sich zusammen. »Zu dieser Musik?«

Ellie erhebt sich. »Du musst nur im Takt bleiben.«

Sie verdreht die Augen. »Im Takt von Horrorfilm-Titelsongs.«

»Auf der Playlist sind andere Lieder«, wirft Léon ein.

Viona blinzelt ihn unter ihren dichten Wimpern an. »Zum Beispiel Taylor Swift?«

Er bietet ihr den Arm an, sie hakt sich bei ihm unter. »Das wirst du herausfinden.«

Maxine beißt sich auf die Lippe. »Ich kann nicht tanzen.«

Ich halte ihr die Hand hin. »Wir zeigen es dir.«

Sie lässt sich von mir auf die Füße ziehen. Unsere Gruppe folgt der Musik, deren Dröhnen in der Luft knistert. Flirrende Flecken tanzen in ihrem Rhythmus über die Zeltwände. Nebel wabert um uns herum, wie der Atem der Halloweennacht.

Das Instrumental von *Who's Afraid of Little Old Me?* setzt ein. Düstere Klänge, die an meinen Mundwinkeln zupfen.

»Eins deiner Lieblingslieder.« Es ist keine Frage.

»Mein liebster Song von Taylor, und mein liebstes Cover von Lucie. Nicht unbedingt das beste Lied zum Tanzen.« Unwillkürlich gleitet mein Blick an ihr hinab. Die Beleuchtung verwandelt ihr Haar in flüssiges Feuer und offenbart mir die Frau hinter der stählernen Maske. Vielleicht ist das der Moment, in dem sie die Ketten für die Dauer eines Songs sprengt. »Du brauchst dieses Lied.«

Sie zieht die Nase kraus. »Wieso?«

»Das wirst du sehen. Vertrau mir.«

Zittrig hebt sie unsere verschränkten Hände. »Lass mich nicht los.«

Zur Antwort drücke ich ihre Finger. Im selben Atemzug fließt der Refrain wie Storm durch meinen Körper. Als Taylor *Who's Afraid of Little Old Me?* schreit, tue ich es ihr nach.

Maxine zuckt zusammen, das Nachbeben schlägt Risse in ihre Maske. Wie aufglimmende Sternschnuppen zucken ihre Mundwinkel.

»Deshalb brauchst du den Song«, flüstere ich ihr ins Ohr. »Du kannst alle Schreie in deinem Inneren freilassen und die Ketten sprengen, die dich zurückhalten.«

Hinter den Rissen im Mondlichtporzellan kommt das Strahlen zum Vorschein, welches mir mehr gefehlt hat, als ich mir eingestehen möchte. Die Tanzenden um uns herum, die flackernden Lichter und der Nebel; all das tritt in den Hintergrund. Maxine ist der Planet, um den ich kreise. In ihren Augen spiegeln sich die Lichter. Regenbogenbunte Tupfen auf geschliffenem Silber, das an Leuchtkraft gewinnt. Ihre Flügel durchdringen Jeannes Kokon zaghaft. Wie ihre Stimme, die von Taylors übertönt wird. Sie wagt nicht zu schreien, als wisse sie, dass es kein Zurück mehr gibt, sobald sie die Stimme erhebt. Dass der Wunsch, mehr zu sein, schwerelos wie in einer Achterbahn statt im freien Fall, dann unwiederbringlich in ihr aufflammt.

Mit jeder Note lösen sich mehr Spinnenfäden, die ihre Bewegungen steuern. Ihre Haltung ist aufrechter, ihre Schritte selbstbewusster als auf dem Hockeyfeld. Nicht länger ist sie fremdgesteuert. Die Unsicherheit streift sie mitsamt der Ketten ab.

Beim letzten Refrain erhebt sich ihre Stimme über die Musik. Die Ketten zerspringen. Taylor singt davon, dass sich die Person, an die sie diese Zeilen richtet, vor ihr fürchten sollte, nachdem sie von ihr gequält und eingesperrt worden ist. Maxine strahlt über das ganze Gesicht – dass in ihr ein kleines Mädchen schlummert, das sich an Achterbahnfahrten oder Partys erfreut und Musik atmet, dass sie Glück empfinden kann, wäre die schärfste Klinge in Jeannes Brust.

Ihr Anblick erfüllt mich mit Sonnenlicht. Etwas ist in mir verwelkt, als sie mir von dem Ephedrin erzählt hat und als wir in der Umkleidekabine auf dem Boden gesessen haben. Jeder gelöste Augenblick ist ein Samen, der Ableger streut – was aus ihnen gedeiht, werden weitere solcher Polaroidmomente zeigen.

Who's Afraid of Little Old Me? verklingt. Mit geröteten Wangen wendet Maxine sich mir zu. So nahe, dass ihr Atem mein Gesicht streift. Ich sollte zurückweichen, ein Teil von mir möchte weiter in ihrem Sonnenlicht baden.

»Du hattest recht. Dieses Lied habe ich gebraucht.« Mit dem Daumen zeichnet sie Muster auf meinen Handrücken. Als wolle sie mir die Worte ins Herz schreiben. »Danke, dass du mich eingeladen hast.«

»Danke, dass du gekommen bist.«

»So frei habe ich mich noch nie gefühlt ...« Rot schimmerndes Licht sammelt sich auf ihren Wangen. Sie beißt sich auf die Lippe. »Außer mit dir im Luna Park.«

Ihre Unsicherheit klingt als Mut in mir nach. »Dann solltest du mehr Zeit mit mir verbringen und diese Nacht nutzen.« An der Hand führe ich sie an den Rand der Menge. Gemeinsam finden wir den Takt des nächsten Liedes.

Außerhalb der Zeltwände wartet eine Welt, in der es uns nicht gibt. Eingehüllt in die Magie Halloweens sind wir zwei Freundinnen, die sich in der Musik verlieren.

Um Mitternacht kehrt Maxine in den Bungalow zurück. Ihre Schritte sind leicht, der Aufwind unter ihren Flügeln überdauert.

Ich möchte ihr ein Fotoalbum voller Polaroidmomente schenken. Bunter als der Schwarz-Weiß-Film, in dem Jeanne sie zu leben zwingt, wenn das bedeutet, sie gelöst zu sehen.

»Seid ihr jetzt Freundinnen? Obwohl Jeanne sie auf ein Podest aus unseren Fehlern stellt und obwohl sie gegen dich spielt?«

Letizias Stimme streift mich wie ein Pistolenschuss. Das Echo einer Kugel, die in das Herz eines vierzehnjährigen Mädchens gedrungen ist. Das Letzte, was sie hat sein dürfen, ist sie selbst gewesen. Dazuzugehören ist ihr am wichtigsten gewesen. Letizias Frage hätte sie verneint. Lucie hat mir klargemacht, dass ich keine Angst davor haben darf, meine Gedanken zu äußern. Sondern davor, mir jene anderer Menschen aufzwingen zu lassen und an der Stille zu zerbrechen. Bei meiner Ankunft habe ich mit dem Strom schwimmen wollen. Heute Nacht, mit Maxine in Ufernähe, habe ich mich wie ich selbst gefühlt. Obschon wir Gegnerinnen sind, die dasselbe Trikot tragen. Wäre ihre Niederlage es wert, dass sich mein Traum erfüllt?

Delicate tröpfelt aus den Lautsprechern und übertönt meine Gedanken. Wahrscheinlich hat Léon die Playlist aufgrund der Ästhetik mit Songs von *reputation* gefüllt. Lucie sagt, es ist Taylors Album mit den meisten Liebesliedern. Bevor sie Chiara kennengelernt hat, hat sie diese nicht gemocht. Mir geht es ähnlich, dennoch ist *reputation* mein liebstes Album, und *Delicate* zupft an einer Saite meines Herzens. Dort, wo das zerbrechliche Band zwischen Maxine und mir wächst. Durchsichtig und wertvoller als Ruhm oder Beliebtheit. Wie ihr Strahlen, das sie selten zeigt.

Erhobenen Hauptes wende ich mich Letizia zu. Im wabernden Nebellicht wirkt ihre Medaille rostzerfressen. Die kleine Charlie in mir flüstert, dass es nichts Wichtigeres gibt als Blaubeermuffin und zu gewinnen. Ich fokussiere mich auf Taylors Stimme. »Jeannes Handlungen sind nicht Maxines Schuld, und ich mag sie sehr gerne.« Ich drücke den Rücken durch. »Entschuldige mich, ich möchte mit meinen Freundinnen tanzen.«

Ihr Blick klebt mir wie Nebel auf der Haut, als ich mich zu Ellie und Ayumi geselle. Bekommt Maxine den Platz bei den Golden Foxes, bleibe ich im selben Team wie meine Freundinnen. Für den Augenblick ist das bedeutsamer als mein Kindheitstraum.

Kapitel 15

Taylor Swift – ivy

00:00 -03:46

Maxine
November

4:4 Den Ausgleich habe ich geschossen. Der Schläger ist eine Verlängerung meines Arms, beim Dribbeln kehrt der Ball zu mir zurück wie ein Boomerang.

Eine Gegnerin versucht, mich zu blocken. Ich täusche rechts an und laufe links an ihr vorbei. Schwarze Schlieren sickern in mein Sichtfeld. Krampfartig zieht sich meine Lunge zusammen.

Grellweißer Schmerz flammt in meiner Brust auf. Ich spanne die Muskeln an, beschleunige meine Schritte. Wenige Yards trennen mich vom Strafraum …

Das Gesicht der Verteidigerin, welche sich mir in den Weg stellt, verschwimmt. Das Hockeyfeld schwankt.

Mein linkes Bein knickt weg, der Atem wird meiner Lunge entrissen. Beim Aufprall auf dem Boden schaben meine Zähne über den Zahnschutz, die Flammen in meiner Brust springen auf mein linkes Knie über. In der Ferne zerschneidet ein Pfiff die schwüle Luft.

Etwas streift meinen Oberarm, ich zucke weg und pralle mit der Schulter auf. Ich zwinge Luft in meine Lunge, das Feuer in meiner Brust erlischt, und die Konturen der Umgebung werden scharf.

Kaleidoskope aus Blaunuancen in bleichen Gesichtern schweben über mir.

Ellies Aufmerksamkeit gilt meinem Knie. »Hast du dir wehgetan?«

Charlie streckt eine Hand nach mir aus. »Kannst du aufstehen?«

Hitze schießt mir in die Wangen. Ich strauchle bei dem Versuch, mich hochzustemmen. Vier Hände weben ein Auffangnetz. Scham sickert aus meinen Poren wie das Blut aus meinem Knie.

Jeanne löst sich aus der umstehenden Menge. »Was hast du dir dabei gedacht?«

Ellies Zähne schaben knirschend über den Zahnschutz. »Sie ist hingefallen.«

Sie kneift die Augen zusammen. »Wozu bist du hingefallen?« Ihre sturmgrauen Augen durchbohren die Frontstopperin, die mich geblockt hat, wie kalter Stahl. »Du hast sie gefoult.«

Ihre Gesichtszüge entgleisen. »Sie ist gestürzt, bevor ich sie blocken konnte.«

Jeanne schnalzt mit der Zunge. »Für Lügen solltest du die gelbe statt der grünen Karte bekommen.«

Sie verschränkt die Arme vor der Brust, ihr Schläger fällt zu Boden. »Ich habe sie nicht berührt.«

Der Schiedsrichter stellt sich zwischen sie. »Falls es ein Foul war, habe ich ihn nicht gesehen.«

Jeanne schnaubt. »Das kann nicht Ihr Ernst sein!«

Mathilde legt ihr eine Hand auf den Oberarm. »Wir sollten uns um Maxine kümmern.«

Frost überzieht ihre Miene. »Sie wird weiterspielen. Ohne sie haben die Black Eagles keine Chance auf den Sieg.«

Ich stemme mich gegen Charlies und Ellies Griffe. »Ich bin nicht verletzt.« Meine Stimme versickert mitsamt meiner Kraft wie Wasser im Sand, ein Hauch bleibt übrig.

Sie vernäht den Mund zu einem Strich. »Da hören Sie es.«

Charlies Griff um meinen Oberarm wird fester. »Ihr Knie sieht übel aus, und sie kann kaum stehen.«

»Das hast *du* nicht zu entscheiden.« Jeanne zieht eine Augenbraue hoch. »Wann habe ich dir erlaubt, meine Tochter anzufassen?«

Ihre Worte stoßen mich von der Kante, ich falle in vergangenen Schmerz, meine ältesten Narben sind Porträts aus Melancholie, die mich unter sich begräbt.

»Halte dich von meiner Tochter fern!«

Der Aufprall echot auf meiner Wange nach. Wasser regnet auf mich nieder. Nicht genug, um mich zu ertränken. Meine Fingernägel sind in meinen Beinen vergraben. Dickflüssiges Rot vermischt sich mit klarem Blau. Ihr Blut, das von meinen Fingerspitzen tropft.

Glasige eisblaue Augen suchen meinen Blick, flehen mich an, etwas zu sagen. Ihre Wange ist aufgerissen, wie von Raubtierkrallen.

Wenn ich jetzt spreche, bin nicht ich diejenige, die dafür bezahlt. Sie wird es nicht verstehen. Es ist leichter, mich zu hassen, als Jeannes Zorn auf sich zu ziehen.

Schweigend ertrinke ich an der Schuld. Wasser und Blut vermischen sich mit Tränen.

»Was hätte ich tun sollen? Sie liegen lassen?«

Erbarmungslose Tropfen überziehen meine Glieder mit Frost, der zwischen meine Knochen vordringt, obwohl das heiße Wasser angestellt ist.

Eine Lichtspur streichelt meine Haut und schmilzt die Eisblumen, deren Dornen drohen, mit mir zu verwachsen.

»Ihr aufzuhelfen, ist nicht verboten. Ellie hat dasselbe getan.«

Das ist falsch … Der Regen um mich herum stürzt nicht als Tropfen auf mich herab; er besteht aus grausamen Worten … Das Prasseln ebbt ab …

… der Schmerz kriecht von meiner Kehle in mein Knie.

Warme Hände drücken meinen Oberarm, ich lehne mich in die Berührung. Der Frost gibt meine Glieder frei.

Die Erinnerung zerbricht wie meine Chancen auf das entscheidende Tor.

Charlie steht neben mir, die Schultern zurückgenommen, nicht gewillt, vor Jeanne das Haupt zu beugen. Diese sieht aus, als wolle sie sagen, dass sie mich hätte liegen lassen sollen. An Halloween hat die Magie uns vor ihr verborgen, jetzt haben wir keine Deckung. Ein Blickwechsel und das fragile Gestein zu unseren Füßen bricht. Wir sind der Kante nahe, den Abgrund im Rücken.

Ellie räuspert sich. »Ich habe sie gebeten, Maxine aufzuhelfen.«

Ich lehne mich an Charlie, federleicht streichelt sie meinen Oberarm, ein Gefühl wie Sommerregen rinnt über meine Haut. Wir sind Singulare, die einen Plural bilden möchten. Jeannes Blick und Ellies Lüge erinnern mich daran, dass wir aus verschiedenen Wortfamilien stammen.

Ein Sanitäter eilt auf das Spielfeld und rettet uns vor dem Sturz in den Abgrund. Sein Gesichtsausdruck flüstert mir ein, dass ich gleich in einen nicht minder düsteren stürzen werde. »Niemand von euch hat zu entscheiden, ob Maxine weiterspielt. Ich bringe sie auf die Krankenstation. Wenn die Wunde nicht behandelt wird und sie die Verletzung verschleppt, spielt sie vielleicht nie wieder.«

»Nie wieder ...« Jeannes Maske wird durchscheinend, wie die hauchdünne Eisschicht auf einem zugefrorenen See. Für einen Lidschlag offenbaren sich die Trümmer ihres Imperiums dahinter: die tiefen Linien in ihrem Gesicht, die grauen Strähnen zwischen dem gefärbten Platinblond und die Leere im Zentrum des Sturms in ihren Augen. Mit der flachen Hand fährt sie sich über das Gesicht, eine Schneeschicht bedeckt das durchsichtige Eis. »Schauen Sie sich Maxines Knie an.« Nacheinander wirft sie meinen Teamkameradinnen Blicke zu, die Diamanten schmelzen könnten. Ihre ungesagten Worte flimmern in der Hitze: ›Wehe, ihr verliert.‹

»Kommst du klar?« Charlies Frage ist eine Lippenbewegung an meinem Ohr.

»Ja.« Ich sehe Ellie und sie eindringlich an. »Gewinnt für mich.«

***

Die letzten zwanzig Spielminuten hätte ich mir ansehen dürfen. Stattdessen starre ich die Wand des Krankenzimmers an und wünschte, ich könnte die vergangene Stunde wie Unkraut ausreißen. Mitsamt den Worten der Ärztin, deren Echo in meiner Brust nachhallt. Angetrieben von meinem Herzen, das wie ein kaputtes Metronom nicht in der Lage ist, seinen Takt zu halten.

Schwer liegen mir eine Banane und ein Stück Traubenzucker im Magen. Übelkeit steigt in mir auf, krampfhaft schlucke ich. Übergebe ich mich, darf ich diesen Raum nicht verlassen.

»Maxine!« Jeannes Ton durchbricht die Stille wie ein Blitz, der den Nachthimmel spaltet.

»Nicht so laut.«

Ich drehe mich nicht um. Das würde die Leere nicht zurückbringen, nach der ich mich sehne.

»Wann darf sie wieder spielen?«

»In fünf Wochen.«

Jeanne zieht die Luft durch die Zähne. »Dann verlieren die Black Eagles die nächsten Spiele der NSF Secondary League auch.«

Ein Zittern durchfährt mich. Hinter meinen geschlossenen Lidern glimmen Szenarien auf, in denen die anderen sich von mir abwenden, bevor meine Kanten sich vollständig in ihr Puzzle eingefügt haben.

»Wenn Maxine sich nicht schont, spielt sie nie wieder. Sie kann sich glücklich schätzen, dass die Bänder in ihrem Knie nicht gerissen sind.«

Jeanne schluckt hörbar.

»Ihr Blutdruck ist auffällig niedrig, für ihren Puls gilt dasselbe, und sie hat Herzrhythmusstörungen. Der Grund für den Sturz ist ein Schwächeanfall gewesen. Um präventiv vorzugehen, habe ich ihr Blut abgenommen, die Ergebnisse erhalte ich morgen Abend aus dem Labor.«

Galle füllt meinen Mund, ätzend wie meine Gedanken. Mein Magen knurrt, möchte die Nahrung abstoßen. Meine Haut ist so eng, dass jeder Atemzug einem Schnitt in meine Brust gleicht.

Gelnägel bohren sich in meine Schulter, eine vertraute Fessel, die nicht tiefer schneidet als die Nahrung in meinem Magen. »Maxine.«

Schwerfällig drehe ich mich zu Jeanne um. »Hm?«

»Die Black Eagles haben das Spiel mit 6:7 verloren.«

Ich beiße mir auf die Innenseite der Wange, ein Aufatmen unterdrückend. Sie spricht mich nicht darauf an, dass mein Körper eine tickende Zeitbombe ist.

»Das ist der Beweis, dass du essenziell für die Mannschaft bist.«

Unbehagen vereist meine Adern.

»Das werden sie einsehen, wenn sie die nächsten vier Matches verlieren. Wen sollte Letizia dann bei den Golden Foxes wollen, wenn nicht dich?« Sie streicht mir das Haar aus der Stirn, kratzt über meine Haut. »Spätestens nach deinem triumphalen Comeback im vorletzten Spiel.« Ein Lächeln kräuselt ihre Lippen – freudlos wie die Gewitterwolken in ihren Augen. »Die Idee mit dem Schwächeanfall und dem Sturz hätte von mir stammen müssen.«

Ich schnappe nach Luft. »Ich habe nicht …«

Sie zieht eine Augenbraue hoch. »Spielt das eine Rolle?«

Ein Klopfen hindert mich an einer Antwort, die Ärztin öffnet die Tür. Ellies weißblonder Haarschopf kommt dahinter zum Vorschein. »Wie geht es Maxine?«

Bunte Tupfer besprenkeln die Schwärze meiner Gedanken. Sie klingt nicht wütend …

Jeanne durchquert den Raum. »Sie muss sich ausruhen. Kümmere dich um deine Mannschaft, damit ihr es beim nächsten Mal besser macht.«

»Wann darf Maxine wieder spielen?« Ellie stockt. »Als Kapitänin muss ich das wissen.«

Jeanne umklammert ihren Gehstock, ihre scharlachroten Gelnägel blitzen auf dem Holz wie eine Warnung. »In fünf Wochen.«

Sie erbleicht. »Eine unserer wichtigsten Spielerinnen fällt für die nächsten vier Matches aus.«

»Plappere nicht nach, was du weißt, sondern sorge dafür, dass ihr ohne Maxine klarkommt.« Sie beugt sich näher zu ihr, Ellie zuckt nicht zurück. »Vor allem jetzt, wo ihr nicht mehr an der Tabellenspitze steht.«

Ellie drückt den Rücken durch, sie ist einen halben Kopf größer als Jeanne. »Wir geben unser Bestes.«

Sie deutet auf die Tür. »Mehr habe ich dir nicht zu sagen.«

Sie verlagert ihr Gewicht auf einen Fuß. »Sagen Sie Maxine, dass sie nicht schuld an der Niederlage ist.«

Ein stilles Blickduell später verschwindet Ellie, und mit ihr die Chance, auf eine Lüge in ihrer Aussage zu horchen.

***

2:00 p.m.; egal, wie oft ich blinzle, die Ziffern auf dem iPhone-Display verschwinden nicht. Neunzehn verschwendete Stunden. Darunter prangt eine Nachricht von Jeanne.

Ich bin um sieben Uhr am Abend zurück. Essen steht auf dem Tisch. Tu nichts Unüberlegtes.

Fünf Stunden in Freiheit liegen vor mir. Ich vermisse die Ketten um meine Glieder und den Rauch in meiner Lunge, jetzt, wo Jeanne mich mit klarer Luft zurückgelassen hat.

Das Display verschwimmt, umgedreht lege ich das iPhone auf die Matratze. Drehe mich fort, als könne ich so die Augen vor der Wahrheit verschließen: Jeanne liebt meine Leistungen; kaum klemmen meine Zahnräder, lässt sie mich zurück, wie ein Kleidungsstück, das im Schrank verstaubt. Etwas Spitzes schabt über die Matratze, meine Oberschenkel haften aneinander. Ruckartig ziehe ich das linke Bein hoch, Blitze durchzucken mein Knie. Ein Schleier aus Schmerz, in dem sich meine Emotionen verfangen.

Sekunden zerrinnen zwischen meinen Fingern, meine trockene Kehle zwingt mich auf die Füße. An schemenhaften Möbeln vorbei humpele ich in den Wohnbereich, der verfliegende Duft von Rührei streift meine Sinne. Gegessen habe ich seit der Banane nichts mehr, und in einer gestochen scharfen Welt, in der ich im Bungalow zurückbleibe, während die anderen trainieren, möchte ich nicht leben. Auf dem Tisch steht mein übliches Frühstück: Rührei und eine Quark-Bowl. Der Drang, den Teller und die Schüssel auf den Boden zu schleudern, wallt in mir auf. Auf Sparflamme braucht mein Körper nicht dieselben Kalorien. Das Essen verschwindet im Mülleimer, darin zieht ein ungeöffneter Umschlag meine Aufmerksamkeit an. Wenigstens interessiert sich Jeanne nicht für meine Blutwerte.

Teller und Schüssel räume ich in die Spüle, das Magengrummeln ersticke ich mit einer Tasse schwarzem Kaffee. Die Schwere meiner Glieder bleibt. Neunzehn Stunden Schlaf haben nichts genützt.

In meinem Kopf ragt eine Mauer auf, gegen die alle hellen Gedanken prallen. Sie brechen an dem pechschwarzen Stein, dringen nicht hindurch und verzerren sich zu Fragen, die zu einem Hämmern hinter meinen Schläfen anschwellen. Hat Ellie gelogen? Sind meine Teamkameradinnen wütend auf mich? Die Niederlage ist meine Schuld; und wer bin ich, solange ich nicht auf dem Hockeyfeld stehen kann? Jeanne hat mich weggeworfen, wieso sollten Charlie und die anderen nicht dasselbe tun?

Meine Ohren fangen ein Klopfen auf. Hat Jeanne ihren Schlüssel vergessen?

Ich öffne die Tür, und erste Steine der Mauer in meinem Kopf fallen.

»Du brauchst Gesellschaft.« Charlies Worte und ihr Blick sind voller Wärme, als wisse sie, dass die Welt zu kalt für mich ist. Über ihrer Schulter schwingt ein regenbogenfarbener Beutel.

Neben ihr stehen Ellie, die eine Kühltasche in der Hand hält, und Ayumi.

Ich streiche mein zerknittertes Nachthemd glatt und fahre mir durch das zerzauste Haar. »Ich weiß nicht, wie ich euch danken soll …«

Ayumi legt den Kopf schief. »Indem du uns nicht in der Hitze stehen lässt?«

»N-natürlich.« Ich gehe zur Seite, sie betreten den Bungalow und ziehen die Tür zu. »Im Wohnbereich ist mehr Platz für uns als in meinem Zimmer.« Ich beiße mir auf die Innenseite der Wange. »Passt auf, dass ihr keine Unordnung macht.«

»Versprochen.« Charlie nimmt meine Hand.

Sonnenschimmer bricht durch die Fenster, die Dunkelheit zieht sich aus meiner Welt zurück. Eine Berührung sollte das nicht in mir auslösen. Meine Ängste sollten nicht in Charlies warme Hand passen, als wolle sie diese mit mir tragen.

Ich drücke ihre Finger, sie wendet sich mir zu. »Ich würde gerne mit dir sprechen.«

Ihre Augenbrauen ziehen sich zusammen, nach einem Blicktausch mit Ayumi und Ellie nickt sie.

An der Hand führe ich sie in mein Zimmer. In meinem Kopf herrscht ein Unwetter – Blitze blenden mich, es donnert, die Verbindung zu Charlie bleibt, als hätte sie Wurzeln in meinem Inneren geschlagen. Obschon sie nicht dazu bestimmt sein sollte, Stürmen zu trotzen.

Auf dem Bett lassen wir uns nieder. Charlies Bein ist eine Haaresbreite von meinem entfernt. So nah. So fragil. Würde Jeanne uns sehen, würde sie Charlies Karriere zum Einsturz bringen.

»Du brauchst Jeannes Erlaubnis nicht, um mich anzufassen«, platzt es aus mir heraus.

»Ich weiß. Ich brauche deine.« Behutsam drückt sie meine Finger. »Darf ich das?« Ich nicke, ihre freie Hand streckt sie nach meiner Wange aus, eine Handbreit von ihr entfernt verharrt sie. »Oder das?« Auf mein Nicken hin zieht sie die Kontur meines Wangenknochens mit dem Daumen nach, und ich erschaudere. »Jeanne hat nicht zu entscheiden, mit wem du deine Zeit verbringst.«

»Ich weiß …« Ihre Nähe verwandelt meine Gedanken in Wildblumen, die Ableger in jedem Winkel meines Verstandes streuen. »Das ändert nichts daran, dass sie dich als meine Konkurrentin für den Platz bei den Golden Foxes sieht.«

Sie streicht mir eine Strähne aus dem Gesicht. »Du meinst den Platz, den keine von uns möchte?«

»W–was?«

»Du möchtest nicht mit Letizia in einer Mannschaft spielen, und ich auch nicht, je öfter ich sehe, wie sie dich behandelt. Außerdem spiele ich lieber mit meinen Freundinnen.« Sie beugt sich zu mir, bis ich jeden Buchstaben auf den Lippen spüre. »Zu denen du gehörst. Das habe ich auf der Feier gesagt, und dabei bleibe ich.«

»Das spielt für Jeanne keine Rolle. In ihrer Geschichte bist du meine Rivalin, und du weißt, wozu sie fähig ist.«

Sie streichelt meine Wange, ich schmiege mich in die Berührung, fliege näher an die Flamme, welche den Schmetterlingsstaub auf meinen Flügeln in Glitzer verwandelt; ich werde aufleuchten und verbrennen. »Lieber bist du mein Geheimnis, als dass ich keine Zeit mit dir verbringe.«

Ich halte den Atem an, lausche auf das Aber. Nichts verändert sich in Charlies Miene. Die Art, wie sie mich ansieht und berührt, geht mir unter die Haut.

Solange ich vorsichtig bin, benetzt kein zweites Mal dickflüssiges Rot meine Finger. Jeanne reißt keine zweite Karriere in Grund und Boden.

»Mir geht es genauso.« Ich beuge mich zu ihr, lasse sie die Worte einatmen. »Wir müssen vorsichtig sein.«

»Versprochen.« Stockend streift ihr Atem mein Gesicht, sie zieht sich zurück. »Ich möchte dir zeigen, was wir mitgebracht haben.«

Sie führt mich zur Couch, die einen runden Glastisch umschlingt. Ellie und Ayumi sitzen auf der einen Hälfte, wir lassen uns auf der zweiten nieder.

Nacheinander sehe ich Ayumi und Ellie an. Fröstelnd schmiege ich mich an Charlie, schöpfe Kraft aus ihrer Nähe. »Bin ich schuld an der Niederlage?«

Ellie schüttelt den Kopf. »Du bist eine unserer besten Spielerinnen und bildest mit Charlie im Sturm ein unschlagbares Team. Für die vier Auswärtsspiele ohne dich überlegen wir uns neue Strategien. Mach dir keine Vorwürfe.«

Ayumi rutscht auf die Sofakante. »Den Rückstand holen wir auf.«

Charlie zieht mit dem Daumen Kreise auf meinem Handrücken, die Wellen meiner Gedanken glätten sich. »Spätestens, wenn du meine Bälle wieder annimmst und sie ins Tor beförderst.«

Die Niederlage und die Gewissheit, dass ich fünf Wochen lang nicht auf dem Hockeyfeld stehen oder joggen werde, sind Tropfen in meinem Glas der Negativität gewesen. Die Flüssigkeit verdunstet, zurück bleibt die Erkenntnis, dass Jeanne unrecht hat – ich habe Freundinnen.

»Danke. Ich habe Angst gehabt, dass ihr mich nicht mehr im Team möchtet.«

Ellie hebt die Hand. »Kein Wort mehr davon.«

»Sobald ich wieder spielen darf, gebe ich mein Bestes, und ihr werdet euch ohne mich an die Tabellenspitze zurückkämpfen.«

Ein nachdenklicher Zug spielt um ihren Mund. »Das würde bedeuten, aufzusteigen und beim Oceania Summer Cup zu spielen. Gegen die Golden Foxes.« Sie richtet ihren Pferdeschwanz. »Jetzt sind wir nicht wegen des Feldhockeys hier.« Sie deutet auf Charlies Beutel. »Wir haben dir etwas mitgebracht, damit du dich weniger einsam fühlst, wenn wir keine Zeit haben, um dir Gesellschaft zu leisten.«

Charlie kramt einen Nintendo 3DS sowie eine Hülle, auf der *Pokémon Alpha Saphir* steht, aus dem Beutel. »Der gehört Lucie. In der Hülle sind eine Handvoll Spiele; ich wusste nicht, was dir gefällt.«

Vorsichtig berühre ich die glatte Oberfläche des Handhelds. »Das muss ich ausprobieren. Jeanne hat mir Videospiele verboten.« Ich schlucke. »Für Lucie ist es in Ordnung, wenn ich ihn habe?«

Charlie zieht ihr iPhone aus der Tasche ihrer Shorts, scrollt durch einen Chat und hält mir das Display hin. Zwischen Nachrichten auf Deutsch glimmt mir eine auf Englisch entgegen.

Hey, Maxine. Du darfst den 3DS und das Buch so lange haben, wie du möchtest. Wenn du abgelenkt bist, verlierst du dich nicht in deinen Gedanken, und vielleicht fühlt sich dadurch alles weniger düster an. Betty und ich hoffen, dass es dir bald besser geht.

Darunter ist ein Foto von einer Katze mit sturmgrauen Augen, von deren silberweißem Fell sich ein Halsband abhebt. Fliederfarben wie die Decke, auf der sie liegt.

»Eigentlich wollte sie nur einen Vorwand, um dir ein Foto von Betty zu schicken«, meint Charlie.

Ich stupse sie mit der Schulter an. »Ich beschwere mich nicht.« Sonnenlicht gleich sind Lucies Zeilen unter meine Haut gedrungen, die Mauer aus Dunkelheit ist verblasst. »Sag Lucie und Betty Danke. Und was für ein Buch meint sie?«

Charlie verstaut das iPhone und zieht *Carol* von Patricia Highsmith aus dem Beutel. »Lucie hat so viele Ausgaben, dass ich eine mitnehmen durfte. Du kennst die Verfilmung; ich dachte, es könnte dir gefallen.«

»Es gefällt mir sicher. Jeanne sieht mich nicht gerne lesen. Ob Unterhaltungsliteratur oder Sachbücher über Psychologie; für sie ist das Zeitverschwendung.« Charlies angespannte Schultermuskeln drücken gegen meine, ich sollte von ihr abrücken, stattdessen lehne ich mich an sie. Spüre ihren Blick auf mir und betrachte mein verbundenes Knie. »Dabei gibt es mittlerweile so viele Romane mit sapphic Repräsentation, die ich lesen möchte. Mit dreizehn habe ich mir alle, die ich gefunden habe, aus der Schulbibliothek ausgeliehen.« Ich stocke, obschon diese Wahrheit nichts in unserer Aufstellung verändern sollte. »Jeanne hat sie gefunden und mich gefragt, ob ich lesbisch bin. Als dürfte ich nur dann sapphic Bücher lesen. Ich habe nicht gedacht, dass ich je einen Grund haben werde, es ihr zu sagen.« *Ich habe gedacht, dass sich sowieso keine Frau in mich verliebt … Ich wünschte, ich hätte recht behalten.* Schaudernd presse ich den Rücken gegen die Couch. »Aus Reflex habe ich Ja gesagt, sie hat genickt und damit war das Thema erledigt. Solange sich keine Verliebtheit meiner Karriere in den Weg stellt.« Hätte es etwas geändert, wenn ich diese Wahrheit zwischen den Zeilen gelesen hätte? Wenn ich gewusst hätte, dass sich Verliebtsein wie das Balancieren auf morschen Ästen anfühlt und nicht ich diejenige bin, die stürzt?

Federleicht streifen Charlies Finger meine, ein Schmetterlingsflügelschlag, der mich wie ein Sturm durchfährt, welcher mich den Kopf heben lässt.

Nichts an der Art, wie sie mich ansieht, hat sich verändert. Das Strahlen eines sonnigen Wintertags liegt über ihren Zügen. »Verliebtheit ist keine Entscheidung.«

Doch. Indem ich verhindere, dass Sonnenlicht die Mauern aus Eis um mein Herz schmilzt und der zersprungene Kern dahinter zum Vorschein kommt.

»Meine Karriere an erste Stelle zu setzen, ist eine.«

»Aber es ist nicht *deine*.«

Kein Vorwurf liegt in Charlies Stimme, dennoch splittert etwas in mir. Die freie Hand in den Nachthemdstoff gekrallt, halte ich die Mauer fest.

»Habt ihr noch etwas mitgebracht?«, frage ich in die Runde. Besser, ich schließe dieses Kapitel, bevor meine Freundinnen die Seiten in roter Tinte aufschlagen.

Ellie holt zwei Eisbecher aus der Kühltasche. »Medizin gegen die Verletzung.«

Mein Innerstes gefriert, der Geschmack von Fett und Zucker klebt mir am Gaumen.

»Wir haben Löffel mitgebracht.«

»Himbeereis und Sandwich-Cookies oder Tiramisu mit Schokoladenganache?«

Ein Fettfilm benetzt meine Zunge, ich würge ihn herunter. »Himbeere.«

Sie schiebt den Becher zu Charlie und mir, mit schwitzigen Fingern nehme ich einen Löffel entgegen.

Charlies Aufmerksamkeit haftet an mir, eine Falte furcht ihre Stirn. Auffordernd drückt sie meine Hand, dann löst sie unsere verschränkten Finger, und Kälte kriecht zwischen meine Knochen.

Meine Hände beben, der Deckel fällt auf den Tisch, und das Plastik entgleitet mir mehrmals. Ich erschaudere. Ist es Schweiß oder die Mischung aus Sahne und Fett, welche in meine Haut sickert, als wäre sie ein Sieb?

»Ist alles in Ordnung?« Charlies Ton klingt wie das Klirren eines Risses in Spiegelglas. Leise und zerbrochen.

Ich nicke, Buchstaben stoßen in meinem Kopf aneinander, ohne eine Erwiderung zu formen.

»Das Eis schmeckt besser, wenn es kurz antaut. So lange können wir die Karten mischen.« Ayumi hält drei Kartenspiele hoch. »*Phase 10*, *UNO* oder *Skip-Bo*?«

»*Phase 10*«, antworte ich.

Ayumi verteilt die Karten, Ellie schreibt unsere Namen auf den Spielblock. Nacheinander probieren sie ihr Eis.

Ich warte, bis das Topping durchdrungen ist. Streife das Eis mit der Löffelspitze, wenn niemand hinschaut. Jeder Atemzug schnürt meine Haut enger. Für den gesamten Nachmittag kann ich dieses Spiel nicht spielen. Vielleicht sind sie, wenn ich esse, so geblendet wie Jeanne und versuchen nicht länger, mir in die Karten zu schauen. Ich schmecke Himbeeren und Schokolade, das Sofa knarzt, als wolle es unter mir nachgeben. Die anderen beachten mich nicht, ich tue so, als würde ich mir den Mund abtupfen, spucke Eis in ein Taschentuch.

Ein einstudierter Spielzug, den ich wiederhole. Fokussiert auf den Sieg bei *Phase 10*, solange er mir auf dem Hockeyfeld verwehrt bleibt.

Ayumi, Ellie und Charlie versprechen, wiederzukommen, sobald Jeanne beschäftigt ist.

Kaum ist die Tür hinter ihnen ins Schloss gefallen, schlucken Wolken das Sonnenlicht, welches meine Freundinnen mir geschenkt haben. Auf der Suche nach einem Funken stolpere ich durch den Wohnbereich – bis ich Schaumgummi zu fassen bekomme. Ein Home-Workout wird meinem Knie nicht schaden und den Nebel über meinem Verstand zurückholen.

Kapitel 16

Taylor Swift – marjorie

00:00 -03:46

Charlie

Lucies Augen sind rostiges Bernsteingold mit äschernen Ringen darunter. Bis über die Hände hat sie die Ärmel ihres *Speak-Now*-Cardigans gezogen. Einer von vier Farbflecken in der Finsternis um sie herum.

Der zweite ist frühlingsgrün – Chiaras Augen, über die sich Sturmwolken geschoben haben. Lucie sitzt an sie gelehnt auf dem Bett. Chiara hat beide Arme um sie geschlungen, in dem Versuch, sie zusammenzuhalten.

Betty liegt zusammengerollt auf Lucies Schoß. Taylor hat sich an ihre Seite gekuschelt und schaut angespannt zu ihr auf. Pfeiler, die Lucie davor schützen, vom Sturm davongerissen zu werden, an ihrem ersten neunten November.

Mit den Fingerspitzen berühre ich den Bildschirm meines iPhones. Glas, keine Haut. Undurchdringlich, obwohl ich mir nichts sehnlicher wünsche, als an Lucies Seite zu sein.

An jedem neunten November hängen wir fest wie Motten im Spinnennetz. Olivers Abwesenheit ist der Herbstregen. Das Wispern des Windes in der Nacht. Die frostige Luft, die in meiner Lunge splittert, wenn ich das von Eisblumen überzogene Fenster öffne.

Hier ist Frühling. Dennoch habe ich Oliver auf dem Hockeyfeld gefühlt. Als würde er mir beim Penalty-Schießen zusehen. In den Sommerwind hat sich sein Bariton geschlichen, verschmolzen mit dem Jubel der anderen. Ich habe mich wie eine Schlafwandlerin in die Gruppenumarmung ziehen lassen. Gefangen in einem Traum. Auf der Suche nach einem Weg, die Zeit zu durchschreiten. Zu einem neunten November, der Lucies und Olivers Geburtstag gewesen ist.

Er wird immer achtzehn sein. Ich bin älter, als er es je gewesen ist. Lucie ist immer älter gewesen als er. Aus fünfzehn Minuten sind zehn Jahre geworden.

Lucie zupft an ihren Ärmeln. »Wie war das Spiel?«

»Du hast unseren Sieg im Livestream gesehen.« Wir haben 9:7 gewonnen. Es fühlt sich an wie eine Niederlage.

Ihr Lächeln ist verzerrt wie der Sprung in der Scheibe eines morschen Spiegels. »Und dein entscheidendes Tor.«

»Erzähl uns von eurer Fahrt nach Newcastle«, sagt Chiara mit weicher Stimme und zieht Lucie an sich.

Ich erkunde die fremde Stadt noch einmal. Gehe mit den anderen nach der Trainingseinheit schwimmen und esse Frozen Yogurt.

Lucie legt den Kopf schief. »Du wirkst betrübt ... Nicht nur, weil ...« Ein erstickter Laut markiert das Satzende.

Betty schreckt auf, ihr Miauen klingt wie eine Frage. Taylor stupst Lucies im Ärmel vergrabene Finger mit der Nase an. Mit verkrampfter Hand streichelt sie erst goldenes, dann silberweißes Fell.

Nicht allein der neunte November verwandelt meine Gefühle in verrottendes Herbstlaub. Coach Nielsen hat uns begleitet. Ohne Jeanne haben sich das Training und das Spiel wie Feldhockey angefühlt. Nicht wie der Balanceakt auf einem Drahtseil.

Maxine hat eine Lücke hinterlassen. Ihr echtes Lächeln, das sie wie ein Geheimnis hütet, fehlt mir. Sie hat sich in mich eingeschlichen. Beim Trivia Quiz, im Luna Park, an Halloween und bei den heimlichen Besuchen im Bungalow hat sie ihre Blüte in allen Farben gezeigt. Blumen werden für ihre Schönheit zum Tode verurteilt. Wir pflücken sie, erfreuen uns an ihrer Pracht und sehen ihnen beim Verwelken zu. Jeanne hat sie mehrmals aus der Erde gerissen und gewaltsam wieder eingepflanzt. Maxine hat kräftige Wurzeln. Hoffentlich hält sie Jeannes grausamer Hand stand.

Für einen Herzschlag verliere ich mich in den Grünnuancen von Chiaras Augen. Fühlt sie dasselbe, wenn es um Lucie geht? Die Gewissheit, dass sie nicht für sie fliegen kann? Nur hoffen, dass sie nicht stürzt?

»Wir haben nicht als vollzählige Mannschaft gewonnen. Maxine hat gefehlt.«

Sonnenschimmer bricht durch das Herbstlaub in Lucies Augen. »Ich bin froh, dass ihr jetzt Freundinnen seid.«

Die offizielle Version ist ein Ausflug mit der Mannschaft in den Luna Park, bei dem wir uns ausgesprochen haben.

»Ich auch.«

»Erzählst du mir von ihr?«, fragt Lucie. »Sie hat kein Instagram.«

Mein Augenrollen bringt ihre Mundwinkel zum Zucken. Viona, Ellie und Ayumi folgen Lucie und umgekehrt.

Wem mache ich einen Vorwurf? Lucie möchte wissen, dass es auf der anderen Seite der Erde Menschen gibt, die mich über Wasser halten, und ich habe Chiaras Instagram vor fünfeinhalb Jahren angeschaut. Seiten des Lebens der Frau gelesen, die dafür gesorgt hat, dass Lucie ihr iPhone-Display anlächelt, Taylors Musik die Tür geöffnet hat und weniger wirkt, als sei sie in einem endlosen November gefangen. Mögen wollen habe ich Chiara nicht. Sie hat Lucie zum Lächeln gebracht. Nicht ich. Ich bin vierzehn und eifersüchtig gewesen. Heute habe ich eine zweite große Schwester. Chiara nicht zu mögen ist, wie den Frühling und damit das Versprechen auf warme helle Tage nicht zu mögen.

»Du würdest sie mögen. Sie ist mutig, nicht, weil sie keine Angst hat, sondern weil sie sich ihr stellt.«

Lucie zeichnet über dem Cardigan die Buchstaben des Tattoos auf ihrem Arm nach – *Fearless.* Betty stupst ihre Finger an, sie streichelt deren Kopf.

»Sie ist vorher noch nie mit Achterbahnen oder Flat Rides gefahren und hat sich im Luna Park auf alle Fahrgeschäfte getraut.«

Sie lehnt sich an Chiara. »Ich kenne noch eine Person, die bei ihrem zweiten Treffen mit mir mutig war.«

Chiara küsst sie aufs Haar.

Ein Anflug von goldenen Dämmerungsfarben durchdringt die Herbstnacht in Lucies Augen. »Das heißt, du musst sie behalten.«

Die Erwiderung, dass Maxine und ich nur Freundinnen sind, schlucke ich herunter. Wenn die Vorstellung von etwas anderem den neunten November bunter macht, soll Lucie daran festhalten.

***

Es ist der zehnte November. Oliver ist geblieben. Sein Lachen ist das Kreischen der Möwen. Sand zwischen meinen Fingern wird zu seiner großen Hand, die meine kleine hält. Die Erinnerungen sind verzerrt. Korn für Korn entgleitet mir mein großer Bruder.

Der Pazifik erzählt dieselbe Geschichte wie die Ostsee. Von einem kleinen Mädchen, das in der Nacht vor dem Haus ihrer Großeltern abgesetzt wird. Mit ihrer Hündin, ohne Antworten. Oma Anette hat mich ins Bett gebracht. Mich angesehen, als sei ich etwas Zerbrechliches, das es zu schützen gilt. An Cleo geschmiegt, habe ich mich in den Schlaf geweint. Ohne zu wissen, dass Oliver tot und Lucie lebensgefährlich verletzt ist. Kleine Schwestern spüren Welten zerbrechende Veränderungen.

Eine Welle aus Sehnsucht und Schmerz brandet durch meine Adern.

Das Auswärtsspiel in Newcastle hat mich in eine Blase gehüllt. Zurück an der Academy ist sie zerplatzt. Nachdem mein Koffer in meinem Zimmer verstaut gewesen ist, bin ich an einen abgelegenen Teil des Strandes geflüchtet. Jede Faser meines Körpers sehnt sich danach, Lucie anzurufen. Chiara hat mir geschrieben, dass sie schläft. Wecken möchte ich sie nicht. Mit den Fingerspitzen folge ich der Welle auf meinem Oberarm. Bilde mir ein, Lucie würde die Berührung spüren, wenn mir nicht vergönnt ist, jetzt ihre Hand zu halten und den Schmerz zu teilen.

In zarten Tönen fließt *marjorie* aus den AirPods und reißt an meiner Seele. Der einzige Song von Taylor, den Lucie nur einmal gecovert hat. Taylor hat ihn für ihre verstorbene Großmutter geschrieben. Für mich erzählen die Lyrics von meinem großen Bruder. Jede Träne ist eine Frage an ihn, die unbeantwortet im Sand versickert. Jede Muschelschale, die meine Handfläche durchbohrt, hinterlässt einen Abdruck. Wie die Erinnerungen, welche wie die Weltmeere ineinanderfließen und mir überallhin folgen. Die Illusion eines Neuanfangs zerfasert im Wind. Wie die Frage, ob Oliver stolz auf die Frau wäre, welche ich heute bin.

Ich presse das Gesicht auf die angezogenen Knie. Ein eisenschwerer Schmerz drückt mich auf den Ozeangrund.

»Charlie …«

Eine Hand, die mich aus den Fluten zieht und die Musik übertönt. Ich drücke bei *Spotify* auf Pause.

Maxine steht vor mir, den Pazifik im Rücken. Gold konturiert ihre Gestalt. Tränkt ihr Haar im Rosarot der Morgenröte. Wie die Blumen auf dem perlmuttfarbenen Stoff ihres Kleides, welches die Mitte ihrer Oberschenkel umweht. »Jeanne ist bei einer Besprechung mit Mathilde … Ich wollte dich sehen …« Sie klingt, als müsse sie um Einverständnis bitten. »Ellie hat mir verraten, dass du am Strand bist.« Sie verlagert ihr Gewicht auf das gesunde Bein. »Wenn du allein sein möchtest, gehe ich.«

Auf einen blauen Fleck zu drücken schmerzt. Nach Olivers Tod habe ich meine versteckt. Mir eine Rüstung aus den Wunden anderer geschmiedet.

Maxine sieht mich nicht so an wie diese Menschen. Sondern voller Verständnis. Sie weiß, dass blaue Flecken Zeit zum Heilen brauchen.

»Bis gerade wollte ich allein sein.« Ich strecke eine Hand nach ihr aus. »Eine Ausnahme gibt es.«

Sie blinzelt. »W-was … W-wen?«

Einer der Steine auf meinem Herzen zerfällt zu Staub. Ich habe es vermisst, sie aus dem Konzept zu bringen. »Dich.«

Das Rosarot ihrer feinen Strähnen spiegelt sich auf ihren Wangen. Der Hauch eines Lächelns zupft an ihren Lippen. Sie setzt sich neben mich, unsere Finger gleiten ineinander. Ihre Schulter streift meine. Automatisch lehne ich mich an sie.

Schweigen hüllt uns als warme Decke ein. Sophie und Lucie sind die Menschen, mit denen sich Stille nicht wie schwüle Sommerhitze anfühlt. Jetzt ist eine dritte Person hinzugekommen, mit der sie klarer Luft gleicht.

»Glückwunsch zum Sieg.« In ihren Augen spiegeln sich die schäumenden Wellen. »Und zum entscheidenden Tor.«

»Ich habe nicht für mich gewonnen.« Ein Damm, den ich an der Academy fest umklammert habe, bricht. Maxine hat einen flüchtigen Blick auf das Mädchen dahinter erhascht und ist geblieben. Ich möchte, dass sie alles von mir sieht.

»Möchtest du mit mir darüber sprechen?« Ihre Nase ist zusammengezogen. Die Sommersprossen zeichnen Sternbilder auf die Mondlichthaut. Vertraut liegt ihre Hand in meiner. Der Vanilleduft ihres Shampoos steigt mir in die Nase.

Anfangs hat jedes Wort die Kruste über der Wunde auf meinem Herzen aufgerissen. Bei der Schulpsychologin habe ich gelernt, dass Worte Pflaster sein können. »Mein Bruder, Lucies Zwilling, ist gestorben, als ich elf gewesen bin. Es war ein Autounfall. Deshalb macht mir Autofahren Angst und ich habe keinen Führerschein.«

Sie schluckt hörbar.

Ich ziehe die Knie an die Brust. »Für mich ist es schwer zu akzeptieren, dass ich älter bin, als Oliver es je gewesen ist. Gestern ist ... *wäre* sein Geburtstag gewesen ... der achtundzwanzigste ... und Lucies.«

Maxine malt mit dem Daumen Kreise auf meinen Handrücken. »Du wärst gern bei ihr.«

Ich nicke. »Sie hat am Steuer gesessen und nie ganz aufgehört, sich die Schuld zu geben.« Tränenperlen fädeln sich an meinen Wimpern auf. »Lucie hat Nervenschäden in den Beinen davongetragen, die Chance, dass sie wieder laufen wird, hat fünfzig Prozent betragen. Sie hat es geschafft und sollte aus der Rehaklinik entlassen werden. Für mich ist das mein Lichtblick gewesen, ich wollte den Schmerz mit ihr teilen und habe mich nach meiner großen Schwester gesehnt, die mich beschützt. Am Tag ihrer Entlassung hat sie eine Überdosis Schlaftabletten genommen. Es hat sich angefühlt, als würden alle Lichter ausgehen. Sie ist in die Psychiatrie eingewiesen worden. Dort hat sie sich zwei Jahre nach Olivers Tod, am neunten November, die Pulsadern aufgeschnitten.« Jedes Wort erzählt die Geschichte einer Narbe, die nicht meine ist. Dennoch reißt mein Innerstes auf. »Er ist seit neun Jahren nicht mehr hier. Lucie ist in Therapie. Den gemeinsamen Traum mit Oliver hat sie nicht aufgegeben und ist Musicaldarstellerin geworden. Chiara passt auf sie auf, heute, an jedem anderen Tag und für immer. Sie heiraten nächsten Sommer. Betty und Taylor weichen nicht von Lucies Seite, wenn sie depressive Episoden hat. Ihre Depressionen und ihr Trauma sind ein Teil von ihr; ich habe lernen müssen, dass ich sie nicht heilen kann. Oder muss.« Auf der Suche nach Halt stütze ich mich auf dem Boden ab. Finde Sand, der unter meiner Hand zerrinnt. »An den Tagen um den neunten November habe ich am meisten Angst um sie. Ich habe lange gedacht, dass ich sie verloren habe, nach Olivers Tod haben wir auf unterschiedlichen Spielfeldern unsere einsamen Kämpfe ausgetragen. Jetzt stehen wir einander näher als jemals zuvor. Sie zu verlieren könnte ich nicht ertragen ...«

Maxine fängt meine Tränen mit den Fingerspitzen auf. »Nach allem, was du mir von ihr erzählt hast, ist Lucie eine starke Frau. Genau wie du. Sie ist nach jedem Feuer aus der Asche auferstanden. Ich kann mir nicht vorstellen, was sie durchgemacht hat. Aber sie hat nicht aufgegeben.« Sie drückt meine Hand. »Nach jedem Feuer ist die Erde besonders fruchtbar und es wächst etwas Neues. Das heißt nicht, dass Lucie und du nicht trauern oder euch in Erinnerungen verlieren dürft. Sie sind ein Teil von euch.«

»Du hast recht.« Ich halte ihre Finger fester. Als würde mir andernfalls das Jetzt entgleiten. »Aber sie verblassen. Manchmal weiß ich nicht, wie sich Olivers Lachen und seine Stimme angehört haben. Oder wie groß seine Hand gewesen ist, wenn sie meine festgehalten hat. Ich habe Angst, ihn zu vergessen.«

Sie bewegt die Hand in Richtung meiner Wange. Auf mein Nicken hin umfasst sie mein Gesicht. »Die Gefühle und Geschichten, die du mit ihm verbindest, bleiben.«

»So wie der Tag, an dem er mir das Schwimmen beigebracht hat ...«

Der Tränenschleier verwandelt ihre Augen in Sterne hinter einer beschlagenen Fensterscheibe. »Genau. Deine Liebe für ihn überdauert in deinem Herzen. Und in Lucies. Jetzt schafft ihr neue Erinnerungen. So wie den Sieg gestern.«

Sie streicht die letzten Tränen fort. Ihr Blick nimmt mich gefangen. Gleißend und anziehend wie ein Gewittersturm bei Nacht.

»Danke fürs Zuhören, für die richtigen Worte und dafür, dass du nicht weggegangen bist.«

Sie legt den Kopf schief. »Weggegangen?«

»Viele bleiben für die sonnigen Tage, aber flüchten bei einem

Regenschauer. Du bist nicht so. Deshalb habe ich dich sehen wollen.«

Sie zieht die Unterlippe zwischen die Zähne. Sanfte Röte nimmt ihren Wangen die Kälte.

Unwillkürlich beuge ich mich näher zu ihr. Ihr Atem stockt, mein Herz tut es ihm nach. »Tust du mir einen Gefallen? Schaffst du heute eine neue Erinnerung mit mir? Seit Oliver mir das Schwimmen beigebracht hat, liebe ich das Meer. Wir haben nicht die passende Kleidung an, und ich weiß nicht, wie es deinem Knie geht …«

Eine lose Haarsträhne tänzelt über ihre Wange. Ich streiche sie fort.

»Natürlich gehe ich mit dir ins Wasser.«

Hand in Hand waten wir in die Wellen, bis sie unsere Bäuche umspülen. Meine Kleidung ist klamm und schwer. Salz dringt bis zu meiner Haut. Ich bin eins mit allen Geschichten zwischen den Buchdeckeln des Pazifiks.

Muschelschalen kitzeln meine Fußsohlen. Stempel, die ihre Formen in den Sand prägen. Überdauernd, wenn die Wellen ihre Schalen forttragen. Solche Erinnerungen möchte ich schaffen: Fossilien, die den Gezeiten standhalten, welche ihre rauen Kanten abzuschleifen versuchen.

In Maxines Augen spiegelt sich das sonnenbeschienene Türkisblau. Unsere Finger sind verschränkt, meine freie Hand ruht an ihrer Taille. Was würde passieren, wenn wir auf das offene Meer schwimmen? An einen Ort, wo Maxine in Sicherheit ist. Einen, an dem es kein Wunschdenken ist, dass wir nicht die Muschelschalen sind, sondern das, was bleibt: ihr Abdruck im Sand.

Kapitel 17

Taylor Swift – Tell Me Why (Taylor's Version)

00:00 -03:46

Maxine
Dezember

Du konzentrierst dich nicht!« Wie ein Hagelschauer prasselt Jeannes Stimme auf mich ein.

Ich pralle mit der Fußspitze gegen eines der aufgestellten Hütchen, und der Ball rollt in Richtung Strafraum. Ein Flimmern, wie Nadelstiche in unregelmäßigem Rhythmus, drückt gegen meine Rippen. »Lass mich Übungen machen, die mich fordern.«

Jeanne hat meine Genesung als Aufforderung gesehen, sich wie eine Diebin in der Nacht mit mir in die Hockeyhalle zu schleichen. Von den Home-Workouts oder den heimlichen Laufrunden wird sie nie erfahren.

»Sobald du bei denen für Anfängerinnen weniger Fehler machst.« Sie stößt den Gehstock auf den Boden. »Du bist mit deinen Gedanken nicht hier.«

Die kurze Sporthose schnürt meine Oberschenkel zusammen, bei jedem Luftholen klebt das Oberteil an meinem Bauch. »Das ist unser erstes Training ... I-ich muss mich daran gewöhnen.«

Sie mahlt mit dem Kiefer. »Das ist alles?«

»W-wie meinst d-du das?«

»Elisabeth hat sich sicher nicht als Teamkapitänin nach dir erkundigt.«

Wenn du wüsstest, dass Ellie, Ayumi und Charlie jeden Tag Zeit mit mir verbracht haben. Viona und Léon auch, wenn ihre Stundenpläne es zugelassen haben.

Ihre Fingernägel bohren sich in meine Wange, aus einem Riss wird ein schwarzes Loch, das die Momente mit meinen Freund*innen einsaugt. »Verliere dein Ziel nicht aus den Augen. Ihr steht an der Spitze der Tabelle. Du musst das Team in den zwei letzten Matches zum Sieg führen.« Sie lässt mich los. »Zurück in Position.«

Mit zusammengepressten Kieferknochen unterdrücke ich ein Seufzen und wiederhole das Dribbeln um die Hütchen.

»Lauf schneller und in engeren Kurven, Elisabeth hätte dir den Ball dreimal abgenommen!«

Mein Knie pocht, als zertrümmere jemand es mit einem Hammer. Den Ball schlage ich mit einem Drag-Flick aus dem vorderen Strafraum in die obere rechte Ecke des Tores.

Ein Klingeln durchdringt die adrenalinschwere Luft. »Was willst du?« Ihre Stimme schießt einer Kanonenkugel gleich durch meinen Kopf. »Dein fünfzigster Geburtstag interessiert mich genauso wenig, wie dich *meine* Tochter interessiert. Du hättest sie selbst anrufen können.« Ihre Nasenflügel beben, wie bei einer Löwin, die ihre Beute wittert. »Ihr Handy liegt in der Umkleide, wir trainieren.« Das iPhone umklammert sie so fest, dass ihre Knöchel hervortreten. »Was soll das heißen, du zahlst ihr dann keinen Unterhalt mehr?« Einer ihrer Gelnägel bricht ab, sie schüttelt die Hand aus. Den Nagel tritt sie platt, blutrote Splitter bestäuben den Boden, vermutlich stellt sie sich das Gesicht ihres Ex-Mannes vor. »Ihr nächstes Match ist am Freitag. Wenn du darauf bestehst, schicke ich sie am Samstagabend mit dem Taxi nach Manly Beach. Dann kann sie sich einmal mehr davon überzeugen, was für ein Mensch ihr Vater ist. Wenn es spät wird, buche ich ihr ein Hotel. Schönen Abend noch.« Schwer atmend, als hätte sie ihr altes Trainingsprogramm absolviert, lässt sie das iPhone sinken.

Eine eiserne Faust quetscht mein Herz zusammen. Ein Kind zu verleugnen, macht keinen guten Eindruck vor den Geschäftspartner*innen meines Vaters. Der Mann, der meinen Geburtstag vergisst, erwartet, dass ich an seinem in die Rolle der Tochter schlüpfe.

»Du gehst auf diesen Geburtstag und benimmst dich.« Jeannes Befehl legt sich wie Stacheldraht um meine Kehle, hinter meinen Augen brennt es.

Sie schnipst mit den Fingern. »Hol den Ball und trainier deine Schusstechnik. Du hast zu wenig Körperspannung.«

Trainieren, bis ich meinen Körper nicht mehr spüre, ist alles, was ich möchte. Meine Kanten in vertrautem Schmerz abschleifen. Gut genug werde ich sein, wenn Glassplitter übrig sind. Sie funkeln, wenn sie zerbrochen sind. Finden Jeanne und mein Vater dann Schönheit in meinen Fragmenten? Oder werden sie bei meinem heuchlerischen Versuch, meine Imperfektion mit Glitzer zu bestreuen, lachen?

***

Du bist nicht gut genug!

Ein Brandzeichen, eingeschrieben in meine Haut mit glühendem Finger.

Deine Genesung ist ein Verlust für das Team, sie haben sich ohne dich an die Tabellenspitze zurückgekämpft!

Das Wispern des Windes, der mir Sand ins Gesicht wirbelt, der sich in meinen Wimpern verfängt.

Ellie sollte dich auf die Ersatzbank verbannen, dorthin gehörst du!

Das Dröhnen hinter meinen Schläfen, im Takt meiner Schritte, das Sichtfeld verschleiert von Sand und Salz.

Zum Sieg wirst du nichts beitragen, und Samstag wird der Mann, der dich nicht als Tochter will, dir vor Augen führen, dass du zu seinem Leben auch nichts beiträgst!

Charlie nähert sich mir, ihr Gesicht ist ein verschwommener Fleck. Ellie nimmt die Verfolgung auf, automatisch findet die flache Seite meines Schlägers den Ball. Die kurze Distanz saugt alle Kraft aus meinen Gliedern. Charlie nimmt den Ball auf, läuft einen Schlenker um Ellie, weicht Ayumi aus und befördert ihn ins Tor.

Ein Pfiff beendet die Vier-gegen-vier-Übung.

Mein Comeback liegt mit den Muschelsplittern auf dem Gras zu meinen Füßen, und meine Lunge fühlt sich an, als würden ebendiese darin stecken. Schwer atmend presse ich die Hände auf die Knie.

»Maxine!«

Ich schlinge die Arme um den Körper, ohne den Schläger fallenzulassen. Als könne er mich davor abschirmen, dass Jeanne das Fundament meines Seins zum ersten Mal vor den Augen aller einreißt.

»Überreiche am Freitag den Gegnerinnen den Pokal, das erspart uns allen die Blamage, dich so spielen zu sehen.«

Risse breiten sich unter mir aus, ich weiche zurück. Stoße mit den Hacken gegen die Tribüne. Gefangen zwischen Jeanne und Sitzreihen, leer wie ihre Miene.

Eine Hand stützt meinen Oberarm – Mathilde. »Sie muss nach der Sportpause ihre Kondition aufbauen.«

Jeanne beißt die Zähne aufeinander, ihren Gehstock so fest umklammernd, dass sich das Holz biegt – wie mein Selbstbewusstsein. »Sie hat keine Zeit, um langsam anzufangen.«

»Maxine bleibt eine der besten Spielerinnen im Team.« Mathilde drückt meine Schulter, eine Erwartung zieht mich dem Boden nahe – am Freitag werde ich sie enttäuschen. »Wir schauen uns jetzt die Aufzeichnung der letzten Matches und Trainingseinheiten an.«

Ihr Lächeln prallt an mir ab, sie wendet sich zum Gehen.

Jeanne beugt sich zu mir, alle Härchen in meinem Nacken stellen sich auf. »Wenn ich in den Bungalow zurückkomme, trägst du saubere Sportkleidung und hast etwas gegessen. Wir feilen an deiner Kondition.«

»N-natürlich ...«

Sie betrachtet mich, als sei ich so viel wert wie der Riss in ihrem abgebrochenen Nagel, und stößt mich von sich.

Ein Staubschleier wirft sich über meinen Blick, die Tribüne bohrt sich durch die Sportschuhe in meine Fersen. Wie eine Puppe mit verdrehten Gliedmaßen sinke ich auf die unterste Sitzreihe.

Mit dem Handrücken wische ich den Staub fort, dazu mischen sich Salzkristalle ... als müsse ich lange genug still weinen, um die Metamorphose einzuleiten, die mich zu einer passablen Stürmerin auf dem Hockeyfeld macht. Der Kokon drückt mir die Luft ab, meine Flügel sind nicht kräftig genug, um die Wände zu durchdringen.

»Lasst mich los!« Charlies Aufschrei zieht meine Aufmerksamkeit an. Ellie und Ayumi halten ihre Oberarme umschlossen, ihre Brust ist ein wogendes Meer, in ihren Augen toben stürmische Wellen.

Sie ist eine Naturgewalt, und ich bin Sand, der von den Fingern des Wassers davongetragen wird, mitsamt der tosenden Gefühle, die meine Welt in Nichtfarben tauchen. Ein ungeformtes Element, aus dem Jeanne etwas zu bauen versucht. Sandburgen, die sie nach der Fertigstellung niederreißt, weil ihr die Anordnung der Körner nicht gefällt. Mit Charlie bin ich im Einklang; in diesem Augenblick genügt kein Meer, um mich zu einem goldenen Küstenstreifen zu formen. Regenwolken verfolgen mich und weichen den Sand auf.

Ellie und Ayumi lassen sie los, sie stürmt an meine Seite. »Ich hätte dazwischengehen sollen …«

Der Gedanke an Jeannes Dolch an ihrer Kehle vernäht die Risse meiner Seele mit filigranem Garn. Taumelnd komme ich auf die Füße und nehme Charlies Hände, blutige Halbmonde prangen auf den Innenflächen. Mein Magen zieht sich zusammen. »Ich verzeihe es mir nicht, wenn sie *dir* etwas antut.« Eine Hand löse ich aus ihrem Griff, sonnenstrahlleicht streiche ich ihr eine Locke hinters Ohr. »Das ist mein Kampf. Alles, was du tun kannst, ist, mir aus der Ferne beistehen.«

Zusehen, wie ihre Klinge meine Brust durchbohrt und wie sie die Fetzen zusammennäht …

»Sie sollte nicht so mit dir umgehen.« Ihre Stimme splittert. »I-ich möchte mir das nicht ansehen.«

»Wenn ich am Freitag ihre Erwartungen erfülle, beruhigt sie das für eine Weile. Ich muss härter trainieren und zu meiner alten Form zurückfinden.«

Sie bewegt den Mund, ihre Antwort höre ich nicht, als würde sie mit meinem verzerrten Spiegelbild unter Wasser sprechen.

Freitag ist nicht der Tag der drohenden Niederlage, sondern Samstag. Um die Erwartungen meines Vaters zu erfüllen, müsste ich alle Anweisungen auf Jeannes Spielplan durch seine ersetzen.

»Maxine …« Drei Silben, die auf meinen Lippen nachhallen. Wenn Charlie sie ausspricht, fügen sie meine Nähte an den richtigen Stellen zusammen.

Das hast du nicht verdient.

»W-wenn ich meinen Trainingsplan nicht einhalte, wird s-sie wütender ... I-ich muss z-zum Bungalow ...«

Mit einem Ruck lasse ich sie los, Kälte durchfährt mich.

Charlies Gesicht färbt sich äschern. »Sie ist in der Besprechung mit Mathilde.«

»Ttrotzdem ... I-ich kann g-gerade nicht ...«

Wieso ist es so schwer zu sagen, ›Bitte komm mit mir, lass mich nicht mit meiner schlimmsten Feindin allein‹?

»I-ich möchte allein s-sein ...«

Ich habe manchmal mehr Angst vor meinen Gedanken als vor Jeanne. Sie zerreißt ihre Puppe und näht sie zusammen. Sollten die Nähte unter meinem Griff reißen, werde ich Fetzen übriglassen.

Tränen sprudeln in meinen Augen auf, ich drehe mich auf dem Absatz um. Sie ruft meinen Namen, ich halte nicht an.

»Eine berühmte Mutter zu haben, reicht nicht aus. Wenn das Talent gleich null ist, kann sie jedes Werkzeug ansetzen, aber aus Luft lässt sich nichts bauen. Erbärmliche Leistung, Maxine.«

Letizias Stimme drischt auf mich ein wie Äste, an denen ein Sturm zerrt ... in meinem Kopf ... oder hat sie mein Versagen beobachtet?

»Lass sie in Ruhe!«

Léon ... Sie sind kein Trugbild.

Mein Magen stülpt sich um, ich presse mir eine Hand auf den Mund.

Nach Luft ringend komme ich beim Bungalow an. Die Umgebung ist verzerrt; ich schwebe außerhalb meines Körpers, bahne mir wie eine Schlafwandlerin den Weg durch den Wohnbereich, in mein Zimmer.

Grelles Licht sticht mir in die Augen, in Unterwäsche stehe ich vor dem Spiegel im Bad ... Wann habe ich entschieden, das Trikot auszuziehen? Verzerrt betrachtet mich eine Fremde aus dem Glas, der Slip spannt über ihre Hüfte, ich ziehe an der Haut, sie gibt kaum nach und etwas Hartes sticht mir in den Finger. Blutrote Striemen auf Mondscheinporzellan bringen keine Linderung. Die Narben an meinem Bauch und meiner Hüfte schimmern verheißungsvoll, ein bitteres Lachen stirbt in meiner Kehle. Jeanne würde merken, wenn ich diesen Weg gehe ... und aus meiner Haut kann ich mich nicht herausschneiden.

Wenn ich in Fetzen vor ihr, meinem Vater, Charlie und den anderen liegen würde, könnten sie einen aussuchen und ihn in Form pressen.

Solange die Nähte spannen, ohne zu reißen, bin ich eine Enttäuschung, zusammengehalten von unerfüllten Erwartungen, in den Farben von Vielleicht, mit einigen Schattierungen Leider.

Ich ziehe an der hervorstehenden Haut am Bauch, bis Blut aus feinen Rissen über meine Finger perlt.

Wenn ich mich auflöse, gibt es keine Kanten mehr zum Abschleifen. Bis es so weit ist, bis keine Haut mehr dort ist, an der ich ziehen kann, gebe ich mich der Illusion hin, dass ich abhebe, wenn ich jogge, bis Flammen die Leere füllen.

Kapitel 18

Taylor Swift – The Tortured Poets Department

00:00 -03:46

Charlie

Lucie sagt, dass Zweifel weder schwarz sind, wie der Brunnenschacht verlorener Hoffnung, noch weiß wie das Licht an der Oberfläche; sondern grau wie der Granit, auf den ich bei Maxine gestoßen bin. Der Versuch, durchzubrechen, hat meine Haut aufgerissen.

In einer schlaflosen Nacht habe ich einen Plan gefasst. Bevor ich ihn in die Tat umsetze, brauche ich einen rationalen Blick auf die Situation und Bestätigung, dass ich das Richtige tue. Für beides kenne ich die richtige Person.

Wenige Sekunden vergehen, bis Francesca und Sophie den Videoanruf annehmen.

Sophie legt den Kopf schief. »Rufst du mich jetzt immer an, wenn in Sydney mitten in der Nacht ist?«

Seufzend zupfe ich meinen Hoodie zurecht. »Es ist fast sieben.«

»Also mitten in der Nacht.« Francesca streicht sich eine blauschwarze Strähne aus dem Gesicht. Neben ihr auf der Bettdecke liegt ein aufgeklapptes Mathebuch. »Rufst du mich jetzt bitte immer an, wenn ich Hausaufgaben mache?«

Sofort ist mir leichter ums Herz. Wenn Chiara ein sonniger Frühlingstag ist, ist ihre kleine Schwester ein Aprilsturm, nach dem sich goldene Strahlen durch die Wolken kämpfen. Unbeständig und dazu in der Lage, die Zweifel fortzuwehen.

»Du weißt nicht, worum es geht.«

»Spannender als Logarithmen ist es sicher.«

Ich hebe eine Braue. »Du hast Mathe als Leistungskurs.«

»Für die leicht verdienten Einsen.«

»Du hast nur Einsen.«

Sie zuckt die Schultern. »In Mathe muss ich logisch denken, in den Klausuren nicht viel schreiben und die Aufgaben sind alle einfach.« Schwungvoll schlägt sie das Buch zu. »Die Hausaufgaben mache ich morgen vor dem Unterricht.«

»Wieso hast du sie nicht vorher gemacht?«, fragt Sophie.

»Ich war mit Chiara im Fitnessstudio.« Francesca schiebt das Mathebuch aus unserem Sichtfeld.

Schmunzelnd schüttelt Sophie den Kopf. »Was ist los, Charlie?«

»Gestern hat Jeanne nach dem Training Maxine kritisiert, statt sie auf ein Podest aus unseren Fehlern zu stellen.« Die Art, wie sie vor mir zurückgewichen ist, hat einen Riss in mir hinterlassen. Bei jedem Luftholen schmerzt er. »Als Jeanne fort war, hat sie mich abgewehrt, als ginge es um etwas Größeres ... Um den Grund, wieso sie unkonzentriert gespielt hat. Dahinter steckt mehr als die Trainingspause. Ich möchte ein zweites Mal versuchen, mit ihr zu reden.«

Francesca zieht die Nase kraus. »Um sieben Uhr *nachts*?«

Dass Druck auf Maxine lastet und dass Jeanne sie sonst zur Königin in ihrem Spiel macht, die uns Bäuerinnen schlägt, wissen sie. Die blauviolette Verfärbung und das Ephedrin habe ich mit keinem Wort erwähnt. Oder die Tatsache, dass Jeanne sie einsperrt.

»Jeanne ist«, ich pfriemle an der Kapuze meines Hoodies, »streng. Sie sieht es nicht gerne, wenn Maxine Besuch bekommt ... Nach gestern möchte ich nichts riskieren ...« Die Lüge schmeckt schal. Würde Jeanne mich dort sehen, ließe sie es an Maxine aus. »Morgens geht Maxine joggen. Ich möchte sie abfangen.«

»Aber?«, hakt Sophie nach.

»Was, wenn ich mich irre oder sie bedränge?«

»Das erfährst du, indem du nachfragst«, meint Francesca.

Ich beiße mir auf die Innenseite der Wange. »Und wenn sie mich ein zweites Mal abweist?«

»Die Antwort ist dieselbe, und wenn Jeanne dich nicht zu ihr lässt, ist dieser Plan der einzig Richtige.«

»Außerdem hast du die Entscheidung längst getroffen.« Sophies Augen sind ein klarer türkisblauer See. Anders als die ultravioletten Schlieren am Himmel vor meinem Fenster. Dass es nach einem Unwetter aussieht, möchte der verzweifelte Teil von mir nicht wahrhaben.

»Du bist für Maxine aufgestanden und hast dich umgezogen.«

Francescas Schmunzeln bringt kleine Grübchen zum Vorschein. »Du hast uns angerufen, um dich abzusichern. Wenn du ihr genauso viel bedeutest wie sie dir, wird sie dich nicht abweisen.«

Warmes Glühen breitet sich in meinem Inneren aus. Sammelt sich in meinen Wangen. »Ich weiß nicht, was du meinst.«

Sophie und Francesca tauschen einen Blick, der Holzscheite in das Feuer auf meinen Wangen wirft.

»Danke für euren Rat. Ich habe euch lieb.«

Sophie legt einen Finger auf das Display. »Wir dich auch.«

Francesca tut es ihr nach. »Und dafür sind wir da.«

Wir verabschieden uns voneinander. Ultraviolette Wolken verschleiern die Sonne vor meinem Fenster. In der Ferne grollt Donner. Der Mut, welchen Sophie und Francesca mir zugesprochen haben, ist lauter. Ich verlasse mein Zimmer.

Auf dem Flur öffnet sich die gegenüberliegende Tür. Ellie bedenkt mich mit einem Stirnrunzeln. »Wieso bist du wach?«

»Ich möchte Maxine beim Joggen abfangen.«

»Da bist du nicht die Einzige. Jeanne hat sie vorher nie vor dem Team zusammengestaucht, und sie ist reizbarer als sonst gewesen.« Sie richtet ihren Pferdeschwanz. »Draußen braut sich ein Gewitter zusammen. Sie wird nicht joggen.«

Resignation breitet sich in mir aus. »Wieso trägst du Sportkleidung?«

»Ohne morgendliches Ausdauertraining bin ich nicht ausgeglichen. Ich gehe ins Fitnessstudio.«

»Glaubst du, Maxine ist dort?«

Sie zuckt die Schultern. »Einen Versuch ist es wert.«

Wir verlassen das Hauptgebäude. Am Horizont treiben fluoreszierende Wolken. Wetterleuchten, das mein Gemüt spiegelt.

»Weißt du mehr als ich?« Ellies Stimme ist fein wie der Sand zu unseren Füßen.

Meine Gedanken drücken die Rückspultaste. Gräulicher Dunst zeichnet mit spitzer Feder die blauviolette Verfärbung auf Maxines Wange in den Himmel. Aufbrausender Wind echot ihren Schrei. »Nach unserem ersten Match hat Jeanne sie geschlagen, und Maxine hat nicht sagen müssen, dass es nicht das erste Mal war.«

Ellie zieht die Luft ein. »Ich hätte …«

Flüchtig streife ich ihre Finger. Eiskalt, wie meine eigenen. »Sie möchte nicht, dass wir es merken, und sie hat Angst vor den Konsequenzen für uns, wenn wir uns Jeanne in den Weg stellen.«

Sie kaut auf ihrer Unterlippe herum. »Solange wir keine Beweise haben, sind uns ohnehin die Hände gebunden.«

Eine Wolkendecke löscht das Morgenlicht aus. Genauso hat Maxine den einzigen Beweis von ihrem iPhone entfernt. Die Gewissheit, dass ich das Video hätte abfilmen müssen, sticht mit schärferer Klinge als der Wind.

»Ich weiß. Das ist nicht der Grund, aus dem ich mit ihr sprechen möchte. Im Training hat Jeanne sie bis gestern nie kritisiert. Es ist etwas passiert. Ihr beizustehen ist das Mindeste, wenn ich sie nicht bei meiner Familie in Deutschland in Sicherheit bringen kann, wo Jeanne nicht an sie herankommt.«

»Ich hasse es, dass wir nichts tun können.« In ihren Augen spiegelt sich das Wetterleuchten. »Dass es Maxine gutgeht, ist wichtiger als ihre Leistung. Oder unser Tabellenplatz.«

»Sind der Aufstieg und der Oceania Summer Cup nicht dein Traum?«

»Es gibt immer ein nächstes Jahr.« Sie streicht sich lose Strähnen aus dem Gesicht, mit denen der Sturm spielt. »Ich heiße weder Jeanne noch Letizia. Meine Freundinnen sind mir wichtiger als das Feldhockey.«

Wände aus schwarzem Marmor mit gräulicher Legierung lassen den Eingangsbereich des Fitnessstudios schrumpfen. Der Tresen sowie Sitzgelegenheiten verschmelzen mit ihnen. Auskunft darüber, ob außer uns jemand trainiert, darf der Rezeptionist mir nicht geben.

Seufzend folge ich Ellie in den Trainingsbereich. Verspiegeltes Glas kleidet die Wände sowie die Decke. Zwischen den anthrazitfarbenen Wolken zucken glühende Narben. In der Ferne grollender Donner übertönt meinen Puls. Außer uns sind ein halbes Dutzend Studierende an den Geräten verteilt. Kein erdbeerblondes Haar; in der Umkleide ist sie auch nicht gewesen.

Ellie legt mir eine Hand auf die Schulter. »Sie ist nicht hier. Wir finden eine Lösung, wie du nach dem Training mit ihr sprechen kannst …«

In ihren eisblauen Augen spiegelt sich mein bleiches Antlitz. »Das ist zu spät. Sie ist joggen gegangen.«

»Das ist zu gefährlich.«

»Eben.«

Erinnerungen dringen an die Oberfläche.

Lucies erster Geburtstag nach Olivers Tod im Haus unserer Kindheit. Ich habe alle spitzen Gegenstände und ätzenden Flüssigkeiten versteckt. Gehört, wie sie im Bad zusammengebrochen ist, und mich in den Schatten versteckt, statt ihr Licht zu spenden.

Ich renne nach draußen.

Entfernt nehme ich das Echo von Ellies Schritten wahr.

Über den Himmel ziehen Wolken dahin. Mitternachtsblau, verwoben mit Tintenschwarz. Verwickelt in einen Kampf mit der Morgensonne. Überzogen von einem goldenen Netz, dessen Nähte aufreißen. Donner grollt über dem Meer, Wind peitscht mir das Haar ins Gesicht. Mit brennender Lunge renne ich zum Strand, Ellie holt mich ein.

Horizont und Pazifik sind ein Mosaik aus Anthrazit, Ultraviolett und Schwarz. Eine Farblosigkeit, die mir einen Schauder über den Rücken jagt.

Regen rinnt über meine Haut, dringt als Furcht in meine Poren. Aus Tropfen wird ein die Grautöne reflektierender Vorhang, der die Umgebung verzerrt. Weiter als wenige Meter zu sehen, ist unmöglich. Schlick und Salzwasser spritzen meine Beine hinauf. Wo fängt der Pazifik an und wo endet der Horizont?

Ein rotschimmernder Streifen hebt sich von der Monochromie ab. Mein Herz setzt einen Schlag aus, ehe es in doppelter Geschwindigkeit weiterrast. Wunschdenken oder Hoffnungsleuchten? Ich stolpere durch regennassen Sand.

Die Nichtfarben verschmelzen mit Maxine. Tragen ihren düsteren Schleier nach außen.

Verschmierte Schlieren sickern in mein Sichtfeld, Wasser tränkt meine Shorts. Innerhalb von Sekunden habe ich Maxine eingeholt. Ich packe ihr Handgelenk, sie zuckt zusammen. Wir straucheln, meine Beine knicken weg. Ein erstickter Schrei stirbt auf meinen Lippen, ich falle in den aufgeweichten Sand.

Das Wetterleuchten verwandelt Maxines Züge in Diamanten. Ihre Augen sind geweitet und von einer Leere heimgesucht, die mein Innerstes gefrieren lässt. So sieht Lucie an jedem neunten November aus … in ihren depressiven Phasen … nach einer Panikattacke.

»W-was?«

»Bist du vollkommen leichtsinnig?« Donner untermalt jede Silbe, Salz reibt meine Kehle wund. »Du kannst bei diesem Wetter nicht joggen!«

»Wenn ich nicht den Kopf freibekomme …« Mühsam schluckt sie herunter, was immer sie sagen möchte. Hält die Mauer so fest, dass die Adern unter ihrer Mondlichthaut bläuliche Schatten werfen. »Jeanne hat gesagt, ich muss Muskeln aufbauen … Wir müssen Freitag gewinnen …«

»Wir gewinnen nicht, wenn du vom Blitz erschlagen wirst!« Ein ersticktes Schluchzen zerplatzt auf meinen Lippen.

Mit in die Hüfte gestemmten Händen ragt Ellie über uns auf. »Ihr seid schlimmer als meine Neffen. Im Gegensatz zu euch sind sie fünf und acht. Könnt ihr an einem sicheren Ort aufeinander losgehen? Charlies Zimmer zum Beispiel.«

»Ich möchte …«

Ihr Blick schießt Pfeile in Maxines Richtung. »Du wirst nicht joggen, und wenn ich dich dafür festbinden muss. Ich will auf dem Weg zum Hauptgebäude kein Wort hören.«

Ich halte Maxine die Hand hin.

Sie ballt die Fäuste, stemmt sich auf die Füße.

Mein zentnerschweres Herz und ich folgen ihrem Beispiel.

***

Wolkenberge des Schweigens liegen über uns. Salzkristalle und Sand tropfen von unserer Kleidung. Versickern im Teppichboden. Ohne dass sich die ungesagten Worte aus unseren Stimmbändern lösen.

Sturmböen rütteln an den Fensterläden. Würden sie das Glas zersplittern, wäre Maxines Mauer das Einzige, was standhaft bleibt. Ihre eingefrorene Miene erinnert mich so schmerzlich an Jeanne, dass sich mir der Magen umdreht. Eine Schrittlänge voneinander entfernt stehen wir und sind lange nicht so weit voneinander weg gewesen. Maxine, die Eisprinzessin, und ich, die neben ihr erfriert.

Ein Teil von mir möchte sich vergewissern, dass es ihr gutgeht. Ein zweiter möchte sie anschreien, bis sie begreift, was es in mir auslöst, wenn sie sich in Gefahr bringt.

»Ihr solltet euch umziehen.« Ellies Stimme übertönt das Unwetter. Draußen. In mir.

»Ich habe nichts, ich könnte …«

Ellie bringt Maxine mit einem Kopfschütteln zum Schweigen. »Du gehst nicht da raus. Charlie leiht dir etwas.«

Sie zieht die Schultern ein. Einem Kokon, der sich ablöst, gleich, klebt die nasse Kleidung an ihrem Körper. Knochen und Muskeln zeichnen sich darunter bei jeder Bewegung ab. »Ihre Kleidung ist mir zu klein.«

In welcher Welt? In derselben verzerrten, in der es für sie Sinn macht, bei einem Gewitter joggen zu gehen?

Ellie macht eine wegwerfende Handbewegung. »Keine Widerrede.« Ihr Blick huscht zwischen uns hin und her. »Kann ich euch allein lassen? Ich würde mich gerne umziehen.«

Unser Schweigen lässt sie als Zustimmung durchgehen. Hinter ihr fällt die Tür ins Schloss.

Mit jedem verstreichenden Atemzug schnürt sich die Stille enger um meinen Brustkorb. Die Luft ist angereichert mit Unsicherheit und Verzweiflung. Nach Olivers Tod habe ich gelernt, dass es zwei Arten von Stille gibt. Eine fühlt sich an wie Wellen, auf denen ich dahintreibe. Die zweite wie das Ertrinken in einem Ozean, unter dessen Oberfläche sich

Wahrheiten verbergen, die meine Glieder wie Algen umschlingen. Maxine und ich haben die erste Art der Stille wie klare Luft verbraucht. Die zweite verstopft unsere Atemwege.

Ein glockenheller Ton hallt an den Wänden wider. Maxine zieht ihr iPhone aus ihrer Hosentasche. »Jeanne schreibt, dass wir uns vor dem Mittagessen nicht sehen.«

»Sie ist nicht im Bungalow?«

»Sie ist bei der Physiotherapie; wegen dem Gewitter verzögert sich alles.«

Zu einem anderen Zeitpunkt hätten wir die Momente des Auftauchens genutzt. Jetzt schwemmen sie Wasser in meine Lunge.

Der Wunsch nach Ablenkung treibt mich zum Kleiderschrank. Wie Lavendel inmitten verwelkter Blumen strahlt mir Maxines Cardigan entgegen. Nach dem Besuch im Luna Park habe ich ihn mitsamt dem Kleid gewaschen. Auf dem *Hair Raiser* sind wir unbesiegbar gewesen. Jetzt stürzt er in eine bodenlose düstere Realität. Ein Schluchzen zwängt sich aus meiner Kehle.

»Es tut mir leid. Dass ich dich gestern fortgestoßen habe. Mein Leichtsinn. Ich mache alles kaputt.« Ihre Stimme bröckelt. »Hasst du mich jetzt?«

Mein Blick verfängt sich in tränengetrübtem Silber. Glitzernde Tropfen schmelzen das Eis. Dahinter kommt ein Spiegel meiner Gefühle zum Vorschein. »Wieso sollte ich?«

»Ich habe dich enttäuscht … Das tue ich immer.«

»Du hast mich verletzt, weil ich dich *nicht* hasse. Ich war sauer. Jetzt möchte ich dich verstehen.«

Sie schluckt. »Obwohl es leichter wäre, wenn ich nicht dein Problem wäre?«

Ich atme gegen das Gewicht ihrer Worte an. Eine Haaresbreite von ihrer Wange entfernt verharren meine Finger. »Darf ich?« Auf ihr Nicken hin streifen sie ihre Haut. Zart wie Kolibriflügel, an denen Silbertränen wie Tautropfen haften bleiben. »Du bist niemandes Problem. Obwohl Jeanne dich das glauben lässt. Ich mag dich. Egal, ob du dich selbst magst oder nicht.«

Wir verharren in einer Schneekugel, die niemand schüttelt. Glaswände halten die Außenwelt von uns fern. Mit jedem verrinnenden Moment werden sie dünner und die regennasse Kleidung schwerer.

»Wir sollten uns umziehen.«

Sie zieht die Unterlippe zwischen die Zähne. »Und danach?«

»Bin ich für dich da. Ob du mir erzählen möchtest, was los ist, oder ob wir gemeinsam schweigen.«

Ihre Mundwinkel zucken, zu flüchtig, um ein Lächeln zu formen. Sie nimmt Kleid und Cardigan entgegen.

Ich ziehe mich im Bad um, sie sich in meinem Zimmer.

Anschließend lassen wir uns auf dem Bett nieder, Schulter an Schulter, Oberschenkel an Oberschenkel.

Tränenrinnsale verbinden die Sommersprossen auf ihren Wangen zu Perlen an einer glitzernden Schnur. »Es geht um meinen Vater. An meinen Geburtstag hat er bis jetzt nicht gedacht; ich soll am Samstag zu seinem Fünfzigsten kommen. Er hat Jeanne gedroht, mir keinen Unterhalt mehr zu zahlen, wenn sie mich nicht in seine Villa schickt.« Jeder Muskel zeichnet sich unter ihrer Mondlichthaut ab. Als drohe sie zu zerreißen. In verschiedene Richtungen gezogen von ihren Eltern. »Sie ist gereizter als sonst. Nicht, dass ich ihren Zorn gestern nicht verdient hätte. Ich war unkonzentriert.«

Ihre Verzweiflung tränkt die Luft, wie der Duft von Verfall versprechendem Herbstregen, der auf mich übergreift.

»Danke, dass du mir das anvertraust.« Ich schiebe meine Hand neben ihre. Ob sie festgehalten werden möchte, überlasse ich ihr. Obschon ich sie am liebsten an mich ziehen und vor diesen Menschen abschirmen möchte. »Es sollte deine Entscheidung sein, ob du auf diesen Geburtstag gehst …«

»Ich habe keine Wahl. Beide sehen mich als Gegenstand an. Michael, das ist sein Name, möchte mich seinen Geschäftspartner*innen nicht vorenthalten. Alle, die sich für Hockey interessieren, wissen, wer ich bin. Mich zu verschweigen, könnte einen schlechten Eindruck machen.« Sie zieht die Schultern ein, als drücken Lasten auf sie nieder. Ihre Kindheit, zusammengehalten von Ranken, die verwelken und sie nicht mehr tragen. »Jeanne interessiert sich wenigstens für meine Leistungen.« Ihr Ton gleicht rauem Wind, der durch kahle Äste streift. Erfüllt von der Resignation, dass der Herbst eingekehrt ist. Es gibt keine Blätter, die fallen könnten. »Für ihn bin ich Jeannes Tochter, sie hat den Spielplan für mein Leben gezeichnet, als sie mir ihren Namen gegeben hat. Ich erinnere mich nicht an eine Zeit, in der sich die beiden ein Schlafzimmer geteilt haben. Als ich sechs gewesen bin, haben sie sich getrennt, wenigstens haben die Schreie und Anschuldigungen aufgehört.« Ihr Blick ist glasig. Fern und verloren. »Er hat eine neue Familie. Seine Frau, Violet, sieht Jeanne in mir. Zu ihren Söhnen … m-meinen Brüdern … untersagen sie mir den Kontakt.« Sie sackt in sich zusammen. »Nie habe ich die Chance bekommen, eine Schwester für Caleb und Will zu sein. Manchmal ertrage ich die Gewissheit nicht, dass sie eine Kindheit haben, und dafür schäme ich mich.« Meine Hand packt sie so fest, dass sie mir das Blut abquetscht. Als suche sie einen Anker, der sie im Jetzt hält. »Das Match am Freitag. Das Spielfeld, auf dem ich Samstag spielen muss, obwohl alle wissen, dass mein Platz im Abseits ist. Das ist zu viel. Ich kann nicht aus meiner Haut. Aber wenn ich jogge, fühlt es sich so an.«

Sie hat einen Teil ihrer Rüstung abgelegt. Ihre Augen verwandeln sich in ausgebrannte Sterne, ihr Haar in rostiges Gold. In der stählernen Hülle spiegelt sich Lucie. Weder welche Farbe ihre Dunkelheit hat noch welcher Sturm in Maxines Kopf herrscht, weiß ich. Vor sechs Jahren hat ein vierzehnjähriges Mädchen in Superlativen gelebt – sich unbesiegbar fühlen oder nichts spüren. Auf das offene Meer schwimmen oder ertrinken, statt das rettende Ufer zu suchen.

»Das Joggen ist dein Betäubungsmittel.«

»Woher weißt du das?«

»Olivers Tod, meine schlechten Schulnoten, die ungesagten Worte zwischen Lucie und mir, die mitleidigen Blicke für das Mädchen mit dem toten Bruder.« Ich beiße die Zähne zusammen. »Mein Teenager-Ich wollte sich damit nicht auseinandersetzen. Zigaretten sind mein Betäubungsmittel gewesen. Rauch in meinem Kopf, der mich von meinen Gefühlen trennt.«

»Dass du aufgehört hast, ist ein Zeichen von Stärke.« Sie drückt meine Hand. »Ich weiß, was du mit Rauch im Kopf meinst. Kennst du das Gefühl nach dem Sport, wenn du so überanstrengt bist, dass du deinen Körper nicht spürst?«

Ich schlucke. »Ja …«

»Danach bin ich süchtig. Obwohl ich ihn umso mehr spüre, wenn es verblasst.« Sie streckt die Beine, ohne dass sie die Bettdecke berühren. »Ich bin in mir selbst gefangen.« Die Fingernägel vergräbt sie in ihrer Haut. Zieht, ohne dass die dünne Schicht über den Knochen nachgibt.

Mein Innerstes stirbt in Maxines ewigem Winter ab. Ich packe ihr Handgelenk. »Hör auf.«

Ihr Zurückzucken macht mir meine erhobene Stimme begreiflich. Sie sieht mich an, als hätte ich sie geschlagen.

Am liebsten möchte ich den grauen Nebel um sie herum packen. Ihn ihr ins Gesicht schleudern. Bis sie aufhört, vor ihm wegzurennen. Sie würde ihn tiefer einatmen.

»Das ist keine Lösung.«

»Ich weiß.« Tränen tropfen aus ihrem Wimpernkranz. »Vor den Stimmen in meinem Kopf kann ich nicht wegrennen oder sie aus mir herausreißen. Sie sind mit mir in diesem Körper gefangen, der nicht genug ist, um perfekte Leistungen zu bringen.« Sie macht Anstalten, die Nägel in die Handflächen zu bohren.

Alles in mir zieht sich zusammen. In eisernem Griff halte ich ihre Handgelenke.

»Jeanne sagt, dass ich keine Muskeln habe. Für mich klingt das wie ein ›Du bist nicht dünn genug‹. Ich habe keine langen Beine wie Ellie oder bin so durchtrainiert wie du. In der Trainingspause habe ich zugenommen.«

Etwas in mir splittert. »Du hast in der Trainingspause nicht zugenommen.«

Das Gesicht verziehend sieht sie an sich herab. Auf ihrem zierlichen Rahmen findet das Kleid kaum Halt. Im Luna Park hat es gepasst. »Doch … und ich muss …«

Mit einem Kopfschütteln bringe ich sie zum Verstummen. Der Drang, etwas kaputtzuschlagen, flammt in mir auf. Wenn Maxine dünner wäre … Nein, daran möchte ich nicht denken. Würde es etwas ändern, wenn ich sie vor den Spiegel ziehe, ins Angesicht der Wahrheit? Das Nein ist ein Eissplitter in meiner Brust. So endgültig wie ihr Tonfall. Ihre Wahrnehmung ist eine verzerrte Fotografie, die sie wie eine Schablone über die Welt geschoben hat.

»Wenn du dünner wärst, wärst du nicht glücklicher.«

Sondern wenn du Jeannes Ketten sprengst.

Ungesagt verharren die Worte zwischen uns.

»Das kannst du nicht wissen. Vielleicht wären meine Leistungen dann besser, und ich wäre für Jeanne genug.«

Zittrig lege ich eine Hand auf ihre Wange. Die Kälte ihrer Haut sickert in mein Inneres. »Du bist genug. Für mich. Zählt das gar nicht?«

Mit flatternden Lidern schmiegt sie sich in die Berührung. Ihre Stirn sinkt gegen meine, mein Atem stockt. »Doch. Danke.«

Ich atme ihre Nähe ein. Aus ihr sprießen Blüten der Hoffnung. Darauf, dass es genug ist, wenn ich ihr beistehe. »Ich würde mir wünschen, dass du andere Wege findest, um mit deinen Gefühlen umzugehen.«

»Das kann ich nicht versprechen.«

Ich streiche ihr eine Haarsträhne aus dem Gesicht. »Ich weiß.«

Sie beißt sich auf die Lippe. Zartrosa Schimmer tänzelt über ihre Wangen. »Trotzdem siehst du mich an, als wäre ich nicht zerbrochen oder falsch.«

»Das bist du nicht.« Ich umfasse ihr Gesicht. Silbernebel zerbricht das Grau ihrer Iriden. Sternschnuppen, die mir unter die Haut dringen und ein Glühen hinterlassen. »Ich sehe dich an, weil du hinter deiner Fassade bunt bist und strahlst. Wie ein Gemälde, auf dem es immer Neues zu entdecken gibt. Bis du deine Farben siehst, zeige ich sie dir.«

An ihren Lippen zupft ein Lächeln. Sie ist mir so nahe, dass unsere Beine sich berühren. Automatisch wandert mein Blick über ihre Züge. Ein Gemälde, das mir vertraut ist. Dennoch sehe ich sie gerne an. Wie der Mond das Meer zieht sie mich in ihren Bann. Vom Schwung ihrer Lippen bis hin zu dem Kaleidoskop aus Silber. Wir atmen dieselbe Luft. Schwer von einer Frage …

In der Ferne klickt eine Tür. Abgehackt stößt ihr Atem gegen meinen. Wir fahren auseinander.

»Ich wollte euch nicht stören ...« Ellie verlagert ihr Gewicht auf einen Fuß. »Ihr habt euch wohl«, sie stockt, »vertragen ... Soll ich gehen?«

Ich räuspere mich. »Nein ... Was ist los?«

»Davon abgesehen, dass ich wissen wollte, ob ihr euch gegenseitig umbringt? Das Training fällt aus. Das Hockeyfeld ist überschwemmt, die Halle belegt.« Mit der flachen Hand reibt sie sich über das Gesicht. »So kurz vor dem Match.«

»Wir gewinnen.«

Die Skepsis in ihrer Miene bleibt. »Ayumi, Viona und ich wollen mit euch einen *Saw*-Marathon starten. Maxines Bildungslücke muss gefüllt werden. Dafür stelle ich mich meiner größten Angst. Mathilde lenkt Jeanne ab, wenn sie zurückkommt.«

Maxine atmet auf. »Danke.«

An der Hand führe ich sie in Ellies Zimmer. Ihr Bett ist ein Lager aus Kissen und Decken, in dem Ayumi und Viona es sich bequem gemacht haben. Auf dem Beistelltisch stehen Ellies Laptop, eine Kaffeekanne, eine Obstplatte, ein Korb mit Brötchen und Croissants sowie Marmelade und Honig.

»Léons Geschenk an uns.« Viona rückt ihre Brille mit dem roségoldenen Rahmen zurecht – beim Training trägt sie Kontaktlinsen. »Er hat zu viel Angst, um sich uns anzuschließen.«

»Eigentlich hat er Schwimmtraining«, verbessert Ayumi.

»Obwohl er diese Woche keinen Wettkampf hat«, zischt Ellie.

Ayumi stupst sie in die Seite. »Jetzt denken wir nicht an Freitag, sondern konzentrieren uns auf Maxines Theorien zu *Saw*.«

Maxine schnappt nach Luft.

»Keine Sorge. Die Plotlinien sind genial, aber verwirrend, und jede falsche Antwort lassen wir durchgehen.«

Wir setzen uns neben Ayumi und Viona, Maxine verharrt am Rand, ihr Kopf sinkt auf meine Schulter. Mein Arm gleitet um ihre Taille. Die Berührung wird zu Gänsehaut, mein Herz gerät aus dem Takt. Der Moment in meinem Zimmer hat etwas zwischen uns verschoben.

Ihre Nähe bildet einen Wall zwischen dem Offensichtlichen und mir. Auf dem Bildschirm sägt sich Dr. Gordon den Fuß ab, da fällt mir der leere Teller auf. Ein blinder Fleck neben der Obstplatte. Nach einer halben Stunde hat sie nichts gegessen. Der Kaffee schmeckt bitter, der Honig verklebt meine Lippen. Das Joggen ist nicht ihr einziges Betäubungsmittel.

»Ich muss auf die Toilette.«

Der einzige Einwand ist Maxines lange auf mir ruhender Blick, ich fliehe in Ellies Bad.

Die Beklemmung bleibt. Maxine hat mir Seiten zu lesen gegeben. Einige überblättert sie. Verborgen vor sich selbst.

Für mich gleichen sie Warnschildern mit Neonlettern ... Ich muss sichergehen ...

Bewegungsdrang
Hungern
Gewichtsabnahme
verzerrte Selbstwahrnehmung

Puzzleteile, die ich bei *Google* eingebe. Das Gesamtbild ist ein Artikel über Magersucht. Ich habe es bewusst nicht eingegeben, sie nicht fremddiagnostizieren wollen. Mit angehaltenem Atem klicke ich auf *Folgen und Verlauf.*

Kreislaufbeschwerden ... Herzrhythmusstörungen ... Haarausfall ... sozialer Rückzug; schwarze Lettern auf weißer Schrift verschwimmen vor meinen Augen, bis auf einen Satz, der in meine Netzhaut sticht: *Menschen mit Anorexie haben ein fünffach höheres Sterberisiko als Gleichaltrige ohne die Erkrankung, und jede zehnte betroffene Person stirbt an den Folgen ihrer Erkrankung.*

Schluchzend presse ich den Rücken gegen die Fliesen. Taubheit sickert wie Gift in meine Muskeln.

Lucies Selbstmordversuche, ihre Narben. Maxines Zusammenbruch. Hervortretende Adern und Knochen unter ihrer Haut. Kleider, die keinen Halt in ihrem Rahmen finden. Ihre Mauern, mit denen sie sich vor uns hat abschotten wollen.

Erinnerungsfetzen, die Schleifen bilden und mir den Atem abschnüren.

Ich zwinge Luft in meine Lunge. Die Knoten lösen sich. Zurück bleibt Kälte. Eine Schneeflockenscherbe von Maxines ewigem Winter in meinem Herzen.

Was muss ich tun, damit sie nicht *jede zehnte Person* ist?

Kann ich etwas tun? Vor allem, solange sie in Jeannes Garten verwelkt, statt in einem anderen Wurzeln zu schlagen?

Gleichungen ohne eine Lösung. Obschon ich die Variable sein möchte, die etwas verändert.

Kapitel 19

Taylor Swift – mad woman

00:00 -03:46

Maxine

Stoff in der Farbe schwarzen Teers klebt an meinem Körper. Ich finde keine Position, in der ich ihn nicht spüre. Meine Beine reiben aneinander, die Haut meiner Oberschenkel quillt unter dem Saum des Kleides hervor, mein Bauch drückt gegen den Anschnallgurt. Ich beiße mir auf die Zunge, metallische Flüssigkeit füllt meinen Mund und färbt meine Gedanken blutrot. Am liebsten würde ich die Haut abschneiden … Mein Herz schlägt mit den Flügeln, als würde es sich genauso eingeengt fühlen.

Einatmen, ausatmen … Was hat Charlie über aufkommende Panikattacken gesagt?

Drei Dinge, die ich höre: den Motor, kreischende Möwen, das Tröpfeln eines Popsongs im Autoradio.

Drei Dinge, die ich sehe: das türkisblaue Band des Pazifiks, einen knallgelb gekleideten Mann auf einem Rennrad, Papierboote auf den Wellen.

Drei Dinge, die ich …

Ich zerschneide den Gedankenfaden. Alles, was ich spüre, ist das Kleidungsstück, welches meine Bewegungen behindert.

Ich hebe die Beine und rücke so weit nach vorne, dass mein Rücken die Lehne nicht streift. Leise ächzen die Polster unter meinem Gewicht, Übelkeit steigt in mir auf.

Jeanne hat mir das Kleid geliehen. Einmal mehr bin ich ihre Puppe. An ihr sitzt es perfekt, mir ist es zu eng, wie ihre Erwartungen.

Jedes ihrer Worte ist ein Messerstich gewesen.

›Das Kleid hält kaum an deinem Körper.‹

Er ist unförmig.

›*Ich müsste meinen BH nicht ausstopfen.*‹

Hätte ich mehr Oberweite, wäre das Kleid am Bauch nicht eng.

›*Haben wir den BH nicht neu gekauft?*‹

Das ändert nichts daran, dass ich nicht hineinpasse.

›*Du hast keine Hüfte.*‹

Das Fett überdeckt sie.

Schmerz durchfährt mich, mechanisch halte ich mir den linken Arm vor das Gesicht. Rötliche Halbmonde an einem blauvioletten Nachthimmel heben sich von meiner Haut ab.

Der Rauch über meinem Verstand lichtet sich. Gestern haben wir gewonnen, wir stehen an der Tabellenspitze. Heute muss ich einem anderen Spielplan folgen. Alle werden Jeannes Namen an meiner Position lesen. Ihnen zu geben, was sie verlangen, ist leichter, als ich zu sein.

Ich wünschte, Charlie wäre bei mir ... Andererseits sieht sie mich wenigstens nicht als Jeanne verkleidet; in dem Kleid, mit Locken, die maximal zwei Stunden halten werden, und Lippenstift so blutrot wie meine Gedanken.

»Wir haben das Ziel erreicht.«

»Vielen Dank«, bringe ich heraus, umfasse meine Handtasche und trete in die abendliche Hitze.

Die Villa ragt als schneeweißes Statussymbol vor dem azurblauen Horizont auf. Alles an ihr ist glatt, von der Fassade, über die Dächer, bis hin zu den Säulen, welche das Vordach stützen und zu einer verglasten Eingangstür führen. Palmen säumen den Eingang, der Rasen des Vorgartens ist zu grün, um echt zu sein, und in seiner Mitte bricht ein perlmuttfarbener Springbrunnen das Sonnenlicht in allen Regenbogenfarben.

Als müsse ich über ein Hochseil balancieren, setze ich Fuß vor Fuß. Der Schatten der Villa verschluckt mich, Kälte dringt bis zu meiner Haut vor. Eine Handbreit vor der Klingel verharrt mein Zeigefinger. ›*Lyons*‹, steht in schwarzen Lettern darunter. Denselben Nachnamen haben wir nie gehabt. Ich habe ihn als Michael Wright gekannt, und diesen Mann gibt es nicht mehr, seit er den Nachnamen seiner zweiten Ehefrau angenommen hat.

Vorsichtig drücke ich die Klingel, Schritte erklingen im Haus, mein Herzschlag passt sich ihrem Takt an und erstarrt.

Haselnussbraune Augen verengen sich, die Falten um seinen Mund werden tiefer. In einer ruckartigen Bewegung fährt er sich durch das dunkelblonde, grau-melierte Haar.

Jeder Atemzug schnürt das Kleid enger. Der Lippenstift klebt meinen Mund zu und das Make-up wiegt Zentner.

Michael Lyons sieht nicht die Tochter, die er nicht will, sondern seine Ex-Frau; ich sehe einen Mann, den ich in Gedanken meinen Vater nenne. Seit zwölfeinhalb Jahren ist er das nicht mehr.

Er rückt seine Krawatte zurecht. »Schön, dass du gekommen bist.«

Der geschäftsmäßige Tonfall versetzt mir einen Stich. »Alles Gute zum Geburtstag.«

»Danke-«

»Daddy, wer ist da?«

Michael späht über die Schulter. »Du sollst im Flur nicht rennen, Caleb.« Liebevolle Strenge färbt seine Worte, so dickflüssig, dass ich darauf auszurutschen drohe.

Meine Knie werden weich.

Caleb stellt sich neben seinem Vater. Das schneeweiße Hemd und die anthrazitfarbene Anzughose sind ein Kontrast zu den verstrubbelten dunkelblonden Haaren. Aus grasgrünen Augen sieht er zu mir hinauf, Unsicherheit flackert über seine Miene.

Mein Magen schrumpft auf einen Punkt zusammen, mit Caleb und Will teile ich Blut, das keine Erinnerungen transportiert. Als Jeanne mir vor zehn Jahren von Wills und vor acht von Calebs Geburt erzählt hat, habe ich sie hassen wollen. Die Jungen, welche meinen Traum einer Kindheit leben. Hätte ich die Wahl, unsere Plätze zu tauschen, würde ich den Käfig aus Stacheldraht wählen. Kein Kind hat es verdient, dass ihm die Flügel gestutzt werden.

Will quetscht sich an Calebs Seite und reckt mit blitzenden, meerblauen Augen das Kinn. »Ich habe ihm gesagt, dass er nicht rennen soll.«

Caleb verschränkt die Arme vor der Brust. »Lüge.«

Michael legt ihm eine Hand auf die Schulter. »Wollt ihr Maxine so begrüßen?«

Beide Jungen schauen zu mir hinauf, ohne einen Muskel zu regen. Die Stille zwischen uns dehnt sich aus.

»Wieso steht ihr … Will, Caleb, geht zur Seite …« Eine mit Goldringen besetzte Hand schiebt die Jungen fort. Ich ertrinke in dem Ozean zwischen dieser Familie und mir – Violet Lyons sieht mich an wie einen Weinfleck auf einem Kleid, der sich nicht herauswaschen lässt. Ich bin der Schandfleck, den Michael mit in ihre Ehe gebracht hat. »Oh, du bist gekommen.« Verkrampft biegen sich ihre Mundwinkel nach oben, unter dem karmesinroten Kleid treten angespannte Muskeln hervor. »Wie schön.«

Ich ziehe die Schultern ein. »Es freut mich auch.«

»Lasst uns reingehen.«

In ihrem Schatten betrete ich die Hallen einer Kindheit, die mir hätte gehören können. Durch das glänzende Parkett und die schneeweißen Wände wirkt der Flur weiträumig, Musik aus dem Wohnbereich füllt ihn als leises Echo aus. Links führt eine Treppe mit gläsernem Geländer in die obere Etage, rechts dominiert eine weiße Flügeltür die Wand. Geradeaus befindet sich der Wohnbereich, welcher in Weiß- und Erdtönen eingerichtet ist. Die verglaste hintere Wand gibt den Blick auf den Garten frei. Palmen spiegeln sich in einem kristallklaren Pool, eine Schaukel schwingt im Abendwind. Im Wohnbereich sind die Möbel steril und schnörkellos. Die Sofas sind an die Seite geschoben worden und machen Platz für Stehtische sowie Sitzgelegenheiten. Menschen in Cocktailkleidern und Anzügen haben sich vereinzelt dort niedergelassen.

Ihr Flüstern verkommt zu einem Hämmern hinter meinen Schläfen, das grelle Weiß sticht mir in die Augen, der Geruch von Wein beißt mir in die Nase. Ich vergrabe die Finger im Stoff meines Kleides und suche nach einem Fixpunkt; grasgrüne Augen fangen meinen Blick auf.

Caleb neigt den Kopf. »Was ist dein liebstes Pokémon?«

Alle Umgebungsgeräusche verstummen, und die Frage trifft mich so unvorbereitet, dass ich ihn mit offenem Mund anstarre.

Violet legt ihm eine Hand auf die Schulter. »Ich glaube nicht, dass Maxine weiß, was Pokémon sind.«

Er zieht die Nase kraus. »Das wissen alle.«

Viermal der Champ der Pokémon-Liga geworden zu sein, ist keine Zeitverschwendung gewesen. Charlie und Lucie haben etwas gut bei mir. »Evoli.«

Violet runzelt die Stirn.

»Wieso?«, fragt Caleb.

»Es kann alles sein, was es möchte.« Wenn eine Mischung aus Fuchs und Katze jedes Element bezwingen kann, das sie möchte, solange die Bedingungen stimmen, wieso kann ich nicht mehr sein als die Ersatzspielerin meines eigenen Lebens?

Er strahlt. »Meins ist Fiaro. Es kann fliegen, ist schnell und hält jedem Feuer stand.«

Meine Brust zieht sich zusammen, ich widerstehe dem Impuls, eine Hand nach ihm auszustrecken. Hoffentlich erfährt er nie, wie es sich anfühlt, zwischen Gitterstäben eingeengt zu sein, sondern bewahrt den kindlich-träumerischen Blick auf die Welt.

»Fiaro mag ich auch.«

Sein Lächeln dringt in mein Herz, meine Mundwinkel huschen zögerlich nach oben, als müssten sie um Erlaubnis bitten.

Caleb blickt zu Violet hinauf. »Darf ich Max meine Pokémon-Karten zeigen?«

»Max?«

»Will nenne ich auch nicht William.« Calebs Antwort macht mir mein lautes Denken begreiflich. »Das ist viel zu lang.«

Violet presst die Lippen zusammen. »Ich weiß nicht, ob das eine gute Idee ist.«

Michael berührt ihren Oberarm. »Die meisten Gäste kommen in einer halben Stunde. Es spricht nichts dagegen.«

Nach Luft ringend sieht sie von mir zu ihm; unwillkürlich trete ich einen Schritt zurück.

»Aber sie …«

Er schüttelt den Kopf. »Nicht heute.«

»Von mir aus.« Sie seufzt. »Wenn ich euch rufe, kommt ihr.«

Will stellt sich auf die Zehenspitzen. »Darf ich mitkommen?« Sein Leuchten zehrt die Schatten auf, welche aus Violets Worten quillen.

»Wenn du mir verrätst, was dein liebstes Pokémon ist.«

»Lucario. Weil es aus Stahl und fast unbesiegbar ist.«

»Das lasse ich gelten.«

Eine kleine Hand gleitet in meine. Caleb führt mich die Treppe hinauf, Will folgt uns. Auf der oberen Etage reihen sich weiße Holztüren aneinander. Will verschwindet hinter der vorvorletzten, Caleb zieht mich durch die letzte. In einen Traum, der einst einem kleinen Mädchen gehört hat. Fäden einer zerrissenen Kindheit schnüren mir die Luft ab.

Ein Hochbett dominiert das hellgrün gestrichene Zimmer; darauf liegen Plüschtiere, die meisten davon sind Pokémon, die untere Etage bildet ein Sofa. Auf dem Schreibtisch sind Schulhefte verteilt, daneben tummeln sich Bücher kreuz und quer in einem Regal, Brettspiele, Kisten mit Legosteinen, eine Modelleisenbahn.

Was hätte ich dafür gegeben, Legosteine in den Händen zu halten und meine Luftschlösser aus ihnen zu bauen, bis sie meine Haut wund reiben? Stattdessen hat Jeanne mich von klein auf zu einer Erwachsenen erzogen.

Mit dem Handrücken streiche ich aufkommende Tränen fort.

Caleb hat sich über eine Kiste gebeugt und hievt ein gelbes Pokémon-Sammelkartenalbum hoch, von dessen Einband mich ein Evoli und ein Pikachu anstrahlen.

Hinter uns klickt das Türschloss; auf Wills Sammelalbum ist Lucario zu sehen.

Im Schneidersitz setzt sich Caleb auf den grünen Teppich mit violetten Blumen. Will hockt sich neben ihn.

Unbeholfen tue ich es ihm nach, darauf bedacht, dass mein Kleid nicht verrutscht.

»Darf ich anfangen?«, fragt Caleb.

Will nickt. »Du hast Max zuerst gefragt.«

»Wechselt euch ab«, schlage ich vor. »Jeder zeigt mir zehn Karten, dann ist der nächste dran. Vor dem Abendessen schaffen wir unmöglich alle.«

Ich verliere mich in der Welt der Pokémon. Zu jeder Sammelkarte erzählen sie mir eine Geschichte und von den Stärken der Pokémon, die ihre Schwächen ausgleichen. Für einen Mottenflügelschlag bin ich ein Kind und nicht in einem Kleid gefangen, das mir genauso wenig passt wie meine Haut.

Bei einer Sammelkarte mit einem Evoli angekommen, das in einem Feld aus rosafarbenen Blumen sitzt, hält Caleb inne. Linst zu mir, ehe er sie hervorholt und mir hinhält. »Die ist für dich.«

Mein Herz zieht sich zusammen. Mit den Fingerspitzen berühre ich ihren Rand. »Bist du dir sicher?«

»Sie soll dich daran erinnern, dass du alles sein kannst, was du möchtest.«

Tränen pochen hinter meinen Augen. Ich schlucke, nehme die Karte und drücke sie an meine Brust, in der mein Herz unregelmäßig schlägt. »Danke.«

»Du bist unsere Schwester.«

»Genau«, fügt Will an. »Daddy sagt, dass du arrogant und auf deine Karriere fokussiert bist. Das stimmt nicht.«

»Wir würden dich gerne öfter sehen. Daddy meint, das geht nicht, weil du viel trainierst.«

Die Luftblase der Kindheit zerplatzt, der Aufprall auf dem Boden reißt alle Luft aus meinen Atemwegen. Eine Welle ohnmächtigen Zorns bricht in meinen Venen. Michael hat die Stille zwischen meinen Brüdern und mir mit Worten gefüllt, statt mir die Gelegenheit zu geben, ihnen meine Geschichte zu erzählen.

»Das stimmt nicht.« Meine Stimme klingt wie ein zersprungenes Glas, schneidend und verletzt. »Ich bin Leistungssportlerin. Das bedeutet nicht, dass ich keine Zeit für euch habe.«

Will stützt das Kinn auf den Händen ab. »Ehrenwort?«

»Ehrenwort.«

Caleb setzt sich aufrechter hin. »Du musst zu meinem Geburtstag im Februar kommen. Wir fahren in den Luna Park.«

Ein Stich der Eifersucht durchfährt mich, ich atme durch. »Dort war ich dieses Jahr an meinem Geburtstag mit …« Ich stolpere über meine

Gedanken … mit der Frau, die mir begreiflich gemacht hat, dass meine Flügel existieren, wenngleich ich sie nicht sehe; ein warmes Kribbeln durchfährt mich. »… einer Freundin.« Nie habe ich eine richtige Freundin gehabt … bis auf … Ich vergrabe die Fingernägel in den Handflächen, die Schatten ziehen sich in die Ecken meines Verstandes zurück.

Er strahlt. »Du kannst sie mitbringen.«

»Mag sie Pokémon?«

Wills Frage entlockt mir ein Lachen. »Ohne sie würde ich Pokémon nicht mögen.«

»Dann ist sie eingeladen.«

Pastellfarben zeichnen ein Bild auf die Leinwand meiner Gedanken. Charlie, Caleb, Will und ich im Riesenrad, wenn die Gondel ganz oben stehenbleibt. Schwerelos schweben wir über der Welt, die uns nichts anhaben kann.

Ein Klopfen übermalt den Wunschtraum mit der monochromen Realität. »Die Gäste sind da.«

Wenigstens muss ich meinen Brüdern nicht sagen, dass ihre Eltern mir nie erlauben würden, in den Luna Park mitzukommen.

Ich betrachte das Evoli im Blumenfeld; alles, was mir von diesem Augenblick bleibt. Meine Knospen sind Dornen, und ich möchte nicht, dass Caleb und Will sich an ihnen schneiden; lieber bohre ich sie in mein eigenes Herz.

***

Am Treppenabsatz erstarre ich, aus den wenigen Gästen ist eine Menschenmenge geworden. Stimmengewirr und Kinderlachen vermischen sich mit klassischer Musik zu einer verzerrten Tonfolge, die gegen meine Schläfen hämmert. Zwischen Anzügen und Cocktailkleidern in Nuancen von Nichtfarben zeichne ich mich in dem luftabschnürenden Kokon aus feinem Stoff durch nichts aus. Wenn ich am Rand der Menge bleibe, mit Caleb und Will, bemerkt mich niemand …

»Ich bringe euch zum Kindertisch«, richtet Violet das Wort an meine Brüder.

Caleb linst zu mir. »Und Max?«

Sie presst die Lippen zusammen. »Maxine ist alt genug, um bei uns Erwachsenen zu sitzen.« Sanft, aber bestimmt, legt sie die Hände auf die Ellbogen ihrer Söhne, das Menschenmeer verschlingt sie.

Taubheit breitet sich in meinem Bauch aus. Wie so oft habe ich nicht existiert, und Violet hat die Entscheidung für mich getroffen.

»Da bist du.« Michael kommt auf mich zu. »Das Buffet ist eröffnet. Es wäre unsittlich, wenn du nicht bei mir sitzt.« Mit einem Handzeichen bedeutet er mir, ihm zu folgen.

Ich folge ihm; alles ist besser, als mich in der Menge zurechtfinden zu müssen. Auf dem Weg stellt er mich Gästen vor, deren Namen und Gesichter verschwimmen. Der Geruch von Speisen und Alkohol betäubt meine Aufnahmefähigkeit, mein Magen schrumpft auf einen Punkt zusammen. Mit bebenden Fingern bediene ich mich an der Salatbar, als Nachtisch wähle ich einen Obstsalat.

Michael führt mich zu der Tafel. Kraftlos sinke ich neben ihn, Violet wirft mir über seinen Kopf hinweg einen scharfen Blick zu.

Er greift nach der Weinflasche. »Möchtest du ein Glas?«

Demonstrativ schütte ich mir Wasser aus einer gläsernen Karaffe ein. »Ich trinke keinen Alkohol.«

»Es ist mein fünfzigster Geburtstag.«

»Ich bin Leistungssportlerin.«

»Ganz die Mutter«, mischt sich eine Frauenstimme ein. »Dass sie kommt, hätte ich nicht gedacht.«

Das Wasserglas umklammernd, schaue ich auf. Mein Gegenüber hat hinter einer runden Brille dieselben haselnussbraunen Augen und dasselbe dunkelblonde Haar wie Michael. Alles in mir sträubt sich dagegen, sie als meine Tante zu bezeichnen. Das letzte Mal habe ich sie an Michaels vierzigstem Geburtstag gesehen.

»Wir sind eine Familie, Eloise«, versucht er, die Wogen zu glätten.

»Seit wann? Du sprichst nie von Maxine.«

»Ich wusste lange nicht, dass wir eine Nichte haben«, fügt die Frau neben ihr an.

»Amelia hat recht.« Eloise drückt ihre Hand, beide zeigen identische goldene Ringe mit einem winzigen Diamanten. »Wann hast du Maxine das letzte Mal gesehen?«

»Das ist unwichtig. Mit dem Training ist sie sehr beschäftigt.«

Der Mann neben Eloise schnaubt. Haar- und Augenfarbe teilt er mit ihm und Michael ... Jackson, fällt mir der Name des Mannes ein, den ich genauso wenig als meinen Onkel bezeichnen würde wie Eloise als meine Tante. »Dasselbe hast du vor sechzehn Jahren gesagt, als deine Ex-Frau ihr das erste Mal einen Hockeyschläger in die Hand gedrückt hat.«

Violet stellt ihr Weinglas so fest auf dem Tisch ab, dass es klirrt. »Können wir über etwas anderes sprechen?«

Meinen dankbaren Blick fängt sie nicht auf. Wir widmen uns dem Essen, das Tischgespräch rauscht an mir vorbei. Michaels Architekturfirma interessiert mich genauso wenig wie das Ballett-Internat, welches der Sohn von Eloise und Amelia besucht. Mit zwölf ist der Glückliche nicht zu alt für den Kindertisch.

Mein Magen knurrt, ich trinke ein Glas Wasser, ein zweites. Schiebe den Salat auf meinem Teller hin und her und in die Serviette daneben, sobald ich sicher bin, dass mich kein Blick streift.

Ein Klirren lässt mich aufschrecken. Amelia hat sich nach vorne gelehnt, mit der Fingerspitze zieht sie Kreise am Rand ihres Weinglases. »Du bist so still. Erzähl uns etwas von dir.«

Ich setze mich auf meine schweißverklebten Hände. Sieht sie nicht, dass in mir ein Loch klafft, das Jeanne mit der Persönlichkeit füllt, die ihr beliebt? Dass ich warte, bis sie aufgibt und die Leere mich verschlingt?

»Ich trainiere im ersten Semester an der New South Wales Academy of Athletes und lebe auf dem Campus. Meine Feldhockeymannschaft steht an der Spitze der Tabelle der NSW Secondary League. Anfang November habe ich mich verletzt und darf seit kurzem wieder spielen. Unser letztes Match dieses Jahr ist am zwanzigsten Dezember. Hoffentlich erbringe ich dann dieselbe Leistung wie vor der Zwangspause und wir steigen in die NSW Premier League auf.«

»Feldhockey ist deine Leidenschaft?«

»Es ist das, worin ich gut bin.« Das, woran ich mich festhalte, um nicht mit der Realität zu kollidieren und in meine Einzelteile zu zerbrechen. »Ich spiele seit sechzehn Jahren und strebe eine professionelle Karriere an.«

»Du oder deine Mutter?«, murmelt Jackson.

»Das siehst du«, erwidert Eloise trocken.

Was sie implizieren, ist keine Neuigkeit. Dennoch frisst sich die Gewissheit ätzender Säure gleich durch meine Organe. Ohne Feldhockey würde die Leere mich verschlingen.

Michael räuspert sich. »Hast du andere Hobbies?«

Eloise verdreht die Augen. »Das solltest du wissen.«

»Feldhockey ist kein Hobby …«

»Ich verstehe nicht, was es dir bedeutet.« Aus nebelverhangenen Augen betrachtet Michael jeden Zoll meines Gesichts. Als suche er nach Land, das hinter dem Dunst verborgen und zu weit entfernt ist. »Das habe ich schon einmal gehört.«

Kälte rinnt durch meine Adern und sammelt sich in meiner Brust. »Sie hatte recht«, zische ich und knalle die Gabel neben den Teller.

Seine Augen weiten sich, er erstarrt.

»Ist das alles, was du isst?«

Verdammt, ich habe Violets Aufmerksamkeit dorthin gelenkt, wo ich sie am wenigsten möchte. Die Serviette schiebe ich so unauffällig wie möglich unter den Teller. »I-ich …«

Sie trinkt einen Schluck Wein. »Das ist zu wenig für eine Leistungssportlerin.«

Ich knirsche mit den Zähnen. Wenn es zu wenig ist und mein Herz seinen letzten Flügelschlag tätigt, wenn ich mich in Asche im Wind auflöse, wäre sie die Letzte, die eines der Körner auffängt. »Ich folge einem strengen Ernährungsplan.«

Sie hebt eine Augenbraue. »In dem sicher nicht nur Gemüse und Obst vorkommen.«

Schweiß klebt mir das Haar an die Stirn, die Locken fallen in sich zusammen wie meine Fassade unter Violets Beobachtung. »Das ist alles, was heute in den Plan passt.«

»Kein Wunder, dass sie fast vom Fleisch fällt«, meint Jackson.

Das Kleid hält mich wie ein Spinnennetz gefangen, ich halte den

Atem an. In seinem Weinglas spiegelt sich mein bleiches Gesicht, rötlich verfärbt wie meine Gedanken.

Ein bitterer Zug spielt um Michaels Mund. »Noch etwas, das Jeanne ihr in den Kopf gesetzt hat. Wir haben uns nach dem Unfall kennengelernt, trotzdem hat sie penibel auf ihre Ernährung geachtet, auf deine ebenso. Sie hat es nicht abwarten können, bis du alt genug bist, um Feldhockey zu spielen.«

Mir ist, als würden alle Dämonen meiner Kindheit zurückkehren und mein Herz in Ketten legen. Aber ich bin nicht mehr das kleine Mädchen, das um die Aufmerksamkeit ihres Vaters gebettelt und die Ohrfeige ihrer Mutter ertragen hat, als er nicht mehr nach Hause gekommen ist.

Eine rotglühende Welle der Wut bricht in meinen Adern. »Und was hast du gemacht? Du hast dich in deine Arbeit geflüchtet, statt dich um uns zu kümmern.« Knirschend schaben meine Zähne übereinander, was mir mein Zittern begreiflich macht. Nicht das Beben eines schluchzenden Mädchens, das von innen heraus zerfällt, sondern das eines Phönix, der die Ketten sprengt und sich aus der Asche erhebt. »Vor eurer Hochzeit wusstest du, was du an ihr hast. Ihr hättet über alles sprechen können.« Ich springe auf, Gläser klirren, Wassertropfen schwappen über meine Finger. »Wir wissen beide, wie gut das funktioniert hat. Du hast *uns* sitzengelassen. Du hättest keine Tochter bekommen brauchen, die dir egal ist.«

Alle Farbe entweicht seinem Gesicht. »Was hast du gerade gesagt? Du weißt nicht ...«

»Nein!« Wie eine Schere dünnes Papier zerschneide ich seine Worte. »*Du* weißt nicht, wovon du redest. Und lieber bin ich Jeannes Tochter als deine.«

Unter dem Anzug treten seine Schultermuskeln hervor, Violet legt ihm eine Hand auf den Oberarm, er schüttelt sie ab. »Sie benutzt dich, um ihren Traum zum Leben zu erwecken.«

»Das weiß ich«, schleudere ich ihm entgegen. »Deshalb ist sie mir tausend Mal lieber als du. Ich weiß, dass sie keine Liebe für mich empfindet, sondern allein für meine Leistung.« Ein Sturm erhebt sich aus meinen Worten; hoffentlich reißt er alles um mich herum nieder, mich eingeschlossen. »Du siehst Jeanne und alles, was du an ihr verachtest, wenn du mich anschaust. Du hast mir weder jetzt noch bevor du uns verlassen hast, eine Chance gegeben. Jeanne kennt mich, weil sie mich zu dieser Person gemacht hat. Du nicht.«

Die Ketten schmelzen, und die Wut entlässt mich aus ihrem Griff. Was bleibt, sind ohrenbetäubende Stille und bleiche Mienen.

Michael zuckt zusammen, als hätten meine Worte etwas in ihm zerbrochen. Wenngleich die Zeit, in der er ein Teil meines Lebens gewesen ist, längst zerstört ist.

Er strafft die Schultern, ringt um Fassung. »Geh.«

»Dafür brauche ich keine Aufforderung.« Seine Abwehrhaltung spiegelnd, packe ich meine Handtasche und stürme los.

Alles brennt, als sei das Feuer wie ein Boomerang zu mir zurückgekehrt. Jeder Atemzug ist quälender. Ellbogen bohren sich in meine Rippen, Füße treten auf meine, ich murmle keine Entschuldigung.

Draußen versiegt meine Kraft, an der Eingangstür entlang sinke ich auf die Stufen. Die Flammen sind erloschen, Asche hält meinen zerrissenen Geist zusammen.

Nachtluft flutet meine Lunge, über dem Pazifik stirbt die Sonne im Abendfeuer. Sein Rauschen vermischt sich mit den Motorengeräuschen vorbeifahrender Autos. Laufe ich schnell genug auf die Straße, zertrümmert eins von ihnen meine Knochen. Vielleicht bin ich etwas wert, wenn sich meine Haut von ihnen abschält und ich an meinem eigenen Blut ersticke. Ein bitteres Lachen verstopft meine Kehle. Michael würde sich nicht für mich interessieren, und Jeanne würde mich anschreien, dass ihr Traum ein zweites Mal in Scherben liegt. Ein tiefschwarzes Auto rast an mir vorbei, ich sehe ihm hypnotisiert nach. Wenn es keinen Unterschied macht ... schwankend komme ich auf die Füße ... Es wären wenige Schritte, kurzer Schmerz und dann nichts mehr ...

»Max?«

Calebs Stimme reißt mich aus meiner Trance, Scham und Erleichterung drücken mein Herz zusammen.

Hinter dem Tränenschleier ist sein Gesicht verschwommen, er sieht mich mit großen Augen an. »Gehst du?«

»Ja … i-ich …«

Seine Unterlippe zittert. »Hat das etwas mit mir zu tun?«

Ich strecke eine Hand nach ihm aus. »Nein.«

Er hält mir seinen kleinen Finger hin. »Versprochen?«

Mein Herz zieht sich zusammen, ich verschränke meinen Finger mit seinem. »Versprochen.«

»Sehen wir uns bald wieder?«

Salz benetzt meine Lippen, auf die ich ein Lächeln zeichne. »Ja. Du musst mir die restlichen Pokémon-Karten zeigen.«

»Du musst zu meinem Geburtstag kommen.«

Ich schlucke. »Mal sehen, was deine Eltern dazu sagen.«

»Caleb?«, dringt Violets Stimme aus der Villa. »Was machst du da?«

Ich zucke zusammen. »Geh rein, bevor sie sich Sorgen macht.«

Er legt den Kopf schief. »Was ist, wenn sich jemand Sorgen um dich macht, wenn du allein hier draußen bist?«

»Evoli passt auf mich auf, und ich fahre zu einer Freundin.«

»Die Freundin, die Pokémon mag?«

Ich nicke.

Angehaltener Atem entströmt seinem Mund. »Frag sie, ob sie meine Pokémon-Karten sehen möchte.«

»Das mache ich.« Sachte schiebe ich ihn in Richtung Tür. »Gute Nacht, Caleb.«

»Bis bald, Max.«

Er lässt mich mit der Finsternis allein. Jene in mir ist schwärzer als die Nacht. Wolken verhüllen die Sterne, welche Caleb mir geschenkt hat. Vorhin bin ich aus der Asche aufgestiegen und habe mein Feuer offenbart. Kurzzeitig hat die Glut den Schmerz betäubt, jetzt kommt mein roher Kern zum Vorschein. Was, wenn ich es kein weiteres Mal schaffe, mich von dem Wunsch abzuhalten, alles zu beenden? Wer sagt, dass es nicht Zeit ist, zu gehen? Ist es nicht das, was ich ersehne, wenn ich Essen in Servietten und Proteinriegel in die Lücke hinter meinem Bett schiebe?

Schmerz klärt den Dunst über meinen Gedanken. Blut rinnt mein

Handgelenk herab, darunter zuckt mein Puls wie eine kaputte Klaviersaite, die in verschiedenen Tonarten spielt.

Ich ziehe mein iPhone aus der Handtasche und rufe ein Taxi.

»Wohin soll ich Sie bringen?«, fragt eine Frauenstimme, nachdem ich ihr meinen Standort genannt habe.

Der Name des Hotels verhakt sich auf halbem Weg aus meiner Kehle in meinen Stimmbändern. Ich muss dorthin. Es stornieren. Und danach die Person aufsuchen, die wartet, bis mein Licht strahlt, nachdem es gebrochen ist.

Kapitel 20

Taylor Swift – Tied Together with a Smile

00:00 -03:46

Charlie

Du bist nicht bei der Sache«, meint Sophie mit vollem Mund.

Ich schneide eine Grimasse. »*DARK* besteht aus zu vielen losen Fäden. Ich habe einen Knoten im Kopf.«

Vor meinem Fenster ist der Pazifik vom Tuch der Nacht verhüllt. Das Haar meiner besten Freundin schimmert golden in der Mittagssonne. Schnee bepudert die kahlen Äste hinter ihrem Fenster. Als würden wir in verschiedenen Zeiten existieren, wie die Charaktere in der Serie. Die komplexen Plot-Linien haben meine Gedanken nicht aus dem Orbit gestoßen. Immerwährend kreisen sie um einen silbergrauen Planeten.

Ihre Augenbrauen ziehen sich zusammen. »Seit wann gibt es ein ›zu komplex‹ für dich?«

Ich esse ein Stück Lebkuchen – das Paket meiner Großeltern mit deutschen Weihnachtssüßigkeiten ist pünktlich am ersten Dezember angekommen.

Drohend hebt Sophie die Gabel. Eine Spaghetti baumelt daran. »Rede.«

»Ich mache mir Sorgen um Maxine.«

Um ihre Mundwinkel zuckt es.

Ich hebe eine Augenbraue. »Was ist daran amüsant?«

»Nichts. Ich bin froh, dass du Freundinnen gefunden hast.« Sie bläst die Wangen auf. »Außer du magst Maxine lieber als mich.«

»Natürlich nicht. Du bist meine beste Freundin. Sie ist hier die Einzige, der ich von Oliver erzählt habe, und sie hat mich nicht anders angesehen als vorher.« Ich breche die Ecke von einem Lebkuchen ab. »Sie ist auf der Geburtstagsfeier ihres Vaters, zu dem sie kein gutes Verhältnis hat. Ich wäre gerne bei ihr.«

Ihre Miene erweicht. »Du bist ihr Auffangnetz nach der Feier.«

Die Süße des Lebkuchens übertönt nicht den bitteren Nachhall ihrer Worte. *Vorausgesetzt, Jeanne lässt mich zu ihr. Und ein Auffangnetz, das Maxines Essstörung gefangen nimmt und Maxine herauslässt, bin ich nicht.* Vor dem Telefonat mit Sophie hätte ich keine drei Dokumentationen über Magersucht anschauen sollen. »Lass uns weiterschauen.«

Eine Falte furcht ihre Stirn. »Weißt du, wen ich auf dem Weihnachtsmarkt getroffen habe?«

»Wen?«

»Ole. Ich habe ihm erzählt, dass du dich in Sydney eingelebt hast, und soll dir ausrichten, dass er sich für dich freut. Sein Studium gefällt ihm. Er ist glücklich.«

Ich halte den Atem an. Schmerz bleibt aus. Er ist glücklich – die Gewissheit fühlt sich an wie das Ende des Countdowns an Silvester. Auf dem Spielfeld meiner Gedanken hat er keinen Platz mehr.

»Das freut mich.« Ich stocke. »Was hat das mit Maxine zu tun? Oder mit *DARK*?«

Mit zuckenden Mundwinkeln schüttelt sie den Kopf.

Ich beuge mich näher zum Bildschirm. »Was?«

»Ich wollte etwas überprüfen.«

Ich öffne den Mund, ein Klopfen erstickt meine Antwort.

»Charlie?« Ein Flüstern voller Kälte. »Schläfst du?«

Jede Faser meines Körpers richtet sich auf Maxines Stimme aus. Sollte sie nicht in einem Hotel schlafen?

»Nein ... I mean no.«

»Darf ich reinkommen?«

»Dein Wunsch hat sich erfüllt.« Sophie zwinkert mir zu. »Schlaf gut.«

Augenrollend verabschiede ich mich von ihr.

»Komm rein.«

Maxine schiebt sich durch den Türspalt. Ihr Haar ist eine Fackel im Halbdunkeln. Ein Kleid aus dem Stoff der Nacht fällt ihr bis zur Mitte der Oberschenkel. Es sollte eng anliegen. Stattdessen wirft es Falten. Am Ausschnitt sitzt es schief. Salzige Diamanten funkeln zwischen den Sommersprossen. Risse in feinem Porzellan. Neben ihrem Haar ist verschmierter Lippenstift der einzige Farbfunke. Das letzte Licht, welches sie übrig hat. Wie ein gebrochener Sonnenuntergang. Gefangen hinter Nachtwolken. Dazu verdammt, ihr Leuchten unsichtbar für die Welt untergehen zu lassen. Von einer traurigen Schönheit, die etwas in mir zerreißt.

In drei großen Schritten stehe ich einen Atemzug von ihr entfernt. »Möchtest du reden oder soll ich dich ablenken?«

Wie teerverklebte Schmetterlingsflügel hinterlassen ihre Wimpern Mascara-Schlieren auf ihren Lidern. »Du fragst nicht, wieso ich hier bin?«

Als stille Einladung strecke ich eine Hand nach ihr aus. »Wir sind Freundinnen. Das beinhaltet die Erlaubnis, jederzeit zu mir zu kommen, ohne dass ich Fragen stelle.«

Der Hauch eines Lächelns biegt ihren Mund. Ihre Finger gleiten zwischen meine. »Du bist …« Sie stockt.

Abwartend sehe ich sie an.

Zarte Röte schimmert durch ihr Make-up. »Du bist du selbst, mit einer Leichtigkeit, als wäre es das Selbstverständlichste auf der Welt. Ich weiß nicht, wer ich bin. Wenn ich bei dir bin, färbst du auf mich ab und ich fühle mich schwerelos, wie auf dem Freefall-Tower. Deshalb wollte ich dich sehen.«

Ein Kribbeln rinnt durch meine Adern. Behutsam drücke ich ihre Hand. Möchte mehr tun. Ihr zu verstehen geben, dass ich mich auch an diese Leichtigkeit erinnern muss. Nicht umsonst habe ich das Flügel-Tattoo. »Das ist mein Job als Freundin.«

Tausend Emotionen tanzen über ihr Gesicht. Ein Spiel aus Licht, inmitten der sie umgebenden Schatten. Zu flüchtig, um sie zu greifen. Am linken Mundwinkel ist ihr Lippenstift verschmiert. Weiche Haut unter meinem Daumen. Federleicht streiche ich ihn fort.

Aus dem Augenwinkel verfolgt sie die Bewegung. Abgehackter Atem streift mein Gesicht. Unsere Blicke verlieren sich ineinander – silbern und winterblau, ein winterlicher Sternenhimmel.

Ihre Finger zittern, was den Zauber aus dem Moment zieht.

»War das in Ordnung?«, frage ich mit belegter Stimme.

»J-ja ... Mir ist nur kalt.« Missmutig sieht sich an sich herunter. »Ich möchte das Kleid loswerden.« Sie hebt die linke Schulter, über der eine nachtschwarze Tasche baumelt. »Mein Nachthemd ist dünner.«

»Soll ich dir etwas leihen?«

Sie zieht die Schultern ein. »Deine Sachen sind mir zu klein.«

Ich beiße mir auf die Innenseite der Wange. »Wir finden etwas Passendes.« An der Hand führe ich sie zum Kleiderschrank. Ich reiche ihr eine burgunderrote karierte Jogginghose, ein schwarzes Top sowie meinen Hoodie aus dem letzten Sommer von *Rock am Ring*. »Das sollte gehen.«

Mit zusammengezogenen Brauen betrachtet sie die Kleidung. Zupft den schwarzen Stoff an ihrem Körper zurecht. »Mal sehen ...«

»Falls dir etwas fehlt, bediene dich am Spiegelschrank über dem Waschbecken.«

Sie verschwindet durch die Tür. Fahles Licht sickert durch den Spalt darunter. Ich lehne mich an die Wand. Bis auf Wasserrauschen herrscht Stille. Trügerisch und friedlich. Etwas an der Art, wie Maxine sich in dem Kleid bewegt und meine Kleidung hat ablehnen wollen, hält mich davon ab, mich auf das Bett zu setzen. Etwas, das mich an Lucie erinnert, bevor ihre Depressionen die Oberhand gewinnen.

Ein Schluchzen übertönt das Wasserrauschen. Angst schnürt mir die Luft ab. Durchdringend wie ein Blutfleck auf weißer Seide. Mit rasendem Herzen schlüpfe ich ins Bad.

Maxine krallt sich am Waschbeckenrand fest. Tränen verbinden ihre Sommersprossen zu Sternbildern. Verhüllt von dunklen Wolken aus verschmiertem Mascara. Ein Sturm ist über ihren Zügen ausgebrochen – sie sieht ihr Spiegelbild auf dieselbe Art an, wie Jeanne sie bei jedem Training anschaut, wenn sie nicht nach ihrer Strategie spielt. Zusammengeknüllt liegt das Kleid neben ihr. Die Jogginghose hängt zugeschnürt halb auf ihrer Hüfte. Am Oberkörper trägt sie einen schneeweißen BH, aus dessen abstehenden Körbchen Stoffstücke hervorlugen.

Das Blut gefriert mir in den Adern. Ihr Haar verfärbt sich honigblond, ihre Mondlichthaut golden, ihre Augen bernsteinfarben. Blinzelnd wische ich das Bild von Lucie beiseite.

Die Narben auf Maxines Bauch und ihrer Hüfte verschwinden nicht. Eine Karte ohne ein Ziel, die eine grausame Geschichte erzählt.

Ihr Anblick betäubt mich. Lucie wüsste, was zu tun ist. Anders als ich. Das kleine Mädchen, das in der Nacht nach dem Unfall wachgelegen und gewusst hat, dass in der Realität die Albträume lauern.

»Maxine …«

Unbewegt starrt sie ihr Spiegelbild an. Als könne sie das Glas mit Gedankenkraft zersplittern.

Ich verharre eine Armlänge von ihr entfernt. Eine Mauer trennt uns voneinander. Berühre ich sie, schneide ich mich.

Ein Beben durchfährt sie bis in die Fingerspitzen. »Er hat sie in mir gesehen. Wie alle auf der Feier.« Der Sturm über ihren Zügen überträgt sich auf ihre Stimme. »Ich bin Jeannes Kopie und darin nicht gut genug.« Mit der flachen Hand schlägt sie gegen das Glas. Zieht sie mit schmerzverzerrtem Gesicht zurück. »Ich will, dass es aufhört!« Sie vergräbt die Nägel in ihrem Bauch. Zieht an der Haut, ein fragiles Spinnennetz über ihren Knochen. »Ich will hier raus … Ich wünschte …« Ein Schluchzen markiert das Ende ihres Satzes. Die Beine geben unter ihr nach.

Ich überwinde die Mauer. Schlinge die Arme um sie. Unregelmäßig klopft ihr Herz gegen meine Brust. Von einer Gänsehaut überzogene Haut schmiegt sich an meine.

Nach einem Moment der Starre klammert sie sich an mir fest. Als sei ich die Klippe, welche sie vor dem Sturz in den Abgrund bewahrt. Das Gesicht vergräbt sie an meiner Halsbeuge, ihre Tränen sickern in meinen Sport-BH.

Ich wünschte, ich könnte ihren Schmerz in mir aufnehmen. Dafür sorgen, dass sie sich mit meinen Augen sieht. Sie aus dem Ozean, den Jeanne und ihr Vater füllen, an das rettende Ufer bringen.

Ewig zusammenhalten kann ich sie nicht, ohne Risse davonzutragen. Einen Spielplan kann ich zeichnen. Ihr Züge vorgeben. Folgen muss sie ihm.

Ihr Herzschlag passt sich meinem an, die Tränen tropfen unregelmäßiger. Für immer würde ich sie festhalten, wenn das bedeutete, dass sie nicht an sich selbst ertrinkt.

Sie hebt den Kopf. »Ich wollte nicht … Es tut mir leid …«

Ich streichle ihren Wangenknochen. »Du musst dich nicht entschuldigen. Ich bin für dich da.« Ich ziehe sie zu mir, wir atmen dieselbe tränenschwere Luft. »Ich würde dir gerne öfter die Sonne zeigen. Aber ich bleibe, wenn es regnet.«

Ausatmend reckt sie sich mir entgegen. Ihre Stirn sinkt gegen meine. »Danke, dass du mich aufgefangen hast. Das ist diese Woche das zweite Mal.«

»Du hast dasselbe für mich getan.«

»Jederzeit wieder. Bevor ich entscheide, ob ich reden möchte … K-kannst du mich abschminken?« Ein Schauer durchfährt sie. »I-ich ertrage mein Spiegelbild nicht.«

»Natürlich.« Ein letztes Mal drücke ich sie an mich. Versichere mich, dass sie festen Stand hat.

Anschließend entferne ich ihre Maske. Die Frau dahinter ist auf eine unkonventionelle Art schön, die mir den Atem raubt. Vergänglich, strahlend und kraftvoll wie die ersten Dämmerungsfarben am Nachthimmel.

Maxine zieht das Top und den Pullover über.

Ich schalte die Lichterkette über meinem Bett ein. Ihre regenbogenbunten Muster spiegeln sich in Maxines Augen. Als würden sie die verborgenen Farben ihrer Seele offenbaren.

Mit bröckelnder Stimme erzählt sie mir von der Geburtstagsfeier. Die Namen ihrer Brüder spricht sie voller Zuneigung aus. Zu gern würde ich Calebs Geburtstagseinladung annehmen. Bei dem Tischgespräch angekommen, schlägt sie den Blick nieder.

»Er sieht in mir alles, was in ihrer Ehe falschgelaufen ist. Ich bin der Schandfleck, der davon übrig ist und sich nicht abwaschen lässt.« Sie zieht die Knie an den Körper. Als könne sie sich vor den Worten schützen, die Narben auf ihrer Seele hinterlassen haben. »Ich bin gegangen, weil ich es nicht ertragen habe, mir das anzuhören.«

Ihre Erzählung ist ein Regenschauer über uns. Ich spüre die Kälte, ohne Maxines Schmerz zu begreifen. »Wenn du keinen Grund zu bleiben hast, ist es ein Zeichen von Stärke, zu gehen. Wenn er dich nicht sieht und dich nicht so liebt, wie du bist, hat er dich nicht verdient.«

Sie presst den Kiefer zusammen. »Er liebt mich nicht, *weil* er mich so sieht, wie ich bin. Ich bin Jeannes Puppe.« Ihre Stimme bricht, jedes Wort ist eine Pfeilspitze, die auf ihr eigenes Herz zielt. »Jedes Mal, wenn ich mich im Spiegel anschaue, sehe ich alles, was ich nie sein werde. Jeanne ist das Portrait der siegreichen Feldhockeyspielerin. Ich bin die Skizze aus Bleistiftlinien, die sie immer wieder radiert. Leer und farblos. Es gibt nichts, was mich auszeichnet oder von ihr unterscheidet.«

Der Selbsthass, welcher aus ihren Worten trieft, verfängt sich wie Rauch in meiner Lunge. Ich lasse nicht länger zu, dass sie daran erstickt. »Das stimmt nicht.« Die freie Hand lege ich auf ihre Wange, bringe sie dazu, mich anzusehen. »Jeanne ist ein schwarz-weißes Portrait mit dem immer gleichen Gesichtsausdruck. Ich habe hingesehen und kenne die Farben deiner Emotionen. Wenn du lächelst, schimmern deine Augen silbern. Du hast Sommersprossen, deine Gesichtszüge sind weicher, du bist nicht blond.«

Ihre Wange glüht unter meinen Fingern. Sie zieht die Unterlippe zwischen die Zähne. »Jeanne auch nicht.«

Ich beuge mich zu ihr, was sie zum Verstummen bringt. »Du weißt, wie ich das meine.« Unsere verschränkten Finger lege ich auf ihre Brust. »Da drin sind die entscheidenden Unterschiede. Einen Teil deiner Kindheit hast du bewahrt, sonst hättest du dich nicht an Pokémon-Karten erfreut. Oder an dem Besuch im Luna Park, bei dem du dich mutig auf alle Fahrgeschäfte gewagt hast. Du hast das Richtige getan, als du mich vor dem Ephedrin gewarnt hast. Deine Liebe für Vanille Cola Zero, das Meer oder Kleider mit Blumenmuster. Das zeichnet dich aus.« Ich streiche ihr eine lose Strähne aus dem Gesicht. »Nicht zu vergessen, deine innere Stärke.«

Sie zieht die Nase kraus. »Ich bin nicht stark.«

»Wieso sitzt du trotz allem, was dir widerfahren ist, jetzt neben mir?«

»Jeanne würde nicht zulassen …«

»Es hat nichts mit ihr zu tun.«

Röte färbt ihr Gesicht. »Ich … muss darüber nachdenken …«

»Ich würde mich freuen, wenn du zu dem Ergebnis kommst, dass ich recht habe.«

Ihre Mundwinkel zucken. Im selben Atemzug zieht sie sich von mir zurück.

Ein kalter Hauch durchfährt mich. Was habe ich gesagt? Ist das zu viel gewesen?

Maxine lehnt den Kopf an meine Schulter. Meine Anspannung zerfließt, ich lege einen Arm um sie. Halte sie fest, lausche ihrer Atmung, die sich reguliert. Ein süßes Ziehen zuckt durch meine Brust. Draußen könnte die Welt untergehen. Ich würde nichts davon mitbekommen und mich nicht davor fürchten, solange Maxine bei mir ist.

***

Sonnenlicht kitzelt meine Lider. Schwerfällig blinzle ich gegen die Helligkeit an. Meine Sicht klärt sich, mein Herz stockt.

Maxines Kopf ruht auf meiner Brust, meine Arme sind um sie geschlungen. Als hätte ich Angst, dass sie bei Tagesanbruch zu Staub zerfällt. Ihr Atem überspringt Töne wie eine klemmende Klaviertaste. Schweiß färbt ihr Haar dunkel. Vorsichtig streiche ich ihr eine Strähne aus der Stirn. Als hätte ich an ihr gerissen, löst sie sich. Maxine gleicht einer Porzellanpuppe, die Jeanne täglich zerbricht. Die Narben auf ihrem Bauch erzählen, wie oft sie die Scherben zusammengeklebt hat. Am liebsten würde ich Sterne um die Narben zeichnen. Maxine ihr Licht zeigen. Die Gewissheit, dass ich dazu nicht in der Lage bin, schiebt eine Wolke vor die Vormittagssonne.

Ein zittriges Gefühl übermalt den Schmerz. Dort, wo unsere Körper sich berühren, sprießen Knospen unter meiner Haut. Der Anfang von etwas Zartem, das es zu bewahren gilt.

Ein Klopfen bringt den Herbst über die Knospen. Fröstelnd halte ich Maxine fester. Jedes Blinzeln zeichnet Szenarien von Jeanne, die sie von mir fortzerrt.

»Charlie …« Vionas Stimme.

Schwerfällig stoße ich die Luft aus.

»Bist du wach?«

»J-ja ... i-ich ...«

Lautlos schwingt die Tür auf. Viona erstarrt auf der Schwelle, ihre Augen weiten sich, zusätzlich vergrößert von den runden Brillengläsern.

Vormittagslicht glüht auf meinen Wangen. »Es ging ihr nicht gut ... Sie ist hier eingeschlafen ... Ich möchte sie nicht wecken ...« Wortfetzen, die wie Ausreden klingen.

Ein Schmunzeln zuckt in ihren Mundwinkeln.

Mit einer Hand auf ihrem unteren Rücken drücke ich Maxine an mich. Vergewissere mich, dass sie mir niemand entreißt. Obschon eine Blume aus einem fremden Garten weder in meinem wachsen noch aus ihm gepflückt werden kann.

Sie schmiegt sich an mich. Ein warmer Schauer rinnt über meine Haut.

»Verrate es niemandem.«

Schatten pflücken das Lächeln aus ihrem Gesicht, sie lehnt sich gegen die Wand. »Jeanne würde sie bestrafen. Ihre Tochter zu sein, ist eine Bürde. Anfangs habe ich das nicht verstanden. Ich wünschte, Letizia würde es sehen.« Sie pfriemelt an den Ärmeln ihres *1989*-Cardigans. Darunter trägt sie ein T-Shirt der letzten Tour von Florence + the Machine. »Stimmt, was Ellie sagt? Hat Jeanne ...«

»Ja«, zerschneide ich die Frage an der Wurzel. Streichle Maxines Wange – rosaroter Morgenschimmer, keine blauviolette Verfärbung. Wenngleich die wahren Narben auf ihrer Seele prangen. »Sie zeichnet den Spielplan für Maxines Leben, und wenn sie sich nicht an ihre Regeln hält, bestraft sie sie.«

Vionas Augenbrauen ziehen sich zusammen, sie deutet auf das Bett.

»Das ist von Jeanne anders geplant gewesen«, stammle ich. »Um dreizehn Uhr muss sie im Bungalow sein.«

Viona seufzt. »Ich hätte ein weiteres Paar Hände gebrauchen können.«

»Wofür?«

Ihre Miene klart auf. »Am einundzwanzigsten Dezember ist mein zweiundzwanzigster Geburtstag.«

»Lass mich raten. Es wird eine Taylor-Swift-Party. Meine zukünftige

Schwägerin hat an ihrem zweiundzwanzigsten Geburtstag ebenfalls eine gefeiert.«

Sie wippt auf den Fußballen. »Dann bist du Expertin, wenn es um Freundschaftsarmbänder geht. Die knüpfen Ellie, Léon, Ayumi und ich gleich. Unterstützt du uns?«

Mir steht ein Nachmittag in einem blühenden Garten bevor. Auf Maxine wartet Jeannes ewiger Winter. Dornen sprießen in meiner Lunge, bohren sich in mein Herz. Andererseits bedeuten die Freundschaftsarmbänder einen Damm zwischen den Gedankenfluten und mir. »Ich bin um dreizehn Uhr bei euch.«

»Maxine ist auf die Party eingeladen. Sie findet auf der Yacht von Ms Perez in der Bay Area statt, euer letztes Match ist einen Tag vorher. Ellie wird mit Jeanne sprechen.«

»Die Worte ›Taylor Swift‹ und ›Party‹ sollte sie nicht erwähnen.«

In gespielter Empörung schnappt sie nach Luft. »Vielleicht ist Jeanne ein heimlicher Swiftie.«

Ein Lachen löst sich aus meiner Kehle. »Bring ihr beim Training am Montag ein Freundschaftsarmband mit und finde es heraus. Sie freut sich bestimmt über *the last great american dynasty*.«

In gespielter Empörung plustert sie die Wangen auf. »Dafür sind mir die Perlen zu schade. Ich habe sowieso nie genug Ts.« Ihre Züge glätten sich. »Léon bringt Waffeln und Kaffee aus dem Speisesaal mit, wir teilen gerne mit euch. Welche Toppings wollt ihr?«

»Erdnussbutter und Erdbeeren.«

Maxines Rippen zucken bei jedem Atemzug wie Flügel eines eingesperrten Vogels. Ihr Hüftknochen drückt gegen meinen Bauch. Ich verlagere mein Gewicht, sodass er von mir ablässt.

Wird sie die Waffeln essen? Kann ich sie dazu bringen?

Den Wecker für zwölf Uhr schalte ich aus. Viona bringt uns das Frühstück.

Verwehender Duft von Maxines nach Rosen duftendem Parfum umgibt mich. Jeanne sieht ihr beim Verwelken zu. Verurteilt sie zum Sterben, indem sie sie zwingt, ihre Blüte bei Nacht zu öffnen. Ich wünschte, ich wäre ihre Sonne, die sie in einem anderen Garten zum Blühen bringt.

Das Display meines iPhones zeigt zwölf Uhr.

Sachte rüttle ich Maxines Schulter. Ihre Lider flattern, offenbaren den Sternenhimmel dahinter. Tonlos öffnet sie den Mund, ihr Atem beschleunigt sich.

»Es ist alles in Ordnung.« Ich streiche ihr durchs Haar. Erdbeerblonde Strähnen haften an meinen Fingern. »Du hast eine Stunde Zeit, um zum Bungalow zurückzugehen.«

Ihre Unterlippe bebt. »Ich habe trotzdem Angst.«

»Ich auch.«

Wir atmen dieselbe Luft ein und tausend Fragezeichen aus. Haben wir dieselbe Angst? Hat sie eine Farbe oder ist sie ein Muster aus verschiedenen Ängsten, die ineinanderfließen?

»Ich würde gerne liegenbleiben und schwerelos sein«, haucht sie. »Vergessen, dass Jeannes Gravitationsfeld mich einsaugen wird, und dass ich in ihren Orbit stürzen werde.«

»Du kannst fliegen.« Alle Stärke, die ich zusammenkratze, lege ich in diese Worte. Obschon mein Herz Zentner wiegt.

»Wenn du das sagst, glaube ich es beinahe.«

»Du beweist es dir selbst jeden Tag aufs Neue«, flüstere ich nahe an ihren Lippen.

Lichtwellen zeichnen Muster auf ihre rosarot verfärbten Wangen – ein Kunstwerk aus Tag und Dämmerung. »Sollten wir nicht aufstehen?«

Angezogen von ihren Farben, beuge ich mich zu ihr. »Ich habe gestern etwas vergessen, das dich auszeichnet. Du kannst keine Komplimente annehmen.«

Sie schnappt nach Luft.

Ihr Atem schmeckt nach Regen und Sonnenlicht, Abschied und Anfang, und mein Herz blüht auf. Behutsam streiche ich ihr eine Strähne aus dem Gesicht, meine Fingerkuppe streift ihren Mund. Unwillkürlich zieht er meinen Blick an, in mir entbrennt der Wunsch, mich fallenzulassen. Mit ihrer Hand in meiner ... was auf tausend Arten unvorsichtig wäre. Obwohl ich mich längst im freien Fall befinde. Ich schlage den Blick nieder, atme durch. »Aufstehen sollten wir trotzdem.«

Sanft hebt sie mein Kinn an. Verletzlich wie ein Streifen Morgenröte vor Einbruch der Nacht sieht sie mich an. »Danke.« Zwei Silben, die auf meinen Lippen überdauern, als sie sich aus dem Bett erhebt.

Sie zieht sich im Badezimmer um. Ich bereite das Frühstück vor.

»Woher hast du …« Maxine steht in der Tür zum Bad. Die Arme um den Körper geschlungen, hält sie das Kleid in ihrem zierlichen Rahmen fest.

»Von Viona.«

Jeder ihrer Muskeln ist angespannt. »Sie hat uns gesehen?«

Erinnerungen, in denen Lucie sich in einem Kaleidoskop farbloser Szenarien verliert, welche einzig sie wahrnimmt, treiben mich auf die Beine. Neben Maxine, deren Finger ich behutsam mit meinen streife. »Sie wird nichts verraten. Versprochen.« Ich führe sie zum Sofa.

Ihre Aufmerksamkeit gilt dem Frühstück. Die Finger im Stoff ihres Kleides vergraben, rutscht sie auf den Polstern hin und her.

Ich gieße ihr Kaffee aus der Thermoskanne ein, die Viona mitgebracht hat. »Jeanne denkt, dass du im Hotel frühstückst.«

»Du hast recht.« Bei jedem Atemzug zieht sie den Bauch angestrengter ein.

Unbehagen verknotet meinen Magen. Ich bestreiche eine Waffel mit Erdnussbutter, verteile Erdbeeren darauf. Verfluche Viona innerlich dafür, dass sie keine Milch mitgebracht hat. Gieße tiefdunkle Flüssigkeit in eine Tasse.

Starr nippt Maxine ihren Kaffee.

Vorhin sind meine Gedanken süß wie die Erdbeeren gewesen. Maxine beobachtet jede meiner Bewegungen beim Essen. Die Gedanken verwandeln sich in bitteren Kaffee.

Mit spitzen Fingern nimmt sie sich drei Erdbeeren. Es gelingt ihr, sie so klein zu schneiden, dass sie die Waffel bedecken. Diese zerteilt sie in Stückchen, von denen sie eins aufspießt und beim Schlucken das Gesicht verzieht. Als wäre das Essen Gift für sie.

Es sind meine Venen, die es verätzt. Ich mahle mit dem Kiefer. Neutralisiere das Gefühl der Wut und Überforderung mit den erstbesten Worten. »Viona feiert am einundzwanzigsten Dezember ihren Geburtstag.«

Maxine schiebt die Waffelfetzen umher. Ein kummervoller Zug zuckt um ihren Mund. »Jeanne …«

»Wir finden einen Weg an ihr vorbei. Vor allem, wenn wir den Aufstieg schaffen.« Ich esse das letzte Stück meiner Waffel, bestreiche eine zweite mit Erdnussbutter. »Es ist eine Taylor-Swift-Party. Alle ziehen sich passend zu einer Era an.«

Sie schlägt die Beine übereinander. »Welche passt zu mir?«

In meinem Kopf schlägt ihre Frage eine Melodie an – *Tied Together With a Smile.* Maxine ist ein Schmetterling, gefangen in Jeannes Spinnennetz. Ihre Flügel und die Art, wie der Staub darauf das Licht in Pastelltönen bricht, sieht sie nicht. Der Moment, in dem sie die Fäden durchtrennt und fliegt, liegt vor ihr – ein Horizont unbegrenzter Möglichkeiten. Ein Anfang.

»*Taylor Swift,* und du hast sicher ein weißes Kleid aus fließendem Stoff.«

»Was ist mit dir?«

»Es herauszufinden ist ein Grund mehr, zu kommen.«

Sie lehnt den Kopf an meine Schulter. »Du hast gewonnen.«

»Möchtest du Cat-Content sehen? Lucie hat mir gestern Fotos von Betty und Taylor geschickt, die zum ersten Mal Schnee gesehen haben.«

Ihre Miene hellt sich auf, und sie schaut sich jedes Foto mit funkelnden Augen an. Wenngleich die meisten Abzüge voneinander sein könnten. Unsere Eltern sind derselben Meinung und haben Lucie – nicht zum ersten Mal – verboten, Fotos von den Katzen in die Familiengruppe zu schicken. Zumal deren *Instagram*-Account *@bettyandtaylor* nach acht Monaten 55.000 Follower*innen hat, die, im Gegensatz zu ihnen, Cat-Content sehen wollen.

Um viertel vor eins fällt die Tür hinter Maxine ins Schloss. Ein Teil von ihr bleibt. Wie ihr Abdruck auf der linken Bettseite und die erdbeerblonden Strähnen auf dem Kopfkissen.

Ziellos treiben meine Gedanken umher. Maxine ist der Stern, um den sie kreisen. Auch schwarze Löcher haben Gravitationskraft. Hinter dem Erwartungshorizont lauern Bilder. Zusammenbrüche. Narben auf ihrem Bauch. Die Art, wie sie isst.

Liebe, egal in welcher Form, heilt weder Narben noch vergiftete Gedanken. Zeit ist ein poröser Verband. Tue ich nichts, bin ich nicht besser als Jeanne, die Maxine ihre raubt.

Auf der anderen Seite der Welt gibt es eine Person, welche diese Gedanken kennt. Wenn ich ihr Seiten aus Maxines Geschichte zeige, gibt es kein Zurück mehr. Reiche ich ihr so eine Waffe, um sich zu befreien, oder ramme ich ihr die Klinge in den Rücken?

Ich tippe die Nachricht:

Ruf mich nach der Aufführung an.
Es ist wichtig. Bitte sag es nicht Lucie.

In Deutschland ist es zweiundzwanzig Uhr. Mir bleibt eine halbe Stunde für die Entscheidung, ob ich Maxines Lasten allein tragen möchte.

***

Hellrote Perlen rieseln zwischen Léons Fingern hindurch. »Wieso habe ich mich darauf eingelassen?«

Viona blinzelt ihn unter ihren dichten Wimpern an. »Mir zuliebe.«

Ayumi fädelt eine hellblaue Perle auf. »Wir leiden alle.«

Er schnaubt. »Deins sieht wenigstens nach etwas aus, und Ellies ist fertig.«

Ellie schiebt das Armband über ihr Handgelenk. Goldene Buchstaben bilden zwischen Perlen und Sternen in Rottönen das Wort ›*Starlight*‹. »Die Feinarbeit hat sich gelohnt.«

»Hör auf Ellie.« Viona stupst Léon mit der Schulter an.

Eine hellrote Perle entgleitet ihm und rollt unter Vionas Bett. Aus schmalen Augen sieht er sie an, sie prustet los.

Ihr Lachen prallt gegen eine Mauer, die mein Herz umgibt. Zwischen meinen Fingern sprießen Sonnenblumen in Immergrün und Sonnengelb an einer Schnur – in mir herrscht Winter.

Die zehnminütige Version von *All Too Well* entzieht mir zusätzlich die Wärme. Ich kann den Song nicht ausstehen. Jede Note fühlt sich wie ein Satz in Maxines und meiner Geschichte an. Ich versuche, nicht hinzuhören. Wir sind ein Geheimnis. Dass wir zu einer Erinnerung verblassen könnten, von der ein Freundschaftsarmband bleibt, möchte ich weder wahrhaben noch zulassen.

»Fertig!« Vionas Ausruf reißt mich aus meinen Gedanken.

All Too Well ist ein Echo in meinem Kopf. Aus den Bluetooth-Lautsprechern tönt *Welcome To New York*.

Viona hält ein Armband mit Perlen in Pastelltönen in die Höhe: ›*Miss Americana*‹.

Ayumi hebt eine Braue. »Solltest du nicht die *Red*-Era verkörpern?«

»Chiara hat sich auf ihrer Party für *Speak Now* entschieden«, bemerke ich. »Wenn es nach dem liebsten Album ginge, ist deins nicht *1989*?«

Als hätte jemand die Slow-Motion-Taste gedrückt, fährt sie sich durch die rosafarbenen Strähnen. »*Lover* passt zu meinen Haaren, und ich habe mein Outfit schon.«

Léon runzelt die Stirn. »Was ziehe ich eigentlich an?«

Sie tippt die Perlen in seinen Händen an, von denen ein halbes Dutzend zu Boden rollt. »Das sind *Chiefs*-Farben. Du bist Travis Kelce.«

»Der Footballspieler und …« Seine Augen weiten sich.

Vionas Gesicht passt sich dem Farbton ihrer Haare an. »Also … Er ist …«

»Er ist Taylor Swifts fester Freund«, sagt Ellie so nüchtern, dass die Mauer um mein Herz unter einem Lachen bricht.

Léon und Viona meiden die gegenseitigen Blicke. Ein Ruck geht durch ihren Körper, sie schiebt ihre das Freundschaftsarmband umklammernde Hand näher zu ihm. Behutsam berührt er die Perlen, ehe ihre Finger ineinandergleiten.

»Ich verstehe nicht, was in ihnen vorgeht«, flüstert Ayumi Ellie und mir zu, »oder wieso es so schwierig ist, auszusprechen, dass sie einander mögen.«

Ich zucke die Schultern. »Ihre Gedanken kann ich nicht lesen.«

»Du weißt, wie sich Verliebtsein anfühlt«, meint Ellie.

Neben einer immergrünen Perle fädle ich die ersten Worte auf: ›*Tied Together*‹. »Manchmal sind meine Gefühle pastellfarben, und ich fühle mich leicht. In anderen Momenten zerfasern sie an einer monochromen Mauer.« Ich ziehe die Knie an den Körper. *Oder sie fühlen sich wie* All Too Well *an.* »Verliebtsein bedeutet, hinter die Linien zu blicken, um den wahren Kern eines Kunstwerks zu entschlüsseln. Die blassen Nuancen zu erkennen und alle Stellen zu lieben, auch die, an denen die Farbe abblättert.«

Ayumi lehnt ihre Schulter gegen meine. »Du denkst nicht zufällig an die Person, für die du das Armband knüpfst?«

Die Schnur meiner Gedanken reißt. Perlen rollen in alle Himmelsrichtungen.

Ellie nimmt mir das Armband weg.

Andernfalls wäre es gerissen. Wie das Band zwischen Maxine und mir, wenn ich ihr die Grauschattierungen zeige, mit denen sie ihr Gemälde übermalt.

»Doch …« Zwischen uns nimmt mein Geheimnis Form an. Wie das fertige Armband, welches Ellie mir reicht.

Das Vibrieren meines iPhones unterbricht mich – mehrmals habe ich überlegt, die Nachricht zu löschen.

»Da muss ich rangehen.«

Ich ziehe mich in mein Zimmer zurück, setze mich auf das Sofa und nehme den Anruf entgegen.

Aus der Schwärze formt sich Chiaras Gesicht. Gerötet vom Make-up-Entferner, beleuchtet von den runden Lämpchen an beiden Seiten des Spiegels in ihrer Garderobe. An Kleiderstangen hinter ihr hängen die Kostüme, welche sie am Abend getragen hat.

»Ich würde dich jetzt fragen, ob alles gut ist.« Ihre Stimme ist rau von der Aufführung. Ein Stich schlechten Gewissens durchfährt mich. Sie sollte sich schonen. »Ich sehe dir an, dass es nicht so ist, und in deiner Nachricht hätte sonst nicht gestanden, dass ich Lucie nichts erzählen soll.«

»Du liest andere Menschen, als würdest du ihre Regieanweisungen kennen. Weißt du das?«

Sie schmunzelt. »Ja.« Das Kinn stützt sie auf ihrer Hand ab. »Was ist los?«

»Lucie würde in den nächsten Flieger steigen, deshalb ist es besser, wenn sie nichts weiß. Aber du sollst das auch nicht tun.«

»Werde ich nicht. Ehrenwort.« Die Grünnuancen ihrer Augen verwandeln sich in dunkles Moos. »Du machst mir Angst.«

»Wir sind nicht als Team im Luna Park gewesen ...« Mit dunklem Moll beschreibe ich das Notenblatt von Maxines Melodie. Die erste Strophe ist der Moment, als sie mich vor dem Ephedrin gewarnt hat.

»Damit kann sie nicht durchkommen«, unterbricht Chiara mich. Normalerweise ist sie der Frühling in Lucies Herbst. Jetzt sind ihre Augenbrauen Sturmwolken über schattenbeflecktem Grün.

»Es gibt keine Beweise, und Maxine schützt Jeanne.« Ein Strick aus Tränen schnürt mir die Luft ab. »Hätte es diese Situation nicht gegeben, hätte sie mich niemals an sich herangelassen. Manchmal sind ihre Mauern so düster, dass ich ihr Leuchten dahinter nicht erkenne. Sie sieht es nicht. Ich würde die Wände im Bungalow golden anmalen, wenn das bedeutet, dass es für sie niemals Nacht wird. Aber das ist nicht genug. Auf Dauer kann ich ihr nicht helfen.«

In Chiaras Augen schimmern Tränen, mit dem Handrücken wischt sie diese fort. Ihre Aufmerksamkeit haftet an ihrem Verlobungsring. Mit den Fingerspitzen folgt sie der Kontur des Juwels. »Du siehst Lucie in ihr.«

In Silben, die meine Lippen aufschneiden, erzähle ich ihr von dem Gewitter und der letzten Nacht. »Als ich sie dort stehen sehen habe, hat sie mich an die Momente erinnert, in denen Lucie sich in sich selbst verliert.« Eine Träne löst sich aus meinem Wimpernkranz. »Maxine hasst sich. Die Familie ihres Vaters redet ihr ein, dass sie wie Jeanne ist. Für Jeanne sind einzig ihre Leistungen bedeutend. Sie hält sich für wertlos, solange sie auf dem Hockeyfeld nicht perfekt spielt, und versteht nicht, dass sie *mir* etwas bedeutet.«

Chiara zieht die Knie auf den gepolsterten Stuhl. In dem matten Grün ihrer Augen schimmern künstliches Licht reflektierende, goldene Tropfen. »Danke, dass du dich mir anvertraust. Ich werde niemandem davon erzählen.« Ihre Stimme ist brüchig wie das Fundament, auf dem Lucie bei ihrem Kennenlernen gestanden hat – damals, als wir zwei

Sterne in verschiedenen Galaxien gewesen sind. »Vor allem, weil ich mich vor sechs Jahren gefühlt habe wie du. Als ich Lucie kennengelernt habe, wollte sie mit der ganzen Welt nichts zu tun haben. Ich habe mich von ihren Mauern nicht abwehren lassen. Woraus sie bestehen, habe ich nicht gefragt; es war ihre Entscheidung, was sie mir erzählt. Ich habe sicher nicht alles richtig gemacht. Bis heute. Aber wie damals möchte ich ihr Momente im Licht ermöglichen und ihr einzelne Noten vorgeben, wenn sie aus dem Takt gerät.« Für einen Herzschlag lächelt sie durch den unbewegten Tränennebel. Wie Lucie scheut sie sich, vor mir zu weinen. »Für Maxine möchtest du dasselbe, und deine Gefühle für sie haben nichts mit ihren Empfindungen für sich selbst oder für dich zu tun. Das habe ich bei Lucie lernen müssen.«

Ihre Worte verwandeln einen Stein auf meinem Herzen in Staub. »Das gibt mir Hoffnung. Ich möchte ihr die Welt außerhalb des Käfigs zeigen, in den Jeanne sie sperrt.« Der Moment im Bad flackert in den Ecken auf, welche das Sonnenlicht nicht erreicht. »Was mache ich, wenn ich mich an den Mauersteinen zwischen uns schneide?«

»Abwarten, bis sie zulässt, dass du kletterst. Ich weiß, wie schwer es ist, mitanzusehen, wenn sie sich hinter Mauern einschließt, die sie selbst erbaut hat.« Sie beißt sich auf die Unterlippe. »Du bist auch wichtig, deine Gefühle dürfen nicht von ihren fortgeschwemmt werden. Schluck es nicht herunter, wenn du wütend oder traurig bist, sondern sag ihr das. Aber dräng sie nicht dazu, dir sofort alle Seiten ihrer Geschichte zu zeigen. Rechne damit, dass sie die Mauern hochzieht, wenn du es am wenigsten erwartest.« Das Kinn stützt sie auf den Knien ab. »Zeig ihr, dass sie ein Auffangnetz hat, aber verlange nicht von ihr, sich fallenzulassen, bevor sie bereit ist.«

»Ich werde es versuchen.« Salz brennt auf meinen Wangen. »Das ist nicht genug ... Ich möchte sie nicht diagnostizieren ...«

»Das habe ich bei Lucie auch nicht gewollt, aber ich wollte wissen, wie ich mit ihr umgehen kann, wenn sie sich hinter ihren Mauern einschließt. Deshalb habe ich nach wenigen Wochen ›Depressionen‹ bei *Google* eingegeben, und an dem Abend, nachdem ich ihr beim Umzug geholfen habe, ›Posttraumatische Belastungsstörung‹«, unterbricht sie mich mit weicher Stimme. »Möchtest du mir erzählen, was du siehst? Ohne eine Fremddiagnose?«

»Jeden Morgen geht sie joggen. Wenn ich sie essen sehe, werde ich wütend, und ich schäme mich dafür, weil es ihr offensichtlich schwerfällt. Sie hat mir erzählt, dass das Hochgefühl beim Joggen ihr Weg ist, um ihre Gefühle zu betäuben, und ich glaube, nicht zu essen ist ihr anderes Betäubungsmittel.« Ich schlinge die Arme um die Körpermitte. »Zweimal wollte sie meine Kleidung ablehnen. Todernst hat sie gesagt, sie wäre ihr zu klein. Dabei ist ihre eigene Kleidung ihr zu groß. Das war sie schon immer, aber sie hat abgenommen, seit ich sie kenne. Ich habe mich letzte Nacht so hingelegt, dass ich ihre Knochen nicht spüre ... Ich habe die Symptome bei *Google* eingegeben ... Jede zehnte Person stirbt ...« Mir versagt die Stimme.

Ein ernster Zug zeichnet Chiaras Miene diamanthart. »Für mich klingt das, als bräuchte sie professionelle Hilfe. Du kannst keine Psychotherapie ersetzen.«

»Ich *kann* das nicht länger mitansehen.« Was als Schrei aus mir herausbrechen möchte, verkommt zu einem rauen Flüstern.

»Ich weiß, wie schwer das ist.« Den Verlobungsring umklammert sie so fest, dass die Haut darunter pastellrot schimmert. »Sie muss aus dem Umfeld raus, das sie krank macht. Sonst nützt ihr eine Therapie auf lange Sicht nichts und sie kehrt zu ihren alten Verhaltensweisen zurück.«

»Sie wird sich nicht von Jeanne lösen.« Bitterkeit trieft aus den Silben.

»Zeig ihr die Welt außerhalb des Käfigs. Mach ihr begreiflich, dass sie fliegen kann. Irgendwann wird sie die Flügel ausbreiten. Dann wird sie spüren, was sie zurückhält und versuchen, die Ketten zu sprengen.«

»Und wenn nicht?« Meine Stimme ist das Echo eines kleinen Mädchens. Zurückgelassen in der Dunkelheit, während die Welt um sie herum zerbricht.

Entschlossenheit glimmt in ihren Augen auf. »Dann rufst du mich an und wir überlegen uns etwas.«

In meinem verzerrt schlagenden Herzen erklingt eine Gegenmelodie der Hoffnung. »Danke, dass ich das nicht allein durchstehen muss.«

»Dafür bin ich da.« Mit dem Blusenärmel wischt sie die angestauten Tränen fort. Zaghaft wie Knospen zwischen Schnee erblüht ein Lächeln auf ihren Lippen. »In achteinhalb Monaten haben wir denselben Nachnamen, und du bist genauso meine Schwester wie Francesca. Vergiss das nicht.«

»Werde ich nicht.« Die Perlen des Freundschaftsarmband hinterlassen Abdrücke in meiner Handfläche. Ein Versprechen auf Momente in Freiheit. »Es steht etwas an, das Maxine auf andere Gedanken bringen wird.« Ich halte das Freundschaftsarmband in die Kamera. »Vionas zweiundzwanzigster Geburtstag ist eine Taylor-Swift-Party. Sie würde dich einladen, aber du bekommst sicher nicht so kurzfristig frei.«

Sie schiebt die Unterlippe vor. »Machst du Lucie und mir Freundschaftsarmbänder?«

»Ihr habt beide mindestens fünfhundert, und du trägst immer dieselben.«

Sie betrachtet ihren rechten Arm. Fliederfarbene Perlen. *Enchanted*. Chiaras und Lucies Song. Goldene Perlen. *Sunshine*. Lucie hat das Gegenstück mit *Midnight Rain*. Silberne und goldene Perlen. *Childless Cat Lady*. Lucie hat es ihr zusammen mit den Katzen geschenkt.

All Too Well hat sich wie ein Brandzeichen in mir festgesetzt. Das Armband hinterlässt einen Abdruck auf meiner Handfläche. *All Too Well* ist nicht unser Song. Lieber bringe ich Sonnenschein in Maxines Mitternachtsregen ... Wann habe ich angefangen, uns mit Lucie und Chiara zu vergleichen?

»Sagt, was ihr möchtet, und euer Wunsch ist mir Befehl.«

Ihre Miene hellt sich auf.

Wir verlieren uns in einem Gespräch über die Feier. Unbefangen, obschon der Gedanke an Maxine auf mir lastet. Wenn Chiara Lucie den Frühling zeigen kann, dann zeige ich Maxine die Sonnenblumen in ihrem Herzen, welche zwischen den Dornen sprießen, die Jeanne in ihr gesät hat.

Kapitel 21

Taylor Swift – thank you aIMee

00:00 -03:46

Maxine

»Wir werden gewinnen.« Ellie klingt, als wolle sie vor allem sich davon überzeugen. Hätte Ayumi sie nicht auf die Bank gezerrt, hätte sie einen Graben in den Boden gelaufen; stetig verlagert sie ihr Gewicht oder streicht ihr Trikot glatt. »Schafft Charlie, Maxine und mir freie Bahn in den Strafraum. Zögert nicht, wenn ihr eine Torchance habt. Es ist das wichtigste Spiel in der Geschichte der Black Eagles. Der Aufstieg und der Oceania Summer Cup wären ein Traum.«

Jeanne presst die Lippen zusammen. »Wenn das so ist, wieso hast du den Platz bei den Golden Foxes abgelehnt?«

Ihr Augenlid zuckt. »Das geht Sie nichts an.«

»Als deine Trainerin …«

Mathilde bringt sie mit einer wegwerfenden Handbewegung zum Verstummen. »Wenn die Black Eagles und die Golden Foxes beim Oceania Summer Cup spielen, haben wir doppelte Chancen auf den Pokal.«

Die Frage, wozu es einen Elitekader gibt, wenn die zweite Mannschaft beim selben Turnier antritt, schwebt wie Asche über uns, rieselt unausgesprochen zu Boden und verklebt unsere Atemwege.

Ayumi schneidet eine Grimasse. »Kein Druck also.«

Charlie stützt den Ellbogen auf ihrer Schulter ab. »Sie wollte sagen, dass wir Herausforderungen lieben.«

Mit einem Blick, scharf und grau wie ein heraufziehender Sturm, fixiert Jeanne sie. »Ich *wollte sagen*, dass du auf deine Beinarbeit achten musst, Carla. Du tätest gut daran, Maxine das Feld zu überlassen.«

Ich spanne mich an, balle die Hände zu Fäusten. Es ist mein Spiel.

Jeanne hält die Asse in den Händen und ich bedeutungslose Zahlen.

»Deine Beinarbeit ist hervorragend, genauso wie deine Vorlagen an Maxine«, wirft Mathilde ein. »Ihr seid ein eingespieltes Team.«

Mein Herz schreit danach, Charlie anzusehen. Jeannes Blick, der an ihr haftet, ist so voller Abscheu, dass ich keinen Muskel rege. Vor sechs Tagen hat Charlie mir die Streichhölzer weggenommen, bevor ich mich selbst in Brand hatte stecken können. Vergänglich wie Morgentau sind ihre Berührungen und ihr Atem auf meinen Lippen gewesen. Aus den Tropfen sind Blüten gewachsen. Oder sie sind die ganze Zeit über dort gewesen, verborgen unter dem Unkraut, das Jeanne gesät hat.

Mathilde scheucht uns aus der Umkleide.

Fesseln umschlingen mein Handgelenk, Jeanne zerrt mich herum, sodass wir dieselbe Luft atmen. Sie bohrt die Nägel in meine Wange. »Es wird Zeit, dass du so spielst wie vor der Trainingspause.«

Meine Gesichtszüge erschlaffen, gewaltsam presst sie mich in Form. »Das werde ich.«

»Ich versuche, das zu glauben.« Sie beugt sich zu mir, ihr Atem sticht mir in die Haut. »Carla bekommt den Ball von dir *im Notfall*. Egal, was Mathilde sagt. Verstehen wir uns?«

Wenn ich diesem Spielplan folge, bist du diejenige, die das Eigentor schießt.

Beinahe spreche ich es aus. Stattdessen überlasse ich ihr meine Fäden, nicke und folge ihr auf das Hockeyfeld.

***

In den ersten drei Minuten ein Tor zu schießen, ist ein Fehler gewesen. Trotz Jeannes Lob. Mein Hochgefühl ist zu einer Flamme geworden, in die ich meine Hand gehalten habe, das Tor ein Holzscheit in der Entschlossenheit der Gegnerinnen. Meine Glieder prickeln, meine Lunge verschließt der Luft die Türen.

Die erste Halbzeit hat mit dem Ausgleich der Gegnerinnen geendet.

Seitdem schenken wir uns nichts. Gegnerische Armeen, die aufeinander prallen und versuchen, das Königreich der anderen zu erobern.

Sturmböen brausen vom Pazifik über das Spielfeld. Charlies Umrisse flimmern in der Hitze. Fürchten muss sie den Sturm nicht. Sie ist der Sturm. Mit einem Stecher rettet sie den Ball aus unserem Strafraum.

Hypnotisiert von ihrem Anblick registriere ich ihren Pass kaum. Mein Kiefer knackt schmerzhaft – ich habe auf den Zahnschutz gebissen. Wenigstens denke ich nicht mehr darüber nach, wie schön Charlie ist. Ein Gewitter so gleißend, das ich nicht wegsehen möchte – und so zerstörerisch für mich.

Den um Haaresbreite mit der flachen Schlägerseite aufgenommenen Ball dribble ich in einer Schleife um die Gegnerinnen.

Ellie taucht vor mir auf, über den rechten Fuß passe ich ihr den Ball zu. Ihre Züge sind eingefroren, als sei der Sieg längst unter einer Schneedecke begraben. Eine Gegnerin nähert sich ihr, den Ball schlägt sie in einem hohen Pass zu Charlie, die sich in den Strafraum vorgekämpft hat. Wie ein Pfeil schnellt er durch die Luft und kommt mit einem Knall auf Brusthöhe einer Gegnerin auf, die ihn instinktiv mit der flachen Schlägerseite fortschlägt.

Der Aufprall geht im Pfeifen des Schiedsrichters unter, ein Donnern, das eine Schockwelle durch meinen Körper jagt. Er hebt den Arm – Strafecke, ein Riss im bröckeligen Fundament unseres Sieges.

Meine Schuld. Hätte ich das verfrühte Tor nicht geschossen, wäre das restliche Spiel nicht so aggressiv.

Das Selbstbewusstsein blättert in seinen strahlenden Farben von Ellies Gesicht ab, zurück bleibt ein Schatten über ihren Zügen.

Charlies Hand, die in ihre Richtung schnellt, weicht sie mit an den Oberkörper gepressten Armen aus.

Ich schwebe außerhalb meines Körpers, vor mir spielt sich ein Film in Technicolor ab; ich bin schwarz-weiß.

Die Gegnerinnen stecken die Köpfe zusammen, ihr Flüstern liegt wie knisternde Blitze in der Luft, ehe sie in Position gehen.

Unsere Frontstopperinnen positionieren sich an der Torlinie. Ayumis Muskeln sind zum Zerreißen angespannt.

Der Pfiff hallt wie ein Kanonenschuss in mir nach. Vom Eckpunkt schlägt die Schützin den Ball in den Kreis, präzise auf die an der Strafraumgrenze wartende Teamkameradin gespielt. Ihr Schläger schneidet durch die Luft, ein harter Schlenzball fliegt mit voller Wucht in Richtung Tor.

Samira schnellt in die Ecke, der Ball rauscht über ihre ausgestreckten Fingerspitzen hinweg und geht, dafür, dass es sich wie eine Erschütterung der Welt anfühlt, leise ins Netz.

Charlie starrt ihre um den Schläger verkrampften Finger an.

Mit gebeugten Schultern stellt sich Ayumi neben sie. Als sei das gegnerische Tor ihre Schuld.

Ellie ist blass um die Nase, Linien furchen ihr Gesicht, als wollten sie es zersplittern. Unter ihrem Griff biegt sich das Holz des Schlägers.

In mir zerbricht etwas. Ein Kratzer auf der Platte meines Herzens, dessen Melodie verzerrt in mir widerhallt. Manches ist nicht zu reparieren. Wie ich. Egal, wie oft Jeanne die Kratzer füllt oder die Kanten abschleift – mit ihnen nimmt sie mir die Schichten.

Das 1:2 fühlt sich an, als hätten die Gegnerinnen unser Königreich niedergebrannt. Ich ertrage es nicht, dass mein Team, meine Freundinnen, mit ihm untergehen.

Mein Leben lang spiele ich auf dem Feld um die Träume einer anderen Person. Fremdgeführt. Zum ersten Mal sehne ich mich nicht nach einem Sieg, um Jeannes Zorn zu entgehen.

Tief ziehe ich die salzige Luft ein, achte nicht auf den Plattensprung in meiner Brust. Recke das Kinn und gehe in Position, um für meine Freundinnen zu kämpfen.

Der Ball kehrt ins Spiel zurück. Wie eine Verlängerung meines Arms liegt der Schläger in meiner Hand. Meine Schritte sind ein Schweben über dem Boden, und ich verschaffe mir den Platz, der mir zusteht.

Zwei Gegnerinnen passen den Ball hin und her, ich sprinte vorwärts, die Umgebung verschwimmt, der Ball ist gestochen scharf. Mit der Kante des Schlägers fange ich ihn ab. Täusche rechts an, die Gegnerin verfolgt mich, und ich laufe einen Schlenker nach links. Vor mir ragt eine Mauer aus dunkelblauen Trikots auf, ich halte nicht an, sie dürfen mich nicht foulen, mich nicht berühren …

Aufgewirbelter Sand sammelt sich grobkörnig in meiner Kehle.

Ebenso wenig darf ich ein Foul und eine zweite Strafecke für die Gegnerinnen riskieren.

In einer Schleife laufe ich rückwärts, Charlie kommt mir entgegen. Jeannes Anweisungen sind im Sand versickert. Mit einem hohen Pass schlage ich Charlie den Ball zu, sie nimmt ihn mit der flachen Schlägerseite auf. Wie ein Verstand in zwei Körpern spielen wir ihn einander zu, die Gegnerinnen umrundend, die Abwehr im Rücken. Wir fliegen gemeinsam, und ich fürchte mich nicht vor dem Aufprall.

Vor dem Strafraum taucht ihr Blick in meinen, sie nickt, und am liebsten möchte ich sagen, dass ihre Familie zusieht. Dass ihr dieses Tor gebührt.

Dennoch passt sie mir den Ball zu. Sonnenfunken verfangen sich im Tornetz, Gold konturiert die Umrisse der Torwartin. Ob sie mir den Weg versperrt oder nicht, ich werde mir Platz verschaffen.

Ich täusche nicht an, der Ball, der Schläger und ich sind eins, mein Atem geht gleichmäßig. Mit einem flachen Schlag versenke ich den Ball im Netz.

Hinter mir brandet Jubel auf, in Wellen treibt er durch mich hindurch und etwas erwacht in der morschen Erde in meinem Inneren zum Leben.

Ich streife Charlies Blick, intensiv wie eine Umarmung. Wärme spült durch meine Adern, und ich zwinge mich, nicht zu ihr zu rennen ... Jeannes Aufmerksamkeit brennt mir im Nacken ... Würde ich Stolz sehen ... oder Zorn?

Feingliedrige Finger berühren meine Schulter, ich zucke zusammen.

»Tut mir leid.« Hastig lässt Ellie mich los.

Ich beiße mir auf die Lippe. »Schon gut. Ich habe dich nicht kommen sehen.«

»Danke, dass du dich nicht hast verunsichern lassen. Ohne dich hätten wir keine Chance mehr auf den Sieg.«

Ihr Stolz dringt mir wie Sonnenlicht unter die Haut. »Lass sie uns nutzen und ihn uns holen.«

Erhobenen Hauptes stellen wir uns in Position.

Die Gegnerinnen haben Blut geleckt, und mein Tor hat mein Team aufgeweckt. Zwei Sturmfronten prallen aufeinander – der Ball schafft es für sieben Minuten nicht aus der Mitte des Spielfelds heraus. Ein gegnerisches Tor verhindert Samira, und meine Entschlossenheit streut Ableger.

2:2

Eine Minute.

Das Penalty-Schießen müssten wir für uns entscheiden. Für Torchancen ist die generische Mauer zu standhaft.

Ayumi rettet den Ball aus der Nähe unseres Strafraums. Ihr Blick verflechtet sich mit meinem, sie passt zu mir.

Mit eingezogenen Schultern umrunde ich zwei Gegnerinnen, ihre Schläger kommen mir gefährlich nahe.

Der Ball klebt an meinem Schläger, ich wirble herum. Winterblau – die Farbe meines Sterns in dunkelster Nacht. Charlie ist da, wenn ich sie brauche. Mit einem flachen Schlag spiele ich ihr den Ball zu, unser Zusammenspiel beim Dribbeln beginnt von vorne.

Ellie bahnt sich den Weg zum Strafraum. Charlie und ich nicken uns zu. Es ist Zeit für ihren Sieg.

Über den linken Fuß hinweg passt Charlie den Ball zu mir. Eine Gegnerin läuft auf mich zu. Ich könnte schneller sein, es in den Strafraum schaffen. Stattdessen spiele ich sicher und passe zu Ellie. Pfeilschnell täuscht sie an, ehe der Ball ins Netz gleitet.

Jubel brandet auf, meine Teamkameradinnen fallen einander in die Arme.

Am östlichen Horizont treiben Sturmwolken, in Ellies Gesicht geht die Sonne auf. Sie rennt auf mich zu. »Darf ich dich umarmen?«

»Ja.«

Lachend schlingt sie die Arme um mich, von mir fällt ein Gewicht ab. Den Spielplan habe ich umgeschrieben, um diese Melodie zu hören.

»Danke für den Sieg.«

Ich löse mich von ihr. »Er ist dein Verdienst.«

»Dank deiner zwei Tore und eurer Vorbereitung für das entscheidende.«

Charlie taucht neben ihr auf, mein Herz zieht sich vor Sehnsucht zusammen. Sturmgraues Mauergestein hindert mich daran, sie zu umarmen. »Ihr habt großartig gespielt.«

Ayumi legt ihr einen Arm um die Taille. »Du meinst *wir.*«

Ein Stich der Eifersucht durchfährt mich und verweht, als sich das Team zu uns gesellt. Ihre Schatten verdecken mich nicht, gemeinsam stehen wir in der Sonne. Goldenes Schimmern umgibt mich, ihr Jubeln ist feiner Regen, der Knospen in mir aufweckt, aus denen etwas erblühen könnte.

Ein Sturm, den nur ich spüre, zieht um mich herum auf. Ich löse mich aus der Umarmung – Kälte bricht über mich herein. Luft splittert in meinen Atemwegen, die Freude wird unter einer Eisschicht begraben.

Gelnägel bohren sich in meinen Arm. »Was habe ich dir über das Zusammenspiel mit Carla gesagt?«

Meine Euphorie verdorrt – zum ersten Mal hat sich Feldhockey wie Fliegen angefühlt, und ich habe aus eigenem Antrieb gekämpft. In einer Schlacht, die für Jeanne verloren ist.

Taubheit breitet sich in meinem Bauch aus. »Was soll ich tun, wenn sie freisteht?« Das Wispern eines kleinen Mädchens; sie ist nach jedem Sieg zu Jeanne gelaufen, um sich die Flügel brechen zu lassen.

Eiskristalle überziehen meine Haut, dort, wo ihr Atem sie streift. »Den Ball behalten, bis es jemand anders tut. Du hast das Spiel dominiert und hättest es für ein Penalty-Schießen hinauszögern sollen. Dann hättest du das entscheidende Tor nicht Elisabeth überlassen müssen.« Ihr Kiefer mahlt. »Carla und du seid, wenn wir deine Trainingspause einbeziehen und ihre Tore in der Zeit nicht mitzählen, punktgleich.«

Ihre Worte knüpfen ein eisernes Band um meine Brust.

Punktgleich. Nicht genug.

Bei jedem Atemzug zeichnet sich mein Bauch unter dem Trikot ab, der Magerquark vom Frühstück kommt mir hoch.

Rennen. Es loswerden. Zu viel.

Charlie sagt, dünn sein macht mich nicht glücklich. Ein naiver Teil von mir hofft, dass es Jeanne stolz macht. Wenn nicht, werde ich noch dünner und löse mich auf.

»In den Weihnachtsferien trainieren wir jeden Tag. Wenn du beim Oceania Summer Cup nicht perfekt spielst, bist du nicht länger meine Tochter. Ich habe dein Schicksal geebnet, indem ich dir erlaubt habe, meinen Namen zu tragen. Du wirst bei den Golden Foxes spielen und dir für übernächstes Jahr einen Platz im olympischen Damenteam sichern.«

Meine Kehle fühlt sich wie schabendes Sandpapier an, das jegliche Erwiderung abschleift. *Nicht länger meine Tochter* … ich bin der Tintenschreiber, mit dem sie ein neues Ende ihrer Geschichte zu verfassen sucht. Ein letzter Tintentropfen ist übrig; er muss genug sein, andernfalls vertrockne ich ohne Jeanne in der Sonne.

»Wir brauchen Maxine für die Siegerehrung und das Gruppenfoto.« Wie ein Wispern hinter Mauern dringt Mathildes Stimme zu mir, Jeanne lässt mich los, eine fremde Hand gleitet auf meine Schulter. Ich warte darauf, dass sie zudrückt. »Du hast großartig gespielt. Deine Mutter ist sicher mindestens genauso stolz auf dich.«

Jeannes Lächeln gleicht dem Zähnefletschen einer Löwin. *»Mindestens.«*

Die Schultern eingezogen, überbrücke ich die Distanz zu meinen Teamkameradinnen. Ellie winkt mich zu sich, auf ihrer anderen Seite hockt Charlie. Ihr Blick verfängt sich in meinem, winterblaue Fährenlichter, die den Rauch durchbrechen, mit dem Jeanne meinen Geist vergiftet hat.

Darauf bedacht, dass meine Knie meinen Bauch nicht berühren, setze ich mich neben Ellie und schlinge einen Arm um sie. Dabei streifen meine Fingerspitzen Charlies, der Hauch wird zu Funken, die unter meine Haut dringen. Sie anzusehen wage ich nicht. Jeanne würde das Foto ins Sonnenlicht halten, bis es verblasst. Anders als das Lächeln, welches sich auf meine Lippen schleicht. Umgeben von meinen Teamkameradinnen strahle ich in die Linse, ohne aus dem Rahmen zu fallen.

»Darf ich meine beste Freundin jetzt umarmen?«

Ellie springt auf. Rosafarben hebt sich Vionas Haar vom Horizont ab, sie fällt ihr um den Hals.

»Wen haben wir denn da?«

Worte wie ein Luftstoß, der mich in den klirrenden See befördert. Eine Steinstatue tritt an meine Stelle. Blutrot sickert in mein Sichtfeld, dickflüssig, wie der Smoothie auf meinem Kleid, haftet mir Letizias Blick an. Mein Herz hämmert gegen das Gestein, unfähig, es zu sprengen.

»Eine berühmte Mutter zu haben, reicht wohl. Ohne sie wärt ihr nicht aufgestiegen.« Eine einstudierte Tonfolge, die ich oft gehört habe. Sie berührt mich nicht.

Wildblumen kämpfen sich durch das Gestein, Farbtupfer zwischen dem staubmatten Grau, die mein zerrissenes Selbst zusammenhalten. Ellies Strahlen bei unserem Sieg. Charlie, die mir eine Leinwand mit meinen verborgenen Farben gezeigt hat.

»Das stimmt nicht.«

Letizia erstarrt.

Ich recke das Kinn, halte meine Kehle für ihre Klinge hin. »Ich habe zwei Tore geschossen und Ellie das entscheidende. Ihr Training hat uns zu Höchstleistungen angetrieben. Sie hat für den Aufwind unter den Flügeln der Black Eagles gesorgt. Du kannst Leistungen, auf die du keinen Einfluss hast, nicht auf dich beziehen. Trainiere deine Mannschaft und sorg dafür, dass die Füchse beim Oceania Summer Cup unsere Flügel stutzen.« Jeanne schneidet, ohne zu töten, Letizia möchte mich ausbluten sehen. Dennoch fließen die Worte, ich fühle mich wie ein Fluss, der über die Ufer tritt. Den Wochen des Regens halten sie nicht länger stand. »Denk ruhig, dass ich meinen Platz an der Academy wegen Jeanne habe. Vielleicht stimmt das. Aber heute haben wir verdient gewonnen. Dank meinen Toren und Ellies Training. Du hast kein Recht, meine berühmte Mutter daneben in die Waagschale zu legen.«

Ihre Nasenflügel zucken, sie macht einen Schritt auf mich zu. »Wie kannst du es wagen?«

Teresa taucht so schnell neben ihr auf, dass mir schwindelig wird, und packt sie am Oberarm. »Sie hat recht.«

Letizias Haut färbt sich äschern. »Du fällst mir in den Rücken?«

»Wieso Maxine den Platz hat, wissen wir nicht.« Mit jedem Wort zieht sie Letizia einen Schritt von mir fort. »Ich möchte nicht mehr zusehen, wie du ihre Wurzeln durchschneidest, um in ihrem Boden zu wachsen. Du bist wütend wegen dem, was Ellie getan hat, und wegen deiner Eltern. Wandle die Wut in Kampfgeist um. Beweis Ellie, dass du den Platz bei den Golden Foxes verdienst, indem du fair gegen sie gewinnst.«

Letizia starrt sie perplex and und lässt sich wie eine kaputte Puppe von ihr vom Hockeyfeld zerren.

Erleichterung strömt durch meine Adern, meine Knie erweichen. Die Angst zerstiebt im Wind und macht Platz für eine Erkenntnis – ich habe nicht zugelassen, dass sie mich in den Boden rammt. Sonnenlicht streichelt mein Gesicht, ich schließe die Augen, atme die Angst aus und ein Triumphgefühl ein.

»Danke.«

Blinzelnd wende ich mich Ellie zu.

»D-das ist selbstverständlich gewesen ... u-und du solltest Teresa danken.«

»Das werde ich.« Sie hakt sich bei mir unter. »Du solltest öfter für dich einstehen.« Sie führt mich über das Hockeyfeld, das Kinn erhoben, ein Diadem aus Sonnenlicht auf dem silberschimmernden Haar. Als erblühe sie unter den Blicken, die an uns haften.

Mein erster Impuls ist es, den Kopf einzuziehen; stattdessen spiegle ich ihre Körperhaltung. Mich Letizia entgegenzustellen, ist mehr wert gewesen als das entscheidende Tor.

Auf der Türschwelle zur Umkleide erstarre ich – Charlie sitzt allein auf einer der hölzernen Bänke. Ellie versetzt mir einen sanften Stoß, hinter mir fällt die Tür ins Schloss.

Charlie nimmt meine Hände. »Ich bin stolz auf dich. Und damit meine ich mehr als die zwei Tore.«

»Ich ... auch?«

Ihre Augenbrauen ziehen sich zusammen. »Das sollte keine Frage sein.«

»Die Angst hat mich nicht beherrscht«, bringe ich atemlos hervor. »Ich habe Letizia die Stirn geboten ... Wenn ich ihr Gift in Stärke umgewandelt habe ... Weißt du, was ich meine?«

Ihre Hand ruht auf meiner Wange, wie der erste warme Frühlingswind, der tief in mir etwas zum Erblühen bringt. »Dann kannst du Jeanne die Stirn bieten.«

»Vielleicht.« Kein Synonym für *Nein*. Mein Glaube an mich selbst hat einen Knick weniger.

»*Vielleicht* ist ein Anfang.« Silben, die auf meinen Lippen nachhallen. Ihre sind leicht geöffnet, stockend tänzelt ihr Atem über mein Gesicht. Wann sind wir uns so nahegekommen, dass ich in den kristallenen Ozean ihrer Augen stürzen und mich in ihm verlieren könnte? Unwillkürlich beuge ich mich näher zu ihr, und sie spannt sich an ... Ich könnte ...

Das Winterblau zerfasert zu Wasserfluten, eiserne Fesseln halten mich zurück.

Schreie prasseln auf mich nieder, erbarmungslose Wellen, die das Blut unter meinen Fingernägeln nicht abwaschen. Die Ohnmacht streift mich mit kühlen Fingern, die allesamt brechen – es ist mir nicht vergönnt, dem Ende zu entfliehen, das mein Egoismus herbeigeführt hat.

»Du wirst meine Tochter nicht noch einmal anfassen, dafür sorge ich.«

Obschon sie nicht für mich bestimmt sind, gleichen die Worte spitzen Nadeln, die in meine Haut dringen und ein Gift freisetzen, das mein Herz verätzt.

Nie wieder.

Ich werde niemals mehr einer Person diesen Schmerz antun.

»Maxine ...«

Kein Stacheldraht, sondern ein goldener Faden, der mich aus den Fluten zieht.

»Habe ich etwas falsch gemacht?« Jede Silbe ist eine Scherbe in meinem Herzen. »Ich wollte nicht ... Und wir sollten hier nicht ...«

Ich bin diejenige, die alles falsch macht.

Diejenige, die falsch *ist*.

Alles, worin ich gut bin, ist, mich in meine Teamkameradinnen zu verlieben. Den Film, in dem ich diese Grenze überschreite, habe ich schon einmal gesehen, und das Ende hat mir den Boden unter den Füßen fortgerissen.

Alle Kraft kostet es mich, nicht zu fliehen. Mein Finger verharrt über der Repeat-Taste. Ich darf sie nicht drücken. Charlie hätte mich ohnehin nicht küssen wollen. Sterne schimmern, wenn sie verglüht sind, niemand verliebt sich in eine Frau, die sich langsam auflöst.

»Du hast nichts falsch gemacht.« Ich drücke ihre Hände. »Es ist … eine schlechte Erinnerung … Davon würde ich dir gerne erzählen …«

Das Knarren der Tür stoppt mein Stammeln, Ellie schiebt sich durch den Spalt. ›Sie kommt‹, formen ihre Lippen.

»Sobald Jeanne mich lässt«, flüstere ich Charlie ins Ohr.

Unsicherheit flackert wie Wetterleuchten über ihre Miene. Als höre sie den Sturm näherkommen, der hoffentlich mein Fundament entzweireißt. Nicht Charlies.

Ausgerechnet jetzt, nachdem ich mich für einen Herzschlag an Säulen einer Identität geklammert habe.

TAYLOR SWIFT FEAT. BON IVER – EXILE

Kapitel 22

Taylor Swift – Sweet Nothing

00:00 -03:46

Charlie

Der Sieg. Maxines aufrechte Körperhaltung, nachdem sie sich gegen Letizia gewehrt hat. Momente wie Raketen an Silvester. Farbexplosionen. Zu rasch erloschen, um sie einzufangen.

Das Telefonat mit meiner Familie ist eine Wunderkerze, die ich vor dem Wind abschirme. Ihre strahlenden Gesichter und die Sprachmelodien voller Stolz sind Säulen, die mein Luftschloss aufrecht halten. Die kleine Charlie fühlt sich wie dessen Königin. Die zwanzigjährige Charlie sieht die Risse im Fundament und sehnt sich nach der Gewissheit, dass ihre Verbindung zu Maxine nicht auf Sand gebaut ist.

Papa reckt einen Daumen in die Höhe. »Das ist eins deiner besten Spiele gewesen.«

»Obwohl ich kein Tor geschossen habe?«

Lucies Augen funkeln so golden wie Taylors Fell. »Du hast alle drei Tore vorbereitet.«

Chiara drückt Betty an sich. »Maxine und du seid ein gutes Team.«

Die Katze lässt ihre Aufmerksamkeit nicht von Cleo, die zwischen meinen Eltern sitzt. Dass die Hündin sie nicht sieht und ein Bildschirm sie voneinander trennt, versteht sie nicht. Mehrmals haben Lucie und Chiara die Katzen zu Besuchen bei unseren Eltern mitgenommen. Betty versteckt sich aus Angst vor Cleo – die sich nicht für sie interessiert – immer unter dem erstbesten Schrank. Chiara spricht ihr gut zu, bis sie sich hervortraut, ob es zehn Minuten oder eine Stunde dauert.

Mama streicht Cleo über den Kopf. »Schade, dass eine von euch im nächsten Semester das Team wechselt.«

Ihre Worte sind der Schlüssel für eine Tür in meinem Kopf. Zuerst hat dahinter der Drang gehaust, besser als Maxine zu sein. Jetzt hat mein Luftschloss neue Zimmer. Erhält Maxine von Jeanne den Schlüssel, nach dem ich mich gesehnt habe, lässt sie uns womöglich in Ruhe. An Halloween hat sich ein Teil von mir dagegen gesträubt, ihn Maxine zu überlassen. Für mich würde er Ruhm bedeuten. Sie steht in einem brennenden Haus. Jeanne hat das Feuer gelegt. Bekommt sie den Platz bei den Golden Foxes, ist es vielleicht nicht zu spät, den Brand zu löschen.

»Am liebsten spiele ich mit ihr gemeinsam, und den Platz bei den Golden Foxes zu bekommen, ist mir nicht wichtig. Wir treten beim selben Turnier an, die Black Eagles könnten mir genauso die Tür zur Nationalmannschaft öffnen. Ellie wird es sicher in die dänische schaffen. Eine fähigere Teamkapitänin könnte ich mir nicht wünschen. Sie holt das Beste aus uns hervor.«

Lucie schmunzelt. »Das musst du uns nicht sagen. Wir haben alle Spiele gesehen.« Seufzend stützt sie ihr Kinn auf Taylors Kopf ab. »Den Oceania Summer Cup würde ich gerne live vor Ort sehen.«

Mama drückt Papas Hand. Nebelwolken nehmen ihren Augen den Glanz. »Wir auch.«

Chiara legt einen Arm um Lucie. »Wir hätten ...«

»Ihr hättet euren Urlaub nicht anders planen sollen, die Hochzeit geht vor«, unterbreche ich sie und wende mich an meine Eltern. »Dass ihr euch Ende Januar keinen nehmen könnt, weiß ich. Eure Unterstützung aus der Ferne ist mehr als genug.«

Das kleine Mädchen, dessen Leidenschaft sie kopfschüttelnd abgetan haben, ist anderer Meinung. Die Spuren vergangener Narben lösen sich wie alte Rinde ab. Lucie und Chiara haben ihren Urlaub aufgrund der Hochzeitsplanung für das nächste Jahr festgelegt. Meine Eltern arbeiten. Sophie und Mattéo haben Klausurphase. Francesca hat keine Ferien. Böse bin ich ihnen nicht, Splitter vergangener Enttäuschung bleiben.

Ich passe den Ball der Unterhaltung ins Spiel zurück.

Fünf Sekunden, nachdem wir uns verabschiedet haben, leuchtet mir eine Nachricht von Lucie entgegen.

Versprichst du mir, nicht wütend zu werden, wenn ich schreibe, was ich denke?

Du wirst es sowieso schreiben. Ich bin euch nicht böse, dass ihr Ende Januar nicht nach Sydney fliegen könnt.

Darum geht es nicht.

WhatsApp zeigt an, dass sie schreibt. Lange. Scheite im Feuer meines Unbehagens.

Sondern um Maxine.

Du musst mir nichts sagen, was sie erzählen sollte, und ich möchte ihr nicht zu nahetreten.

Heute hat sie auf dem Feld zum ersten Mal nicht verkrampft gewirkt. Am Ende der zweiten Halbzeit war sie eins mit dem Schläger. Dann habe ich sie im Livestream mit Jeanne sprechen sehen, und es war, als würde sich ein grauer Schleier über sie senken. Wie bei den Spielen davor. Sie erinnert mich an mich. Das macht mir Angst.

Mir stockt der Atem. Wenn es sie betrifft, sind die Emotionen anderer für Lucie eine schwarze Leinwand. Bei anderen sieht sie diese in allen Farben. Natürlich erkennt sie den Schatten über Maxine.

Sollte ich mich ihr anvertrauen?

Nein, dann steigt sie in den nächsten Flieger.

Ihre Anwesenheit würde Mauern einreißen, an denen Maxine sich festklammert. So schnell, dass die Steine sie unter sich begraben.

Mit steifen Fingern tippe ich eine Antwort.

Ich kenne auch nicht alle Seiten von Maxines Geschichte. Aber ich passe auf sie auf und versuche, ihr die Welt in Farbe zu zeigen.

Wieso klingt das wie etwas, das Chiara über mich sagen würde? Dadurch mache ich mir nicht weniger Sorgen um euch.

Kälte pumpt durch meine Adern.

Chiara versteht mich. Könnte Lucie den grauen Schleier packen und ihn Maxine hinhalten? Ein Spiegelbild sein, das ihr zeigt, wie sie mit ihm leben kann?

Nicht, solange Maxine die Augen vor der Dunkelheit hinter der abgeblätterten Farbe verschließt … oder?

Sie würde dasselbe sagen. Und du musst dir gar keine Sorgen machen. Chiara ist für dich da, und ich bin für Maxine da.

Lässt du es mich wissen, wenn ich etwas für sie tun kann?

Ich wünschte, du könntest jetzt mit ihr sprechen. Ihr begreiflich machen, dass sie in verbrannter Erde nicht wachsen kann. Aber dafür sind ihre Wurzeln zu tief darin vergraben.

Ich verspreche es dir.

»Charlie …«

Als hätte ich den Spielplan für diesen Tag geschrieben, dringt ihre Stimme durch die Zimmertür.

Sie ist hier. Wir telefonieren übermorgen, dann zeige ich dir die Fotos von Vionas Taylor-Swift-Party.

Einverstanden.
Passt auf euch auf.
Ich habe dich lieb.

Ich dich auch.

»Komm rein.«

Maxine schiebt sich ins Zimmer. Der graue Schleier umgibt sie in Schwaden, darunter schimmert Entschlossenheit. »Jeanne bespricht etwas mit Mathilde.« Sie zupft am Saum ihres cremeweißen Tops, das aus ihrem hellblauen Rock gerutscht ist. »Ich muss dir etwas sagen, bevor es zu spät ist. Auf die Gefahr hin, dass du danach nichts mehr von mir wissen möchtest.«

So ein Satz könnte von Lucie stammen. Natürlich hat sie gesehen, was übrigbleibt, wenn Maxines Farbe abblättert.

Doch die farblosen Stellen und ihre Momente der Selbstsabotage sorgen nicht dafür, dass ich gehe. »Das wird nicht passieren.«

»Das kannst du nicht versprechen.«

Als wate sie durch nassen Sand, nähert sie sich dem Bett. Mein Zimmer ist unsere rettende Insel. Jetzt schwappen Wellen über den Strand. Schlagen die Zähne hinein, tragen ihn ab. Jeder Atemzug gleicht Salzwasser in meiner Lunge.

Maxine setzt sich neben mich. Schatten zeichnen ihre Gesichtszüge härter. »Ich möchte dir erzählen, wieso es für Jeanne in Ordnung ist, wenn ich Ellie nach einem Sieg umarme, aber so tun muss, als würdest du mir nichts bedeuten, wenn sie uns beobachtet …«

»Geht es nicht darum, dass sie mich als deine Konkurrentin sieht?«

»Wäre das nicht so, dürfte sie uns genauso wenig zusammen sehen. Sie würde erkennen, was du mir bedeutest.« Sie atmet durch. Ihre Schulterblätter zeichnen sich unter ihrem Top ab. Flügel, welche ihr die Flucht vor diesem Gespräch ermöglichen wollen.

Ihre letzten Worte schlagen eine Note in zartem Dur in mir an. Automatisch gleitet meine Hand in ihre Richtung. »Was bedeute ich dir denn?«

»Zu viel … nicht dasselbe wie ich dir … D-das ist in Ordnung … für mich … für sie würde es keinen Unterschied machen …« Sie verschränkt die Finger mit meinen, ihre Atmung beruhigt sich. »Ich möchte kein zweites Mal eine Karriere ruinieren.« Für einen Herzschlag schließt sie die Augen. Nebel verhüllt das Silber, als sie diese öffnet. Als würde sie durch mich hindurchsehen. »Mit fünfzehn habe ich mich verliebt. Ihr Name war Amber; sie ist aus Canberra nach Sydney gezogen und Teil meiner Mannschaft geworden, ohne meine Geschichte zu kennen. Ich hatte Angst, was Jeanne von unserer Freundschaft halten würde.

Vor allem, als mehr daraus geworden ist. Wir waren drei Monate zusammen. Jede Sekunde war gestohlen. Von Anfang an sind wir gefallen. Ich habe so getan, als würden wir fliegen. Obwohl ich wusste, dass der Aufprall uns zerschmettern und dass es viel schmerzhafter sein würde, mich aus den Splittern zusammenzusetzen.« Ein trockenes Schluchzen unterbricht sie. »Jeanne hat uns erwischt. Wir dachten, sie hätte einen Termin. In Wirklichkeit hat sie uns abgefangen ... in der Dusche ...« Jede Silbe bebt. Von unermesslichem Gewicht, das ihr wie mit Steinen beschwert von den Lippen fällt. »In meinen Albträumen spüre ich mein Blut, das sich mit Wasser vermischt, als Jeanne mich gegen die Fliesen stößt. In Wirklichkeit ist es Ambers, das unter meinen Nägeln klebt. Ich bin nicht dazwischen gegangen, als Jeanne sie geschlagen hat.« Ihre freie Hand zuckt in Richtung ihres Beins. Alles in mir zieht sich zusammen. Ein Zittern durchfährt sie. Sie muss meinen Blick bemerkt haben. Die Hand ballt sie zu einer verkrampften Faust zusammen. »Sie hat ihre Karriere zerstört ...I-ihr Ephedrin untergejubelt ... I-in der Mannschaft wussten alle, dass s-sie das war ... S-sie haben m-mich mehr gehasst ... Aber die Person, d-die mit mir leben m-muss u-und ihr Spiegelbild n-nicht erträgt, bin ich ...« Mit einem Ruck entreißt sie ihre Hand meinem Griff. Bohrt die Nägel in ihr Knie, rote Striemen zerbrechen die Mondlichthaut. Auf ihren Lippen splittert ein Schluchzen. Den Kopf lässt sie in die Hände sinken.

Zorn umschlingt meine Glieder. Verhindert jede Muskelregung. Auf Jeanne, deren Frost jede Knospe des Glücks erliegt, die in Maxines Garten sprießt. Ihr Schluchzen löst meine Starre. Decodiert meine Wut, die ihr nichts nützt. Die Vergangenheit kann ich nicht umschreiben. Mir bleibt, ihr zu zeigen, dass in der Zukunft unbeschriebenes Papier wartet.

»Ich hasse Jeanne. Für das, was sie euch angetan hat ... was sie dir *antut*. Nicht dich, hörst du?«

»Ich hätte wissen müssen, wie es endet ...«

»Sieh mich an ...«

Sie hebt den Kopf. Ihre Miene ist verletzlich wie ein Schmetterlingsflügel. Eine Böe genügt, um ihn auszureißen. Und doch voller Farben, wenn das Licht im richtigen Winkel einfällt.

Zittrig strecke ich eine Hand nach ihr aus. Streiche die Tränen fort. »Du bist nicht für Jeannes Handlungen verantwortlich. Es ist nicht deine Aufgabe, ihrer Karriere ein neues Ende zu schreiben. Egal, welchen Namen sie dir gegeben hat. Deine Gefühle kann sie nicht kontrollieren.«

»Sie erlaubt mir nichts, was über Freundschaft hinausgeht, mit einer Teamkameradin.« Sie schluckt. »Ich weiß, dass es dir nicht genauso geht. Für Jeanne reichen meine Gefühle. Es ist, als hätte ich die Zurückspultaste gedrückt und würde diesen Film ein zweites Mal sehen. Obwohl ich das Ende kenne und weiß, dass es eine Tragödie ist.«

Mein Herz zerspringt, in den Rissen brechen Regenbogenlichter. Sieht Maxine sie? Fühlt es sich so an, ist es Wunschdenken, oder hat sie mir auf die traurigste Art ihre Gefühle gestanden?

»Es ist nicht derselbe Film. Du bist nicht dieselbe Person wie damals, ich bin nicht Amber, und ich werde nicht weggehen, außer du bittest mich darum.«

»Das sollst du nicht sein. Sie ist meine Vergangenheit.« Mascaraschlieren bahnen sich den Weg ihre Wangen hinab. Als würde die Vergangenheit von ihr abfallen. »Ich möchte, dass du bleibst.« Vorsichtig legt sie eine Hand auf meine Wange. Plötzlich ist sie mir so nahe, dass ich spüre, wie ihr Mund jede Silbe formt. »Ich habe Angst, dass Jeanne zerstört, was dir am wichtigsten ist.«

»Die Menschen, die mir am Herzen liegen, sind mir wichtiger als das Feldhockey.« Mit den Fingerspitzen folge ich der Kontur ihres Wangenknochens. »Dazu gehörst du.«

Wie Sterne nach Mitternachtsregen zucken ihre Mundwinkel nach oben. Binnen einem Blinzeln ermatten Wolken den Silberschimmer. »Trotzdem verzeihe ich mir nicht, wenn du wegen mir leidest.«

»Ich verzeihe mir nicht, wenn Jeanne dir wehtut, ohne dass ich etwas tun kann.«

Ihre Haut färbt sich äschern. »Du darfst dich ihr nicht in den Weg stellen.«

»Das werde ich nicht.« Nadelspitze Silben. Sie muss die Fesseln selbst lösen. Mir bleibt, sie aufzufangen, wenn sie ohne die eisernen Drähte stürzt. »Unser Film beginnt gerade. Ich kann dir nicht versprechen, dass alles gut wird.« Die freie Hand lege ich an ihre Taille. Ziehe sie zu mir, bis ich das Echo ihres Herzschlags in der Luft fühle. Außer Takt wie mein eigener. »Wir finden einen Weg, um uns ein anderes Ende zu schreiben. Jetzt stehen wir am Anfang. Morgen ist Vionas Party. Auf einer Yacht, weit weg von Jeanne. Bis wir eine Lösung finden, nutzen wir die Momente, die wir bekommen. Ich bleibe dabei: Lieber bist du mein Geheimnis, als dass ich dich nicht in meinem Leben habe.«

Sternenleuchten erhellt ihre Züge. Tränenreste verwandeln sich zu schimmernden Perlen. Stockend stößt ihr Atem gegen meinen.

Meine Aufmerksamkeit fällt auf ihren Mund. Ein Ziehen zuckt durch meine Brust. Alle Kraft kostet es mich, nicht den Salzlinien mit den Lippen zu folgen, welche ihre Sommersprossen in Gemälde verwandeln.

Sie zieht sich von mir zurück. Ich erstarre. Da legt sie ihren Kopf dorthin, wo mein Herz schlägt. Ausatmend schlinge ich die Arme um sie.

»Danke, dass du da bist«, wispert sie.

Eine Woge der Zuneigung erfasst mich. Meine Lippen streifen ihre Stirn. Einmal. Zweimal.

Sie schmiegt sich an mich. Ihr Herzschlag wird zur Gegenmelodie von meinem.

Ich streichle ihren Rücken. Wirbel stechen mir durch den Spitzenstoff in die Finger. Warnungen, dass unser Happy End am weit entfernten Horizont wartet.

Ich schließe die Augen. Atme Maxines Nähe ein, die dunkle Gewissheit aus. Präge mir ein, wie unsere Körper zusammenpassen. Ungewissheit und Schmerz, jedes mögliche Ende dränge ich in den hintersten Winkel meines Verstandes.

Was zählt, ist Maxine in meinen Armen und eine Zukunft, die nicht geschrieben steht.

Kapitel 23

Taylor Swift – Cornelia Street

00:00 -03:46

Maxine

Um fünf Uhr hat Jeanne mich für eine Trainingseinheit geweckt, Weihnachtsferien haben für sie keine Bedeutung.

Jeder Duschwassertropfen ist eine Anschuldigung.

›So langsam, wie du bist, hätte dir jede Gegnerin den Ball abgenommen!‹

Dampf schließt meine unförmige Hülle in einen milchigen Kokon.

›Du hast keine Körperspannung und knickst beim kleinsten Windstoß ein!‹

Die Temperatur ist auf der höchsten Stufe eingestellt, scharlachrote Hautfetzen schälen sich ab, ohne die Kälte aus meinen Knochen zu zehren.

›Wenn du nicht besser wirst, verdienst du es nicht, meinen Namen zu tragen!‹

Tränen vermischen sich mit dem Duschwasser, Zweifel, welche das Glas bis zum Überlaufen füllen. Bis zum Hals stecke ich in Jeannes unerfüllten Erwartungen; der Drang, den Mund zu öffnen und an ihnen zu ertrinken, ist übermächtig.

In den Tropfen spiegelt sich Charlies Gesicht, ein Lichtstrahl auf dem Ozeangrund meiner Gedanken. Wird ihr Versprechen wahr, verbringen wir den Tag auf einer Yacht, weit weg von Jeanne.

Ich verlasse die Dusche. Schutzlos, ohne den nebeligen Kokon, schimmert meine von Tropfen überzogene Haut. Darauf bedacht, sie nicht zu berühren, schlüpfe ich in einen Slip und ein weißes Kleid aus fließendem Stoff. BHs zu tragen, habe ich aufgegeben; meine Brüste sind zu unförmig.

»Maxine! Elisabeth ist hier!«

Nie bin ich so erleichtert gewesen, Jeannes Stimme zu hören.

Im Wohnbereich erwartet mich Ellie. Das weißblonde Haar fällt ihr unter einem Hut offen über die Brust. ›*This Is Not Taylor's Version*‹ steht auf ihrem weißem T-Shirt, zu welchem sie schwarze, glitzernde Shorts trägt. »Wir möchten den Aufstieg feiern.«

Jeanne rümpft die Nase. »Wenn es sein muss.« Sie packt mein Handgelenk, ich keuche. »Du hast im Training schrecklich gespielt, aber im Gegensatz zu den anderen ruhst du dich nicht auf dem Aufstieg aus. Setze die winzigen Fortschritte nicht aufs Spiel, indem du etwas Ungesundes isst.«

Schaler Geschmack legt sich auf meine Zunge.

Nicht nur ungesundes *Essen verdienst du nicht.*

Die Ärmel des Kleides schneiden in meine Schultern, die Haut meiner Arme quillt darunter hervor.

Ein Tag ist zu wenig, um zu hungern.

Jede Rippe spüre ich überdeutlich – Flügel, die sich ausbreiten und aus meinem Körper schälen wollen.

Ich verlagere mein Gewicht, sodass ich den Stoff nicht spüre. »Versprochen.«

»Gut. Du musst Muskeln aufbauen, und das wirst du nicht mit Süßigkeiten tun, sondern mit dem, was ich dir gebe.« Sturmgrauer Stahl zielt auf Ellie. »Um zweiundzwanzig Uhr ist Maxine zurück.«

Ihr Kiefer mahlt, ein Kopfschütteln meinerseits hindert sie daran, die Klinge mit Jeannes zu kreuzen. »Versprochen.«

»Halte dich von Carla fern«, zischt Jeanne mir ins Ohr, ehe sie mich loslässt.

Ellie öffnet die Käfigtür, wir gehen in die Mittagssonne.

»Sie darf so nicht mit dir umgehen.«

»Lass uns lieber über Vionas Geburtstagsfeier sprechen.«

»Du lächelst.«

Mit den Fingerspitzen berühre ich meine nach oben gebogenen Mundwinkel.

»Das solltest du öfter tun; es steht dir.«

Perplex blinzle ich sie an, was ihr ein Lachen entlockt.

»Ich hoffe, es liegt ein wenig an unserem Sieg und daran, dass du Letizia die Stirn geboten hast.« Sie schmunzelt. »Vor allem freust du dich, Charlie zu sehen.«

Hitze strömt in meine Wangen. Gestern habe ich vor Charlie alle Schichten meiner Rüstung abgenommen. Sie kennt das Mädchen dahinter. Weiß um den Flintenlauf, der auf uns gerichtet ist. Und sie ist geblieben. »Ist das so offensichtlich?«

»Schon.« Sie deutet nach vorne.

Alles verblasst hinter Charlie, meinem Leuchtturm, der das Papierboot über die rauen Wellen bringt. Vor den Toren lehnt sie an der Tür zur Rückbank eines Taxis. Die Mittagssonne verwandelt ihre Locken in flüssige Schokolade, Ohrringe mit Schlangen als Anhänger brechen die goldenen Strahlen. Ich schaue an ihr herab, mein Mund wird trocken. Eng schmiegt sich ein Top an ihren Oberkörper, das aussieht, als sei es aus Zeitungspapier. Ein Rock mit Schlangenmuster fällt ihr bis zur Mitte der Oberschenkel. Hitze rinnt über meine Haut, schwer schluckend schaue ich in ihr Gesicht. Falls sie mein Starren bemerkt hat, verrät ihre Miene nichts.

Sie hält mir die Tür zur Rückbank auf, Ellie nimmt vorne Platz. Das Taxi fährt dem Horizont entgegen, wo mir Jeanne nichts anhaben kann. Zweiundzwanzig Uhr ist eine Unendlichkeit entfernt.

Charlies Finger streifen meine, ein Meer aus Emotionen schimmert in ihren Augen. »Ich bin froh, dass du hier bist.«

Ich lehne den Kopf an ihre Schulter. »Ich auch.«

Aus ihrem Stoffbeutel zieht sie ein Freundschaftsarmband, welches sie über mein Handgelenk schiebt. Frühlingsfarben heben sich von meiner bleichen Haut ab, Blütenköpfe zwischen Schnee – Immergrün und Sonnengelb. *Tied Together With a Smile.*

»Es ist wunderschön.«

Sie legt einen Arm um mich. »Wie du.«

»Ich bin nicht schön.«

Ihr Lachen kitzelt mein Haar. »Das mit den Komplimenten üben wir.«

»Ist das eine Drohung?«

»Nicht mehr als das Armband. Es soll dich an deine Schönheit und deine Stärke erinnern. Schmetterlinge sehen ihre Flügel nicht, wie du, aber sie haben einzigartige Muster und sind kräftig genug, um sie zum Horizont zu tragen.«

Jegliche Erwiderung würde nicht ausreichen; ich schmiege mich an sie und lausche der Melodie ihres Herzschlags. Betrunken von ihrer Nähe und dem Meeresduft, welcher in das Taxi strömt. Charlie versucht nicht, mein Aufwind zu sein, sondern glaubt daran, dass ich ihn finde, die Flügel ausbreite und den Absprung wage, ohne den Boden eines Blickes zu würdigen.

***

Elfenbeinfarbene Yachten schweben auf den Wellen des Hafens von Sydney Cove wie Austernperlen, welche das Sonnenlicht reflektieren und es über das türkisblaue Wasser davontragen. Vereinzelt lösen sie sich aus der Aneinanderreihung, treiben hinaus und streben auf den Horizont zu. Daneben erhebt sich Downtown Sydney mit seinen kristallenen Edelsteintürmen. Goldschimmer zeichnet Muster auf die Fassade des Opernhauses, welches sich einer gigantischen Sonne gleichend im Wasser spiegelt.

Viona kommt uns entgegen, auf dem Stoff ihres Kleides fließen Pastelltöne ineinander, als sei die Farbe des Covers von *Lover* darauf getropft. Um ihr rechtes Auge hat sie ein glitzerndes pinkes Herz gezeichnet. »Ihr habt es geschafft!«

Ihre Freude greift auf mich über. »Alles Liebe zum Geburtstag.«

»Danke. Darf ich dich umarmen?« Auf mein Nicken hin zieht sie mich in ihre Arme, ehe sie uns an Deck scheucht.

Miss Americana & The Heartbreak Prince heißt uns dort willkommen.

Ein Ruck geht durch die Yacht. Die Kristallstadt schrumpft zu einer Miniatur. Zwischen uns tut sich ein türkisblauer Graben der unbegrenzten Möglichkeiten auf, die Sommersonne tänzelt über meine Haut. Am Horizont ziehen Möwen Kreise, ich schließe die Augen, konzentriere mich auf das Schwanken der Yacht und bin schwerelos. Teil einer Galaxie, in der Jeanne mich nicht erreicht.

»Ist alles in Ordnung?«

Blinzelnd öffne ich die Augen, mich empfängt goldbeflecktes Winterblau.

»Mehr als das. Ein Ozean trennt mich von Jeanne.«

Charlie lehnt die Schulter an meine. »Das bleibt für ein paar Stunden so, und die Zeit nutzen wir.«

Für mich würde das bedeuten, mit ihr zuzusehen, wie Sydney zu einer Silhouette verschwimmt. Mehr brauche ich nicht.

Einige Herzschläge verweilen wir schweigend nebeneinander, als hätte sie denselben Gedanken.

Dann ruft uns Viona, und Charlie entführt mich in eine glitzernde Welt unter Deck. Ein Plakat von der *Eras Tour* prangt an der hinteren Wand neben Girlanden mit gezeichneten Bildern oder Lyrics. Lichterketten sind an der Decke zu einem Netz verwoben, das sich um eine Discokugel schlängelt, welche das Schimmern bricht. Ballons in passenden Farben zu jeder Era liegen auf dem Fußboden, in der Mitte des Raumes schweben zwei pinkfarbene in Form einer 22. Zu jeder Era gibt es einen Stehtisch mit Cupcakes zwischen weiteren Speisen.

Ayumi löst sich aus der Menge. Ihr schwarzes Paillettentop schimmert wie die Diskokugel, dazu trägt sie einen ultravioletten, glänzenden Rock, eine türkisfarbene Jacke mit Pailletten und eine weiß umrandete Sonnenbrille. »Ist es beeindruckend oder beeindruckend?«

»Spätestens jetzt bin ich ein Swiftie.« Ich drücke Charlies Hand; sie sorgt dafür, dass ich nicht im Strom aus Glitzer und Menschen verlorengehe. »Ich freue mich, hier zu sein.«

Ayumi strahlt. »Wir sind froh, dass du gekommen bist.«

Viona stützt einen Ellbogen auf ihre Schulter. »Mit Maxine sind wir vollzählig.« Sie wippt auf den Fußballen. »Ich darf meine Geschenke auspacken.«

Léon legt einen Arm um ihre Taille. »Darauf wartet sie mindestens seit gestern.«

Sie funkelt ihn aus schmalen Augen an, was er lachend quittiert.

Die alte Maxine wäre an dieser Gruppe abgeperlt wie Regentropfen an einer Fensterscheibe. Etwas hat sich verschoben, meine Tropfen bleiben haften. Schillernd wie die Diskokugel. Um Blaubeermuffin, muss ich mich nicht drehen, bis ich das Licht auf die richtige Art reflektiere.

»Alle herkommen!« Wie eine Königin ragt Viona in unserer Mitte auf. Jedes Geschenk entfacht einen Funken in ihr. Darauf, was sie auspackt, achte ich nicht, geblendet von ihrem Leuchten.

Als Vorletztes nimmt sie den pinkfarbenen Umschlag von Charlie und mir; ich habe versprochen, meinen Anteil irgendwann zu bezahlen.

»Ein Tattoo-Termin? Am ...« Scharf zieht sie die Luft ein.

Charlie zwinkert ihr zu. »... zweiundzwanzigsten Dezember um sechs Uhr abends.«

»Übersetzt heißt das *morgen*«, bemerkt Léon und erntet einen vernichtenden Blick.

»Ich weiß nicht, ob ich euch liebhabe oder euch hasse.«

»Ohne diesen Schubser würdest du dich nie trauen«, meint Charlie. »Und wir kommen mit.«

Ein Ruck geht durch Vionas Körper, sie schließt Charlie in die Arme. »Danke für den Schubser.« Vor mir verharrt sie für einen Atemzug. Auf mein Nicken hin umarmt sie mich, ihr Leuchten springt auf mich über. »Dasselbe gilt für dich.«

»Wenn du es überstehst, traue ich mich als Nächste«, raune ich ihr zu, sodass Charlie mich nicht hört.

»Ich werde dir ein gutes Vorbild sein.«

»Kommen wir zu meinem Geschenk.« Ayumis Stimme ist der Scheinwerfer, welcher meine Aufmerksamkeit auf die beeindruckendste Torte, die ich je gesehen habe, lenkt. Alle Eras vereint sie in Kuchenteilen in den passenden Farben, mit farblich abgestimmtem Frosting sowie dem Albumtitel an der Außenseite und modellierten Symbolen aus Fondant. Die Schmetterlinge für *Taylor Swift* und die Schlange für *reputation* sind gegenüber voneinander – Gegensätze und Gegenstücke, wie Charlie und ich.

Eine Mischung aus Schluchzen und Lachen löst sich von Vionas Lippen, sie fällt Ayumi um den Hals. Taumelnd kommen sie zum Stehen.

»Wann hast du die gebacken? Und die ist zu schade zum Essen.«

»Letzte Nacht, und dafür ist sie da«, murmelt Ayumi in den Stoff ihres Kleides.

Léon tritt an ihre Seite. »Ich habe geholfen.«

Ayumi löst die Umarmung und hebt eine Braue. »Du hast das Küchenpersonal überredet, mich dort backen zu lassen.«

Er grinst. »Und dir mit meiner Anwesenheit beigestanden.«

»Während wir überlegen, ob wir sie anschneiden sollten, lasst uns *TikTok*s drehen, bevor wir voller Krümel sind«, ruft Viona, und die Menge zerstreut sich.

Charlie folgt den anderen.

Ich starre die Torte an, atme tief ihren Duft ein, der in meinem Mund zu Sahne und Zucker zerfließt. Unter dem bunten Fondant verbergen sich sicher 600 Kalorien pro Stück. So viel wie ein Abendessen auf Jeannes Ernährungsplan. Eine Gabelspitze zu essen, würde einem Verrat an ihr gleichkommen.

Die Nägel grabe ich in die Handballen, andernfalls hätte ich die Torte berührt, Fett und Sahne wären durch meine Haut gesickert. »Wo hast du das gelernt?«

»Mein Vater ist Konditor.« Ayumis Antwort macht mir mein lautes Denken begreiflich. »Mein Bruder und ich haben ihm oft über die Schulter geschaut.« Ein kummervoller Zug zuckt um ihren Mund. »Eine Zeit lang habe ich das nicht zu schätzen gewusst. Es verurteilt. Als Leistungssportlerin dachte ich, möglichst clean und proteinreich essen zu müssen. Ich habe mir eingeredet, dass mir Torten nicht schmecken, und dass«, sie malt Anführungszeichen in die Luft, »gesunde Alternativen ausreichen.«

Das Kleid wiegt schwer, als hätte sich der Stoff mit Wasser vollgesogen. Mein Herz bricht für Ayumi. Essen und Sport sind der Orbit meiner Gedanken ... die aus ihrer Umlaufbahn gestoßen werden ... Nein, ich weiß nicht, wie sie sich fühlt. Ich möchte nicht clean oder proteinreich essen. Sondern nichts.

Bevor ich mich bewusst dafür entscheide, berühre ich ihren Unterarm. »Wie hast du es da raus geschafft?«

Wieso frage ich das?

Sie lehnt sich an mich. »Mein Bruder hat mir nach einem halben Jahr eine helfende Hand gereicht. Gemeinsam haben wir uns ohne den Filter von Social Media über Ernährung informiert, und mir ist bewusst geworden, dass ich wacher und leistungsfähiger bin, wenn ich mich vielfältig ernähre. Mein Körper vertraut mir und sagt, wann er Magerquark mit Proteinpulver, Nüssen und Obst möchte, und wann ein Stück Torte.«

Ich habe mich in etwas verfangen ... Was erwartet mich, wenn ich die Fäden durchschneide?

Ich möchte mich auflösen.

Spüre ich meinen Körper, ist das eine Niederlage.

Mein Sieg hat die Form von Leere.

Sätze, die in Wellen durch mich hindurchspülen, ohne auf meinen Lippen zu brechen, auf die ich ein Lächeln male. »Du kannst stolz auf dich sein.« Bevor meine Gedanken wie Treibholz an den Strand gespült werden, hake ich mich bei ihr unter. »Lass uns gehen. Ich habe noch nie ein *TikTok* gedreht.«

***

Von den Edelsteinstürmen ist Silberschimmer am Horizont geblieben, die Fesseln an meinen Handgelenken schneiden mir nicht in die Haut. Freiheit liegt mir süß wie die Vanille Cola Zero auf der Zunge und übertönt den schalen Geschmack der Unterhaltung mit Ayumi. Viona hat mir einen Blumenkranz aufgesetzt – Sonnenblumen aus Plastik, die überdauern wie das Gefühl zu fliegen.

Taylor formt Sätze aus jenen Silben, die sich auf dem Weg aus meinem Mund im Netz meiner Stimmbänder verfangen. Die Lyrics, welche von Trennungen erzählen, öffnen Türen in eine Welt, in der ich aus Jeannes Käfig ausbreche. *This Is Why We Can't Have Nice Things, thanK you aIMee* und *Mean (Taylor's Version)* habe ich am lautesten mitgesungen.

Change (Taylor's Version) dringt mir unter die Haut. Mitsamt der Illusion, dass die Mauern, welche Jeanne errichtet hat, um zu verhindern, dass ich meine Flügel ausbreite, fallen werden. Jeanne drückt bei meinem

Leben die Repeat-Taste, ich sehe seit neunzehn Jahren denselben Film und kenne sein Ende. Dieser Moment ist der Beginn von etwas Neuem.

Schwindel packt mich mit düsteren Fingern. Alles um mich herum zerbricht zu groben Schatten, mein Gleichgewicht wankt, zwei Hände stützen mich. Die Luft schneidet wie Glas in meine Lunge, mein Inneres flammt auf und verzehrt die Leichtigkeit.

»Ist alles in Ordnung?«, flüstert Charlie mir ins Ohr.

»Ja …« Am Satzende hebe ich die Stimme, als würde ich mich dasselbe fragen. Wieso bin ich zu schwach zum Tanzen?

»Lass uns etwas trinken.« An der Hand führt sie mich zum Buffet.

Das Frosting der Torte schimmert im Diskokugelschein – Tollkirschen, deren Hülle den Tod verbirgt. Ich nehme mir ein Glas Vanille Cola Zero.

»Maxine …«

Teresa steht mit einer Beinlänge Abstand neben uns, ein orangefarbenes Kleid mit weißen Blumen umfließt ihren Körper. Dasselbe Outfit trägt Letizia, die mich keines Blickes gewürdigt hat.

»Danke, dass du Letizia gestern von Schlimmerem abgehalten hast.«

»Du hattest die Situation im Griff und musst dich nicht bedanken.« Sie pfriemelt an ihrem Armband – *no body, no crime*.

Fröstelnd umklammere ich das Glas. Planen sie und Letizia, meinen Körper im Pazifik zu versenken, für ein spurloses Verbrechen?

»Ich hätte eher aufhören müssen, tatenlos zuzusehen.«

»Du bist ihre beste Freundin.«

»Das heißt nicht, dass ich ihr toxisches Verhalten gutheiße.« Kummer zeichnet Linien in ihr Gesicht, sie zieht die Schultern ein, als wolle sie in dem Stoff ihres Kleides verlorengehen. »Ich habe mich mitziehen lassen und dachte, du hältst dich als Jeannes Tochter für etwas Besseres.«

Nicht das erste Mal hat eine Person mein Portrait gezeichnet, ohne meine Farben zu kennen. Die Feder ist immer spitz.

»Ich habe nicht versucht, dich kennenzulernen und mir gewünscht, an deiner Stelle zu sein. Mamá hat mich nie bevorzugt.«

»Dafür liebt sie dich.« Glassplitter in meiner Kehle. »Jeanne hat nie versucht, *mich* kennenzulernen. Ginge es nach ihr, wäre mein Fundament aus Superlativen, der Maßstab sind ihre Leistungen. Das bedeutet, dass ich *am besten* auf dem Hockeyfeld sein muss und *am schnellsten* alle enttäusche.« Ich streiche mir eine Strähne aus dem Gesicht. »Ich möchte nicht die Beste sein, sondern genug, damit mich andere Menschen mögen. *Mich*. Nicht Jeannes Puppe.«

Ein Arm gleitet um meine Taille; Charlie. Ein stilles ›Ich bin stolz auf dich‹.

Teresa nagt an ihrer Unterlippe »Das habe ich nicht wahrnehmen wollen, und du bist nicht die Einzige, deren Mutter sie mit ihren Erwartungen erdrückt.« Sie seufzt. »Das entschuldigt nicht, wie Letizia dich behandelt. Obwohl du für dich selbst einstehen kannst, werde ich nicht mehr zusehen, wenn sie dich niedermacht. Das wollte ich dir sagen … Es tut mir leid.«

»Ich verzeihe dir.« Die alte Maxine hätte kein *aber* angehängt. »Wenn den Worten Taten folgen.«

Wie erste Sonnenstrahlen nach einem Gewitter kämpft sich ein Lächeln auf ihre Lippen. »Versprochen.«

Ihr Armband zieht meine Aufmerksamkeit an. »Wieso *no body, no crime*?«

»Ich habe zu viele True-Crime-Dokus gesehen und mag düstere Lyrics.« Sie legt den Kopf schief. »Was hat es mit deinem Armband auf sich?«

Ich lehne mich an Charlie. »Es erinnert mich an meine kräftigen Flügel, die mich tragen, wenn ich zu fallen drohe.«

Gerade fliege ich – der Boden ist nicht verschwunden, einzelne Federn sind ausgerissen, aber ich spüre den Aufwind. Der Schwindel ist von mir abgefallen, etwas Frühlingsgrünes schimmert in meinem Augenwinkel – Pastell wie meine Gefühle.

»Ich möchte ein Stück Torte«, höre ich mich sagen, das Echo von Ayumis Worten übertönt Jeannes Verbot. Himmelblaue Schmetterlinge aus Fondant glitzern im Diskokugelschimmer. »Eins mit *Taylor Swift* … Möchtest du das Frosting, Charlie?«

Ein Karussell aus Emotionen zuckt im Takt von *Florida!!!* über ihre Miene – vielleicht sollten wir dorthin fliehen, um zu vergessen, wie

Taylor und Florence singen, vielleicht würde ich meine Worte dann nicht herunterschlucken und die Torte doch ablehnen wollen. Verändere ich die Aufstellung auf Jeannes oder auf meinem Spielplan, sobald ich Fett und Zucker schmecke?

Eine Wärme, die ich nicht deuten kann, überdauert in Charlies Gesicht. »Natürlich.« Sie trennt das Frosting vom Teig, hält mir einen der Teller hin und nimmt sich eins der Stücke des *reputation*-Teils.

Mit schwitzigen Fingern nehme ich ihn entgegen, Vanilleduft dringt zu meinem Magen, der rumorend gegen meinen Bauch drückt. Auf der Suche nach einem Fixpunkt beäuge ich das nachtschwarze Frosting, über das sich burgunderrote, smaragdgrüne und goldene Schlangen ziehen. »Wonach schmeckt das?«

Charlie schiebt sich eine Gabel in den Mund. »Waldmeister.«

»Ich bleibe bei Vanille.« Als müsse ich das beweisen, esse ich einen Gabelzacken Torte. Der Teig hinterlässt die schwere Süße von Nostalgie in meinem Mund. Vermischt mit unergründlicher Angst, intensiv und bitter wie schwarzer Tee. Er verwandelt sich zu nassem Sand und spitzen Zuckerkristallen.

Ich folge den Worten, welche Teresa und Charlie einander zupassen. Die Torte wird weniger, mitsamt dem Schwindelgefühl. Als sei ich aus dem Schlaf erwacht, schärfen sich die Konturen der Umgebung. Das Engegefühl bleibt, meine Brust zieht sich zusammen, als wolle sie die Torte abstoßen ... Die Welt ist zu viel ... Oder ich bin zu viel in ihr ... Am liebsten würde ich jedes Stück Vanilleteig loswerden, auf der Stelle.

»Wollen wir an Deck gehen?«, reißt mich Charlie aus meinen Gedanken. Ich nicke, und wir verabschieden uns von Teresa.

Abendwind reinigt meine Lunge, ich atme durch. Am Heck des Schiffs lassen wir uns auf einer Liegefläche nieder, die Stadt mit ihren silberschimmernden Ketten im Nacken.

»Du wirkst glücklich.«

»Das bin ich.« Der Tortengeschmack reicht nicht aus, um die süßen Erinnerungen aufzuzehren. »Ich habe mich zum ersten Mal einem Team zugehörig gefühlt. Obwohl ich seit meiner Kindheit Mannschaftssport mache.«

»In einem Team zu sein, bedeutet nicht, abseits vom Hockeyfeld nach denselben Regeln zu spielen.« Sie lehnt sich nach hinten, das Gesicht dem Firmament zugewandt. »Ich habe mich auch mal verloren gefühlt.«

Als würde die Gravitation zwischen uns sie bewegen, streifen sich unsere Finger.

»Nach Olivers Tod habe ich mich mit älteren Mädchen angefreundet und eine Rolle gespielt, damit sie mich mögen.« Ihre Brust zittert, als koste sie das Sprechen Kraft. »Ein gebrochenes Sprunggelenk hat dafür gesorgt, dass sie ihr wahres Gesicht zeigen. Ich habe erkannt, dass ich ein Team brauche, das hinter mir steht, auch wenn ich Eigentore schieße oder den Ball verliere.«

»Du kannst stolz auf dich sein.« Risse durchziehen das Azurblau, welches sich mit ultravioletter Tinte vermischt. Die Luftverschmutzung ist eine Barriere zwischen Sydney und den Sternen. »Ich wünschte, ich könnte die Sterne sehen.«

»An der Ostsee könnte ich sie dir zeigen.« Charlies Wispern macht mir mein lautes Denken bewusst. »Lucie und Chiara heiraten am dreizehnten August; du könntest mitkommen.«

»Das wäre schön.« Ich wende ihr den Oberkörper zu. »Heute habe ich keine Angst gehabt, dass Jeanne mein Glück zerbricht.« Unwillkürlich beuge ich mich näher zu ihr, sie riecht wie das Meer, nach unbegrenzten Möglichkeiten. »Einen Flug nach Deutschland könnte ich nicht vor ihr verbergen.«

»Ich wünschte, sie hätte nicht diese Macht über dich.« Sie schluckt. »Was würdest du tun, wenn du ihren Käfig für immer hinter dir lassen könntest? Wenn du frei wärst?« Sie hebt die Hand. Die Atmosphäre verändert sich, als würden sich sämtliche Teilchen in mir neu zusammensetzen.

Ich recke mich Charlie entgegen, ihr Freundschaftsarmband zieht meine Aufmerksamkeit an – *Look What You Made Me Do,* steht in schwarzglänzenden Lettern auf weißen Perlen. »Wieso dieser Song?«

»Er steht dafür, dass ich nach jeder Niederlage stärker zurückkomme. Ob jemand an mich glaubt oder nicht.« Mit den Fingerspitzen berührt sie mein Freundschaftsarmband, dann streichelt sie meine Wange. »Dasselbe wünsche ich mir für dich. Dass du dich von Jeanne löst und neu anfängst.«

»Was, wenn der Neuanfang in einer Sackgasse endet?«

»Dann fängst du wieder neu an. Das Leben ist keine Gleichung mit einer Variablen x. Alle Wege führen weiter, nur manchmal ist die nächste Abzweigung schwerer zu finden als die vorherige.« Ihre Augenbrauen ziehen sich zusammen. »Du hast meine Frage nicht beantwortet.«

Charlie ist mir so nahe, dass jeder klare Gedanke im Sand versickert. Ihre dichten Wimpern werfen Schatten auf ihre Wangen, in ihren Augen fließen die Dämmerungsfarben ineinander. Meine Galaxie, in der ich mich verlieren möchte – und das darf ich nicht …

»Du möchtest die Antwort nicht wissen.«

»Was macht dich so sicher?« Die freie Hand legt sie an meine Taille, zieht mich näher zu sich. »Ich gehe nicht weg, egal, was es ist.« Ihr Atem streift mein Gesicht in unruhigen, flüchtigen Wellen. »Hat es etwas damit zu tun, was du mir gestern gesagt hast? Dass du Gefühle für mich hast?«

Stille dehnt sich zwischen uns aus, durchbrochen von den hoffnungsvollen Lyrics von *Cornelia Street*. Die Wahrheit ist nicht das Ende unserer Geschichte gewesen, vor mir liegt eine unbeschriebene Seite … ich nehme meinen Mut zusammen und fülle sie mit Tinte. »Was, wenn es so ist?«

Wetterleuchten erhellt Charlies Gesicht, wie ein Pfeil, der mich nach Hause leitet. »Ich habe auch Gefühle für dich.«

Ein Pulsieren erfüllt mich bis in die Fingerspitzen. »Das heißt, wenn ich dich küssen möchte …«

»Darfst du mich küssen.« Ich spüre, wie ihr Mund jedes Wort formt.

Schmetterlingsflügel zucken in meiner Brust, ebenso vorsichtig lehne ich mich nach vorne, unsicher streifen meine Lippen ihre. Sie erschaudert und lächelt in den Kuss, ehe sie ihn sanft erwidert. Mit jedem verstreichenden Herzschlag stimmen wir uns aufeinander ein, ihre freie Hand gleitet an meine Taille, sie zieht mich näher zu sich, vertieft den Kuss. Ich lasse mich fallen, in dem Bewusstsein, dass sie mich festhält, und verliere mich in ihrer Nähe. Ein Ziehen schießt durch mich hindurch, ihr Griff um meine Taille verstärkt sich, ich spüre meinen Körper wieder und erstarre.

Charlie bemerkt mein Zögern, zieht sich von mir zurück und umfasst mein Gesicht mit den Händen. »Zu viel?«

Mit den Fingerspitzen fahre ich über ihre Schläfe, bis zu der rosaroten Spur auf ihrer Wange. »Ein wenig ... aber wir haben Zeit, oder?«

»Ja«, wispert sie gegen meine Lippen. »Unser Ende steht nicht geschrieben, wir füllen die Seiten nach und nach.«

Ich lege den Kopf auf ihre Brust.

Sie schlingt die Arme um mich und küsst mich auf die Stirn.

Ihre Nähe spinnt ein Sicherheitsnetz. An den Sturz, wenn ich sie verliere, möchte ich nicht denken. Diese Wunde würde keine Zeit der Welt heilen. Solange wir gemeinsam fallen, habe ich keine Angst.

Kapitel 24

Taylor Swift – Treacherous (Taylor's Version)

00:00 -03:46

Charlie

Maxine *ist Taylor-Swift*-Taylor. Zehn von zehn.« Ein Strahlen wie Sonnenlicht über Laub im Herbst zeichnet Lucies Miene. »Das ist das Lächeln, das ich vermisse, wenn ich sie auf dem Hockeyfeld sehe.«

Ihr Ton ist warm wie der Abendhimmel auf dem Foto, welcher mit Maxines Haar verschmilzt. Goldglanz bricht in ihren Augen. Lichtschimmer überzieht ihre Haut und bemalt ihr Kleid mit Mustern.

Sehnsucht rieselt durch meinen Körper. Nach ihrem Leuchten, ihren Lippen auf meinem ... nach ihr.

»Möchtest du dir Maxine weitere fünf Minuten ansehen oder mir mehr Fotos zeigen?«

Der amüsierte Klang von Lucies Stimme lässt mich aufschrecken. Eine Falte hat sich in ihre Stirn gegraben.

Das nächste Foto zeigt Maxine und mich an der Reling. Vor dem Gemälde des Abendfeuers gleichen unsere Outfits Kostümen in einem Schwarz-Weiß-Film. Unsere Farben kommen von innen. Die Arme umeinander geschlungen, sehen wir einander an. Maxines Strahlen ist so echt, dass es mir unter die Haut geht. Kein Fotolächeln, sondern rohe Emotionen.

»Sie leuchtet in deiner Nähe von innen. Du machst sie glücklich.«

Hitze sickert in meine Wangen. »Sie macht mich auch glücklich.«

»Möchtest du mir sagen, was zwischen euch ist, oder soll ich raten?«

Ich blinzle Lucie an, als hätte sie mir einen entscheidenden Ball zugespielt, den mein Schläger verfehlt.

Ihr Lachen weckt Betty, die neben ihr in einem aufgeklappten Koffer liegt. Die Katzenohren zucken, Lucie streichelt ihren Kopf, und sie entspannt sich. »Du musst nicht. Bisher habe ich es mir gewünscht. Jetzt spricht dein Gesichtsausdruck Bände.«

Maxine möchte, dass wir ein Geheimnis bleiben. Lucie hält den Schlüssel für die Schublade mit dem Buch unserer Geschichte in den Händen. Ob ich sie ihr zu lesen gebe, ändert nichts. »Wir haben uns gestern geküsst.« Es auszusprechen, fühlt sich an wie Maxines Lippen, denen ein Hauch Vanillegeschmack angehaftet hat.

Mein Leuchten greift auf Lucie über, ihre Augen sind reines Gold. »Ich wusste, dass sie mehr als eine Freundin für dich ist.«

»Wolltest du nicht deinen Koffer packen, während du die Outfits von der Taylor-Swift-Party bewertest?«, erklingt Chiaras Stimme aus dem Hintergrund.

Lucie wirft Betty einen Seitenblick zu. Diese verfolgt das Gespräch mit zuckenden Schnurrhaaren. »Das geht nicht.«

Chiara hebt die Katze hoch und sieht Lucie aus schmalen Augen an.

Sie schiebt die Unterlippe vor. »Wir teilen uns einen Kleiderschrank.«

Mit Betty auf dem Arm setzt sich Chiara neben sie. Lucies legt den Kopf auf ihre Schulter. »Trotzdem möchte ich wissen, was du mitnehmen möchtest.«

Taylor springt auf das Bett und rollt sich neben Lucie zusammen.

Sie streichelt deren goldschimmerndes Fell. »Charlie erzählt mir gerade etwas Wichtiges.« Eine Braue erhoben, wendet sie sich dem Bildschirm zu.

Chiara teilt das Gewicht von Maxines Schmerz mit mir. Liebe heilt nichts, ist allenfalls eine helfende Hand. Vielleicht biegt das Geheimnis ihre Wirbelsäule weniger, wenn sie dieses Kapitel liest.

»Maxine und ich haben uns gestern geküsst.«

Chiaras Augen gleichen Sonnenlicht, das durch ein Blätterdach gebrochen auf dem Waldboden dringt. Die Strahlen ziehen ihre Mundwinkel hoch. »Das freut mich.«

Lucie legt den Kopf schief. »Wer hat wen geküsst?«

»Maxine hat ...« Ich stocke. »Wieso ist das wichtig?«

Chiara vergräbt das Gesicht in Bettys Fell. Lucie sieht aus, als hätte ich ihr verkündet, dass Taylor Swift auf ihrer Hochzeit auftritt.

Ich schnappe nach Luft, das aufsprudelnde Lachen schlucke ich herunter. »Ihr habt gewettet? Um was? Und du hast kein Vertrauen in mich gehabt? Ich bin deine Schwester!«

»Eben. Ich habe bei Chiara auch nicht den ersten Schritt gemacht.« Lucie wendet Chiara ihren Oberkörper zu, mit einer Hand an ihrem Kinn hebt sie ihren Kopf an. Röte liegt über Chiaras Wangen, Lucie beugt sich über Betty hinweg zu ihr. »Den Preis darf sich die Gewinnerin aussuchen, und damit lasse ich mir Zeit.«

Chiara streicht ihr eine Locke aus dem Gesicht. »Ich würde jetzt fragen, wieso ich mich darauf eingelassen habe, aber ich sehe die Antwort vor mir. Den ersten Schritt zu machen, war die richtige Entscheidung.«

»Obwohl du dir über ein halbes Jahr Zeit lassen musstest?«

»Das Warten hat sich gelohnt«, flüstert sie gegen ihre Lippen, und Lucie zieht sie für einen Kuss zu sich heran.

Wenn die beiden ein Song sind, dann *Enchanted* – eine zarte Melodie über eine erste Begegnung, niedergeschrieben auf der ersten Seite einer Geschichte mit Happy End. Nach meinen Trennungen hat mich eine Glasscheibe von ihnen getrennt. Vielleicht ist es an der Zeit für meinen kitschigen Taylor-Swift-Song.

Taylor stupst Lucie mit der Pfote an, und sie löst sich aus dem Kuss. »Da möchte jemand meine Aufmerksamkeit nicht teilen.« Sie zieht die Katze auf ihren Schoß.

Chiara küsst sie auf die Schläfe, einen Arm legt sie um Lucie, mit dem anderen drückt sie Betty an sich. »Zurück zu Maxine und dir …«

»Es ist zu früh, um uns einen Namen zu geben. Wir lassen es langsam angehen.«

»Ich würde sie gerne kennenlernen«, sagt Lucie.

Ich erstarre. Sie kennt das Fundament unserer Geschichte, wie Efeu wuchern ihre Worte an den Wänden empor. Oben wartet eine Wahrheit, die mich niederdrückt – und auf Chiara, die sich neben Lucie versteift. In den Livestreams ist Maxines Gesicht ein Spiegel in ihre Vergangenheit gewesen. Eine junge Frau, die ihr Leben mit Bleistift zeichnet. Darin radiert, bis das Papier reißt. Heute füllt sie die Umrisse mit Herbstfarben. Mal schimmern ihre Blätter golden, mal fallen sie vertrocknet herab. Könnte sie Maxine ihre Farben zeigen, ohne die Namen der Graunuancen zu kennen?

»Gerne, wenn Maxine einverstanden ist.« Ich wende mich an Chiara. »Du musst dabei sein. Dann ist Lucie weniger einschüchternd.«

Lucies Nasenflügel zucken. »Ein bisschen einschüchternd muss ich sein, um sicherzugehen, dass sie dich gut behandelt.« Ihre Züge glätten sich. »Es freut mich, dass du glücklich bist und dass auf der anderen Seite der Welt eine Person auf dich aufpasst.«

***

»Das ist kein Weihnachtsmarkt.« Naserümpfend drehe ich mich um mich selbst.

In Ellies Mundwinkeln zuckt ein Schmunzeln. »Genauso habe ich letztes Jahr geguckt.«

Viona seufzt. »Jetzt habe ich zwei von denen am Hals.«

»Würdest du die Weihnachtsmärkte in Hamburg sehen, würdest du es verstehen.«

Durch die Kamera meines iPhones fange ich die Atmosphäre des Nicht-Weihnachtsmarkts ein. Wolkenkratzer werfen graue Schatten an den Himmel. Sonnenlicht bricht in kristallenen Fenstern, in der Hitze flimmert die Umgebung wie ein grobkörniger Film. Dazwischen erstreckt sich eine Insel aus Ständen mit Stoffdächern. Auf dem Steg dreht sich ein silberweißes Riesenrad. Nahe dem Wasser glitzert eine Eisbahn, in deren Mitte eine haushohe burgunderrote Weihnachtskugel thront. Sehnsucht knistert unter meiner Haut. Sophie, Francesca, Mattéo und ich fahren auf jener in Hamburg jedes Jahr Wettrennen.

Maxine drückt meine Hand. Wie im Luna Park sieht sie sich nach allen Seiten um. Die Weihnachtslichter spiegeln sich in ihren Augen. »Dafür, dass es kein Weihnachtsmarkt ist, machst du viele Fotos.«

»Ich sammle Beweise.« Das Display leuchtet auf, mitsamt einem Triumphgefühl in mir. »Alle, denen ich sie geschickt habe, stimmen mir zu.«

Viona verdreht die Augen. »Da das geklärt ist …« Léons Arm umklammernd, linste sie in die angrenzende Gasse. Scharlachrote Neonlettern formen das Wort ›*Tattoo*‹, ihre Reflexion zeichnet einen Weg auf die Pflastersteine.

Ayumi stupst sie in die Seite. »Es ist ein Tattoo-Termin, keine Hinrichtung.«

Léon drückt sie an sich. »Ich bin bei dir.«

»Wir auch«, meint Ellie.

Sie schürzt die Lippen. »Aus der Ferne, während ihr keinen Spaß auf dem Weihnachtsmarkt habt?«

»Du meinst den Nicht-Weihnachtsmarkt.« Ellie zwinkert ihr zu. »Falls du hingerichtet wirst, werden wir deiner von dort aus gedenken.«

Sie weicht einem halbherzigen Schlag von Viona aus.

Flüchtig berühre ich ihre Schulter. »Hier spürst du die Nadel kaum, und ein kleines Tattoo dauert nicht lange.«

Maxine lächelt ihr zu. »Die Expertin hat gesprochen.«

Léon drückt Vionas Hand. »Wir kommen zu spät …«

Zerknirscht verabschiedet sie sich von uns. Léon führt sie, dem roten Schimmern folgend, in die Gasse.

»Wir testen die Eislaufbahn für euch«, ruft Ayumi und erntet einen Blick, der alle Weltmeere gefrieren könnte.

Maxine lacht. Leise, hoffnungsvoll. Die Melodie eines Rotkehlchens, das den Frühling willkommen heißt.

Ich stimme nicht mit ein, werde nicht zum Plattensprung ihres Liedes, sondern bewahre die Akkorde auf dem Notenblatt meines Herzens.

»Das mit der Eislaufbahn ist dein Ernst gewesen, nehme ich an?«

Zur Antwort hakt sich Ayumi bei Ellie unter und zieht sie dorthin.

»Möchtest du auch eislaufen?«, wende ich mich an Maxine.

Erdbeerblonde Strähnen verbergen ihre Miene. »Ich kann nicht eislaufen, und Jeanne bringt mich um, wenn sie blaue Flecken sieht, die nicht vom Training stammen.«

Ich hebe ihr Kinn an. »Wenn du fällst, fange ich dich auf.«

Ihr Blick ist weich und flüchtig, wie Schneekristalle, die in der ersten

Wärme zerfließen. Sie reckt sich mir entgegen. »Versprich, mich nicht loszulassen.«

Zum ersten Mal seit Vionas Geburtstagsfeier sind wir allein. Ein süßes Ziehen zuckt durch meinen Bauch. Die verschwommene Menschenmenge hindert mich daran, ihm nachzugeben. »Versprochen.«

An der Hand führe ich sie am Rand des Getümmels zur Eislaufbahn. Ich leihe uns Schlittschuhe aus, gegen die wir Vans und Loafer tauschen.

Leichtfüßig wie eine Katze erhebe ich mich. »Es ist wie Achterbahnfahren. Das Adrenalin neutralisiert die Angst.«

Ihre schwitzigen Finger gleiten zwischen meine. Als wiege sie nichts, ziehe ich sie hoch. Schwankend kommt sie auf. Mit einer Hand auf ihrem unteren Rücken stütze ich sie.

»Wir fangen langsam an und bleiben am Rand.«

Mit zusammengezogenen Brauen betrachtet sie die Eislaufenden. Ellie und Ayumi ziehen Kreise, umgeben von lachenden Kindern und Jugendlichen.

Ich leite sie auf die kristallene Fläche. »Bist du bereit?«

Wogend zeichnet sich ihr Brustkorb unter dem altrosa Leinenkleid ab. »Wenn ich den Sprung nicht wage, erfahre ich nicht, ob ich falle oder fliege.«

»Du klingst wie Lucie.« *Ein Grund mehr, sie einander vorzustellen.* »Sie würde dich gerne kennenlernen.«

Sie beißt sich auf die Lippe. »W-wieso?«

»Ich habe ihr viel von dir erzählt, und sie kennt die Fotos von der Taylor-Swift-Party.« Instinktiv halte ich sie fester. »Sie hat erraten, was zwischen uns ist …«

Morgenrötefarben zehren die Schatten über ihrer Miene auf. »Wenn es eine Person wissen darf, dann eine, die auf der anderen Erdhalbkugel ist.« In einer hölzernen Bewegung gleitet sie auf mich zu. Legt zittrig eine Hand auf meine Wange. »Für immer möchte ich mich nicht verstecken müssen.«

»Ich mich auch nicht.« Ich beuge mich näher zu ihr. Federleicht streift mein Mund ihren, ehe ich mich von ihr zurückziehe. »Wenn du jetzt mutig bist und das möchtest, würde ich dich heute gerne nochmal küssen.«

Sie zieht die Nase kraus. »Das ist Erpressung. Sag mir wenigstens, wie ich das Eis bezwingen kann.«

»Wasser ist dein Element, oder nicht?«

»Schon ...«

»Du stehst auf gefrorenem Wasser. Stell dir vor, es wäre der Ozean. Gischt umspült deine Knöchel, die Unebenheiten sind Muscheln unter deinen Fußsohlen.«

Die Zweifel tropfen aus ihrer Miene.

»Lass die Bande los, ich halte dich fest.«

Ich warte, bis sie festen Stand hat, ehe ich über das Eis gleite. Vorsichtig ziehe ich Maxine mit mir. Bei jedem Straucheln schnappt sie nach Luft.

»Hör auf die Stimme des Eises.«

Ein Ruck geht durch ihren Körper. Als hätte sie die Ketten gesprengt, welche sie zurückhalten. Dann fliegt sie neben mir über das Eis. Als genüge es, die Arme auszubreiten, um abzuheben. Ihre Wangen sind gerötet, ihre Augen geschliffene Kristalle, in denen sich mein strahlendes Gesicht spiegelt.

Weihnachtslieder werden zu Popsongs, die Menge erdrückender. Maxine braucht keine Person mehr, die sie an ihre kräftigen Flügel erinnert. Fest halte ich sie dennoch. Nahe am Ufer, fernab der Strömung.

In die Melodie ihres Atems weben sich Achtelnoten. Als splittere die Luft in ihrer Kehle. Graunuancen löschen das Silber in ihren Augen aus.

Sorge beschwert meine Flügel mit Steinen. Ich ziehe sie zur Bande. »Wir sollten eine Pause machen.«

Sie betrachtet ihre Schlittschuhe. »Jeanne hat mich vor Tagesanbruch für eine Trainingseinheit geweckt.«

»Kann sie dir nach dem Sieg keine Pause gönnen?«

Sie krümmt den Rücken. Schwer von Jeannes Erwartungen. »Für sie habe ich nicht gut genug gespielt.«

»Du hast zwei Tore geschossen und Ellies entscheidendes vorbereitet.« Mit einer Hand an der Wange bringe ich sie dazu, mich anzusehen. Nebelwolken treiben in ihren Augen. »Das ist mehr als genug, und dass du auf der Eisbahn durchgehalten hast, spricht für deine Kondition. Wir sind gemeinsam geflogen. So fühlt es sich an, die Ketten zu sprengen.«

Silberfäden durchbrechen das Nebelgrau. Sie ist mir so nahe, dass ich das Echo ihres Lächelns spüre. »Das möchte ich gerne öfter.« Mit den Fingerspitzen streicht sie über meinen Wangenknochen, bis zu meinen Lippen. »Du hast mir etwas versprochen.«

Meine Aufmerksamkeit zuckt zu ihrem leicht geöffneten Mund. Sie nickt. Leise und zart wie Vogelgesang im Frühling streifen sich unsere Lippen. Erschaudernd zieht sie mich näher zu sich, vertieft den Kuss. Meine Knie werden weich, drohen nachzugeben. Vor dem Eis zu unseren Füßen fürchte ich mich nicht, solange wir einander festhalten. Wärme rinnt über meine Haut, ein kleines Feuerwerk, das in meiner Brust explodiert.

Atemlos löst sie sich von mir. »Es hat sich gelohnt, mutig zu sein.«

Hauchzart streiche ich mit meinem Mund über ihren. »Sieh es als Ansporn.«

Sie versteift sich in meinen Armen, ich schaue über die Schulter. Ellie und Ayumi sind Eisskulpturen, umgeben von der eislaufenden Menge, mit strahlenden Gesichtern.

Maxine schluckt. »Am liebsten wäre es mir, wenn wir uns nicht verstecken müssten, aber …«

»Sie haben es geahnt, als ich dir das Freundschaftsarmband gemacht habe.« Ich stupse sie mit der Nasenspitze an. »Als unsere Freundinnen werden sie das Geheimnis bewahren.«

»Trotzdem müssen wir vorsichtig bleiben.«

Ich streiche ihr eine Strähne hinters Ohr. »Das macht die gemeinsamen Momente besonderer.«

Sie reckt sich mir entgegen, schwankt auf den Kufen und lehnt die Stirn an meine. Die Augen geschlossen, präge ich mir ein, wie unsere Körper zusammenpassen. Für die Momente, in denen sie mir entrissen wird.

Kufenkratzen dringt an meine Ohren, wir lösen uns voneinander.

Ellie und Ayumi lehnen sich neben uns an die Bande.

Maxine spannt sich an.

Ayumi schmunzelt. »Das ist nichts, was wir nicht erwartet haben.«

»Wir erzählen es niemandem«, fügt Ellie an.

Maxine atmet aus.

»Viona ist noch unter den Lebenden. Das möchte sie mit einer Pizza feiern. Kommt ihr mit?«

Zur Antwort zieht mich Maxine von der Eisbahn. »Ich möchte alles über den Tattoo-Termin hören.«

»Hast du etwas vor?«

Sie wispert die Worte gegen meine Lippen. »Ich hätte gerne ein Schmetterlings-Tattoo. Er sieht seine Flügel nicht, mir geht es genauso. Wir könnten sie füreinander sehen.«

Mein Herz ist leicht wie die Zuckerwattewolken am azurblauen Himmel. Flüchtig streift mein Mund ihren, und sie lächelt in den Kuss.

Léon und Viona erwarten uns auf der Terrasse einer Pizzeria nahe dem Hafenbecken. Stühle aus weißem Holz stehen an weihnachtlich geschmückten Tischen mit karierten Decken. Die nahe Küste salzt den Wind. Weihnachten und Sommer fließen ineinander – ein Gemälde, an das ich mich gewöhnen könnte.

Strahlend präsentiert uns Viona die Tattoo-Folie auf ihrer rechten Schulter. »Ich habe gar keine Angst gehabt.« Die Mascaraschlieren auf ihren Wangen sprechen eine andere Sprache. Hinter den getrockneten Tränen bricht ihr Lächeln wie die Sonnenstrahlen über uns – manchmal lohnt sich Schmerz.

Léon legt einen Arm um sie. »Sie war tapfer.«

Sie schürzt die Lippen. »Ich bin ein bisschen traurig, dass ich euch nicht auf die Eisbahn begleitet habe. Bis nach den Weihnachtsferien darf ich keinen Sport machen.«

»Es gibt ein nächstes Jahr«, erwidert Ayumi.

Ich zwinkere ihr zu. »Oder wir fliegen in den nächsten Weihnachtsferien nach Deutschland und zeigen dir einen richtigen Weihnachtsmarkt.«

Sie seufzt. »Wenn ihr dann endlich Ruhe gebt.«

»Ich würde ihn gerne sehen.« Maxines Stimme ist fragil wie Muschelschalen, die von den Gezeiten in Einzelteile zerrissen werden.

Mit dem Daumen zeichne ich Muster auf ihren Handrücken. Schreibe ein Versprechen in ihre Haut: *Das wirst du.*

Ein Kellner nimmt unsere Getränkebestellung auf und reicht uns die

Speisekarten.

Unter Maxines Griff wölbt sich deren Rand. »Hat das Stechen wehgetan, Viona?«

»Es ist aushaltbar. Charlie hat recht gehabt.« Sie lehnt den Kopf an Léons Schulter. »Was für ein Tattoo möchtest du?«

Der Speisekarten-Rand glättet sich. Maxine erzählt ihr von ihrem Vorhaben.

Mit dem Auftauchen des Kellners verstummt sie, ihre Körperhaltung verkrampft sich. Alles Blut weicht aus meinen Fingern, so fest drückt sie diese.

Ihr schwerer Atem auf der Eisbahn hallt in mir nach. Das nahe Meer ist still, als hätte es jemand leise gedreht. In mir schäumt Gischt – der Wunsch, etwas für Maxine zu bestellen.

Du darfst sie nicht drängen.

Mein Mantra oder ihr Untergang?

»Charlie ...« Dem Nachdruck nach zu urteilen, hat Ellie meinen Namen mehrmals gesagt.

»Ich nehme eine Pizza Spinat mit extra Käse.« Schluckend wende ich mich Maxine zu.

Als hoffe sie, ein Loch hineinzubrennen, fixiert sie die Speisekarte. Mit angespannter Miene zeigt sie auf den erstbesten Salat. »Ohne Dressing.«

Der Kellner verschwindet.

Ausatmend sackt sie auf dem Stuhl in sich zusammen.

Die anderen tauschen Blicke. Vier Spaten, die an Maxines Wahrheit kratzen.

Mein Mund ist trocken. Das halbe Glas Zitroneneistee auszutrinken, bringt keine Linderung.

Viona wirft den Gesprächsball auf das Spielfeld. Fragen nach deutschen Weihnachtsmärkten nimmt Ellies Schläger auf. Passt sie zu mir, ergänze ich die Antworten.

Das Essen wird gebracht. Ich tue alles, um nicht Maxine zu beobachten. Käse und Spinat auf der Zunge zergehen lassen. Pizzarand an die Seite schieben. Als würde ich ihn wie sonst für Lucie aufbewahren ...

oder hoffen, dass Maxine ihn nimmt.

Sie schneidet die Salatblätter klein. Die Brotscheiben liegen unberührt an der Kante des Tellers. Der Anblick schnürt mir die Brust ab.

Vor wenigen Wochen hätte sie nichts bestellt. Gesagt, dass sie mit Jeanne zu Abend isst. Jeder Schritt, so klein er sein mag, bringt sie vorwärts.

Ich habe mich für diesen Sturm entschieden. *Weil* ich alle Luftströme kenne. Auch jene, die von Maxines Selbstsabotage erzählen. Und die Momente dazwischen, in denen der Schmetterling aus dem gläsernen Gefängnis flieht – ich werde sie nicht drängen, sondern hoffen, dass sich diese multiplizieren.

Kapitel 25

Taylor Swift – Maroon

00:00 -03:46

Maxine

Erdbeerblonde Strähnen fallen mitsamt meinem Selbstbewusstsein ins Waschbecken. Sonnenlicht zeichnet schimmernde Punkte auf den Spiegel, sie verwandeln sich in erlöschende Glühwürmchen. Meine Kopfhaut ziept, ich wende Kraft auf, sodass sie aufflammt und die Sonnenuntergangsfarben mit Schatten übermalt. Pochender Schmerz durchfährt meinen linken Arm, mit zusammengebissenen Zähnen senke ich ihn, ein Klirren schallt in meinen Ohren.

»Was machst du da drin?« Jeanne hämmert gegen die Tür. »Die Weihnachtsfeier beginnt gleich.«

Ich stütze mich am Waschbeckenrand ab, zwinge Luft in meine Atemwege. »N-nichts ... Ich bin in zehn Minuten fertig.«

»Fünf.« Mit einem Schlag gegen die Tür untermalt sie die Ziffer. Im Dreiklang entfernen sich ihre Schritte.

Ich bin nicht angezogen ... wenn Jeanne meinen Körper sieht ... Wie von Scheinwerferlicht angestrahlt blickt mich die Frau im Spiegel an. Bleicher als die Fliesen, die Sommersprossen wie Sprünge in feinem Porzellan, unter dem blauviolette Adern hervorschimmern. An den Rändern verschwimmt meine Silhouette, verzerrt sich; in dem Versuch, sie in den Rahmen zu pressen, greife ich Luft. Über dem Bund meines Slips wölbt sich mein Bauch, mit den Fingernägeln drücke ich ihn ein, schabe über etwas Hartes und unterdrücke ein Schluchzen. Jeanne darf mich nicht hören. Nicht hereinkommen. Sie würde alles an meinem Körper kritisieren, blauviolette Risse würden sich im Porzellan ausbreiten, bis es zerspringt. Ich wende mich ab, im Augenwinkel blitzen meine

Schulterblätter auf, der Sonnenschimmer verwandelt sie in Flügel, übersät mit ausgefallenen Strähnen. Trotz der ausgerissenen Federn sind sie in der Lage, mich zu tragen – vorgestern bin ich mit Charlie über die Eislaufbahn geglitten.

Die Erinnerung ist mein Motor, mit klammen Fingern ziehe ich Jeannes scharlachrotes Kleid über. An der Brust fixiere ich den Stoff mit Haarnadeln. Make-up verdeckt die Risse im Porzellan, Wimperntusche lenkt von der Röte meiner Iriden ab. Rote Farbe auf meinen Lippen erinnert mich an die gestohlenen Küsse mit Charlie. Die Mundwinkel meines Spiegelbilds zucken. Sie kennt die Fußnoten in meiner Geschichte und hat mich dennoch vor einer Menschenmenge geküsst. Der Weihnachtsmarktbesuch ist zwei Tage her, seitdem hat Jeanne mich nicht aus dem Käfig gelassen. Schmetterlingsflügel in meiner Brust wirbeln Staub auf, den Wunsch, mich mit Charlie von der Feier zu schleichen. Beflügelt von dem Gedanken verlasse ich das Badezimmer.

In einem Etuikleid, das ihr schwarzem Teer gleich am Körper klebt, erwartet mich Jeanne im Wohnbereich. Kühl wie ihre Locken ist der Ausdruck auf ihrem Gesicht. »Das Kleid passt dir nicht.«

Du bist nicht dünn genug.

Wispern wie kratzende Nägel auf einer Tafel. Ich halte den Atem an, ziehe die Schultern ein. Dort, wo der Stoff sie berührt, fühlt sich meine Haut an, als sei ich in Brennnesseln gefallen.

Geschmeidig wie eine Raubkatze nähert sie sich mir, gräbt die Nägel in meine Wange, Make-up-Reste haften an ihren Gelnägeln, als müsse sie lange genug zudrücken, um mich zu verformen, bis ich in ihren Rahmen passe. »Als wir es gekauft haben, hat es gepasst.« Mit zitternden Nasenflügeln zupft sie den Stoff zurecht. »Du hältst dich an deinen Ernährungsplan?«

Schaler Geschmack beschwert meine Zunge. Hoffentlich reißt sie nie einen umgeklappten Deckel von einem Joghurtbecher, schaut in die Lücke neben meinem Bett oder erwischt mich bei den Home-Workouts. Meine tägliche Kalorienbilanz sinkt exponentiell gegen Null, dennoch fühlt sich mein Körper wie ein Papierboot an, das mit Wasser vollläuft und sich ausdehnt.

»Ich habe durch die Verletzung Muskeln verloren.«

Ihre Kieferpartie verspannt sich. »Wir überarbeiten deinen Ernährungsplan, und heute isst du, was ich dir gebe.«

Ich beiße die Zähne zusammen. Welche Wahl habe ich? Sie wird meinen Teller füllen und das Fett aus jedem Gemüsestück ausdrücken. »N-natürlich.«

Gelnägel schaben über meine Haut, sie packt mich am Oberarm.

Charlie.

Mein Achtelnotenherz echot ihren Namen.

Jeanne führt mich den Strand entlang, zum Hauptgebäude, in dem Charlie wartet.

***

Ein Netz aus Lichterketten liefert sich einen Kampf mit der Abendsonne, deren Strahlen in der gläsernen Decke brechen und in schimmernden Kaskaden über den Boden fließen. Zwischen dem Immergrün der Palmen funkelnde LEDs verwandeln sie in Zerrbilder des silberblau geschmückten Weihnachtsbaums in der Mitte des Saals. Die Tische sind am Rand des Raumes positioniert, um Platz für eine Tanzfläche zu machen. *Last Christmas* heißt uns willkommen, an den Wänden schimmern kristallene Schneeflocken.

Fälschungen wie die Weihnachtsfeste, an denen ein kleines Mädchen auf dem Teppich ihres Zimmers gekauert hat. Das einzige Geschenk ist es gewesen, wenn der Streit ihrer Eltern verstummt ist. Am sechsten Weihnachten hat Stille das Haus gefüllt, und Jeanne hat die Festtage gelebt wie jeden anderen.

Auf dem Weihnachtsmarkt habe ich die Magie des Festes gespürt, Wehmut für eine verbrannte Kindheit hat meine Venen gefüllt. Mit einem Schneeglöckchen der Hoffnung, dass unbeschwerte Festtage auf der anderen Seite der Gitterstäbe warten.

An Jeannes Seite, umgeben von verschwimmenden Gesichtern und verzerrten Gesprächen, fühle ich mich zu Michaels Geburtstagsfeier zurückversetzt. Die Mauer des Schweigens zwischen uns hat Bestand.

Dennoch wünschte ich, dass ich Will und Caleb am Weihnachtsmorgen gesehen hätte, in ihrem Königreich aus Pokémon-Karten.

Vor der Menge heben sich drei Silhouetten ab, Ms Perez, Léon und Teresa.

»Ihr sitzt bei uns am Tisch.« Ms Perez wirft ihren Kindern einen Seitenblick zu. »Die beiden freuen sich über Maxines Gesellschaft.«

Anders als am Tag unserer Ankunft strahlen sie mich an. Ich bin nicht unsichtbar, sondern reflektiere die Lichter um mich herum. Wie ihre Garde eine Prinzessin, flankieren sie mich, Teresas goldenes Kleid verschmilzt mit dem einfallenden Sonnenlicht. Ein Gefühl der Sicherheit durchströmt mich.

Jeanne verzieht den Mund. »Wie schön.«

Ms Perez bedeutet Jeanne, ihr zu folgen.

Mit einigen Schritten Sicherheitsabstand schließen wir uns ihnen an.

»Weihnachten ist nicht ihr Ding, nehme ich an«, raunt Léon mir zu. »Dinge, die Spaß machen, sind nicht ihr Ding.«

Teresa verdreht die Augen. »Würde sie dich bei jedem Training mit Worten in den Boden rammen, wüsstest du das.«

»Heute ist Weihnachten«, glätte ich die Wogen. »Lasst uns nicht darüber reden.«

Gegenüber von Jeanne, zwischen Léon und Teresa, lasse ich mich am Tisch nieder. Die Polster bohren sich in meine Oberschenkel, ich rutsche auf die Kante und drücke den Rücken durch.

Eine Kellnerin fragt nach unseren Getränkewünschen, Jeanne bestellt mir ein Wasser.

Studierende treffen ein, ich suche die Menge nach Charlie ab und ermahne mich, meine Maske festzuhalten. In Jeannes Regelwerk ist sie meine Rivalin. Solange sie jede meiner Bewegungen analysiert, habe ich ihm zu folgen.

»Ist mein Versprechen wahr geworden?«, wendet sich Ms Perez an mich. »Hast du dich eingelebt?«

Wärme siedet in meiner Brust. »Ja.«

»Vor allem ist sie stolz auf ihre Leistung im Feldhockey«, übermalt Jeanne die Sonnenfarben mit Schwarz. »Sie hat das entscheidende Spiel dominiert, erheblich zum Aufstieg der Black Eagles beigetragen und bewiesen, dass sie beinahe so talentiert ist wie ich.«

Nach dem letzten Spiel hat das anders geklungen ... Nicht länger öffne ich den Mund, wenn Jeannes honigsüßes Gift auf meine Lippen tropft. Die Zuckerkristalle reißen meinen Rachen blutig.

Mathilde setzt sich auf den freien Platz neben Jeanne. »Du kannst stolz auf dich sein, Maxine.«

Ms Perez lächelt. »Du hast mit den Black Eagles Geschichte geschrieben. Ich freue mich auf den Oceania Summer Cup und würde gerne sehen, wie die Golden Foxes im Finale auf die Black Eagles treffen.«

Ein selbstgefälliger Zug umspielt Jeannes Mund. »Die Golden Foxes stehen sicher unter Druck.«

Teresa spannt sich an. »Stimmt, aber wir nehmen die Herausforderung an und werden nach den Ferien hart trainieren, um hundert Prozent zu geben.«

»Zusätzliches Training täte euch gut. Nicht, dass es erlaubt wäre.« Jeanne kneift die Augen zusammen. »Arbeite an deiner Reaktionsfähigkeit.«

Teresa mahlt mit dem Kiefer.

Ms Perez sieht zwischen ihnen hin und her, ehe sie eine Hand auf Jeannes Unterarm legt. »Das Buffet ist eröffnet.«

Nach einem scharfen Blick in unsere Richtung folgt sie ihr zu den Tischen mit silbernen Decken.

Teresa knirscht mit den Zähnen. »Manchmal wünschte ich ...«

»Ich wünsche es mir seit neunzehn Jahren.«

Sie betrachtet die Stickereien auf der Tischdecke. »Entschuldige.«

»Du hast nichts getan ...«

Was ich habe sagen wollen, verweht, unwillkürlich habe ich die Menge angesehen, und wie Wasser, das immer flussabwärts treibt, Charlie gefunden. Ein rauchschwarzes Kleid schmiegt sich an ihren Körper, das Haar fällt ihr in ordentlichen Korkenzieherlocken über die Brust, und sie wirft lachend den Kopf nach hinten. Vertieft in ein Gespräch mit Ayumi, Ellie und Viona. Als spüre sie meinen Blick, wendet sie sich mir zu. Die Menge verblasst, wir lächeln einander an und darin liegen so viele Worte, dass mein Herzschlag zu einem Crescendo ansetzt.

»Wir überlegen uns einen Plan, damit ihr euer privates Weihnachten feiern könnt«, flüstert Léon mir zu.

»Sie kommen zurück.« Mathildes Stimme leitet meine Aufmerksamkeit zu Jeanne, die zwei Teller balanciert, von denen sie einen vor mir abstellt.

Ihre Bemerkungen über das Kleid und die Anschuldigungen bei unserem achtstündigen Training bilden Schleifen, zerren, verwoben mit ihren Erwartungen, an meinem Kleid. Ein Korsett unerfüllter Wünsche hält mich gefangen. Ich ziehe den Bauch ein, schlucke bittere Spucke herunter und verwandle mich in Jeannes Spiegelbild. Mit spitzen Fingern tupfe ich das Fett von Ofengemüse und Bratkartoffeln. Es sickert durch meine Haut, dickflüssiger Selbsthass, der den Wildblumengarten positiver Gefühle überschwemmt.

›Das Kleid passt dir nicht.‹

Du bist nicht dünn genug.

Mit der Gabelspitze pule ich Nüsse aus dem Nut Roast und lasse sie in einer Serviette verschwinden, wann immer Jeanne auf ihren Teller schaut. Die Enge in meiner Brust bleibt.

›Sie hat erheblich zum Aufstieg der Black Eagles beigetragen und bewiesen, dass sie beinahe so talentiert ist wie ich.‹

Beinahe ... Ellie hat das entscheidende Tor geschossen ... nicht gut genug ... nicht genug.

Jeannes Blicke in meine Richtung werden weniger. Sie ist vertieft in ein Gespräch mit Mathilde. Einzelne Fetzen dringen wie Glassplitter unter meine Haut.

»Maxine muss Muskeln aufbauen.«

»Vorher muss sie zunehmen. In ihrer Trainingspause hat sie abgenommen. Manchmal frage ich mich, ob es sicher für sie ist, zu spielen.«

Mein Verstand spielt mir einen Streich, vertauscht die Wörter ›zunehmen‹ und ›abgenommen‹.

Mathildes Blick streift mich, als wolle sie in mich hineinsehen, bis all die Fehler zum Vorschein kommen. Alles, was zu viel ist.

»Ich weiß, was für meine Tochter am besten ist, und arbeite an einem neuen Ernährungsplan, um sicherzugehen, dass sie im Überschuss isst.«

Mathilde wendet sich Jeanne zu, ihr Mund bewegt sich, ohne dass die Worte zu mir durchdringen. Zu tief schneiden die Splitter der Unterhaltung.

Mit der flachen Gabelseite zermatsche ich das Essen und schiebe es über den Rand, zu den Nüssen gesellen sich Gemüse- und Kartoffelstückchen. Anders als der Teller fühle ich mich nicht leer, die Fragmente der Unterhaltung reißen etwas in mir auf wie eine Wunde.

»Soll ich euch etwas vom Nachtischbuffet mitbringen?«

Zäh sickert Teresas Stimme in meinen Verstand.

»Überrasch mich«, antwortet Léon.

Mein Magen knurrt, mit der Faust zerknülle ich die Servietten, darauf bedacht, dass das Essen nicht daraus hervorquillt. »Ich habe keinen Hunger mehr.« Schnüre aus Selbsthass schneiden in meine Haut, Schweiß verklebt mein Haar und mein Puls dröhnt mir in den Ohren. Die samtschwarze vertraute Leere bleibt aus, ich spüre jede Fettzelle in meinem Körper überdeutlich, die Welt ist zu scharf, zu viel. »Ich fühle mich nicht gut ... Ich brauche frische Luft ... Allein ... W-wenn das nicht hilft, lege ich mich schlafen.«

Eine Falte gräbt sich in Jeannes Stirn, Wasser schwappt auf den Tisch, so fest umklammert sie ihr Glas. Ihr Mund ist zugenäht; solange Ms Perez neben ihr sitzt, wird sie mir keine Szene machen.

Was bedeutet, dass ich im Bungalow ein Home-Workout machen kann, bis die Leere mich wie eine alte Freundin willkommen heißt und ich meinen Körper nicht mehr spüre. Zumal ich auf den neuen Ernährungsplan vorbereitet sein und an meiner Kondition arbeiten muss.

Nach gemurmelten Abschiedsworten fliehe ich durch den Hintereingang. In den erstbesten Waschräumen halte ich meine Hände unter heißes Wasser und schrubbe, bis sich die Haut in Fetzen abschält.

Rotnuancen füllen meine Gedanken, ich trete nach draußen und meine Lunge erlaubt mir, Luft zu holen. Auf halbem Weg zum Bungalow bannt das Wellenglitzern meine Aufmerksamkeit; ehe ich mich versehe, schwappt Gischt über meine schwarzen Loafer. Am Firmament blutet der Himmel in rosaroten Schlieren aus, die im Ultraviolett der Nacht zerfließen. Salzkristalle verfangen sich in meinen Wimpern, ich wünschte, das Wasser würde meine scharlachroten Gedanken fortspülen und meinem Herzen die Schwere nehmen. Mein Selbstbewusstsein ist auf Sand gebaut und meine Gefühle unberechenbar wie der Horizont … Ich brauche ein Ventil … Ich muss …

»Maxine …«

Ein Stein im Fluss meiner Gedanken, ich schaue über die Schulter.

In ihrem Kleid verschmilzt Charlie mit der Farbpalette der Nacht und ist mein letzter Sonnenstrahl, an den ich mich klammere.

»Woher wusstest du, dass ich geflohen … i-ich meine … gegangen bin … oder wohin?«

»Léon hat mir gesagt, dass du frische Luft schnappen möchtest, und ich kenne dich. Wenn deine Gefühle zu schwer für dich sind, zieht es dich zum Meer.« Eine Armlänge vor mir verharrt sie. »Möchtest du allein sein?«

Der Wunsch, sie zu berühren, schwappt in Wellen durch mich hindurch. »Nein, aber Jeanne könnte uns sehen.«

»Léon schreibt mir, sobald sie den Saal verlässt.« Nahe an meinen verharren ihre Finger, ich verschränke sie mit ihnen.

Die Wogen meiner Gedanken glätten sich, Charlie ist mein Anker, der verhindert, dass ich auf das offene Meer treibe.

An der Hand zieht sie mich mit sich in den Sand.

»Möchtest du mir erzählen, was passiert ist?« In ihren Augen fließen die Farben des Himmels ineinander – Gold und Lapislazuliblau.

Ich verlagere mein Gewicht, sodass sich weder meine Oberschenkel berühren noch mein Bauch gegen den Stoff drückt. Charlie hat mich nie verurteilt; spreche ich es nicht aus, falle ich.

»Ein Grund für meine Sucht nach der Schwerelosigkeit beim Laufen ist, dass mein Körper zu eng ist. Ich nehme zu viel Platz ein …« Ich zupfe am roten Stoff, von der Abendsonne besprenkelt mit blutigen Mustern. »Dass Jeanne mich kritisiert, bin ich gewohnt. Heute haben wir acht Stunden trainiert, und sie hat mich angeschrien, zweihundert Prozent zu geben, als ich keine Luft mehr bekommen habe. Vor der Feier hat sie sich darüber ausgelassen, dass mir das Kleid nicht passt und mir vorgeworfen, dass ich mich nicht an meinen Ernährungsplan halte.«

Scham prickelt auf meiner Haut. Ich halte mich nicht an ihn, sondern nehme Variablen aus der Gleichung, bis das Ergebnis negativ ist. Zerbreche ich an mir selbst, habe ich wenigstens die Kontrolle über die Risse.

Ich ziehe die Knie an den Körper, mein Bauch quillt über den Bund des Slips. Ein trockenes Schluchzen entweicht mir. »Auf der Feier habe ich das gegessen, was Jeanne mir gegeben hat.« Bin ich besser als Jeanne, wenn meine Unwahrheiten zu Silben werden, die selbstverständlich von meinen Lippen perlen? »Und sie hat mit Mathilde über meine Ernährung gesprochen.« *Für einen Moment habe ich mich verhört und gedacht, Mathilde würde denken, ich hätte abgenommen.* »Sie möchte mir einen neuen Ernährungsplan zusammenstellen. Damit ich die Muskeln aufbaue, die ich in der Trainingspause verloren habe. Dabei hätte ich über das, was ich esse, gerne die Kontrolle, wenn jede andere meiner Handlungen fremdgeführt ist.« Gischt, vermischt mit Tränen, perlt über meine Wangen. Wolken verdecken die Abendsonne, absorbieren alles Licht in mir. »Alles nimmt Jeanne mir weg, solange ich ihr nicht genug bin und sie stolz mache. Es fühlt sich an, als würden der Druck in meinem Inneren und Jeannes Erwartungen mich an die Kante eines Abgrunds schieben. Keine Brücke führt auf die andere Seite … Mein Leben endet im bodenlosen Nichts … Und manchmal glaube ich, dass es besser so ist … Wenn ich falle … oder mich auflöse …«

Charlies Gesicht verschwimmt, ein kristallener Schleier, durchzogen von Sternschnuppen in Rot- und Blaunuancen. »Ich weiß weder, wie du dich fühlst, noch kann ich eine Brücke für dich bauen.« Mit den Fingerspitzen fängt sie die Tränen auf. »Ich glaube daran, dass du es aus eigener Kraft schaffst.«

»Sobald ich Steine zusammenfüge, reißt Jeanne sie nieder.«

Sie streicht mir eine Haarsträhne aus dem Gesicht. »Deshalb hoffe ich, dass du aufhörst, dich mit ihren Augen zu sehen.« Ihre Fingerspitzen hinterlassen ein Kribbeln auf meiner Haut, meine Tränen versiegen. »Jeanne kontrolliert nicht jede deiner Handlungen. Auf alles, was zwischen uns ist, hat sie keinen Einfluss.« Ein ernster Zug spielt um ihren

Mund. »Ich fände es schön, wenn du erkennst, was auf der anderen Seite des Abgrunds auf dich wartet, und andere Wege findest, um mit deinen Gefühlen umzugehen, als Sport und …« Sie spannt sich neben mir an, öffnet den Mund und schluckt das, was sie hat sagen wollen, einem Felsbrocken gleich herunter. »Kontrolle über dein Essen.«

Ihre Worte drücken mich nieder, meine Füße baumeln über dem Abgrund, ich ziehe die Luft durch die Zähne. »Ich hungere nicht, sondern esse … aber kontrolliert.« Mein Magen grummelt, ich widerstehe dem Drang, die Nägel in meinen Bauch zu bohren. Ihn anzubrüllen, still zu sein. »Ohne dieses Sicherheitsnetz falle ich.«

»Was, wenn du fliegst?«

Ich wage einen Schritt näher an die Kante. »Ich wüsste nicht, wo ich anfangen und welchen Faden des Netzes ich lösen soll.«

Sie öffnet den Mund, sieht an mir herab und schluckt herunter, was sie hat sagen wollen. Worte, die sich in Rauch auflösen, der ihre Miene verdüstert. »Sport zu machen, weil es dir guttut und aufzuhören, wenn du keine Kraft mehr hast, wäre ein Anfang.«

»Ich denke darüber nach.«

Sobald ich meinen neuen Ernährungsplan habe.

Vielleicht geht es nicht darum zu fliegen. Sondern darum, was kaputtgeht und was überdauert, wenn ich auf dem Boden aufkomme. »Danke, dass du mir zugehört hast.«

»Immer.« Ihre Lippen streifen meine. »Darf ich dir dein Weihnachtsgeschenk geben?«

Ich schnappe nach Luft. »Mein … was? I-ich habe nichts für dich.«

»Du verbringst den Abend so lange wie möglich mit mir. Das ist mehr wert als etwas Materielles.«

Ich beuge mich zu ihr. »Das ist für mich auch genug.«

Mit einem Kuss bringt sie mich zum Verstummen. »Das Geschenk hat eine Bedeutung. Mach die Augen zu.«

Etwas, das ich vor keinem anderen Menschen tun würde. Eng an Charlie gelehnt, komme ich der Aufforderung nach.

Das Rascheln von Stoff vermischt sich mit dem Rauschen des Meeres. Jedes Sandkorn spüre ich überdeutlich.

Warm berühren Charlies Fingerspitzen meine Schultern, etwas fügt sich in der Lücke zwischen meinen Schlüsselbeinen ein.

Sie legt einen Arm um mich. »Du darfst schauen.«

In der Lücke zwischen meinen Schlüsselbeinen hat ein roségoldener Schmetterling die Flügel ausgebreitet.

»Es ist kein Tattoo. Aber ihr könnt einander an eure kräftigen Flügel erinnern.«

Ich lehne mich nach vorne und gebe ihr einen langen Kuss, der hoffentlich alles ausdrückt, was ich nicht in Worte fassen kann.

»Etwas so Schönes habe ich noch nie bekommen.« Mit einer Hand umfasse ich den Anhänger, die Flügel kratzen über meine Haut, als wollten sie die Botschaft hineinschreiben. »Er wird mir helfen, gegen die negativen Gedanken zu bestehen.«

Sie streicht mir eine lose Strähne aus dem Gesicht. »Ich kenne einen Weg, sie zu vergessen. Tanzen. Das hat an Halloween und auf Vionas Party Wunder gewirkt.«

»Stimmt.« Aus Erinnerungen erblüht ein Lächeln. »Hier?«

»Niemand sieht, dass wir nicht tanzen können.« Charlie scrollt durch eine Playlist auf ihrem iPhone und reicht mir einen AirPod. Wir ziehen unsere Schuhe aus. Sie hilft mir auf die Füße. »Taylor hat uns zweimal Glück gebracht.« Sie drückt auf Play, *Maroon* zupft an den Saiten meines Herzens und übertönt die Symphonie meiner Ängste.

Behutsam, sodass ich mich ihr sofort entziehen könnte, legt Charlie die Hände auf meine Taille. Für einen angehaltenen Atemzug spüre ich meinen Körper überdeutlich. Zittrig durchatmend fokussiere ich mich auf Charlies Wärme. Das Gefühl verflüchtigt sich wie Schatten, denen die Dunkelheit fehlt. Ich verschränke die Finger in Charlies Nacken. Mehrmals treten wir einander auf die Füße, unser Lachen übertönt den Song, steigt mir zu Kopf, und ich fühle mich leicht.

Sand verfängt sich zwischen meinen Zehen, Muschelschalen stechen mir in die Fußsohlen. Stolpernd nähern wir uns der Stelle, an der Strand und Pazifik einander umarmen. Gischt spritzt meine Beine hinauf, färbt den Stoff burgunderrot.

Wie die Lichtreflexe in Charlies Augen, in denen ich mich verliere.

Wir finden unseren gemeinsamen Takt. Unperfekt und aufeinander abgestimmt, wie unsere Pässe auf dem Hockeyfeld.

Die Zeit steht still, es gibt nur uns unter einem Himmel, an den sich kein Stern verirrt, und einen Song, den allein wir hören. Charlie könnte auf der Feier sein, doch sie hat entschieden, einen Blick hinter meine Mauern zu wagen. Gestein, das mich nicht beschützt, sondern aufhält, und hinter dem ein Garten wartet, sobald ich mich aus den Dornen befreie, in denen sich meine Flügel verfangen haben.

Kapitel 26

TAYLOR SWIFT – THIS LOVE (TAYLOR'S VERSION)

00:00 -03:46

Charlie

Das Gespräch mit Maxine hallt in mir nach. Ein Mauerstein ist gefallen, am liebsten hätte ich den Rest niedergerissen. Ihr die Steine ins Gesicht geschleudert und ihr die Wahrheit in den Fugen gezeigt. Dennoch habe ich jedes Wort so gemeint – ich kann sie nicht zum Absprung zwingen oder ihr eine Brücke bauen.

Augenringe und eingefallene Wangen erzählen von einer schlaflosen Nacht. Von einem Telefonat mit Sophie, der ich gern alles erzählt hätte.

Ungebetenen Geistern gleich sind Fragmente von Maxines Worten aufgeglommen. Als sie von dem Ernährungsplan und dem Weihnachtsessen gesprochen hat, hat sie meinen Blick gemieden. Das scharlachrote Kleid hat locker an ihrem zierlichen Körper gehangen. Ihn verhüllt, als löse sie sich in dem Stoff auf.

Nachdem Sophie sich verabschiedet hat, habe ich drei Dokus über Magersucht auf *YouTube* geschaut. Jede Sekunde hat sich angefühlt wie eine Schlinge um meinen Hals, die sich zuzieht.

Seufzend massiere ich mir die Schläfen. In fünf Minuten sollte Maxine hier sein. Coach Nielsen lenkt Jeanne mit der Planung für das Training nach Weihnachten ab.

Dutzende Nachrichten an Chiara habe ich nicht abgeschickt. Letztendlich habe ich mich für Worte entschieden, die an der Oberfläche kratzen.

Ein Mauerstein ist gefallen. Sie beginnt, mit mir über Essen zu sprechen.

✶

Das ist ein gutes Zeichen. Ich werde sie nachher auf nichts ansprechen, versprochen.

Ihre Antwort, versehen mit einem violetten Herz.

Ein Klopfen dringt durch die geschlossene Tür. Das iPhone lege ich umgedreht auf die Bettdecke. »Du kannst reinkommen.«

Make-up kaschiert Maxines Blässe, von der sich erdbeerroter Lippenstift abhebt. Einzelne Haarsträhnen sind zurückgeflochten. Ein kornblumenblaues Kleid mit Gänseblümchen fällt ihr bis zur Mitte der Oberschenkel, am Dekolleté steht der Stoff ab. Die Beine weit auseinander, setzt sie sich neben mich. So nahe auf der Bettkante, dass sie herunterfallen könnte. Ein Schmunzeln zuckt in ihren Mundwinkeln. »Ich kann nicht glauben, dass der Plan funktioniert hat.«

»Wenn es darum geht, unsere Leistung schlecht zu beurteilen, lässt sich Jeanne nicht aufhalten.«

Sie lacht, mir wird wärmer. Das Geräusch ersticke ich mit einem kurzen Kuss. Durch den dünnen Stoff ihres Kleides spüre ich die Wärme ihrer Haut und ziehe mich von ihr zurück. Im Gegensatz zu Maxine trage ich einen Sport-BH und Stoffshorts. »Du siehst aus, als würdest du auf eine Strandparty gehen.«

Ein angespannter Zug spielt um ihren Mund. Sie deutet auf eines der Fotos an meiner Wand: Lucie in einem goldenen und ich in einem nachtschwarzen Abendkleid auf meinem Abiball. »Ich möchte einen guten Eindruck machen.«

»Das wirst du. Nicht nur optisch, aber Lucie hat deinem Outfit auf der Taylor-Swift-Party zehn von zehn Punkten gegeben. Sie mag nicht viele Menschen und braucht nicht viele in ihrem Leben. Dich möchte sie freiwillig kennenlernen. Sie wird dich sicher mögen und Chiara auch.« Ich küsse sie auf die Schläfe. »Bist du bereit?«

»Nein, aber ich stelle mich der Herausforderung.«

Ich ziehe mein iPad heran und starte den Videoanruf. Farbe sickert in den Bildschirm. Maxine zuckt zusammen und schmiegt sich an mich.

Lucie und Chiara sitzen auf dem Balkon im Haus von Chiaras Großeltern. Über die Festtage sind sie mit unseren Eltern in Neapel bei

Chiaras Familie. Hinter ihnen schmilzt der Tag im Abendfeuer. Rosarot konturiert ihre Umrisse und zeichnet Ornamente auf ihre Kleider. Farblich abgestimmt. Puderrosa und Lavendelfarben.

»Es freut mich, dass es so schnell geklappt hat«, breche ich die Stille. »Wir überspringen die Vorstellungsrunde. Ich habe euch viel voneinander erzählt.«

Maxine schnappt nach Luft. Ihre Pupillen huschen zwischen Lucie und Chiara hin und her, Sterne ohne Gravitation, auf der Suche nach einer Umlaufbahn.

Chiara schenkt ihr ein Lächeln. »Nur Gutes.«

Sie richtet sich auf, wie ein Gänseblümchen, das sich ihrem Leuchten entgegenreckt. »Umgekehrt ist das genauso, und es freut mich, euch kennenzulernen.«

»Uns auch. Sonst hätte ich Charlie nicht zu diesem Telefonat überredet, nachdem ich die Fotos von der Taylor-Swift-Party gesehen habe.« Lucie betrachtet Maxines Kleid, unter der Intensität ihres Blickes zieht sie die Schultern ein. »Dein Outfit ist eins der schönsten gewesen, und das Kleid gefällt mir.«

Sie blinzelt. »Wirklich?«

Chiara legt Lucie einen Arm um die Taille. »Glaub mir, sie verschenkt keine Komplimente.«

Der Hauch eines Lächelns zuckt um Maxines Mundwinkel.

»Erzähl mir deine Version der Party«, fordert Lucie sie auf.

Als hätte sie einen Damm eingerissen, sprudelt die Erzählung aus Maxine heraus. Ein Rinnsal, das zu einem Fluss wird. Zwischendurch prallt er gegen Steine, als erwarte sie eine Unterbrechung.

Lucie und Chiara hören aufmerksam zu.

Maxines Körperhaltung entspannt sich.

Ein Gewicht fällt von meiner Brust.

Chiara pfriemelt an ihrem Armband – *Enchanted* mit fliederfarbenen Perlen. »Wir sollten eine Taylor-Swift-Party feiern.«

Ich hebe eine Augenbraue. »Ist die Hochzeit nicht eine?«

Chiara schmunzelt. »Ein wenig. Auf der Playlist ist hauptsächlich *Speak Now.*«

»Wir haben ein Attentat auf dich vor«, sagt Lucie.

»Lasst mich raten«, unterbreche ich sie. »Fliederfarbene Brautjungfernkleider für Francesca und mich?«

»Du hast es erfasst.«

Mein Seufzen entlockt den anderen ein Lachen.

»Wir würden uns freuen, wenn du Charlie zur Hochzeit begleitest«, wendet sie sich an Maxine.

Sehnsucht flammt in ihrer Miene auf. Gleißend wie Sternschnuppen, die auf dem höchsten Punkt am Horizont verglühen. »Das ist lieb von euch. Ich würde gerne kommen.«

Der Nachklang ihrer Stimme schlägt einen melancholischen Ton in mir an. Kälte verklumpt meine Venen. Instinktiv halte ich sie fester. Als genüge eine Brise, um sie mir zu entreißen. Jeanne wird sie niemals nach Deutschland fliegen lassen. Andererseits ist der dreizehnte August weit entfernt.

»Sieh es als offizielle Einladung.« Chiara zieht Lucie enger an sich, einen warmen Ausdruck auf dem Gesicht. »Dann siehst du, wie die Frau, die sich früher gegen Liebeslieder gewehrt hat, ihren kitschigen Taylor-Swift-Moment bekommt.«

Lucie zieht sich von ihr zurück. Dreht Chiaras Kopf in ihre Richtung. »Du hast mich vom Gegenteil überzeugt. Was Liebeslieder und kitschige Taylor-Swift-Momente angeht …« Mit der freien Hand berührt sie Chiaras Armband. »… als du mir dein Lieblingslied gewidmet hast.«

Chiara beugt sich zu ihr. »Wie oft möchtest du das betonen?«

»Das wird Teil meiner Hochzeitsrede.«

Chiara küsst ihr das Lächeln von den Lippen.

Maxine und ich tauschen einen Blick. Ihr Strahlen hat eine Kante, wie Sterne mit abgeschliffenen Zacken. Schluckend wendet sie sich Lucie und Chiara zu. »Irgendwann würde ich die Geschichte gerne hören.«

Lucie legt den Kopf auf Chiaras Schulter. »Sie hat einen langsamen Anfang und einen Mittelteil, der in einer Tragödie hätte enden können, weil ich mich von meinen Ängsten in Fesseln legen lassen und nur an mich gedacht habe.« Sie schmiegt sich enger an Chiara, die ihr einen Kuss aufs Haar drückt. »Chiara hätte meine Unterstützung bei ihrem

Auftritt gebraucht, darüber hinaus, dass wir zusammen geübt haben. Ich habe mich davor gefürchtet, eine Aufführung zu besuchen, weil ich dem Rampenlicht abgeschworen hatte. Damit habe ich beinahe alles kaputt gemacht.«

Maxine rückt auf die Bettkante. »Aber es gibt ein Happy End.«

Entflammt von leiser Hoffnung gewinnt mein Herz an Takt. Lucie gibt Maxine ein Werkzeug in die Hand, um ihre Ketten zu sprengen, ohne es zu wissen. Vielleicht muss sie nicht zwischen den Zeilen lesen und eine Handvoll Telefonate genügen, um ihr Mut zu machen, es zu benutzen.

Lucie betrachtet ihren Verlobungsring. »Ja, ich bin zur Aufführung gegangen, und Chiara hat mir trotz allem ihr Lieblingslied gewidmet.«

Chiara streicht ihr durch die Locken. »Das war von Anfang an mein Plan. *Enchanted* ist unser Lied. Weil ich an dich denke, wenn ich es höre, und weil wir zusammen geübt haben. Außerdem habe ich auf ein Happy End gehofft.«

»Ich habe ihr die ganze Wahrheit erzählt ...«, ihr Ton hat einen Plattensprung, Chiara hält sie fester, »... du weißt das sicher von Charlie. Chiara hat mir vergeben, und ich habe den Mut gefasst, mich meinen Ängsten zu stellen. Sonst wäre ich nicht hier. Musicaldarstellerin, verlobt, mit zwei Katzen, die mir schrecklich fehlen, und mit Tagen, an denen alles schwarz ist, aber ich habe mir erlaubt, glücklich zu sein.«

Maxine atmet die Worte ein, und ein Strahlen erhellt ihre Züge. »Das klingt wie ein Taylor-Swift-Song und gibt mir Hoffnung, dass jede Geschichte ein Happy End haben kann.«

Lucies Lächeln verwandelt ihre Augen in gleißendes Gold. »Zu einhundert Prozent vielleicht nicht. Aber eins, aus dem du das Beste machen kannst, indem du dich deinen Ängsten immer aufs Neue stellst.« Sie richtet sich auf, ohne von Chiara abzurücken. »Genug von uns. Was habt ihr in den Ferien vor?«

Wir bauen Luftschlösser. Pläne aus Sand. Eine Welle genügt, um sie niederzureißen. Den Ball passen wir Chiara und Lucie zu, die von ihrem Urlaub erzählen.

Eine vertraute Stimme unterbricht uns auf Italienisch.

»Wir telefonieren mit Charlie und Maxine«, antwortet Chiara auf Englisch.

Francesca setzt sich auf die Armlehne von Chiaras Stuhl. Seufzend streicht sie sich das blauschwarze Haar zurück, das ihr in schimmernden Kaskaden bis zur Mitte des Rückens fällt. »Ich wünschte, du wärst hier, Charlie.«

»Wirklich?« Ich schmunzle. »In deinen verzweifelten Nachrichten ist das nicht deutlich geworden.«

»Mattéo arbeitet an seinem Projekt für die Uni. Wenn du hier wärst, wäre er überstimmt und müsste etwas mit uns unternehmen. Fußball spielen, schwimmen«, aus dem Augenwinkel linst sie zu Chiara, »unsere Liste mit Filmen abarbeiten.«

Chiara legt einen Arm um sie. »Als ich ihm Abendessen gebracht habe, war er fast fertig mit der ersten Konzeptzeichnung.«

»Mich lässt er nicht rein.«

Chiaras Blick, der ›Was du nicht sagst‹ schreit, prallt sichtlich an ihr ab.

Sie schiebt die Unterlippe vor. »Schaut ihr gleich einen Film mit mir?«

Chiara streicht ihr durchs Haar. »Einen ab sechzehn.«

Lucie lacht. In den Sommerferien hat sie Chiara abgelenkt, damit Mattéo, Francesca und ich schauen konnten, was wir wollten.

Francesca seufzt. »Haben sie dir von den fliederfarbenen Brautjungfernkleidern erzählt, Charlie?«

Zur Antwort verdrehe ich die Augen.

»Flieder wird euch ausgezeichnet stehen«, meint Lucie.

»So schrecklich kannst du unseren Geschmack nicht finden.« Chiara schaut an Francesca herab, auf den hellblauen Rock mit weißen Ornamenten. »Das ist nicht dein Rock.«

Sie hebt das Kinn. »Du brauchst ihn gerade nicht.«

Chiara presst die Lippen zusammen.

Lucie und ich tauschen einen Blick. Niemals würde ich etwas aus ihrem Schrank anziehen und umgekehrt. Ein Argument gegen ein fliederfarbenes Brautjungfernkleid. Tragen werde ich es dennoch, um ihr Strahlen zu sehen.

»Kommst du zur Hochzeit, Maxine?«, fragt Francesca.

»Würde ich gerne.« Als hätte jemand eine Kerze entzündet, schleicht sich ein verschmitzter Ausdruck auf ihr Gesicht. »Ich müsste kein Flieder tragen. Obwohl ich die Farbe sehr mag.«

»Ich mag dich«, sagt Lucie.

Maxines Wangen färben sich rosarot.

Ich lege einen Arm um sie. »Wenn du etwas Pastellfarbenes trägst, passen wir farblich zusammen.« Federleicht küsse ich sie auf die Wange, mein Mund streift die rosarote Verfärbung.

Wir verlieren uns in einem Gespräch über nichts Bestimmtes. Von der Tatsache, dass Maxine Australien nie verlassen hat, bis zu Filmvorschlägen. Maxine strahlt von innen, ich versinke in ihrem Leuchten. Als würde ich der Sonne dabei zusehen, wie sie den Horizont in Gold tunkt und den Ozean mit sanften Fingern aufweckt. So gelöst habe ich sie selten gesehen. Diese Augenblicke sind es, die meinen Garten mit Hoffnung bewässern.

Zwei Stunden vergehen in einem Wimpernschlag, ehe wir uns voneinander verabschieden. Mit dem Versprechen, bald wieder zu telefonieren.

Ich wende Maxine den Oberkörper zu. »War es das wert, den Sprung zu wagen?«

Ihr Leuchten überdauert. Morgenröte auf den Wangen, silberschimmernde Galaxien in den Augen. Ein Kunstwerk, in dem die Farben von Tag und Nacht ineinanderfließen. »Ja. Die drei haben mich angenommen, wie ich bin, und entweder Lucie findet, ich habe einen guten Geschmack …«

Den Rest des Satzes ersticke ich mit einem Kuss. »Kein Oder.«

Schmunzelnd schüttelt sie den Kopf. »Von mir aus. Ich mag deine Familie und habe mich nicht fehl am Platz gefühlt.«

»Weil du ein Teil von ihr bist.«

»Ich habe noch ein Gefühl gehabt.« Sie umfasst mein Gesicht, ihr Atem tänzelt über meine Haut. »Lucie hat viel durchgemacht, mit meiner Situation ist das nicht zu vergleichen … Ich habe keine psychische Krankheit, kein Trauma …«

Mit den Fingerspitzen berühre ich die Mondlichthaut, welche keine

Spuren von Jeannes Schlag zeigt. Die Narben auf Maxines Hüfte, ihre Beziehung zu Bewegung und Essen ...

»Ihre Worte haben mich berührt und mir Mut gemacht, dass ich stärker aus dem Feuer um mich herum auferstehe. Ich glaube an ein anderes Ende für uns. Wir sind kein kitschiger Taylor-Swift-Song, aber auch kein trauriger.«

Ihre Worte verschlagen mir den Atem. Manche Sternschnuppen, nach denen ich greife, erfüllen Wünsche. »Wenn wir gemeinsam daran glauben, wird es wahr. Wir gewinnen den Oceania Summer Cup, du bekommst den Platz bei den Golden Foxes, wir spielen in verschiedenen Mannschaften, lassen Zeit vergehen, bis Jeanne mich nicht mehr als deine Konkurrentin sieht, und ich weiß, dass du die Ketten sprengen wirst.«

»Damit ich dich zur Hochzeit begleiten kann?«

»Zum Beispiel.« Sanft streift mein Mund ihren, sie erschaudert. »Und damit unsere Momente nicht länger gestohlen sind.«

Zur Erwiderung kommt sie mir entgegen. Drängend bewegt sich ihr Mund gegen meinen. Als wäre es unser allerletzter oder allererster Kuss. Als würde das Feuer zwischen uns alles niederbrennen und etwas aus der Asche errichten. Ein stilles Versprechen. Sie vergräbt die Finger in meinem Haar, zieht mich an sich, und ich erschaudere, als meine Haut auf den dünnen Stoff ihres Kleides trifft. Gleichmäßig klopft ihr Herz gegen meine Brust, die Gegenmelodie zu dem Ton in meiner Brust. Sie verweben sich zu einer Symphonie, die jeden Winkel meines Seins ausfüllt. Alles verliert an Bedeutung – selbst die Zeit, welche zwischen unseren Fingern zerrinnt. Ich verliere mich in der Schwerelosigkeit ihrer Berührungen. Mein Verstand verwandelt sich in weichen Nebel, als sei ich in einem Traumzustand gefangen. Jeden Augenblick erwache ich allein in meinem Bett.

So sanft, dass sie sich mir sofort entziehen könnte, lege ich die freie Hand auf ihre Hüfte. Sie schnappt nach Luft, erinnert mich daran, dass ich nicht träume. Ohne den Kuss zu brechen, klettert sie auf meinen Schoß. Ihr Kleid rutscht hoch, ein heißes Ziehen zuckt durch meine Brust, bis zwischen meine Beine. Ist das zu viel? Unsere ersten Küsse sind zart gewesen, Schmetterlingsstaub auf meinen Lippen und Flügelschläge in meiner Brust. Dieser fühlt sich an, als würden wir wie zwei Sterne explodieren und von innen heraus aufleuchten. Vorsichtig bewegt sie ihre Hüfte gegen meine, und ein Seufzen löst sich aus meiner Kehle. Sie hätte diesen Schritt nicht gemacht, wenn sie nicht genauso eingenommen von dem Feuer zwischen uns wäre.

Meine Anspannung zerfließt, ich löse meinen Mund von ihrem. Er wandert über ihren Kiefer, zu ihrer Wange, und ihren Hals hinab. Ihre Sommersprossen entlang, die ich zu Sternbildern verbinde. Sie schmiegt sich an mich, blinzelnd öffne ich die Augen und wünschte, ich könnte den Anblick in einem Gemälde einfassen. Ihr Rücken ist durchgedrückt, ihre Wangen gerötet, und ihre Lippen leicht geöffnet. Sie sieht nicht verletzlich aus, sondern leuchtet von innen und alles in mir drängt danach, ihr mehr solcher schwerelosen Momente zu ermöglichen.

Als spüre sie meinen Blick, öffnet sie die Augen, tiefdunkles Silber zieht mich in seinen Bann.

Ich lege eine Hand auf ihre Wange. »Ist alles in Ordnung?«

»Ja«, antwortet sie atemlos. »Ich möchte nicht, dass wir aufhören.« Sie beißt sich auf die Unterlippe. »Aber ich habe nicht das beste Verhältnis zu meinem Körper. Manchmal spüre ich mich selbst nicht oder alles fühlt sich verzerrt an, und wenn ich meine Haut berühren möchte, greife ich Luft.« Sie legt die freie Hand auf meine Taille, als müsse sie sich vergewissern, dass ich nicht von ihr abrücke.

Um ihr zu verstehen zu geben, dass ich sie immer festhalten werde, schiebe ich meine Finger auf ihre.

Sie atmet aus. »Bei dir fühle ich mich sicher. Trotzdem habe ich Angst davor, dass alles zerbricht, wenn du meine Haut berührst.«

Der Nebel über meinem Verstand lichtet sich. Wie Flügelschläge eines Schwarms Schmetterlinge weht Zuneigung durch mein Inneres. Sie hat sich mir anvertraut, und solange sie ihre Farben nicht sieht, konserviere ich sie auf der Leinwand meines Herzens. »Danke, dass du ehrlich zu mir bist. Ich tue nichts, was du nicht möchtest, und wie nahe du mir sein möchtest, ist deine Entscheidung.«

Silberschimmernde Perlen reihen sich in ihren Augenwinkeln

aneinander. Ehe sie fließen, streiche ich sie fort. Mit flatternden Lidern schmiegt sie ihre Wange in meine Handfläche.

»Du bist wunderschön. Gerade hast du von innen gestrahlt, wie ein Gemälde mit frischer Farbe, an dem ich mich nicht sattsehen kann.«

Sie atmet aus. Röte verbindet die Sommersprossen auf ihrer Mondlichthaut. »Danke … und das heißt, dir fehlt nichts, wenn wir nicht …«

»Ich muss deine Haut nicht berühren, damit das hier schön für uns beide ist«, unterbreche ich sie sanft. »Wenn du das möchtest.«

»Das möchte ich«, flüstert sie. »Ich vertraue dir.«

Hauchzart legt sie ihre Lippen auf meine, bewegt sie langsam und macht mich schwindelig vor Verlangen. Ein leises Stöhnen entweicht mir, und sie lächelt gegen meinen Mund. Ihre Fingerspitzen verharren millimeterweit von meiner Haut entfernt. Wie Regen nach dem Meer sehne ich mich nach ihrer Berührung. »Darf ich deine Haut berühren?«, flüstert sie gegen meine Lippen.

»Ja.«

Ihre Finger gleiten über meinen Bauch und meine Hüfte, bis zum Saum meines Sport-BHs. Gänsehaut erblüht auf meinem ganzen Körper. Knospen für unser Happy End, die Ableger streuen. Ich recke mich ihr entgegen, und bewege unwillkürlich meine Hüfte gegen ihre. Der Stoff hält mich nicht davon ab, den empfindlichen Punkt zwischen ihren Beinen zu spüren, der gegen meinen Körper drückt.

Sie seufzt, ein wohlklingendes Geräusch, das ich öfter hören möchte. Vorsichtig drückt sie mich nach hinten auf die Matratze, eins ihrer Beine schiebt sie zwischen meine Schenkel. Wir erstarren beide.

Blinzelnd öffne ich die Augen, sie sieht mich im selben Moment an. Vor Zuneigung zieht sich mein Herz zusammen. Ihre Haut ist gerötet, ihre Lippen leicht geöffnet, und ihr Atem schwer. Mit dunkelschimmernden Augen schaut sie mich an. Ohne Maske, ohne Sturm. Die sorgfältig errichteten Mauern eingerissen. Aus den Steinen werde ich eine Brücke bauen, die sie über den Abgrund bringt.

»Charlie«, haucht sie. »Ich möchte …« Sie drückt ihr Bein gegen meinen Körper. Blitze zucken durch meine Nervenbahnen und sammeln sich zwischen meinen Beinen. »Dass du auch …«

Ich streichle ihre Wange, beuge mich zu ihr und lege meine Lippen dicht an ihr Ohr. »Ich tue alles, was du möchtest.«

Die Hände lege ich an ihre Hüfte. Verlagere mein Gewicht, bis ein Bein zwischen ihre Schenkel gleitet. Sie atmet schwer aus, neigt den Kopf nach hinten. Ich küsse ihren Hals, schaudernd presst sie sich an mich. Schmerzhaft-schön schwillt das Ziehen zwischen meinen Beinen an.

Sie bewegt ihre Hüfte, presst sich an mein Bein. Schwer stößt ihr Atem gegen meinen, ich küsse ihr das Stöhnen von den Lippen. Beflügelt davon, dass ich ihr dieses Gefühl gebe, bewege ich mein Bein zwischen ihren Schenkeln.

Wir finden einen Rhythmus. Jedes Seufzen, jede Berührung füllt die Umrisse der Welt mit strahlenden Farben. Eine Sturmflut reißt uns mit, Maxine ist die einzige Luft, die ich brauche. Blitze knistern in meinen Nervenbahnen, ein Sommergewitter, das sich zwischen meinen Beinen entlädt. Ich biege den Rücken durch, Maxine erzittert über mir, die Welle bricht und ich lasse mich fallen. In ein Sommergewitter, das sich in meinem Inneren entlädt und zu einem Beben in meinem ganzen Körper wird. Alles um mich herum flimmert, die Wellen verebben. In meiner Brust bleibt ein warmes Glühen zurück.

Maxines Stirn sinkt gegen meine. Unruhig klopft ihr Herz gegen meine Brust. Tränen zerfließen zwischen ihren Wimpern, zeichnen Spuren auf meine Haut.

Ohne von ihr abzurücken, öffne ich die Augen.

Silberperlen lösen sich aus ihrem Wimpernkranz, Morgenrötefarben zeichnen Muster auf ihre Wangen, und auf ihren Lippen liegt ein Lächeln.

»War das …«

»Das war wunderschön«, fällt sie mir mit rauer Stimme ins Wort, für den Bruchteil einer Sekunde streifen ihre Lippen meine. Nicht mehr erfüllt von Sehnsucht, sondern von goldenem Glück, das wir diesen Augenblick miteinander geteilt haben. »Ich werde für uns kämpfen.«

»Ich auch. Bis zu dem Tag, an dem wir nicht mehr kämpfen müssen.« Sie gibt mir einen Kuss, ehe sie den Kopf auf meine Brust legt.

Ich schlinge die Arme um sie. Zeichne mit den Fingerspitzen die Kontur ihres Rückens nach. Wirbel stechen in meine Finger, ihr Atem ist außer Takt, und ihre Rippen drücken wie in Ketten gelegte Vogelflügel gegen meine Brust – Dornen in unserem geheimen Garten, die mir vor Augen führen, dass es einige Stürme zu überstehen gibt.

Maxine versinkt im Halbschlaf.

Ich taste nach meinem iPhone. In den Chat mit Chiara und in mein Herz schreibe ich die Worte.

Lucie hat ihren Kampfgeist geweckt, ohne dass sie Maxines Geschichte kennt. Wir sollten öfter telefonieren. Wenn alle Stricke reißen, lasse ich die beiden allein sprechen.

Das iPhone lege ich weg, ziehe Maxine an mich. Halte mich an ihr und an der Gewissheit fest, dass es solche Momente wert sind, in den Kampf zu ziehen.

Kapitel 27

Taylor Swift – I Know Places (Taylor's Version)

00:00 -03:46

Maxine
Januar

Charlies Hand ruht auf meiner Taille, ihr Rücken ist gegen die Wand der Umkleide gepresst. Schmetterlingsflügelzart und sekundenraubend treffen sich unsere Lippen. Honigsüß wie eine verbotene Frucht, und zu flüchtig, um mich in ihr zu verlieren.

Wir sind die Hauptdarstellerinnen dieser Filmszene, versteckt und für alle sichtbar. Ein Flüstern würde genügen, um einen Windstoß zu erzeugen, der die Flamme zwischen uns erstickt.

Wir haben eine Glaskuppel errichtet, die sie vor dem Sturm schützt. Unsere Freund*innen stützen sie wie Marmorsäulen, die verhindern, dass Jeanne die Wände niederreißt. Jeden Augenblick könnte sie bemerken, dass Ellie und Mathilde sie ablenken, und mit geladener Waffe in die Umkleide stürmen. Kugelsicher ist unser Schloss aus Glas nicht.

Unsere gestohlenen Momente schmieden mir eine Rüstung, in die Jeannes Erwartungen einzelne Kratzer schlagen.

In drei Wochen ist der Oceania Summer Cup, und das zusätzliche Training gewinnt an Gnadenlosigkeit.

Ist Jeanne damit fertig, Scheinwerfer auf meine Fehler zu halten, fliehe ich in Charlies Zimmer. Sie hält meine Scherben zusammen und behauptet, dass ich, sobald mich die Sonne anstrahlt, von innen heraus leuchte.

Licht bricht, ehe es strahlt – das machen mir die Telefonate mit Lucie und Chiara begreiflich. Obschon Lucies Spiel anderen Regeln folgt als meins, hat sie eine Saite in meiner Seele berührt, die angeschlagen wird, wenn die Nächte am düstersten sind. Sie und Chiara zeigen mir eine mögliche Zukunft, in der ich Charlies Hand halte, sie küsse und ihr nahe bin, egal, wer zusieht. Eine, in der ich neben ihr einschlafe, statt im Morgengrauen, nach dem Joggen, in ihr Zimmer zu schleichen.

Ein Klopfen wirft einen Stein in meinen Gedankenstrom.

Charlie streicht mir eine lose Strähne aus dem Gesicht. »Ich hoffe, sie analysiert heute Abend die Videos.«

»Ganz sicher, immerhin ist es das erste Training im neuen Jahr.« Ein letztes Mal streift mein Mund ihren, und ich verlasse die Umkleide.

In der Sommersonne flimmert das Hockeyfeld, wie Jeannes Umrisse, die sich goldglühend verzerren.

Eine Falte gräbt sich in ihre Stirn. »Was ist mit deinen Haaren passiert?«

Luft verfängt sich in meiner Kehle, ein durchsichtiger Klumpen ungesagter Wahrheiten. Die Nägel grabe ich in die Handflächen, dem Impuls widerstehend, die Strähnen zu glätten. »Das Haargummi ist ausgeleiert.«

Aus zusammengekniffenen Augen betrachtet sie mich, darauf lauernd, dass die Sonne mich im richtigen Winkel anstrahlt, sodass ich durchscheinend werde. »Benutz morgen ein neues.« Naserümpfend taxiert sie mich von Kopf bis Fuß. »Was ist mit deinem Rock passiert?« Mit spitzen Fingern packt sie die Haarnadel, welche den Stoff fixiert.

Mir entweicht ein Keuchen, der Hosenbund wölbt sich über meinem Bauch und meiner Hüfte. Ehe der Rock herunterrutscht, packe ich den Stoff. »Er passt nicht mehr ... w-wegen meinen neuen Muskeln ...«

Jeanne packt mich am Handgelenk. »Welche Muskeln? Hältst du dich an deinen Ernährungsplan?«

Der körperliche Schmerz betäubt die Narben auf meiner Seele, an denen sie kratzt. »J-ja ...«

Bitte hol die Magerquarkpakete nicht aus dem Mülleimer.

Oder die Servietten.

Schau nicht hinter mein Bett.

Fäden, die einen Strick um meine Kehle knüpfen.

Sie beugt sich zu mir, ihr Atem streift meinen Hals, scharf

und unnachgiebig wie eine Messerkante. »Wieso hast du dann abgenommen?«

Fragen aus Wenn und Wieso beschweren meine Brust mit Steinen.

Wenn ich abgenommen habe, wieso nehme ich dann zu viel Platz ein?

Wieso quillt mein Bauch über den lockeren Rockbund und meine Hüfte bohrt sich in den Stoff?

Wieso fühle ich mich in Charlies Armen sicher, möchte aber nicht, dass sie meine Haut berührt?

Jeannes bohrender Blick sät einen anderen Gedanken in mir, der Ableger streut und die anderen Szenarien überwuchert.

Du hast meine Kalorienmenge erhöht. Ich kann zählen.

Falls ich abgenommen habe, dann wegen der zusätzlichen Trainingseinheiten, zu denen du mich zwingst.

Du hast ein Eigentor geschossen.

»Mein Körper muss sich an den neuen Trainingsplan gewöhnen.«

»Dann soll er das schneller tun.« Jeanne beißt die Zähne zusammen. »In drei Wochen musst du zweihundert Prozent geben. Es geht um meinen Ruf als Trainerin und um die Frage, ob du es wert bist, meinen Namen zu tragen.«

Sie stößt mich von sich, im taumle, eine Hand umschließt meinen Oberarm. Ich zucke zusammen, der Griff lockert sich, und ich schaue in Ayumis Augen – Turmaline im Sonnenlicht.

»Wärst du gestützt, hätte sie das zorniger gemacht.« Bitterkeit trieft aus ihrem Ton.

»D-danke ...« Ich befestige den Rockbund mit der Haarnadel.

Sie verfolgt die Bewegung stirnrunzelnd, schluckt trocken. »Falls du reden möchtest, bin ich für dich da.«

»Das bedeutet mir viel.« Obschon Misstrauen Dornen in mir sät, überwiegt ein warmes Gefühl, unter dem mein Herz aufblüht. »Meinst du über Jeanne?«

»Worüber du möchtest.« Sie senkt die Stimme. »Charlie steht dir am nächsten, aber manchmal ist es leichter, mit einer Person zu sprechen, die nicht jede Seite deiner Geschichte kennt.«

»Jeanne meint, ich hätte abgenommen, und meine Leistungen reichen ihr nicht«, setze ich einen Fuß auf dünnes Eis. »Falls das stimmt, liegt es an ihren zusätzlichen Trainingseinheiten. Mein neuer Ernährungsplan nützt nichts, wenn ich mehr Kalorien verbrenne. Sie starrt mit einem Tunnelblick dem Oceania Summer Cup entgegen. Versuche ich, es ihr zu sagen, stoße ich auf Granit.«

»Pass deinen Ernährungsplan selbst an. Davon muss sie nichts wissen.« Ein ernster Ausdruck verhärtet ihre Züge. »Verrenn dich nicht in etwas. Du musst nicht von Magerquark und Proteinpulver leben, weil Jeanne das sagt.«

Ayumi hat sich an Ideale aus den Medien geklammert; ich klammere mich an einen Wunsch, der auf meinem Fundament aus verglühten Sternen gesprossen ist.

Ich lebe nicht von Magerquark und Proteinpulver. Das verdiene ich nicht. Ich möchte nicht clean essen oder abnehmen. Sondern einen Schleier aus Leere weben, in dem sich meine Gefühle verfangen. Dann muss ich mich nicht länger mit der Person auseinandersetzen, die ich mehr verabscheue als Jeanne. Beim letzten Match hat sich das Feldhockey wie fliegen angefühlt, bevor ich an Jeannes Erwartungen zerschmettert bin.

Herbstlaub färbt sich golden, bevor es verdorrt. Ich möchte mit Charlie und den anderen Sonnenlicht auf der Haut spüren, Glück einatmen und mich auflösen, bevor die ersten Blätter morsch und farblos sind.

Nichts davon spreche ich aus, schlucke Scherbensilben herunter.

Sie zupft ihre zwei Zöpfe zurecht. »Davon abgesehen, dass sie nicht ewig Trainings- und Ernährungspläne für dich schreiben wird.« Meinen verdutzten Gesichtsausdruck bemerkend, schmunzelt sie. »Solltest du in zwei Jahren bei Olympia oder nach dem Studium in einer anderen Mannschaft spielen, ist sie nicht mehr deine Trainerin. Dann bist du frei.«

Ihre Worte durchdringen meinen Verstand wie Sonnenstrahlen dichte Wolken. Wind streift meinen Rücken, dringt unter meine Flügel. Ist es so leicht? Schmiedet Jeanne den Schlüssel für einen Käfig, den sie erbaut hat, indem sie mich zu selbstzerstörerischer Perfektion treibt?

»Ayumi, Maxine, gibt es da etwas umsonst?«

Synchron spurten wir über das Feld, lassen uns neben die anderen in einen Halbkreis sinken. So weit von Charlie entfernt wie möglich, und sie anzusehen wage ich nicht. Wenngleich es bis in meine Fingerspitzen kribbelt – ich muss ihr erzählen, was Ayumi gesagt hat.

»Ich hoffe, ihr habt die Trainingspause genutzt, um leistungsstark in die Einheiten zu starten, die euch auf das wichtigste Turnier in der Geschichte der Academy vorbereiten.« Mathildes Stimme schwappt einer Welle gleich über uns hinweg – ob wir ertrinken oder schwimmen, wird das Training zeigen. »In den nächsten drei Wochen erwarte ich, dass ihr hart trainiert, euer Spiel analysiert und selbstständig an eurer Kondition und euren Reaktionsfähigkeiten arbeitet. Das Spiel eurer Gegnerinnen werdet ihr auch analysieren, um ihre Stärken und Schwächen abzuschätzen. Ihr werdet mit denselben Chancen wie die Golden Foxes antreten, erst im Finale könnt ihr aufeinandertreffen. Ich erwarte, dass die Academy den Pokal gewinnt.«

Jeanne schiebt sich an ihre Seite, die spitzen Wangenknochen von Frost verhärtet, die Augen blitzend, als lauere am Horizont ein Schneesturm. In einer Hand hält sie eines der Bücher, in denen sie unsere Fehler dokumentiert. »Ich werde jeder von euch sagen, woran sie in den kommenden drei Wochen zu arbeiten hat.«

Mathilde schluckt. »Ist das notwendig?«

»Besser jetzt als nach einer katastrophalen Trainingseinheit.« Jeanne zieht Charlie in das Zentrum ihres Sturmes, sie zeigt keine Regung, als würden die Winde an ihr abprallen. »Arbeite an deiner Beinarbeit und gib den Ball an leistungsstärkere Spielerinnen wie Maxine oder Elisabeth ab, statt risikoreiche Manöver zu spielen.«

Alle Luft entweicht meiner Lunge, als hätte sie mir in den Magen geschlagen. Schäumende Wellen der Wut brechen in meinen Adern. Ayumis Hand auf meinem Unterarm verhindert, dass ich losstürme und das verdammte Buch zerreiße.

Jedes Wort, das Jeanne an meine Teamkameradinnen richtet, schnürt die Ketten um meine Flügel enger. Macht mir bewusst, wie viel Platz ich einnehme … Ich wünschte, ich könnte meinen Verfall beschleunigen.

»Maxine«, richtet sie die klirrende Stimme an mich, ich rege keinen

Muskel. »Du hast zu wenig Muskeln und deine Schüsse müssen an Schlagkraft gewinnen. Sonst halten die Gegnerinnen sie mit Leichtigkeit auf.«

Der Frost prallt an mir ab, kühle Luft strömt reinigend in meine trockene Kehle. Tropfen, unter denen ich gedeihe – sie denkt, sie würde meine Bewegungen steuern. In den letzten Wochen habe ich mich ihrer Kontrolle entzogen. Ayumi hat recht. Damit sie an mir zerbricht, nicht umgekehrt, muss ich die für mich vorgesehenen Manöver auf ihrem Spielplan ausführen. Perfektion ist mein Schlüssel zur Freiheit.

***

Mein linker Arm steht in Flammen, die sich meine Schulter hinauf fressen. In meiner Lunge herrscht Dürre.

Das Hockeyfeld flimmert an den Rändern, eine Fotografie auf durchbrennendem Film. Mit eisenschweren Gliedern dribble ich den Ball, vorbei an Ellie, die mir auf den Fersen ist. Anders als sonst hat mich Jeannes Aufwärmprogramm nicht gegossen, ich gehe ein. Als würden die glänzenden Zahnräder ihres Konstrukts nach neunzehn Jahren der Abnutzung rosten.

Ich beiße die Zähne in den Zahnschutz.

Denk an den Schlüssel aus Perfektion.

Denk an den Aufwind.

Denk daran, die Ketten zu sprengen.

Meine Hand um den Schläger verkrampft sich, Tränen verschleiern mein Sichtfeld. Ich unterdrücke einen Schrei. Der Ball entgleitet mir, und der Papierschlüssel für den Stahlkäfig reißt.

Eine Silhouette mit schokoladenbraunen Locken nimmt den Ball auf – Charlie, die in Richtung Strafraum sprintet und ihn ins Tor befördert.

Mathilde pfeift das Übungsspiel ab.

Ich erstarre, die Zahnräder versagen den Dienst. Meine Atemwege fühlen sich an, als hätte ich Sand eingeatmet.

Die Gespräche der anderen treiben über mich hinweg. Ich bin unter

Wasser, sie an der Oberfläche. Eingesperrt mit der Erkenntnis, dass Papierschmetterlinge nicht weit fliegen und von der erstbesten Böe zerfetzt werden.

Dunkelgrau bricht sie über mich herein, Jeanne packt mein linkes Handgelenk, mir ist, als presse sie ein Schmiedeeisen dagegen, und ich lasse den Schläger fallen. »Was war das?«, zischt sie mir ins Ohr.

»Dein zusätzliches Training …«

Ihre Hand um den Gehstock zuckt, wie die flimmernde Kerze in meiner Brust. Für mich existieren einzig die fünf Finger mit blutroten Gelnägeln … Hier würde sie nicht … Andererseits hat sie mich vor wenigen Wochen auf ein Podest aus den Fehlern der anderen gestellt – jetzt versinke ich in meinen eigenen.

Weiß treten ihre Knöchel hervor, das Holz biegt sich. Mein Handgelenk ebenso. »Ich habe in deinem Alter doppelt so viel trainiert. Wir gehen heute um dreiundzwanzig Uhr in die Sporthalle.« Sie bohrt die Nägel in mein Fleisch, prägt den Befehl hinein. »Wenn du keine Kraft hast, den Ball zu dribbeln, überlass ihn wenigstens nicht Carla.«

Am Handgelenk zerrt sie mich zu den anderen. Die Nachbesprechung kommt nicht gegen das Dröhnen in meinem Kopf an.

Bin ich so weit von allen anderen entfernt gewesen, dass die Sphäre sich in eine Kurve verwandelt hat? Falle ich hinter ihnen ab? Hat Jeanne mich so oft zerschmettert, dass der Kleber nicht mehr hält?

Eine Stichflamme jagt meinen Arm hinauf. »Wo bist du mit deinen Gedanken?« Jeanne schiebt sich vor mich, ihre Nasenflügel zucken. »An deiner Konzentration müssen wir arbeiten.« Jeden Buchstaben prägt sie mit den Gelnägeln in meine Haut. »Mathilde und ich haben viel zu besprechen. Analysiere dein Spiel und iss vor dem Mittagessen zwei Hände voll Nüsse.«

Folgsam nicke ich, ehe ich im Schatten der anderen zu den Umkleiden laufe. Im Abseits des Teams. Den Kopf gesenkt, lasse ich mir Zeit, um meine Wasserflasche zu suchen.

»Maxine …«

Charlie sitzt neben meinem Rucksack auf der Bank. Bis auf sie, Ellie und Ayumi ist die Umkleide leer.

»Sagt es. Ich bin eine Versagerin.«

»Eine Niederlage im Training entscheidet nicht darüber«, entgegnet Ellie.

»Das ist Jeannes Schuld«, fügt Ayumi an. »Sie kann keine hundert Prozent von dir erwarten, wenn du sie im zusätzlichen Training gibst.«

Charlie streckt eine Hand nach mir aus, ich sinke neben ihr auf die Bank, und sie legt einen Arm um mich. Ihre Nähe pflanzt Blumen in die karge Erde, welche Jeanne in mir übriggelassen hat; ich atme durch die Dornen in meiner Lunge. »Ich wünschte, sie würde erkennen, dass sie Eigentore schießt, wenn sie so mit dir umgeht.«

»Was, wenn ich zu schwach bin, um ihrem Training standzuhalten?« Ich balle die Fäuste, treibe Halbmonde in meine Handflächen, welche die Enttäuschung mit Schmerz zudecken.

Charlie nimmt meine Hände, klar und tief, wie ein Ozean, zieht mich ihr Blick in seinen Bann. »Wenn eine Person ihren Trainingseinheiten gewachsen ist, dann du.«

Ihre Worte schleifen die Kanten meiner Gedanken ab. Automatisch beuge ich mich nach vorne, gebe ihr einen sanften Kuss. Vor Ellie und Ayumi, die in unsere Glaskugel spähen. Die sehen, was Charlie mir bedeutet.

Sie lächelt gegen meinen Mund, zieht sich zurück und legt eine Hand auf meine Wange. »Du bist stärker als du glaubst, und musst diesen Sturm nicht für immer aushalten.«

Aus dem Augenwinkel linse ich zu Ayumi. Ihre Worte von vorhin erfüllen die Luft mit Zuversicht, dass nach dem Sturm etwas standhaft bleibt.

»Können wir dich auf helle Gedanken bringen?« Charlie streicht mir eine Strähne aus dem Gesicht. »Vielleicht im Wellnesscenter?«

Ein Ort, welcher die Türen vor mir verschließt. Der Schlüssel wäre es, meine Rüstung abzulegen, einen Bikini zu tragen. Meine Oberschenkel pressen sich gegen die Bank, darüber spannt der Rock. Ich beiße mir auf die Innenseite der Wange und rücke an die Kante. Vor zehn Tagen habe ich meine Periode als Ausrede benutzt. Viele Leistungssportlerinnen haben unregelmäßige Blutungen, meine bleibt seit einem Dreivierteljahr aus.

»Ich möchte mich kurz hinlegen«, antworte ich. »Jeanne erwartet, dass ich mein Spiel analysiere.«

Charlie seufzt.

Ellie reicht mir einen *Quest Bar*. »Für hellere Gedanken.«

Mit spitzen Fingern nehme ich ihn entgegen. Blueberry Muffin – meine Lieblingssorte. Süß strömt der Duft in meine Atemwege, Blaubeeren, die in meinem Mund verfaulen.

Charlie hält mich fester, als spüre sie das Gewitter in mir.

Wir sprechen über nichts Bestimmtes. Manöver aus Silben, die keiner Strategie folgen. Den Proteinriegel schiebe ich nach unten in die Verpackung, quetsche ihn mitsamt Charlies Vertrauen zusammen.

Im Bungalow presse ich ihn in die Lücke hinter meinem Bett – der letzte Tropfen, bevor die Quelle über die Ufer tritt. Ich muss die Proteinriegel entsorgen, es ist kein Platz mehr. Mein Magen knurrt, bitterer Geschmack füllt meinen Mund … Ich möchte kein Essen verschwenden … Ich kann keine Proteinriegel aus vier Monaten essen … Ablenkung. Meine Fingerspitzen streifen mein iPad, der Bildschirm flackert, als hätte er eine Störung. Schwarze Schwaden sickern in seine Mitte, und die Dunkelheit spült mich fort.

»Maxine!«

Der Kokon des Schlafs zerreißt, ich schrecke auf. Sonnenpfeile stechen mir in die Netzhaut, der Raum dreht sich, Übelkeit steigt in mir auf.

»Was soll das?«

Jeanne ist mein Anker, der mich im Wachzustand hält. Obschon ich mir den Kokon herbeiwünsche, in dem ich weder meinen rumorenden Magen noch das Stechen in meiner Brust spüre.

»Ich bin eingeschlafen.«

»Das sehe ich.« Sie mahlt mit dem Kiefer, ihre starre Maske splittert, wie bei einer Statue, die zu lange der Witterung ausgesetzt ist – dahinter schimmert neben Zorn eine fremde Emotion: Verzweiflung. »Ich mache dir einen Kaffee, danach trainieren wir.« Sie beugt sich zu mir, die Iriden stumpf wie ein abgenutztes Schmuckstück. »Am Wochenende hat

Mathilde einen Termin. Ich fahre Freitagabend zum Auswärtsspiel der Red Lions und kehre Sonntagabend zurück.« Sie bohrt einen Nagel in meine Brust, ein Brennen zuckt hindurch. »Halte dich an deinen Trainingsplan, nimm deinen Ernährungsplan ernst und verschwende keine Zeit mit deinen Teamkameradinnen.« Sie rauscht aus dem Zimmer.

Vor mir liegt ein Wochenende mit Charlie, an dem ich die Regeln schreibe. Zeit mit ihr verbringen, die sich nicht gestohlen anfühlt. Laufen, bis ich meinen Körper nicht mehr spüre. Niemand schreibt mir vor, was ich essen soll.

Vorausgesetzt, ich überstehe die nächsten Trainingstage.

Ich stemme mich auf die Beine, unter meinem Gewicht biegen sie sich wie morsche Zweige, und etwas Hartes sticht in meine Fußsohlen. An dem Bettgestell abgestützt, zwinge ich Luft in meine Atemwege, die sich wie giftige Abgase dort festsetzt. Als hätte ich die klare Luft, welche am Wochenende auf mich wartet, längst verbraucht.

Zorn glüht in mir auf, eine Stichflamme, deren Schein das Zimmer zu rotschimmernden Schlieren verzerrt ... ich muss sie löschen ... oder sie mit Kohle füttern ...

»Der Kaffee wird kalt, wehe du ...«

»Ich komme.« Hat Jeanne das raue Flüstern gehört?

Die Umgebung bleibt auf dem Weg in den Wohnbereich verschwommen, jeder Schritt jagt ein Brennen durch meine Sehnen. Ich brauche Rauch in meinem Kopf, der keinen Schmerz, keine Versagensängste, hindurchlässt. Die Ketten halten mich nicht zurück, sondern ziehen mich in Richtung des zusätzlichen Trainings, das mich schwerelos macht.

Kapitel 28

Taylor Swift – August

00:00 -03:46

Charlie

Der Januar in Sydney sieht aus wie der August in Deutschland.«

»Er fühlt sich auch so an.«

Mein Ton ist pastellfarben wie der Horizont hinter mir. Sophies rau wie das Schneegestöber vor ihrem Fenster.

Seit drei Tagen ist sie in ihrer Wohnung gefangen. Kein Wunder, dass sie an den Strand hat mitkommen wollen. Die Handykamera ist auf den Pazifik gerichtet. Die Sonne schmilzt in den Wellen. Weiches Licht verwandelt die Umgebung in ein Gemälde aus Wasserfarben. Seifenblasen fließen am Horizont ineinander. Wenige Schrittlängen entfernt knistert ein Lagerfeuer. Die erste überstandene Trainingswoche lassen wir ausklingen. Funken schwirren wie Glühwürmchen durch die nach Marshmallows und kalter Pizza duftende Luft.

Es gleicht einer Heimkehr, Sophie an meiner Seite zu haben. Als sei der Pazifik die Ostsee.

»Auf der Südhalbkugel wäre mein Geburtstag im Sommer.«

Salziger Wind sät Gänsehaut auf meinen Armen.

Ich drehe die Handykamera. Sophies türkisblaue Augen gleichen einem Meer bei Nacht, die Unterlippe hat sie zwischen die Zähne gezogen.

»Erinnere mich nicht daran, dass wir ihn nicht zusammen verbringen.«

»Am liebsten würde ich zu dir fliegen.« Sie rümpft die Nase. »Verdammte Klausurphase.«

Ich stütze das Kinn auf den angezogenen Knien ab. »Wem sagst du das?«

»Nächstes Jahr kommst du zu meiner Taylor-Swift-Party.«

Mein Herz wird warm. Auf meinen Lippen glimmt ein Lächeln auf, das Sophies spiegelt. »Die lasse ich mir nicht entgehen. *Fearless*-Taylor und *reputation*-Taylor müssen ihr Comeback feiern.«

»Du kannst Maxine mitbringen.«

»Das würde ich gerne.«

Über ein Jahr. Eine leere Leinwand. Wir zeichnen unsere Verbindung mit Bleistift. Radieren Grenzen, schaffen neue. Aus Angst, zu lange *wir* zu sagen, schreiben wir das Wort jeden Tag neu. Es ist vergänglich wie Abende im August, an denen das Licht sich um neun Uhr von der Welt zurückzieht und der Sand um zweiundzwanzig Uhr zu kühl ist, um ohne eine Decke am Strand zu sitzen.

Ich wünsche mir mehr als einen Januar, der sich wie August anfühlt. Maxine an meiner Seite bei der Hochzeit und auf Sophies Taylor-Swift-Party.

Seit das Training angefangen hat, fühlt sich Maxine zerbrechlicher als das *Wir* an. Wie eine Sonnenblume im Herbst, der ihre Gelbnuancen entzogen werden. Als ertrinke sie in dem Wasser aus Jeannes zusätzlichem Training.

»Sind wir im selben Universum?«

Blinzelnd kehre ich aus der Gedankenspirale in die Unterhaltung zurück. »Entschuldige.«

Sie legt den Kopf schief. »Du möchtest Maxine mitbringen, aber …?«

»Wir sind nicht offiziell zusammen. So weit in die Zukunft planen wir nicht.«

»Wegen Jeanne?« Sie plustert die Wangen auf. »Ich kann nicht glauben, dass sie einmal mein Vorbild war.«

Sophies Fotografie von Jeanne ist nicht vollständig entwickelt. Sie würde in den nächsten Flieger steigen, sobald sie alle Details sieht.

»Ich auch nicht.«

Sie öffnet den Mund, da geht in ihrem Gesicht die Sonne auf. »Sieht so aus, als würde ich sie endlich kennenlernen.« Meine verdutzte Miene lässt sie auflachen. »Maxine natürlich.«

Ich schaue über die Schulter. Im Licht der untergehenden Sonne verschmilzt ihr Haar mit der Dämmerung. Ihre Umrisse flimmern, was mir ihre Vergänglichkeit bewusst macht.

Zögerlichen Schrittes nähert sie sich mir. »Störe ich?«

Ich strecke eine Hand nach ihr aus. Ohne den Schutz der Dunkelheit. Jeanne und ihr geladener Revolver sind auf dem Weg zu dem Auswärtsspiel der Red Lions. »Sophie würde dich gerne kennenlernen.«

»Ich sie auch.« Sie streicht ihr weißes Leinenkleid glatt, auf dem Sonnenblumen prangen. Neben mir setzt sie sich in den Sand, die Beine von sich gestreckt und angespannt, sodass sie die goldschimmernde Sanddecke nicht berühren.

Mein Herz fühlt sich wie ein Hockeyball an, der Tor um Tor verfehlt. Meine beste Freundin trifft die Frau, in die ich mich verliebt habe. Deren Mutter einmal unser Vorbild gewesen ist. Ihr Poster an unseren Wänden, ihre Matches, die wir analysiert haben. Meine Handflächen sind schwitzig, ich reibe sie aneinander.

Maxine rückt zu mir, verschränkt unsere Finger.

Tief durchatmend lehne ich mich an sie. Feldhockey ist der Strick um ihren Hals. Für Sophie ist der Sport eine Leidenschaft. Auf Jeanne darf sie Maxine nicht ansprechen. Hätte ich ihr die ganze Wahrheit erzählen sollen?

Sophie räuspert sich. »Schön, dich kennenzulernen.«

»Das finde ich auch.« Maxine zwirbelt eine Strähne um den Zeigefinger. »Charlie hat erzählt, dass ihr mal gemeinsam überlegt habt, an die Academy zu gehen.«

»Stimmt.«

»Wieso hast du dich gegen eine Karriere im Leistungssport entschieden?« Ein Wispern, schwer von Unglauben.

»Für mich war das eine Fantasie. Ich wollte immer Lehrerin werden.«

Ein Knoten in meiner Brust löst sich. Das Gespräch entfernt sich aus Jeannes Orbit.

»Sie war immer Klassensprecherin und hat ihren Job etwas zu ernst genommen.« Ich grinse. »Es war gar nicht offensichtlich.«

Schmunzelnd verdreht Sophie die Augen. »Feldhockey ist meine Leidenschaft, die nicht durch Druck kaputtgehen soll. Lieber bringe ich

Schüler*innen bei, worauf es im Sport ankommt: Teamgeist, Spaß und ein Gefühl der Freiheit.«

»Das klingt nach einer Berufung. Wäre ich nicht Leistungssportlerin, würde ich gerne mit Kindern und Jugendlichen arbeiten.« Maxine legt den Kopf in den Nacken. Pastellfarbene Pinselstriche verbinden die Sommersprossen auf ihrer Haut; knüpfen Verbindungen, aus denen neue Galaxien entstehen, die sich in ihren Augen spiegeln. »Nicht als Lehrerin; ich möchte nicht diejenige sein, die Urteile über andere fällt und ihre Leistung misst …« Unter dem sehnsuchtsvollen Ausdruck schimmert Entschlossenheit. »… sondern ihnen eine Hand reichen. In einem anderen Leben hätte ich Psychologie studiert und wäre Kinder- und Jugendtherapeutin.«

Ihre Worte schlagen eine Note wie erstes Vogelzwitschern nach dem Winter in mir an. Mein Arm gleitet um ihre Taille. Als könne sie dieses Echo eines Traumes in einem Glas einfangen, bevor es verklingt, wenn ich sie dabei festhalte; ihr zeige, dass es in Ordnung ist, die Träume zu bewahren, welche durch die Risse in ihren Käfig dringen.

»Das kannst du immer noch. Du musst nicht Trainerin werden, wenn du nicht mehr auf dem Feld stehst.« Hinter Sophie tröpfelt Sonnenlicht durch die Schneewolken. Hüllt sie in dasselbe warme Gold, welches ihren Ton färbt. »Für neue Träume ist es nie zu spät. Wenn du aus einem erwachst, folgt der nächste.«

In Maxines Augen bricht das Abendlicht. Wie ein Polarstern, der in ihr aufglüht und ihr den Weg weist. »Das klingt schön.« Sie schluckt. »Was, wenn einer der Träume ein Albtraum ist?«

»Dann stehst du ihn durch, bis in deinem Kopf Platz für einen neuen Traum ist.«

Sie legt den Kopf schief. »Lernst du in deinem Studium, immer das Richtige zu sagen?«

Sophie zwinkert ihr zu. »Zumindest lerne ich, mich in andere hineinzuversetzen. Aber ich würde nie lügen, weil mein Gegenüber das hören möchte.«

Mein Magen zieht sich zusammen, wie ein Papier, das sich mit Wasser vollsaugt. Getränkt mit den Halbwahrheiten über Jeanne und das

Ephedrin. Nach dem Oceania Summer Cup werde ich Sophie Jeannes Spielplan zeigen.

»Erzähl mir von deinem Studium.«

Als Zuschauerin verfolge ich die Pässe der beiden. Sophie, die gewonnen hat, und Maxine, der sich Möglichkeiten eröffnen, auf ein neues Tor zu zielen.

Sophie verabschiedet sich eine Minute vor ihrer Online-Vorlesung. Mit dem Versprechen auf ein weiteres Telefonat.

Maxine lehnt den Kopf an meine Schulter. »Du hast eine großartige beste Freundin.«

»Ich weiß.« Mit den Fingerspitzen zeichne ich Kreise um die Sommersprossen auf ihren Armen. »Ich suche mir immer die richtigen Menschen aus.«

Sie schmiegt sich an mich. »Sie alle sagen das Richtige zu mir.«

»Das heißt, du würdest gerne Psychologie studieren?«

Unsicherheit und Hoffnung zeichnen ihre Züge, ein Tanz von Licht und Schatten, wie der Dämmerungshimmel. »Die Noten, um mich dafür einzuschreiben, habe ich, und ich habe einige Bücher über Psychologie gelesen. Zeit, mich damit zu beschäftigen, was nach meiner Karriere auf mich wartet, hatte ich nie.« Sie zieht die Schultern ein. »Bis dahin steht mir mindestens eine Dekade auf dem Feld bevor, in der ich ein Superlativ sein muss.«

Ich lege eine Hand auf ihre Wange. »Das stehe ich mit dir durch.«

Über ihr Gesicht huscht eine Verletzlichkeit, wie Tau auf zarten Grashalmen. »Eine Dekade lang?«

»Wenn du das möchtest.«

Ihr Mund streift meinen. Ein zartes Versprechen, warm wie das letzte Licht des Tages. Darauf, dass auf diesen Januar, der sich wie August anfühlt, weitere folgen. »Reicht das als Antwort?«

»Ja.«

»Vielleicht ist Jeanne in dieser Dekade nicht für immer meine Trainerin. Sollte ich in der Nationalmannschaft spielen oder für Olympia, überwacht sie nicht mehr jeden meiner Schritte. Dann könnte Feldhockey für mich eine Leidenschaft werden.« Sie beißt sich auf die

Innenseite der Wange. »Lass uns nicht über sie sprechen und die achtundvierzig Stunden ohne sie nutzen.«

Achtundvierzig Stunden. Maxine und ich. Vor einem Horizont, unendlich wie das silberglänzende Universum in ihren Augen. Dahinter schimmert Dunkelheit. Der Abgrund in ihr. »Versprichst du mir etwas?«

»Was denn?«

Ich umfasse ihr Gesicht mit beiden Händen. Wispere die Worte nahe an ihren Lippen: »Gönn dir eine Auszeit. Kein Joggen, kein Blick auf Jeannes Trainingsplan. Wenn du ausgeruht in die Woche startest, ist sie Montag beim Training stolz darauf, wie konzentriert du spielst.«

Sie zupft ihr Kleid zurecht. »Sonntag. Sie wird mich nicht ohne Training ins Bett schicken.«

Ich presse die Kiefer zusammen. »Umso schlimmer.«

»Was, wenn ich wegen der Trainingspause versage?«

»Das wirst du nicht. Sie gibt dir neue Energie.«

»In Ordnung.« Ein Wispern mit Angst zwischen den Zeilen.

Bleibe ich achtundvierzig Stunden an ihrer Seite, hat sie keine Wahl. Eine Erkenntnis, die meine Atemwege verengt. Bin ich besser als Jeanne, wenn ich sie einsperre?

»Die Zeit verbringe ich lieber mit dir.« Ein Schmunzeln stiehlt sich auf ihr Gesicht. »Ich habe einen Plan.« Sie wirft einen Blick nach Westen. Der Bungalow ist ein verschwommener Schemen am Horizont. »Wir machen ihr Königreich zu unserem.«

Ein warmes Kribbeln rieselt durch meine Adern. »Nichts lieber als das.«

Sie gibt mir einen Kuss. »Wollen wir zu den anderen gehen, bevor wir Jeannes Königreich erobern?«

Am liebsten möchte ich mit ihr eine Sandburg bauen, die uns gehört. Abseits der anderen. Weil sich Abseits mit ihr wie das entscheidende Tor anfühlt. Dafür ist genügend Zeit. Dekaden, hat sie gesagt.

An der Hand führe ich sie zum Lagerfeuer. Léon reicht Maxine eine Glasflasche Vanille Cola Zero, mir eine Sprite. Hinter dem Flammenschein bedenkt uns Letizia mit erhobenen Brauen.

Maxine versteift sich.

»Wieso sollte sie Jeanne von uns erzählen?«, flüstere ich ihr ins Ohr; ihre Anspannung bleibt.

Wir schwimmen auf den Wellen des Gesprächs. Ich esse Pizza und Marshmallows. Maxines Teller bleibt leer. Ich fordere sie nicht auf zu essen. Nicht vor den anderen. Sind die nächsten achtundvierzig Stunden der Zeitpunkt für dieses Gespräch? So kurz vor dem Oceania Summer Cup? Andererseits verblutet Maxine an den Wunden, welche sie sich zusätzlich zu Jeannes zufügt. Langsam, mit stumpfer, rostiger Klinge. Maxine, deren Augen im Flammenschein strahlen. Die mit einem warmen Ausdruck auf dem Gesicht mit Viona und Léon über Tattoos spricht.

»Kommt ihr mit ins Wasser?«, fragt Ayumi in die Runde.

Letizia und Teresa nicken. Ellie tut es ihnen nach, der Rest der Mannschaften folgt.

»Ich bleibe hier«, murmelt Maxine und dreht meinen Kopf in ihre Richtung. »Léon und Viona passen auf mich auf. Geh schon. Der Pazifik ruft dich.«

Ich gebe ihr einen Kuss und folge den anderen.

Auf halbem Weg hakt sich Letizia bei mir unter. Wolkenvorhänge verhüllen den Mond, ihr Gesicht liegt im Schatten. »Deshalb ist dir der Platz bei den Golden Foxes egal? Du wirfst deine Karriere für *sie* weg? Obwohl Jeanne dich als ihre größte Konkurrentin sieht?«

Am Semesterbeginn wären die Silben spitz gewesen. Jetzt prallen sie stumpf gegen eine Mauer. »Ich werfe nichts weg, vor allem, seitdem wir in derselben Liga spielen, und habe längst gewonnen. Den Platz bei den Golden Foxes wird sich eine von uns fair erspielen. Ich hoffe, dass es Maxine ist. Sie braucht ihn mehr als ich.« Ich schüttle ihren Arm ab.

Über die Schulter schaue ich zu Maxine, deren Silhouette sich vor dem Feuerschein abhebt. Ich überlasse ihr den Platz, wenn das bedeutet, dass Jeanne sie durchatmen lässt. Obschon sich das Gefühl in mir einnistet, dass auf ihrem Plan neue Wege stehen, ihr die Luft abzudrücken.

***

Maxine öffnet die Bungalowtür. Abgestandene Luft strömt uns entgegen. Dickflüssig wie die Schatten dahinter. »Willkommen in unserem Königreich für die nächsten zweiundvierzig Stunden.«

Sie betätigt den Lichtschalter. Aus der Finsternis formen sich Möbel, welche eine Kälte ausstrahlen, die mir unter die Knochen dringt. Täglich bin ich während Maxines Verletzung hier gewesen. In einem Bungalow ohne Seele. Mit kahlen Wänden, ohne eine Falte in den Sofakissen oder Krümel auf dem Esstisch. Als hätte Jeannes Schneesturm hier gewütet und kargen Boden übriggelassen.

»Ist das genug Zeit, um es mit Leben zu füllen?«

»Ja.«

Ich muss laut gedacht haben.

An der Hand zieht sie mich über die Schwelle. Hinter mir schließt sich die Tür – eine Schutzmauer zwischen uns und einer Welt, in der wir nicht existieren.

»Der Bungalow sieht aus wie eine dieser Wohnungen aus Immobilienprospekten, obwohl wir seit drei Monaten hier wohnen.« Schatten gleiten über ihre Miene. »Unser alter ist schlimmer gewesen. Jeanne hat die Wände mit Zeitungsartikeln und Fotos von sich selbst tapeziert. Jeden meiner Schritte hat sie beobachtet und mich daran erinnert, wer ich niemals sein werde.«

Die freie Hand lege ich auf ihre Wange. »Für die nächsten zweiundvierzig Stunden spielt nichts davon eine Rolle.«

Silbersterne glimmen in ihren Augen auf. Ihre Mundwinkel biegen sich nach oben. Ohne dass das Lächeln ihre Lippen verlässt, küsst sie mich. Ehe ich Gelegenheit habe, den Kuss zu vertiefen, zieht sie sich von mir zurück. »So viel Zeit habe ich noch nie ohne sie verbracht.« Ihre Stimme überschlägt sich. Die Maxine aus dem Luna Park ist an ihre Stelle getreten. Voller Begeisterung wie ein kleines Mädchen, das es nie gegeben hat. Zu schnell hat sie erwachsen werden müssen. »Ich möchte alles tun und weiß nicht, womit wir anfangen sollen.« Sie tritt von einem Fuß auf den anderen. »Wir brauchen eine Liste. Ein Notizbuch und Stifte liegen auf meinem Nachttisch. Ich mache uns einen Kaffee. Die kostbare Zeit möchte ich nicht mit Schlaf verschwenden.«

Vielleicht solltest du das. Ich würde dich zweiundvierzig Stunden festhalten und schlafen lassen, wenn das bedeutet, dass du Jeannes Training danach durchstehst. Dass sie dir nicht wehtut.

»Einverstanden.« Meine Lippen streifen ihre. Verharren länger, als sie müssten. In wenigen Minuten haben wir einander wieder. Dennoch fühlt sich jeder Kuss wie ein Abschied auf unbestimmte Zeit an.

Maxines Schlafzimmer ist so seelenlos wie der Bungalow. Wie würde sie es einrichten, wenn es ihr Zufluchtsort statt ihres Käfigs wäre?

Notizbücher stapeln sich auf ihrem Nachttisch. Das oberste ist aufgeschlagen. Anmerkungen zu unserem heutigen Training in präziser Handschrift. Halb herausgerissen ragt eine Seite hervor. Leuchtreklamen gleich stechen mir die Worte ins Auge.

ich habe keine Körperspannung
~~**und keine Muskeln, weil da nur Fettzellen sind**~~
kein Torschuss war kräftig genug
ich passe den anderen zu oft den Ball zu, weil ich unsicher bin
~~**meine Beine haben sich beim Laufen berührt**~~
~~**das Trikot passt mir**~~
~~**oder ist es zu eng?**~~
~~**ich habe nicht**~~

Das letzte Wort ist ein Loch. So fest durchgestrichen, als hätte sie den Gedanken ausradieren wollen. Aus dem Loch wächst ein Wort. Verschwommen hinter einem kristallenen Vorhang.

Ich habe nicht abgenommen.

Ich presse mir eine Hand vor den Mund.

Lucie blutet auf Klaviertasten, Maxine auf Papier. Tropfen, die einen Schleier zwischen ihr und der Wahrheit weben.

Ist dieses Wochenende der richtige Zeitpunkt für ein Gespräch? Ist es bald zu spät, mir diese Frage zu stellen?

Mit dem Handrücken wische ich die Tränen fort; und den Wunsch, Maxine den Schleier vor die Füße zu werfen. Nach doppeltem Training ist sie nicht aufnahmefähig.

Mit Notizbuch und Stiften trete ich in den Wohnbereich.

Kaffeeduft steigt mir in die Nase. Schwer und bitter wie meine Gedanken.

Maxine balanciert eine randvolle gläserne Kaffeekanne sowie zwei Tassen zum Wohnzimmertisch. »Möchtest du etwas zu essen?«

Die Gegenfrage schlucke ich herunter. »Ich schaue im Kühlschrank nach.«

Neben Beeren tummeln sich angebrochene Magerquarkverpackungen sowie Eier und eineinhalb Avocados. Wenn ich etwas esse und niemand anders zusieht ... Beflügelt von dem Gedanken nehme ich mir zwei Magerquarkverpackungen sowie eine mit Blaubeeren und zwei Löffel.

Maxines Blick meidend stelle ich das Essen neben dem Tablett ab. »Falls du etwas möchtest.« Stift und Notizbuch reiche ich ihr. Atme tief ein. Betrachte sie auf der Suche nach neuen Rissen in dem Gemälde, das mich in seinen Bann zieht. So vertraut, dass mir Kratzspuren nicht auffallen. Sind ihre Augenringe tiefer? Ihr Gesicht schmaler? Hat sie abgenommen? Eine Person täglich zu sehen, bedeutet, kleine Veränderungen nicht wahrzunehmen. Schmetterlingsflügelschläge, die einen Orkan auslösen könnten.

Ich schlucke trocken. »Lass uns die Liste schreiben.«

Maxine lehnt den Kopf an meine Schulter, ich lege einen Arm um sie.

Ich rühre Blaubeeren in meinen Magerquark. »Was möchtest du als Erstes machen?«

Sie nippt an ihrem Kaffee. »Den *Eras-Tour*-Film schauen. Mein erster und einziger Versuch ist gescheitert. Jeanne hat mich bei *tolerate it* erwischt und alle Streaming-Dienste auf meinem iPad gesperrt. Der Film ist mein Ersatz für alle Konzerte, auf die ich nie gehen werde.«

»Du meinst ein Ersatz für alle, auf denen du nicht gewesen bist. Irgendwann gehen wir zusammen auf jedes Konzert, auf das du möchtest.«

Sie schmiegt sich an mich. »Der Punkt kommt auf eine andere Liste.«

Auf den ersten Punkt folgen weitere. Steine im Fundament unseres Luftschlosses, das wir zur Festung machen.

Mein Löffel schabt über den Boden der Magerquarkverpackung.

Mit spitzen Fingern greift Maxine nach der zweiten. Verkrampft hält sie den Löffel. Schluckt, kaum hat sie ihn zum Mund geführt. Verzieht das Gesicht, nimmt einen zweiten Löffel.

Ein Gewicht fällt von mir ab, ich atme aus. Beobachtet soll sie sich nicht fühlen. Einen Fixpunkt suchend, richte ich den Fokus auf Maxines präzise Lettern.

den *Eras-Tour*-Film schauen
Freundschaftsarmbänder basteln
mit Ayumi, Viona und Ellie den *Saw*-Marathon beenden
Charlie ~~Eiweiß~~rührei zum Frühstück machen
Tattoo-Ideen sammeln
Maxine ein Kleid für die Hochzeit aussuchen
im Speisesaal essen
mit den anderen Mario Party spielen
***DARK* schauen (damit Maxine Deutsch lernt, für die Hochzeit)**
eine Sandburg bauen (die bleibt, wenn wir diese Festung verlassen müssen)
Zeit am Meer verbringen

»Das ist ein Plan.« Klirrend kommt der Löffel mit ihren Zähnen in Berührung. »Jetzt möchte ich mein erstes Konzert erleben.« Das Metall schabt über den Plastikboden. Ihre Finger beben, eine Löffelspitze schiebt sie sich in den Mund, ehe sie den Deckel herunterklappt.

Süße verströmend zerplatzt eine Blaubeere in meinem Mund. Das ist ein Anfang.

Maxine bringt die leeren Magerquarkverpackungen in den Mülleimer. Mit meinem iPad kehrt sie zurück – auf ihrem ist in Jeannes Abwesenheit das WLAN gesperrt.

Ihr Kopf gleitet auf meine Schulter. Ich küsse sie auf die Schläfe. Eine Seifenblase der Ruhe umgibt uns. Gewoben aus Taylors Stimme. Auf dem Fundament des Bühnenbilds der *Eras Tour*, deren Ablauf Maxine mit großen Augen unregelmäßig atmend verfolgt.

Nach mehrmaligem Ansehen hat die Tour nichts von ihrer Magie verloren. Ich bin ein Teil der Menge. Atme adrenalinschwere Luft, die Strom gleich durch meine Adern prickelt.

»Das ist Sophies liebste Era.« – *Fearless*

Maxine sagt nichts, als ich während *marjorie* den Ton ausschalte. Hält mich fest, bis ich bei *reputation* freier atme.

»Der Song wird auf der Hochzeit so oft laufen, dass du ihn nie wieder hören möchtest.« – *Enchanted*

Zu *All Too Well (10 Minute Version)* mischt sich ein ersticktes Schluchzen.

»So endet unsere Geschichte nicht«, flüstere ich ihr ins Ohr, und sie kuschelt sich an mich.

Mit dem fallenden Schnee am Ende der Performance versiegen ihre Tränen.

Nach den ersten Noten von *august* ist ihr Atem gleichmäßig, ihre Augen geschlossen. Sanft streiche ich ihr durchs Haar. Wie Fragmente der Morgenröte verfangen sich erdbeerblonde Strähnen unter meinen Nägeln.

Meine Kehle schnürt sich zu. Das ist nicht unser Song. Wir sind mehr als ein Januar, der sich anfühlt wie August. Mehr als ein australischer Sommer.

Taylors Silhouette auf dem Bildschirm wird schwarz-weiß wie mein Inneres. *illicit affairs* zerreißt etwas in mir. Taylors Verzweiflung bringt meine eigene an die Oberfläche.

Bei *my tears ricochet* halte ich die Tränen nicht zurück. Glitzernde Perlen verfangen sich in Maxines Haaren.

Der Song fühlt sich wie ein Ende an. Die letzte Bridge gefällt mir nicht.

Kapitel 29

Taylor Swift – King Of My Heart

00:00 -03:46

Maxine

Die Taubheit meines Traumes weicht dem unregelmäßigen Takt meines Atems. Ich liege auf härterem schmalerem Untergrund als sonst. Nach Luft schnappend schrecke ich auf, verschwommene Schemen zucken vor meinen Augen.

»Es ist alles in Ordnung.« Weiche Lippen streifen meinen Haaransatz. »Du musst keine Angst haben … Oder hattest du einen Albtraum?«

Charlie ist die Böe, welche den Nebel aus meinem Kopf vertreibt.

Zartes Licht diffundiert durch die Vorhänge, Gold flutet den Wohnbereich, ohne die Schatten weichzuzeichnen. Scharfkantig und düster wie Jeannes Geist überdauern sie in ihrer Abwesenheit.

»Wie spät ist es?«

»Halb zwölf.«

Verschwendete Zeit – Sand, der zwischen meinen Fingern hindurchgerieselt ist. »Wieso hast du mich nicht geweckt?«

Sie legt eine Hand auf meine Wange. »Du brauchst eine Auszeit. Schlaf gehört dazu.«

In der Luft schwebt der Duft von Kaffee und Rührei, das ich für Charlie hatte zubereiten wollen. Bitter sammelt er sich in meinem Mund, der letzte Nebelfetzen über meinem Geist verweht. Meine Fesseln haben einen Namen: Sportpause. Hat Charlie recht? Ist die Auszeit ein Motor für Höchstleistungen oder rosten meine Zahnräder, wenn ich sie nicht nutze? Beinahe frage ich, ob wir joggen gehen wollen. Charlie würde verneinen … Etwas sagt mir, dass das nicht alles ist. Ein Pixel fehlt, ich erkenne das Gesamtbild nicht. Als sei dieser

Film geschnitten worden, um die nächste Szene hinzuzufügen – Charlie kennt die ursprüngliche Fassung.

»Zerbrich dir nicht den Kopf. Wir haben Zeit.« Ihre Lippen finden meine für einen zarten Kuss. Wärme rinnt durch meine Adern, die Gedankenspirale stoppt. »Nach dem Frühstück habe ich eine Überraschung für dich.«

»Ich mag keine Überraschungen.«

Sie hebt eine Augenbraue. »Dein Weihnachtsgeschenk magst du also nicht?«

Unwillkürlich lache ich. »Doch, und heute werde ich es den ganzen Tag tragen.«

»Das freut mich.« Um ihre Mundwinkel zuckt es. »Es wäre aber nicht vorteilhaft.«

»Noch eine Überraschung?«

Ihre Augen funkeln. »Das siehst du nach dem Frühstück und dem zweiten Versuch, den *Eras-Tour*-Film zu schauen.«

Frühstück ... Ein dunkler Ton, der in mir anklingt. Auf dem Wohnzimmertisch stehen eine gläserne Kaffeekanne, zwei Tassen sowie Rührei in einer dampfenden Pfanne, ein Brotkorb und eine Avocado. Mein Magen zieht sich zusammen, da fallen mir die Schnüre und Perlen daneben auf.

Charlie legt einen Arm um meine Taille. »So haken wir zwei Punkte ab.«

Am liebsten möchte ich nach den schimmernden Perlen greifen. Meinen Gedanken eine Schnur geben, an der sie sich entlanghangeln. Um den Schein zu wahren, gieße ich uns je eine Tasse Kaffee ein.

Charlie sortiert die Buchstabenperlen, aus dem Augenwinkel beobachtet sie meinen leeren Teller.

Zum zweiten Mal entgleitet mir der Schnitt, knurrend zieht sich mein Magen zusammen. Scham schnürt mir die Kehle zu ... Wenn sie die Magerquarkverpackung von gestern sehen würde ... Wenn sie wüsste, was ich bis zu Jeannes Rückkehr vorhabe.

Ich schöpfe Rührei auf meinen Teller, bestreiche eine Scheibe Eiweißbrot mit einer Messerspitze Avocado. Eine Gabel schiebe ich mir in den

Mund, ein Fettfilm breitet sich auf meiner Zunge aus, trieft durch meine Poren, droht, mir die Kontrolle zu entreißen.

Scharlachrote Perlen bannen meine Aufmerksamkeit. »Ich möchte ein *All-Too-Well*-Armband.«

Charlie zieht mich an sich, eine Falte ziert ihre Stirn. »Das ist nicht unser Song.«

»Ich weiß.« Ihr Kuss schmeckt nach Kaffee, Rührei und Hoffnung, die in mir zarte Triebe streut. »Berührt hat er mich trotzdem.«

Sie schiebt Perlen in Rotnuancen und Gold zu mir– Morgenrötefarben.

Ihre sind einem Schwarz-Weiß-Film entsprungen, Buchstaben legt sie zu dem Wort *august* zurecht. »So hat sich der Tag gestern angefühlt. Ich bin gespannt, welches Armband mich an heute erinnern wird.«

Heute – ein Meer unbegrenzter Möglichkeiten. Treibend auf den Wellen eines Gesprächs über den Film, fädeln wir die Perlen auf. Ich lasse mir Zeit, nippe an meinem Kaffee. Brot und Rührei schiebe ich in meine Serviette, wenn Charlie nicht hinsieht, spüle den Gedanken an Essen aus meinem Kopf. Sieht sie hin, atmet sie auf. Als nehme mein sich leerender Teller ihr eine Last von den Schultern – eine, die mir das Essen auferlegen würde. Dornen des schlechten Gewissens winden sich durch meine Eingeweide. Ranken, die sich um das Konstrukt der Normalität zwischen uns schlingen und zudrücken.

***

Manchmal wünschte ich, Luft wäre mein Element und ich wäre leichter als sie. Ohne eine Schwimmweste, die meine Bewegungen behindert, und Shorts, aus denen meine Schenkel hervorquellen. Charlie hat mir aufgetragen, sie anzuziehen. Mein einziges Paar aus weißer Spitze, das meine Beine nicht berührt und wie Stacheldraht meine Haut durchdringt, am Bund rutscht es, obschon es fest verschnürt ist.

Flammen durchzucken meine Arme. Die Gewissheit, dass meine Muskeln ohne Sport nicht rosten. Als Workout hat Charlie die Kajaktour nicht gebucht, dennoch atme ich den Qualm des Feuers ein, rudere, bis ich meine Arme nicht spüre und heiße ihn als Barriere zwischen meinen Sinnen und mir willkommen.

Wellen branden gegen den sonnengelben Rumpf des Kajaks. Warm legt sich die salzige Brise auf meine Haut. Am Horizont fließen der Pazifik und der Himmel als tiefblaue Unendlichkeit ineinander.

Um mich schwerelos zu fühlen, muss ich nicht leichter sein als Luft, mein Aufwind ist das Meer, und Wasser ist mein Element. Meistens als Eis, starr und unverformbar. Gerade fühle ich mich fließend und in stetiger Bewegung. In anderen Momenten wünschte ich zu verdunsten.

Léon und Viona rudern eine Kajaklänge vor uns. Vionas Tattoo zeichnet sich von der ockerfarbenen Haut ihrer Schulter ab: *1989* mit einem Zitat aus *New Romantics*, darüber schwebt eine Möwe. Sonnenschimmer verwandelt ihr Haar in Rosenquarz, Léons in flüssige Bronze. Als Profischwimmer ist Wasser sein Element ... Wäre ich in einem anderen Leben an seiner Stelle, um mir die Wellen zu eigen zu machen? Nicht, wenn das bedeuten würde, die Schwerelosigkeit für Erfolg zu ertränken.

Der Käfig aus Wolkenkratzern und in ewigem Weiß erstarrten Bungalows hat uns freigelassen. Wir befinden uns in einem anderen Sydney, welches der Mensch nicht erobert hat. Immergrüne Baumkronen bilden ein Dach, mit ihren langen Ästen verneigen sie sich vor uns. Meine Heimatstadt habe ich mir nicht ausgesucht, diese Seite ihrer Geschichte könnte ich täglich lesen.

»Sind das ...«

Ayumis Stimme lenkt meine Aufmerksamkeit auf zwei Schemen unter der Wasseroberfläche. Meine Hand um das Ruder verkrampft sich.

»Das sind keine Haie.« Charlies Stimme ist warm und gleißend, wie die Wasserperlen auf zwei Flossen.

Eine Handbreit von mir entfernt tauchen zwei Delfine auf. Mit goldenem Pinsel zeichnet die Sonne Ornamente auf ihre Haut, verwandelt sie in Kinder des Firmaments und des Meeres.

Ich widerstehe dem Impuls, die Hand nach den Tieren auszustrecken.

Der kleinere Delfin schwimmt auf mich zu, tiefe Ruhe durchströmt mich – er wird mir nichts tun. Mit der Schnauze stupst er das Kajak an, taucht darunter hindurch und bringt uns ins Schwanken. Auf der anderen Seite erhebt er sich aus dem Wasser, springt empor, und Gischt spritzt mir ins Gesicht. Das Kajak schaukelt, die Zeit steht still. Der Delfin kommt der Sonne so nahe, als wolle er sie küssen. Pfeilschnell taucht er unter, hinter uns erklingt ein Platschen, der Größere gleitet an seine Seite, und sie fallen in die Umarmung des Ozeans.

Für einen angehaltenen Atemzug erwarte ich, dass sie erneut auftauchen. Das Wasser bleibt still, winzige Wellenwirbel erinnern daran, dass sie bei uns gewesen sind.

»Sie nähern sich Tourist*innen selten«, bricht Léon die Stille. »Wir haben Glück gehabt.«

»Das verdienen wir«, wispert Charlie. Ihre Augen sind klar und von denselben Blautönen wie unsere Umgebung.

Ich strecke eine Hand nach ihr aus, ihre Finger gleiten zwischen meine. »Und sie haben mich glücklich gemacht.«

So glücklich, dass mich ein kalter Schauer durchzuckt. Glück ist fragil wie Muschelschalen – so leicht zu zerbrechen, dass ich mich an jedem Fragment festhalte, bevor Jeanne es mir entreißt.

***

Die Kajaktour hat an demselben Strandstück in Middle Harbour geendet, wo sie begonnen hat. Wir haben uns auf einen Fleck sonnenwarmen Sand abseits zurückgezogen. Gischt umspült meine nackten Zehen, die Knie habe ich aufgestellt, mein Steißbein pocht, und das Feuer in meinen Muskeln überdauert. Als Charlie mir aus dem Kajak geholfen hat, ist ein Sepiafilter über die Welt geglitten, nach einem Schluck Vanille Cola Zero sind ihre Konturen schärfer geworden.

Léon hat Waffeln aus der Küche mitgenommen und sich daran erinnert, was ich am liebsten trinke.

Wie eine Tänzerin auf einem Drahtseil plane ich jede Bewegung. Sobald die anderen sich abwenden, reiße ich einen Fetzen von der Waffel ab, der Sand begräbt sie unter sich. Die Möwen werden sich freuen, dennoch schnürt mir das schlechte Gewissen die Luft ab. Umgeben von diesen Menschen, an Charlies Schulter gelehnt, und der Melodie ihrer

Stimmen lauschend, die nicht zu einem Hämmern hinter meinen Schläfen werden, nehme ich nicht zu viel Platz ein.

Dennoch sind da der rutschende Bund meiner Shorts, über den sich mein Bauch beim Atmen wölbt, und meine Beine, die sich anfühlen, als würden sie nicht zu mir gehören. Greife ich nach ihnen, streife ich Luft oder etwas Hartes.

Mein Magen rumort, ich nehme einen Schluck Vanille Cola Zero. Das Rumoren wird lauter, als schreie mein Körper nach etwas.

Die anderen essen ihre Waffeln mit einer Leichtigkeit, die meine Brust mit Steinen beschwert. Was, wenn ich essen würde? Wenn ich nicht gegen das Rumoren kämpfen würde, wie auf Vionas Party?

Mit dem nächsten Stück Waffel versinkt der Gedanke im Sand.

Dann verliere ich das einzige Ass in meiner Hand. Die Freundin, die mir bleibt, sobald Jeanne mir alles wegnimmt. Sport habe ich heute keinen gemacht, ich könnte die Kalorien nicht kompensieren ...

»Ist alles in Ordnung?«, flüstert Charlie mir ins Ohr.

»J-ja ... i-ich ...« Ein Schluck Vanille Cola Zero stoppt das Rumoren und lenkt meine Gedanken auf die erstbeste Frage. Charlie wird keinen Verdacht schöpfen, dass die Gedanken aus Gold und Immergrün sich mit Schwarz mischen. »Ich denke an unser Gespräch gestern. Was würdet ihr machen, wenn euer Traum nicht der Leistungssport wäre?«

Léon schiebt sich den Rest seiner Waffel in den Mund. »Mit einem Boot die Welt umsegeln.«

Viona schnaubt.

Er legt einen Arm um sie. »Nicht allein. Oder hättest du andere Pläne?«

Sie lehnt den Kopf an seine Schulter. »Ich lebe im Jetzt. Darüber denke ich nicht nach.«

»Ich wäre Konditorin geworden, wie mein Vater, hätte mir aber etwas Eigenes aufgebaut«, meint Ayumi.

Ellie platziert Erdbeeren auf ihrer Waffel. »Für mich gibt es nur Feldhockey, und der Oceania Summer Cup ist ein Schritt zur Zielgraden auf dem Weg zu Olympia.«

Ayumi stupst sie in die Seite. »Wenn eine von uns nächstes Jahr bei Olympia spielt, dann Charlie, Maxine oder du.«

Beim Klang meines Namens dehnt sich eine altbekannte Leere in mir aus – ich wäre frei und würde dennoch einen Traum leben, der nicht mir gehört.

»Das ist nach wie vor mein Ziel.« Charlie zieht mich an sich. »Obwohl es mittlerweile Wichtigeres gibt. Das einzig andere, was mir einfällt, wäre ein Sportstudium.«

Den letzten Rest Waffel schiebe ich unter meinen Oberschenkel, der Teig versinkt im Sand, Krümel haften daran, als würde sich das Fett unter meiner Haut bewegen. Ich schlucke. »Dann lägen keine Weltmeere zwischen Sophie und dir.«

»Wir wären nicht im selben Semester.« Sie küsst mich auf den Haaransatz. »Und dann hätte ich dich nicht kennengelernt.« Mit den Fingerspitzen zeichnet sie meine Wirbelsäule nach. »Du würdest Psychologie studieren?«

»Es wäre meine erste Wahl. Hauptsache, ich könnte anderen helfen. Vorzugsweise Kindern und Jugendlichen.«

Vielleicht könnte diese andere Maxine essen ... Vielleicht wäre ihre beste Freundin nicht die Leere ... Vielleicht müsste sie nicht lügen oder ihre Gefühle abtöten ... Vielleicht wäre ihr Körper nicht zu eng ... Andererseits kann ich aus ihm nicht heraus.

Ayumi dreht eine smaragdgrün schillernde Muschel zwischen den Fingern. »Ein Ziel schließt andere nicht aus.«

»Mein Ziel ist es, heute glücklich zu sein und die Punkte auf unserer Liste abzuhaken.«

Ich spiele mit meinem Armband. *All Too Well* – ein Song, der etwas in mir zerbrochen hat. Noten, die ich umschreiben möchte. Am Ende wird alles gut ... oder?

***

4:00 zeigt das Display von Charlies iPad. Mein Kopf lehnt an ihrer Brust, einen Arm hat sie um mich geschlungen, mit dem anderen scrollt sie durch eine Auswahl puderrosa Kleider für eine Hochzeit, auf die ich nicht gehen werde. Der Traum ist eine weitere Sandburg, die von der Flut niedergerissen werden wird.

»Wie findest du das?«

Ich rümpfe die Nase. »Das passt am Dekolleté nicht.«

Ihr Lachen hallt in meiner Brust nach. »Das siehst du an einem Foto?«

»Natürlich.«

»Du bist wie Lucie, wenn es um Shopping geht. Das ist kein Kompliment.«

Ich drehe mich in ihren Armen um. »Dann nehme ich es an.«

Sie zieht die Nase kraus.

Den verdutzten Ausdruck küsse ich ihr von den Lippen.

»Du bist unberechenbar«, wispert sie gegen meinen Mund. »Das ist eins.«

Mein Nach-Luft-Schnappen erstickt sie, indem sie mich zu sich heranzieht. Dumpf fällt ihr das iPad aus der Hand, sein Lichtschimmer verglüht. Samtweiche Dunkelheit umgibt uns, und die Wärme von Charlies Haut greift auf mich über. Für einen Herzschlag spüre ich meinen Bauch, der ihren berührt, überdeutlich. Ihre Nähe zehrt das Gefühl der Gefangenschaft in meinem Körper auf, und ich lasse mich in den Kuss fallen.

Meine Stirn sinkt gegen ihre. »Ich möchte nicht, dass diese Nacht endet.«

Mit den Fingerspitzen streichelt sie meine Wirbelsäule. »Neue Tage beginnen nicht mit einer Umdrehung der Zeiger, sondern mit dem Aufwachen. Auf unserer Liste steht ein letzter Punkt. Ich werde dir *DARK* zeigen, damit Sophie und ich uns bei unserem nächsten Telefonat deine Theorien anhören können.«

»Das klingt nach einem Plan, und als hätten wir ewig Zeit.«

»Dekaden, schon vergessen? Mich wirst du nicht los.«

Blinzelnd öffne ich die Augen, mein Blick verliert sich in ihrem. »Vor ein paar Monaten hätte ich mit Dekaden nichts anzufangen gewusst.«

»Was hat sich geändert?«

Mein Herz klopft zum Zerspringen, wohlwissend, dass ich es in Charlies Hände legen werde – Dekaden, hat sie gesagt. So lange wird sie es beschützen. »Ich habe dich kennengelernt, und eine Seite von mir, die Jeanne in Ketten gelegt hat. Du hast mir mehr geschenkt als einen Besuch im Luna Park, auf der Eislaufbahn oder eine Kajaktour. Die Gewissheit, dass ich mehr bin als meine Leistung auf dem Hockeyfeld oder Jeannes Tochter. Dass ich das nicht sein muss, und vielleicht eines Tages Psychologie studiere oder mit dir nach Deutschland komme.«

In der silberdurchzogenen Dunkelheit meines Zimmers erkenne ich einzig ihre Augen. Darin schimmern Tausende Emotionen, die meinen Herzschlag beschleunigen. »Das wirst du. Und du hast mir etwas geschenkt.«

»H-habe ich?«

Sie stupst meine Nase mit ihrer an. »Hätte ich mich sonst in dich verliebt? Dank dir weiß ich, dass es Wichtigeres gibt als einen Platz in einem Elite-Team oder Beliebtheit. Ich würde auf derselben Seite des Hockeyfelds spielen wie du, auch wenn alle Bälle ins Abseits gehen. Mit dir fühlt es sich wie ein Sieg an.«

Knospen der Hoffnung entfalten sich in meiner Brust, die Blüten Charlies Licht entgegengereckt. Meinen Platz auf der Welt, an dem ich Säulen einer Identität erbauen kann, habe ich nicht gefunden. Solange Charlie meine Hand hält, fürchte ich die Ungewissheit weniger. »Ich habe mich auch in dich verliebt«, flüstere ich gegen ihren Mund, ehe ich ihn mit meinem verschließe. Erfüllt von einem Versprechen für eine Zukunft, die wir nicht mit Wachsmalkreide zeichnen. Das Ende aller Enden.

Charlie umfasst mein Gesicht mit den Händen, erwidert den Kuss mit derselben Leidenschaft. Jede Bewegung ihrer Lippen an meinen verspricht, dass sie mich beschützt und dass wir alles zusammen durchstehen.

Feuerwerke, die ich für erloschen gehalten habe, explodieren in meiner Brust. Charlie hat meine Mauern zerbrochen, während andere mich gebrochen haben. Dafür gesorgt, dass ich meine Bleistiftlinien nicht wegradiere, um in Schablonen anderer zu passen. Sondern sie in meinen Farben ausmale, die ich nicht sehe.

Jetzt möchte ich ihr die Farben zeigen, in denen ich sie zeichnen würde.

Meine Lippen wandern über ihren Kiefer, ihren Hals hinab, bis zu ihren Schlüsselbeinen. Ihr Atem wird flacher, je fester ich sie küsse, ein heißes Ziehen zuckt durch meinen Bauch.

Am Saum ihres Sport-BHs verharre ich ... Diese Grenze aus Stoff habe ich nie überschritten. Zittrig ausatmend suche ich ihren Blick. Mondlicht bricht in ihren dunkelschimmernden Augen, als strahle es allein für uns. Sie ist der Mond und ich das Meer, welches von ihr angezogen wird – alles würde ich dafür tun, diesen Moment einzufrieren, damit sie mich ewig so ansieht.

Mit den Fingerspitzen streife ich den Stoff. »Darf ich den ausziehen?«

Ihr Herzschlag beschleunigt sich, ihre Augen verdunkeln sich zu silberdurchzogenen Galaxien, in deren Umlaufbahn ich stürze. »Du darfst alles, was du möchtest.«

Sie hilft mir, den Sport-BH auszuziehen.

Vorsichtig taste ich mich mit dem Mund zu ihren Brüsten vor. Sie drückt den Rücken durch, reckt sich mir entgegen. Ihr Puls flattert nahe an meiner Haut, mein Herz gerät mit ihrem außer Takt – ich bin für diese Reaktion verantwortlich.

Ich zeichne das Tattoo auf ihrem Rippenbogen nach – *you can make it to the sunrise,* mit Charlie an meiner Seite überstehe ich jede Nacht, bis Goldfäden ihr Samttuch aufribbeln – und die Tintenlinien auf ihrer Hüfte. Jede Bewegung, wenn sie mir entgegenkommt, fügt etwas in mir an die richtige Stelle, und ich möchte mehr davon.

Silberschimmer überzieht Charlies Haut, ein Kunstwerk im Mondlicht. Auch in die Stellen, an denen die Farbe abblättert, habe ich mich verliebt. Das möchte ich ihr zeigen, sie berühren, ihr nahe sein.

In dem Bewusstsein hebe ich den Kopf, unsere Blicke verfangen sich, das Verlangen in ihrem beschleunigt meinen Herzschlag.

»Darf ich weitermachen ...« Ich beiße mir auf die Unterlippe. »Ohne Kleidung?«

Zur Antwort zieht sie mich zu sich, flüstert ihr Einverständnis gegen meinen Mund.

Ich löse mich von ihr, streife ihr die Kleidung ab, und hauche einen Kuss auf die richtige Stelle. Mit ihrem Seufzen bricht eine Welle des Verlangens in mir. Sie vergräbt die Finger in meinem Haar, und ich lasse mich fallen. In einen Geschmack der Freiheit und darin, ihr alles zu geben, bis ihre Beine nachgeben und ein Beben ihren Körper durchfährt. Ein letztes Mal streift mein Mund ihre empfindlichste Stelle, sie erschaudert und zieht mich zu sich nach oben.

Schweiß verklebt ihre Locken, ihre Wangen sind gerötet, und ihr libellenflügelzarter Kuss jagt ein Kribbeln bis in meine Zehenspitzen. »Das war wunderschön«, haucht sie. »Ich würde dir gerne etwas zurückgeben.«

Mein Innerstes zieht sich zusammen. Vor Verlangen, mein Nachthemd abzustreifen, ohne Barriere mit ihr zu verschmelzen. Und vor der Furcht, die mich davon abhält.

Sie streicht mir durchs Haar. »Ich tue nichts, was du nicht möchtest.«

»Ich möchte das.« Ich schlucke. »Aber ich möchte das Nachthemd nicht ausziehen, und ich habe Angst, die Kontrolle zu verlieren.«

»Beim Achterbahnfahren hast du losgelassen.« Ihre Finger gleiten zwischen meine. »Du behältst die Kontrolle. Versprochen. Vertraust du mir?«

Verletzlichkeit färbt ihren Ton, und lässt Zuneigung in mir sprießen – sie will mich nicht nur, sie bemüht sich um mich. »Ich vertraue dir.«

Behutsam schiebt sie mich nach oben, bis ich über ihrem Gesicht knie. Ihr Atem streift meine Haut durch den dünnen Stoff, ein Zittern durchfährt mich. Hauchzart küsst sie die Innenseiten meiner Oberschenkel, was mir ein Seufzen entlockt. Jede Berührung löst eine Fessel der Befangenheit. Sie zeichnet eine glühende Spur bis zu meinen Hüftknochen, streicht den Bund meines Slips entlang und verharrt dort.

Unter schweren Lidern sehe ich sie an; fragend streift ihr Mund meine Mitte, und ich schnappe nach Luft. In ihrem Blick tobt derselbe Sturm an Gefühlen wie in meinem Inneren. Ich vertraue ihr bedingungslos, und ich möchte nichts sehnlicher, als dass sie mir alles zurückgibt.

Mein Nicken zeichnet ihr ein Strahlen ins Gesicht.

Ich hebe mein Becken an, sie streift den Slip ab, und tastet sich mit dem Mund vor. Ihre Küsse reißen die Mauern nieder, die mich zurückgehalten haben. Ich bin schwerelos, mein Körper ist nicht zu eng, und jede Berührung wird zu einem Blitz unter meiner Haut. Ein Sommergewitter, kraftvoll und strahlend, das mich mit sich nimmt. In dem Bewusstsein, dass Charlie mich hält, lasse ich mich fallen. Meine Beine zittern, mein Herz schlägt schwer, und sie malt mit den Lippen Kreise auf meine Haut, bis mein Atem sich beruhigt hat.

Ich lege mich neben sie, den Kopf in ihrer Halsbeuge vergraben, und sie schlingt die Arme um mich. Spinnt einen Kokon, aus dem ich als stärkere Version von mir hervorgehe, wenn ich den Sprung wage. Um mich herum verstreut, liegen die Steine meiner Mauern – zurück in ihren trügerischen Schutz möchte ich nie mehr.

Um halb sieben wird Charlies Atem gleichmäßig. Mir öffnet der Schlaf nicht die Türen. Eine andere Art von Sturm erfüllt mich. Blitze, die an meinem engen Körper reißen, Donnern in meiner Brust. Nicht länger schwerelos, wenn mit dem Tagesanbruch der Aufprall auf dem Boden der Realität kommt.

Um halb neun zersplittert mein Versprechen wie die Mauern. Ich küsse Charlie auf die Stirn, löse mich aus ihren Armen und ziehe meine Sportsachen an.

Kapitel 30

Taylor Swift – White Horse (Taylor's Version)

00:00 -03:46

Charlie

Mein Traum verblasst. In die Orientierungslosigkeit des Schlafes versunken, drehe ich mich von seiner Quelle fort. Ziehe die Decke fester um mich. Angst umrankt meine Brust. Letzte Nacht hat Maxine neben mir gelegen. Ihre Nähe haftet an mir wie Silberstaub, ein Windstoß hat ihn davongetragen.

Vorsichtig strecke ich die Hand aus. Greife ins Leere. Die Angst vergräbt ihre Dornen in meinem Herzen. Jeder seiner Töne ist verzerrter.

Maxines Kissen ist eingedrückt, erdbeerblonde Strähnen ruhen auf dem Azurblau. Auf der Matratze ist ein Abdruck ihrer Silhouette. Mit den Fingerspitzen folge ich ihrer Kontur. Als könne ich sie zurückholen.

Wasserprasseln dringt durch die halb geöffnete Badezimmertür. Neben dem Bett stehen Maxines Laufschuhe, an denen nasser Sand klebt.

Sie ist joggen gegangen. Nachdem sie mir versprochen hat, auf ihren Körper zu achten.

Das Stechen in meiner Brust nimmt zu. Dornen, die blutrote Worte in meine Seele schreiben.

Du kannst ihr nicht helfen.

Euer Wochenende der Freiheit ist nicht genug gewesen.

Du bist nicht genug.

Tränen verzerren die Umgebung, mit der Hand unterdrücke ich ein Schluchzen. Rücke nach hinten, in den Schutz der Wand.

In meinem Augenwinkel blitzt eine Plastikverpackung. Ich schlage die Decke zurück. Mein Herz schrumpft auf einen Punkt zusammen. Proteinriegelverpackungen.

Sie sind dort, damit Jeanne sie nicht findet.

Die Wahrheit decodiert meine Hoffnung. Von einigen Proteinriegeln hat sie einmal abgebissen.

Fälschungen. Das sind die Gemälde der Freiheit, die sie zeichnet. Weil die Ketten nie von ihr abfallen, wenn sie sich an ihnen festhält.

Der Boden schwankt, ich stolpere in die Wohnküche. Alles in mir schreit, dass ich mich irre. Dass sie mir nichts vorgespielt hat. Ich öffne den Mülleimer, und die Wahrheit übertönt die Schreie. Servietten mit Rührei und Brot. Volle Magerquarkverpackungen mit eingeklappten Deckeln.

Schmerz explodiert in meiner Brust, ich stütze mich an der Tischplatte ab. Sengendes Feuer brennt alles in mir nieder. Maxine, die mir erzählt, dass sie die Sterne sehen möchte, zieht die Finsternis vor. Niedergedrückt von Lasten auf ihren Schultern, die sie selbst erschaffen hat.

Das Duschwasserprasseln verstummt. Schwer atmend schiebe ich den Mülleimer an seinen Platz, streiche die Tränen fort. Zeitgleich mit Maxine betrete ich das Schlafzimmer.

Ihre Haut ist gerötet. Feucht klebt ihr das Haar an Stirn und Wangen. Ein weißes Kleid mit Rosenprint fällt ihr bis zur Mitte der Oberschenkel. Das Oberteil ist fest zugeschnürt. Dennoch berührt der Stoff nicht jede Stelle ihres Körpers. »Oh, du bist wach.«

»Du warst joggen.«

Sie betrachtet ihre Zehenspitzen. »Ich musste meine Gedanken klären, bevor Jeanne zurückkommt.«

Zögerlich nähere ich mich ihr. Hebe ihr Kinn an, zeichne mit dem Daumen die Sommersprossen nach. »Ich bin dir nicht böse.«

Der Silberschimmer in ihren Augen verblasst wie Tinte in der Sonne. »Aber?« Ihr Blick fällt auf die Proteinriegelverpackungen. Jeder Muskel zeichnet sich unter dem Stoff ihres Kleides ab. »I-ich kann das erklären …«

»Ich weiß, und für dich wird diese Erklärung Sinn machen.« Ich streiche ihr das Haar aus dem Gesicht, erdbeerblonde Strähnen verfangen sich unter meinen Nägeln. Im Licht der einfallenden Mittagssonne schimmern sie blutrot – wie das Ende von Maxines Geschichte, wenn ich nicht handle.

Die Buchstaben, aus denen ich Worte formen möchte, schnüren mir die Luft ab. Maxine würde aus ihnen eine Mauer bauen. Bevor ich etwas überstürze, muss ich mit Chiara reden. Und Lucie alles erzählen. Sie muss mit Maxine sprechen.

Zwei Uhr mittags, zeigt der Wecker auf dem Nachttisch. In Hamburg ist Mitternacht. Rufe ich Lucie jetzt an, zerbricht diese Glaskugel. Möchte ich Maxine einen letzten Morgen im Licht schenken oder dafür sorgen, dass sie ihren Schatten begegnet, bevor diese sie verzehren?

»Für dieses Gespräch bin ich nicht die richtige Person.« Ein Tropfen löst sich aus meinem Wimpernkranz.

Feingliedrige Finger fangen ihn auf. »Wieso weinst du?«

»Du musst dich nicht selbst lieben, damit ich es tue. Aber du machst dich kaputt, und ich möchte mir das nicht mehr ansehen …«

Ein Knall schluckt meine Worte, sein Echo ist ein Aufschrei. Als sei ein Blitz zwischen uns eingeschlagen, fahren wir auseinander.

Mein Brustkorb schnürt sich zu. Angst kribbelt unter meiner Haut.

Maxines Zimmertür ist sperrangelweit offen, im Türrahmen zum Bungalow steht Jeanne. Gehüllt in ein tiefschwarzes Kleid, welches das einfallende Sonnenlicht abstößt. »Was tut sie hier?«

Maxine weicht zurück, als hätte sie sich an mir verbrannt.

Von unserem erblühten Band bleibt Asche zurück, die meine Lunge verstopft. Wie betäubt verfolge ich Jeannes Bewegungen.

Binnen einem Blinzeln steht sie in Maxines Zimmer. Die Hand um den Gehstock verkrampft sich, als sie mit ihm auf den Boden schlägt. »Rede!«

Maxine zuckt zusammen. »Du hast nie etwas gegen Freundschaft mit meinen Teamkameradinnen gesagt.«

»Aber gegen alles, was darüber hinausgeht.« Ihre Stimme ist das Knirschen von Laub unter Stiefelsohlen. »Gerade habt ihr nicht wie Freundinnen ausgesehen.«

Sie ringt um Atem. »Du solltest um sechs Uhr abends zurückkommen.«

»Das ist eine Lüge gewesen. Wie alles, was du mir aufgetischt hast. Ihr spielt perfekt zusammen. Du bist zum ersten Mal auf eine

Halloweenparty gegangen. Teambuilding, dass ich nicht lache. Nach Michaels Geburtstag hast du das Hotelzimmer storniert.« Unter dem schwarzen Kleid zeichnen sich ihre Rückenmuskeln ab. »So hast du dich schon einmal verhalten. Abgelenkt. Als wärst du in einem Traumzustand gefangen. Ihr habt die Weihnachtsfeier nacheinander verlassen, da hatte ich eine Vorahnung. Ausgerechnet die Person, von der du dich am meisten fernhalten solltest.«

»D-du wusstest e-es?«

Jeanne verzieht keine Miene. »Solange ich keine Beweise hatte, habe ich euch dieses Spiel spielen lassen. Jetzt wollte ich sichergehen, dass sich meine Tochter in meiner Abwesenheit zu benehmen weiß. Was hast du dir dabei gedacht, denselben Fehler noch einmal zu machen?«

Gift sickert aus ihren Worten. Unser Geheimnis, das nie eins hätte sein sollen. Von Anfang an hat sie die Gleichung bis auf die letzte Variable gelöst.

Maxine hat allein Augen für Jeanne. Als wolle sie das Gift trinken. Wohlwissend, dass von ihr dann endgültig ein Echo übrigbleibt. Ein Schatten in der Dämmerung.

»Hat es dir die Sprache verschlagen?« Als schwebe sie über den Boden, nähert sie sich uns. »Oder willst du nicht, dass ich die Wahrheit von dir höre? Die junge Frau, die im Sport-BH in *meinem* Bungalow steht, ist sicher mehr als eine Freundin.«

Sie zieht die Schultern ein, weicht zurück, verliert die Balance.

Bevor sie fällt, schlinge ich einen Arm um ihre Taille. Atme ihre Nähe ein, vielleicht das letzte Mal.

Tränennebel zersplittert das Sturmgrau ihrer Iriden. Zerbrochen. Wie unsere Schneekugel.

Fingernägel dringen in meine Schulter. Eine Kraft zerrt mich von Maxine fort. »Fass meine Tochter nicht an!«

Schwarze Schlieren trüben meine Sicht. Ich taumle seitwärts, stütze mich an der Wand ab. Meine Atmung rasselt. Schwerfällig blinzle ich gegen die Finsternis an. Der Anblick dahinter gefriert mein Blut.

Jeanne ragt über Maxine auf. Kälte in ihren Augen. Wintersturm und Schneegestöber. »Ist sie *eine Freundin*?«

Maxine schlingt die Arme um den Körper. »N-nein …«

Sie beugt sich zu ihr. »Was habe ich dir über Dinge, die über Freundschaft hinausgehen, mit Teamkameradinnen gesagt?«

»D-du hast sie … v-verboten …«

Sie streichelt ihre Wange. »Wieso hast du dich nicht daran gehalten?«

Stille. Durchbrochen von Maxines Schluchzen. Die Wand und Jeannes Körper sperren sie ein.

Jeannes Hand schnellt nach oben.

Ich schiebe mich vor Maxine. Jeannes flache Hand trifft meine Wange. Sengender Schmerz schießt durch mich hindurch. Ich strauchle, beiße mir auf die Zunge, schmecke Kupfer. Etwas Warmes benetzt meine Lippen. Stöhnend öffne ich die Augen.

Ihr Gesicht schwebt wenige Zentimeter von meinem entfernt. Frostiger Atem beißt mir in die Haut.

»Sie haben kein Recht, ihre Tochter zu schlagen«, stoße ich hervor.

»Ich darf sie anfassen auf welche Art ich will.« Missbilligend schnalzt sie mit der Zunge. »Ich dachte, du wärst eine vielversprechende Stürmerin und ernsthafte Konkurrenz für Maxine.«

Dem Schmerz zum Trotz recke ich das Kinn. Ihr Königreich hat sie zurückerobert. Dieses Match ist entschieden. »Für mich sind Sie jahrelang ein Vorbild gewesen. Jetzt müssen wir beide mit der Enttäuschung leben.«

»Wer hat dir erlaubt, so mit mir zu sprechen?« Sie blickt an mir herab, als sei mein Anblick die größte Enttäuschung. »Der Fehler sei dir verziehen. Du wirst der Academy ohnehin verwiesen.«

»Warum? Weil Sie mir vor dem nächsten Spiel Ephedrin untermischen?«

Für einen Herzschlag bröckelt Jeannes Maske. »Dafür hast du keine Beweise.«

»Sind Sie sicher?«

Sie schnappt nach Luft. Ihr Blick schnellt zu Maxine, die sich in den Schutz der Wand presst. »Du hast mir nachspioniert und es ihr erzählt.«

»Ich bin wachgeworden, als du nach draußen gegangen bist.« Schluchzer zerstückeln ihre Worte. »Ich wollte fair spielen und mir den

Platz bei den Golden Foxes verdienen, indem ich *ich* bin. Nicht die Stürmerin mit der berühmten Mutter.«

»Willst du das noch immer? In meine Fußstapfen treten? Olympisches Gold gewinnen?«

Mein Griff schnellt ins Leere, ehe ich es verhindern kann, steht Jeanne vor Maxine und streicht ihr eine tränennasse Strähne aus dem Gesicht.

»Ohne Feldhockey bist du nichts. Möchtest du alles aufgeben? Für *sie*?«

»Versprichst du, fair zu spielen?« Gift tränkt jede Silbe. Sie klingt wie Jeanne. »Charlie und ich erzählen nichts von dem Ephedrin, und du lässt uns um den Platz bei den Golden Foxes kämpfen?«

»Versprichst du, dich von ihr fernzuhalten?«

Ihr Blick ist ein Spiegel meines Schmerzes. Silberfunke für Silberfunke erlischt. Regenverwaschenes Grau überdauert.

Ich habe versucht, uns über Wasser zu halten.

»Ich verspreche es.«

Sie gibt sich den Wellen hin.

Wir ertrinken an dem Ozean zwischen uns.

Blut tropft von meiner Wange. Sickert durch den Parkettboden. Durchtränkt meinen Sport-BH. Und mein Herz.

In einem Malstrom aus Bildern ziehen unsere gemeinsamen Momente an mir vorbei. Fotografien, in Stücke gerissen von Maxines Worten.

Ich renne los. Als könne ich vor dem Schmerz fliehen, der mein Inneres aufreißt.

Taylor Swift – All Too Well (10 Minute Version) (Taylor's Version) (From The Vault)

Wellen umspülen meine Knöchel. Der Pazifik hat mich gerufen. In mir erblüht der Wunsch, auf den Grund zu sinken. Dorthin, wo meine Gedanken mir nicht folgen können.

An diesem Strand haben Maxine und ich Papierboote gefaltet. Wir hätten wissen müssen, dass sie nicht weit schwimmen. Lächelnd haben wir zugesehen, wie sie sich mit Wasser vollsaugen und sinken.

Ich setze mich in den Sand. Schlinge die Arme um die Knie. Versuche, mich zusammenzuhalten.

Etwas fällt neben mich. Mein iPhone. Sand, Blut und Tränen hinterlassen Schlieren auf dem Bildschirm.

Jede Faser meines Körpers sehnt sich nach meiner großen Schwester. Schicke ich ihr meinen Standort, kommt sie. Egal, wie viele Meere uns trennen.

Das Freizeichen macht mir begreiflich, dass ich einen Anruf gestartet habe.

»Hey, Charlie. Du rufst sonst nicht so spät an.«

Lucies weiche Stimme entlockt mir ein Wimmern.

Sie schnappt nach Luft. »Was ist passiert?«

»Kann ich dich sehen?«, presse ich hervor.

»Warte.« Eine Decke raschelt. Flüstern. Schritte.

Aus der Schwärze formt sich Lucies Gesicht. Konturiert von dem Schein einer Lichterkette.

Ich starte die Videofunktion. Auf dem Bildschirm erscheint eine Fremde. Die Wange violett verfärbt. Das bleiche Gesicht befleckt mit Salz und Blut.

Lucies Gesichtszüge entgleisen. Mehrmals öffnet sie den Mund, ohne dass ihn ein Wort verlässt. Presst eine Hand davor. Lässt sie sinken. »Bitte sag mir, dass du einen Hockeyschläger ins Gesicht bekommen hast.«

Ihr flehender Ton zerbricht etwas in mir. »N-nein …«

»Ich will wissen, was passiert ist.« Ihre Nasenflügel zucken. »Wen ich umbringen muss … Wann ich in den nächsten Flieger steigen soll …«

Die Skizzen, die ich Lucie von Maxine und mir gezeichnet habe, fülle ich mit Farben. Grautöne für unsere erste Begegnung. Die Momente, in denen wir auf derselben Seite des Schachbretts gestanden und einander geschlagen haben. Der sechzehnte Oktober, an dem wir die Monochromie mit regenbogenbunter Wasserfarbe übermalt haben.

»Jeanne hat *was*?«, unterbricht mich Lucie.

»Mir Ephedrin ins Frühstück mischen lassen.«

»Das habe ich verstanden.« Ihre Kiefer mahlen. »Damit kann sie nicht durchkommen.«

»Maxine hat das Video gelöscht. Jeanne kontrolliert ihr Handy.«

Lucie verzieht den Mund. »Sie ist neunzehn.«

»In den neunzehn Jahren hat Jeanne ihr eingeredet, dass sie nichts wert ist. Vor allem nicht ohne eine Feldhockeykarriere. Du hast recht gehabt mit dem grauen Schleier.« Ich schlucke aufkommende Tränen herunter. »Ohne den Vorfall wären wir einander nie nähergekommen.«

Kein zweites Mal unterbricht sie mich. Vom Beginn bis zum Epilog, der unser Prolog hätte sein sollen, lese ich gemeinsam mit Lucie unsere Geschichte.

»Ich wünschte, wir könnten einander noch einmal das erste Mal begegnen und es anders machen. In verschiedenen Mannschaften spielen.«

Tränenperlen haben sich in Lucies Wimpern verfangen. Mit dem kleinen Finger fängt sie diese auf. »Dann würdest du die schlechten Erinnerungen verlieren, aber auch die guten an die gemeinsame Zeit.«

Ein Miauen dringt aus den Lautsprechern. Betty springt auf Lucies Schoß und schmiegt sich an ihre Brust. Sie hält sich an ihr fest. Silberweißes Treibholz, das verhindert, dass die Wellen sie hinabreißen.

Ich schlucke. »Wenn wir vorsichtiger gewesen wären, müsste ich mir diese Fragen nicht stellen. Wenn wir nicht im Bungalow geschlafen hätten ... Wenn wir bis nach dem Oceania Summer Cup abgewartet hätten ...«

»Das ändert nichts daran, dass ihr euch versteckt habt. So sollte sich Verliebtheit nicht anfühlen.«

»Es spielt keine Rolle mehr.« Ich ziehe die Knie an den Körper. »Sie hat sich für Jeanne entschieden.«

Sie drückt Betty an sich. »Sie hat entschieden, sich von ihren Ängsten beherrschen zu lassen. An dem Punkt bin ich auch gewesen. Chiara hat meine Mauern niederstürzen lassen wie ein Kartenhaus. Die letzte Karte wollte ich behalten, deshalb habe ich Chiara fortgestoßen, statt ihr zu sagen, dass sie meinen Traum lebt und ich tief in meinem Herzen Musicaldarstellerin werden möchte. Damit sind zu viele Ängste verbunden gewesen, denen ich mich nicht stellen wollte. Ich habe sie verletzt, was nicht hätte sein müssen, wenn ich ehrlich zu mir selbst gewesen wäre.«

»Das ist nicht dasselbe.« Zwischen Maxine und mir steht ein

Spiegellabyrinth, in dessen Scherben ich gestürzt bin. Jeder Herzschlag rammt Glassplitter in meine Haut.

Der Lichterkettenschein bricht in ihren Augen. Eine Erinnerung, dass Sterne in der Dunkelheit am hellsten strahlen. »Es könnte dasselbe sein, wenn sich Maxine ihren Ängsten stellt.«

Die Wunde an meiner Wange pocht. Eine Erinnerung daran, was Jeanne ihrer Tochter in diesem Augenblick antun könnte. »Das lässt Jeanne nicht zu.«

»Wenn sie es aus eigener Kraft schafft und sich von ihr löst, könntest du ihr dann vergeben?«

Mein Herz schlägt einsam, ohne seine Zweitstimme. Ohne dass sich die Erststimme verändert hat. Vielleicht wird sie irgendwann wieder vollständig klingen. Unsere gemeinsame Melodie hat mir besser gefallen.

»Jeanne werde ich niemals vergeben. Maxine verzeihe ich, wenn sie den Kontakt zu ihr abbricht.« Meine Stimme löst sich in davonwirbelnden Sand auf. »Das ist nicht alles. Sie muss sich Hilfe suchen.«

Lucie legt den Kopf schief.

»Ich habe mit Chiara darüber gesprochen, weil ...« Der Rest des Satzes verliert sich im Wind.

Ein trauriges Lächeln umspielt ihren Mund. »... sie die Person ohne psychische Krankheit in unserer Beziehung ist.«

Ich nicke.

»Du hast das Richtige getan.« Mit der Fingerspitze berührt sie ihren Verlobungsring. Funken flackern in ihren Augen auf, und die Lichterketten tauchen ihr Haar in flüssiges Gold. »Chiara lernt seit sechs Jahren, mit mir, meinem Trauma und meinen Depressionen umzugehen. Anfangs ist es schwer für sie gewesen, zu begreifen, dass ich keinen Grund brauche, um mich leer zu fühlen; ohne die Kraft, aufzustehen, mir die Haare zu waschen oder etwas zu trinken. Dass es Momente gibt, in denen ich jeden Riss in meiner Seele spüre und in die Schlucht der Gedankenspiralen falle. Vor allem, dass sie mir eine helfende Hand reichen kann, aber ich allein nach oben klettern muss.«

»Dasselbe hat sie mir gesagt.« Ich beiße mir auf die Innenseite der Wange. »Ich möchte Maxine helfen. Egal, ob sie mich in ihrem Leben behält. Es ist falsch, andere Menschen zu diagnostizieren. Aber sie isst kaum, lügt über das, was sie isst, ist süchtig nach dem Gefühl der Schwerelosigkeit beim Joggen und sieht nicht, wie dünn sie ist.« Salz benetzt meine Lippen. Körner, die sich in meiner Kehle verfangen und mir den Atem abschnüren. »Als sie sich das Knie verletzt hat ... der Schwächeanfall ... *Das* war der Grund dafür. Ich habe im Internet über Essstörungen recherchiert. Sie fügt ihrem Körper bleibende Schäden zu. Sie hat Haarausfall; ich bin mir sicher, dass sie ihre Periode nicht hat ... Sie bringt sich um!« Der Schmerz bricht einer Flutwelle gleich aus mir heraus. Ich presse den Kopf auf die Knie. Lasse den Tränen freien Lauf.

»Charlie.«

Ich hebe den Kopf.

Betty stupst den Bildschirm mit der Pfote an und miaut.

Lucies Gesicht ist verschwommen. Bis auf bernsteinfarbene Sterne, die mich leiten.

»Die Essstörung ist das Symptom.« Ihre Stimme ist ruhig und klar wie der Pazifik. »Das Betäubungsmittel für Maxines Schmerz. Solange ihre Wunden bluten, wird sie es nicht absetzen. Auf mit Gift versetztem Boden gedeihen Blumen nicht.« Sie richtet sich auf. »Sie braucht eine Therapie und muss sich von Jeanne und ihrem Vater lösen. Diese Entscheidung kannst du nicht für sie treffen. Ich habe nach Olivers Tod lange wie eine Maschine gelebt, die auf Notstrom läuft. Erst der Umzug nach Hamburg und die Nähe zur Musik durch Chiara haben etwas in mir verändert.«

Ein Schluchzen gräbt sich durch den Sand in meiner Kehle. »Deshalb wollte ich, dass du mit ihr sprichst. Von dir hat sie sich bei dem ersten Telefonat verstanden gefühlt, als du deine Geschichte erzählt hast.«

»Lass es mich wissen, wenn ich ihr helfen kann.« Ihre Züge erweichen. »Ihr habt gestrahlt, wenn ich mit euch telefoniert habe, und ich habe gesehen, wie sie dich anschaut. Ich kann euch nicht zu eurem Glück zwingen. Aber wenn du ihr halb so wichtig bist wie sie dir, wird sie nach einem Weg suchen, mit dir zusammen zu sein.« Ein Schmunzeln zuckt um ihren Mund. »Wenn nicht, hat sie dich nicht verdient, und ich rede ein ernstes Wort mit ihr.«

Eine schwach glühende Kerze glimmt in meiner inneren Dunkelheit auf. Zögerlich lächle ich.

»Das wollte ich sehen. Vergiss nicht, dass gebrochene Herzen weiterschlagen. Kleben kann ich die Risse nicht, so sehr ich es mir wünsche, aber ich weiß, wer den Schmerz erträglicher macht.« Sie dreht das iPhone, sodass ich das weiße Regalbrett mit allen Taylor-Swift-Vinyls über ihr erkenne. »In ihren Liedern geht es nicht nur um romantische Liebe und gebrochene Herzen. Auch darum, mit Ängsten umzugehen, für sich einzustehen und sich selbst zu lieben. Taylors Musik fasst meine Gefühle in Worte, wenn ich nicht dazu in der Lage bin, und für jeden Moment hat sie das passende Lied geschrieben.« Ihre Stirn legt sich in Falten. Wie eine Tonart, die sie vor dem Singen analysiert, betrachtet sie mich.

Ich weiß, was auf dem zerknüllten Notenblatt meiner Gedanken steht. Wahrhaben wollte ich es nicht. Die Frage, welche sie mir stellt, könnte ich mitsprechen.

»Hast du zehn Minuten Zeit?«

Auf mein Nicken hin tröpfeln Klaviertöne aus den Lautsprechern. Mit Taylors Stimme verweben sie sich zu einer Symphonie. Sie klingt nach einer Vergangenheit, deren Fragmente mit der Gegenwart verwachsen sind. Nach einer Geschichte, unter der ›Ende‹ steht, und auf die unbeschriebene Seiten folgen. Als sei sie nicht abgeschlossen. Sie klingt wie Maxine und ich. Ein Gemälde, dessen Farben an manchen Stellen brüchig und mit Schwarz übermalt sind. Unperfekt und dadurch nicht weniger schön.

Vorhin habe ich die Erinnerungen im Meer ertränken wollen. Oder mir gewünscht, Maxine erneut zum ersten Mal kennenzulernen. Unserer Geschichte einen neuen Anfang zu schreiben. Jetzt glüht in mir die Hoffnung, dass sie nicht zu Ende ist.

Stille Tränen spielen dieselbe Melodie wie *All Too Well (10 Minute Version)*. Das Lied, das ich nicht unsers habe nennen wollen. Von Beginn an unsere Symphonie.

»Danke«, wispere ich nach dem letzten Ton des Liedes. »Jetzt würde ich mich gerne ablenken.«

Lucie zeichnet bunte Szenarien von ihren Proben und der gestrigen Aufführung zwischen Skizzen von der Hochzeit.

Betty versorgt mich mit Cat-Content. Neben mir klafft eine Lücke in Form von Cleos Hundekörper.

Mehrmaliges Gähnen wirft Steine in Lucies Redefluss. Den Kopf hat sie auf einer Hand abgestützt. Sobald ihre Lider flattern, miaut Betty.

»Du solltest schlafen.«

Schwerfällig blinzelnd richtet sie sich auf. »Ich bin nicht müde ... Die Aufführung ist morgen Abend ... Ich kann mir einen Kaffee machen ... oder zwei.«

»Chiara schläft nicht, solange du nicht bei ihr bist.«

»Das ist leider ein Argument.« Ihre Aufmerksamkeit gleitet zu einem Punkt über meinem Kopf. »Zum Glück ist meine Ablösung auf dem Weg.«

Ich schaue über die Schulter. Vionas Haar hebt sich vom Horizont ab, Ellie und Ayumi folgen ihr den Strand hinab.

»Ich habe Viona auf *Instagram* geschrieben.«

»Danke.«

»Wolltest du allein sein, hättest du mich nicht angerufen, und wenn ich dich nicht in den Arm nehmen kann, muss das jemand anders übernehmen.« Sorge schlägt sich in ihrer Miene nieder. »Bist du bei ihnen in guten Händen?«

»Du kannst beruhigt schlafen gehen.«

»Melde dich, wenn du etwas brauchst oder wenn«, ihre Stimme bröckelt, »Maxine eine Person zum Reden braucht. Ich habe dich lieb.«

»Ich dich auch.«

Gleichzeitig beenden wir den Anruf.

»Dürfen wir uns zu dir setzen?«, erklingt Ayumis Stimme hinter mir.

»Würde ich das nicht wollen, hätte Lucie euch nicht hierhergebeten.«

Ellie und Ayumi setzen sich neben mich, sodass sich unsere Schultern berühren.

An Ellies anderer Seite nimmt Viona Platz. »Möchtest du reden?«, wispert sie.

»Geschwiegen habe ich zu lange.« Mein Inneres fühlt sich wund und aufgerissen wie meine Wange an. Salz brennt in den inneren und äußeren Wunden. Stille Tränen, die meine Sicht vernebeln. »Ich fühle mich wie nach Olivers Tod. Obwohl Maxine …« Mir versagt die Stimme.

… noch nicht tot ist. Aber sie bringt sich um. Ein Stein in ihrer Tasche. Jeden Tag. Bis sie untergeht.

»Wer ist Oliver?«, fragt Ayumi erstickt.

»Mein älterer Bruder. Lucies Zwilling.« Nach dem Unfall hat jedes Wort über ihn dem Einatmen giftiger Abgase geglichen. Jetzt versickert mit den Tränen eine Last im Sand. Zu lange haben meine Freundinnen mich durch eine Glaswand gesehen, die ich jetzt zerbreche. »In der Schule bin ich lange das Mädchen mit dem toten Bruder gewesen«, schließe ich. »Hier wollte ich die unerschrockene Feldhockeyspielerin sein.«

Ayumi legt einen Arm um mich. »Das bist unsere Freundin. Daran ändert keine Seite deiner Vergangenheit etwas.«

Viona drückt über Ellie hinweg meine Schulter. »Ich bin mehr als das Mädchen, das ohne Eltern aufgewachsen ist.«

»Ihr habt recht. Ich hätte …«

»Du hättest es uns nicht früher erzählen müssen«, unterbricht mich Ellie. »Das ist deine Entscheidung gewesen.«

»Trotzdem hat es sich falsch angefühlt, vor euch so zu tun, als hätte es Oliver nie gegeben.« Sonnenstrahlen erwärmen den Sand, Gischt umspiel meine Knöchel. Wie am zehnten November, als ich einer Person diese Seite zu lesen gegeben und gedacht habe, dass die Zwillingsflamme uns wärmt. Maxine hat sie erstickt, nicht ich. Schmerzen ihre Verbrennungen genauso? Oder bin ich ein blauer Fleck auf ihrer Mondlichthaut, der bald verblasst? »Ich habe Maxine von ihm erzählt … Das bereue ich nicht … Nichts, was zwischen uns war, bereue ich … Nur, dass wir nicht vorsichtig gewesen sind … Nicht gewartet haben, bis wir in verschiedenen Mannschaften spielen …«

Zum zweiten Mal folge ich unserem Spielplan, der auf eine Niederlage hingearbeitet hat. Jedes Wort ist mit Steinen beschwert. Wird es je leichter, Maxines Namen auszusprechen?

»Ihr müsst mir versprechen, nichts Unüberlegtes zu tun, das Maxine schaden könnte«, beende ich meine Erzählung mit tränenschwerer Stimme. »Solange sie das Schiff nicht verlässt, geht sie mit Jeanne unter. Sie hat sich für den Käfig entschieden, der sie schützt und zurückhält.«

Ellie knirscht mit den Zähnen. »Wegen dem Ephedrin würde ich gerne mit Coach Nielsen sprechen.«

»Charlie hat gesagt ...«

Mit einer wegwerfenden Handbewegung bringt sie Viona zum Verstummen. »Das war ein Konjunktiv. Aber mit Maxine werde ich sprechen.«

Ich ziehe die Schultern ein. »Sie wird dich abweisen.«

»Ich nehme die Mauersteine, die sie mich bezwingen lässt. Als Freundin. Nicht als Teamkapitänin.«

»Sie weiß, dass sie zu mir kommen kann, wenn sie reden möchte.« Ayumi nagt an ihrer Unterlippe. »Jetzt verstehe ich, wieso sie über Ernährung sprechen wollte. Obwohl mein gestörtes Essverhalten andere Hintergründe hatte. Ich dachte, ich müsste clean und proteinreich essen, um im Feldhockey Höchstleistungen zu erbringen. In Wirklichkeit hat mich diese Ernährungsform davon abgehalten, weiterzukommen. Maxine möchte etwas kompensieren, das nichts mit Essen und Sport zu tun hat.«

»Danke, dass du uns das anvertraust.« Ich lehne den Kopf an ihre Schulter. »Und dass ihr da seid.«

Mit Lucies Worten im Herzen und meinen Freundinnen neben mir bleibe ich ein verlorenes Papierboot auf den Pazifikwellen. Ein Licht durchdringt die Finsternis – mein wegweisender Stern.

Mein Herz klopft entsetzlich laut. Entbrannt von der Hoffnung, dass Maxine Strahlen findet, denen sie folgen kann, und dass dies nicht der Epilog unserer Geschichte ist.

Kapitel 31

Taylor Swift – Afterglow

00:00 -03:46

Maxine

Hitze klebt mir das langärmlige Oberteil an den Körper. Jeder Laufschritt hallt in meinen Knochen nach. Gischt umspült meine Knöchel. Salz brennt auf meinen Wangen. Um vor mir selbst zu fliehen, müsste ich mit den Taschen voller Steine in die Umarmung der Wellen fallen und auf die Stille warten. Ich strauchle, sie kommen näher, rufen nach mir. Im letzten Moment mache ich einen Ausfallschritt. Ertrinken ist mir nicht vergönnt.

Nicht, nachdem ich die Frau aus meiner Galaxie verbannt habe, die mir das Universum gezeigt hat. Das Licht, das sie in mir gesehen hat, ist jenes eines sterbenden Sterns – sie sind schön, wenn sie tot sind.

Wir haben gedacht, dass wir Zeit haben. Jeanne hat das Stundenglas gepackt, der Sand hat uns unter sich begraben.

Zehn Tage ist es her, dass ich Jeanne gewählt habe. Das Oberteil spannt sich über einer Vielzahl blauer Flecken – Brandmarken, dass sie nicht zufrieden mit meinen Leistungen ist.

Ohne Feldhockey bin ich eine leere Hülle.

Auf dem Feld bin ich nicht genug.

Habe ich ein Kunstwerk für eine Skizze eingetauscht?

Nein, ich habe Charlie beschützt, indem ich uns niedergebrannt habe.

Meine Begleitung ist das Album *Lover* von Taylor Swift, das trotz der pinken, pastellfarbenen Ästhetik nicht voller Liebeslieder ist. *Afterglow* fließt durch meinen Körper, ich passe meine Schritte dem Rhythmus an.

Obwohl ich das Richtige getan habe, wünsche ich mir ein Abendrot, das eine zweite Chance ankündigt. Ein letztes Gespräch. Ich möchte, dass sie versteht, wieso ich ihr das Herz gebrochen habe. Wieso unser Schiff hat untergehen müssen, damit sie schwimmen kann.

Sand wirbelt auf, eine Vibration hallt in meinen Beinen nach. Ohne stehenzubleiben, schaue ich über die Schulter und meine Brust zieht sich zusammen.

Ellie läuft auf mich zu, jeder Schritt präzise wie eine Tanzchoreografie. Die Sporthose drückt gegen meine Haut, meine Oberschenkel quillen daraus hervor, instinktiv komme ich breitbeinig auf. Meine Beine berühren sich nicht … Ein Schauer durchfährt mich … Was, wenn sie es täten?

Neben mir angekommen verlangsamt Ellie ihr Tempo, in einer unbestimmten Geste deutet sie auf meine geräuschreduzierenden Kopfhörer.

Seufzend drücke ich bei *Spotify* auf Pause, nehme sie ab, und ein Hagel an Geräuschen prasselt auf mich ein. Ellies Atem, Möwenkreischen und Wellenrauschen. Alles in mir schreit danach, sie wieder aufzusetzen.

»Laufen wir ein Stück zusammen?«

Ich ziehe die Unterlippe zwischen die Zähne. »Du bist schneller als ich.«

»Wir finden ein gemeinsames Tempo.«

»Habe ich eine Wahl?«

Um ihre Mundwinkel zuckt es. »Nein.«

Ohne Musik, die mich leitet, verlasse ich mich auf Ellie. Eine Blase des Schweigens umgibt uns, ungesagte Worte drücken auf die filigrane Membran.

»Sag es«, platzt es aus mir heraus.

»Ich würde dich gerne verstehen. Als Teamkapitänin und als Freundin.«

Ich schlucke. »Du bist Charlies Freundin.«

Sie öffnet mehrmals den Mund, ehe die Worte aus ihr heraussprudeln: »Du magst dich selbst nicht. Das bedeutet nicht, dass du dasselbe von anderen verlangen kannst. Es gibt Menschen, die dich mögen. Obwohl du alles dafür tust, dass sie durch dich hindurchsehen oder sich an dir schneiden. Nimmt jemand die Schnitte in Kauf und bleibt, musst du dich mit dir selbst auseinandersetzen und erkennen, dass du es wert bist, gemocht zu werden.«

Ich stolpere, etwas bohrt sich in meine Sohle. Der Atem wird meiner Lunge entrissen, der Sand nähert sich mir.

Ellie packt meinen Oberarm.

Hitze schießt mir in die Wangen. Ich starre die Muschelschalen zu meinen Zehen an, in allen Regenbogenfarben brechen sie das Morgenlicht. Meine Welt ist monochrom, natürlich haben mich Farben zu Fall gebracht.

»Wäre das so, hätte ich Charlie nicht verletzt.«

Dass ich mich selbst *nicht besonders mag,* ist kein Ausdruck dafür, dass ich bei jedem Blick in den Spiegel wünschte, mein Ebenbild würde hindurchsteigen und mir den Hals umdrehen.

»Es gibt viele Graunuancen zwischen Schwarz und Bunt.« Sie drückt meine Schulter. »Menschen sind Mosaike aus Farben und verlieren sich manchmal in den dunklen Tönen. Entscheidend ist, wie wir mit Fehlern umgehen und dass wir über ihre Ursache nachdenken.«

»Ich wollte Charlie vor Jeanne beschützen.« Die Kruste über einer Wunde platzt auf, das Wellenrauschen wird zu Regenprasseln, das unter meine Haut dringt. »Meine erste Freundin ist eine Teamkameradin gewesen, wir haben die Beziehung geheim gehalten. Jeanne hat uns erwischt und dafür gesorgt, dass sie nie wieder Feldhockey spielt. Das konnte ich Charlie nicht antun, Feldhockey ist ihre Luft zum Atmen. Obwohl sie gesagt hat, dass ich ihr wichtiger bin.« Langsam sind Charlie und ich aufgestiegen, wie der *Hair Raiser*. Bis die Welt uns zu Füßen gelegen hat, klein und unbedeutend neben unseren Gefühlen. Indem ich sie beschützt habe, habe ich uns zu Fall gebracht – am Boden sind wir zerschellt. »Wenn ich mich anders entschieden hätte, wäre Jeannes Traum ein zweites Mal zerbrochen. Wer bin ich ohne sie und ohne das Feldhockey?«

Aus einem Zupfen an Ellies Mundwinkeln wird eine halbe Mondsichel. »Danke, dass du dich mir geöffnet hast.« Eine Böe weht Wolken vor den Mond. »Deine Ängste haben diese Entscheidung getroffen.«

»Es ist der einzige Weg gewesen, das Fundament von Charlies und Jeannes Traum zu erhalten.«

Sie neigt den Kopf. »Was ist mit deinem Traum?«

»Jeanne hat keinen Platz für meine Träume gelassen, als sie mich nach sich selbst benannt hat.« Etwas in mir zerreißt, mit einem Ruck entziehe ich mich Ellies Griff und werfe die Hände in die Luft. »Mein Spielplan ist vorgezeichnet – auf dem Feld bei einer Sportart, die mir keinen Spaß macht, weil Jeanne mir nie die Gelegenheit gegeben hat, etwas anderes als Pflichtgefühl für sie zu entwickeln; in einem Team, in dem ich nicht spielen möchte. Mit einer Kapitänin, die mich verabscheut, ohne Charlie, Ayumi und dich, mit denen ich im Einklang bin.«

Sonnenlicht bricht in Ellies Augen, ihr Lächeln kehrt zurück. »Du solltest öfter wütend werden.«

So rasch sie meinen Verstand in Nebel gehüllt hat, verraucht die Wut. Ich schlinge die Arme um die Körpermitte. »W-was?«

»Du nimmst dich zu sehr zurück, um es anderen rechtzumachen.«

»Du hast dasselbe getan und Letizia deinen Platz bei den Golden Foxes überlassen.«

Ein harter Zug spielt um ihren Mund. »Ihr Weg war von ihrer Familie vorgezeichnet, sie möchte beweisen, dass mit dem Feldhockey eine andere Abzweigung auf sie wartet, die an ein Ziel führt. Für sie ist der Platz wichtiger gewesen als für mich. Als Freundin habe ich ihn ihr überlassen.«

»Wieso seid ihr keine Freundinnen mehr?« Mich darauf zu fokussieren ist leichter, als mir einzugestehen, dass die Grauschattierungen von Letizia und mir einander ähneln.

»Sie hat sich wie die zweite Wahl gefühlt.« Mit der flachen Hand fährt sie sich über das Gesicht. »Charlie möchte dir das Trikot mit dem goldenen Fuchs überlassen.«

Mein Herz setzt einen Schlag aus. »Nach allem, was passiert ist?«

Sie nickt. »Eure Gefühle füreinander liegen nicht in meiner Hand. Als eure Freundin wünsche ich mir, dass ihr glücklich seid. Zusammen und unabhängig voneinander. Auf dem Hockeyfeld seid ihr ein eingespieltes Team, und die Black Eagles brauchen euch, wenn sie übermorgen fliegen möchten. Das sage ich als eure Teamkapitänin.«

»Beim Oceania Summer Cup haben unsere Gefühle füreinander keinen Platz«, erwidere ich. »Laufen wir ein Stück zusammen?«

In gemäßigtem Tempo folgen wir dem Strandverlauf. Ellie gibt den Takt vor und erzählt mir von ihrer Schwester, die zum Turnier anreist. Ich schwebe in ihrem Orbit und fühle mich weniger einsam.

Wäre da nicht die Stimme, die mir einflüstert, dass ich keine Freundinnen verdiene. Ellie hält ihre Hand in eine Flamme, von deren Schimmern sie sich den Turniersieg erhofft – übermorgen wird sie sich an mir verbrennen.

***

Charlie dribbelt an Ayumi vorbei. Ihr Schläger schnellt ins Leere. Ellie verlässt die Nähe des Strafraums. Ich verliere mich in winterblauen Fluten und ungesagten Worten, laufe los und nehme den Ball von Charlie auf. Feuer lodert in meinen Adern und schnürt meine Brust zu. Ellie ist mir auf den Fersen, ich beschleunige mein Tempo, das Feld verschwimmt. An der Kante des Strafraums angekommen, möchte ich den Ball mit einem Drag Flick ins Tor befördern. Ein Ziehen in meinem linken Arm verwandelt den Schlag in einen kläglichen Stecher. Gerade so streift er die untere rechte Ecke des Netzes. Ich presse die Kiefer aufeinander. Wann bin ich so schwach geworden, dass der mir vertrauteste Schlag sich anfühlt, als müsse ich ohne Ziel einen Marathon laufen? Die Hände auf die Knie gepresst, zwinge ich Luft in meine Lunge.

Mathilde legt mir eine Hand auf die Schulter. »Gratulation zu eurem Sieg im Zwei-gegen-zwei.«

Charlie macht keine Anstalten, zu mir zu kommen. Den Schläger erhoben, die Beine schulterbreit auseinander, verharrt sie in ihrer Angriffsposition. Einzelne schokoladenbraune Locken haben sich aus ihrem Zopf gelöst, die Sonne färbt sie golden und das Lodern des Kampfgeistes überdauert in ihren Augen.

Sehnsucht kribbelt bis in meine Fingerspitzen. Uns trennen wenige Schritte. Dennoch ist sie unerreichbar.

»Das Training ist beendet.« Mathilde stellt sich in die Mitte des Feldes. »Nutzt den morgigen Tag zur Regeneration, bleibt nicht zu lange auf der Feier und lasst euch von euren Gegnerinnen nicht in demotivierende

Gespräche verwickeln. Ich bin stolz auf euch. Zwei Mannschaften der Academy beim Oceania Summer Cup spielen zu sehen, ist eine Ehre.«

»Wehe ihr enttäuscht mich beim Turnier.« Jeannes Worte gelten allein mir. »Ihr seid entlassen. Mit meiner Tochter würde ich gerne unter vier Augen sprechen.« Sie bedenkt Mathilde mit einem kurzen Blick. »Danach stehe ich dir zur Verfügung.«

Stirnrunzelnd sieht Mathilde mich an, als wolle sie fragen, ob sie uns alleinlassen kann. Ein aufmunterndes Lächeln kräuselt ihre Lippen, sie scheucht die anderen in die Umkleiden und raunt Jeanne im Vorbeigehen etwas zu.

Keinen der Blicke meiner Teamkameradinnen fange ich auf. Ich tue so, als würde ich die Enttäuschung nicht sehen, mit der Ellie mich bedenkt, oder den Schmerz, welcher Kanten aus Charlies weichen Gesichtszügen schleift. Charlies Zopf ist das Letzte, was ich sehe, ehe die Tür der Umkleiden zuschnappt.

Ein schnipsender Finger vor meinem Gesicht vertreibt den Qualm in meinem Kopf, ich zucke zusammen. »Soll ich raten, wo du mit deinen Gedanken bist, oder möchtest du es mir sagen?«

Dafür, dass Mathilde Charlie und mich gemeinsam hat spielen lassen, kann ich nichts.

Ungesagt zerrinnen die Worte zu Asche. »Ich habe enttäuschend gespielt … Trotzdem haben wir …«

»Gewonnen? Auf so einen Sieg bist du stolz?« Mit weiß hervortretenden Knöcheln umklammert sie den Gehstock, das Holz biegt sich – wie ich, der morsche Ast, welcher ihrem Sturm ausgesetzt ist. »Was war das für ein Schlag, mit dem du den Ball ins Tor befördert hast? Ein Stecher? Ein Drag Flick?«

Ihre Fingernägel dringen in meinen linken Arm. Tausende Nadelstiche in wiederkehrenden Abständen. Tränen steigen mir in die Augen; ich schlucke sie herunter.

»Carla lenkt dich ab. Jedes Mal, bevor du einen Ball von ihr aufnimmst, zögerst du.« Sie verzieht den Mund. »Eure Manöver sind riskant. Für einen Pass, der zum siegreichen Treffer führt, musst du näher an sie heran.« Sie beugt sich zu mir, der schwere Orchideenduft ihres

Parfums übertönt nicht den Gestank meiner Niederlage hinter der Maske eines Sieges. »Aber nicht nahe genug, um auf naive Gedanken zu kommen.«

Um auf naive Gedanken zu kommen, muss ich ihr nicht nahe sein. Dennoch ist da dieses Ziehen in meiner Brust. Was wäre, wenn ... ich Jeanne sage, dass ich den Platz bei den Golden Foxes nicht möchte ... ich mich auflöse ... mein Körper sich anfühlt wie ein Ozean, in dem mein Herz versinkt ... Charlies und meine Geschichte nicht zu Ende ist ... Wozu gibt es die leere Seite am Ende eines Buches, wenn sie nicht mit Worten gefüllt wird? Egal, welchen dieser Sätze ich wähle, das Ergebnis wäre dasselbe. Eine Scheinwelt, die zu Bruch geht, und ich, die unter den Trümmern begraben wird. Egal, wie viele Eventualitäten ich durchspiele. Sie enden auf diesem Hockeyfeld. Vor der Frau, die über meine Spielzüge bestimmt. Ich trinke ihr Gift, das mich langsam zerfrisst, andernfalls würde ich verdursten.

»Ich verspreche, mich zu konzentrieren und besser als sie zu spielen.«

Sie betrachtet mich, als wolle sie die Schichten meines Seins auffalten und nach der Lüge suchen.

»Auf dem Turnier sind wir das letzte Mal in einer Mannschaft.«

Ihre Züge verzerren sich, sie bohrt die Fingernägel fester in meinen Arm.

Blutrosen erblühen auf meiner Haut, dickflüssige Dornen umschlingen meine Arme, ich keuche.

»Das ist keine Einladung, dich wieder in ihrer Nähe aufzuhalten.«

Ich beiße die Zähne zusammen. »Ich weiß. Charlie möchte ohnehin nichts mehr mit mir zu tun haben.«

Sie drückt zu.

Ein raues Wimmern löst sich aus meiner Kehle. »Ich auch nicht mit ihr; ich habe meine Lektion gelernt.«

Sie hebt eine Augenbraue. »Und weiter?«

»Sobald wir das Turnier gewonnen haben und nicht mehr zusammen auf dem Feld stehen, muss ich keinen Gedanken mehr an sie verschwenden.« Jede Silbe ist ein Schnitt in meine Brust.

»Ich versuche, das zu glauben«, zischt Jeanne. »Dir ist hoffentlich klar, dass es nur eine Antwort darauf gibt, wer den Platz bei den Golden Foxes bekommt.«

»Ich.« Tonlos echot das Wort durch mein hohles Inneres – es ist leer.

»Wenn du nicht dafür sorgst, tue ich es.« Sie stößt mit dem Gehstock auf den Boden. »Morgen, wenn deine Teamkameradinnen mit ihren Familien beschäftigt sind, trainieren wir. Du musst in Topform sein.«

Zu mehr als einem Nicken bin ich nicht fähig. Bleierne Erschöpfung beschwert meine Glieder.

Seit neunzehn Jahren bin ich Jeannes Gefäß, das sie mit ihrem Traum füllt. Weiß sie, dass ein Gefäß überläuft oder zerspringt, wenn sie seine Tragfähigkeit überstrapaziert?

Kapitel 32

Taylor Swift – I Wish You Would (Taylor's Version)

00:00 -03:46

Charlie

I Wish You Would (Taylor's Version) echot meinen Herzschlag.

Die Zeit zurückdrehen. Maxine noch einmal begegnen. Nein, ich möchte nicht vergessen. Sondern neue Erinnerungen schaffen. Ich möchte, dass sie zurückkommt. Den Absprung wagt, statt sich an die Ketten zu klammern.

Luft gleitet durch die Zwischenräume zwischen meinen Fingern. Keine feingliedrige Hand, die sich mit meiner zusammenfügt.

Jeanne weicht nicht von ihrer Seite. Andernfalls würde ich versuchen, mit ihr zu sprechen.

Tatenlos sehe ich zu, wie sie an sich selbst zerbricht. Kraftlose Schläge. Nebel über ihren Augen, ohne Fokus. Ausgerissene Strähnen auf ihrem Trikot. Stoff, zusammengehalten von zwei Haarnadeln.

Warum sieht Jeanne nicht, dass Maxine ihren Weg gewählt hat, um zu fliehen? Dass sie nicht mehr lange durchhält?

Die Musik verklingt zu einem verzerrten Rauschen. Noten zu hell, um die Dunkelheit meiner Gedanken zu durchdringen.

Normalerweise wäre dies der Moment, in dem ich mir Gesellschaft suche.

Sechs Uhr morgens ist nicht die Uhrzeit, zu der ich Sophie in der Klausurenphase wecken möchte. Als ich ihr die ganze Wahrheit erzählt habe, haben wir beide geweint. Gestern ist sie nicht an ihr Handy gegangen. Beim Lernen schaltet sie es aus. Meine unlösbaren Gleichungen haben ohnehin keinen Platz in ihrem Kopf. Um ihre sehr guten Noten möchte ich sie nicht bringen.

Niemanden auf der anderen Seite der Welt kann ich um diese Uhrzeit anrufen. Auf dieser bin ich allein, umringt von Hunderten Menschen.

Die Spielerinnen aus den gegnerischen Teams sind am Campus eingetroffen. Meine Freundinnen, zahlreiche Teamkameradinnen und die meisten Golden Foxes haben Besuch von ihren Familien. Ayumi und Viona haben mich beide gefragt, ob ich mit ihren Familien Frozen Yogurt essen möchte. Die Antwort ist dieselbe gewesen. Ellie ist zum Flughafen aufgebrochen, um ihre Schwester abzuholen. Ich bin allein auf einem Campus voller Menschen. Gebeten zu kommen habe ich meine Familie nicht. Wozu Luftschlösser bauen, die sich im Wind auflösen?

Ich schalte die Musik aus. Ellie möchte, dass wir uns schonen. Eine Einheit im Fitnessstudio ist nicht verboten. Auf dem Laufband kann ich eine Realität erschaffen, in der ich vor dem Jetzt und dem Morgen fliehe.

Kaum habe ich mich in eine sitzende Position gebracht, klopft es.

»Herein.«

Wehe Ellie fragt mich, ob ich mit ihr und ihrer Schwester Frozen Yogurt essen möchte …

Leise klickend schwingt die Tür auf. Winterblau, die Farbe, welche ich am meisten sehen möchte, zieht mich in seinen Bann. Gesichtszüge, die meinen ähneln. Von den Lippen, auf denen ein vertrautes Lächeln liegt, bis zu den dichten Wimpern, in denen sich Tränenperlen verfangen.

Mein Herz setzt einen Schlag aus. »Mama?«

Zu Stein erstarrt starre ich die Frau an, welche unmöglich im Türrahmen stehen kann … Sie ist auf der anderen Seite der Welt.

So schnell sie die hohen Absätze tragen, überwindet sie den Abstand zwischen uns. Zieht mich in eine Umarmung. Vertraut wie die Tradition, an Heiligabend gemeinsam einen Film zu schauen. Kein Trugbild würde sich so real anfühlen. Meine Augen brennen. Ich schmiege mich in die Sicherheit ihrer Umarmung. Obschon sie die Ursache für den Sturm in mir nicht kennt, ist ihre Nähe das rettende Sonnenlicht.

»Was machst du hier?«

Sie streicht mir die Tränenreste von den Wangen. »Dich überraschen. Mir den Cup im Livestream anzusehen, wäre nicht dasselbe. Also habe ich mir Urlaub genommen.«

Zum ersten Mal seit langem ist mein Lächeln keine Lüge. »Es bedeutet mir viel, dass du dir die Zeit nimmst, jedes meiner Spiele im Livestream zu schauen. Dich hier zu haben, ist umso schöner.«

Sie schluckt. »Ich habe lange nicht verstanden, wie viel dir Feldhockey bedeutet.«

»Das ist Jahre her.«

»Was nichts daran ändert, dass ich dich unterstützen möchte. Dasselbe gilt für deinen Vater. Wenn es in der Praxis nicht so viele Notfälle gäbe, wäre er mitgekommen.«

»Das weiß ich. Beides.« Ich lehne den Kopf an ihre Schulter.

Sie schlingt die Arme fester um mich. »Und es ist unsere Chance, die Academy anzusehen.«

Der Fluss meiner Gedanken stößt gegen einen Stein. »*Unsere*?«

Ihre Aufmerksamkeit huscht zur Tür.

Zum zweiten Mal ist mir, als würde ich ersticken und zeitgleich aufatmen.

Im Türrahmen lehnt Sophie. Ihr Lächeln offenbart die Lücke zwischen ihren Schneidezähnen. Die türkisblauen Augen sind Meereswellen, welche die Lasten auf meinen Schultern fortspülen.

Ich stürme auf sie zu und werfe mich in ihre Arme. Sie strauchelt, ihr Lachen kitzelt mein Haar. Wir schwanken, taumeln einige Schritte, ehe sie mich festhält.

Ich erwidere die Umarmung heftig. »Dass du mir nichts verraten hast, als wir telefoniert haben, war fies«, murmle ich in ihre Halsbeuge.

Sie sucht meinen Blick. »Wegen der Zeitverschiebung ist es nicht leicht gewesen, mich nicht zu verplappern.«

»Was ist mit deinen Klausuren?«

Sie hebt eine Augenbraue. »So sehr freust du dich, mich zu sehen?«

Lachend weiche ich einem halbherzigen Schlag ihrerseits aus.

»Es gibt Nachschreibetermine und kommende Semester. Dein erster Oceania Summer Cup findet nur einmal statt.«

»Du hast gewonnen.«

Sie schlingt einen Arm um mich. Ihr Kopf findet den Weg auf meine Schulter. Ein verlorengeglaubtes Puzzleteil, das sich in die Lücke einfügt. Als hätte nie ein Ozean zwischen uns gelegen. »Außerdem muss ich mich live davon überzeugen, dass du bei den Black Eagles gut aufgehoben bist. Die zukünftige Olympiasiegerin fehlt uns zuhause.«

Ich schlucke. »Falls ich jemals bei Olympia spiele, ist es ein weiter Weg.«

»Solchen Enthusiasmus kenne ich von deiner Schwester, nicht von dir«, wirft Mama ein.

Das Eis, unter dem die Wahrheit verborgen liegt, knackt. Risse zersplittern das Konstrukt, auf dem Mama steht. Kälte breitet sich unter meiner Haut aus. Die Abgründe darunter darf ich ihr nicht zeigen. Sie würde Jeanne zur Rede stellen. Maxine in dem Versuch, sie hinaufzuziehen, von der Kante stoßen, auf der sie balanciert.

»Wie habt ihr es geschafft, das Ganze zu planen?«

Sie runzelt die Stirn. Ungesagte Worte hängen wie Tautropfen zwischen uns. Ihre Züge glätten sich, das Eis unter meiner Haut schmilzt. »Ich habe nichts geplant.« Schmunzelnd schüttelt sie den Kopf. »Lucie hat den Flug und das Hotel gebucht, wollte nicht bis zu meinem Feierabend warten und meinte, es wäre eine gute Idee, beides an meine geschäftliche E-Mail-Adresse zu schicken.«

Sophie spiegelt ihren Gesichtsausdruck. »Mich hat sie angerufen. Während einem Seminar, aber der Gedanke zählt.«

»Lucie hat Ellies Schwester auf *Instagram* gefragt, ob sie zum Oceania Summer Cup anreist«, fährt Mama fort. »Mit Ellie hat sie auch geschrieben. Sie hat denselben Flug gebucht, und Ellie hat uns vom Flughafen abgeholt.«

Seit der Erwähnung von Lucies Namen sind ihre Worte eine Melodie ohne Noten. Mein Herz schlägt entbrannt von einem Wunsch, der vor wenigen Minuten so unrealistisch schien wie weiße Weihnachten in Sydney.

Mama liest mir die Hoffnung vom Gesicht ab. »Sie wartet in der Eingangshalle …«

Die Umgebung verschwimmt. Als würde ich von einem unsichtbaren Strudel gezogen, sprinte ich aus dem Zimmer, den Gang entlang und die Treppe hinab.

Goldene Sonnenwellen durchfluten die Eingangshalle. Zeichnen ihre

Konturen in warmen Farben nach. Meine Schwester leuchtet heller, ihr Haar ist flüssiges Gold, das weiße Kleid mit Lichtgarn bestickt. Gleißende Sterne treten an die Stelle ihrer Augen, als sie mich bemerkt. Gerade rechtzeitig hat sie sich aus dem Rollstuhl hochgestemmt, da stolpere ich in ihre Arme.

»Du bist hier.« Eine Mischung aus Schluchzen und Lachen wird vom Stoff ihres Kleides gedämpft. »Ich fasse es nicht, dass du mir nichts davon gesagt hast.«

Sie drückt mich so fest an sich, dass mir die Luft wegbleibt. »Es sollte eine Überraschung werden.« Ein Zischen unterbricht sie.

Ich lasse sie los. Tief ausatmend sinkt sie in den Rollstuhl. Langes Stehen ist für sie mit Anstrengung verbunden.

Ich lege eine Hand auf ihre. Ihre Finger gleiten zwischen meine. Filigran und makellos, zwischen meinen von Schwielen gezierten. Teile eines Ganzen. »Dass sie gelungen ist, habe ich Mama und Sophie bereits gesagt.«

Sie schnaubt. »Mama hat mir nicht erlaubt, in dein Zimmer mitzukommen. Treppen sind nicht meine besten Freundinnen. Für dich hätte ich es versucht.«

»Ich werde Teresa und Léon sagen, dass sie mit ihrer Mutter über Barrierefreiheit an der Academy sprechen sollten.« Verschwörerisch senke ich die Stimme. »Das Wellnesscenter ist barrierefrei.«

Meine Worte zeichnen ihr ein Lächeln ins Gesicht. »Davon würde ich mich gerne selbst überzeugen.«

»Nachdem ihr eine Führung hattet.«

»Ich freue mich.« Sie drückt meine Hand. »Chiara und Simon wären gerne mitgekommen, sie konnten sich keinen Urlaub nehmen. Mattéo muss sein Uniprojekt fertigstellen, und Francesca ist wütend, dass sie keine Entschuldigung für die Schule bekommen hat. Sie hat sogar mich gefragt, ob ich sie unterschreibe.« Ihre Mundwinkel zucken. »Du solltest sie anrufen und ihr versichern, dass wir ohne sie keinen Spaß haben. Sie werden den Livestream gemeinsam schauen.«

Ich spüre, dass Lucie sich anspannt. Ein Blick über die Schulter verrät mir, dass Mama und Sophie die Treppe heruntergehen.

»Ich habe nicht vor, Mama alles zu erzählen.« Schmerz tropft aus meinen Worten. Zähflüssige Fäden, die wie Teer an jeder Faser meines Körpers kleben, und mich mit Maxine verbinden. Ob sie sich aus dem Netz befreit hat? Oder drückt es ihre Brust mit derselben Wucht zusammen?

Lucie presst die Kiefer aufeinander. »Ich kann für nichts garantieren, wenn ich Jeanne über den Weg laufe.« Risse zersplittern den Zorn in ihrer Miene. Dahinter spiegelt sich mein Schmerz. »Ich würde gerne mit Maxine reden.«

»Von wem sprecht ihr?« Mamas Frage ist der Windstoß, welcher unsere Unterhaltung in Sandkörner zerteilt.

Lucie setzt eine Unschuldsmiene auf. »Das ist ein Geheimnis unter Schwestern.«

Aus schmalen Augen sieht sie zwischen uns hin und her.

»Wolltest du uns nicht herumführen, Charlie?«, glättet Sophie die Wogen.

Ich werfe ihr einen dankbaren Blick zu und straffe die Schultern. »Was wollt ihr zuerst sehen?«

***

Goldene Lichterketten spannen ein Netz an die Zeltdecke. Mit spitzer Feder und blasser Tinte zeichnen sie Muster an die cremefarbenen Wände. Das Schimmern konturiert die Wappen der Feldhockeymannschaften. Wie an Halloween gliedern sich die Zelte in einen Hauptraum mit Steh- und Sitzgelegenheiten, einen, in dem das Buffett aufgebaut ist sowie jenen, aus dem leise Musik zu uns hinüberschwappt.

Den Nachmittag haben wir nach der Führung am Strand verbracht. *TikToks* zu Taylor-Swift-Songs sind Pflaster für mein Herz. Mama ist nicht begeistert davon gewesen, uns zu filmen. Von ihrem Gastauftritt noch weniger. Immerhin hat dieser sie von den Lyrics abgelenkt. Oder davon, dass das *TikTok* 10.000 Aufrufe hat. *Is It Over Now?* und *I Can Do It With a Broken Heart* fassen in Worte, was sich wie Regen in einer Wolke in mir anstaut.

Von einem der Tische aus winkt uns Ellie zu sich.

Auf dem freigehaltenen Platz neben ihr lasse ich mich nieder und umarme sie. »Danke, dass du meiner Familie den Weg über den Pazifik gezeigt hast.«

Sie lacht. »Nicht so überdramatisch.«

Lucie setzt sich neben mich. »Außerdem habe ich sie darum gebeten. Und sie hatte eine Komplizin.«

Ellie deutet auf die Frau gegenüber, neben die sich Sophie und Mama gesetzt haben. Bis auf den Pixie Cut ist sie ihr wie aus dem Gesicht geschnitten. »Das ist Svea, meine große Schwester. Ihr Ehemann passt auf meine Neffen auf, meine Eltern auf ihr Hotel.«

»Schön, dich kennenzulernen«, sagt sie auf Deutsch.

Ein Kellner bietet uns alkoholfreien Sekt an.

Lucie dreht das Cordialglas, in dem alkoholfreier Sekt und Orangensaft wie flüssiges Gold schimmern, zwischen den Fingerspitzen. »Hier müsste ich nie erklären, wieso ich keinen Alkohol trinke.« Ihre Nasenflügel zucken. »Nach den Aufführungen stellt immer irgendjemand diese Frage.«

»Das kenne ich aus der Schulzeit.« Nach schlechten Erfahrungen habe ich dem Alkohol abgeschworen. Ich hebe mein Glas. »Auf das Alkohol-Verbot.«

Grinsend stößt sie das ihre gegen meins.

Mama betrachtet uns kopfschüttelnd. Die Wärme, welche die Winternacht in ihren Augen erhellt, verrät sie.

Ayumi, ihr Vater und ihr Bruder finden sich an unserem Tisch ein. Gefolgt von Viona und ihren Großeltern, die sich auf die letzten Stühle quetschen.

Nacheinander bedienen wir uns am Buffet. Ich verfolge die Gespräche vom Zuschauerrang aus. Lucie, Sophie und Viona vergleichen ihre Song-Rankings bei *Swift Alert* und ihre alten Punktestände bei *Mastermind*, und Lucie zeigt allen Fotos von Betty und Taylor. Die anderen sprechen über den bevorstehenden Cup.

Ein Zupfen an meinen Sinnen lenkt mich von der Unterhaltung ab. Klavierklänge, verwoben mit einer wohlbekannten Stimme.

Lucie legt eine Hand auf meine. *All Too Well (10 Minute Version).* Jede Note ist ein Splitter in meinem Herzen. Eine Erinnerung, dass ich nicht aufgehört habe zu verbluten.

Wie der Vorhang bei einer von Lucies Musicalaufführungen lichtet sich die Menge vor dem Zelteingang. Jeannes Kleid ist düsterer als eine mondlose Herbstnacht. Ihre Züge sind eine Maske aus Eis. Den Gehstock hält sie wie das Zepter einer Königin. Das Haupt mit der unsichtbaren Krone erhoben.

Maxine geht in ihrem Schatten, die Schultern zusammengezogen. Jeannes Präsenz schluckt ihr Licht. Ihre Augen sind so grau wie der Stoff des Kleides, das kaum Halt an ihrem Körper findet. Als spüre sie, dass ich sie ansehe, hält sie inne. Ich verliere mich in Silber. Unendlich wie das Universum. Um uns herum bewegt sich die Menge. Unscharf, wie ein grobkörniger Film. *All Too Well (10 Minute Version)* echot durch meinen Körper. Seit wir nicht mehr miteinander sprechen, habe ich sie täglich gesehen. Dieser Augenblick fühlt sich intensiver an. Wie ein Riss in der Zeit, der uns erlaubt, zurück in die Halloweennacht zu reisen. Sie betritt das Zelt, ich sitze an einem Tisch. Wie damals, als der Ozean zwischen uns überwindbar schien. Nicht gefüllt mit Wellen aus mutlosen Momenten und verpassten Chancen. Die gläsernen Fäden brechen das goldschimmernde Licht. Gewoben aus Erinnerungen, die sich nicht durchschneiden lassen.

Mit scharfer Klinge zerteilt Jeannes Stimme den Moment. Ein Wort, drei Silben. Der Name ihrer Tochter, die mit eingezogenem Kopf in ihren Schatten zurückkehrt.

»Ich würde gerne Charlies Trainerin kennenlernen.«

Der Überrest des Moments tropft mir von den Fingerspitzen. Ich wirble herum. In Lucies Augen spiegelt sich mein von Fassungslosigkeit gezeichnetes Gesicht.

Mama runzelt die Stirn. »Jeanne Martin? Die Frau, die Charlie und die anderen«, sie stockt, »nicht immer fair behandelt.«

»Als ehemalige Spielerin im olympischen Damenteam hat sie andere Standards.« Mein Ton soll überzeugend klingend, in der Mitte des Satzes bröckelt er.

Ayumi schnaubt.

Ich balle die Hände zu Fäusten ... Wenn ich meine Wange berühre, sieht Mama den bleichen Schatten eines Risses ...

Goldene Blitze zucken in Lucies Augen. »Ich möchte mich mit ihr unterhalten. Das ist alles.«

Ellie mahlt mit den Kiefern. »Das würde ich lassen.«

Viona spielt mit ihrem *Miss-Americana*-Bracelet. »Wenn du ihr Feuer mit Feuer bekämpfst, verbrennst du dich.«

Lucie zwirbelt eine Haarsträhne um den Zeigefinger. »Ich bin in der Lage, mit ihr zu sprechen, ohne ihr zu sagen, dass sie euch nicht so behandeln soll.«

Ich drücke ihre Hand, sie wendet sich mir zu. Mit Jeanne sprechen möchte sie genauso wenig wie alle an diesem Tisch.

Maxine würde ihren Käfig nicht verlassen, wenn die Tür offen stünde. Zu sehr hält sie an trügerischem Schutz fest.

Ob ich Lucie umarmen oder sie festhalten möchte, weil sie versuchen möchte zu ihr durchzudringen, weiß ich nicht. Kaum merklich nicke ich.

Mama trinkt ihren letzten Schluck alkoholfreien Sekt. »Ich begleite dich.«

Lucie zieht die Nase kraus. »Ich kann auf mich selbst aufpassen.«

»Ich mache mir keine Sorgen um *dich*.«

Sie verdreht die Augen, ehe sie nickt.

Ich atme auf. Solange Mama dabei ist, zieht sie – ob mutwillig oder aus Versehen – keine der Karten aus meinem Kartenhaus.

Hoffentlich sind Jeanne und ich ausnahmsweise einer Meinung: Alles zerbricht, wenn es zusammenstürzt.

Kapitel 33

Taylor Swift – my tears ricochet

00:00 -03:46

Maxine

Taylors Stimme ist die Tinte einer Geschichte. Von einer Frau mit winterblauen Augen, die Wildblumen in meinem Frost gesät hat. Jetzt erfriere ich an mir selbst.

Der Verlust hat uns beide mit einer anderen Klinge verletzt: Ich habe sie geführt, Charlies Haut hat sie durchdrungen. In dem Moment, als unsere Blicke verschmolzen sind, habe ich gespürt, dass sie uns gleich tief geschnitten hat.

Der Schmetterlingsanhänger drückt unter dem Kleid gegen meinen Kehlkopf. Ich habe uns beerdigt und bewahre dieses letzte Artefakt, als könne es mir die Stärke verleihen, aus dem Käfig auszubrechen, den ich selbst erbaut habe.

Eisenfesseln umschließen mein Handgelenk. Früher hat Jeannes Griff wehgetan, mittlerweile könnte ich mich ihr mit einem Ruck entziehen. Sie dreht mich herum, taxiert mich mit zusammengezogenen Brauen. »Wo bist du mit deinen Gedanken?«

»Auf dem Hockeyfeld«, gebe ich die richtige Antwort.

»Hoffentlich zweifelst du nicht an eurem Sieg.«

Verloren habe ich das Match, auf das es ankommt, längst.

»Ich gehe im Kopf unser letztes Training und mögliche Strategien durch.« Die vergangene achtstündige Einheit hat sich als zähe Schwere in meinen Körper gefressen, die bei jeder Bewegung an Gewicht zunimmt.

»Wenn du an den Cup morgen denkst, iss etwas. Du musst in Topform sein.« Sie verzieht den Mund, als hätte sie in etwas Saures gebissen.

»Wobei *Essen* nicht die richtige Bezeichnung dafür ist.« Mit spitzen Fingern schöpft sie Salat auf zwei Teller, Tofu für mich, Garnelen für sich, und legt jeweils drei Stücke Vollkornbaguette dazu.

Wortlos nehme ich den Teller entgegen. Schmerz durchfährt meinen linken Arm, Ausläufer der Flammen greifen auf meine Brust über. Mein Herzschlag ist ein Flimmern in der Tonleiter. An Dauer verlierende Intervalle zwischen schrillen Tönen.

Jeanne packt mich am linken Arm, ihr Griff gleicht einem Schmiedeeisen, ich beiße mir auf die Zunge, unterdrücke einen Aufschrei. Sie führt mich zu einem Stehtisch, fernab von winterblauen Augen – der Farbe, an der ich ertrunken bin.

Ein anderes Mosaik aus Blautönen strahlt mir entgegen.

Mein Nach-Luft-Schnappen verkommt zu einem Röcheln.

Jeannes Gabel erstarrt auf halbem Weg zum Mund. »Kann ich Ihnen helfen?«

»Wir möchten Charlies Trainerin kennenlernen.« Sie bietet Jeanne die Hand dar, mit einem Lächeln wie gemalt, strahlend an der Oberfläche, ohne Wärme dahinter. »Monique Chevalier.«

Jeanne ergreift sie flüchtig. »Jeanne Martin, und das ist meine Tochter Maxine.« Ihre honigsüße Stimme ist so dickflüssig, dass ich den Tisch umklammere. Andernfalls würde ich darauf ausrutschen. »Carlas Teamkameradin, wie Sie sicher wissen.«

Moniques Züge erweichen, als sie mich ansieht. Die Art, wie ihre Mundwinkel nach oben zucken, die Blautöne, welche in ihren Augen ineinanderfließen. In ihr steckt so viel Charlie, dass ich zurückweichen möchte. Oder eine Hand nach ihr ausstrecken. »Es freut mich, dich kennenzulernen.«

»M-mich auch.«

»Das ist meine Tochter Lucie.«

Charlies große Schwester anzusehen, schmerzt mehr als der Blick in Moniques Gesicht. Zwei Wochen ist unser letztes Telefonat her. Ohne einen Bildschirm zwischen uns blendet mich ihre Schönheit umso mehr. Ihre Locken und ihre Augen sind flüssiges Gold, kühl hebt sich ein puderrosa Kleid von ihrer Haut ab. »Schön, dass wir uns persönlich kennenlernen.« Unter ihrem ruhigen Tonfall brodelt etwas. »Charlie hat mir viel von Ihnen erzählt.«

Ihre Worte gelten Jeanne, ihre Aufmerksamkeit ruht auf mir. Mir ist, als stürze ich in die Sonne. Glühende Flammen, entzündet aus allen Wahrheiten, die tief in mir vergraben sind, versengen meine Haut und füllen meine Kehle mit Rauch – Lucie weiß alles.

Lucies Leuchten durchdringt Jeannes Maske, dahinter schimmert eine Emotion, die mich an etwas erinnert. An jemanden. An mich. Ein Mädchen, das sich in Schatten hüllt. Ein Lichtfunke genügt, um die Wahrheit zu offenbaren.

Jeanne streicht ihr faltenfreies Kleid glatt. »Das wäre?«

Aus dem Augenwinkel linse ich zu Lucie, innerlich flehe ich sie an, Jeanne die Wahrheit ins Gesicht zu schleudern und halte unsere Scheinwelt fester. Wenn sie in Flammen steht, brenne ich mit ihr. Was wäre schmerzhafter? Asche in meinen Atemwegen, die droht mich zu ersticken, oder ein Feuer, das mein Leben nieder- und mir den Weg freibrennt?

Lucie betrachtet ihre weiß lackierten Fingernägel. »Es ist ihr wahrgewordener Traum, Sie als Trainerin zu haben. Seit der Kindheit sind Sie ihr Vorbild.« Ihr Blick bohrt sich in Jeannes, Sonne und Sturm prallen aufeinander. »Nie hat sie eine Trainerin so an ihre Grenzen gebracht. Dank Ihnen ist ihr einiges klargeworden. Es hat sich gelohnt.«

Die Luft ist schwer von schönen Lügen und hässlichen Wahrheiten. Für Lucie sind Jeanne und ich durchscheinend wie das leere Glas vor mir. »Ich hole mir etwas Neues zu trinken.«

Jeanne sieht mich aus schmalen Augen an, ehe sie nickt.

»Ich auch.« Alles in mir zieht sich beim Klang von Lucies Stimme zusammen, sie ist das Scheinwerferlicht und ich das Reh, welches auf den Autoaufprall wartet.

Ohne etwas zu erwidern, bahne ich mir den Weg durch die Menge. Mit einer Schrittlänge Abstand folgt sie mir. Im Nachbarzelt, vor dem Buffet, angekommen, zwinge ich mich, sie anzusehen. Angestaute Gefühle drängen an die Oberfläche – solange Jeanne hierherkommen könnte, darf ich nichts riskieren.

Mein letztes Ass lege ich auf den Tisch. »Charlie t'a tout dite«, stammle ich in gebrochenem Französisch.

Ihre fein gezupften Augenbrauen ziehen sich zusammen.

»Jeanne ne sait pas parler français.«

»Si c'est le cas ...« In langsamem, melodischen Französisch fährt sie fort und gibt mir eine Chance, gedanklich mitzukommen. »Vielleicht sollte ich mir einen neuen Beruf suchen, wenn ich als Schauspielerin nicht überzeugend bin.«

»Du wolltest, dass wir es merken.« Ich ziehe die Schultern ein. »Sag, was du sagen möchtest.«

Das Gold ihrer Augen ermattet zu ausgebrannten Sternen in einem leeren Universum. »Charlie hat sich gewünscht, dass wir dieses Gespräch unter anderen Umständen führen. Was ich sage, wird an dir abprallen.«

Ich streiche mein Kleid glatt. »Woher ...«

»Woher ich das weiß?« Ihre Sprachmelodie verklingt zu dunklem Moll. »Nicht, weil ich weiß, wie du dich fühlst. Wenn Menschen das sagen, ist es eine Lüge.« Sie fährt sich durch die Locken. »Ich weiß, wie es ist, von Mauern in Grautönen umgeben zu sein, die deinem Leben alle Farben entziehen. Vor der Welt dahinter fürchtest du dich mehr als davor, gefangen zu sein. Ich habe in ständiger Dunkelheit existiert und Angst vor dem Leben gehabt. Davor, zu akzeptieren, wer ich bin und zu entscheiden, wer ich sein möchte.« In einer zittrigen Bewegung reibt sie sich die Arme.

Der Atem verfängt sich in meiner Lunge. Zu wissen, dass sie versucht hat, sich umzubringen, fühlt sich anders an, als es zu sehen, und beim Telefonieren habe ich ihre Arme nicht beachtet. Von ihren Handgelenken, über ihre Pulsadern, ziehen sich rotschimmernde Verästelungen. Über den Narben schimmern filigrane Tattoos – *this is me trying* und *Fearless*.

Scharfkantig heben sich die Narben an meiner Hüfte von meiner Haut ab. Bewunderung steigt in mir auf, vermischt mit Resignation, dass ich nicht stark genug bin, meine Mauern einzureißen. Mein Leben steht auf einem Konstrukt aus Lügen; das zuzugeben und für mich einzustehen, würde bedeuten, dass neunzehn Jahre in Trümmern vor mir liegen, aus denen ich etwas Neues bauen müsste.

»Das ist meine Art gewesen, Leere zu spüren, statt an der Flut der negativen Emotionen zu ertrinken oder leben zu müssen, während ich mich innerlich tot fühle.«

Ich schlinge die Arme um die Körpermitte. »Ich dachte, du wüsstest nicht, wie ich mich fühle.«

Sie lächelt schwach. »Weiß ich auch nicht. Deshalb muss ich von mir sprechen.« Sie umfasst ihr Armband – fliederfarbene Perlen und das Wort *Enchanted* – als taste sie nach einer helfenden Hand. »Ich habe lange keine Hilfe gewollt und gedacht, wenn ich meine Maske abnehme und meine Gefühle herausschreie, würde das Echo auf mich zurückfallen. Dabei schmerzt es mehr, still zu zerbrechen. Hilfe anzunehmen ist das Mutigste gewesen, was ich je getan habe.« Mit den Fingerspitzen berührt sie ihren Ring, welcher die Lichtbögen über uns reflektiert. »Und ich habe zugelassen, dass Chiara die Mauer überwindet. Bis heute gelingt ihr das nicht immer, und es gibt Tage, an denen die Steine uns beide unter sich begraben. Aber es gibt auch solche, an denen ich merke, dass sich mein Kampf gelohnt hat.«

Meine Aufmerksamkeit schweift über die Feiernden. Wie schön es wäre, wie sie zu sein … unbeschwert … gebadet in den goldenen Lichtern … einfach zu *sein*, ohne einen Sturm, der mich auseinanderreißt, oder die Leere, in die ich stürze. Ich wende mich von ihnen ab. Um eine von ihnen zu sein, müsste ich aufhören, ich zu sein.

»Ich kann dich nicht bitten, dir Hilfe zu suchen oder Charlie zurück in dein Leben zu lassen. Das ist deine Entscheidung, und du solltest niemals für andere Menschen leben.« Ihre Züge verhärten sich. »Auch nicht für deine Mutter. Sondern für dich.«

Stück für Stück zerbricht etwas in mir. Ein Teil von mir möchte fallen, unter der Furcht vor dem Aufprall im Nichts verblasst er.

Sie muss aufhören, mir einen Spiegel vorzuhalten und mich zu zwingen, mich mit mir selbst auseinanderzusetzen!

»Ich weiß nicht, wie das geht«, sage ich leise.

»So geht es mir auch oft, aber das heißt nicht, dass ich es nicht versuche.« Ohne die Aufmerksamkeit von mir zu lassen, füllt sie Vanille Cola Zero in zwei Gläser, von denen sie mir eins reicht. »Denk über meine Worte nach.«

Ich nehme das Glas entgegen, die Flüssigkeit schwappt über meine Hand. »Du hältst mir keinen Vortrag wegen Charlie?«

»Wie eure Geschichte weitergeht, ist nicht meine Entscheidung. Obwohl ich mir wünsche, dass das Ende noch nicht geschrieben ist. Ich habe euch zusammen gesehen, und das hat mir gezeigt, was ich wissen muss. Du bedeutest ihr viel.« Ihr Blick zuckt zu ihrem Ring, als müsse sie sich vergewissern, dass er dort ist, und sie atmet auf. »Wenn das auf Gegenseitigkeit beruht, lass sie nicht gehen. Diesen Fehler hätte ich beinahe gemacht, und ich bereue es keine Sekunde, dass ich meine Mauern eingerissen habe.«

Gegen die Trockenheit meiner Kehle trinke ich das halbe Glas in einem Zug. »Sie bedeutet mir ... z-zu viel ... I-ich muss darüber nachdenken.«

»Immerhin bist du ehrlich.« Wärme sickert aus ihrem Blick. Sonnenlicht, in dem ich wachsen könnte, wenn ich aus den Schatten trete. »Du bist nach wie vor zur Hochzeit eingeladen, immerhin magst du Flieder.«

Ein Lächeln zupft an meinen Lippen, ein Stein drückt auf meine Brust.

»Und das beste Getränk.« Sie füllt mein halbleeres Glas auf. »Wenn du eine Person zum Reden brauchst, bin ich da. Egal, wie es zwischen Charlie und dir weitergeht.«

»Ich habe kein Handy ... also ... nicht wirklich ... Jeanne kontrolliert es.«

»Du hast Freundinnen, die *Instagram* haben und mir dort schreiben oder dir ihr Handy leihen können. Es gibt immer einen Weg. Wenn du in einer Sackgasse stehst, musst du ein paar Schritte zurückgehen, bis du eine neue Abzweigung findest.«

Mit diesen Worten wendet sie sich ab und führt mich ins Festzelt – in Jeannes Schatten, in dem ich verwelke.

Ist es nicht zu spät, mir eine Lichtquelle zu suchen, wenn die Blüten verdorrt sind?

***

Ich schrecke auf, die Fragmente eines Traumes rinnen in feinen Schweißperlen auf die Matratze. Ich habe geträumt, dass die Welt in Flammen steht ... dass meine Flügel von Glut zerfressen werden, bis ich vor der Asche von Jeannes Traum stehe. Danach bin ich im freien Fall gewesen. Silberlicht verwandelt die Möbel in verschwommene Schatten.

Eine Wolke schiebt sich vor den Mond hinter dem Fenster, die Dunkelheit legt mir eine Hand um den Hals – eiskalt und endgültig drückt sie zu. Schmerz explodiert in meiner Brust, frisst sich bis in meinen Bauch. Ich beiße mir auf die Innenseite der Wange, schlucke einen Schrei herunter. Eine Hand strecke ich nach meinem Bauch aus, spüre Haut, die sich unter meinem schweißverklebten Nachthemd wölbt, und etwas Spitzes. Sogleich ziehe ich die Finger zurück, als hätte ich mich an meinen eigenen Scherben geschnitten. Bitterer Geschmack sammelt sich in meinem Mund, ich taste nach der Wasserflasche auf dem Nachttisch, das Pochen meines linken Arms ignorierend. Lauwarm spült die Flüssigkeit die Enge aus meiner Kehle. Wie eine Ertrinkende, welche im letzten Augenblick die Wasseroberfläche durchbrochen hat, ziehe ich die Luft ein.

Dahinter wartet kein Horizont, der Schmerz versinkt nicht auf dem Grund. Mein Herz flimmert wie ein schwacher Schein inmitten eines Unwetters. Funken glühen unter meiner Haut, fressen sich mit scharfen Zähnen bis zu meinen Knochen.

Ich blicke nach links, drehe mich nach rechts, schlinge die Arme um mich. Keine Position bringt Linderung, jedes Mal dringt etwas Spitzes in meine Haut, als seien Nadeln mit mir verwachsen. Ich bin allein in einem Gefängnis aus Flammen und Dunkelheit. Neben mir ist keine Charlie, die mich in den Arm nimmt.

Ich grabe die Nägel in meinen linken Arm, einer von ihnen splittert, und kämpfe mich ans Ufer.

Morgen ist das Turnier. Schlafe ich nicht bald ein, kann ich nicht mein Bestes geben.

Wie, wenn mein Körper aufgibt? Um jeden Preis muss ich morgen funktionieren. Das Schiff über Wasser halten, ignorieren, dass der Keller vollgelaufen ist, und so tun, als sei sein Untergang ein Sieg. Ich muss Jeannes Waffe wählen, um in dieser verlorenen Schlacht zu siegen.

***

Die Fliesen sind grellweiß, kahl und kalt wie mein Gemüt. Schwarze Flecken, die vor meinem Blick tanzen, begleiten mich seit der letzten Nacht.

Um meinen Hals glitzert der Schmetterlings-Anhänger, mein Andenken an Charlie, das ich mit meinem Vorhaben beschmutze. Welches Recht habe ich, ihn zu tragen? Meine Finger rutschen vom Verschluss ab – die Kette abzunehmen, würde bedeuten, dass unser Papierboot endgültig gesunken ist.

Wegen Charlie bist du nicht hier, reiß dich zusammen!

Darauf bedacht, meine Haut nicht zu berühren, schiebe ich mein Oberteil hoch. Den Bauch ziehe ich so weit ein, dass ich keinen Blick auf ihn erhasche. Der Sport-BH darunter hebt sich von meinen Brüsten ab. Vorsichtig, um kein Geräusch zu verursachen, löse ich den Klebestreifen von dem rosafarbenen Stoff, drei Tabletten rollen in meine Handfläche – meine Schlüssel zum Sieg. Ephedrin, das ich aus Jeannes Badezimmer gestohlen habe, und eine Schmerztablette.

Nach dem Match wird Jeanne dafür sorgen, dass ich den Drogentest überstehe.

Schweiß klebt mir das Haar an die Stirn wie die Scham. Schwindel zerrt an mir. Heute Morgen bin ich zu schwach gewesen, um joggen zu gehen, auf dem Turnier muss ich perfekt sein.

Mit zusammengebissenen Zähnen würge ich die Tabletten herunter und stolpere aus der Kabine.

Wasser brennt in den halbmondförmigen Malen auf meinen Handflächen. Verkrampft packe ich das Waschbecken und begegne sturmgrauen Augen. Eingefallene Wangen, papierdünne Mondlichthaut und eine Leere, die mir einen Schauder über den Rücken jagt. Die Frau im Glas erinnert mich so sehr an Jeanne, dass ich nicht weiß, ob sie eine

Fotografie oder mein Spiegelbild ist. Der Schmetterlings-Anhänger ist in meinem Ausschnitt verschwunden. Die Metamorphose ist abgeschlossen. Das Negativ ist in der Sonne verblasst, die schwarz-weiße Fotografie überdauert. Oder vielleicht hat es die ganze Zeit nur eine schwarz-weiße Fotografie gegeben.

Mein Puls schlägt auf dem Weg in die Umkleidekabine bis zum Anschlag.

Ellie wirft mir ein aufmunterndes Lächeln zu. »Jetzt sind wir vollzählig.« Ihre Worte laden die Luft elektrisch auf.

Ich sinke auf die äußerste Bank und ziehe meinen Rock hoch, bedingt fixieren die Haarnadeln ihn über meiner Hüfte.

»Ihr seid das beste Team, das jemals den Namen Black Eagles getragen hat. Ich bin stolz, eure Kapitänin sein zu dürfen.« Ihre Aufmerksamkeit huscht zu der nachtschwarzen Kapitäninnen-Binde an ihrem rechten Oberarm. »Dank euch spielen wir heute auf demselben Turnier wie die Golden Foxes. Das ist genauso viel wert wie ein Sieg.« Sie reckt das Kinn. »Trotzdem wäre es der Beweis, dass die Klassengesellschaft an der Academy sinnlos ist, wenn wir gewinnen.«

Ayumi verdreht die Augen. »Wie immer kein Druck.«

Ellie grinst. »Nicht im Geringsten. Vor allem möchte ich, dass wir auf dem Hockeyfeld als Team funktionieren, eine gute Zeit haben und möglichst weit kommen.«

Zustimmende Rufe zerschneiden die angespannte Luft.

Ich spüre einen Blick auf mir, der zu Gänsehaut wird. Sekunden fließen dahin, in denen Charlie und ich ertrinken, ich in winterblauen Fluten und sie in sturmgrauem Nebel. Ihre Lippen sind leicht geöffnet, ihre Brauen zusammengezogen, sie schaut sich um, ehe sie den Abstand zwischen uns überwindet. Mein Atem stockt, so nahe ist sie mir nicht gewesen, seit Jeanne uns erwischt hat. Ihr Duft umhüllt mich, ich müsste mich nur vorbeugen, um ihren Atem auf dem Gesicht zu spüren ...

»Viel Erfolg.« Sie klingt so unsicher wie ich mich fühle. »Ich glaube an dich und würde heute gerne mit dir gemeinsam spielen. Als Team bringen wir die Black Eagles zum Sieg.«

»D-den wünsche ich dir a-auch.« Ich knibble die Haut an meinem

Daumennagel ab, gebe meinen Fingern irgendetwas zu tun, das nicht beinhaltet, Charlie zu berühren. »Heute zählt das Spiel. Nicht das, was zwischen uns steht.«

Ein Halblächeln biegt ihren Mund. »Einverstanden.« Mühsam erhebt sie sich, als falle ihr jede Muskelregung schwer; in der Bewegung hält sie inne. »Der Platz bei den Golden Foxes bedeutet mir nichts mehr. Ich möchte mit meinen Freundinnen auf dem Hockeyfeld stehen.«

Mein Herz hämmert gegen meine Rippen. »Ich wünschte, ich könnte dasselbe sagen.«

»Ich auch«, haucht sie, ehe sie zu Ayumi hinübergeht.

Klickend schwingt die Tür auf, vor Jeanne teilt sich die Menge. »Mathilde ist bei den Golden Foxes. Ihr müsst mit mir Vorlieb nehmen. Enttäuscht mich nicht.« Mit dem Gehstock klopft sie auf den Boden, die Vibration hallt in meinen Knochen nach. »Los, in fünf Minuten beginnt euer erstes Spiel. Unpünktlichkeit bringt euch keine Tore.«

Folgsame Soldatinnen in nachtschwarzen Trikots strömen auf die Tür zu.

Mit weichen Knien schließe ich mich ihnen an … Solange sie in Hörweite sind, wird Jeanne nicht …

Sie packt mein Handgelenk, zieht mich herum, und ihr Atem brennt auf meinem Gesicht. »Was immer dir Carlas Schwester in den Kopf gesetzt hat, denk nicht daran. Wehe, du hintergehst mich.«

»D-das habe ich nicht v-vor … Wir … Ich werde g-gewinnen.«

Sie verdreht mein Handgelenk, Tränen treten mir in die Augen. »Wenn du mich vor den Zuschauenden blamierst und so spielst wie im Training, bist du nicht länger meine Tochter.« Mit einem Ruck stößt sie mich von sich, ich pralle gegen die Wand.

Schmerz explodiert in meinem Rücken und flacht so rasch ab wie die schwarzen Flecken vor meinen Augen zerfasern.

»Dass ihr bald nicht mehr im selben Team spielt, ändert nichts.« Sie macht auf dem Absatz kehrt.

Mit gebeugten Schultern laufe ich in ihrem Schatten und lausche auf meinen Herzschlag, außer Takt geraten wie meine Schritte.

***

Alles ist still, bis auf meinen Atem. In zwei fließenden Schritten betrete ich den Strafraum, täusche links an und befördere den Ball über meinen rechten Fuß hinweg ins Tor. Adrenalin flutet meine Adern, der Abpfiff zeichnet die Konturen der Tribüne und des Hockeyfelds scharf.

Das Halbfinale ist entschieden. Ewig könnte ich weiterspielen, nie sind meine Sinne schärfer gewesen.

Die Nähte, welche meine Lippen zugedrückt haben, zerreißen, meine Mundwinkel huschen nach oben. Über mir strahlt die Nachtmittagssonne, das Licht in meinem Inneren ist gleißender.

»Wir haben gewonnen!«, ruft eine vertraute Stimme über den Jubel hinweg.

Automatisch richten sich all meine Sinne auf Charlie aus; zahlreiche Locken haben sich aus ihrem Zopf gelöst und kringeln sich auf ihren geröteten Wangen. Schweiß rinnt ihre Stirn hinab wie goldene Lichtperlen. Ihr Trikot ist zerknittert. Sie sieht abgekämpft aus, auf eine glückliche Art.

Ein Zupfen an meinen Saiten möchte, dass ich zu ihr renne. Sie hat mir die Vorlage für das entscheidende Tor geliefert, auf dem Hockeyfeld sind wir im Einklang.

Ein Ruck geht durch ihren Körper, sie macht einen Schritt in meine Richtung, öffnet den Mund.

Mir stockt der Atem, der Anhänger bohrt sich in meinen Kehlkopf ... Möchte sie zu mir rennen?

Schwer schluckend wendet sie sich ab ... Außerhalb des Hockeyfelds ist unsere Melodie verstummt.

Ayumi zieht Charlie in ihre Arme, der Rest des Teams folgt.

Wehmut umrankt mein Herz. Ich habe sie in allen Spielen zum Sieg geführt ... und bin das negativ geladene Molekül, welches von ihnen abgestoßen wird. Heute haben sie mich auf dem Spielfeld gesehen, ohne zu wissen, dass ich die Regeln zu meinem Vorteil verändert habe.

Vier Ephedrin-Tabletten.

Drei Schmerztabletten.

Gibt es mehr zu verlieren als zu gewinnen, nachdem ich mich für diesen Weg entschieden habe?

Auf der Suche nach einem Fixpunkt fällt meine Aufmerksamkeit auf Ellie. Mit nebelverhangenem Blick steht sie abseits, die Tribüne fixierend. Dort erhasche ich einen Blick auf einen dunklen Haarschopf, der von der Menge verschluckt wird – Letizia.

Wir werden im Finale den Golden Foxes gegenüberstehen. Meine Fingerspitzen beben, ich umklammere den Hockeyschläger, als könne er mich vor dem beschützen, was Letizia mir antut, wenn ich den Black Eagles zum Sieg verhelfe.

Strahlende Gesichter mischen sich zwischen meine Teamkameradinnen. Ellie wird von ihrer Schwester in eine Umarmung gezogen, der Nebel zerfasert, um einem Mundwinkelzucken Platz zu machen.

Ich bleibe die Zuschauerin. Mich überkommt der Wunsch, mich aufzulösen. Zu rennen, bis meine Lunge mir den Dienst versagt, und meinen Körper zurückzulassen.

Eine beringte Hand gleitet auf meine Schulter, Jeanne dreht mich herum, sodass sich ihre Nägel in meine Haut bohren.

»Ihr seid im Finale.« Ihre Mundwinkel biegen sich nach oben, ohne die diamantene Härte ihrer Züge abzuschleifen. »Du hast das Spiel dominiert und die Black Eagles zum Sieg geführt.« Die Worte sind eine Hülle, es steckt keine Wärme darin.

Anders als über den Zügen von Monique, die Charlie ansieht, als sei sie das Wertvollste, was sie hat.

Ein letzter Sieg, dann habe ich alles getan, was Jeanne bis hierhin von mir verlangt hat. Ich habe mich zu ihrer Puppe formen lassen, dem Ebenbild einer Frau, die nicht mehr als das Echo eines verlorenen Wunsches ist. Charlie das Herz gebrochen. Meinen Spielplan mit ihrem überklebt und ihre Strategien auf die Leinwand meines Herzens geprägt.

Es ist nicht genug.

Jeanne wird mich niemals so ansehen wie Monique ihre Tochter.

Sie liebt nicht mich, sondern die Illusion einer zweiten Chance auf den olympischen Sieg. Das habe ich gewusst, dennoch verwelkt etwas in mir. Nicht einmal stolz ist sie auf mich. Sondern auf die Frau, die mich gebrochen und verbogen hat. Den Sieg erkennt sie nicht als meinen an, und das würde sich bei den Olympischen Spielen nicht ändern.

»Wenn du im Finale genauso spielst, ist dir der Platz bei den Golden Foxes sicher.« Sie schaut nicht mich an, sondern in einen Spiegel. Zum ersten Mal ist das Glas nicht beschlagen, sie sieht sich selbst.

Gefangen in meinem naiven Kindheitstraum von einer liebenden Mutter habe ich gedacht, dass das genug wäre; dass dies der Augenblick sein würde, in dem mein Schuss das Tor trifft und dort fünf Worte warten: ›Ich bin stolz auf dich.‹

»Dann ist es eine Frage der Zeit, bis du in der Nationalmannschaft spielst.«

Ihre Worte fallen als Ascheregen vor meine Füße. Wie mein Herz, das sich auflöst, sodass ein hohles Echo durch mein Inneres hallt.

Mein Ball hat das Tor verfehlt ... ein Tor, das es nie gegeben hat. Nicht auf Jeannes Spielfeld, und auf meinem hat sie die Bleistiftlinien wegradiert.

»Zuerst müssen wir das letzte Spiel gewinnen.«

Sie blinzelt, als erwache sie aus einem Traum und erinnere sich, dass sie nicht in einen Spiegel sieht.

»Jeanne!«

Sie sieht Mathilde mit erhobenen Brauen an.

»Ich brauche dich für eine Besprechung.«

»Ich bin in einer Minute da.« Ihr Blick umschlingt meinen Hals als unsichtbarer Würgegriff. »Nimm das letzte Spiel nicht auf die leichte Schulter. Wehe du stolperst auf den letzten Yards.«

Ich recke das Kinn. Seit wann bin ich größer als sie? Gerade so sehr, dass es auffällt. »Ich werde dich nicht enttäuschen.« Wie um mich daran zu erinnern, dass meine Zeit abläuft, setzt mein Herz drei Schläge aus.

»Warum nicht gleich so?« Sie drückt mir einen *Quest Bar* in die Hand. »Essen.« Auf dem Absatz macht sie kehrt.

Den Proteinriegel drücke ich zusammen, ein heißes Ziehen durchzuckt meine Finger, ich schnappe nach Luft. Ultraviolettes Papier. Double Chocolate Chunk. Dass ich ihn nicht essen werde, spielt keine Rolle. Natürlich weiß sie nicht, was meine Lieblingssorte ist.

Meine Füße tragen mich in die klimatisierten Umkleiden. Auf halbem Weg den Flur hinab dringen Stimmen zu mir. Schnelles Spanisch. An der High School habe ich sechs Jahre lang Französisch und drei Jahre lang Spanisch gelernt. Ich presse mich gegen die Wand und halte den Atem an.

»Wieso war es dir so wichtig, in dieser Mannschaft zu spielen?« Eine aufgebrachte Frauenstimme.

»Es ist der Elite-Kader ...« Letizia klingt wie ein kleines Mädchen.

»Ihr spielt auf demselben Turnier wie die Mannschaft aus der zweiten Liga, die heute mehr Tore geschossen hat als ihr.«

»Die Black Eagles sind aufgestiegen. Jeanne Martin hat ...«

»Nicht sie hat die Bälle ins Tor befördert, sondern ihre Tochter«, schneidet sie ihr das Wort ab. »Wenn ihr verliert, hast du die längste Zeit Feldhockey gespielt. Einem Ball hinterherzujagen, hat keine Zukunft.«

»Mamá ...«

»Wir sprechen uns, wenn du eingesehen hast, dass die Arbeit in unserem Hotel das Richtige für dich ist.«

Letizias Mutter rauscht an mir vorbei, und ich stoße einen Schwall Luft aus.

»Wer ist da?«

Meine Glieder versteinern, den *Quest Bar* zerquetsche ich erneut.

Letizia taucht vor mir auf, Salzspuren schimmern auf ihren geröteten Wangen. »Wie viel hast du gehört?« Ihre Stimme ist dröhnender erstickter Regen, der gegen eine Fensterscheibe prasselt.

»I-ich ...«

»Wie. Viel?« Sie sperrt mich zwischen ihrem Körper und der Wand ein. Die Härte blättert von ihrer Miene ab, ihr wahres Selbst offenbarend: ein kleines Mädchen, das sich nach der Anerkennung ihrer Mutter sehnt.

Der Anblick ätzt jegliche Ängste weg. »Das spielt keine Rolle. Wem soll ich es erzählen? Jeanne? Ellie, die es ohnehin weiß?«

Ihre Abwehrhaltung fällt in sich zusammen. »Wie bitte?«

»Deshalb hat sie dir den Platz bei den Golden Foxes überlassen. Sie wollte, dass du deinen Traum lebst und dass deine Familie dich endlich so sieht, wie du bist.«

Sie beißt die Zähne aufeinander. »Was weißt du schon? Deine Mutter ist Jeanne Martin. Du hast keine Ahnung, wie viel Glück du hast.«

Ein Schleier, der seit unserem Kennenlernen vor mir gehangen hat, zerfasert. Nicht ich bin diejenige, die Letizia nicht leiden kann, sondern sie selbst. Würde mich nicht jedes Luftholen Kraft kosten, hätte ich gelacht. »Glück? Mit einer Mutter, die nicht mich sieht, und der ich niemals gut genug bin, egal, wie sehr ich mich kaputt mache?« Bitterkeit trieft aus jeder Silbe. »Du hast keine Ahnung, wie es sich anfühlt, in meiner Haut zu stecken.« Mit bleischweren Beinen gehe ich einen Schritt nach vorne, sie weicht zurück. »Ich werde niemandem von dem Gespräch erzählen, und es ist mir egal, was du mir antust, wenn wir gewinnen. Du kannst keine Person zerbrechen, die kaputt ist.« Der letzte Funke Mut in mir flackert auf. »Du solltest deine Energie nutzen, um mit Ellie zu sprechen.«

Ohne eine Antwort abzuwarten, laufe ich an ihr vorbei. Jegliches Triumphgefühl bleibt aus, ich fühle mich betäubt – meine Welt ist längst eingestürzt.

In der Umkleide sinke ich auf eine Bank, Kälte kriecht durch meine Haut. Eine Flamme zuckt in meiner Brust, blass und unscheinbar. Die Umgebung verschwimmt, den *Quest Bar* schiebe ich in meinen Rucksack. Mein Magen knurrt, ich vergrabe die Nägel in meinem Bein, um nicht loszuschreien, dass er verdammt nochmal kein Essen verdient und aufhören soll. Rubine tropfen mir von den Fingerspitzen. Mitsamt der Zeit, die mir davonläuft. Die letzten Tabletten habe ich vor dem Halbfinale genommen, das muss ausreichen.

***

»Es ehrt mich, dass sich heute zwei Mannschaften im Finale des Oceania Summer Cup gegenüberstehen, deren Trainerin ich sein darf.« Mathildes Stimme schwebt über die Tribüne hinweg und hüllt die Zuschauenden in ehrfürchtiges Murmeln. »Die Black Eagles haben sich erstmals qualifiziert, und die Golden Foxes halten den Rekord für die meisten Siege. Ich bin stolz darauf, dass der Pokal der Academy gehört.« Ihre Aufmerksamkeit schweift über die Mannschaften. Trikots in den Farben von Licht und Schatten heben die Kluft zwischen uns hervor. »Ich weiß, dass ihr euer Bestes geben werdet, und ich freue mich auf ein großartiges Finale, das Ozeanien so noch nie gesehen hat.«

Applaus brandet in Wellen über das Hockeyfeld.

Ich bin der Stein, an dem er abprallt, die Teamvorstellungen dringen nicht zu mir durch. Zu laut dröhnt mir mein Puls in den Ohren. Der Kloß in meiner Kehle ist schwer wie der Schläger in meiner linken Hand, durch die ein brennender Schub nach dem anderen bis in meine Schulter jagt.

Jeannes Aufmerksamkeit ruht auf mir, eine Hand um meine Kehle, die zudrückt und kurz vor dem rettenden Erstickungstod loslässt.

Ich darf nicht versagen.

Die Fingernägel der freien Hand ramme ich in die Handfläche.

Nach unserem Sieg darf ich zusammenbrechen.

Schachfiguren in Gold und Schwarz begeben sich auf ihre Positionen, in den Kreis. Die Rufe der anderen und Ellies letzte Worte an uns sind ein Rauschen. Der Anpfiff verkündet den ersten Spielzug.

Charlie nimmt den Ball auf. Letizia verfolgt sie, Ayumi hält sie davon ab, in ihre Nähe zu gelangen.

Wie ein Film, bei dem jemand die Vorspul-Taste gedrückt hat, zieht das Spiel an mir vorbei. Meine Muskeln sind Eis, dessen Kanten sich in meine Haut bohren. Die Zähne in den Zahnschutz gepresst, kämpfe ich mich vorwärts.

Charlie und Ellie erzielen je ein Tor, Letizia zieht nach. 2:1 – ein Vorsprung für mein Team, eine Niederlage für mich.

Krampfartig zieht sich meine Lunge zusammen, am Rand meines Blickfelds sammelt sich verschüttete Tinte. In meiner Brust zuckt ein nadelspitzer Muskel, auf jeden zweiten Schlag folgt eine Pause, dann auf jeden dritten.

Ayumi ist im Ballbesitz, mit einem Stecher passt sie zu Charlie. Diese wendet sich mir zu.

Als seien meine Glieder mit Steinen beschwert, laufe ich in ihre Richtung. Zweimal täuscht sie an, ehe sie den Ball flach mit dem Schläger in meine Richtung spielt.

Ich ringe nach Luft, bis auf den Hockeyball herrscht Düsternis in meinem Sichtfeld. Strauchelnd nehme ich ihn auf, mein Arm fühlt sich an, als wuchern Brennnesseln an der Haut empor.

Das Tor verschwimmt, irgendjemand ruft etwas. Verzerrt wie meine Umgebung. Eine Silhouette schiebt sich an mir vorbei.

Feuer explodiert in meiner Brust, meine Lunge zieht sich zusammen. Beim Husten schmecke ich Asche, kein Molekül Luft verirrt sich in meine Atemwege. Es ist nicht Jeannes Hand um meine Kehle, sondern meine – und ich drücke seit Monaten zu.

Tränen verschmieren die Umgebung wie Wasserfarbe, die nicht getrocknet ist. Bis auf eine fließen sie ineinander – Winterblau, das sich von Charlies bleichem Gesicht abhebt. Ihr Mund bewegt sich, formt meinen Namen – ein Fluch oder eine Bitte? Egal, was es ist, dafür ist es zu spät.

Wellen reißen mich in die Tiefe, wie unser Schiff, das ich versenkt habe.

Sterne sind schön, wenn sie erlöschen.

Blätter färben sich vor dem Fallen golden.

Daran, wie ich nach Luft ringe, haftet keine Poesie.

Das Feuer in meiner Brust erlischt, Taubheit breitet sich von dort in meinem Körper aus. Endlich spüre ich nichts.

Ich bin schwerelos.

Frei.

Mit dem Gedanken versinkt die Welt in Stille und Dunkelheit.

Kapitel 34

Taylor Swift – loml

00:00 -03:46

Charlie

Wie ein Schmetterling im Sturm strauchelt Maxine. Ihr nebelverhangener Blick haftet an mir, ihre Augen verdrehen sich nach hinten, das Silberlicht erlischt.

Der Hockeyschläger rutscht mir aus der Hand. Ich renne nicht schnell genug, um sie aufzufangen.

Lautlos sinkt sie zu Boden, als hätte sie keinerlei Gewicht. Beim Turnier hat sie verbissen gewirkt. Jetzt sieht sie friedlich aus. Das erdbeerblonde Haar umrahmt ihr Gesicht wie eine Krone aus Flammen. Die Sommersprossen sind Sternbilder auf ihrer Mondlichthaut. Um ihren Hals schimmert der Schmetterlingsanhänger, genauso filigran wie sie und, anders als sie, in der Lage, das Licht der tiefstehenden Sonne zu reflektieren.

Hart schlage ich auf den Knien auf. In der Realität, in welcher ihrem Sturz nichts Schönes anhaftet. »Maxine …« Tränen schnüren mir die Kehle zu. Ich beuge mich über sie. Keine Luft dringt aus ihrem Mund. Den Zahnschutz zu entfernen, ändert nichts. Entbrannt von einem letzten Funken Hoffnung presse ich die Wange an ihre Brust. Starr wie eine Kerze, die heruntergebrannt und deren Wachs erkaltet ist. »Du darfst nicht …« Ich taste nach ihrem Puls. Spüre die verzerrte Melodie meines eigenen Herzens. Ein Echo in einem leeren Raum. Mit tränenverschleiertem Blick schüttle ich sie an der Schulter. »Du musst atmen, hörst du? Bitte …« Trocken schluchze ich. Sie regt sich nicht.

Eine Hand packt mein Herz. Zermahlt es zu Glassplittern. Feinkörnige Diamanten, die sich in meinen Adern verfangen. Von innen heraus verblute ich an der Hoffnungslosigkeit und der Schuld, dass ich nicht für sie dagewesen bin.

»Steh auf«, durchdringt Jeannes Ruf das Vakuum in meinem Kopf. »Du bist so nahe dran.« Hinter dem Tränenschleier verliert der Sturm, welcher mich in seine Mitte zieht, an Stärke. »Fass meine Tochter nicht an!«

Nicht sie festzuhalten ist der Fehler gewesen. Sondern sie loszulassen. Zuzusehen, wie sie in den Abgrund stürzt, welchen sie selbst ausgehoben hat. Ohne die Aufmerksamkeit von Jeanne zu lassen, ziehe ich Maxines Kopf auf meinen Schoß.

Sie geht einen Schritt auf uns zu. »Hast du nicht zugehört?«

Wenn sie will, dass ich Maxine loslasse, muss sie mir die Arme brechen. Mein Herz flackert einer Kerzenflamme im Sturm gleich. Als könnten die Funken auf den starren Muskel in Maxines Brust überspringen, wenn es hell genug strahlt.

Aus dem Nichts schiebt sich Mama vor Maxine und mich. Die Muskeln unter dem schwarzen Blazer zum Zerreißen angespannt, schirmt sie uns vor Jeanne ab. »Hören Sie sofort auf, so mit meiner Tochter zu sprechen!«

»Sie haben mir nichts zu sagen! Maxine muss …«

»Wenn sie eins muss, dann ins Krankenhaus!«

»Auf keinen Fall! Einen Schwächeanfall hat sie kürzlich schon einmal gehabt.«

»Lassen Sie mich raten, dass sie weiterspielt, war Ihnen wichtiger als die Ursache.«

»Das geht Sie nichts an, und jetzt lassen Sie mich zu meiner Tochter. Sie muss das Turnier gewinnen.«

»Sie hätte bei diesem Turnier überhaupt nicht antreten dürfen. Sie ist keine Maschine, deren Batterien Sie austauschen können, damit sie wieder funktioniert!«

»Charlie …« Finger lösen meinen Griff um Maxine.

Ich reiße mich los. »Nein! Ich muss ihr helfen!«

»Das können nur die Sanitäter*innen, und ein Rettungswagen ist gleich hier. Sie braucht eine Herzdruckmassage …«

Sophies Stimme versiegt.
Meine Kraft tut es ihr nach. Ich halte die Sanitäter*innen nicht auf, lasse mich von Sophie fortziehen. Mein Kopf sinkt gegen ihre Brust, die Herzmelodie darin zerreißt etwas in mir. Sie schlingt die Arme um mich. Ihre Tränen tropfen auf mein Haar. Eine zitternde Hand findet den Weg auf meine Schulter – Lucie.
Ein Sanitäter nimmt mir die Sicht auf Maxine.
In meinen Tränen spiegeln sich ihr Sturz und ihr regloser Körper. Immer wieder sehe ich sie fallen. Ein Zittern breitet sich über meinen Körper aus. Sophie hindert mich daran, zu zerfallen. Lucie streicht mir durchs Haar.
Eingefroren verharren wir. Bis ein halbes Dutzend Personen in weißen Kitteln das Hockeyfeld betreten. Angeführt von Ms Perez und Coach Nielsen. Maxine wird auf eine Trage gehoben, wie vorhin im Sturz sieht sie schwerelos aus. Und gebrochen. Die Sanitäter*innen tragen sie fort.
»Ich will mitkommen!« Das Brennen meiner Kehle macht mir meinen Schrei begreiflich.
Coach Nielsen hockt sich neben mich. »Im Rettungswagen ist kein Platz. Ich habe uns ein Taxi gerufen.«
Jeannes Miene ist eine Maske aus Fassungslosigkeit und Zorn. »Carla hat dort nichts zu suchen, sondern ich.«
Mama mahlt mit dem Kiefer. »Weil Ihnen das so wichtig ist, haben Sie weder einen Krankenwagen noch ein Taxi gerufen?«
Jeanne ringt um Atem, als würde ihr innerer Sturm ihr jegliche Worte entziehen. Zum ersten Mal erlebe ich sie sprachlos.
Jegliche Genugtuung bleibt aus. Innerlich bin ich taub.
»Wird sie … Ist sie …«
Mama kniet sich vor mich. Nimmt mein Gesicht in die Hände. Ihre Finger fangen meine Tränen auf. Hinterlassen zarte Wärme. »Das weiß niemand. Sie hatte einen Herzinfarkt, Liebling.« Salzkristalle schimmern in ihren Augen. »Wenn sie reanimiert wird, muss sie für mindestens vierundzwanzig Stunden sediert werden.«
Jeanne schnaubt. »Niemand hat mit neunzehn einen Herzinfarkt.«
Eine Welle brennender Wut erhebt sich in mir. »Doch, weil der

Leistungsdruck sie krank gemacht hat.« So rasch sie mich gepackt hat, spült die Gischt mich ans Ufer. »Ich wollte ihr helfen und bin nicht genug gewesen …«

Lucies Hand auf meiner Schulter versteift sich. »Ich hätte gestern Abend mehr auf sie eingehen sollen.«

Mama legt einen Arm um sie. »Euch trifft keine Schuld. Wenn ich eins gelernt habe, seit …«

Taylor Swifts *Anti-Hero* unterbricht sie. Das iPhone fällt Lucie dreimal aus der Hand. Mama nimmt den Anruf entgegen und reicht es ihr.

»Nein … Das wissen wir nicht … Sie ist auf dem Weg ins Krankenhaus … Was ich gestern gesagt habe, stimmt nicht … Sie war zu sehr in sich gefangen … Das Gespräch hat nichts genützt … Du hättest hierher fliegen und mit ihr reden sollen, nicht ich … Aber ich habe nicht gemerkt, wie es ihr körperlich geht …« Ein erstickter Laut unterbricht sie. »Wie es mir geht, ist egal.« Scharf zieht sie die Luft ein. »Bist du im Auto? Du kannst nicht … Es interessiert mich nicht, dass du eine Freisprechanlage hast … Das verzeihe ich mir genauso wenig, wie wenn es für Maxine zu spät ist …« Sie zerfällt in ihr Schluchzen, das iPhone umklammernd.

Lucie zerbrechen zu sehen, reißt mir den Boden unter den Füßen fort. Sie ist mein Fels in der Brandung. Ohne sie treibe ich auf das offene Meer hinaus. Wie sie, ohne Chiara. Niemand sonst könnte sie gerade überzeugen, dass sie nicht für Maxines Handlungen verantwortlich ist.

Anders als ich, die alles hätte verhindern können.

Mama drückt mir einen Kuss auf die Stirn, lässt mich los und nimmt Lucie in den Arm. Mit der anderen Hand befreit sie das iPhone aus ihrem schraubstockartigen Griff. Lucie verfolgt die Bewegung mit bleicher Miene.

»Wie lange?«, fragt Mama erstickt in den Hörer. »Vierunddreißig Stunden …« Schwer schluckend betrachtet sie Lucie.

Chiara wird für sie, ohne zu zögern, einen Ozean überqueren.

Ich bin an den Wellen zwischen Maxine und mir ertrunken. Von ihnen niedergedrückt, sinke ich gegen Sophie, die mich festhält.

Meine Ohren fangen eine tränenschwere Stimme auf. »Die

Sanitäter*innen haben sie reanimiert, oder?« Letizia steht mit einer Beinlänge Abstand neben uns. Teresas Arm ist um ihre Taille geschlungen. »Ich bin grausam zu ihr gewesen ... Ich wollte an ihrer Stelle sein ... Mit einer Mutter, die meine Leidenschaft versteht ... Ich habe nicht sehen wollen, wie schlecht es ihr geht ...«

»Ich habe es gesehen und nichts getan.« Ellie kaut auf ihrer Unterlippe. Viona und Ayumi flankieren sie in stummem Trost. »Der Leistungsdruck, der Drang in einer Elitemannschaft zu spielen ... All das ist nichts wert.«

»Du hast recht.«

Ellie starrt Letizia an, als sehe sie diese zum ersten Mal.

»Das hätte ich eher begreifen sollen.« Sie geht einen Schritt auf Ellie zu. »Die Academy hat das Turnier gewonnen, das zählt. Ich würde in Zukunft gerne mit meinen Freundinnen spielen, wenn Mamá mich bleiben lässt.«

Ein Ruck geht durch Ellies Körper. Sie zieht sie in eine Umarmung. Nach einem Moment der Starre atmet Letizia aus und hält sie fest.

»Das Taxi ist da«, lenkt mich Coach Nielsens Stimme von ihnen ab. »Wir haben Platz für zwei weitere Personen.«

Jeanne schiebt sich neben sie. »Mit *wir* meinst du hoffentlich uns.«

Ihr Augenlid zuckt. »Ich habe Charlie und mich gemeint. Aber du kannst mitfahren.«

Wie von einem unsichtbaren Faden gezogen, sehe ich Mama an.

In ihren Augen spiegelt sich mein Schmerz. Sie legt ihr Kinn auf Lucies Kopf. Deren Schluchzen ist zu lautlosem Weinen abgeklungen. Das iPhone hat Mama ihr zurückgegeben. Mit verkrampften Fingern presst sie es an ihr Ohr. »Ich komme mit, wenn ich deine Schwester alleinlassen kann.«

»Sie hat Chiara am Telefon, und ich passe auf sie auf.«

Sie nickt Sophie zu.

Lucie entwindet sich der Umarmung. Goldene Blitze zerfransen den Nebel in ihren Augen. »Du musst mitfahren, Mama. Charlie darf nicht mit dieser Frau allein sein.« Sie beißt die Zähne zusammen. »Sonst rutscht ihr wieder die Hand aus.«

Alle Farbe entweicht Mamas Gesicht. Hektisch sieht sie zwischen uns und Jeanne hin und her.

Diese verzieht keine Miene. »Dafür gibt es keine Beweise.«

»Warte«, flüstert Lucie in den Hörer. In kalkulierten Bewegungen öffnet sie ein Foto in der Galerie ihres iPhones.

Jeannes Miene friert ein.

Mit ihr die Welt, über die sich Stille senkt. Der Screenshot von meiner blauviolett verfärbten Wange ist lauter als alles, was jemand hätte sagen können.

Lucie hebt das Kinn. »Ich wusste, dass es sich lohnt, das Persönlichkeitsrecht meiner Schwester zu verletzen. Niemand tut Charlie etwas an, oder Maxine; jetzt nicht mehr, solange ich lebe. Ich wünschte, ich hätte gestern Abend den Mut gehabt, Ihnen dieses Foto zu zeigen.« Eine Audioaufnahme löst das Foto ab. »Oder diese Aufnahme von Charlies und meinem Telefonat.« Ihr Mundwinkelzucken ist kein Lächeln, sondern eine Klinge, die auf Jeannes Kehle zielt. »Und es gibt Beweise dafür, dass Sie Charlie Ephedrin ins Frühstück gemischt haben.«

Mühsam schluckt sie, die Hände zu Fäusten verkrampft. »Bitte was?«

»Die Überwachungsvideos existieren«, sagt Sophie. »Wir haben Léon und Teresa gefragt.«

Stück für Stück fällt die Frau, die mir einst ein Vorbild gewesen ist, zusammen. Zum ersten Mal sehe ich Maxine in der gebeugten Haltung. Mit leerem Blick starrt sie die Stelle an, wo ihre Tochter gelegen hat. Oder sie sieht sich selbst. Das Abbild ihres Traumes, der zum zweiten Mal zersprungen ist.

Mama und Coach Nielsen wechseln alarmierte Blicke, ehe beide Augenpaare mich fixieren. So hat Mama mich zuletzt angesehen, als ich von einer stufenförmig abfallenden Steinklippe gesprungen bin. Es gibt nichts, was ich sagen könnte, um sie zu beruhigen. Die Wahrheit haftet uns an wie die Asche des Feuers, das Jeanne gelegt hat.

»Wir erklären alles später«, verspricht Sophie.

Lucie nimmt meine Hand. »Ruf Sophie an, wenn es Neuigkeiten gibt ... Ich kann nicht i-in ein ... Du weißt, was ich meine ... I-ich muss Chiara am Telefon behalten ... Es tut mir ...«

»Es ist nicht deine Schuld. Du hast einmal allein mit ihr gesprochen, ich habe monatelang Zeit gehabt.«

Ich bin die Zuschauerin am Rand gewesen. Nicht Maxines Auffangnetz.

***

Stimmengewirr. Ferner Regen der Realität, welcher als verzerrtes Echo auf desinfektionsmittelgetränkte Fliesen trifft. Einzelne Tropfen durchdringen das Dröhnen in meinem Kopf.

Organversagen.

Untergewicht.

Lebensbedrohlich.

Meine Sicht verschwimmt, der Krankenhausflur schwankt. Stolpernd navigiere ich mich fort von den Stimmen, die meiner Schuld Namen geben.

Was-wäre-wenns umgeben mich wie giftige Abgase. Ich lege den Kopf in den Nacken, atme sie ein.

Was wäre, wenn ...

... ich das Video abgefilmt hätte?

... ich Maxine mit allem konfrontiert hätte?

... Lucie und Maxine früher miteinander gesprochen hätten?

... ich sie nie losgelassen hätte?

Konjunktive. Hat es in Maxines und meiner Geschichte je einen Indikativ gegeben? Oder nur ein Fast, ein Vielleicht?

Salzgetränkte Luft reinigt meine Atemwege. Eine Dachterrasse. Hinter Pappelstämmen glitzert der Pazifik. Verhöhnt mich mit seiner Weite, die mir Möglichkeiten ohne Konjunktive vorspielt.

Vor mir flackert der Moment von Maxines Sturz auf. Grellbunte Farben, die alles, was pastellfarben gewesen ist, in Schwarz-Weiß-Filme verwandeln.

Erstickt schluchzend sinke auf eine heruntergekommene Bank und bin elf Jahre alt. Ein kleines Mädchen ohne ein Nachtlicht.

Eine Berührung an meinen Schultern macht mir mein Zittern

begreiflich. Stoff, der nach herbem Parfum duftet. Nach der Kindheit des kleinen Mädchens, bevor ihr Leben zum ersten Mal in ein Davor und Danach geteilt worden ist.

Jetzt ist das Danach ein Dazwischen. Das Jetzt ist das neue Danach, in dem ich ertrinke.

»Charlie …« Mama hockt vor mir, die Hände nach meinen angezogenen Knien ausgestreckt. Ihren Blazer hat sie als schützende Rüstung um mich gelegt. »Ich wäre gerne für dich da. Anders als nach Olivers Tod und Lucies Selbstmordversuchen.«

Der Wall um mich herum reißt wie Papier. »Das ist so lange her … Du bist für mich da …« Ich rücke zur Seite, sie setzt sich neben mich. »Ich fühle mich wie das Mädchen damals. Hilflos. Schuldig.«

»Hilflos sind wir gerade alle.« Sachte nimmt sie mich in den Arm. »Du bist nicht schuld, Liebling.«

»Ich hätte energischer mit ihr sprechen müssen.«

»Du kannst nichts davon ändern.« Sie knabbert an ihrem Daumennagel. »Ich mache mir Vorwürfe, weil ich zu spät gesehen habe, was Sache ist. Ihr wart angespannt. Ich kenne die Taylor-Swift-Songs aus euren *TikTok*s. Lucie wollte auf der Feier nicht mit Jeanne reden. Ich habe zu spät verstanden, dass sie wollte, dass ich merke, was los ist.«

»Du hast Jeanne die Meinung gesagt und uns auf dem Feld vor ihr beschützt. Das zählt.«

Sie presst den Kiefer aufeinander. »Ich ertrage nicht, wie Jeanne von Maxine spricht oder sie anschaut. Ich habe bei euch nicht alles richtig gemacht. Dich habe ich zu schulischen Leistungen und zum Funktionieren gedrängt, statt dir zuzuhören und dich bei deinen Zielen zu unterstützen.«

Ich schüttle den Kopf. »Vergleiche dich nicht mit *ihr*. Du hast nie *mehr* geschrien, wenn ich zerbrochen am Boden gelegen habe. Wie ich musstest du mit dem Danach und deiner Trauer umgehen. Bei Jeanne und Maxine ist das anders.«

Sie zieht mich an sich. »Ich würde gerne alles verstehen.«

Im Schutz ihrer Umarmung kämpfe ich mich durch den Sturm, welchen ich mit Maxine ausgeharrt habe – bis er uns auseinandergerissen hat. Jeder Tropfen, der meine Wangen hinabrinnt, nimmt mir ein Gewicht vom Herzen. Der Regenschauer reinigt mich von etwas, das ich zu lange mit mir herumgetragen habe. Obschon die grauen Wolkenschwaden mir nicht zeigen, was nach dem Sturm auf mich wartet.

»Ich weiß nicht, was ich tun soll, wenn sie aufwacht … Ob sie mich etwas tun lässt … Ich fühle mich so hilflos wie bei Lucie …« Etwas in mir zerreißt. »Lucie … Was das in ihr ausgelöst hat …«

»Sophie schreibt mir alle fünfzehn Minuten, und ich werde heute Nacht in Lucies Bett schlafen und nicht von ihrer Seite weichen, bis Chiara hier ist.«

»Ich würde Maxine gerne genauso eine Stütze sein. Darüber haben Chiara und ich gesprochen. Ihr habe ich mich als Erste anvertraut.« In Achtelnoten kommen mir die Worte über die salzbenetzten Lippen. »Wenn Maxine aufwacht und mich sehen möchte, hoffe ich, dass wir eine Chance haben … Dass sie Hilfe annimmt und in einem neuen Umfeld wachsen kann, statt in Jeannes verdorrter Erde.«

Sie nimmt mein Gesicht in die Hände. »Blumen wachsen langsam, mit der richtigen Menge Wasser und Sonnenlicht. Sie muss die Schritte in ihrem Tempo gehen, und obwohl es sich gerade für dich nicht so anfühlt, weiß ich, dass es mit deiner Hand in ihrer leichter wird.«

Ich lehne den Kopf an ihre Schulter. Atme ihren Duft ein – Sonnenlicht, unter dem sich meine Knospen öffnen, die ich für verdorrt gehalten habe. Hellgrün schimmernde Hoffnung in meinem Zweifelgrau. »Danke, Mama.«

Sie legt die Arme um mich. Ihre Lippen streifen meinen Haaransatz. »Immer.«

Wir verharren in unserer Blase der Ruhe, bis sie unter Schritten zerplatzt.

Coach Nielsen steht im Türrahmen. »Du darfst Maxine sehen, Charlie. Sie liegt im künstlichen Koma, bis sich ihr Körper regeneriert hat.«

Die Hoffnung streut zarte Ableger. »Danach …«

»… gehen sie davon aus, dass sie mit einer chronischen Herzschwäche leben wird.« Sie verlagert ihr Gewicht auf einen Fuß. »Und sie muss …«

»Zunehmen. Ich weiß. Die Essstörung ist das Symptom. Die Ursache muss bekämpft werden.«

Mama drückt meine Hand. »Wo ist Jeanne? Allein lasse ich Charlie nicht in ihre Nähe.«

»Sie spricht mit dem behandelnden Arzt, und das Gespräch wird dauern.« Ein Schatten gleitet über Coach Nielsens Miene. »Maxine wird nie mehr Leistungssport machen.«

Vor zwei Wochen hätte ich bei diesem Satz aufgeatmet. Jetzt ist er Rauch in meiner Kehle. Verbrannt, wie Jeannes Feld der Träume. Damit Maxine darauf Platz für Säulen aus eigenen Zielen hat, hat es brennen müssen. Ich muss hoffen, dass sie sich wie ein Phönix erhebt und nicht in der Asche erstickt.

Coach Nielsen und Mama begleiten mich durch die Flure. Die Türklinke drücke ich behutsam herunter. Als könne ich Maxines Schlaf stören.

Das Piepen eines Herzmonitors begrüßt mich. Ein Zupfen an meinen Saiten, das meinem Herzen den Takt vorgibt.

Maxine ist bleich wie die Wände, angeschlossen an ein Beatmungsgerät, das mich mit einem Stechen in der Brust an Fäden einer Marionette erinnern.

Bitte zerschneide, was dich an Jeanne bindet.

Ich streiche ihr das Haar aus der Stirn. »Wir schaffen das zusammen. Dafür musst du auch kämpfen. Das kann ich nicht für dich.«

Ihre Brust hebt sich gleichmäßig. Dennoch taste ich nach ihrem Puls. Unscheinbar wie der erste Flügelschlag eines Schmetterlings, der aus einem Kokon schlüpft. Sekundenraubend und kraftvoll genug, um einen Sturm auszulösen. Hoffentlich wird er Maxine reinwaschen und ihr in den Spiegelungen der Pfützen ihre Flügel zeigen.

Kapitel 35

Taylor Swift – Clean (Taylor's Version)

00:00 -03:46

Maxine

Die Dunkelheit zerbirst in grellweißem Licht, das an meinen bleischweren Lidern abprallt. Etwas stimmt nicht. Ich sollte nicht hier sein. Nicht mehr.

Weicher Untergrund gibt unter mir nach. Ein Tröpfeln dringt durch die Watte in meinem Kopf. Der Geruch von Desinfektionsmittel beißt mir in die Nase. Mein Versuch, sie zu rümpfen, scheitert.

Ein vertraut-fremder Laut zupft an meinem Verstand. Ich bin windzerrissen, doch etwas hält die Körnchen zusammen. Ruhig und gleichmäßig schlägt mein Herz, begleitet von einem rhythmischen Piepen.

Mein Mund ist ausgetrocknet, die Lippen salzverkrustet. Wimmernd presse ich mich gegen den Untergrund, will in ihm verloren gehen, mich auflösen.

»Kannst du mich hören?«, fragt eine Frauenstimme.

Schwerfällig blinzle ich gegen das Weiß an, die Umgebung dahinter besteht aus schattenhaften Umrissen.

»Überanstrenge dich nicht.«

Etwas Kühles streift meinen Mund, automatisch öffne ich ihn. Bittere Flüssigkeit rinnt meinen Hals hinab, sie herunterzuschlucken kostet mich alle Kraft.

»Ruh dich aus. Du hast den kritischen Zustand überstanden und kein Fieber. Deine Körperfunktionen …«

Die Stimme verliert sich im Nichts, und die Welt explodiert in einem Malstrom aus Farben. Der Aufprall stößt mich von der Kante des Bewusstseins.

***

Seit meinem letzten Erwachen scheint ein Wimpernschlag vergangen zu sein. Das Piepen klingelt mir in den Ohren, ich zucke zusammen. Mein Körper dankt es mir mit Schmerz, der mich nach Luft schnappen lässt.

Verzerrte Schemen empfangen mich, aus denen sich ein Krankenhauszimmer zusammenfügt. Die Kurve auf einem Herzmonitor hebt sich grell von dem Hintergrund ab, Schläuche verbinden mich mit Apparaten. Wie eine Marionette, eingesperrt in einem Käfig. Der Versuch, mich aufzusetzen, scheitert, und meine Sicht verschwimmt.

»Langsam.« Aus dunklen Punkten formt sich das Gesicht einer Krankenpflegerin. »Du bist das fünfte Mal wach, dein Zustand ist stabil.« Sie hält mir ein Glas an die Lippen, kühles Wasser löst die Asche aus meiner Kehle.

»W-was ist passiert … W-wieso …«

»Du hattest einen Herzinfarkt.«

Überdeutlich spüre ich jede Note meines Herzens. Den Beweis, dass ich mich nicht einmal richtig auflösen kann. »Die Tabletten … Ich hätte nicht …«

»Sie haben den Herzinfarkt begünstigt, aber sie sind nicht der Auslöser. Deine Organe sind unterversorgt, dir mangelt es an Nährstoffen, und du bist untergewichtig.«

Das Krankenhausnachthemd spannt über meinem Bauch, Übelkeit steigt in mir auf. »Das stimmt nicht.«

Ein bekümmerter Zug spielt um ihren Mund. »Darüber sprechen wir, wenn du bei Kräften bist. Zuerst würde ich dich gerne untersuchen.« Ihr Blick schweift über die Apparate. »Den Katheter und die Magensonde können wir wahrscheinlich entfernen.«

Zu mehr als einem Nicken bin ich nicht fähig.

»Ich komme gleich wieder. Bleib liegen.«

Ein erstickter Laut stirbt in meinem Mund. Was soll ich sonst tun? Angeschlossen an Schläuche, mit gebrochenen Flügeln, umgeben von weißen Wänden. Die Schatten werden tiefer, ein grauer Schleier legt sich über die Welt.

Allein. Vergessen. Zurückgelassen.

Meine Kehle schnürt sich zu.

Der Drang, die Schläuche herauszuziehen, überkommt mich. Oder bewusstlos zu werden. Nicht mehr daran zu denken, dass ich allein bin, ohne eine Person, die meine Hand hält oder um mein erbärmliches Leben bangt.

Auf der Suche nach einer Möglichkeit, den Schmerz zu betäuben, fällt meine Aufmerksamkeit auf den Nachttisch. Mein Herz stolpert. In einer filigranen Vase steht eine Sonnenblume – ein Farbfleck in endlosem Weiß. An dem Glas lehnt ein Evoli-Plüschtier, um den Hals trägt es meine Schmetterlingskette, an jedem Bein ein Freundschaftsarmband. Immergrün und Sonnenblumengelb: *Tied Together with a Smile*. Himmelblau: *Clean*. Mitternachtsblau: *You're On Your Own, Kid*. Gold: *Change*.

Unter seinen Pfoten liegt eine Karte, auf deren Einband ein fliederfarbener Schmetterling prangt. Das Evoli an meine Brust gedrückt, öffne ich sie und mich begrüßen regenbogenfarbene Namen. Charlies Unterschrift ist die größte. Heller als die Sonne, wie sie selbst. Anders als ich, sturmgrauer Regen. Schimmernd und hoffnungsvoll kämpft sich ein Sonnenstrahl durch die Wolkenberge in mir. Die Namen auf weißem Grund sind der Regenbogen, welcher in den Tropfen bricht. Nicht mehr sturmgrau, sondern bunt.

Nicht sie haben mich vergessen, sondern ich mich. In dem Versuch, den Schein der vielversprechenden Feldhockeyspielerin zu wahren. Ich habe darauf gewartet, dass er nachgibt, zusammenfällt wie das Mädchen dahinter.

Auf der unbeschriebenen Seite kleben Polaroid-Fotos von der Taylor-Swift-Party. Eins zieht mich in den Bann. Charlie und ich auf der Yacht, hinter uns zeichnet die Sonne Pastelltöne an den Himmel, doch wir sehen einander an. Das Foto ist wie wir: verbogen, verschwommen, und doch leuchten wir gemeinsam.

Tränenperlen verfangen sich in dem hellbraunen Fell des Evolis. Es kann alles sein, was es möchte. Ich möchte nicht Jeannes Puppe sein, oder Maxine, die ihre Gefühle mit Hunger und Sport betäubt. Salzige

Tropfen fließen auf den Schein, den ich zu wahren versucht habe. Risse, unter denen die Wand nachgibt, mit der ich mich vor mir selbst abgeschottet habe. Ich möchte die junge Frau auf den Polaroids sein. Vergnügungsparks besuchen, Zeit am Meer verbringen, allein oder mit den Menschen, die Farbe in mein Leben bringen. Ein zweites Mal einen Delfin sehen. Den *Eras-Tour*-Film gegen ein echtes Konzert tauschen. Halloween in einem Kostüm feiern. Mir ein Schmetterlings-Tattoo stechen lassen. Im August wäre ich gerne auf Lucies und Chiaras Hochzeit. Ich möchte wissen, wie ein deutscher Weihnachtsmarkt aussieht. Caleb und Will müssen mir ihre restlichen Pokémon-Karten zeigen. In drei Jahren werde ich zweiundzwanzig, ich möchte eine Taylor-Swift-Party feiern. Mit einer Torte von Ayumi, die ich esse, ohne dass aus Teig und Frosting Asche wird. Vielleicht möchte ich Psychologie studieren. In ferner Zukunft hätte ich gerne Kinder.

Was, wenn die junge Frau auf den Polaroids das Abbild eines Traumes ist und von mir eine leere Hülle übrigbleibt, wenn ich aus Jeannes Kokon ausbreche?

Tränen überwältigen mich.

Wenn ich das Mädchen auf den Polaroids sein möchte, brauche ich Hilfe. Aus eigener Kraft kann ich weder Jeanne loslassen – ich atme tief durch, lausche der Melodie einer zweiten Chance – noch meinen Käfig, den ich selbst erbaut habe, dessen erste Strebe der Tag gewesen ist, an dem ich Rührei in eine Serviette geschoben habe.

Überdeutlich spüre ich meinen Körper. Das Nachthemd ist mir zu groß, schabt über meine Hüftknochen, und ich liege auf meinen Knochen, egal in welcher Position. Mit den Fingerspitzen zeichne ich meine Rippen nach, ziehe sie fort, als hätte ich mich an mir selbst verbrannt. Haben sie immer hervorgestanden?

Du nimmst zu viel Platz ein.

Du verdienst kein Essen. Nicht, solange du keine perfekten Leistungen auf dem Hockeyfeld erbringst.

Du bist nicht krank, du brauchst keine Hilfe, dein Verstand spielt dir einen Streich.

Du möchtest nicht in einer Welt leben, die du mit allen Sinnen wahrnimmst, und die dir zeigt, dass du nichts wert bist.

Die Worte bilden Schleifen, welche mir die Luft abschnüren. Ich atme weiter. Nicht meine Empfindungen lügen, sondern die Stimme, welche mich an einen Ort lockt, an dem ich mich leer und sicher fühle.

Mir Platz zu verschaffen, lauter zu sein als sie, wäre das Schwierigste, was ich je getan habe.

Ein Schluchzen entringt sich meiner Kehle.

Wenn sie verstummt, muss ich mich mit mir auseinandersetzen. Allein kann ich das nicht.

***

»Wir sind fertig.« Die Ärztin klappt die lederne Mappe mit meinen Unterlagen zu. »Gibt es etwas, das du mir sagen möchtest?«

Ich brauche Hilfe, ich habe Probleme mit dem Essen und mit Sport ... Die Zahl gerade auf der Waage hat sich wie eine Lüge angefühlt ... Oder die Anorexie-Diagnose, die ich bekommen habe ... Ich weiß nicht, wer ich jetzt, wo ich nicht mehr professionell Feldhockey spielen darf, bin, und am liebsten würde ich hungern, bis ich nicht mehr in der Lage bin, darüber nachzudenken ... Am meisten habe ich ein Problem mit meiner Mutter ... Mit unserer Beziehung zueinander stimmt etwas nicht.

Das Evoli an mich gepresst, wage ich den Sprung ins kalte Wasser. »Ich würde gerne mit einer Psychologin oder einem Psychologen sprechen.«

»Ich werde mich darum kümmern.«

Schwer schluckend nicke ich.

»Würdest du gerne deine Freundinnen sehen?«

Haben sie mich nicht aufgegeben? »Sie sind hier?«

Ein mattes Lächeln spielt um ihre Lippen. »Wie jeden Tag. Ist das ein Ja?«

»Ja.«

Sie öffnet die Tür und wechselt Worte mit jemandem.

Charlie betritt das Zimmer. Schatten liegen unter den nebelverhangenen Augen, in denen ich ertrinke, als wären sie ein Ozean, aus dem sich einzelne Tropfen lösen, die ihre bleichen Wangen hinabrinnen. »Ich dachte, du wärst tot«, stößt sie hervor. »Du hast nicht geatmet, als du auf dem Hockeyfeld gelegen hast. Ich habe die Anzeichen gesehen; ich bin nicht für dich da gewesen, dabei hätte ich verhindern müssen, dass es so weit kommt.«

Ihr Sonnenlicht hinter Regenwolken zerfasern zu sehen, füllt mein Inneres mit Düsternis, wie die Schuld, dass ich der Regen in ihrem Leben bin.

»Du bist nicht für meine Handlungen verantwortlich«, unterbreche ich sie, »und du bist für mich dagewesen.«

Mit dem Handrücken wischt sie sich über die Augen. »Nicht im entscheidenden Moment.«

»Weil ich die Mauern zwischen uns hochgezogen habe.« Jedes Wort ist ein Schnitt in mein eigenes Fleisch. »Es ist wie damals gewesen. Als Jeanne dich geschlagen hat, hat es sich angefühlt, als hätte meine Hand deine Wange getroffen. Ich hatte Angst, dass sie deiner Feldhockeykarriere ein Ende setzt, weil du ... weil wir ...«

»Weil ich in dich verliebt bin?« Zögerlich geht sie einen Schritt auf das Bett zu. »Ich dachte, das beruht auf Gegenseitigkeit.«

Ich schlucke. »Ich wollte nicht, dass die Frau, in die ich verliebt bin, ihren Traum für mich aufgibt.«

»Es gibt Wichtigeres als Feldhockey.«

»Jetzt weiß ich das. Bezogen auf das Feldhockey und was Jeannes Erwartungen angeht. Beim Oceania Summer Cup habe ich perfekt gespielt, und das ist ihr nicht genug gewesen. Ich möchte mich nicht mehr selbst zerstören, um einen Traum zu leben, der nicht meiner ist. Das sage ich nicht nur, weil ich keinen Leistungssport mehr machen darf.« Ein Schluchzen unterbricht mich. Die Gewissheit gleicht einem Aufatmen, und das macht es umso schwerer zu ertragen. »Weder in ihrem Netz noch in ... d-der Magersucht möchte ich gefangen sein ...« Mit bebenden Fingern nehme ich die Karte in die Hand und ziehe die Konturen der Polaroids nach. Als könne ich einen Riss in die Realität schlagen und diese Augenblicke wieder erleben. »... sondern Polaroidmomente erleben. Der Weg dahin macht mir Angst. Zu Essen und keinen übermäßigen Sport zu machen, würde bedeuten, mehr von der

Welt wahrzunehmen und mir Platz zu verschaffen. In einer Zukunft, die nicht von Jeanne vorgezeichnet ist. Wenn ich nicht ihre Puppe bin oder die junge Frau, die ihre Emotionen mit Sport und Hungern betäubt ... m-mit ihrer Essstörung ... Wer bleibt übrig?«

In drei großen Schritten überwindet Charlie den Abstand zwischen uns und setzt sich auf die Matratze. Ihre Nähe wird zu Sonnenlicht, das meine Haut streift.

»Eine Frau, die alles sein kann, was sie möchte.« Sie schiebt ihre Hand in meine Richtung. Wie Teile eines Ganzen gleiten meine Finger in die Zwischenräume der ihren. »Du bist tapfer, einfühlsam und eine gute Zuhörerin. Wenn dir die Welt zu laut ist, flüchtest du dich in Musik. Du magst Vergnügungsparks, Vanille Cola Zero, Pokémon und interessierst dich für Psychologie. Am liebsten trägst du Pastellfarben, weil sie sind wie du, unscheinbar auf den ersten, strahlend auf den zweiten Blick. Dein liebster Ort ist das Meer, und du verstehst seine Stimme genauso wie ich.«

Ich ertrinke im Ozean ihrer Worte, reinigend füllt das Wasser meine Lunge. »Du siehst mich so, obwohl ich dich verletzt habe?«

Um ihre Mundwinkel zuckt es. »Ich habe etwas vergessen. Du kannst keine Komplimente annehmen.«

Unwillkürlich spiegelt mein Mund ihr Lächeln.

Erste Sonnenfunken durchdringen die Regenwolken in ihren Augen. »Das musst du jetzt nicht. Ich würde mir wünschen, dass du es lernst und dich ein wenig mehr so siehst, wie ich dich sehe.« Unsicherheit flackert über ihre Züge. »Du möchtest dich von Jeanne lösen?«

»Schmetterlinge brechen sich die Flügel, wenn sie in einem Glas eingesperrt sind. Ich möchte die Welt außerhalb erkunden.« Mit der freien Hand pfriemle ich an den Freundschaftsarmbändern. »Das muss ich aus eigener Kraft tun. Aber es gibt eine Person, mit der ich gerne reden würde. Vorausgesetzt, Lucie verzeiht mir, dass ich zu sehr in mir gefangen war.«

»Es gibt nichts zu verzeihen. Sie hat gehofft, dass du das sagst.« Mit dem Daumen zieht sie Kreise auf meinem Handrücken. »Ich habe viel mit ihr und Chiara gesprochen.«

»Chiara ist hier …« Es ist keine Frage. In geschwungenen fliederfarbenen Lettern hat sie die Karte unterschrieben.

»Sie hat den Flug sofort gebucht und war vierunddreißig Stunden später hier. Dasselbe würde ich für dich tun. Jeden Ozean zwischen uns überwinden, wenn du mich brauchst.« Die freie Hand legt sie auf meine Wange. »Von Chiara und Lucie habe ich gelernt, dass man niemanden aufgeben sollte, wenn es schwierig wird.« Sie zieht mich näher zu sich heran, zeichnet jede Silbe auf meine Lippen. »Vor dem Sturm in deinem Inneren kann ich dich nicht abschirmen oder ihn auf mich nehmen. Wenn du mich lässt, stehe ich dir zur Seite, während du lernst, mit ihm umzugehen.«

Mein Herz klopft schneller, zum ersten Mal seit langem zehrt Sonnenwärme jegliche Kälte in mir auf. »Was, wenn ich dich verletze, während ich gegen mich selbst ankämpfe?«

»Glaubst du, Lucie und Chiara verletzen einander nie? Dann sprechen wir darüber und machen es danach besser.«

Unter dem Pochen in meiner Brust zerbricht der Satz in seine Einzelteile, bis ein Wort in strahlenden Pastellfarben auf der Leinwand meines Herzens prangt – *wir*. »Danke, dass du mir eine zweite Chance gibst.« Mit der freien Hand streiche ich die Tränenreste von ihren Wangen. »Ich kann dir nichts versprechen. Nur, dass ich gesund werden möchte.« Meine Stimme bröckelt. »Alles andere wird sich fügen, oder?«

»Ja«, wispert sie nahe an meinen Lippen. »Bis es so weit ist, bin ich gerne deine Konstante.« Ein Zögern liegt in ihrem Blick, ich nicke und schließe die Augen, als ihr Mund meinen streift. Genauso weich wie in meiner Erinnerung. Der Kuss schmeckt salzig und ist sanft wie die Wellen an einem ruhigen Sommermorgen, wenn pastellfarbenes Sonnenlicht auf den Schaumkronen bricht. Er fühlt sich an wie ein Neuanfang.

Ein Klopfen holt uns aus der schützenden Blase.

Ich schmiege den Kopf an Charlies Brust, sie schlingt die Arme um mich.

Ellie, Ayumi und Viona tauchen im Türrahmen auf. Erleichterung zeichnet ihre Züge.

Ayumi lächelt mir zu. »Schön, dass es dir besser geht.«

»Und dass zwischen euch alles geklärt ist«, fügt Viona hinzu.

Ich beiße mir auf die Lippe. »Ihr seid nicht wütend wegen des Finales?« Zittrig ausatmend zwinge ich mich, Ellie anzusehen. »Ich habe deinen Traum vom Sieg zerstört.«

Sie schüttelt den Kopf und legt mir eine Hand auf die Schulter. »Ich habe gewonnen. Letizia redet wieder mit mir, und wenn das Training beginnt, hat die Klassengesellschaft an der Academy ein Ende.« Wärme schmilzt das Eis in ihren Augen. »Du hast auch gewonnen.« Ihre Brauen ziehen sich zusammen. »Zumindest hoffe ich, dass du nicht in einem verlorenen Match weiterspielen möchtest.«

Ich schmiege mich an Charlie, lausche ihrem Herzschlag – der Melodie meiner Zukunft. »Ich möchte nicht länger die Gefangene eines Lebens sein, das aus Lügen besteht. Sondern gesund werden. Das funktioniert nur, wenn ich den Kontakt zu Jeanne abbreche und darauf höre, was *ich* brauche.«

Viona verlagert ihr Gewicht auf einen Fuß. »Das kannst du ihr gleich selbst sagen. Sie ist auf dem Weg hierher. Wir wollten euch warnen. Léon und Teresa verschaffen uns Zeit.«

Jeannes Spielfeld habe ich noch nicht verlassen, sondern stehe am Rand, auf den Abpfiff wartend. Bei dem Gedanken an den Augenblick, in dem er erklingt, kämpft sich das kleine Mädchen, das sich nach einer stolzen liebenden Mutter sehnt, an die Oberfläche. Ein Zittern durchfährt mich, nicht in der Lage, es abzuschütteln.

Charlie zeichnet Kreise auf meinen Rücken. »Du schaffst das.«

»Und wir wollten dir sagen, dass wir deine Freundinnen bleiben«, meint Ayumi. »Dafür müssen wir nicht zusammen auf dem Hockeyfeld stehen.«

Ein Sonnenstrahl in meinem Herzen, der eine Knospe zum Leben erweckt. »Danke.«

Schritte echoen über den Gang, ein Dreiklang, der mich wie eine Ohrfeige trifft.

Ayumi und Viona weichen zur Seite. Charlie spannt sich an, Ellie steht auf, als wolle sie uns abschirmen.

Jeanne schiebt sich in den Raum, ihr Anblick schlägt einen Riss in meine Seele. Ganz die Eiskönigin, keine Haarsträhne steht ab, kein Muskel in ihrem Gesicht regt sich.

Das kleine Mädchen, das gedacht hat, dass sie mich irgendwann sieht, schreit, ehe sich eine taube Leere in mir ausbreitet. Nach allem, was passiert ist, sollte ich es besser wissen, statt das Haupt zu neigen, damit sie Gift in meinen Mund träufelt.

Sie erdolcht die anderen mit Blicken. »Raus.«

Auf mein Nicken hin verlassen Ayumi, Viona und Ellie das Zimmer.

In dem Bewusstsein, dass uns nur eine Tür voneinander trennt, fixiere ich Jeanne. »Charlie bleibt.« Ich spreche die Worte und klinge so sehr wie sie, dass sich alles in mir zusammenzieht.

Ihre Nasenflügel zucken. »Das dulde ich nicht.«

»Entweder ihr bleibt beide oder sie bleibt und du gehst.«

»So hast du nicht mit mir zu sprechen.« Sie ragt über uns auf, ihr Schatten schluckt mein Licht. »Vor allem nicht, nachdem du mich um meinen Job und meinen Sieg gebracht hast. Ich erwarte eine Entschuldigung von dir.«

Ihre Worte werfen Holzscheite in das Feuer meines Zorns. »*Dein* Job. *Dein* Sieg. Was ist mit *mir*?«

Sie hebt eine Augenbraue.

»Ich bin weder deine Puppe noch deine zweite Chance auf olympisches Gold. Du hast nie ein Recht dazu gehabt, die Gärten meiner Träume zu vergiften, weil in deinen alle Blumen abgestorben sind.« Meine Augen brennen, ein Strick aus Tränen erschwert das Sprechen, jede Silbe lockert ihn. »Ich bin ein Mensch. Es wäre falsch, dir die Schuld an allem zu geben, was mir passiert ist. Aber du hast dazu beigetragen, dass ich nie herausgefunden habe, wer ich sein möchte.«

»Du möchtest professionell Feldhockey spielen.«

»Nein«, schneide ich ihr das Wort ab. »Möchte ich nicht. Und ich darf es nicht. Du hast meine Akte sicher gelesen.«

»Das mit der Akte würden wir hinbekommen.« Ein Riss spaltet ihre Maske, dahinter schimmert die Silhouette eines kleinen Mädchens, dessen Traum zu früh zerbrochen ist. »Du wirfst alles weg, was wir erreicht haben?«

»Ich tue zum ersten Mal das, was gut für mich ist.« Ein Zittern durchfährt mich; Charlie hält mich fester. »Ich könnte dich anzeigen. Dass du deinen Job verloren hast, ist Strafe genug.« Für einen Herzschlag schließe ich die Augen. »Hast du Michael angerufen?«

»Nein, ich wusste nicht, ob das wichtig ist …«

»Richte ihm aus, dass ich sein Geld nicht will und ihn nie mehr sehen möchte.« Ich öffne die Augen; ein Spiegel des Sturms, der mich neunzehn Jahre lang in Fetzen gerissen hat, und auf sie zurückfällt. »Dich ebenso wenig.« Ich deute auf die Tür.

Ihre Schultern beben, Stück für Stück zerbricht ihre Maske und offenbart die gebrochene Frau dahinter. Von der Feldhockeylegende oder der skrupellosen Trainerin ist nichts mehr übrig.

Taubheit breitet sich in meinem Bauch aus. Wir starren einander an. Gefangen in der Schwarz-Weiß-Fotografie einer jungen Frau vor ihrem Sturz bei den Olympischen Spielen. Jeanne hat mich mit sich darin eingefroren, und vielleicht wird sie immer in der Vergangenheit gefangen bleiben. Ich möchte die Bleistiftlinien wegradieren, neue zeichnen und sie mit Farben füllen. Mehr sein als die Skizze einer Frau, die es nicht mehr gibt. Dafür habe ich in den nächsten Jahren genug Zeit.

»Das wirst du bereuen.« Sie macht auf dem Absatz kehrt und verschwindet – aus dem Krankenzimmer und aus meinem Leben.

Die Fäden, welche mich mit ihr verbinden, zerreißen, schneiden in meine Haut. Ich bin im freien Fall, Tränen überwältigen mich. Charlie hält mich zusammen.

Die furchteinflößende Erkenntnis: Der Spielplan für mein Leben ist verbrannt.

Die hoffnungsspendende Erkenntnis: Der Spielplan für mein Leben ist verbrannt.

Ich habe Zeit, um einen neuen zu entwerfen.

***

Pastellblau und endlos schimmern der Pazifik und der Horizont. Wasserfarbe, die sich bei jedem Wellenschlag mit dem Gold des Sandes vermischt.

Ruhe durchströmt mich. Hier scheint der Tag niemals zu enden; fünf Tage in einem Krankenhauszimmer haben ewiger Dämmerung geglichen. Umgeben von Weiß, auf dem nie Farben sprießen.

Mein Inneres fühlt sich an, als hätte darin ein Waldbrand getobt. Asche, aus der etwas wächst, sobald ich bereit bin, etwas zu säen. Fünf Tage ohne Sport, an denen ich mich wie ein Schmetterling im Glas fühle, dessen Flügel gebrochen sind. Essen kann ich nicht. Ob die Magensonde, die ich mir freiwillig habe einsetzen lassen, mein Rettungsseil oder mein Strick ist, kommt auf die Windstärke meiner Gedanken an.

Charlie drückt meine Finger, die Wogen in mir glätten sich. Jede Besuchszeit hat sie bei mir verbracht und meine Hand beim ersten Gespräch mit der Psychologin im Krankenhaus gehalten. Geredet habe ich mit ihr nicht. Weder Charlie noch sie haben mich gedrängt, dem Unwetter in mir eine Stimme zu verleihen.

Lucie und Chiara warten nahe der Wellen auf uns.

Der Boden verwandelt sich in Treibsand, der Gedanke an meine letzte Unterhaltung mit Lucie zieht mich hinab. Schatten liegen unter ihren Augen, ihre Locken haben Glanz eingebüßt, und sie steht an Chiara gelehnt. Meinen Blick auffangend, atmet sie sichtbar durch.

Chiara lächelt mir zu, und der Treibsand versiegt.

In meinem Tempo überbrücken wir die Distanz zu ihnen.

Der Knoten in meinen Stimmbändern löst sich. »I-ich bin bereit, dir zuzuhören, Lucie ... und es tut mir ...«

Sie schüttelt den Kopf. »Dir muss nichts leidtun.«

»Können wir euch allein lassen?«, fragt Charlie.

Derselbe Anflug von Unsicherheit, unter dem sich mein Inneres zusammenzieht, zeichnet Lucies Züge. Ihre Mundwinkel zucken, meine tun es ihnen nach, und wir nicken synchron.

Chiara sucht meinen Blick. »Ich kann dir nicht versprechen, dass alles gut wird. Aber es wird sich fügen. Und besser werden.«

Sie klingt so überzeugt, dass ich ihr glauben möchte. »Danke.«

»Du schaffst das.« Charlie gibt mir einen kurzen Kuss.

Chiara flüstert Lucie etwas zu und küsst sie, ehe sie mit Charlie den Strand hinab verschwindet.

Statt nach ihrer Hand greife ich Luft, kühl dringt die Meeresbrise unter mein Kleid.

»Lass uns ihnen beweisen, dass wir ohne sie nicht so verloren sind, wie wir uns fühlen.«

Auf meinen Mund stiehlt sich ein Schmunzeln.

Lucies wird mein Spiegel.

Nebeneinander setzen wir uns in den Sand, Wellen umspülen meine Knöchel.

Sie betrachtet das glitzernde Blau. »Ich mache mir Vorwürfe, weil ich nicht zu dir durchgedrungen bin.«

Kälte splittert in meiner Lunge. »Ich war zu sehr in mir gefangen.«

Sie wendet mir den Oberkörper zu. »Ich weiß, und ich bin erleichtert, dass du mir jetzt zuhörst.« Mit ihren abgekauten Nägeln fährt sie sich durch die Locken. »Chiara ist diejenige, die immer die richtigen Worte findet, die sich wie ein Verband anfühlen. Ich bin besser darin, den passenden Song zu finden. Obwohl sie das auch kann.«

Ich deute auf die Tintenlinien auf ihrer Haut. »Diese Songs passen immer?«

»Sie erinnern mich daran, trotz meiner Ängste weiterzumachen. Mich nicht niederzumachen, wenn meine Depressionen die Oberhand gewinnen und es wieder zu versuchen.«

»Das würde ich gern können.« Die Wellen an meinen Knöcheln schlagen höher, und Silbe für Silbe löst sich aus meinem Mund – mit jeder fühle ich mich leichter. »Ich möchte gesund werden. Aber ich habe Angst davor, die Magersucht loszulassen. Sie ist meine Rüstung – sie schützt mich und beschwert meine Glieder bei jeder Bewegung.« Ich ziehe die Knie an den Körper. »Wer bleibt übrig, wenn ich sie ablege … und nicht länger versuche, Jeannes verlorenes Spiel zu gewinnen?«

»Du kannst sein, wer du möchtest.« Um ihre Mundwinkel zuckt es. »Wie Evoli.«

Vor mir fließen die Konturen des Horizonts und des Pazifiks wasserfarbenblau ineinander – unbegrenzte Möglichkeiten zu schwimmen oder zu ertrinken. »Das habe ich mir gewünscht; trotzdem ist es furchteinflößend.«

»Es ist normal, Angst zu haben. Wichtig ist, sie nicht zur Tinte deiner Geschichte zu machen. Es wird Seiten geben, die sie füllt. Auf sie folgt unbeschriebenes Papier, das auf deine Worte wartet.«

»Ich wünsche mir ein Ventil.« Die Beine strecke ich aus, ohne dass sie den Sand berühren. Ich atme gegen eine eiskalte Hand um meine Kehle an. »Ein anderes als Hungern und Sport. Was machst du, wenn dein Glas mit negativen Gedanken überläuft?«

»Sie in Worte fassen. Auf Tasten oder Papier bluten.« Sie spielt mit ihrem bronzefarbenen Perlenarmband – *long story short*. »Erst reißen die Wunden auf, danach heilen sie. Sonst würde ich still an ihnen verbluten.« Ein erster Zug spielt um ihren Mund. »Neben einem Ventil brauchst du professionelle Hilfe.«

»Ich stehe auf der Warteliste für eine Klinik.« Meine Stimme ist rau, als hätte ich Salzwasser geschluckt.

Sie legt den Kopf schief. »Du möchtest wissen, wie es dort ist?«

Ich nicke.

»Chiara hat mir verboten, dir Angst zu machen. Trotzdem bin ich ehrlich. Es ist schmerzhaft, vor allem am Anfang. Ein Behandlungsweg ist nicht linear, in und außerhalb einer Klinik. Du wirst Rückschritte machen, falsche Abzweigungen wählen, umdrehen und nach neuen Wegen suchen müssen.« Schatten schleifen die Kanten ihrer Züge härter, unter ihrem puderrosa Kleid zeichnen sich ihre Muskeln ab. »Wenn du dich nicht in den Sturm wagst, weißt du nicht, was am Horizont auf dich wartet. Und es gibt Menschen, die deinen Schirm halten, damit der Regen dich nicht durchnässt.«

Knospen sprießen in der verbrannten Erde meines Herzens. »Wie Charlie.« Ich schlucke. »Wie schaffst du es, Chiara nicht in die Tiefe zu ziehen? Ich weiß, dass Charlie bei mir bleibt und mir eine helfende Hand reicht. Aber ich habe Angst, ihr die Finger zu brechen.«

»Manchmal gar nicht. Manchmal breche ich ihr die Finger.« Das Roségold ihres Verlobungsrings spiegelt sich in ihren Augen. »Wir sind nicht nur ein *Taylor-Swift*-Song. Sondern *Enchanted*, *Anti-Hero* und viele dazwischen. Es kommt darauf an, welche Melodie lauter ist und woher der Plattensprung kommt, wenn es einen gibt. Wir sprechen über alles, sobald wir bereit sind, lassen einander Freiraum und wachsen gemeinsam und unabhängig voneinander.« Sie schiebt ihre Hand in meine Richtung. »Ich weiß, dass es schwer ist, Liebe zu akzeptieren, wenn du dein Spiegelbild nicht erträgst. Du musst dich nicht selbst lieben, damit Charlie es tut, oder dir ihre Liebe verdienen. Liebe existiert nicht trotz aller Fehler, sondern mit ihnen. Charlie und du habt Zeit, eure gemeinsame Melodie zu finden, und genauso wie es Momente gibt, in denen ich Chiara Noten vorgebe, wenn sie außer Takt gerät, wird es welche geben, in denen du Charlies Metronom bist.«

Ihre Worte sind feiner Sommerregen, welcher auf die Knospe in meiner Brust perlt. Puderrosa Blütenblätter entfalten sich, der Sonne entgegengereckt.

Meine Finger gleiten zwischen ihre, sie drückt meine Hand. »Du hast die richtigen Worte gefunden. Und es hat nicht gewirkt, als würde es dir schwerfallen.«

Ein Strahlen glüht in ihrem Gesicht auf, wie die Sonne an einem Herbsttag, wenn sie sich durch die Wolkendecke kämpft und die Konturen der Welt weichzeichnet. »Wir sind Melodien in derselben Tonart. Das habe ich vermutet, sobald ich wusste, dass du Flieder magst.«

Eines Tages möchte ich für Will und Caleb eine große Schwester sein. Sobald sie volljährig sind und ihre Eltern ihnen den Kontakt zu mir nicht länger verbieten.

Gerade brauche ich eine große Schwester und atme ruhiger, mit der Gewissheit, dass Charlie ihre mit mir teilt.

Epilog

Taylor Swift – Sweeter Than Fiction (Taylor's Version)

00:00 -03:46

Charlie
13. August

»Charlie et toi, vous devriez prendre des vacances en France pour améliorer davantage ta langue, Maxine.«

Meine französische Großmutter hat herausgefunden, dass meine feste Freundin Französisch spricht. Seitdem weigert sie sich, mit ihr Englisch zu sprechen. Hätte ich Maxine vorwarnen sollen?

Andererseits hat ihr das einen Platz in Grand-mère Maries Herzen gesichert. Niemand bemerkt, dass ich nicht die beste Taktik gehabt habe, um ihr Deutsch beizubringen. Wir haben *DARK* geschaut. Auf Deutsch mit englischen Untertiteln und auf Deutsch mit deutschen Untertiteln. Maxine kann erklären, was ein Bootstrap-Paradox ist, sich aber keinen Kaffee bestellen.

Maxine verlagert ihr Gewicht. Puderrosa Stoff umspielt in Rüschen ihre Beine wie ein Meer in der Abenddämmerung. »C'est prévu. Je ne suis jamais allée en France. Ici en Allemagne, c'est ma première fois en dehors de Sydney.«

Anerkennend nickt sie ihr zu. »Ta prononciation est déjà meilleure que celle de Simon.«

Zartrosa Schimmer durchbricht das Make-up auf Maxines Wangen.

Simons Augen hinter den Brillengläsern weiten sich.

»C'est sa propre faute causée par copier mes notes à l'école«, meint Lucie, ohne sich von ihrem Spiegelbild abzuwenden. Ich habe aufgehört zu zählen, wie oft sie ihren Lippenstift nachgezogen hat.

Er öffnet den Mund.

»Tu dois être gentil avec moi le jour de mon mariage.« Sie wirft ihm einen ebenso vernichtenden Blick zu wie Mama, bevor sie sie mit Papa zu einem Spaziergang nach draußen geschickt hat. Mama ist ebenso angespannt gewesen wie Lucie, und die zwei Stürme sind mehr als einmal kollidiert.

Grand-mère Marie legt ihr eine Hand auf die Schulter. »Nous devons y aller bientôt.«

Unter ihrer Berührung spannt sie sich an. Nebel gleitet durch ihren Blick, der an mir hängenbleibt.

»Il nous reste encore un peu de temps. Voulez-vous nous laisser tranquilles un instant?«

Ich drücke Maxines Hand. »Ist das in Ordnung?«, frage ich auf Englisch.

Sie wendet mir den Oberkörper zu. Der puderrosa Stoff ihres Kleides vermischt sich mit dem fliederfarbenen von meinem. Zugegeben, ich habe mir die Farbe an mir schlimmer vorgestellt. Aus dem Augenwinkel linst sie zu Simon und Grand-mère Marie. »Sie passen auf mich auf.«

Ich lege eine Hand auf ihre Wange. Darauf bedacht, ihre Frisur nicht zu zerstören. Bis zum Kinn hat sie das erdbeerblonde Haar abgeschnitten. Es soll gesund nachwachsen. Ihre Nähe atme ich ein – ein Teil von mir möchte sie nicht aus den Augen lassen.

Dass sie hier ist, fühlt sich wie ein Traum an. Nach einem Telefonat mit meinen Eltern hat ihre Therapeutin die Erlaubnis gegeben. Hinter ihr liegen fünf Wochen im Krankenhaus und vier Monate in einer Fachklinik. Jetzt wohnt sie in einer Wohngruppe für junge Erwachsene mit Essstörungen.

Auf dem Hockeyfeld hat sie eine Lücke hinterlassen. Als Team haben wir uns neu formiert. In meinem Leben ist sie eine Konstante. In der Klinik hat es Besuchszeiten und eine schmerzhafte Kontaktsperre in der ersten Woche gegeben. Jetzt sehe ich sie mindestens jeden zweiten Tag.

»Woran denkst du?«

»Ich bin froh, dass du hier bist.«

Damit meine ich nicht die Hochzeit. Sondern die Tatsache, dass Maxines Herz im entscheidenden Moment weitergeschlagen hat. Täglich kämpft sie. Manchmal stolpert sie oder bleibt stehen. Dass sie nicht aufgibt, zählt. Mit jedem Tag lerne ich mehr, was sie braucht. Wie ich ihr den Rücken stärken kann. Dass kein Regenschauer für immer anhält. Aus Fehlern lernen wir gemeinsam und schreiben die Seiten neu.

Mit der freien Hand ziehe ich die Tintenlinien auf ihrem Oberarm nach. Zwei filigrane Schmetterlinge, die zum Horizont fliegen. Wie Maxine bestreiten sie ihren Flug nicht einsam. Ob einer von beiden für mich steht, verrät sie mir trotzdem nicht.

Ihre Lider flattern, sie beugt sich für einen zarten Kuss vor. »Ich auch«, wispert sie. »Jetzt braucht Lucie dich.«

Unsere Lippen finden sich ein zweites Mal, ehe sie aufsteht. Wie ein Streifen Morgenröte fließt das Kleid hinter ihr her. Hinter ihr und den anderen fällt die Tür ins Schloss.

»Das hört niemals auf«, holt mich Lucies sanfte Stimme aus meinen Gedanken. »Ihr werdet einander immer so ansehen.« Sehnsucht färbt ihre Worte, immerhin hat sie Chiara vierundzwanzig Stunden nicht gesehen.

»Ich möchte nicht, dass es aufhört.« Es gibt Momente, in denen Maxine in einer Schwarz-Weiß-Fotografie gefangen ist. Egal, wie grobkörnig sie mit jedem Schritt auf ihrem Behandlungsweg werden – sie bleiben. Umso bedeutsamer sind die Augenblicke, in denen sie der Welt ihre Farben zeigt.

Ich stelle mich hinter Lucie. Die Hände auf ihren angespannten Schultern, unter denen der perlmuttweiße Spitzenstoff ihres Kleides endet. Es hat eine Zeit gegeben, in der ich unsere Gesichter wie Schablonen übereinander geschoben habe. Auf der Suche nach Gemeinsamkeiten. Anzeichen, dass es mir gelingt, so zu sein wie sie, wenn ich meine Kanten abschleife. Jetzt sehe ich zwei junge Frauen, deren Kanten wie Puzzleteile ineinander passen. Weil sie sich voneinander unterscheiden.

Lucie betrachtet uns mit derselben Intensität. Ehe ihre Hand in Richtung des Lippenstifts zuckt.

Ich schiebe meine Finger über ihre. »Du musst nicht nervös sein.«

»Ich weiß.« Sie schluckt. »Vor Aufführungen geht es mir genauso, und ich finde keine Pausentaste für das Gefühl.«

»Wie ich vor Feldhockeyspielen.«

Sie verflechtet die Finger mit meinen. »Auf der Bühne spiele ich eine Rolle. Auf dem Hockeyfeld zeigst du nur eine Seite von dir. Und wie ich auf der Bühne, weißt du bei jedem Match, was du kannst. Wenn ich da raus gehe, bin ich einfach ich, und es gibt kein Scheinwerferlicht, dank dem das Publikum vor meinen Augen verschwimmt.«

Ich drücke ihre Hand. »Meine große Schwester hat mich einmal davor gewarnt, eine Maske zu tragen. Entweder sie verwächst so sehr mit dir, dass du dich nicht wiedererkennst, oder du schneidest dich an den Scherben, wenn sie zerbricht.«

Um ihre Mundwinkel zuckt es. »Vielleicht sollte ich auf sie hören.« Die Goldreflexe in ihren Augen glimmen auf. »Ein Teil von mir wünscht sich, mit Chiara allein zu sein. Ohne Gäste, die alle Farben meiner Emotionen sehen. Auch die Zwischentöne, die wenige Menschen kennen. Wie sie, die mich trotzdem oder genau deswegen liebt.«

»Ich bin deine Trauzeugin; mich brauchst du, und die Sache mit den Gästen haben Hochzeiten so an sich.«

Sie fixiert ihr Spiegelbild, als sei es durchscheinend wie Wasser. Als wolle sie etwas greifen, das zwischen ihren Fingern in einzelne Tropfen zerfließt.

Grau sickert in mein Herz. Unsere Finger passen perfekt ineinander. Wir haben eine gemeinsame Melodie gefunden. Das bedeutet nicht, dass Oliver keine Lücke hinterlassen hat. Lucie hätte seine Trauzeugin sein sollen, ich ihre und er meiner. Ein unerfülltes Versprechen, das wir einander vor zwölf Jahren gegeben haben. »Ich wünsche mir genauso, dass er hier wäre.«

Blinzelnd erwacht sie aus der Erinnerung. Meine Hand hält sie in schraubstockartigem Griff. Als verhindere sie, dass sie das Meer aus Was-wäre-wenns davonreißt. »Vor allem frage ich mich, was er sagen würde. Ob er Chiara mögen würde. Oder damit gerechnet hat, dass ich einmal heirate.«

»Ja. Zu beidem.« Mit dem Daumen male ich Kreise auf ihren Handrücken. »Er könnte sich keine bessere Frau an deiner Seite vorstellen, und er hat gespürt, dass deine erste Liebe deine einzige bleibt.«

Sie zieht die Nase kraus. »Wieso klingt das wie ein kitschiger Taylor-Swift-Song?«

»Du meinst das fünfzehnminütige Mashup, das du für Chiara spielen wirst?«

Ihre Finger zucken, als würde sie im Kopf die Tonartwechsel durchgehen. Wochenlang hat sie das Mashup geübt. Gestern Abend hat Maxine drei Stunden neben ihr gesessen und sich nicht einmal darüber beschwert. Simon und ich haben Pläne geschmiedet, wie wir das Klavier zerstören könnten, damit wir es nicht mehr hören müssen und damit Lucie sich ausruht. Bevor wir sie in die Tat umgesetzt haben, hat Maxine sie dazu gebracht, für sie *the last great american dynasty* zu spielen – nicht zum ersten Mal. Danach hat sie sich tatsächlich schlafen gelegt.

»Oder die gesamte Playlist für die Feier?«

»Chiara hat sie erstellt. Also ja.« Die Schatten über ihren Zügen lichten sich. Zartes Dämmerungsleuchten nach einer Winternacht. »Fürs Protokoll: Maxine würde er auch mögen.« Sie wendet mir ihren Oberkörper zu. Wärme sickert aus ihrem Blick in mein Herz. »Er wäre genauso stolz auf dich wie ich. Du lebst deinen Traum, du wächst über dich hinaus, ohne dich selbst zu verlieren, und dafür musst du *noch* nicht bei Olympia spielen.« Auf ihren Gehstock abgestützt, stemmt sie sich auf die Füße. Schlingt einen Arm um mich. Ich halte sie ebenso fest. Die Symphonie unserer Herzen ist ein harmonischer Zweiklang, der ein warmes Gefühl durch meine Adern pumpt. »Danke, dass du meine Trauzeugin bist.«

Sanft ziehe ich mich von ihr zurück. Darauf bedacht, sie weiterhin zu stützen. »Du überlegst es dir sicher anders, wenn ich dein Kleid zerknittere. Ich bin stolz auf dich. Dass du deinen Takt wiedergefunden hast, und dass wir nicht länger nach verschiedenen Regeln spielen.« Tränen klopfen hinter meinen Lidern an.

In Lucies Augen spiegeln sich die salzigen Diamanten.

»Vor der Trauung zu weinen, steht nicht im Drehbuch.« Ein einzelner Tropfen benetzt meine Lippen. Ich blinzle die übrigen fort. »Bist du bereit für deinen kitschigen Taylor-Swift-Moment?«

Ein Hauch von Unsicherheit zeichnet ihre Züge. Zögerlich hebt sie das Kinn. Nimmt die Schultern zurück. Keine Maske, sondern meine große Schwester, die von innen heraus strahlt, und deren Licht sich auf alle um sie herum überträgt.

»Wenn du mich nicht loslässt.«

Das Versprechen halte ich auf dem Weg nach draußen.

Taylor Swift – Change (Taylor's Version)

Maxine

Meereswind trägt *Speak Now (Taylor's Version)* über uns hinweg. Ein Song darüber, von der Trauung zu fliehen und mit einer anderen Frau durchzubrennen ist der letzte, den ich auf der Playlist für eine Hochzeit erwarte.

»Der Text ist Satire«, meint Francesca, die meinen verdutzten Gesichtsausdruck wohl bemerkt. »Gerade deshalb hat er Chiara gestern und heute Morgen beruhigt, und sie hat eine Transition in ihr Hochzeitskleid zu *Speak Now* aufgenommen.«

»Nach dem fünften Versuch hatten wir keine Zeit mehr.«

Sie verdreht auf Mattéos Einwand hin die Augen. Vielleicht sind nicht wir diejenigen, die seine Nerven heute am meisten strapaziert haben. Dutzende Fotos und Videos hat er von Charlie, Sophie, Francesca und mir in unseren pastellfarbenen Kleidern gemacht. Flieder, Puderrosa und Himmelblau.

Beim Ansehen habe ich meinen Körper nach Fehlern abgesucht. Dann haben meine Wangen mich angezogen – morgenrötefarben und nicht länger eingefallen – und mein Strahlen. Ich habe keine junge Frau gesehen, deren Körper zu eng für sie ist, sondern eine, die sich den Platz verschafft, welcher ihr zusteht, um zu erblühen.

Sophie trinkt einen Schluck fliederfarbene Bowle. »Jeder dritte Song auf der Playlist ist von *Speak Now*.«

»Sie liebt das Album fast so sehr wie sie Lucie liebt.« Automatisch gleiten meine Finger zwischen Charlies. Chiara und Lucie leben ihren Taylor-Swift-Song und wir unseren. Mit allen Tonartwechseln und Plattensprüngen.

Sie legt eine Hand auf meine Wange, im Abendsonnenlicht schimmern ihre Augen wie geschliffener Lapislazuli. »Das ist auf gute Art kitschig. Und schön. Wie die Hochzeit. Und das hier.« Federleicht streifen ihre Lippen meine, sie schmecken nach Blaubeeren, Vanille und Lavendel.

Charlie löst sich von mir, die Welt kehrt zurück. *Speak Now (Taylor's Version)* ist von *Hey Stephen (Taylor's Version)* abgelöst worden. Lächelnd wendet sie sich dem halb gegessenen Stück Hochzeitstorte auf ihrem Teller zu.

Vor mir liegt ein Blaubeermuffin auf cremeweißem Porzellan. Süßer Duft steigt mir in die Nase. Das Abendessen ist eine Stunde her ... Nein, das spielt keine Rolle.

Zittrig führe ich die Gabel zum Mund, Blaubeeren zerplatzen, der Teig verklumpt.

Das Gespräch schwappt an mir vorbei, die anderen beobachten mich nicht, ich könnte den Muffin in einer Serviette verschwinden lassen, und sie würden nichts bemerken. Mit einem zweiten Bissen, welchen ich herunterschlucke, ohne zu kauen, schließe ich den Tab in meinem Kopf. Nicht jedes Mal funktioniert das. Am wenigsten in neuen Umgebungen. Am ersten Abend im Esszimmer von Charlies Eltern habe ich nichts angerührt und nach einem langen Gespräch mit Charlie allein mit ihr gegessen. Beim dritten Bissen wage ich, das Gebäckstück zu schmecken. Es ist Essen, nichts, was mir schadet. Obschon es die Welt laut und überwältigend macht, ist es das Öl für meine Zahnräder, um diesen Tag zu erleben.

TAYLOR SWIFT – THE LAST GREAT AMERICAN DYNASTY

the last great american dynasty tröpfelt aus den Lautsprechern. Ein Faden, an dem ich mich festhalte, um mich nicht in den Zwangsgedanken zu verheddern. Ein Song, der zur Tinte eines Kapitels in meinem Leben geworden ist, das ich in jeder Therapiestunde lese. Zumindest an den windstillen Tagen.

Jeanne hat ihre Niederlage besiegelt, indem sie den Spielplan meines Lebens geschrieben hat. Die Aufstellung hat das Ende ihrer Karriere entschieden. Obschon ich bei dem Gedanken, dass ich ebendiese ruiniert habe und stärker bin als Jeanne, manchmal freier atme. Der Sieg über sie gibt mir Kraft, etwas, mit dem ich in der Therapie umzugehen lerne.

Versucht mit mir zu sprechen, hat sie kein zweites Mal. Als Trainerin darf sie nicht mehr arbeiten und sie hat sich in ein Strandhaus zurückgezogen. In meinen Albträumen trifft ihre flache Hand meine Wange, ihre Stimme schrillt in meinen Ohren, und es ist mein Schrei, der mich weckt.

Ein Versprechen an mich habe ich brechen müssen: Ich habe Geld von ihr angenommen. Jeanne und Michael finanzieren mein Leben und bezahlen meine Therapie, vermutlich aus Angst vor rechtlichen Konsequenzen. Blutgeld, welches ich zurückzahlen werde, sobald ich gesund genug bin, um mein eigenes zu verdienen.

Mit dem letzten Dollar, welchen ich ihnen gebe, wird meine Verbindung zu ihnen zerreißen. Dann bin ich endgültig nicht länger der Schandfleck auf dem Portrait von Michaels neuer Familie oder Jeannes Tochter.

Lieber bin ich Charlies feste Freundin, die kein Deutsch spricht – wie auf dieser Hochzeit. Ein Puzzleteil in der Menge am Strand, über den Lichterketten in Gold und Flieder gespannt sind, das weder seine Kanten verformen muss, um hineinzupassen, noch besonders hervorsticht.

Salzkristalle auf meinen Wangen sind nicht aus Schmerz, sondern aus Glück gesprossen. Die Trauung habe ich nicht verstehen müssen, um mitgerissen zu werden. Es hat keinen Hochzeitstanz gegeben, sondern Hochzeitssongs. Chiara hat Lucie einen Song geschrieben, und Lucies Mashup für Chiara habe ich vorher mehrmals gehört. Geweint habe ich dennoch und an Charlie und mich gedacht.

Ich habe mich vor Liebe gefürchtet. Davor, in den Aufzug zu steigen, falls er, beladen mit meinen Lasten, abstürzt. Wir fallen gemeinsam, ohne auf dem Boden aufzuschlagen – früher oder später fliegen wir.

»Seid ihr fertig mit dem Tanzen?«

Charlies Stimme bringt mich zurück ins Jetzt.

Ellie, Ayumi, Léon und Viona stehen neben unserem Tisch, alle mit kuchengefüllten Tellern. Es braucht kein Feldhockey, um eine Verbindung zwischen und zu knüpfen.

Viona nickt. »Obwohl die Playlist großartig ist.«

»Das sagst du, weil du ein Swiftie bist«, meint Léon und gibt ihr einen Kuss, der ihr Lippenverziehen ausradiert.

Ayumi isst ein Stück Zimtschnecke. »Anders als der Kuchen verschwindet die Möglichkeit zu tanzen nicht.«

Die vier ziehen sich Stühle heran. Wir schmieden Pläne für die nächsten Tage, vor dem Rückflug und für eine Reise nach Deutschland im Winter, inklusive Weihnachtsmarktbesuch.

Ellie seufzt. »Da beginnt mein Ernst des Trainings.«

Léons Brauen ziehen sich zusammen. »Die Olympischen Spiele sind nächstes Jahr im August.«

»Eben.«

In einem Jahr lebt Ellie den Traum, der mir nie gehört hat, und steht für Dänemark bei Olympia auf dem Hockeyfeld. Zu den Spielen meiner Freund*innen komme ich nicht. Ich habe versprochen, mich meinen Dämonen nächsten Sommer zu stellen und Ellie anzufeuern.

Viona schiebt die Unterlippe vor. »Denkt nicht so weit in die Zukunft. Dann brauchen wir eine neue Kapitänin.«

Ellie legt einen Arm um sie. »Letizia trägt die Kapitäninnenbinde gerne wieder.«

Diese hat sie ihr nach der Aussprache überlassen. Meine Freund*innen tragen alle einen schwarzen Adler auf dem Trikot. Das Finale des Oceania Summer Cups hat die Mannschaften neu formiert.

Viona lehnt den Kopf an ihre Schulter. »Jetzt reicht es mit der Zukunftsmusik.«

Francesca stützt die Ellbogen auf den Tisch. »Ich weiß, was wir machen können: Fußball spielen.«

Mattéo presst die Kiefer zusammen. »Wenn Chiara das sieht …«

»Wenn Chiara was sieht?«, erklingt eine weiche Stimme.

Chiara und Lucie stehen hinter ihnen, den ganzen Tag sind sie einander nicht von der Seite gewichen. Sie sehen einander an, als würde die Menge nicht existieren, als würden sie ineinander ertrinken und zeitgleich atmen lernen.

Francesca sieht ihre Schwester ertappt an. »Dass wir Fußball spielen wollen.«

Chiara presst die Lippen zusammen. In ihrem Hochzeitskleid, das sicher rein zufällig aussieht wie Taylors champagnerfarbenes *Speak-Now*-Kleid von der *Eras Tour*, sieht sie nicht sonderlich einschüchternd aus. Das tut sie nie. Chiara hat eine leise Stärke, wie die Frühlingssonne, welche alle Pflanzen nach langem Frost aufweckt. »Du kannst in diesem Kleid nicht Fußball spielen.«

Francesca reckt das Kinn. »Kann ich und werde ich.«

Lucie tarnt ihr Lachen als Husten.

Chiara sieht sie aus schmalen Augen an.

Sie beißt sich auf die Lippe. »Ich stimme meiner Ehefrau natürlich zu.«

»Das will ich hoffen.« Chiara legt eine Hand auf ihre Wange und zieht sie für einen Kuss zu sich heran. Lucie verliert kurz den Halt, umklammert ihren Gehstock fester, da entspannt sich ihre Körperhaltung. Sie weiß, dass Chiara sie festhält.

Sie lösen sich voneinander, Chiara betrachtet uns prüfend. »Passt auf eure Kleider auf. Es wäre schade, wenn sie dreckig werden oder kaputtgehen. Und lasst es keine Erwachsenen sehen.«

Francesca erhebt sich und hält in der Bewegung inne. »Alle hier am Tisch außer mir sind erwachsen.«

Um ihre Mundwinkel zuckt es. »Erwachsene wie Lucies und Charlies Großmutter.«

Sie schluckt. »In Ordnung.«

Chiaras Lachen erhebt sich über die Musik.

»Du willst so viele Gäste wie möglich loswerden, damit wir mehr Zeit allein haben«, meint Lucie.

Chiara zieht sie zur Antwort für einen weiteren Kuss zu sich heran.

Wir lassen den beiden ihre Seifenblase des Glücks.

Charlie nimmt meine Hand und hilft mir auf die Füße. Wir laufen hinab zum Strand, lauer Abendwind dringt unter mein Kleid und löst Strähnen aus meiner Haarspange.

Charlie drückt meine Finger. »Ist das für dich in Ordnung?«

»Ich schaue gerne zu.«

»Du bist die Schiedsrichterin«, meint Francesca.

»Das ist unfair«, wirft Sophie ein. »Sie bevorzugt Charlie.«

Francesca hakt sich bei ihr unter. »Deshalb seid ihr beide in meinem Team.«

Charlie bleibt stehen, ich tue es ihr nach. Sie stellt sich vor mich, die Augenbrauen zusammengezogen. »Bevorzugst du mich wirklich?«

»Ja.« Ich schlinge die Arme um ihren Nacken. »Verrate es nicht den anderen.«

»Niemals«, flüstert sie gegen meine Lippen, ehe sie meine mit ihnen verschließt.

Wir lächeln in den Kuss, an der Taille zieht sie mich enger zu sich heran, und Konfettiregen explodiert in meiner Brust. Vertraut, strahlend und auf eine Art aufregend, die wie Strom durch meinen Körper fließt.

»Wir fangen gleich ohne euch an!«, ruft Francesca.

Charlie streicht mir eine Strähne aus dem Gesicht. »Wir machen hier später weiter.«

Zur Antwort beuge ich mich für einen kurzen Kuss zu ihr, ehe wir die letzten Yards dorthin laufen, wo die Wellen und der Sand einander umarmen.

Die anderen formen Tore aus ihren Schuhen, ich setze mich in den Sand, die Beine ausgestreckt. Meereswind und Lachen verschmelzen mit den letzten Klängen von *Change (Taylor's Version)* zu einer Melodie. Taylor hat recht; ich habe nicht aufgegeben und die Mauern, welche mich zurückgehalten haben, sind gefallen.

Long Live (Taylor's Version) erklingt. Ein zweites Mal fasst Taylor meine Gedanken in Worte. Dekaden als Gefangene sind vorbei, im Oktober werde ich zwanzig, und ein neues Zeitalter beginnt für mich. Ich habe keine neunzehn Jahre verschwendet, sondern mindestens sechzig gerettet.

Unendlich, voller unbegrenzter Möglichkeiten erstreckt sich die Ostsee vor mir. Seifenblasenfarbene Ornamente schmücken den Himmel, bald glimmen erste Sterne auf. Verglühend, wenn ihr Licht bei mir ankommt, und unvergessen. Möwen durchbrechen das Azurblau, welches sich mit dem Rosa-Orange einer anbrechenden Nacht vermischt.

Sie sind frei.

Und ich auch.

Taylor Swift – Long Live (Taylor's Version)

Nachwort

Hoffentlich habt ihr dieses Buch, und damit den Abschnitt, den ihr aus dem Leben von Charlie, Maxine, Lucie, Chiara und den anderen gesehen habt, mit einem Lächeln beendet. Denn das sind Bücher für mich – Momentaufnahmen, nach denen es für die Charaktere weitergeht. Nur bin ich nicht mehr dabei, um ihnen über die Schulter zu schauen. Weil ich die letzten Zeilen mit Hoffnung im Herzen schreiben wollte, habe ich einen Epilog geschrieben, der diese transportiert und die Charaktere in einem glücklichen Moment zeigt. Natürlich werden weitere Steine auf ihren Wegen liegen, und es wird Hindernisse geben, die sie allein oder gemeinsam überwinden. Aber nach drei Jahren, die ich mit ihnen verbracht habe, möchte ich sie mit einem Glücksmoment gehen lassen, der ihnen in dunkleren Zeiten ein Licht spendet.

Im Nachwort von *Verloren im Fünfvierteltakt* habe ich euch erzählt, dass es das Buch aufgrund von äußeren Umständen fast nie gegeben hätte. *Fünfundzwanzig Yards zwischen uns* ist das Buch, das ich nie habe schreiben wollen. Wie es nach *Verloren im Fünfvierteltakt* mit Charlie – und allen anderen Charakteren – weitergeht, habe ich immer gewusst, aber für mich war das Ende passend, das habe ich nicht durch eine Fortsetzung zerstören wollen. Unverhofft ist diese Geschichte zu mir gekommen, als ich sie gebraucht habe – durch ein Thema, über das ich nie habe schreiben wollen: Magersucht. Weil ich keine Geschichte schreiben wollte, in der eine Protagonistin erkrankt oder in der sie erste Schritte auf dem Behandlungsweg geht – ich wollte zeigen, was dazwischen passiert. Die Krankheit selbst, die Maxine im Griff hat, und ich habe Angst gehabt, dass ein Buch über Magersucht aus meiner Feder zu persönlich wird.

Mein persönlichstes Buch ist *Fünfundzwanzig Yards zwischen uns* dennoch. Nicht umsonst habe ich dieses Buch meinem dreizehnjährigen Ich gewidmet. Meine Geschichte ist eine andere als Maxines, und ich weiß aus meiner Zeit in der Klinik, dass hinter einer Diagnose – sei es Anorexie oder eine andere Essstörung – Millionen verschiedene Geschichten stehen. Mit diesem Buch habe ich *eine* Geschichte erzählen wollen, in der Hoffnung, diejenigen von euch, die noch nie mit dem Thema in Berührung gekommen sind, zu sensibilisieren.

In der Popkultur wird Magersucht oft als das Streben nach einem Schönheitsideal dargestellt und dahingehend romantisiert. Ein Grund mehr, aus dem es mir umso wichtiger war, ein ungeschöntes Bild zu zeichnen, mit den körperlichen Folgen, über die so wenig Aufklärung existiert.

Ja, ebendiese Bilder *können* essgestörte Verhaltensweisen begünstigen, doch die Ursachen von Essstörungen sind ebenso vielfältig wie die Ausprägungsformen. Von einem Streben nach Kontrolle, der Angst vor körperlicher Veränderung durch die Pubertät, Autoaggression oder der Betäubung von Gefühlen. In erster Linie sind Essstörungen ein Hilfeschrei der Psyche, um das Dünnsein, Essen oder Sport geht es an zweiter Stelle.

Wie bei allen Süchten ist der Übergang von Kontrolle und deren unrettbarem Verlust fließend. Aus anfangs bewusst gesteuerten Maßnahmen, um das Essen zu vermeiden, übermäßig Sport zu machen, etc. wird schleichend ein immer automatischer ablaufender Teufelskreis. Essgestörtes Verhalten wird zur Projektionsfläche für die eigenen Emotionen, die Wahrnehmung engt sich immer mehr auf das Essen ein, und die Betroffenen merken, wie bei jeder Sucht, vielleicht, dass ihr Verhalten problematisch ist, haben aber extreme Angst, es aufzugeben, weil es eine Fessel und gleichzeitig die scheinbar einzige Möglichkeit ist, mit Problemen und den eigenen Emotionen umzugehen, an die sie sich klammern. Auch wenn das bedeutet, sich zum Beispiel aus sozialen Kontakten zurückzuziehen und die Warnsignale des Körpers zu ignorieren. Eine Sucht ist immer ein Betäubungsmittel, und solange die eigentlichen Probleme bestehen, ist es unmöglich, dieses auf lange Sicht abzusetzen.

So ist es auch bei Maxine, die, wie viele Betroffene, keine

Krankheitseinsicht hat, kein Licht am Ende des Tunnels sieht und sich an ihre Verhaltensweisen klammert. Die Angst, sich mit der Ursache für ihre Anorexie oder mit ihren essgestörten Verhaltensweisen, auseinandersetzen zu müssen und diese aufzugeben, ist größer als die Angst vor ihren Emotionen oder den körperlichen Folgen, die sie beiseiteschiebt.

Für Angehörige ist das unmöglich zu begreifen, und mir war es wichtig, diese Perspektive durch Charlies Sicht einzubeziehen. Sie kann Maxine bis zu einem gewissen Punkt eine helfende Hand reichen, auch als sie keine Krankheitseinsicht hat. Aber sie muss erkennen, dass es irgendwann nicht mehr funktioniert; dass Maxine professionelle Hilfe braucht, und das ist absolut in Ordnung. Liebe heilt nichts, und das muss sie auch nicht, aber sie kann unterstützen, wenn beide Seiten gewillt sind, einander zuzuhören und einander mit allen Fehlern, bei Sonnenschein und bei Mitternachtsregen, zur Seite zu stehen.

Aber der echte Ansporn, gesund zu werden, kann nur kommen, wenn die Ursachen der Krankheit bekämpft werden, wenn hinterfragt wird, was hinter den Verhaltensweisen steckt, und das ist ohne professionelle Hilfe nahezu – ich sage nahezu, weil ich Menschen kenne, die den Weg der Genesung allein gegangen sind – unmöglich. In verdorrter Erde welken Blumen. Wenn ihr betroffen seid, ist das mein Appell an euch, euch zu hinterfragen und euch Hilfe zu suchen. Ihr seid nicht allein!

Eine Ursache für Maxines Magersucht ist der emotionale Missbrauch durch Jeanne, die ihre eigenen Wünsche, aber auch ihre Ängste, auf ihre Tochter projiziert. Jeanne, die dafür sorgt, dass Maxine von ihr abhängig ist, und die jede ihrer Handlungen kontrolliert.

Ihr Verhalten möchte ich weder erklären noch entschuldigen. Sondern darauf aufmerksam machen, dass es Menschen wie Jeanne gibt, und auch Menschen wie Maxine, die unter ihrem Verhalten leiden. Gewaltvolle und missbräuchliche Beziehungen existieren in allen Konstellationen, und vor allem, wenn es um Eltern und Kinder geht, sind sie unsichtbar, weil Kinder ihre Eltern schnell idealisieren und das missbräuchliche Verhalten als gegeben oder verdient hinnehmen.

Ich würde mir wünschen, dass ihr hinschaut und achtsam seid, wie

Charlie, die langsam begreift, was hinter der Beziehung zwischen Jeanne und Maxine steckt.

Und an alle, die in einer Situation wie Maxine gefangen sind: Ich hoffe, dass ihre Geschichte euch inspirieren konnte, es nicht so weit kommen zu lassen und euch Hilfe zu suchen!

Charlie und Maxine werden nach dem Ende nie mehr in einem Team spielen, als Autorin bin ich aber nur so stark wie mein Team, das mir den Rücken freihält, und diesen Menschen möchte ich danken.

Dem Dunkelstern Verlag, der Charlies und Maxines Geschichte nachträglich ein Zuhause gegeben hat, als der Vertrag für Lucies und Chiaras Geschichte schon unterschrieben war.

Daran anknüpfend Lisa für die Cover, die ebenso ähnlich und verschieden sind wie die beiden Geschichten, und hier insbesondere für das Cover von *Fünfundzwanzig Yards zwischen uns*, das nach Sommer und *1989*-Vibes schreit.

Meinem Lektor Noa, der mit Charlie eine neue liebste Protagonistin gefunden hat, und das mit dem Wellen-Geschwister-Tattoo ist ein schöner Zufall.

Meiner Verlobten Julia, die meinen Traum von dem Heiratsantrag auf der *Eras Tour* hat wahr werden lassen und die meine größte Unterstützung ist. Ich liebe dich.

Charlie, die mir ihren Namen geliehen hat, wenn auch unfreiwillig, und die diese Geschichte als Erste gelesen und mit ihrer Namensschwester und Maxine mit gelitten hat.

Isa, meine beste Schreib-Freundin, die von Anfang an dabei gewesen ist, als ich dieses Buch begonnen und den Anfang zwanzigmal umgeschrieben habe. Wieder einmal haben wir zusammen etwas geschafft!

Danke an Chris, Karina, Kimberly, Vanessa, Selina, Desi, Ella, Franci, Janina, Marie, Michelle, Jasmin, Regina, Sarah, Sofia, Johanna und Dina. Die besten Blogger*innen, die ich mir beim Release von *Verloren im Fünfvierteltakt* hätte wünschen können. Eure Unterstützung hat mir die Welt bedeutet, ich hoffe, ihr habt Charlies und Maxines Geschichte auch gerne gelesen.

Im Speziellen auch noch einmal Danke an Kimberly, die zwei Szenen aus Charlies Sicht gelesen hat, bei denen ich mir unsicher war, ob sie als Nicht-Betroffene sensibel genug reagiert. Danke für deinen Zuspruch.

Und danke an Angi, die seit der Veröffentlichung meines Debütromans meine Bücher liest. Dass du Chiara mit Veris verglichen hast, ist ein gutes Zeichen, ich hoffe, Charlies und Maxines Geschichte hat dir ebenso gefallen.

Mein Dank gilt natürlich auch Taylor Swift. Ohne *You're On Your Own, Kid* und *Clean* hätte ich die Idee für Charlies und Maxines Geschichte nie gehabt, und ich hoffe, es ist in Ordnung, dass ich *All Too Well (10 Minute Version)* eine neue Strophe geschrieben habe. Charlies und Maxines Song war noch nicht zu Ende, der Song war nur der zehnminütige Prolog – das Ende einer Era und der Beginn von etwas Großem.

An dieser Stelle auch danke an die Swiftie-Community, hoffentlich hat euch dieses Buch, auch ohne Musik-Thematik, an mancher Stelle *Eras-Tour*-Vibes gegeben.

Zuletzt danke an alle, die diesem Buch eine Chance gegeben haben, ich hoffe, ihr habt zwischen den Zeilen Botschaften entdeckt, die ihr in euren Herzen eingeschrieben habt. Vergesst nicht, dass es nie zu spät ist, neu anzufangen und eine Abzweigung zu nehmen. Ich hoffe, wir lesen uns bei einer weiteren Sports Romance oder bei einem anderen Buch wieder.

Dramatis Personae:

Protagonistinnen:
Charlie Chevalier
Maxine Martin

Charlies Familie:
Monique Chevalier – Charlies Mutter
Thomas Chevalier – Charlies Vater
Lucie Chevalier – Charlies ältere Schwester
Oliver Chevalier – Lucies verstorbener Zwillingsbruder
Marie Chevalier – Charlies Großmutter
Chiara Pieras – Lucies Verlobte
Mattéo Pieras – Chiaras jüngerer Bruder
Francesca Pieras – Chiaras jüngere Schwester
Sophie Richter – Charlies beste Freundin
Simon Weiner – Lucies bester Freund

Maxines Familie:
Jeanne Martin – Maxines Mutter, ehemals Stürmerin im olympischen Feldhockey-Damenteam
Michael Lyons – Maxines Vater, Ex-Mann von Jeanne
Violet Lyons – Michaels Ehefrau
Will Lyons – Michaels und Violets Sohn
Caleb Lyons – Michaels und Violets Sohn

An der New South Wales Academy of Athletes:
Ellie Johansen – Kapitänin der Black Eagles
Viona Trần – Ellies beste Freundin
Ayumi Katō – Charlies, Ellies und Maxines Freundin
Cristina Perez – Direktorin der Academy
Léon Perez – Cristinas Sohn
Teresa Perez – Léons Zwillingsschwester
Letizia Rosales – Kapitänin der Golden Foxes, Teresas beste Freundin

Mathilde Nielsen – Trainerin der Feldhockeyteams

Content Notes

Folgende Inhalte werden thematisiert:
Anorexie
Bewegungsdrang
Bodyshaming
Depressionen
Doping
Emotionaler Missbrauch
Erwähnung von Kalorienangaben
Herzinfarkt
Krankenhäuser
Körperschemastörung
Leistungsdruck im Sport
Missbrauch von Medikamenten
Mobbing
Narben
Negatives Selbstbild
Organversagen
Panikattacken
Physische & psychische Gewalt
Posttraumatische Belastungsstörung
Scheidung der Eltern
Selbstverletzendes Verhalten
Skin Picking
Suizidgedanken & Erwähnung von Suizidversuchen
Tod durch einen Autounfall (erwähnt)
Tod von Angehörigen
Trauer
Trauma

Da jeder Mensch individuell ist, kann ich diese Liste nicht für vollständig erklären, allerdings habe ich sie nach bestem Wissen und Gewissen ausgefüllt.